스톤 다이어리에 보낸 찬사

"우리가 소중히 여기는 모든 사사로운 이야기들에 바치는, 마음속 깊이에서 숙성되어 나온 아름다운 삶의 찬가." 〈보스턴글로브〉

"이야기를 끌어가는 실즈의 솜씨는 극도로 압도적이다!" 〈토론토스타〉

"실즈의 예술세계에 대한 가장 확고하고 시적이면서도 강력한 예지와 같은 작품." 〈캘거리해럴드〉

"마음을 사로잡으면서도 지나친 감상주의로 흐르지 않는 지혜로운 작품." 〈북스 인 캐나다〉

"대초원을 담은 힘찬 서사시라 할까. 덜컹거리며 질주하는 화물열차처럼 아득한 밀밭을 가로질러 달려가는 이야기." 〈밴쿠버리뷰〉

"문학계와 출판계 모두를 통틀어 예술과 기교의 최고 성과를 대표하는 작품이다." 〈더디리더〉

"정독하지 않을 수 없다. 실즈는 우아하면서도, 장인만이 쓸 수 있는 소설을 완성했다." 〈퀼 앤 콰이어〉

"역시 최고의 작품에서는 풍자와 공감이 멋진 균형을 이루는 법이다." 〈윈저스타〉

"삶에 대한 긍정과 찬미, 이 모두에 대한 한 편의 함축적 진술과도 같은 귀한 작품!" 〈키치너워터루레코드〉

"엄정한 지성과 풍요로운 상상력이 한곳에서 만나는 기적 같은 작품. 자서전 형식의 한계에 대한 명쾌한 탐색이자 유쾌함과 관능이 어우러진 명작."
〈뉴스테이츠먼 앤 소사이어티〉

"매혹적이고 따스하며 감각적인 디테일로 가득한 소설. 부드럽게 펴발리는 버터처럼 술술 읽힌다." 〈가디언〉

"마음을 사로잡는 이야기를 만났다! 예리한 통찰과 단단한 리얼리즘을 바탕으로 인생의 쓸쓸함은 물론 극도의 재미까지 담았다." 〈선데이타임스〉

"오해와 놓쳐버린 기회들… 아름답고도 멜랑콜리한 풍자로 가득한 걸작!"
〈에스콰이어〉

"《스톤 다이어리》에는 소소한 일상의 곤경에 대한 작은 지혜와 예민한 신랄함이 스며들어 있다." 〈선데이익스프레스〉

"글로 쓴 생명의 노래이면서 동시에 긍정의 힘으로 넘치는 공감의 향연. 조연으로 등장하는 주변 인물들조차 하나같이 충실하면서도 확고부동한 성장을 보여준다. 작가가 그리는 노쇠는 신경을 자극할 만큼 짜릿하다."
〈위켄드텔레그라프〉

“강렬한 상상력, 우아한 고결함, 아름다운 견실함, 흠잡을 데 없는 디테일!”
〈퍼블리셔스위클리〉

“캐럴 실즈는 예사롭지 않은 모험 같은 작업 과정을 거쳐 삶의 신비를 탐색한다. 우리에게 문학이 중요한 이유를 다시금 상기시키는 걸작이 탄생했다!”
〈뉴욕타임스 북리뷰〉

“실즈는 모든 생명의 덧없는 본질에, 그리고 각각 하나의 생명만이 거주할 수 있는 서로 다른 자아들에, 견고한 기념비가 될 소설을 완성하는 조그만 기적을 이룩했다.” **〈맥클린〉**

“독특한 탄생 에피소드에서부터 불굴의 죽음에 이르는 한 여인의 일생은 몰래 엿듣는 이야기만큼이나 매혹적이다.” **〈태틀러〉**

표지 그림 **Yale University Art Gallery, New Haven, Connecticut 06520** | 1961.18.29
Artist **Edward Hopper** | **Rooms by the Sea**(1951) | Oil on canvas
74.3 x 101.6 cm (29 1/4 x 40 in.)

스톤 다이어리

The Stone Diaries
by Carol Shields, 1935-2003

스톤 다이어리

THE STONE DIARIES

I

캐럴 실즈 _ 한기찬 옮김

비채

여 동 생 밥 스 에 게

많은 분이 이 책의 원고를 읽고 격려와 여러 가지 조언을 해주셨습니다.
블랜치 하워드와 조앤 클라크, 짐 켈러, 앤 조디니, 캐서린, 메기,
새라 실즈와, 특히 온타리오 런던의 루이스 와이엇에게 감사를 표합니다.

별달리 한 일도
말한 것도 없었다

그것이 바로
그분이 뜻한 것이었다

그럼에도 그분의 삶은
기념비적이었다

빗긴 광선으로
형상 지워지고

들을 만한 음악의
시작이었다

주디스 다우닝, 〈할머니의 순환〉에서

가 계 도

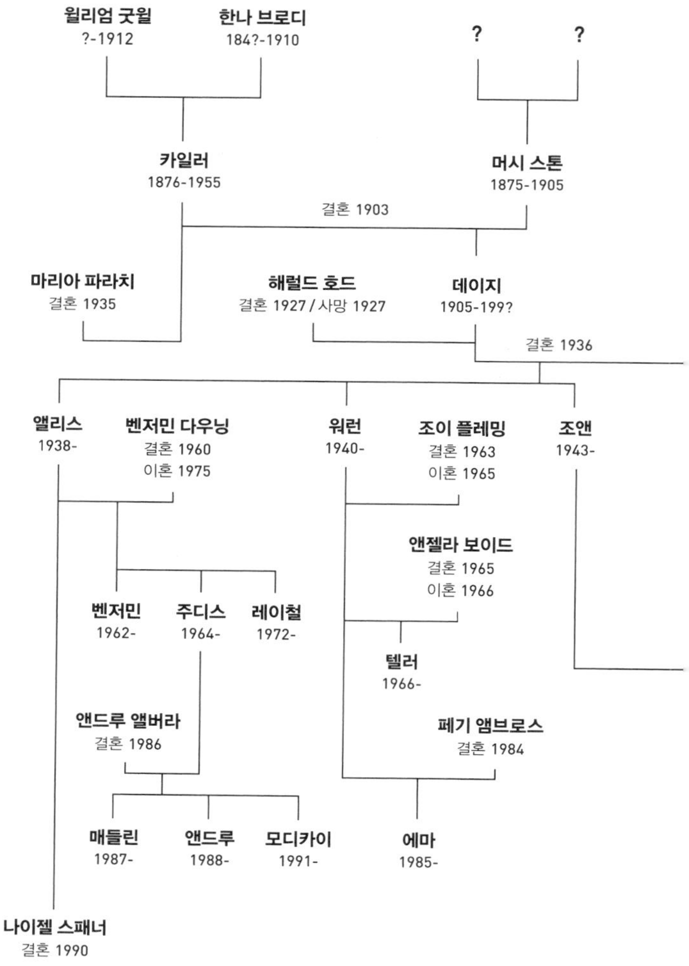

윌리엄 굿윌
?-1912
한나 브로디
184?-1910
?
?
카일러
1876-1955
머시 스톤
1875-1905
결혼 1903
마리아 파라치
결혼 1935
해럴드 호드
결혼 1927 / 사망 1927
데이지
1905-199?
결혼 1936
앨리스
1938-
벤저민 다우닝
결혼 1960
이혼 1975
워런
1940-
조이 플레밍
결혼 1963
이혼 1965
조앤
1943-
앤젤라 보이드
결혼 1965
이혼 1966
벤저민
1962-
주디스
1964-
레이철
1972-
텔러
1966-
앤드루 앨버라
결혼 1986
페기 앰브로스
결혼 1984
매들린
1987-
앤드루
1988-
모디카이
1991-
에마
1985-
나이젤 스패너
결혼 1990

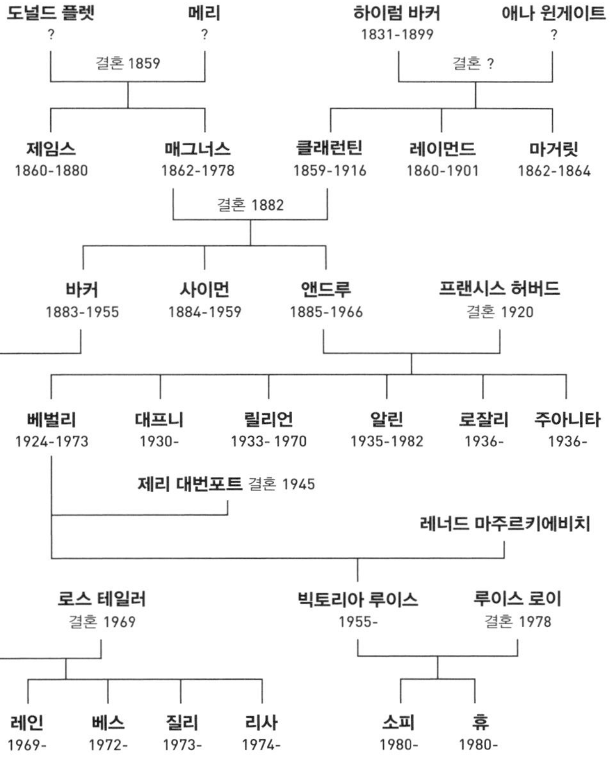

도널드 플렛
?
메리
?
결혼 1859
하이럼 바커
1831-1899
애나 윈게이트
?
결혼 ?
제임스
1860-1880
매그너스
1862-1978
클래런틴
1859-1916
레이먼드
1860-1901
마거릿
1862-1864
결혼 1882
바커
1883-1955
사이먼
1884-1959
앤드루
1885-1966
프랜시스 허버드
결혼 1920
베벌리
1924-1973
대프니
1930-
릴리언
1933- 1970
알린
1935-1982
로잘리
1936-
주아니타
1936-
제리 대번포트 결혼 1945
레너드 마주르키에비치
로스 테일러
결혼 1969
빅토리아 루이스
1955-
루이스 로이
결혼 1978
레인
1969-
베스
1972-
질리
1973-
리사
1974-
소피
1980-
휴
1980-

THE STONE DIARIES

차 례

THE STONE DIARIES

"내가 소설을 쓰려는 까닭은 소설 읽기를 즐기기 때문이다. 나는 나 자신의 인생 혹은 내가 알 법한 여성들의 삶과 맞닿아 있는 소설을 읽고 싶었으나 그런 소설을 찾지 못한 채 1970년대를 보냈고, 끝내 찾지 못한 그 이야기를 소설로 쓰고자 했다."

_캐럴 실즈

서문

《스톤 다이어리》를 썼던 그 두 해만큼 행복하게 글을 쓴 적이 없었다. 이 작품이 중요한 무언가를 담은 것은 분명했다(처음에는 그것이 무엇인지 알지 못했지만). 19세기식의 고풍스러운 전기물 형식을 차용하여 탄생에서 어린 시절, 사랑, 죽음에 이르기까지, 작품의 뼈대를 시간순으로 잡고부터는 작업이 순조롭게 진행되었다.

처음 이 소설을 쓰기 시작했을 때 나는 한 집안의 가족사, 혹은 우리가 흔히 알고 있는 한 집안의 가족사에 대한 일종의 숨겨진 뒷얘기를 좇는 것이라고 여겼다. 그런데 오래지 않아 내가 쓰고 있는 것이 자서전의 문제, 요컨대 우리가 자신의 삶을 알 수 있는가라는 핵심적인 문제에 관한 것임을 깨달았다. 우리의 삶 가운데 실제로 기록되는 것이 어느 정도일까? 꾸며내거나 상상한 것, 혹은 다르게 기억되거나 지워진 것은 얼마나 될까? (내가 보기에) 한 사람에 대한 이야기에서 가장 많은 부분을 차지하는 것은 친구와 가족, 잠깐 알고 지냈던 이들 등, 다른 사람이 우리에 대해 하는 말을 빌려온 것이기에, 나는 이런 상상의 목소리들을 소설 속에 집어넣어, 1905년 매니토바의 시골에서 태어난 데이지 굿윌 플렛을 형상화하고 싶었다. 사람들은 우리에 대해 어떻게 생각하고 있을까? 사람들에게서 빌려온 생각들은 삶을 종종 비극적으로 만들기도 한다. 데이지는 구십대까지 살았고, 그 기간은 한 세기와 맞먹는 것이어서 그녀의 삶 자체가 지난 백 년의 세월이 여성, 특히 공식 기록에 남지 못한 여성들에게 부여한 자리에 대해 문제를 제기한다.

내 계획은, 데이지의 삶을 십 년씩 잘라서 그녀가 무엇을 하는지 살펴보자는 것이었다. 그런데 단편적이고 고지식한 작가의 메스로는 데이지의 성문제라든가 교육, 출산 같은 중요한 순간들을 놓칠 수도 있다는 사실을 깨달았다. 그러나 이런 독단적인 방식은 어쩌면 대단한 감탄을 자아내지는 못하더라도 진정한 의미에서 진실을 보여줄 다른 면면을 파악하게 해줄지도 모른다.

매일같이 글을 쓰러 자리에 앉을 때마다 나는 새가 둥지로 삼도록 만들어놓은 둥지상자를 떠올리곤 했다. 나는 바깥쪽 상자를, 데이지는 안쪽 상자를 만들고 있었는데, 그녀의 상자에는 아무것도 들어 있지 않았다. 그녀는 자신의 삶에 대한 이야기를 생각하고 있었지만(쓰는 것이 아니라) 그 이야기에는 주어인 그녀가 빠져 있었다. 당시 여자들의 삶에서 그것은 보편적인 진실이었다.

자서전이라는 생각을 하게 되면서 나는 뭔가 다른 형식으로

이야기하고 싶다는 생각을 했다. 나는 내 책의 출판을 맡은 크리스토퍼 포터에게 다양한 제안을 했다. 나는 그가 안 된다고 할 줄 알았다. 그런데 그가 좋다고, 한번 해보자고 했다. 나는 끊임없이 아이디어를 냈다. 족보 같은 건 어떨까요? 좋아요, 그것도 넣을 수 있어요. 가족 문서에 나오는 묘비명 같은 것은요? 그것도 좋습니다. 그는 내가 작품을 탈고할 때까지 내내 자신의 허락을 철회하지 않았다.

대개 작가들은 쓰고 있는 작품에 대해 떠벌이지 않는다고들 하지만 나는 온갖 사람들과 이 작품에 대해 이야기를 주고받았다. 나는 내 친구 제니퍼 그레이엄에게 그녀의 연로하신 부친 앨프에 관해 물어보았으며, 그녀는 내게 자기 부친이 어떤 방향으로 생각하고 있는지, 그리고 왜 그런 생각을 갖게 되었는지에 대해 말해주었다. 나는 점심식사 자리에서나 예술관 복도에서 매니토바 대학 동료들을 만났을 때, 과거 한때를 풍미했던 표현에 대해 물어보기도 했다. 류 레이먼 교수는 1929년도에 출간된 소설에 나온 'See you in the movies'라는 표현을 찾아주기도 했다. (덕분에 나는 그 표현을 쓸 수 있었던 것이다!)

《스톤 다이어리》는 언뜻 보기에 한 여자의 사사로운 일기 같은 작품이다. 그래서 작업의 결과가 공적인 작품이 되었다는 사실이 새삼 놀랍다. 나는 이런 집단적 '아상블라주(조각들을 한데 모으는 작업)', 언어적 실마리와 흩어진 일화들을 수집하는 일이 즐거웠다. 그 과정이 글을 쓰는 동안 내가 느낀 기쁨의 주된 원천이었다.

마지막 장章을 쓰면서 나는 문득 내가 슬픈 작품을 썼음을 깨달았다. 나는 무심결에 '나는 마음이 편치 않다'라는 구절을 쓰고 있었다. 그런데 끝에서 한 페이지를 남긴 시점에 이르자 그 구절을 정말로 남길지 꺼려졌다. 나는 평소에 언제나 조화와 화해를 꾀하는 편이지만, 그 표현은 내 의식과 양심을 발동시켰다. 결국 그 구절은 출판되었다. 그리고 나는 힘겨운 선택의 고통을 감내하는 법을 터득했다.

2001년 12월

캐럴 실즈

THE STONE DIARIES

제1장

1905년
탄생

어머니의 이름은 머시 스톤 굿윌이었다. 병에 걸렸을 때 어머니는 겨우 서른 살이었다. 찌는 듯이 무더운 어느 날, 그녀는 부엌에 서서 남편이 저녁에 먹을 맬번 푸딩을 만들고 있었다. 식탁에 펼쳐진 요리책에는 이렇게 적혀 있었다.

'얇게 자른 딱딱한 빵 몇 조각과 건포도 1파인트, 라즈베리 2분의 1 파인트, 설탕 4온스, 가능하다면 신선한 크림을 약간 준비할 것.'

물론 어머니는 반죽을 둘로 나누었다. 먹을 사람이 둘밖에 없는 데다 건포도가 부족하기도 했고, 나의 아버지 카일러가 입이 짧았기 때문이었다. 어머니에게 깨죽거리는 양반이란 타박을 듣고 사는 아버지는 음식을 건드리거나 그렇지 않으면 아예 손도 대지 않았다.

음식을 잘 먹지 않는 남편 때문에 어머니는 민망했다. 식탁 건너편에 앉은 아내에게 한두 번 겸연쩍은 듯하면서도 고마운 듯한 시선을 보내며 한두 술 뜨긴 했지만, 결코 두 그릇째를 청하는 법은 없었다며 어서 먹으라고 권하는, 그 특유의 멍한 손짓을 하면서 남은 음식을 모두 어머니에게 떠넘기고는 웃음을 띤 채 예의 바보 같이 상냥한 얼굴로 앉아 있기 일쑤였다. 아버지 같은 일꾼에게 식사는 어떤 의미였을까? 성가시거나 정신만 산란하게 만드는 일, 아니면 똑바로 서 있거나 숨 쉬기 위해 치러야 하는 어떤 대가 같은 것이었으리라.

아무튼 그녀, 내 어머니에게 식사는 그것과는 다른 의미였다. 식사는 어머니에게 있어서 천국과도 흡사한 일이었다(오늘날에는 어머니가 가진 정신착란적 욕구에 붙일 병명이 따로 마련되어 있다).

그리고 먹는 일과 거의 맞먹을 정도로 멋진 일은 바로 음식을 만드는 일이었다. 어머니는 그 일을 얼마나 자랑스레 여겼던가! 이 지상 모든 사람은 각기 천국에 대한 개념을 갖고 있는데, 어머니의 천국은 바로 이것이었다. 살인적으로 무더운 집 뒤편 부엌에서 깨끗한 나무 숟가락을 손에 든 채, 이따금 상체를 기울여 요리책의 잔글씨를 흘끗거리면서 이것저것 섞고 궁리하는 일 말이다.

그녀가 정신을 집중하는 모습은 볼만했다. 한껏 상기된 분주한 얼굴로, 점점 형태를 갖춰가는 요리를 보며 감격해하는 그 모습 말이다. 끓여낸 과즙을 근사한 틀에 넣은 다음, 질척한 과즙 위로 두껍게 썬 빵을 누르며 라즈베리의 빨간 즙이 조금씩 스며드는 것을 느끼면서. 맬번 푸딩, 그녀는 이 이름도 마음에 들었다. 발음할 때면 마치 혓바닥 위에 달콤한 웨이퍼가 닿아 녹아내리는, 그래서 혀까지 부드럽고 감미로워지는 듯한 기분이 드는 것이다. 마치 예술가처럼(오랜 세월이 지난 뒤에야 나는 이와 같은 예술 형태를 명확히 알게 되었다) 어머니는 곰곰 생각에 잠겨 아랫입술을 내민 채 이것저것 휘젓고 섞었다. 이건 훌륭한 요리가 되겠어. 따뜻한 스펀지 케이크가 점점 더 짙게 물들었다. (이웃에 사는 플렛 부인은 자기가 키우던 까치밥나무 열매를 따도 좋다고 허락해주었다. 라즈베리는 마을 남쪽 길가에서 찾아낸 것이었다. 어머니만큼 비대한 여자가 이런 무더위에 거기까지 갔다 온다는 건 죽을 맛이었지만.)

어머니는 설탕을 한 숟가락 흩뿌린 다음 다시 한 숟가락을 더했다. 그러곤 숟가락을 입으로 가져갔다. 까끌까끌한 설탕 결정체 덕분에 정신이 번쩍 났다. 3시다. 캐나다 자치령의 한복판에 있는 매니토바 주 한복판의, 찌는 듯이 더운 7월의 어느 날 오후였다. 거실 시계가(거죽은 광택이 나고 발은 도금된 것으로, 남편의 집안인 스톤월 타운십의 굿윌 가에서 결혼 선물로 준 것이었다) 방금 3시를 알렸다. 카일러는 채석장에서 퇴근해 정각 5시에 집에 도착할 것이다. 그는 부엌에 있는 대야에다 한바탕 기분 좋게 몸을 씻을 것이며, 5시 30분이 되면 두 사람은 식탁에 앉아(바로 이 식탁이다. 언제나 깨끗한 식탁보로 덮는데, 식탁보는 이틀에 한 번씩 새로 갈아준다) 저녁식사를 할 것이다. 부모님은 두 분 모두 아주 내성적인 성격이어서, 식사하는 동안은 대개 별로 말을 하지 않았다. 그들은 모두 대화와 식사는 서로 다른 일이며, 각각 다른 시간대에 해야 하는 일로 굳게 믿는 집안에서 자랐던 것이다. 오늘 저녁 두 사람은 집에서 만든 소스를 끼얹은 차가운 콘비프*와 드레싱을 친 감자, 설탕을 넣은 차를 먹은 다음, 맛있는 이 푸딩을 먹을 예정이다. 그 순간 그는 눈이 동그래질 것이다. 스물여덟 살이고 결혼 이 년차인 아버지 카일러 굿월은 지금껏 한 번도 맬번 푸딩을 맛본 적이 없었을 테니까. (놀라움이 섞인 약간 어리둥절한 표정, 그것이 어머니의 예상이었다. 부드러운 그의 입이 놀라움과 고마움에 딱 벌어질 것이다. 이렇게 남편을 놀라게 하는 건 어머니에게 어렵지 않은 일이었다.) 그녀는 푸딩을 꽃무늬 접시로 조심스레 덮은 다음 누름돌을 올려놓았다.

요리책에는 서늘한 장소에 두라고 적혀 있었다. '반죽틀을 서늘한 곳에 둘 것.' (이 책은 삼십 년도 더 전에 영국에서 출간된 옛날 책으로, 책장은 너덜거렸지만 필자의 어조는 여전히 힘차고 팔팔했다.) 그렇지만 오늘 같은 날 머시 굿월이 어디서 서늘한 장소를 찾을 수 있겠는가? 우유와 버터, 라드**를 두었던 지하실 층계 아래 어두운 돌바닥도 바짝 달궈져서 벌써 이 주째 시큼한 냄새가 올라오고 있었다. 이웃인 플렛 가에서는 최근 안쪽 면이 아연으로 도금된 래브라도 아이스박스를 사들였다. 플렛 부인은 머시에게 수줍은 듯 얘기했다. 모양새가 어떻고, 환기의 구조가 어떻고, 반짝이는 주석 선반은 구획이 잘 되어 있다는 둥, 얼음 한 덩어리만 넣으면 아주 더운 날씨에도 이틀 이상은 간다는 둥.

푸딩을 어떻게 차게 둘 건지에 대해 너무 고민했던 것인지, 아니면 플렛 가에서 새로 들여놓은 아이스박스가 부러웠던 것인

* 소금으로 간을 한 쇠고기
** 돼지비계를 정제한 기름

지, 어머니는 최초의 발작적인 통증을 느꼈다. 그녀는 짤막하게 비명을 질렀다. 그러고는 머리 가죽에서 핑핑 하는 소리가 날 만큼 누군가가 머리카락을 위로 홱 잡아당기기라도 한 것처럼 눈가를 잔뜩 찡그렸다. 그 조그만 부엌을 엿보고 있는 사람이 있었다면, 아마 이제 곧 졸도할지도 모른다고 여겼을 것이다. 어머니가 쉽게 졸도할 사람은 아니었지만 말이다. 가슴 밑바닥이 크게 움직인 것 같은 느낌에 가까웠다. 처음에 불룩 솟았다가 갑작스레 뚝 떨어지기라도 한 것처럼, 아코디언 옆구리를 세차게 누른 것처럼.

어머니는 고개를 숙인 채 앞치마의 청백색 줄무늬가 색색가지 조각들로 흩어지는 것을 마주하며 이상하게 여겼다. 쥐어짜는 듯한 압박을 물리치려는 반사작용으로 그녀는 두 손으로 허공을 휘저었다. 그러다가 어깨를 숙인 채 손바닥으로 식탁을 짚고는 상체를 앞으로 기울여 길고 나지막하게 신음했다. 입술에서 흘러나오는 것은 무정형의 느슨한 당황의 물결선이었다. (훗날, 다른 어떤 것보다도 이 '풀어짐' '당황'이라는 표현이 어머니에 대한 내 느낌과 깊숙이 결부하게 된다.) 몸집이 큰 여자치고 어머니는 여름에도 땀을 거의 흘리지 않았다. 그래서 누군가 그런 사실을 알아채기라도 하면 자신의 몸에 물기가 없음에 수줍은 긍지를 느끼곤 했다. 그런데 지금 어머니의 앞치마 아래쪽이 널찍하게 띠처럼 젖어 있는 데다 등줄기에도 땀이 흘러내리고 있었다. 그녀는 복부를 띠처럼 두르는 뭉근한 통증에 눈을 깜박이며 숨을 가쁘게 몰아쉬었다. 그 아래쪽, 접힌 살 아래로 뭔가가 들어왔다. 파도가 아니면 홍수처럼 넘쳐나는 느낌이었다.

봄철 내내 어머니는 소화불량으로 고생을 했다. 아침마다, 때때로 밤에도 젊은 남편이 잠들고 난 후, 그녀는 침대에서 일어나 구연산 마그네슘 물약을 복용했다. 우유 또는 설탕을 넣은 차나 레모네이드를 마실 때에는 걸신들린 듯이 마셔댔지만, 차가운 회백색의 물약을 마실 때에는 찻잔에 따른 다음, 집중해서 엄숙하게 조금씩 나누어 마셨다. 어머니는 어떻게 해야 할지 몰랐다. 처음에는 간이 잘못된 모양이라고 생각했다가 그다음에는 아무래도 콩팥에 이상이 생긴 모양이라고 생각했다. 그녀는 겨우 서른 살밖에 되지 않았지만, 콩팥은 특히 비정상적인 체구를 가진 여성의 경우에는 젊은 나이에도 말썽을 일으킬 수 있었다. 어쩌면 변비 때문인지도 몰랐다. 이웃집의 플렛 부인은 그럴 수도 있다면서 장군풀로 만든 정제를 권했다. 그러곤 은밀한 어조로, 그 약이 듣지 않을 경우엔 어떤 부인병일지도 모른다고 말했다. 부인의 말에 따르면, 과도한 출혈 때문에 젊은 여자들도 상당히 고통을 겪는다고 했다. 그러면서 스피어스 박사에게 상담해보았느냐며, 스피어스 박사는 부인병을 잘 진단한다고 귀띔했다. 박사는 미묘한 질문을 던질 때에는 눈을 감는 버릇이 있고, 시적인 표현을 빌려 자연의 순환이라든가 균형, 월경주기, 또는 과일염 Fruit Salts●의 효력 등에 대해 얘기한다고 했다.

아니, 머시는 스피어스 박사에게 가본 적이 없었다. 스피어스 박사에게 이 일을 상담할 생각도 없었다. 아니, 그건 다른 어느 누구에게도 마찬가지였다. 남편, 특히 남편에게는 더더욱 말할

●제산제의 일종

수 없었다. 지금껏 살아오면서 생리는 단 두 번 있었다. 붉은 피가 성기의 부드러운 살집을 헤집고 삐죽 솟아나와 깨끗하기 그지없는 속옷을 더럽혔는데, 그 일은 생활의 자잘한 기품과 그녀의 본분을 비웃는 것 같았다. 바느질이라든가 살림살이, 인두질하는 솜씨, 잼과 절임을 만드는 솜씨, 깨끗하게 빤 속옷, 그리고 매일 아침마다 닦는 남포등 등피까지 말이다.

구연산 마그네슘은 전혀 소용이 없었다. 과일염은 통증을 가중시키기만 했다. 봄철 내내 어머니의 복막은 계속해서 죄어들며 부풀어올랐다. 그래서 종종 이러다가는 복막이 터지기라도 하는 건 아닐까 하고 걱정했다. 목구멍으로는 담즙이 올라왔다. 피부는 곳곳이 가려웠다. 종종 지독할 정도로 헛배가 불렀는데, 특히 밤이 되어 아버지 곁에 누워 있을 때 더욱 심해졌다. 그럴 때마다 아버지는 사랑으로, 또는 세심한 배려심으로 깊이 잠든 척했다. 그렇지만 어머니는 척 보면 알았다. 돌아누워 쥐 죽은 듯이 웅크리고 있는 남편이 자는 시늉을 하고 있다는 사실을.

빵만이 유일하게 불쾌감을 덜어주었다. 버터 바른 빵을 아주 큼직하게 한 조각 먹으면 말이다. 이 마을 사람들은 '현관 층계만큼 두껍게 썬 빵'이라는 표현을 썼다. 어머니는 오븐에서 갓 구운 빵을 한 조각씩 꺼내 먹었는데, 때로는 칼로 자르기 귀찮아서 그냥 한 줌씩 뜯어먹기도 했다. 어느 날인가는 혼자 부엌에 있다가 점심과 저녁 사이에 빵 한 덩어리를 통째로 먹어치운 적도 있었다. (불에 탄 빵이었다고, 어머니는 아버지에게 불안한 어조로 없어진 빵에 대해 변명했다. 아버지처럼 몽상가적 기질을 가진 남자는 그런 사소한 일까지 알아채기라도 한다는 듯이, 아니 남자들은 모두 그런 일에 신경쓰기라도 한다는 듯이.) 때로는 버터 바른 빵 위에 설탕을 뿌리기도 했다. 그러면 빵 표면이 눈부시게 반짝였다. 잇새에서 으적거리며 수정 같은 설탕이 씹힐 때면 기운이 나는 듯했다. 어머니는 자신의 배 속으로 그 부드러운 반죽 덩어리가 들어가, 잔뜩 부푼 위벽의 혈판을 따라가면서 솜처럼 따뜻하게 몸속 독소를 흡수하고 중화시켜주는 장면을 머릿속에 그려보았다.

사랑을 느끼지 못하는 일이 어머니에게 독이 된 것이다. 그녀는 설탕과 이스트, 라드, 밀가루로 이루어진 천박한 덩어리와 함께 사랑을 삼켜버리고 말았다. 어머니는 이 사실을 알고 있었다. 그래서 여러모로 애쓰면서, 여자들은 마땅히 그래야 한다고 알고 있는 대로 쾌감을 느끼는 시늉도 해보았다. 그렇지만 이런 모든 노력은 혼자일 때, 이처럼 무더운 7월, 대륙의 한복판인 매니토바의 먼지투성이 마을에 묻혀 있을 때 허기가 엄습하는 벌을 불렀다. (대여섯 개의 비포장도로가 나 있고 상점 하나, 호텔 하나, 감리교회 하나, 캐나다 퍼시픽 철도 역사 하나, 그리고 비숍 거리의 모퉁이에 있는 미혼 남성을 위한 하숙집 하나가 전부인 이 마을에서 말이다.) 그녀는 늘 뭔가 새로운 일이 일어나기를 기다리는 것 같았지만, 그 '뭔가'가 구체적으로 무엇인지에 대해서는 무지와 육체적 비만으로 인해 해답을 구하지 못했다. 어머니는 밤마다 당황하면서 잠옷 깃을 바싹 여미곤 했다. 그녀는 언제 남폿불을 꺼야 하는지, 무엇 때문에 남편이 소리를 지르는지 도통 알 수 없었다. 그나마 다행인 것은 그 소리가 어머니와 아버지가 살고 있는 판자 사택의 얇은 벽에 가로막혀 한풀 수그러들었다는 사실이다. 사택은 위층에 방이 둘, 아래에 방이 둘, 그리고 바깥 뒤편에 옥외 변소가 하나 있었다. 그녀가 알고 있는 것이라고는, 혈연을 얻는다는 흔해빠진 위로와는 별개로, 지난 이 년간 카일러 굿윌의 밑도 끝도 없는 열정에 수없이 당하고 있다는, 앞뒤가 맞지 않는 상황에 처해 있다는 사실뿐이었다. 매일 저녁 남편이 자신의 몸 위로 올라와 몸속의 접힌 내벽을 허물어뜨릴 듯 밀고 들어올 때면, 그녀는 나이아가라 폭포가 일시에 쏟아지는 것 같은 느낌이 들었다.

그러면 문득 마치 자기 자신, 즉 머시 굿윌이 살집과 넓적한 얼굴, 묵직한 목덜미 살, 거대하게 풀어진 젖가슴, 배 속에서 느껴지는 단단한 돌멩이라는 허울 속에 갖힌 채 뛰고 있는 맥박에 불과한 것 같았고, 깊숙이 저 밑으로 파묻히는 느낌이었다.

뒤편 부엌에 서 있는 어머니의 면 팬티 아래로 부드럽고 하얀 살코기 같은 허벅지가(송아지 고기나 닭고기, 돼지비계가 연상되는) 서로 맞닿아 있었다. 그녀는 문득 팬티가 젖어 있다는 것을, 그것도 흠뻑 젖어 있다는 사실을 깨달았다. 발목과 팔목은 지방으로 두 겹 세 겹 주름이 접혀 있었는데, 팔다리의 이랑들이 땀으로 반들거렸다. 그녀는 한껏 부풀어오른 손가락으로 식탁의 널빤지를 꽉 움켜잡았다. 부드러운 살 속에 파묻혀 있는 결혼반지 탓에 왼손이 욱신거렸다. 어머니는 눈앞에 부채처럼 활짝 펼쳐진 희미한 녹색 빛을 본 것 같았다. 이번은 과거 어느 때보다 훨씬 더 좋지 않았다. 금방이라도 몸이 갈기갈기 찢어지고 뼈가 살을 뚫고 나와 바닥과 벽에 피를 쏟을 것 같았다. 어머니는 그 피가 빨갛지 않고 노란색일 거라고 생각했다. 찐득찐득한 꿀 같은 피 때문에 움직임이 굼떠지고, 이웃에 있는 플렛 부인에게 소리치지 못하는 거라고 생각했다.

마침 플렛 부인은 소리치면 들릴 만한 거리에, 마흔 걸음도 채 떨어지지 않은 곳에서 시트와 베갯잇을 빨랫줄에 널고 있었다. 머시 굿윌이 처한 위기를 안다면 그녀는 당장 달려올 것이다. 단걸음에 뛰어와서는 이 가엾은 여자를 진정시키면서 제발 부엌 소파에 누우라고 재촉할 것이다. 물수건을 만들어 땀에 젖은 넓적하고 당황한 얼굴을 닦아준 다음, 옷을 느슨하게 해주고 단단히 묶은 신발 끈을 풀어주고 큼직한 양말을 벗겨주었을 것이다. 부인은 머시를 많이 아꼈다. 머시의 태도, 집중하는 모습을 사랑했다. 전체적으로 볼 때(이 점은 인정해야 한다) 그 사랑에는 매혹과 연민도 섞여 있는 것이었지만. 그것은, 크고 부드럽고 굼뜬 몸과 머시의 젊은 옆얼굴에 붙은 둔탁한 살집에 대한 연민과, 윗입술의 곡선이라든가 개암빛 눈에 담긴 허둥거림 속이라든가 간혹가다 어떤 각도에서 얼핏 비치는 귀여움에 대한 매혹이었다. 송아지를 닮은 머시의 눈을 들여다볼 때면 '어린애 같다'는 생각이 드는 게 아니라 바로 '어린애' 그 자체라는 느낌이 들었다. 가엾은 것, 불쌍하기 그지없는 것, 어머니라고 부를 사람도 없었는데, 지금 보건대(누가 그 앞날을 장담할 수 있을까마는) 얼러주고 노래를 불러줄 자식 하나 얻지 못할 여자 같으니.

플렛 부인에게는(그녀의 세례명은 클래런틴이다) 사이먼, 앤드루, 바커라는 세 아들이 있지만 딸은 없었다. 맏아들 바커는 대학 공부를 위해 위니펙에 가 있었으며, 나머지 두 아들은 채석공인 그녀의 남편 매그너스와 함께 채석장에서 일하고 있었다. 매그너스는 차가운 성격에 마른 몸매였고 오크니* 출신인데 열아홉 살 때 캐나다로 이주해온 사람이었다. 그래도 오크니 사람다운 특징은 여전히 고스란히 남아 있었다. 그는 단순한 것을 좋아했다. 수수하게 꾸민 집, 신중하게 재배된 채소밭, 평범한 식단. 저녁으로는 죽이나 훈제 생선, 심지어는 버터 바른 빵에 차만 곁들여 때우기도 했다. 만약 모양도 제대로 빚지 않은 채 크림을 듬뿍 얹어 유리그릇에 담아낸 맬번 푸딩을 봤다면 속상해했을 것이다. 게다가 그 푸딩이 1905년 한여름의 어느 평범한 월요일 저녁으로 나왔다면 더욱 그랬을 것이다. (그날은 내 생일, 내가 태어난 날이었다.)

플렛 부인, 즉 클래런틴은 날씬한 몸매에 노르스름한 갈색 피부의 소유자였다. 그녀는 아들들에 대한 거듭된 실망으로, 그들이 예쁘기만 하던 어린 시절의 추억을 깨끗이 지워버렸다. 하지만 그녀는 머시의 큼직하고 거친 손을 잡아줄 수 있기를 기대하며 이렇게 말했다.

"여자의 삶이란 가슴 아래에서 약동하는 생명을 느끼지 못한다면 양배추 한 접시만도 못한 거라우. 보살필 아이가 있다는 것, 그 아이가 자라서 어른이 되기까지 지켜본다는 것, 그게 사랑이지. 우린 남편을 사랑한다고 말하고, 또 신 앞에서 죽음이 우리를 갈라놓을 때까지 남편을 영원토록 사랑할 거라고 서약하지만, 우리가 정말로 사랑하는 것은 우리가 낳은 피붙이라우."

* 스코틀랜드 북쪽에 위치한 도서 지방

그녀는 머시에게 이것저것 주기를 좋아했다. 지난봄만 해도 집 안을 청소하다가 주석으로 세공한 젤리 틀을 찾아냈는데, 오늘 머시가 맬번 푸딩을 만들 때 모양을 빚기 위해 쓴 것이 바로 그 틀이었다. 그녀는 머시에게 정원에서 자라는 사향연리초, 니코시아나, 패랭이꽃, 서양말냉이, 금어초 같은 갖가지 꽃도 주었다. 또 제철이 되면 상추라든가 풋무, 당근, 잠두 따위도 갖다주었다. 딸기잼이나 장군풀 잎줄기 절임도 나눠주었다. 언젠가는 귀퉁이에 수를 놓은 행주 한 세트를, 또 한 번은 가운데가 비치는 아플리케 덮개도 선물했다. 그것 말고도 소녀 시절부터 애지중지해온, 너무 열심히 펼쳐봐서 이제는 너덜너덜해진 요리책도 넘겨주었다. 크리스마스 때는 종이 포장지로 싼 헬리오트로프* 비누를, 한번은 느닷없이 리본으로 장식된 유리 핀을 주기도 했다. 물건들이 그녀의 손을 떠나 머시의 손으로 넘어갈 때면 순간적으로 광채를 띠곤 했다. 비록 그녀는 자신의 관대한 행위를 되도록이면 겸손하게 말할 속셈으로 선물을 줄 때마다 매번 이렇게 표현했지만 말이다. '내겐 조금도 쓸모가 없는 물건이라우' 또는 '내겐 군대라도 먹일 만큼 있다니까' 아니면, '내겐 과하게 고급이잖우, 하지만 새댁한테는 정말 잘 어울릴 거야' 그렇지 않으면, '남편은 이런 향을 도저히 참지 못해요, 그렇다고 이렇게 멀쩡하고 쓸 만한 것을 그냥 버릴 수도 없고' 하는 식으로.

그럴 때마다 플렛 부인은 머시의 고마움을 담은 부드러운 눈

* 옅은 보라색 꽃이 피는 지칫과의 식물

길, 약간은 당황한 굼뜬 미소, 세속에 물들지 않은 천진한 표정을 마주하면서 그녀를 안아주고 싶었다. 부인은 실팍하고 풍만한 몸의 머시가 자신의 말쑥한 앞자락에 안겨, 감동과 안도를 실은 한숨을 내쉬는 모습을 상상했다. 그러면 그녀는 머시의 희뿌연 목덜미에, 그 부드러운 어깨와 곱슬곱슬하는 갈색 머리에 대고 "착하기도 해라" 하고 속삭여줄 터였다.

앞으로 그렇게 될 것이다. 바로 이것이, 지금 그녀가 따가운 햇살 아래 서서 빨래를 집게로 고정시키면서 하고 있는 생각이었다. 처음에는 흰 속옷을, 다음에는 앞치마와 블라우스, 그다음에는 남자들이 입는 작업복 하의순으로. 바람도 거의 없으니 옷들은 빳빳하게 마를 터였다. 두 시간이면 완전히 마를 것이었다. 그만큼 무더운 날씨였다. 오늘따라 빨래가 늦었다. 아직 잡초도 뽑아야 하고 저녁때 쓸 콩도 따야 하는데, 그녀는 곧잘 이렇게 늦었다. 머릿속에서는 끊임없이 시끄러운 어조로 새된 소리가 이어졌다. 이제 스토브에 윤을 내야지, 그리고 해진 옷을 기워야 해, 다음엔 커튼에 풀을 먹이고. 잔소리는 그녀 자신의 음성이었다. 굉장히 귀에 거슬리고 날카로웠지만 그녀를 움직이기에는 역부족이었다. 남자들, 남편과 아들은 정각 7시에 채석장으로 떠나 오후 5시에 돌아왔다. 그들은 그녀가 하루 종일 뭘 한다고 생각할까? 다들 지붕과 벽을 통해 지켜보면서, 그녀가 시시각각 사탄과 같은 게으름과 흥정하며 꿈속 같은 나날을 보내리라 생각할 테지, 그녀는 상상만으로도 진저리를 쳤다.

물론 하느님께서도 보고 계실 것이다. 틀림없다. 하느님은 그녀가 내다보는 창가에서 그녀를 지켜보시고, 길 건너 꽃을 피우고 있는 골담초 그늘에서도 그녀를 지켜보신다. 또 식탁 의자에 앉은 채 꼼짝도 않고 바느질 바구니 너머로 식탁을 기어가는 파리도 다 보고 계신다. 그렇게 일 분이 지나 한 시간이 되고, 그것이 다시 두 시간이 되는 것이다. 이러한 시간의 단편들은 그녀가 의식하고 있는 그 어떤 시간과도 무관한 것이다. 이렇게 허물어지는 시간들은 여름으로 날씨가 바뀌고부터 더욱더 빈번하게 찾아든다. 아침에 일어날 때는 생기 있고 활기차지만, 시곗바늘이 나아감에 따라 손짓하는 힘을, 남몰래 쉬고 싶은 끈질긴 유혹을 느낀다. 그리고 어느 순간 그녀는 싸움에 굴복하고 만다. 자신을 에워싸고 있는 것이 무엇이든, 그것은 아주 부드러운 무언가일 것이다. 구름처럼 그녀를 에워싼 그것은 얼굴도 음성도 없다. 오직 부드럽고 끈덕지게 스며드는 향기만 자아낼 뿐이다. 그 황홀의 파도가 그녀의 목구멍을 타고 들어와 몸 아래쪽으로 내려가면서 음부와 부드러운 허벅지 살을 팽팽하게 만들어준다.

침묵은 더할 나위 없이 완벽하면서도 고통스러웠다. 그리고 하느님은 언제나 그녀의 타락에 무관심하시다는 냉담한 생각으로 이끌어 그녀로 하여금 정신을 번쩍 들게 만들었다. 그분은 어떤 식으로든 그녀에게 말을 건 적도, 신호를 보낸 적도, 굳이 그녀의 생각을 폭로하려는 일조차 하지 않았던 것이다. 리넨 천에 다음과 같은 구절을 수놓아 부엌 벽에 걸어 미끼를 던졌음에도 말이다.

주님은 이 집의 주인

끼니때는

보이지 않는 손님이시며

모든 대화에

말없이 귀를 기울이시는도다

주위 사람들을 속이는 자신의 능력은 두려우면서도 신나는 것이다. 이는 뭔가 새로운 무언가였다. 그녀의 잃어버린 시간이자 생생한 꿈이며 언어의 단편들이었다. 마치 두 번의 인생을 부여받은 사람이 나머지 하나의 삶은 아무도 모르게 감춰놓기라도 했다는 듯이. 혹시 그녀가 스스로를 기만하고 있는 걸까? 쿼리 거리를 지나가다가 우연히 스피어스 박사와 마주친 일이 있는데, 그때 박사는 그녀의 손목을 잡더니 아주 흥미롭다는 듯이 그리고 솔직한 어투로 이렇게 말했다.

"여자분들은 다른 여자분들과 어울릴 필요가 있지요."

박사는 예의 날씨에 대해 몇 마디 하고 나더니 불쑥 화제를 바꿨다. "약간의 웃음이 큰 위안이 되는 겁니다. 조금쯤 무해한 가십거리도 좋고 말이죠. 재봉 봉사단이라든가 부인 연맹 같은 것 말입니다…… 그런데 플렛 부인, 부인께서는 예전에 여성 율동 클럽의 회원으로 계시면서 오후에 다른 사람들과 즐겁게 어울리곤 하셨죠? 제 아내 말이, 최근에 중국 선교 사업에 관한 강연을 들었는데 기분 전환이 됐다고 하더군요. 교훈적인 것은 물론이고요."

"전 집에서 할 일이 많아요." 클래런틴 플렛은 스피어스 박사에게 이렇게 대꾸했다.

"아, 물론 그러실 테죠." 박사는 즉각 고개를 끄덕였다. "아니면, 며칠간 위니펙을 방문하시는 건 어떨까요? 일 년에 며칠만이라도 아드님이신 바커 군과 그곳에서 지내는 겁니다. 아드님은 아직 그곳에서 공부하고 있죠? 전공이 식물학이던가요?"

"그래요." 그녀가 대답했다. "꽃이나 풀 같은 걸 공부해요."

"아드님이 자랑스러우시겠어요. 훌륭한 젊은이로군요. 기억하실지 모르겠습니다만, 제가 아드님이 엡워스 장학금을 받도록 추천해준 사람 가운데 하나였습니다."

"오, 물론 기억하고말고요. 그리고……."

"그렇다면 아드님으로 하여금 어머니를 맞이하는 즐거움을 누리도록 해주세요. 우린 누구나 이따금 다른 데서 살아볼 필요가 있답니다. 길고 힘든 겨울을 보낸 뒤엔 더욱 그렇죠. 원하신다면 제가 남편분께 말씀드릴 수도 있고요. 물론 간접적으로 말입니다. 약간의 휴가를 갖는 것이 건강에 좋다는 식으로……."

"오, 제발…… 그러실 필요는 없어요. 제가 남편에게 직접 말하면 되니까요."

스피어스 박사가 자리를 뜨고 나면 자신이 갇힐 달걀과도 같은 단단한 침묵을 상상하며 그녀가 말했다. 그것은 진줏빛 나는 매끄러운 표면으로 이루어져 있으리라.

"부인 연맹, 위니펙에서 며칠 지내기 등, 아마 몇 달 전이었다면 이런 기분 전환거리에 마음이 끌렸을 것이다. 실제로 일주일쯤 도시로 가는 문제를 남편 매그너스에게 말했을지도 모를 일이다. 저녁식사가 끝난 뒤 설거지를 하면서, 또는 창가에 매달린 푸크시아•에서 시든 잎사귀를 떼어내는 것 같은 일상적인 일을 하면서 말을 꺼냈으리라. 남편은 말을 낭비하는 사람이 아니었다. 그들 두 사람은 오랜 세월 동안, 세 아이의 양육 문제라든가 물품의 주문, 날씨나 건강, 채소밭에 심을 채소 등, 간단하지만 꼭 필요한 부부간의 대화를 어째어째 잘 이어왔다. 그리고 그녀는 자기 남편이 다른 남자들과 비슷한 수준으로 무심한 거라고 추측했다. (추측이 아니라면 이런 일을 어떻게 알 수 있겠는가? 누가 이런 얘기를 해주겠는가?)

"괜찮다면, 여보……." 그는 뒤편 침실의 어둠 속에서 한 손으로 그녀의 잠옷을 벗기며 이렇게 말하곤 했다. 천 번은, 아니 오천 번은 더 말했으리라. "괜찮다면, 여보……."

그 말은 의식의 홈을 아예 닳게 만들어버려서 이젠 그 말이 귀에 들리지 않을 정도가 되었다. 그리고 그 일이 지난 후에는 구멍 속에 떨어진 것과도 같은 침묵이, 그렇지 않으면 그녀가 만족한 시늉을 하며 내는 신음 소리가 이어졌을 뿐이다.

"그럼 우리 결혼할까?" 이 말은 이십오 년 전에 나왔던 구혼의 표명이었는데, 그때 그녀로서는 그 순진한 말에 저항할 수 없었다. 당시 그는 캐나다에 온 지 채 일 년도 되지 않았으며, 그녀의 아버지가 농사를 짓는 곳에서 가까운 라크 드 보넷의 오래된 화강암 채석장에서 여덟 달째 일하고 있는 중이었다. 그의 오크니식 악센트가 너무 뚜렷해서 지나칠 정도로 귀에 거슬렸지만, 그녀는 그 이면에 뭔가 부드러운 마음이 있으리라고 상상했다.

• 바늘꽃과에 속하는 밝은 자홍색 꽃

그는 밀너 교회에서 열린 기도회가 끝나자 그녀를 집까지 바래다주었다. 하늘에 별이 총총히 박힌 4월의 따스한 밤이었다. 맑은 공기를 마시며 그대로 건강해지는 기분이었고, 그가 그녀를 세번째 바래다주던 날이었다. 그녀는 그가 키스를 할 자격이 있다는 것을 알았다. (그리고 그 역시 그렇다는 것을 알고 있었다.) 호기심에 따라 그녀는 동의했다. 그의 윗입술이 재빨리, 너무도 재빠르게 다가와서 그녀의 입과 뺨을 불쾌할 정도로 문질러댔다. 그리고 그가 그 말을 했다. "그럼 우리 결혼할까?" 그의 당돌함에 그녀는 마음이 움직였다. 너무도 아이 같았던 것이다. 그녀는 웃음을 터뜨리며 놀려대고 싶었지만(그 시절에는 그녀도 즐거움이 뭔지 알고 있었다), 그러기에는 그의 얼굴이 너무 바싹 다가와 있었다.

"자, 뭐라고 하겠소?" 그가 대답을 재촉했다.

그의 얼굴은 짙은 어둠에 가려져 있었으나, 목덜미에 닿는 그의 따스한 숨결이 느껴졌다. 그것이 그녀의 힘을 쭉 빠지게 만들었다. 그녀는 부드러운 말로 화답할 각오가 돼 있었다.

"난 급료도 괜찮은 편이오. 게다가 정식 직공이고 말이오."

그의 말은 사실이었다. 그녀는 그의 말에 반박할 도리가 없었다. 그녀는 반박할 말을 찾아본 적이 없었다. 그는 상대방의 반박을 허용하지 않는 독특한 표현을 구사했다. 아이스박스 일만 해도 그랬다. 그는 사전에 편지를 통해 물건에 대해 알아보고는 은밀하게 '이튼 통신판매'에 주문을 넣었다. 그리고 이제 그 물건은 부엌 한쪽 구석을 차지하고 있다. 갑자기 나타난 셈이었다. 몇 달 전 그는 경제적인 이유를 들어, 자기 귀 뒤에 난 혹을 스피어스 박사에게 진찰받기를 거부했다. 그런데 아이스박스에 무려 11달러라는 금액을 덜컥 써버린 것이다. 11달러에 운송비까지 추가로 더 지불했다. 아이스박스에는 '새롭게 개량된 래브라도 아이스박스'라는 산뜻한 금속 명판이 붙어 있었다. 그녀는 이런 물건을 사달라고 한 적이 없었다. 그녀는 물건이 들어온 첫날, 남편이 손가락으로 매끄러운 나무 표면과 반짝이는 경첩을 더듬는 것을 보면서, 자신도 모르게 이런 생각을 했다. 바로 저 손가락으로 내 알몸을 더듬었단 말이지?

이러한 생각은 시간이 지날수록 점점 더 빈번하게 떠올랐다. 그녀의 머릿속에는 지난 몇 달간 이런 생각들이 미친 듯이 날뛰었다. 그녀는 금간 주전자의 밑바닥에 있는 자신의 욕망이 어느 날 분출하기를 잠자코 기다리고 있는 여인이 된 것이다.

바로 지금도, 빨래를 널면서 그녀는 갈망으로 어질어질할 정도였다. 하지만 무엇에 대한 갈망일까? 껴안아줘. 그녀는 물을 뚝뚝 떨어뜨리고 있는 시트와 베갯잇에 대고 말했다. 날 붙잡아줘. 하지만 아무 희망도 없이 그저 멍한 어조로 말했을 뿐이다. 이제 튀어나온 바위 위에 얹어둔 나무로 만든 낡은 세탁물 통도 비었다. 머리 위의 하늘은 넓고 푸르렀다. 하늘을 바라보니 현기증이 일었다. 문득 콧구멍이 시큰거려서 앞치마 주머니에 손을 넣어 손수건을 꺼냈다. 액상 세제의 강한 소다냄새 때문에 코를 풀고 싶어진 것이다.

'난 괜찮지 않아.' 그녀는 머릿속으로 그렇게 말했다. '이젠 괜찮지 않아.'

벌써 3시는 됐을 거라는 짐작이 섰다. 오늘은 잡초를 뽑지 않으리라. 남편이나 두 아들 중 누군가가 묻기라도 한다면 더위 탓으로 돌리리라. 이런 뜨거운 별 아래에서 몸을 상하게 할 이유가 있느냐고 대꾸해주리라. 그 대신 서늘한 거실, 어두운 구석에 놓인 고블랭직 덮개 의자에 앉아야겠다. 전에도 슬픔을 도저히 견딜 수 없을 때 그래본 적이 있었다. 그녀가 소중히 여기는 '베들레헴의 별'•이 화분에 담겨 있다. 그녀는 그 회녹색 잎사귀의 비밀에 대해 연구하길 좋아했다. 갈색과 분홍색 꽃무늬가 번갈아가며 반복되는 벽지 역시 그녀의 주의를 끌었다. 참나무 틀 속에 든 조그만 사각형 거울은 그녀의 모습을 비춰주었다. 납작하게 주저앉은 머리와 머릿속에 든 돌처럼 열에 떠 있는 두 눈을.

"당신을 사랑하오." 그녀는 젊은 카일러 굿월이 비대한 몸집을 한 자기 아내 머시에게 이렇게 말하는 소리를 들은 적이 있었다. "오, 얼마나 사랑하는지. 내 온 마음 다 바쳐서 사랑하고 있소."

그녀가 이 말을 들은 것은 오늘처럼 월요일인 어느 날 초저녁 때였다. 그녀는 이웃에게 줄 선물로 일찍 핀 라일락을 한 아름 안은 채 굿월 가의 부엌문 곁에 서 있었다. (사실을 말하자면, 그 집을 기웃거릴 수밖에 없었다. 신혼부부의 집은 일종의 마력을 갖고 있게 마련이다. 집 안 공기도 다른 집보다 한결 부드럽고, 음성은 더욱 나지막했으며, 임시로 단 커튼이라든가 어울리지 않을 만큼 화사한 싸구려 양탄자가 깔려 있다.) 굿월 가의 부엌 창문은 봄날의 상큼한 바람이 들어오도록 활짝 열려 있었다. 두 사람은 식탁에 앉아

• 하얀 별처럼 생긴 꽃이 피는 백합과의 일종

있었다. (그녀는 그들을 똑똑히 볼 수 있었다.) 머시는 이쪽에, 카일러는 저쪽에. 하얀 식탁보 위에 놓인 식기는 아직 치우지도 않은 채였다.

문에서 들어오는 빛이 내 어머니의 넓적한 얼굴을 환하게 만들었다. 아버지는 한 손으로 그녀의 두 손을 덮은 채 어머니 쪽으로 상체를 기울이고 있었다. 그들 두 사람의 모습은 거실 장식용 그림으로도 잘 어울릴 거라고 클래런틴 플렛은 생각했다. 연청색과 회색의 색조를 띤 수채화로 그린다면.

이미 말했듯이 어머니는 비정상적일 정도로 비대한 여자였으며, 흐늘흐늘한 생김새 때문에 좀 못생긴 편이라고 할 수 있었다. 그녀의 이웃인 플렛 부인이 감기다시피 한 눈과 군살이 붙은 턱에서 일종의 귀염성을 발견한 것은 사실이지만, 나는 내가 갖고 있는 어머니의 결혼사진에서 그것과는 다른 사실을 보았다. 어머니는 비대한 데다 몸집이 컸고, 그에 반해 아버지는 키와 뼈대가 작고 마른 편이었고, 얼굴에서 뭔가 이해하지 못하겠다는 듯한 어리둥절한 표정이 묻어났다. 아마도 남자들만 있는 자리에서는 아버지를 놓고 외설적인 농담이 오갔을 것으로 짐작되었다.

내 온 마음 다 바쳐서……. 플렛 부인은 그가 어머니에게 하는 말을 들었다. 아버지는 그 말을 하고는 기진맥진했는지 의자에 등을 기댔다. 내 온 마음 다 바쳐서. 책에 나오는 연인들이나 하는 종류의 말이었다. 사랑의 말, 연인끼리 나누는 말이었다. 황홀한 시였다. 클래런틴 플렛은 이따금 싸구려 소설책을 읽었는데(그녀는 남편이 시간 낭비라고 여길까봐 남편 앞에서는 숨기며 읽었다), 그 소설 속에 나오는 사람들은 그런 부드러운 표현들을 쓰고 있었다. 그렇지만 그녀는 이런 표현이 매니토바 주의 틴들 같은 외딴 마을의 평범한 채석장 일꾼의 집에서 쓰이리라고는 생각도 못 했던 것이다. 또한 이러한 말에 그처럼 풍요한 맛이나 어조가 실릴 수 있다는 것도 상상할 수 없던 일이었다.

"오, 얼마나 사랑하는지."

카일러 굿윌이 자기 아내 머시에게 거의 탄원조로 애원하다시피 한 그 말은, 클래런틴 플렛의 기억에서 도저히 떨쳐지지가 않았다. 그 말은 메마른 일상의 나날을 촉촉이 적셔주는 비처럼 봄철 내내 그녀의 마음속에 젖어들었다. 빨랫줄 옆에 서서 코를 풀고 눈부신 햇살에 눈을 껌벅이며 오후의 일거리에서 손을 떼고 싶은 유혹과 싸우고 있는 지금 이 순간에도 그녀의 마음속에는 그 말이 머물고 있었다.

다음 순간 한 가지 좋은 생각이 떠올랐다. 차를 한 주전자 끓이고 머시에게 건너오라고 해서 함께 마시는 것이었다.

'그래, 맛있는 차를 준비하는 거야.' 클래런틴 플렛은 결정을 내렸다.

그리고 가장 좋은 로열 앨버트의 장밋빛 찻잔을 꺼낸다. 그 찻잔은 친정어머니로부터 물려받은 것이었다. 차를 마실 때는 잼 비스킷 한 접시도 꺼내놓아야지. 여자들에겐 교제가 필요한 법이야. 스피어스 박사가 그토록 법석을 떤 것도 바로 그 문제 아니었던가. 어쩌면 정말 중요한 것은 바로 고독일지도 몰랐다. 인생 그 자체의 불행이 아니라 주기적으로 엄습하는 고독감 말이다. 그리고 머시 굿윌, 그 가엾은 젊은 여자 역시 고독하다. 플렛 부인은 문득 그것이 사실임을 깨달았다. 그녀는 그 사실을 꿰뚫어 보게 된 것이다. 머시의 가슴속에 그 젊은 남편이 속삭여준 다정하고 부드러운 말이 감춰져 있든 말든 그건 걱정하지 말자, 그런 건 조금도 신경쓸 것 없다. 그녀와 머시는 이 세상에 단둘이 남은, 똑같이 간절한 허기에 묶인 채 바로 이웃집에 살고 있는 두 명의 고독한 영혼들이었다. 어째서 전에는 이 사실을 알지 못했던가? 부인 연맹이나 재봉 봉사단이 아니라, 위니펙에 며칠 가 있는 일이 아니라 바로 이 일이 지난 몇 주 동안 클래런틴 플렛의 가슴속에 사무치던 그것이었다. 그녀 자신과 머시 굿월, 독특하게 맺어진 그리스도의 두 자매인 이들을 감싸고 있는 무력감의 고리에서 벗어난다는 것은 그녀로서는 도저히 불가능한 일이었다.

마침내 어떤 일이 필요하게 되었으며, 그녀는 그 일을 할 것이다. 지금 당장 머시의 집 문을 두드리고 그녀를 부르리라. 머시가 좋아하게끔 연하고 달콤한 차를 만들리라. 그녀는 갑자기, 오후에 갖는 티타임, 스피어스 박사의 아내와 채석장 주인의 아내인 홉스페인 부인이 갖는 것과 같은 티타임이라는 생각에 사로잡혔다. 그러고는 차를 한두 잔 마신 다음 머시에게 이제 자신을 세례명으로 부르라고 말하리라.

"나를 클래런틴이라고 불러요. 난 아무렇지도 않으니까. 아니, 오히려 그러는 게 좋다우. 우린 이제 이 년간이나 이웃으로 지내왔잖아. 새댁은 내 딸과도 같아. 내 감정이 그렇다우. 그리고 그럴 생각만 있다면……."

하지만 바로 이 순간 그녀의 공상은 중단되고 말았다. 문득 누군가의 목소리가, 남자의 찢어지는 듯한 외침이 들린 것이다. 그녀가 고개를 들자 정원을 가로질러 허겁지겁 다가오고 있는 유태인이 보였다.

요즘에는 유태인 어쩌고 얘기하는 것 자체가 어려워졌다. 여러 가지로 복잡 미묘한 일이 되어버린 것이다. 하지만 여기서는 '유태인'이라는 말을 거침없이 얘기할 수 있는 그 시절로 되짚어올라가보도록 한다. 유태인, 지금 유태인이 오고 있었다.

더운 날씨에 더럽고 까만 옷자락을 펄럭이며 머리는 온통 헝클어져 이상야릇하게 보이는 유태인이 눈앞에 나타났다. 그는 모자라고 할 수도 없는, 갈기갈기 찢어지고 더러운 물건을 머리 뒤쪽으로 젖혀 쓰고 있었다. 뺨은 눈 아래까지 바짝 올라붙어 있고 피부는 호두처럼 갈색에다 쭈글쭈글하기까지 하다. 얼굴에 길게 파고든 주름살에는 때가 덕지덕지 붙어 있는데, 그게 아니라면 그저 외국인의 피부색 때문에 그렇게 보인 것인지도 모른다. 그의 말, 그 가엾은 짐승은 머시 굿윌의 집 문 옆 길가에 선 작고 휘어진 버드나무에 묶여 있었다. 그보다는 울타리 기둥에 묶는 쪽이 훨씬 나을 텐데도 그렇게 대충 묶어도 될 만큼 말을 믿는 모양이었다. 그리고 수레는 너무 부서지고 낡아서, 들판의 까마귀들까지 놀라 날아갈 만큼 덜컹거리고 삐걱대며 지나가는 꼴을 보면 도저히 수레라고 할 수도 없는 것이었다.

그의 내방은 어느 모로 보나 반가운 일이 아니었다. 그는 거의 언제나 기운을 차릴 만한 커피나 냉수 한 모금을 부탁하곤 했는데, 그가 간 다음에는 잔이며 컵을 끓는 물로 소독해야 했기 때문이다. 겨울에도 아이슬란드인들이 살고 있는 아르보그 같은 외딴 시골까지 돌아다니는 그는 종종 하룻밤 신세를 청하기도 했다. 그러면 그다음 날에는 침구를 모조리 끌어내어 끓인 물로 소독해야만 했고 환기를 위해 창문을 활짝 열어야 했다. 그가 정결하고 검소한 집 안에 마늘과 양파, 곰팡이, 씻지 않은 몸에서 나는 모든 악취를 끌고 들어왔기 때문이었다. 그가 파는 단추나 구두끈, 바늘 같은 물건들은 쉽게 입수하기가 어려운 것이기는 했지만, 빈대와 온갖 이름 모를 질병에 걸릴 위험을 무릅쓰기에는 대가가 너무 컸다. 말투는 답답한 데다 문법도 맞지 않았으며 눈은 항상 어리둥절했다. 게다가 알랑거리기까지 했다. 그는 그 지방의 모든 여자들을 '아주무니'로, 그 남편들을 '아주씨'라고 불렀다. 하숙집에 있는 청년들에게는 음란물을 팔기도 했다. 나이는 마흔일수도 예순일수도 있었다. 그가 갖고 다니는 물건은 주로 약과 로션, 주머니칼, 장난감, 담배, 눈깔사탕 따위의 유해한 것들이었다. 그는 상대방을 똑바로 쳐다보지도 않았다. 양계장에서는 달걀을 집어먹고 채소밭에서는 토마토를 훔치고, 찻숟가락 같은 물건을 외투 속에다 슬쩍 집어넣는다는 소문도 있었다. 그는 시커먼 손으로 상대가 미처 피할 틈도 없이 어린애의 머리를 토닥여서 아이의 부모를 당황하게 만들기도 했다.

시골길에서 자기의 가엾은 늙은 말에게 채찍질하는 그를 자주 볼 수 있었다. 그는 발을 질질 끌며 문간으로 가서는 비굴하고도 끈덕지게 문을 두드리곤 했다. 누구나 노크 소리만 들어도 대번에 유태인이 왔다는 것을 알 수 있었다. 걸음걸이는 온전치 못하여 느릿느릿 뒤뚱거리며 걷는데, 그걸 보면 구시대의 역병이 연상되는 것이다. 그런데 지금 7월의 어느 날 오후에 그가 다리를 절며, 시트와 수건 등이 깃발처럼 펄럭이는 빨랫줄 옆에 마치 널빤지에 새긴 그림처럼 우뚝 서 있는 클래런틴 플렛 부인에게 달려오고 있었다.

그는 다가서자마자 대뜸 그녀의 소맷자락을 붙잡았다. 그녀는 본능적으로 놀라면서 그 손길을 뿌리쳤지만, 그는 다시 붙잡았다. 이번에는 소맷자락이 아니라 손목을 거칠게 움켜잡았다. 그의 얼굴은 슬픔으로 잔뜩 찌푸려져 있었고 구슬프게 흐느끼고 있었다.

“아주무니, 아주무니.”

그의 얼굴이 너무도 바짝 다가오는 바람에 그녀는 그의 숨결과 몸에서 풍기는 역한 냄새를 맡을 수 있을 정도였다.

“어서요, 아주무니. 어서요, 아주무니.”

그것은 정신이 온전치 못한 사람의 음성이었다. 거기에는 공포의 기미도 서려 있었고, 남자의 목소리치고는 너무 갈라지는 편이었다. 그가 하는 말은 무슨 소린지 알아들을 수 없는 말뿐이었다. 그에겐 이가 딱 세 개밖에 없었다. 그녀는 뭔가 대단한 일이라도 안 것처럼 이 사실을 마음에 새겨두었다. 윗입술에는 상처 자국이 까맣게 앉아 있었다. 클래런틴 플렛은 그에게서 몸을 빼려 하면서, 너무도 역겨워서 기절할 것 같으면서도 그 말라붙은 상처 딱지에서 눈을 뗄 수 없었다. 왜 그랬는지 이유는 도저히 설명할 수 없지만 그걸 손으로 만져보고 싶기까지 했다.

유태인은 놓아주려 하지 않았다.

“어서요, 아주무니.”

그녀는 자신의 손목을 거칠게 움켜잡은 그 행위에 불쾌감이 일었으나, 실밥이 해진 외투 소매와, 소매 밖으로 튀어나온 창백한 팔뚝을 보자 망설였다.

플렛 부인은 그것이 평범한 남자의 팔뚝과 다를 바 없다는 사실을 알았다. 그렇게까지 기괴하지도 않았고, 토요일 밤 속옷을 벗어 비눗물에 집어넣을 때 드러나는 남편 매그너스의 팔과 사실상 별로 다를 것도 없었던 것이다. 그때 드러난 남편의 팔은 흉터와 여기저기 불끈 솟아난 혈관, 고된 일로 단련되기는 했지만 여자의 팔처럼 놀랄 만큼 애처로워 보였던 것이다.

그녀는 유태인이 혹시 근방 어딘가에서 누군가와 관계를 맺고, 그래서 지붕과 따스한 난로와 침대가 있는 자기 집을 가질 수도 있지 않을까 하는 의문이 들었다. (이런 모든 생각이 불과 몇 초 사이에 한꺼번에 떠오른 것이다.) 그렇다면 그 역시 이부자리 속에 나란히 누울 여자와, 다른 남자들처럼 다리 사이에 있는 축 늘어진 검푸른 물건을 간수할 자루가 있었으리라. 이런 생각들은 혐오감을 안겨주었기 때문에 그녀는 건전하고 선한 쪽으로 시선을 돌려야만 했다. 아, 그래. 이름이 있지. 물론 그에게도 이름이 있을 것이다. 이름 없이 이 나라에 들어와 시민이 되지는 못했을 테니까. 어쩌면 두세 가지쯤 있을지도 모를 일이다. 발음하기도 힘들고 철자도 까다로운 이름일 거야. 누군가 그에게 그런 이름을 지어주었을 테지. 하지만 그것이 누구란 말인가?

이런 의문들이 숨 쉴 틈도 없이 그녀의 머릿속으로 쏟아져 들어왔다. 그와 동시에 마치 샘물의 소용돌이처럼 그것에 겹쳐서, 그늘진 거실과 서늘한 구석에 있을 안락의자가 떠올랐다. 의자에 씌운 녹색 뜨개 직물의 한 모서리가 닳아서 늘 그쪽이 보이지 않도록 돌려놓곤 했던 일까지.

유태인은 한 손으로 그녀를 꽉 잡은 채 다른 한 손으로는 머시 굿윌의 부엌문 쪽을 가리켰다.

"아주무니가 아파요." 그가 겨우 그 말을 꺼내는 데 성공했다. "아파요, 아파."

마침내 그녀도 그의 말을 알아들었다.

두 집 사이의 지면은 울퉁불퉁한 데다 바위와 나무뿌리, 무더기로 자란 풀숲이 가득했다. 두 사람은 열린 부엌문 쪽을 향해 서로 몸을 부딪쳐가면서 힘들게 달려갔다. 그동안에도 유태인의 손가락은 단 한 번도 그녀의 팔목을 놓아주지 않았다.

이 장면에서 나는 문득, 어머니의 두 다리 사이로 밀려나온 그 피에 젖은 덩어리로 달려들고 싶은 유혹이 일어난다. 그리고 고동치는 내 심장과, 납작해진 내 머리, 번쩍이는 걸쭉한 액체의 뒤범벅 속에서 바둥대는 갓난애의 팔에 내 손을 얹고 싶은 유혹도 있다. 그곳, 비록 싸구려이긴 해도 깨끗한 꽃무늬 덮개를 씌운 부엌 소파 위에 나의 어머니 머시 스톤 굿윌이 누워 있었다. 그녀는 마치 누군가가 쓰러뜨리기라도 한 듯 옆으로 누워 있었으며, 기둥처럼 굵직하고 부드러운 두 무릎을 세우고 있어서 음부가 고스란히 드러나 보였다. 그것은 조개가 아니면 뭉그러진 과일처럼 보였다.

피에 젖은 팬티는 아마 바닥에 벗어던진 그대로 놓여 있을 것이지만, 눈에 띄지는 않았다.

남들이 어떻게 생각하든 이 장면에 보기 흉한 것은 없다. 부자연스러운 것도 없다. 그런데 어째서 난 그 장면을 침착하게 바라볼 수 없는 것일까? 그것은 아마도 내가 지금 서로 어울리지 않는 그 다양한 요소들을 균형 있게 만들려고 하기 때문이리라. 동시에, 아무리 그런다고 해도 내 그러한 노력은 한낱 궁색한 변명처럼 보일 것임을 알고 있는 것이다. 유혈과 무지…… 유혈과 무지에서 대체 무엇을 이끌어낼 수 있을까? 그리고 아무것도 모르는 채 고동치고 있는, 이제 갓 태어나 젤리로 뒤덮여 있는 나에게서 말이다. 나는 그것을, 그 현상의 이면을 흐르는 성경 한 구절로써, 또는 라틴어로 될 어떤 격언으로써 뭔가 정결하고 온전한 것으로 바꿔야 할 것 같은 기분이 든다.

그리고 나의 아버지도 고려해야 한다. 그는 방금 쿼리 거리를 지나 집에 도착했다. 휘파람을 불면서, 손바닥으로 등에모기를 쫓으며, 또한 작업화로 먼지를 걷어차면서 집까지 걸어온 것이다. 그는 지쳐 있었다. 암반 위에서 시간당 14센트를 받고 아홉시간 반 동안 바위를 자르고 나서 지치지 않을 사람이 어디 있겠는가? 그 노임은 그의 아내 머시가 지난겨울 크리스마스 푸딩에 넣었던 베스티자 건포도 500그램 값도 안 되는 것이다. 그럼에도 그는 즐겁게 '귀엽고 다정한 아가씨'라든가 어쩌면 '지지줌줌' 같은 곡조를 휘파람으로 불었을 것이다. 묘지로 통하는 파이크 거리에서 그는 걸음을 멈추고 가득 찬 방광을 비웠다.

가슨과 틴들 사이의 거리는 3킬로미터였다. 석회 가마나 암석 표면에서 곡괭이질을 하고 난 다른 채석장 일꾼들은 회사에서 내준 짐마차에 걸터앉아 발을 건들거리며 틴들에 있는 사택으로 귀가를 했다. 건장한 말들이 그들을 집까지 실어날랐는데, 그렇게 아름답고 근육이 튀어나온, 마치 노아의 방주처럼 믿음직한 동물을 요즘에는 거의 찾아보기 힘들 것이다. 그렇지만 아버지는 그 마차를 타지 않았다. 아버지는 걷는 편을 좋아했다. 그 친구는 좀 괴짜라고 동료들은 말하곤 했다. 남들과 어울리지 않는다니, 바보 같은걸. 자기 소신대로 행동하는 친구야. 꼬마지. 하지만 부지런한 일꾼이야. 흠잡을 데가 없잖아. 기계를 잘 다루지. 손재주가 있거든. 말이 없고 침착하다고. 그 친구와 그 친구 아내는 모두 스톤월 타운십 출신이야. 그런데 그 친구의 아내 말인데, 글쎄(이런 말을 할 때 그들은 으레 한쪽 눈을 찡긋하거나 팔꿈치로 쿡쿡 찔러댔다)⋯⋯ 하룻밤 새 사내 두셋 정도는 너끈히 다룰 만한 여자라고.

아버지는 하루 종일 석회암 위에서 허리를 굽히고 일을 하거나, 말썽을 부리는 낡은 증기 천공기 내부를 들여다보고 난 뒤에는 다리 운동을 하고 싶어 했다. 그 채석장은 불과 몇 년밖에 되지 않은 곳으로, 1896년 어떤 농부가 자기 집 뒤에서 우물을 파다가 발견한 것인데, 그로부터 사 년 후 윌리엄 가슨이라는 사람에게 팔았다. (어떤 이들은 거저 빼앗은 거나 다름없다고, 철저하게 사기를 당했다고 말하기도 한다.) 그래서 현재 그 가슨이라는 사람이 채석장 주인이었다. 그동안 이미 10만 톤에 달하는 암석이 잘려나가 지형이 완전히 바뀌었다. 그곳은 마치 한 단의 높이가 30에서 90센티미터 사이를 이루는 커다란 야외 원형 경기장처럼 안으로 움푹 패어 들어갔다. 실제로 지하에 얼마나 되는 암석이 매장돼 있는가에 대해서는 논란의 여지가 있었다. 어떤 이들은, 이런 경우에는 통상 그렇듯이 오 년이나 십 년 정도면 채

굴할 암석이 없을 거라고 말했다. 그런가 하면 좀더 낙관적이고 좀더 전문 지식이 있는 이들은 이곳 암석층이 800미터 정도의 폭을 이루며 위니펙 저 너머까지 쭉 깔려 있을 거라고 말하기도 했다.

이곳에서 나는 돌은 석회석의 일종인 백운석으로서, 아버지가 매니토바 스톤월에서 다루었던 것보다 훨씬 아름답고 다루기도 쉬웠다. 자연적인 화학 작용이 번갈아 나타나서 암석에 독특한 레이스 모양의 외관을 부여해주었다. 암석은 두 가지 색을 띠고 있는데, 하나는 연한 황갈색이고, 다른 하나는(내가 좋아한 것이 이것이다) 좀더 짙은 회색 반점을 띠고 있었다. 그 돌을 태피스트리 석이라고 부르는 사람도 있는데, 사람들은 이곳의 암석에서 무작위로 나타나는 화석을 높이 쳐주었다. 여기서는 복족류腹足類, 완족류腕足類, 삼엽충三葉蟲, 산호, 고둥 같은 화석들이 나타나곤 했던 것이다. 옛날에 살았던 이 동물들의 살은 썩어 없어지고 석회 성분의 진흙이 껍질 안을 채워 돌로 굳었다. 아버지는 극히 초보적인 교육밖에 받지 못했으나, 박물학자다운 호기심의 축복을 받아서인지 얼마 안 가 좀더 흥미로운 몇 점의 화석을 캐어 아내 머시에게 보여주려고 집에 가져왔다. (내가 태어난 날 맬번 푸딩을 눌러두는 데 쓴 그 돌은 세 가지 화석이 한데 융합된 극히 희귀한 화석으로서, 지금까지도 적절히 분류되지 못한 채로 남아 있다.)

무엇이 카일러 굿윌로 하여금, 아직 머리 위로 해가 작열하는 퇴근길을 걸어서 돌아오게 한 것일까? 무엇이 그로 하여금 그토록 즐겁게 휘파람을 불게 한 것일까? 좀전에 나는, 아버지가 하루의 힘든 노동을 마친 후에는 뻐근한 근육을 풀고 싶어한다는 말을 한 적이 있다. 그리고 이건 나만의 공상인데, 아버지는 아마도 팔다리를 뻗으면서, 집이 점점 더 가까워질수록 자신이 점점 더 키가 크고 몸집도 커지고 힘도 세지는 것을 느끼지 않았을까? 그래서 이제부터 되고자 하는 바로 그런 사람에 좀더 가깝게 다가가고 있던 것은 아니었을까? 남편이자 연인으로서 말이다. 그리고 누군가 자신을 기다리고 있다는 것, 누군가 기다린다는 것, 이것은 행복이 안겨준 뜻밖의 선물이었다. 그에겐 집이 있었으며(물론 세낸 것이긴 해도 집은 집이다), 저녁식사가 마련되고, 자신을 숭배하는 아내가 있다. 그 역시 아내를, 그녀의 육신과 영혼 모두를 숭배하고 있었다.

그의 삶에서 그 어느 것도 아버지에게 사랑이라는 것이 어떤 것인지 가르쳐준 바가 없었다. 어린 시절에 겪은 불완전한 가족, 즉 신경질적인 아버지와 부스스한 몰골의 어머니, 형제자매도 없는 외아들이라는 사실 때문에 그는 자신이 평생 동안 어린애로, 다시 말해서 욕구가 발육되지 못한 어린애로 남아 있게 되리라고 여기고 있었던 것이다.

그의 가족인 굿윌 가는 그들을 잉태한 저 엄격하고 구식이며 혼란스러운 세기의 산물인 것 같았다. 아버지, 어머니, 자식으로 구성된 그들 세 사람은 무기력한 분위기를, 정신적으로 연약하며 육체적으로 가냘픈 분위기를 물씬 풍겼다. 그들이 살았던 집은 스톤월의 석회 가마와 면해 있었다. 먼지가 폭폭 일어나는 그 길의 끝에 그들의 집 현관이 비스듬히 자리 잡고 있었던 것이다. 창문은 가마에서 나오는 황색 잿가루로 얼룩졌지만, 몇 년이 지나도 닦지 않았고 부엌 지붕에서는 늘 물이 샜다. 비 오는 날이면 굴뚝에서는 연기가 새어나왔다. 그의 집에서 구운 빵은 소화가 잘 안 되고 모양도 제멋대로이며 그나마 양도 충분치 않았다. 집을 보수하거나 자잘한 사치품에 쓸 수도 있을 급료는 모두 고스란히 잼 단지에 보관되었다. 1달러짜리 지폐가 마치 꾸깃꾸깃한 낙엽처럼 흙이 묻은 채 냄새를 피우며 차곡차곡 쌓여갔다. 여름철이 되면 마을 남자들은 편자 던지기 놀이를 하기 위해 술집 '잭슨과 마리아' 구석에 모여들곤 했지만, 굿윌 가의 남자들은, 요컨대 그들 부자는 놀이에 끼라는 말을 거의 들어보지 못했다. 이렇게 그들이 제외된 이유는 분명치 않다. 어쩌면 그들이 오락에 무관심하다거나 놀이에 필요한 기술이 없다거나, 또는 재미없는 얼굴로 남들의 재미에 찬물이나 끼얹는 역할밖에 하지 못할 거라는 생각에서였을지도 모른다. 반면, 눈치 빠른 굿윌 부인은 저 구시대의 신앙심에서, 매주 일요일 아침만 되면 머리에 펠트 모자를 핀으로 고정시킨 채 장로교회의 예배에 참석했지만, 카일러를 데려오라고 말하는 사람은 없었다.

사실상 그의 정신적이나 육체적인 건강 상태가 어떤지 물어보는 일조차 없었다. 어떤 화제가 나오더라도 그의 의견을 구하는 일도 없었다. 석공으로서 점점 늘어가는 솜씨조차 언급되지 않았다. 결혼하는 날 이전까지는 어느 한 사람 그의 사진을 찍을 생각도 한 적이 없었다. 생일에 대해 얘기한 사람도 없었다. (아버지의 생일은 11월 26일이었다.) 선물을 마련하지도 않았고 케이크도 없었으며, 활기찬 생일잔치 같은 것도 없었다. 그러다 열네 살이 되던 날, 그의 아버지가 돼지고기와 감자튀김을 먹다 말고 고개를 들더니, 이젠 학교를 그만두고 자신이 일하고 있는 스톤월 채석장에서 일을 시작할 때가 됐노라고 마치 혼잣말처럼 웅얼거렸다. 그날 이후 카일러가 받아오는 급료도 잼 단지 속으로 들어가게 되었다. 이 일은 십이 년 동안 계속되었다.

나로서는 단 한 번도 소멸된 시간을 이해해본 적이 없다. 다른 사람들처럼 계절이 부풀어올랐다가 사그라지는 것이나, 한 해가 끝나고 또 한 해가 시작됐다는 사실을, 의식적으로 받아들이기가 쉽지 않았다. 이러한 일들은 우리 인간들이 본질적으로 무력하다는 것과, 우리 인생의 태반이 낭비되고 불투명하다는 사실을 보여준다. 그런 문장의 일부분조차 입에서 걸리는 것이다. 따라서 '십이 년이 지났다'고 말한다는 것은 곧, 전기적인 논리성을 부인하는 행위인 것이다. 어떻게 그리 많은 시간에 그렇게 아무 일도 없을 수 있을까? 어떻게 그 시간이 깨끗이 사라질 수 있을까? 잘못 놓인 채 잊히고 만 달, 주일, 나날, 시간들은 물론, 우리의 육신이 절정에 이르고 두 번 다시 오지 않을 만큼 온갖 감정의 맹공격을 받도록 되어 있는 인생의 가장 값진 시간들까지. 열네 살에서 스물여섯 살까지 십이 년 동안 나의 아버지, 청년 카일러 굿윌은 아침 일찍 일어나 귀리죽 한 그릇을 먹고 채석장까지 걸어가 하루에 아홉 시간 반을 일하고 난 다음, 썰렁하고 빈약하기 그지없는 부모의 집으로 돌아와 일찌감치 잠자리에 들었던 것이다.

물론 삶을 자세히 열거한다는 것은 사기나 다름없는 짓이다. 나도 그 사실을 시인하는 바이다. 그것이 설혹 우리 자신의 이야기라고 하더라도 꺼림칙할 정도로 왜곡되게 마련이니까. 사실상 우리의 존재가 그토록 단순한 수용체라고 믿는다는 것은 너무나 놀라운 일이다. 그 십이 년 동안 나의 아버지가 아침마다 먹은 죽은, 어떤 때에는 묽었고 어떤 때엔 진했을 것이다. 그와 마찬가지로 아버지는 동료 일꾼들이 나누는 대화를 통해서거나 사춘기라는 불가피한 현상을 통해서, 또는 대중가요의 가사라든가 이따금 독한 술을 마실 때 저 정욕이라는 구체적인 현상과 접했을 수도 있는 것이다. 연례행사로 열리는 독신자 무도회에도 참석했을 테고, 1899년 스탠리 경이 기적을 울리며 그곳을 지나갔을 때 악수도 나누었을 것이다. 아버지는 비록 젊은 시절 수동적이었을지는 몰라도 눈이 멀지도 어리석지도 않았다. 그는 이따금 주변을 돌아보면서, 착 가라앉은 분위기에 휩싸인 양친의 집에서도 최소한의 기분 전환이라든가 감정의 다양한 변화가 있다는 사실을 분명 알아차렸을 것이다. 그럼에도 그가 학교를 나왔을 때로부터, 머시 스톤을 처음 만나 사랑에 빠지고 자신의 인생이 완전히 바뀌게 된 그사이에는 십이 년이라는 세월이 흘렀다. 정말 기적에 가까운 변화가 일어난 셈이다.

그 당시 스톤월은 이천 명 정도의 주민밖에 살고 있지 않았지만, 어떤 역사적인 우연이나 일종의 통찰력에 의해서 이 두 사람은 떨어져서 살고 있었다. 그는 어렸을 때는 물론 나중에 성인이 된 다음에도 그녀와 마주친 적도, 그녀의 이름을 들어본 적도 없었다. 그녀는 수녀들과 마찬가지로 스톤월 고아원에 틀어박혀서 자랐는데, 그 시설은 마을 동쪽 구석에 있으며 엄격하기는 해도 결코 냉혹하지는 않았다. 이 스톤월 고아원에서는, 어떤 충동에 의해서, 아니면 민주적 성향에 의해서일지는 몰라도 자신들의 성을 부여받지 못한 모든 구성원들, 요컨대 미혼모에 의해서 시설의 보호하에 넘겨진 유아들에게 '스톤'이라는 성을 붙여주었다. 그 결과 고아원에 수용된 원아들의 명부에는 버사 스톤, 캐럴라인 스톤, 가레스 스톤, 하이럼 스톤, 러마틴 스톤 등의 이름이 올랐으며, 나의 어머니 머시도 이런 식으로 명부에 오르게 된 것이다. 다른 원아들과 마찬가지로 그녀의 가계도 알려진 바가 없었지만, 금발과 개암빛 눈으로 봐서 우크라이나나 아이슬란드계 혈통인 것 같았다. 그녀는 태어난 지 불과 며칠 되지도 않았을 때, 플란넬 담요에 싸여(6월 밤도 추울 수 있었으므로) 고아원의 후문 가까이에 놓인 오래된 밀가루 통 안에서 발견되었다. 이 밀가루 통 아이들(이것이 그곳 원생들의 별명인데)은 읍에서 보살피고 초보 교육과 직업 교육을 받은 후 열네 살이나 열다섯 살이 되면 그곳을 떠나 고용살이를 했다. 어머니의 경우는 예외였는데, 그 이유는 살림 솜씨가 너무 뛰어나 고아원에서 내보내기가 아까웠기 때문이다. 어머니는 열여섯 살 때 정식 관리인을 도와주다가 사 년 뒤 그 관리인이 죽자 그곳 살림을 총괄하게 되었다.

그녀의 몸집은 빵과 죽으로 된 식단을 고스란히 반영하는 것이었다. 그렇지만 뚱뚱한 허리를 가졌음에도(열 살 때 벌써 뚱뚱해지기 시작한 그녀는 스무 살 때는 코끼리처럼 보일 정도였다) 그녀는 엎드린 채 마룻바닥을 윤이 날 때까지 닦곤 했다. 또 따뜻한 오븐 위로 허리를 숙여 파이 시렁을 끄집어내면서, 바삭바삭한 황금빛 반죽과 거품과도 같은 달콤한 과일, 그 완벽한 빛깔과 결을 볼 때면 긍지로 거의 현기증이 날 것 같았다. 십여 명쯤 되는 고아원 원생들에게는 그때그때 일시적으로 관심을 보였을 뿐이지만(고아 소녀들은 줄넘기를 하면서 '머시 스톤은 40스톤'●이라는 노래를 부르곤 했다), 식탁을 차리고 소스를 걸쭉하게 만들고 소매 길이를 조절하고 시트에 풀을 먹여 다림질을 한 다음 깨끗하게 개켜놓기를 좋아했다. 그녀는 그런 일에 재능이 있었다. 그리고 그 재능은 충분히 활용되었다. 그보다 더 나쁜 삶도 상상할 수 있는 것이다. 예를 들어서 기숙사에 있는 여자들의 방에 들어갈 때면 그녀의 눈은 정리되지 않은 것이나 깨진 것, 또는 닦아야 할 것이 있는지 샅샅이 살피고는 그런 것이 조금이라도 눈에 띄면 그 자리에서 소매를 걷어붙이고 일에 착수했다.

스물여덟 살의 어느 봄날, 그날은 햇빛이 아주 눈부시고 차가운 바람이 부는 날이었는데, 그녀는 고아원 현관의 문턱이 위로 솟아올라서(그것은 분명 혹한으로 잘못된 것이었다) 문을 열기가 몹시 힘이 드는 데다가 귀에 거슬릴 정도로 삐걱 소리를 낸다는 사실을 알게 되었다. 그래서 문턱의 돌을 제자리에 맞춰놓도록 석공을 불렀다. 그 석공이 바로, 훗날 나의 아버지가 되는 카일러 굿윌이었다.

그는 단번에 어머니의 친절한 태도, 우아하다고 할 수 있는 얼굴, 그리고 한 손으로 다른 한 손을 감싸듯 문지르면서 부산하게 움직이는 두 손에 매료되고 말았다. 어머니는 어떤 막연한 의무감으로 그의 곁에 서 있었을 뿐이었다. 그렇지만 그가 무엇보

● 무게의 단위로, 돌 한 덩어리의 무게를 6킬로그램 정도로 계산함. 여기서는 '머시 스톤은 포티 스톤'이라는 말의 재미를 살린 것

다 감동한 것은(그가 생각하기로는) 순전히 그녀의 육체 그 자체였다. 물결치듯 풍부한 살집과, 문에 잘못된 점을 지적할 때 뽀얗게 드러난 팔뚝에 그는 깊은 감동을 받았다. 작게 부풀린 듯 머리 위에 얹힌 머리 다발하며 통통한 얼굴, 불룩한 옷깃이며 어깨도 마찬가지였다. 그런 것들이 한데 합쳐져서 필사적으로 보호해달라고 애원하는 듯한 천진함을 드러내고 있었던 것이다. 그는 그녀의 팔꿈치 안쪽에 입을 대고 싶었다. 비단결같이 부드러우면서 우아하게 볼록 튀어나와 있는 눈 밑의 살결을 손끝으로 만져보고 싶었다.

아버지가 일을 하는 동안 그녀는 말벗을 해주면서 곁에 서 있었는데, 그녀는 머뭇거리는 그 특유의 어투로 한파가 극심했던 지난겨울이 몇 년 중 최악이었다든가, 매운바람과 결빙에 대해서, 그리고 이제는 틴들의 남쪽 들판이 홍수로 범람하고 있는 것 같다는 등의 얘기를 했다.

아버지는 그녀의 얼굴을 올려다보며, 진지해 보이는 그 입을 뜯어보듯 하면서 "그래요" 하고 대꾸했다. 나도 홍수 얘기는 들었죠. 아주 심각하다고 하더군요. 하지만(이 말을 하면서 아버지는 어깨를 으쓱해 보였다) 매년 이맘때면 홍수가 나곤 했으니까요. 그는 어머니의 비만이 얼굴 전부를 집어삼켰지만, 부드러운 테가 둘린 듯한 그 순결해 보이는 눈만은 침범한 흔적이 없다는 것을 알아차렸다.

아버지는 작업비를 받지 않겠다고 사양했다. 돌을 바로 놓는 데는 한 시간도 채 걸리지 않았고 게다가 아주 즐거웠으며, 채석장의 단조로운 일을 하던 그에겐 기분 전환이 됐다고, 더욱이(여기서 아버지는 문과 지붕, 고아원의 전면, 바로 옆길에서 시끄럽게 놀고 있는 아이들을 턱짓으로 막연하게 가리켜 보였다) 왠지 자신이 할 수 있는 일로 도움을 드리고 싶다고 말하면서. 그러자 어머니는 따뜻한 대식당으로 그를 끌고 가다시피 해서, 커피와 방금 오븐에서 구워낸 갈색 설탕빵 한 조각을 대접했다. 달콤하고 바삭바삭한 그 빵은 불가사의할 정도로 맛있었다. 반죽층은 단정해 보였고 흡족할 만큼 넉넉하게 속을 넣은 것이었다.

그는 무릎 위에 커피 잔을 올려놓았는데, 얼마쯤 지나고 나서야 자신이 까맣게 때가 낀 엄지손톱을 내려다보고 있다는 것을 깨달았다. 그는 손이 떨렸으나 가까스로 이렇게 말했다.

"다음에 다시 찾아와도 될까요?"

어머니는 그를 뚫어져라 쳐다보면서 그의 셔츠 속에 있을 앙상한 가슴팍을 머릿속에 그려보다가, 그의 곁에서 물러나 식기를 치우는 척하며 일부러 부산하게 움직였다. 간절하게 애원하고 있는 이 남자가 대체 무슨 말을 하고 있는 건지 알 수 없었다. 그의 입에서 흘러나온 말들은 따뜻한 부엌의 공기 속으로 녹아들었다. 그는 손을 떨고 있고 땀 냄새와 함께 희미한 양파 냄새도 났지만, 그녀는 그런 그가 좋았다. 자신도 모르게 어머니는 그에게 고개를 돌리며 어색한 미소를 지어 보였다.

"산책이라도 할 수 있지 않겠어요?" 그가 말했다.

"저는 별로 산책을 좋아하지 않아요." 어머니는 그쪽으로 돌아서서는 희미한 몸짓과 함께 이렇게 말했다.

"부탁이에요." 아버지는 자신의 용기에 스스로도 내심 놀라고 있었다.

"원하신다면 뭐, 그냥 앉아서 얘기나 하면 되지요."

어머니는 그에게 수줍은 듯, 그러면서도 무덤덤해 보이는 눈길을 보냈는데, 아버지는 그것을 승낙으로 해석했다.

눈앞에 마치 두꺼운 책이라도 펼쳐진 것처럼 아버지는 자신이 배워야 할 온갖 일들, 구혼이라든가 결혼, 그 비법, 새로운 화법 따위가 얼마나 어려운 것인지 알았다. 그렇게 많은 노력을 기울여야 한다는 생각만 해도 기가 죽을 것 같았지만, 그럼에도 그는 어떻게든 해보려는 충동, 알아야 하고 자신의 힘을 시험해야 할 필요가 있는 그 모든 일에 대해 배우고 싶은 충동을 느꼈다. 한 달이 채 지나지 않아 아버지는 그녀에게서 약속을 받아내고 말았다. 그의 아내가 되겠노라는 약속을 말이다. 여기서 48킬로미터 떨어진 새로 생긴 채석장에서 일자리 제의가 들어왔으므로 그들은 결혼 후에는 틴들이라는 마을로 이사를 가기로 했다. 그는 양친에게 자신의 의사를 밝혔다. 두 사람은 놀란 듯 침묵을 지켰다. 이렇게 해서 결혼식 날짜가 정해졌다.

사람들은 이 두 젊은이가 함께 있는 것을 보면 절로 웃음을 짓곤 했다. 소년 같은 체구에 소심하고 좀 얼빠진 듯이 보이는 이 청년은, 커다란 체구의 여자 쪽으로 상체를 기울인 정중한 자세로, 그녀의 크고 묵직한 손을 자신의 무릎 위에 얹고는 섬세하게 어루만지곤 했던 것이다. 남자가 여자보다 2.5에서 5센티미터쯤 키가 작다는 사실도 확인되었다. 고아원 문 앞에서 작별인사를 할 때면, 그는 손끝으로 분홍색을 띤 그녀의 둥글고 태평스러워 보이는 넓적한 얼굴을 더듬곤 했다.

처음부터 그는 머시 스톤의 열의가 그의 열의에 비해서 좀

뒤떨어질 뿐 아니라, 사실상 전혀 차원이 다르다는 사실을 알고 있었는데, 그에게는 이런 일이 오히려 지극히 자연스럽고 당연한 일처럼 보였다. 스물여섯 살의 나이에 갑작스럽게 그를 엄습한 정력과 성애의 향기에 대해서 머시는 약간의 당혹감을 내비쳤다. 그녀는 그를 냉담하게 대하지는 않았지만(조금도 그렇지 않았다), 수줍으면서도 간절하게 그가 포옹할 때마다 체념의 한숨을 짓곤 했다. 앞으로 함께 살아갈 삶에 대해서 그녀는 아무런 호기심도 보이지 않고 거의 무관심할 정도였지만, 수수한 사택을 임대해서 쓰게 될 텐데, 그 집은 그녀가 원하는 대로 정돈하며 살림을 할 그녀의 집이라는 말에는 반응을 보였다. 마음에 들 것 같아요, 하고 어머니는 카일러에게 수줍게 말했다. 그것은 그녀가 갖게 되리라고는 기대하지 않았던 것이었다. 이를테면 어머니는 빵 반 덩어리의 가치를 잘 알고 있는 그런 여자였던 것이다.

1903년 머시 스톤과 결혼했을 때 아버지는 여자에 대해서는 숙맥이었다. 그는 여자의 몸이 어떻게 생겼는지, 여자들은 어떤 성질을 가졌는지 등은 물론이고, 집안을 어떻게 꾸려가야 하는지, 어디서부터 손을 대야 하는지, 요컨대 대체 어떻게 해야 할 것인지 전혀 알지 못했다. 확실히 그는 자신의 단순한 부모들에게서 모범을 구할 수는 없었을 것이다. 그래도 그의 부모는 간소한 예식에 참석해서 결혼 선물을 줄 정도까지는 분발한 셈이었다. 결혼 선물은 금강석으로 만든 시계로 종소리로 시간을 알려주는 장치가 있었는데, 그 소리를 들을 때마다 나의 아버지는 쓸쓸한 과거를 벗어던지고, 기쁨에 넘치는 새로운 삶으로 들어선 자신의 행운을 떠올릴 수 있었다. 그의 황량했던 삶이 송두리째 새롭고 눈부신 것으로 바뀌었던 것이다.

그는 변했다. 주기적인 성욕은 넘쳐흐를 만큼 가득 차서, 이제는 육체 자체가 아예 변한 것 같았다. 그의 머릿속에 어렴풋하기는 하지만 옛날의 어떤 기억이, 행복이 가득 찬 땅에 대한 눈부신 영상이 들어 있는 것 같은 기분이었다. 학식도 없고 역사나 문학에 대해서 아는 것이 거의 없던 그는 중세시대의 남자들이 일종의 상사병을 앓았다는 말 같은 것은 들은 적도 없었다. 그것은 단순한 육체가 받아들이기에는 벅찬 기이하고 강력한 형이상학적 엄습이었다.

하루 온종일 채석장의 광석 먼지를 들이마시면서 일하는 동안 나의 아버지는 자신의 머시에 대해서, 그 육체의 접힌 주름이라든가 은밀한 부분들, 둥근 살집과 갈라진 틈, 그녀의 머리카락과 향기, 그녀가 자기 쪽으로 몸을 돌리며 자신의 몸을 내주는(처음엔 부끄러워하다가 이윽고 좀더 편하게 몸을 움직이면서) 일 따위에 대해서 생각했다. 두 사람의 몸이 결합될 때면 그녀는 한숨을 내쉬었다. 그건 사실이고 그 사실을 부인할 수도 없지만, 그는 그녀의 한숨까지도, 그 지치고 체념한 듯한 한숨까지도 사랑했다. 얕은 침상에 나란히 누워서 그가 손으로 몸을 더듬을 때면 그녀는 당황했지만, 그녀의 손가락도 무심코 한두 번 그의 성기를 건드린 적이 있었다. 성기를 에워싸고 있는 축축한 털을 만짐으로써 그에게 천국 같은 기분을 안겨준 적이 있었던 것이다. 그는 그녀의 거대한 팔과 허벅지, 젖가슴 앞에서 결코 후퇴하지 않았다. 오히려 그는 그 풍성한 살집에 흥분을 느끼며 그 속에 깊이 잠겨들곤 했다. 마치 살집이라곤 전혀 찾아볼 수 없는 그가 살집에 물리는 일은 있을 수 없다는 듯이. 그는 머시 스톤의 넉넉한 육체가 주는 위안이 없었다면 자신은 이 세상의 실재를 느끼지도, 남들은 당연히 받아들이는 것으로 여기고 있는 저 사려분별을 익히지도 못했을 것이라고 여겼다.

그는 혹시라도 현재의 행복이 흐트러질까 두려워 미래에 대해서는 감히 생각도 하지 못했지만, 이따금씩 저녁이 되면 좀더 밝은 등을 밝힌 더 널찍한 집에서, 위층 방에는 아이들이 잠자고 있는(안 될 게 뭔가?) 광경을 눈앞에 그려보기만 해도 자못 흡족한 기분이 들곤 했다. 결혼 초기에 카일러 굿윌은 잘 정돈된 아내의 부엌 선반을 보고는 하마터면 울 뻔한 적도 있었다. 접시들은 가지런히 쌓여 있고 나이프와 포크들은 따로따로 정리되어 있었으며, 쌀과 밀가루와 설탕 같은 식료품들도 깔끔하게 정돈돼 있었던 것이다. 그 광경은 미래에 대한 애처로울 만큼 용감한 그녀 나름의 대비였다. 그러나 실제로 그에게 필요한 것은 현재뿐이었다.

사랑이 자신의 수중에 있다는 사실, 그 일을 큰 소리로 말할 수도 있으며, 가난한 어린 시절 그토록 이질적이고 둔감하고 좌절했던 자신이 이제는 가슴속의 열정을 표현할 수 있을 뿐 아니라, 여자가 필요할 때는 사랑의 말도 들려줄 수 있다는 사실을 안다는 것은 경이로운 일이었다. 처음엔 말이 마치 범람하는 강물처럼 입에서 술술 쏟아져나온다는 사실을 알고 충격을 받았지만, 일단 말문이 터지고 나면 그제야 본연의 모습이 되기라도 한 것 같은 기분이 들었다. 그는 아무리 돌이켜봐도, 어째서 자기가 스스로를 정열이 듬뿍 담긴 말을 하지 못할 거라고 여겼던 것인지 알 수 없었다.

채석장에서 돌아오는 중에 그가 생각한 것은, 불과 이 년밖에 안 되는 시간에 자신이 어떻게 해서 이처럼 완전히 새로운 세계로 옮아오게 된 걸까 하는 것이었다. (마치 초등학생처럼 작업화 끝으로 굴러다니는 돌멩이를 걷어차면서, 그리고 들판 위에 떠 있는 먼지 냄새를 가슴속 깊이 들이켜면서, 1905년 7월의 쿼리 거리에서 맛본 감미로운 대기는 두 번 다시 없을 것 같았다.) 오후가 끝나갈 무렵인 지금 그의 육신은 상쾌할 정도로 피로했지만, 그는 아무리 오늘처럼 평범한 월요일이라도 자신의 하루가 환희로 마무리되리라는 사실을 알고 있었기에, 뼈와 근육에서 느껴지는 미세한 통증 하나하나까지 소중히 여겼다. 집에 도착하는 대로 몸을 씻고 차를 곁들여 맛있는 저녁식사를 한 다음, 해가 떨어지기 전에 곧장 저 또 하나의 세계로, 그 어떤 잠자리가 줄 수 있는 것보다도 더 크고 넉넉한 세계로 들어갈 터였다. 결집된 애정과 고조된 격정, 아래로 끌려들어가는 듯 아득한 황홀경, 그리고 그다음에는(그에게는 이 부분이 특히 중요했는데) 함께 잠을 잔다는 경이로운 보상이 따르는 것이다. 사랑하는 사람이 곁에 누워 있고 그녀의 숨결이 그의 숨결 속으로 녹아드는, 그녀의 머리카락 한 오라기가 함께 베고 있는 베개 위로 흘러내리면, 그녀를 깨우지 않고 그 머리카락 끝에 입맞춤을 하리라.

정말 얼마나 멀리 온 것일까! 이제는 다른 사람의 얼굴, 심지어 무기력한 그 자신의 아버지의 얼굴을 볼 때면 그는 이렇게 생각하곤 했다. 자, 이것이 이 세상이 노동의 대가로 우리에게 주는 것이다. 이 값진 환희의 섬광이!

산들바람이 불어왔다. 그의 발걸음은 이제 빨라졌다. 쿼리 거리는 군데군데 늪지가 있는, 황량하고 덤불이 무성한 평평하고 낮게 깔린 들판을 가로지른다. 숨이 막힐 만큼 낮게 깔린 지평선은 대충 지은 헛간이며 농가들을 짓누르고 있는 것 같다. 최근 갈리시아 사람들 몇 가구가 이 일대에 정착해서, 창문 하나 없이 웅크리고 앉은 것처럼 보이는 납작한 오두막집을 짓고 살았다. 그들은 회벽 대신 진흙에 짚을 섞은 것으로 거죽을 발랐다. 예전에 이런 집을 보았다면, 그 안에 있는 거라고는 비참하기 짝이 없는 삶이겠거니 하고 여겼을 것이다. 그런데 이제 그는 인생을 좀더 많이 알게 되었다. 한 번 천국을 맛본 그는 도처에서 천국을 보는 것이다.

인생이란 끝없는 증언의 연속이다. 그것이 사치스러운 것이든 부끄러운 것이든 간에, 우리의 상태는 목격될 필요가 있다. 우리는 남들에게 관심받기를 원한다. 우리 자신의 추억은 너무도 소중한 것이기 때문이다. 바로 이것이 내가 이 일에 대해 말할 수 있는 최선이다. 다른 설명 다른 견해도 있을 수 있다. 그렇지만 그럴 경우에도 우리의 가장 중요한 의식들, 탄생과 사랑, 죽음 같은 의식들은 누구에게든 그리고 소용이 있든 없든 확보되어야 하는 것이다. 그 얼마나 우연하고 일시적인 일인가?

나의 탄생에는 클래런틴 플렛이 참여했다. 그녀는 폐경과 고독 때문에 거의 제정신이 아닌 데다가 자신의 삶 같지 않은 삶을 한탄하고 있었다. 그녀는 그로부터 두 달 뒤, 영원히 남편 곁을 떠나 위니펙으로 향하는 기차에 오르게 된다. 그것은 남편이 그녀를 때렸다거나 배반했기 때문이 아니라, 그녀가 농양기가 있는 치아 문제로 스피어스 박사의 진찰을 받기 위해 필요한 돈(2달러 50센트)을 주지 않았기 때문이다.

또 다른 증인으로, 지금 심하게 손을 비틀면서 큰 소리로 울고 있는 아브람 고즈데 스쿠타리라는 서른네 살의 유태인이 있다. 그는 프리츠렌의 알바니아인 부락에서 태어난 잡화 행상인으로, 못을 만들어 팔았던 유태인의 아들이기도 하다. 그리고 그 할아버지는 문서 기록관의 아들이며, 그 문서 기록관은 랍비의 아들이다. 이 연혁은 15세기까지 거슬러 올라가는데(스쿠타리의 손자인 캐나다인은 훗날 1969년 이 연혁을 편찬하여 맥길 대학 출판부에서 간행한 바 있다), 랍비는 스물여덟 명의 자녀를 낳아 유명해진 여인의 아들이기도 하다. 그 자녀들은 모두 노년까지 살았으며 어머니가 임종했을 때 조의금을 내고, 나중에는 그녀의 침구와 단지를 차지하기 위해 지독한 쟁탈전을 벌인 바 있었다.

나의 탄생에 참여한 또 한 인물은 쉰다섯 살의 호튼 스피어스 박사인데, 그는 아내 로저먼드와 함께 한가롭게 오후의 티타임을 즐기다가 유태인에게 잡혀왔다. 그의 아내 로저먼드는 방금 마을 북쪽에 있는 숲에서 자신의 수집물에 보탤 새로운 나비를 채집하고 활기차게 돌아와, 길고 좁은 데다 보기 흉한 코에 안경을 걸고 식당 테이블에 책들을 펼쳐놓은 뒤 나비의 이름과 정확한 분류를 알아내려 하던 참이었다. 스피어스 박사는 강인한 정신과 재치의 소유자로서, 풍부하고 은밀하며 여성스럽다고 할 수 있을 만큼 예민한 사람이었다.

그리고 그 자리에는 나의 아버지 카일러 굿윌도 있었다. 그는 턱이 잘생긴 청년으로 건강하며, 인생이 준 뜻밖의 선물에 황홀할 지경이고, 식탁에 차려졌을 저녁식사와 그날 저녁에 이루어질 애정 어린 행위에 대한 갈망을 품고 있었다. 작고 까만 얼굴에 근육이 발달된 몸을 한 그는 뒷문으로 달려 들어왔다. 그의 입가에 걸려 있던 휘파람은 이 혼란스러운 광경과 맞닥뜨리는 바람에 사그라지고 말았다. 그의 집은 예기치 못한 인물들로 참을 수 없을 만큼 북적거렸으며, 코를 찌르는 듯한 이상한 냄새가 풍겼고 애도의 울음소리가(대체 그 소리는 어디서 나오고 있었던가?) 높고 리드미컬하게 울려 나오고 있었던 것이다. '이이이에에에에' 하는 모음의 울음소리는 허공을 선회하며 솟아올라, 어지러운 시트와 분위기 속으로 섞여들었다. 그 한가운데 피에 젖은 소파의 구겨진 덮개 위에 그의 아내가 누워 있었다. 나의 어머니이기도 한 그녀의 산처럼 거대한 몸뚱이는 꼼짝도 하지 않았고 두 눈은 감겨 있었다.

"자간•이오." 스피어스 박사가 시트를(아니, 그건 시트가 아니라 식탁보였다) 그녀의 얼굴 위로 덮으면서 엄숙한 어조로 말하고는 나의 아버지에게 엄격한 눈길을 보냈다. "거의 확실하게 자간이라고 말할 수 있소."

열린 문으로 들어온 그림자가 바닥에 무늬를 그렸다. 그리고 그곳 부엌 식탁 위에 태아만의 세상에서 푹 젖은 몸으로 빠져나온 내가 누워 있었다. 자그마하고 앞도 보이지 않는 덩어리가.

• 분만 시에 몸속에 생긴 독소가 중화나 배설되지 않아서 생기는 병

내 심장 고동은 꽃잎만큼이나 연약한, 그리고 아직 충분히 펴지지도 않은 혈관 밸브들 덕분에 불규칙하게 뛰고 있었다. 그런데 고대의 화석으로 눌러두었던 맬번 푸딩은 어디로 갔느냐고? 그것은 어머니의 요리책과 함께 옆으로 치워져 있었다. 그것들은 이제 이 이야기 속에는 두 번 다시 등장하지 않을 것이다. 내 몸은 행주 같은 것으로 (뭐라고?) 감싸여 있었다. 아니면 급한 김에 클래런틴 플렛이 빨랫줄에서 걷어온 베갯잇이었는지도 모른다. 매니토바의 햇볕으로 빳빳하게 마른, 아직 시큼한 냄새를 풍기는 베갯잇 말이다. 쭈글쭈글한 주름살 같은 내 입은 벌어진 채 벌써부터 뭔가를 찾으며 요구하고 있었다. 어쩌면 무의식적으로나마, 갓난애가 태어나면 필사적으로 잡아야 할 저 가느다란 생명줄이 내 경우에는 손에서 빠져나가리라는 생각에서 그랬을지도 모를 일이다.

좁다랗고 사람들로 북적거리며 무더운 데다가 악취가 풍기는 부엌에 있던 모든 사람, 즉 플렛 부인, 유태인, 스피어스 박사, 카일러 굿윌이 이 역사적인 순간에 동참하도록 초대받았다.

역사적 순간이었다! 만일 이 하찮은 시간의 한 토막에 그런 거창한 이름을 붙여도 좋다면 말이다. 그러나 우리를 한자리에 모은 것은 역사가 아니라 사고였다. 이 조합을 보라. 적당하지 않을 뿐 아니라 불길하기도 한 혼란이며 소란이었다. 조문객들은 흔히 책임을 추궁하는 분위기 조성을 담당하게 마련이지만, 이들은 아직 조문객이랄 수 없었다. 어떤 극도의 무력감이 그들을 한데 묶어놓고 있었다. 혹은, 그들을 따로따로 떼어놓고 있었다고도 할 수 있다.

금강석 시계가 6시를 알리면서 마지막 타종을 끝냈을 때, 증인들은 서로 얼굴을 쳐다보다가 불청객이나 다름없는 내 쪽으로 시선을 돌렸다. 불가사의와 비밀, 그리고 그들 각자의 형편이 자장 안을 움직이는 원자처럼 춤을 추고 있었다. 천장이 낮은 시골 부엌인 이 소박한 방은 맹렬한 회오리바람이 몰아치기 직전처럼 진동하기 시작했다. 이 방은 이곳에 있는 사람들에게 다음에 어떤 일이 일어나게 될지, 어떤 말이 나오게 될 것인지, 어떤 위로가 적합한지에 대해 아무런 암시도 주지 못했음을 나는 거의 확신하고 있다. 차나 위스키를 마실 것인지, 아니면 어떤 경건한 표현을 입속에서 더듬거릴 것인지. 본래의 모습 그대로 착하기 그지없는 이 사람들은 마룻바닥 바로 몇 센티미터 아래에서 하얗게 빛나는 석회 암반을 디디고 서 있었다. 그럼에도 그들 한 사람 한 사람은 지금 이 순간 죽음이 몰고 온 타격과, 꿈틀거리고 있는 무지한 탄생 사이에서 왔다 갔다 갈피를 잡지 못한 채 풀어져 있었던 것이다.

당황했기 때문에 또는 부끄러웠기 때문에 그들은 마지막으로, 마치 보트처럼 아무 말 없이 눈앞에 누워 있는 머시 스톤 굿월의 하얗게 덮여 있는 거대한 사체에 시선을 던졌다. 평생 동안 이방인이었던 그녀가 마지막 숨을 내쉬면서 자신의 자식을 이 세상으로 내보냈던 것이다.

내가 붙잡으려고 손을 뻗은 것은 바로 이 날갯짓하고 있는 숨결이었다. 지금 이 순간에도 나는 그랬다고 단호하게 주장하는 바이다. 그 숨결의 형체와 입자까지 보았노라고 주장하는 바이다. 이 세상에서 내가 확신할 수 있는 건 그것이 바로 내 어머니의 마지막 숨결이었다는 것이다. 그 희미한 자취가 그 방 안에서 마치 눈이나 햇살처럼 어른거렸다. 그리고 타올랐다 식어가면서 닫혀 있던 내 눈꺼풀을 향하여 이렇게 말하고 있었다. 눈을 떠라, 눈을 떠라.

THE STONE DIARIES

제2장

1916년

어린 시절

서른셋 바커 플렛은 구부정한 어깨에 슬픈 표정을 하고 있었지만, 그를 본 여자들은 잘만 하면 저 사람도 쉽게 행복해질 수 있을 텐데, 하고 생각했다.

여자들은 그가 학생들에게 시클라멘이나 프레리 크로커스의 생활주기를 강의할 때면, 그가 입고 있는 싸구려 소모사 직물로 된 양복을 다림질해주었으면 하는 생각을 했다. 셔츠도 좀더 빳빳하게 할 수 있을 테고, 칼라도 제대로 달고 뒤축이 다 닳은 옥스퍼드 구두에도 구두약을 바르는 등등. 플렛 교수에게 가장 필요한 것은 약간의 여성적인 손길이었다. 다시 말해서 사랑의 손길이 필요했던 것이다. 그를 비웃을 게 아니라 연민과 사랑을 느낄 일이었다.

그는 혼란스러운 얼굴로 대학에 도착해서 오 분이나 때로는 십 분 늦게 강의실에 들어와서는, 약간 놀라는 듯한 멍한 눈길로 수업을 기다리는 학생들을 훑어본다. 그런 다음 강의 노트를 찾으려고 가방을 뒤진다. 이윽고 강의 노트를 찾아낸다. 그는 얼굴을 찌푸린 채 법석을 떨며 교탁에 노트를 얹어놓는다. 이번엔 안경이 문제였다. 깜박 잊고 안경을 두고 왔을까? 아니, 안경은 그의 상의 주머니에 접힌 채 꽂혀 있다. 그는 안경을 꺼내서는 철사로 된 안경다리를 잘생긴 귓바퀴 뒤로 거는데, 먼저 왼쪽을, 그다음에 오른쪽을 건다. 그런 다음 가운뎃손가락으로 안경을 콧마루에 고정시키고는 똑바로 한다. 그는 눈을 두 번쯤 껌벅거리고는 목청을 가다듬는다. 그러곤 수업을 시작하는 것이다.

그의 음성은 듣기 좋다. 마치 고운 나뭇결과도 같다. 색깔로 비유하자면 노란색이 약간 섞인 밤색 같다. 어조와 흐름과 울림에 있어서 그 음성은 전형적인 남성의 음성이지만, 참나무 교탁과도 같은 음성에는 니스칠보다 투명한 스코틀랜드 사투리가 약간 섞여 있다. 덕분에 그의 음성은 마냥 무르지 않고 어느 정도 단단함이 느껴진다. 그는 곧장, 줄줄이 말을 쏟아내기 시작한다. 도중에 잠깐씩 말을 멈춤으로써 청중은 가까스로 황홀감에서 빠져나오곤 하는데, 이러한 기교는 자연스럽게 일종의 감각적 통로 역할을 하는 것이다.

실제로 학생들은 교수에게서 눈을 떼지 않았다. 그들은 특히 그의 잘생기고 슬퍼 보이는 학자다운 입에 시선을 고정했다. 학생들이 고개를 숙일 때는 그가 실꾸리처럼 풀어내는 전문 용어들을 필기해야 할 필요가 있을 때뿐이다. 암꽃술, 암술머리, 암술대, 씨방, 수꽃술, 꽃밥, 꽃실, 꽃잎, 꽃받침, 꽃받침조각 등등의 용어들을 말이다. 간혹 교수는 칠판을 사용하곤 하지만, 오늘은 깜박 잊고 분필을 가져오지 않아서 허공에 모양을 그려 보인다.

길쭉한 손가락을 폈다 오므렸다 하면서 허공에 모양을 그린다. 이럴 때면 정말 가엾은 몰골의 소맷부리가 고스란히 드러나게 마련이다. 왼쪽 소매에 단추 하나가 없어진 것 같다. 아니, 확실히 단추가 없다. 그렇지만 교수는 그런 일에는 무심하다. 바로 그런 점 때문에 강의를 듣는 여학생들은 바커 T. 플렛 교수에게 마음이 이끌릴 수밖에 없는 것이다. 요컨대 교수는 자기 일을 곧잘 잊곤 하는 남자들 특유의 재능을 타고난 사람이었던 것이다.

그때는 1916년 가을, 식물학 입문에 수강 등록을 한 열네 명의 학생 가운데 열두 명이 젊은 여성이었다. 웨슬리 대학의 남자들은 간질 환자인 에드워드 우드와, 키가 122센티미터밖에 되지 않고 한쪽 발이 바깥쪽으로 굽은 기형 난쟁이인 클래런스 레드필드를 빼놓고는 모두 캐나다 자치령 군복을 입고 전쟁터로 나가 있었다. 그런데 플렛 교수는 어째서 전선에 나가지 않았던 걸까?

이 점에 대해서는 갖가지 소문이 나돌았다. 플렛 교수가 겉으로 표명하지는 않았지만 평화주의자이기 때문일 거라는 견해도 있었다. 아니면 반투명에 가까운 피부색으로 보건대 심장이 약하기 때문일 수도 있었다. 그렇지 않으면 시력 때문에 부적격 판정을 받았을지도 모른다. 안경을 쓰고서 카이저의 군대와 접전을 벌일 수는 없는 일이니까. 게다가 교수는 버드나무로 만든 지팡이를 지니고 다녔는데, 허세가 아니라면 실용적인 목적이 있을 것이다. 또는, 그가 현재 진행 중인 밀의 신품종 연구가 전쟁에 상당히 중요한 영향을 미치는 것으로 간주됐기 때문일 수도 있다. (1905년, 바커 플렛은 이학 석사 학위를 위한 연구 과제로서,

봄에 파종하는 밀의 개량 품종인 '마퀴스' 잡종을 만드는 데 성공했으며, 현재는 그 품종과 우수한 '가넷' 품종의 교배를 시도하고 있었다. 그렇게 되면 수확기를 만 열흘이나 앞당기게 되고, 그 경우 이른 서리로 입는 손실을 줄일 수 있었던 것이다.) 혹은 노모와 열한 살 난 어린 조카의 유일한 부양자라는 이유 때문에 군 복무에 부적격자라는 판정을 받았을지도 모를 일이었다. (이 마지막 이유는 상당한 지지를 받고 있는데, 더욱이 사실에 가까웠던 것이다.)

그런데 노모와 어린 조카에 대한 것을 학생들이 어떻게 알게 됐을까? 교수가 자기 입으로 그런 얘기를 했을 리 만무한데 말이다. 그것은 학생 중 하나인 저 쾌활한 금발의 베시 퍼펙트가 플렛의 세 가족이 거주하고 있는 심코 가로부터 불과 두 블록밖에 떨어지지 않은 다우닝 가에 하숙하고 있기 때문이었다. 또 제시 솔트마이어는 플렛 가족이 매주 일요일 아침 예배를 보는 제일 감리교회의 신자였다. 그리고 레나 밸런타인도 한몫을 했는데, 플렛 부인을 잘 알뿐더러 또 실제로 부인에게 두 차례 틀니를 만들어준 치과의사가 바로 레나 밸런타인의 아버지였던 것이다. 그밖에 또 누가 있을까? 아, 난쟁이 클래런스 레드필드가 있다. 그는 어느 주말 길을 가다가 레드 리버의 강둑을 걷고 있는 플렛의 세 가족과 마주친 적이 있었다. 그들은 소풍 바구니와 땅바닥에 깔 돗자리를 접은 채 휴대하고 있었다. 그 조그만 가족은 실로 연약해 보이기 짝이 없었다! 하지만 그와 동시에 그 가족에게서 풍기는 일종의 충족감이 그러한 연약한 느낌을 보충해주고 있었다.

이 잡다한 정보들은 웨슬리 대학 복도에서 서로 오가면서 비교되고 평가를 받았다. 솔트마이어 양은, 그러고 보니 플렛 교수의 모친께서는 그렇게까지 나이가 많은 분이 아니며, 봄철과 여름철에는 심코 가의 인접한 공터에서 꽃을 재배하여 시내에 화원을 열고 있는 상인들에게 갖가지 꽃을 공급하고 있다는 말을 하기도 했다. 또 다른 학생은 '조카딸'로 알려진 그 소녀가 사실은 혈연관계가 아니며, 그저 잘 아는 집안의 딸인데 그 소녀의 어머니는 아이를 낳고 세상을 떠났다는 정보를 제공했다. 이 모든 전설은 식물학 입문을 듣는 학생들에게는 지극히 매혹적인 것이었지만, 무엇보다 중요한 점은 바커 플렛이 미혼이라는 사실이었다. 이런 호기심이 동하는, 그러면서도 불가사의한 점이 여학생들 자신의 삶에 일말의 희망을 품게 만들었는데, 그들의 눈에는 교수가 아직 인생의 동반자를 구하지 못한 서른세 살 난 잘생긴 남성으로 비쳤던 것이다.

그들은 그의 과거에 어떤 비극적인 파혼 사건이라도 있었던 것은 아닌지 궁금해했다. 그리고 이 가능성은 몇 해를 두고 많은 학생의 입에 오르내리면서 이제는 제법 신빙성 있는 사실로 간주되고 있었다. 여기에는 서로 비슷한 몇 가지 설이 있었다. 즉 열병으로 목숨을 잃은 애인이라든가, 나중에 알고 보니 고상한 성향에 부적합한 약혼녀라든가, 여자가 천박했다든가, 여자 쪽 집안에 정신병 유전이 있다든가, 웨슬리 대학의 교수 봉급으로는 도저히 만족시킬 수 없을 만한 물질적 욕구를 가진 여자 때문이라든가 하는 등등의 얘기들이었다.

실제로 바커 플렛의 과거에는 그런 파혼 사건이나 정신적인 것이든 육체적인 것이든 간에 관계의 단절 같은 일은 전혀 없었다. 자기를 에워싼 그런 전설을 잘 알고 있는 플렛 교수는 그런 얘기만 나오면 미소를 지었다. 그의 미소는 그의 음성과 마찬가지로 아름다운 것이었지만, 그것은 금욕 생활의 좌절감에서, 그리고 사랑이란 것은 결국 마음의 상처나 안겨주는 하찮은 일에 불과한 것은 아닐까 하는 의혹에서 나오는 미소였다. 그가 좋아하는 것은 혼자만의 세계였다. 겨울이면 의자 하나, 등잔 밑에 펼쳐놓은 책, 편안한 내핍 생활이 배어 있는 조용한 방이 그의 세계였다. 또는, 여름날이면 휴대용 나이프와 표본 가방, 한두 쪽의 샌드위치를 벗 삼아 하루 종일 초원을 쏘다니며 식물 채집을 하는 외로운 소풍길이 바로 그의 세계였다. 실제로 그는 어른이 되고 나서 딱 세 차례, 히긴즈 가에 있는 창녀를 찾아간 적이 있었는데, 이 일은 그의 진심이라고 할 만한 것은 아무것도 건드리지 못한 채 한낱 교훈을 안겨준 사건에 불과했다. 어쩌면 그는 여성에 대해 섬세한 감정과 뿌리 깊은 증오심을 동시에 갖고 있는 그런 부류의 남자일지도 몰랐다. 그는 절대 그의 학생들이 믿고 싶어하는 것처럼 사랑의 상실로 비탄에 잠길 사람이 아니었다. 그가 비탄해 마지않는 것은, 잠깐 동안 잡았다가 이제는 잃고 만 한때의 소박한 삶이었다.

1905년 스물두 살 때인 그해 여름만큼 행복이 확실하게 손아귀에 잡혔던 때도 두 번 다시 없었다. 그때 그는 심코 가의 하숙집 맨 위층에 있는 방 두 개를 얻어 혼자 살면서 작은 학생용 책상에서 시프리페디움 속인 서양 레이디스 슬리퍼•에 관한 논문

• 난초과의 야생 식물

을 쓰고 있었다. 그는 이 꽃을 사랑했다. (이 꽃의 이름 가운데 '레이디'는 물론 비너스를 의미했다.) 꿈속에서라도 그 아름다운 꽃을 그릴 수 있을 정도였다. 배면의 꽃받침조각과 줄기, 측면의 꽃받침조각, 엽초, 포엽, 눈, 뿌리 등등을. 흔히 볼 수 있는 식물인 것은 확실하지만, 원래는 외국산 난초과에 속하는 것이었다. 이 섬세하게 주름 잡힌 꽃이 바로 그 자신의 꽃이었다. 그는 여러 달 동안 그것을(그녀를) 연구해왔으며, 그 결과 이제는 그 매끄럽게 주름진 부분과 중부 지방의 저 보잘것없는 토양에서 솟아나와 인간의 눈에(특히 그의 눈에), 그 완벽하고도 아름다운 자태를 드러내는 순수하고 전형적인 재생 역학을 완전히 파악하게 되었던 것이다. (이 꽃에 대해서 그 자신만이 완전히 파악하고 있다는 생각은 결코 자만심에 불과한 것이 아니었다.)

단일한 생명체에 대해 집중된 연구를 하는 가운데 그에게는 다른 복합적인 열망이 자리 잡게 되었다. 그는 육신의 해방을 다시금 바라게 되었던 것이다. (저 히긴즈 가의 여인들 얘기다.) 그리고 지금까지 살아오는 동안 그를 옥죄어온 의무감으로부터 해방되길 원했다. 교육도 교양도 심지어는 언어의 혜택도 누리지 못한 그의 양친과 형제들의 둔탁하고 말없는 분노에서 비롯된 저 모든 불합리한 일이 소멸되기를 바랐다. 그는 어린 시절을 보냈던 매니토바 주 틴들 마을의 초라한 비포장도로로부터 벗어나기를 갈망했다. 그리고 서투른 구원의 모색이나, 도처에 있는 불안한 성性으로부터도 벗어나고 싶었다. 축복은 그가 하얀 고급 용지 위에 재현시키고자 하는 이 소박한 꽃의 구조 속에 있었다. 그것은 그 자체로 완결되는 꽃잎으로 이루어진 조직체로

서, 오직 그 자신의 리듬과 법칙에 따를 뿐이었다. 오랜 세월이 지난 후 그때를 돌아볼 때마다 그는 자신이 얼마나 애정 어린 손길로 수채화 붓을 쥐고 있었는지, 또 어떻게 창유리를 통해 들어온 햇살이 자신의 손목 상단과 물 잔 가장자리를 비추었는지, 그리고 그의 존재 전체가 어떻게 그에 대응하여 빛나고 있었는지를 상기했다.

그의 행복은 오래가지 못했다. 대학의 학장은 그에게, 감리교는 영적인 동시에 사회적인 종교인 까닭에 비로소 우리 인간들의(여기서 노학장은 열기 띤 어조로 강변했는데), 이 지상에 살고 있는 인간들의 품위에 관계할 수 있게 된 것이라는 사실을 상기시키면서, 다시금 보다 튼튼한 품종의 개량으로 연구 방향을 잡아보라고 말했다. 학장은 감수성이 예민한 이 젊은 바커 플렛을 계몽하기 위하여 조너선 스위프트의 말을 인용하기까지 했다.

"또한 이삭밖에 나지 않던 땅에 두 이삭을 키울 수 있는 자는 누구든지 인류의 보다 나은 삶에 이바지할 수 있으며, 정치가라는 족속을 한데 합친 것보다 국가에 훨씬 더 중요한 기여를 하게 될 것이다."

젊은 플렛은 할 수 없이 레이디스 슬리퍼에 집적거리기를 포기하고 잡종 품종을 개발하는 데 전념해야 했다. 게다가, 마치 그것만으로는 희생이 충분하지 않다는 듯이 그는 식물학뿐 아니라 화학과 물리학 입문까지 수업을 맡아야 했으며, 일 년 후 가엾은 블레이저가 해직되고 난 뒤에는(알코올 상용자로 판명됐기 때문에) 기초 동물학까지 가르치게 되고 말았다. 하룻밤 새에(그에겐 그렇게 여겨졌다) 집중이 완전히 흐트러져버렸던 것이다.

게다가 지난 9월 어느 날 저녁 심코 가에 있던 하숙집에 돌아와 보니 어머니가 와 있었다. 어머니의 무릎에는 몸을 잔뜩 웅크린 채 팔다리를 바둥거리는 갓난애가 있었다. 그 애는 허파가 부어 있었고 불공평한 세상에 대해 울부짖고 있었다.

내가 클래런틴 플렛이 1905년에 남편인 매그너스를 버렸다는 말을 했던가? 그녀가 자신이 맡고 있던 갓난애를, 아이를 낳고 죽은 이웃 여자 머시 굿윌의 어린 딸을 데리고 왔다는 말을 했던가? 플렛 부인이 집을 나온 것은 9월이었다. 며칠 밤 계속 내린 서리로 대기는 차가워져 있었다. 그래서 얌전한 여자 아이에게 무명 속옷을 입히고 그 위에 수수한 플란넬 배로코트•를 덧입힌 뒤, 다시 흰 모직 재질의 단추 달린 베스트를 껴입혔다. 그리고 겹겹으로 입힌 옷들을 조심스럽게 핀으로 고정한 다음 마지막으로 널찍한 니트 숄로 감쌌다.

플렛 부인이 틴들 역에서 임피리얼 회사의 열차에 오른 것은 맑게 갠 어느 날 아침 9시 7분이었다. 비록 삶은 망가졌지만, 의지력으로써 다시 일어서서 열중할 일이라도 있다는 듯 생기 있게 보이려고 애쓰는 것이 역력했다. 그녀가 전날 밤 남편의 칼라 상자에서 꺼낸 1달러짜리 지폐로 위니펙행 기차표를 사는 것을 본 사람이 있다 해도, 그녀가 편도 좌석권을 구입했다는 사실은 전혀 눈치채지 못했다. 이 증인들이 만약 부인의 바로 옆에 서 있었다면, 그녀에게서 뭔가 코를 찌르는 듯한, 그러면서도 그다

• 아직 걷지 못하는 유아에게 입히는 방한복

지 불쾌하지 않은 냄새를 맡았을 것이다. 그 냄새는 정향유丁香油에 적셔 지끈거리는 어금니에 틀어박은 탈지면에서 나오는 것이었다. 그녀가 쓰고 있는 모자는 평범한 공단으로 단을 박고 일본식 리본을 단 것으로, 주의를 끌 만한 것은 아니었다. 그럼에도 그녀의 작고 단호해 보이는 머리에 제법 어울리게끔 핀으로 고정돼 있어서, 훨씬 더 젊은 여자 같은 경쾌한 인상을 풍겨주었다. 사실상 그녀는 마흔다섯 살이었다. 그녀가 한 팔에 가득 들고 있는 가을꽃은 보는 사람들에게는 그저 여자의 멋 부림 정도로 여겨졌을 것이다. 작은 여행 가방 안을 슬쩍 들여다본 사람이라면 그녀가 입을 모직 코트 한 벌과 갓난애가 쓸 무명천으로 된 십여 장의 기저귀, 그리고 우윳병 하나에 까만 젖꼭지 세 개가 들어 있음을 알게 될 것이다. 가방과 꽃다발과 아기 때문에 불편할 정도로 큰 짐이 되었지만 그녀는 창가에 있는 좌석에 앉을 때는 안도의 숨까지 내쉬었다.

여행은 짧았다. 그루터기가 나 있는 평평한 들판과, 햇살이 내리쬐는 가슨, 이스트 셀커크, 고너, 버즈 힐, 휘티어 정션 같은 몇 군데 마을을 지나 겨우 오십삼 분을 달렸을 뿐이다. 그동안 잠든 아기를 품에 안은 채로 클래런틴 플렛은 살아가기 위한 계획을 짜기 시작했다. 아침으로 먹었던 귀리죽이 소화되지 않은 채였지만 그녀의 상상은 끝없이 펼쳐졌다. 이제 어제까지의 삶은 마치 칼로 절단하기라도 한 듯 깨끗하게 떨어져나갔다. (남편에게 남긴 메모는 손수건 서랍 속에 넣어두었는데, 거기에는 휘갈겨 쓴 글씨로 '잘 있어요'라는 한마디 말만 적혀 있었다.) 이제는 자신이 만들어야 할 기회가 기다리고 있었다. 그녀는 기차에서 내려 위니펙의 캐나다 퍼시픽 역 앞의 번잡한 거리로 나가서 행인들에게 꽃을 팔 것이다. 도시 사람들은 이렇게 싱싱한 꽃을 보면 놀라게 마련이었다. 비록 그 지방의 황무지에서는 어디서든 자라는 흔한 꽃들이기는 해도 그런 꽃을 찾아내기가 쉬운 일은 아니었다. 그녀는 암청색을 띤 애스터 꽃들을, 또는 흔히 개미취라고 부르는 이 꽃을 모두 네 묶음으로 나누고 거기에 얇은 가죽 같은 느낌이 드는 잎사귀를 약간씩 더하여 가지고 온 리본으로 예쁘게 묶은 다음 한 묶음에 10센트를 받고 팔리라. 그러면 그녀의 아들 바커가 살고 있는 심코 가의 하숙집까지 자신과 이 아기를 실어다줄 택시비를 마련할 수 있으리라. 일단 그곳에 도착하면 나무로 된 대여섯 층계를 올라 아들의 방문을 노크하고 안으로 들어가리라. 그런 다음 정신을 바짝 차리고 이제부터 일어날 일들을 기다리리라.

클래런틴 플렛은 많은 교육을 받지 못한 사람 특유의 필적으로 다음과 같이 썼다.

굿윌 씨에게
연락을 주셔서 고마워요. 그래서 연락을 받자마자 저는 데이지가 (저는 그 애를 이 이름으로 부르고 있답니다) 보살핌을 잘 받고 있으며 건강하다는 사실을 알려드리기 위해 이 편지를 쓰고 있는 거예요. 저는 선생님께서, 이런 갓난애의 경우는 여자가 보살펴야 (적어도 얼마간은 말이지요) 무럭무럭 잘 자랄 거라는 제 말에 동의해주셔서 무척 기쁘답니다. 다만, 지난 화요일 아침 제가 좀 혼란스러운 상태여서 선생님께 일의 전말을 설명해드릴 여유가 없었던 점이 죄송스러울 뿐입니다. 선생님께서는 자제분에 대해 아무 걱정도 하실 필요가 없으세요. 제 아들의 집은 아주 편안하고 위생적이니까요. 부인과 사별하신 일은 정말 마음이 아픕니다. 아시겠지만 전 선생님의 아내인 머시를 진심으로 사랑하고 있었거든요. 이 편지와 함께 아이의 머리카락을 조금 보내드립니다. 아마 선생님께 얼마간 위로가 될 것이라 믿습니다. 그렇지만 대여섯 오라기밖에 보내드리지 못하게 됐군요. 그 애의 머리는 아직은 많이 자라지 않은 상태랍니다.

클래런틴 플렛

키가 크고 여위었으며 옷매무새가 엉성한 식물학도 바커 플렛은 어지러운 책상 위로 몸을 구부리고 앉아 있었다. 고개를 숙인 모습은 비참한 심경을 그대로 드러내고 있었다. 낭패감으로 한숨을 지으며 그는 강철 촉이 달린 펜을 집어 들어 잉크병 속에 담갔다가 다음과 같이 써내려갔다.

아버지께

아버지께서 보내주신 편지는 잘 받아보았습니다만, 어머니께 직접 편지를 쓰고 싶어하시지 않다니, 정말 슬픈 일입니다. 아버지께서 진심으로, 그리고 부드러운 어조로 말씀하시기만 한다면 어머니께서도 자신의 상황을 다시금 생각하여 결국 귀가할 결심을 하시리라고 저는 굳게 믿고 있기 때문입니다. (여기서 그는 쓰기를 잠시 멈추고 유리창에 부딪히는 빗줄기를 멍하니 내다보았다.) 그런데 저는, 아버지께서 어머니에게 약간의 용돈을(아마 일주일에 1, 2달러 정도면 되리라고 생각합니다만) 주셨으면 합니다. 아시다시피 저는 어머니와 갓난애를 위해 추가로 방을 빌려야 하는 상황인데, 대학에서 받는 제 장학금으로는 전혀 예상하지 못했던 이 새로운 비용을 감당하기가 힘이 듭니다. 그밖에도 의사가 보낸 청구서도 상당수 있습니다. 어머니께서는 이를 뽑고 난 후 심각하게 감염된 데다가 그 갓난애는(스털링 박사의 표현에 따르자면) 갑갑한 가슴 탓에 밤낮으로 고통을 겪고 있기 때문이지요. 아버지의 이웃에 살고 있는 굿윌 씨가 아이의 양육비로 매달 총 8달러씩 보내주기로 한 것은 알고 계실 테지요? 물론 큰돈이기는 하지만 그것으로도 충분치는 않답니다. 아버지와 두 동생에게 사랑을 보내는 바입니다.

바커 플렛

굿윌 씨에게

매달 보내주시는 편지는 언제나 반갑게 읽고 있습니다. 또한 보내주시는 우편환에도 심심한 감사를 드리는 바입니다. 돈은 아주 고맙게 받고 있습니다. 데이지는 포동포동하게 잘 자라고 있으며, 아이의 다리 역시 갈수록 튼튼해지고 있다는 소식을 전해드리게 되어서 기쁩니다. 제 아들과 저는 데이지가 이번 달이 지나기 전에 걸음마를 배우게 될 거라고 보고 있답니다. 여기에 선생님께서 부탁하신 사진을 동봉했습니다. (그리고 거기에 필요한 돈을 보내주신 데 대해서도 감사드립니다.) 선생님께서도 보면 아시겠지만, 사진사는 특히 데이지의 곱슬머리가 잘 나타나도록 사진을 찍었답니다. 그 애의 머리색은 사람들이 흔히 '스트로베리'*라고 하는 바로 그 빛깔을 띠고 있습니다. 또한 소문과는 달리(선생님께서 어떻게 알고 계실지 모르겠습니다만) 이곳 위니펙의 공기는 맑고 건강에도 좋다는 사실을 꼭 알려드리고 싶습니다. 게다가 다행히도 저희가 살고 있는 집 바로 옆에는 아주 큰 정원이 있어서 꼬마 데이지가 다가오는 여름에 뛰어놀 수 있을 것 같습니다.

그럼, 안녕히 계십시오.

클래런틴 플렛

아버지께

부탁하신 대로 어머니께 말씀을 드려보았습니다만, 어머니는 아무리 아버지께서 너그럽게 어머니의 귀가를 받아들인다 할지라도 틴들로 돌아갈 뜻이 없다는 점을 분명히 밝히셨습니다. 아버지께서 어머니의 갑작스러운 고별과 장기간의 가출에 대해 문책하시지 않겠다고 하더라도 말입니다.

아버지께서 질문하신 또 하나의 문제에 있어서도, 안됐지만 부정적인 답변을 드릴 수밖에 없군요. 제 생각엔 아버지께서 이곳으로 오실 경우엔 어머니의 신경만 날카롭게 만들 것 같기 때문입니다. 지금은 어머니께서도 비교적 평정을 되찾고 계시며, 이제는 정원 일과 어린 데이지를 돌보는 일에 더욱 전념하고 계십니다. 하지만 앞으로 언젠가 어머니가 화해를 하리라는 희망을 결코 버려서는 안 될 것 같습니다.

* 붉은 기가 도는 금발

또한 돈 문제에 있어서 아버지께서 내린 결정은 유감스럽습니다. 그 일로 저는 끊임없는 곤란을 겪고 있기 때문입니다.

아들 바커

굿윌 씨에게

앞으로 불과 열흘 뒤면 데이지가 1학년이 된다는 사실을 믿지 못하실 거예요. 그 애는 이미 알파벳은 물론, 주기도문과 시편 23장, 그리고 간단한 찬송가도 여러 편 암기하고 있답니다. 게다가 우리 정원에서 자라는 꽃의 이름도 전부 외우고 있지요. 대략 스물다섯 종류의 꽃이 자라고 있는데 말이에요. 잠자리에 들 때마다 동자꽃 잎으로 만든 찜질약을 꼬박꼬박 쓴 데다가, 최근 두 달간 좋은 날씨가 계속되어 데이지의 가슴도 많이 나았습니다. 저도 잘 지내고 있고요.

그럼 이만 줄입니다.

클래런틴 플렛

굿윌 씨에게

지난 28일에 보내주신 편지는 잘 읽었습니다. 데이지는 현재 아주 건강하답니다. 학교에서 그 애가 암송한 '뱃사람의 슬픔'은 아주 큰 호응을 받았답니다.

저희는 지난주 《트리뷴》지에 실린 선생님과 선생님이 만든 그 유명한 탑에 대한 기사를 아주 흥미롭게 읽었습니다. 신문에 나온 사진이 좀 흐리게 나왔다고 여긴 제 아들 플렛 교수는 실제의 탑을 보러 가고 싶어합니다만, 아시다시피 그 애는 동생들이 서부로

간 이후로 다시는 틴들로 가려 하지 않는답니다.
그럼 이만 줄입니다.

클래런틴 플렛

아버지께

괴롭게도 다시 한 번 아버지께 돈 문제로 말씀을 드려야겠습니다. 제발 부탁이니 아버지와 어머니가 사이좋게 살았던 오랜 세월을 양심적으로 돌이켜보시기 바랍니다. 그동안 어머니께서는 아무런 대가도 바라지 않고 그야말로 순종과 애정을 다하여 봉사해오셨습니다. 이곳의 상황은 현재 하루하루가 아주 불안정한 상태에 처해 있습니다. 아무래도 심코에 있는 이 주택을 사기로 한 제 생각이(여기에는 물론 인접한 토지도 포함된 것입니다만) 시기상조가 아니었나 우려됩니다. 시 경계가 남쪽으로 내려가고 있고 전쟁 얘기까지 나오고 있는 지금에는 더욱 말입니다. 제가 취한 행동은 이제 귀여운 소녀로 자란 데이지에게 남부끄럽지 않게 믿고 의지할 만한 가정을 제공하고 싶은 욕심에서 나온 것입니다. 물론 어머니께서도 각종 꽃이며 약초를 팔아 얼마간 수입이 있는 것은 사실이지만, 온실을 짓는 비용만 해도 상당히 들어갔으니까요. 또 아버지께서도 말씀하셨다시피 '마퀴스'라는 밀 품종에 대한 특허로 제 수입이 늘어난 것 역시 사실이기는 하나, 이 수입에서 정확히 사분의 삼은 대학에 귀속되는 것입니다. 저는 아버지께서 호의적인 답장을 주시리라는 희망을 갖고 있습니다.
아버지께서 흥미가 있으실지 모르겠습니다만, 제가 살고 있는 도시에서는 이른바 '굿윌 탑'에 대한 얘기가 널리 알려져 있습니다.

전국에서 관광객들이 몰려오고 있다는 얘기도 들리더군요. 미국에서도 말입니다.

아들 바커

굿윌 씨에게

간단하게나마 데이지가 이제 홍역에서 완쾌되었다는 사실을 알려드리는 바입니다. 정말 괴로운 시기였습니다. 특히 데이지처럼 천성적으로 활발하고 건강한 아이가 몇 주 동안이나 어두운 방 안에 틀어박혀 있어야 했으니 정말 지루했을 겁니다. 그렇지만 데이지는 지난주《패밀리 해럴드》지에서 탑을 뒤로하고 서 있는 선생님의 사진을 발견하고는 몹시 기뻐했답니다. 그 애는 "정말로 이분이 제 아버지인가요?" 하고 물었습니다. 저는 그렇다고 대답해주었지요. 데이지는 아버지를 꼭 찾아뵙고 싶다면서 며칠 동안 그 얘기만 하곤 했습니다. 그렇지만 저는 물론 플렛 교수도 그러한 방문은 중병에서 갓 회복된 아이에게는 지나친 자극이 될 거라고 생각하고 있습니다.

매월 꼬박꼬박 저희 가계를 도와주시는 선생님께 다시 한 번 감사드립니다. 우리는 한정된 예산이지만 최선을 다하려 애쓰고 있습니다. 게다가 다행스럽게도 제 조그만 원예업이 잘되기 시작했답니다. 이런 전시에 꽃마저 없다면 얼마나 쓸쓸했을까요? 꽃이 있어서 그나마 행복하다고 여기고 있습니다.

그럼 이만 줄입니다.

클래런턴 플렛

굿윌 선생님께

선생님의 기도와 조의에 뭐라고 감사를 드려야 할지 모르겠군요. 다만, 제 모친께서는 끔찍한 사고가 일어난 순간에 무의식 상태에 빠지셨기 때문에 임종 시까지는 그리 큰 고통을 겪지 않으셨다는 말씀을 드립니다. 어머니의 침대 머리맡에서 밤샘을 한 친지들은 그분의 편안한 상태에 그나마 큰 감화를 받았습니다. 어머니는 결국 친구들과, 서부에서 임종을 지키러 온 제 두 아우가 지켜보는 가운데 영면하셨습니다. 제 부친께서는 선생님도 아시다시피 끝까지 마음을 풀지 못하셨습니다. 이제는 그분을 위해 기도를 드려야 할 차례인 것 같군요. 제 모친을 친 젊은 자전거 운전자는 25달러의 벌금형을 받았습니다. 저는 그 가엾은 친구가 깊이 뉘우치고 있다는 말을 들었습니다.

저는 최근 며칠 동안 데이지에 대해 많은 생각을 해보았습니다. 어머니는 지금껏 그 애를 친자식처럼 애지중지하셨답니다. 사실이지 맹목적인 사랑을 쏟아부으셨지요. 선생님께서도 동의하시리라 믿습니다만, 저처럼 아내도 없고 또 그 애를 돌봐줄 사람을 구할 처지도 되지 못하는 사람과 열한 살 난 어린 소녀가 한집에서 산다는 것은 그 애를 위해 결코 바람직하지 못한 일이 될 것입니다.

게다가 저는 조만간 자치령의 곡물 담당관 및 그 위원회와의 공동 작업을 수행하기 위하여 위니펙을 떠나 오타와로 가야 할 것 같습니다. 그러니 선생님께서 데이지 문제를 어떻게 생각하고 계신지, 또한 그 애가 장차 있어야 할 곳과 그 애의 행복을 위해 저희가 할 수 있는 일이 무엇인지에 대해서 있는 대로 말씀해주시기 바랍니다. 이만 줄입니다.

바커 플렛

한번 환희의 맛을 본 나의 아버지 카일러 굿윌은 이제 그것 없이는 도저히 살 수가 없었다.

일단 그 감각이 일깨워진 그는 민감해져 있었다. 너무 이른 시기에 아내의 죽음을 맞은 그는 시를 쓸 수도 있었고 술을 마실 수도 있었고 또는 다른 여인의 몸을 껴안을 수도 있었지만, 그러는 대신 당시 다른 많은 젊은 노동자가 그랬듯이 하느님을 찾았다. 그의 경우 하느님은 쿼리 거리의 동쪽에서 무지개의 형상으로 나타났다. 그 지점은 나의 어머니가 묻혀 있는 곳에서 그리 멀지 않은 곳이었다.

이 일은 10월의 어느 날, 밤새 폭우가 지나간 이른 아침에 일어났다. 그때 아버지는 팔각형 모양의 석회암 조각이 담긴 천 자루를 둘러메고 있었다. (크기는 대략 멜론만 했다.) 그는 그것으로 죽은 아내의 무덤을 장식할 계획이었다. 그는 테일러 코너의 담장을 넘어 그루터기 들판과 비에 젖은 울퉁불퉁한 지면을 가로질러갔다. 바로 그 순간 갑자기 햇살이 비쳤다. 처음엔 희미한 노란색을 띠던 햇살은 순식간에 강해져서 그 열기가 그가 입고 있던 회색 면직 셔츠 사이로 느껴졌다. 아버지는 고개를 들었는데, 바로 거기에 무지개가 서 있었다.

물론 아버지는 전에도 무지개를 본 적이 있었다. 그때마다 그는 시골 사람들이 그렇듯 가던 걸음을 멈추고 물방울이 보여주는 무지개 쇼에 감탄하곤 했다. 그렇지 않더라도 매니토바 주 남부에서는 자주 볼 수 있는 일이 아니었기 때문에 사람들은 무지개를 무심하게 넘기지 않았다.

"저것 좀 보라고."

무지개가 나타날 때면 누군가가 하늘을 가리키며 이렇게 외치곤 했다. 무지개를 본 사람들은 행운이 올지도 모른다는 희망을 품거나 그렇지 않더라도 최소한 기분 전환은 됐던 것이다.

이 무렵은 카일러 굿윌이 장기간에 걸친 성서 연구를 아직 시작하지 않았을 때였다. 따라서 그때 누가 물었다고 해도 그로서는 하느님이 노아에게 홍수가 나고 난 뒤에 하신 다음과 같은 말씀을 인용할 재간이 없었을 것이다.

'내가 내 무지개를 구름 속에 두었나니, 이것이 나와 세상 사이의 언약의 증거니라.'

아무튼 아버지는 결코 무지몽매하거나 미신에 사로잡힌 사람은 아니었으며(비록 공식적인 교육은 극히 제한된 것이었지만), 무지개가 일어나는 일반적인 원리, 요컨대 그 프리즘 효과가 빛이 물방울을 통과하면서 일어나는 굴절과 반사와 분광 때문에 야기되는 것임을 알고 있었다. 또한 그는 그 현상이 덧없는 것이며 실체를 갖지 못한 것이라는 사실도 알고 있었다. 아무튼 그는 단단한 모서리와 부피를 측정할 수 있는 암석을 대상으로 일하는 사람이었다. 무지개의 활 모양은 만질 수 있는 것이 아니었다. 그것의 차원 역시 측정될 수 없으며, 색채가 감지되기는 해도 극히 희미한 것이다. 그런 이유에서 단순한 사람들은, 무지개는 사진으로 찍히지 않으며 일시적이고 덧없는 성질 때문에 투과하는 성질을 가진 렌즈라든가 화학 처리되는 인화지에는 명확한 증거로 남지 않는다고 굳게 믿고 있었다.

그렇지만 아내가 사망한 지 불과 석 달 후인, 1905년 10월의 어느 날 아침 아버지의 눈앞에 나타난 무지개는 달랐다. 그 색채는 생생하다고 할 만큼 뚜렷하고, 그 형태는 아이들이 크레용으로 그린 그림처럼 확실해 보였던 것이다. 이번의 무지개는 유리나 투명한 대리석으로 만들어진 것 같았다. 그것은 단단하고 의도적이며 간절하게 누군가를 향한 듯했다. 아버지에게는 그 무지개가 자신을 향한 것으로 여겨졌다. 그는 무지개를 이룬 색채의 띠를 자세히 관찰하지는 못했다. 그저 무지개가 어느 순간 갑자기 단단하고 완전한 모습으로 나타났다는 것, 그 맑은 통로를 통해서 천국의 눈부신 한 부분이 환히 빛났다는 것만 느꼈다.

한순간 그는 선 채로 무지개를 바라보다가 다음 순간 아내 머시의 무덤가인 그 자리에 무릎을 꿇었다.

직업이 석공인 그는 자기 손으로 직접 그녀의 묘비를 세웠는데, 그것은 가는 쐐기 모양으로 깎은 얼룩덜룩한 돌이었다. 그는 돌에 광택을 낸 다음, 한가운데에 아내의 이름과 생몰년을 깊이 새겨 넣었다.

머시 스톤 굿윌

1875-1905

깊은 사랑과 깊은 슬픔을 보내며

돌에 글자를 새기는 작업은 최초의 고통스러운 며칠 동안에는 마음의 피난처가 되어주었지만, 그 일이 끝나자마자 그는 그 묘비가 비참하리만큼 걸맞지 않는다는 사실을 깨달았다. 자신의 사랑이자 아내이며 보물이었던 한 인간에게 바치는 것치고는 너무 빈약하고 의미가 없어 보였던 것이다. 그래서 이제 그는 매일같이 채석장에서 돌 한두 개를 가져와서는 조심스럽게 파이크 거리로 접어드는 길에서 그리 멀리 떨어지지 않은 테일러 코너의 버드나무 숲 뒤편으로 운반했다. 그는 한 가지 묘하다고 할 수 있는 결심을 하고 있었는데, 그것은 회반죽을 쓰지 않고 돌을 쌓아보자는 것이었다. 그래서 그는 신중하게 그 목적에 맞을 만한 돌을 골라냈다. 중력만이 돌들을 지탱해줄 터였다. 중력과 균형이 중요했다. 각각의 돌은 그것이 놓일 자리에 딱 들어맞아야 하며, 또한 최근 들어서 그의 머릿속에 점차 자리 잡기 시작한 하나의 환상, 슬픔과 혼란이 뒤섞여 만들어낸 꿈결 같은 구조물과도 일치해야 했다. 그는 수없이 되풀이해서, 늘 똑같은 하나의 음성이 던지는 질문을 듣고 있었다. 어째서 아내는 나에게 임신했다는 얘기를 하지 않았던 걸까?

이미 탑의 외곽 테두리는 어깨 높이까지 올라와 있었다. 어떤 돌은 그의 엄지나 주먹만 한 것도 있었고, 직경이 20이나 25센티미터 정도가 되는 것도 있었다. 오늘 아침 무지개의 눈부신 빛을 받은 돌의 표면들은 그 무렵 사방에 피어나기 시작한 골든로드• 덤불처럼 율동적으로 춤추고 있는 것 같았다. 태양과 비, 구름과 광선, 꽃과 돌…… 이것들은 각기 아주 밀접하게 결합돼 있으며 너무도 예언적인 것이어서, 그는 자신이 이 성스러운 집합

• 미역취 속의 식물

점 한가운데 있는 것 같은, 마치 경련과도 같은 환희를 맛보았다. 그의 가슴은 그 자신이 내는 고통으로부터의 구원과 황홀감에서 터져나오는 외침, 사나운 기쁨의 울부짖음으로 가득 찼다.

그는 그동안 자신이 이 세상에 혼자 버림받았다는 생각을 하고 있었지만, 사실상 그는 이 단단하고 선명한 무지개, 빛과 그늘, 실체와 무상이 교차하는 끈질긴 형상의 자식이었다. 바로 이 대지의 아이였던 것이다.

얼마 후, 바퀴자국이 난 들판을 건너 집으로 돌아오면서 비로소 그는 그 일을 상기하고, 하느님의 나무랄 데 없는 이름을 큰 소리로 외치며 자신에게 행복을 준 그분께 영광을 돌렸다.

그는 며칠씩이고 자기가 한 아이, 데이지라는 조그만 소녀의 아버지라는 사실을 잊고 지낼 수 있었다. 그러나 다음 순간 어떤 일이 그에게 그 사실을 상기시켜주곤 했다. 부엌의 벽에 걸린 달력에 무심코 시선을 주다가, 위니펙에 있는 클래런틴 플렛 부인에게 송금해야 할 날인 넷째 화요일이 임박했음을 깨닫곤 할 때가 바로 그런 때였다. 또는 날씨가 따뜻해지자 마을의 아이들이 채석장에서 일하는 자기 아버지에게 점심을 갖다주러 와서는, 한두 시간씩 머물며 올챙이라든가 버린 돌조각 따위를 가지고 노는 모습을 볼 때도 그랬다. 이런 광경을 보면 그는 언제나 자기 딸이 어떤 아이일지 궁금해지곤 했다.

플렛 부인이 딸애의 성장과 온순한 성격, 학업에서 보여주는 영리함 따위를 적어 보내는 편지와 함께 그 애를 찍은 사진을 보낼 때도 그런 때의 하나였다. 사진에 나타난 데이지는 말 잘

듣는 아이, 옷차림이 단정하고 약간 야윈 몸집을 한 아이의 모습이었다. 이 점에 대해서는 의당 고마움을 느껴야 한다고 생각했다. 그 애의 미소는 튀지도 소심하지도 않고 그 중간쯤 되는 것이었다. (웬일인지 그는 자기 딸이 예쁜지 아닌지 도무지 알 수 없었다. 아마 예쁘다고는 할 수 없는 얼굴이리라.) 가장 최근에 온 사진에는 플렛 부인과 바커 플렛 교수도 함께 찍혀 있었는데, 두 사람은 각기 강둑의 풀밭처럼 보이는 곳에서 데이지의 양편에 자리 잡고 있었다. 부드러운 회색으로 찍힌 그들 세 사람의 모습은 평화로운 한 가족, 서로 사랑하고 불화라고는 전혀 찾아볼 수 없는 가족의 모습이었다.

이따금 그는 추억의 땀으로 머리가 흠뻑 젖은 채 몸을 떨며 잠에서 깨어나곤 했다. 그곳은 어둠 속에서 마치 살아 있는 것처럼 분명한 모습으로 소란과 혼란에 싸인 부엌의 벽이 되살아나곤 하는 것이다. 놀라움에 사로잡힌 사람들의 얼굴, 시트로 덮인 머시의 말 없는 시신, 시계가 시간을 알려주었다. 타종은 바로 그의 눈 밑에서 쨍그랑 울리는 소리를 내면서, 그 요란한 소리로 꿈과 기억 사이의 아득한 거리를 덮어버리면서 끝도 없이 이어지기라도 할 것 같았다. 다른 사람들이 조각처럼 멍하니 서서 바라보고 있는 가운데 그는 부엌문을 뛰쳐나와 땅바닥에 몸을 던지고는 이리저리 구르면서 고함을 지르고 울부짖으며 볕으로 달궈진 땅을 주먹으로 마구 두들겨댔다.

"그녀는 내게 아무 말도 없었어." 그는 텅 빈 하늘에 대고 고래고래 고함을 쳤다. "아무 말도 하지 않았다고."

이것이 그가 도저히 이해할 수 없는 점이었다. 어째서 머시는 그 중대한 비밀을 간직하고 있는 편이 낫다고 생각했던 것일까?

어쩌면 그녀의 침묵을 일종의 배신으로 간주해야 할지도 모르는 일이었다. 또는 적대적인 행동으로 봐야 할지도 몰랐다. 하지만 그럴 때마다 그는 언제나 그녀가 말하기 힘겨워했다는 사실, 현실이 부과하는 여러 가지 복잡한 일들을 제대로 처리하지 못했다는 사실을 상기하곤 했다. 그는 그녀가 자신의 배 속에서 아기가 자라고 있는 동안, 작은 팔다리와 심장 고동을 어떻게 받아들였는지, 어쩌면 그녀는 몸속에 침입한 존재에 두려움을 느끼지나 않았는지, 혹은 너무도 사랑스러워서 차마 그 이름을 입 밖에 내지 못하고, 그 존재를 공유하고 그것이 태어났을 때 어떻게 해야 할지 등을 논의하지 않은 것일까.

그는 죽은 아내에 대한 사랑이 그녀가 침묵을 지켰다는 사실 때문에 영향을 받았다는 사실을 스스로도 인정했다. 시간이 지날수록 그녀의 잘못이 그저 단순히 말을 하지 않은 것이 아니라, 벌을 주려고 고의로 한 행위로 비쳐졌다. 다른 사람들 앞에서 그를 무지하거나 부주의한 남자로 만들기 위한 수단일지 모른다고 상상했다. 아내가 임신한 줄도 모르다니 그런 남편이 어디 있겠는가?

그렇다, 어머니에 대한 아버지의 사랑이 손상을 당했다는 사실을 인정할 수밖에 없다. (세월이 흘러 이 사실은 더욱 명백해졌다.) 그리고 간혹, 특히 생생한 꿈을 꾸다가 깨어날 때면, 그가 과연 그 아이를 사랑할 수 있을까 의심하곤 했다는 사실도 인정해야 할 것이다. 카메라의 눈에 잡힌 열한 살의 데이지 굿윌, 밀짚모자를 쓴 작은 소녀, 야무지고 뻣뻣한 자세로 강둑에 걸터앉은 채 입가에 알 듯 말 듯한 미소를 짓고 있는 아이. 아마 아버지가 자기 자식을 사랑하지 않는다면 비정상이라고 할지 모르지만, 카일러 굿윌의 가슴속에 든 감정은 관습이라는 희박한 감정이 만들어낸 변변찮은 애정에 지나지 않았다. 그에게는 책임이 있었다. 그래서 아이를 양육할 수 있도록 돈을 보냈다. 또 플렛 부인에게는 아이의 건강과 행복이 걱정된다는 편지를 보내기도 했다. 그렇지만 실제로 그는 그런 것은 거의 생각하지 않았다. 자신의 피와 살을 이어받은 이 존재는 대체 누구일까? (그였다면 데이지라는 이름을 붙이지 않았을 테지만, 아이에게는 뭔가 부를 이름이 필요했는데, 내가 태어났을 때 아버지는 이름을 붙이고 말고 할 만한 정신 상태가 아니었다.) 그는 딸의 사진을 꼼꼼히 뜯어보았다. 또 자투리 시간이 나면 그 애에 대해서 생각도 해보았다. 이따금 그 애에 대한 호기심과 약간의 두려움이 일곤 했다. 그리고 최근 들어서 홍역으로 고통을 겪었다는 사실을 알게 되면서, 그 일로 일요일 아침쯤 위니펙행 기차를 타야 하는 건 아닌지, 그래서 상태가 어떤지 확인해야 하는 건 아닌지 하는 생각을 했다.

그렇지만 어색한 만남이 될 것을 생각하면 절로 몸이 움츠러들었다. 그리고 여행으로 겪을 혼란과 (그는 한 번도 위니펙에 가본 적이 없었다. 그곳에 갈 만한 이유가 없었던 것이다) 그게 아니더라도 일요일 하루를 온전히 희생해야 한다고 생각을 하니 내키지 않았던 것이다. 그는 일요일마다 성서를 읽으면서, 용서를 빌고 자신이 쌓고 있는 탑에 대한 일로 기도를 하며 보내곤 했다.

이제 일요일 아침이 되었다. 화창한 6월의 일요일 아침, 틴들

감리교회의 첨탑에서 종이 울리면서 신자들에게 예배 시간을 알려주고 있었다. 그러나 아버지는 이 요란스러운 종소리에 끌리지 않았다.

카일러 굿윌에게 종교란 교회에 꼬박꼬박 참석하는 일을 의미하지는 않았다. 종교에 전념하기 시작한 초기에는 서너 번쯤 틴들 교회의 아침 예배에 참석한 적이 있었다. 그리고 딱 한 번 서쪽으로 1.6킬로미터를 걸어서 오크미든에 있는 그리스정교회의 교회에도 참석한 적이 있었지만, 그 불가사의한 의식이 진행되는 동안 당황한 채 앉아 있었을 뿐이었다. 노래를 부르고 기도하고 찬송하고 설교하는 등의 그 모든 예배의 소음 때문에 마음이 편치 않았던 것이다. 성직자의 예복도, 심지어 감리교 목사의 간단한 흰색 칼라까지도 예민한 그의 감수성에 거슬리고 믿음에 방해만 됐다. 교회 안의 먼지와 서까래와 널따란 공간은 그곳에서 나는 향내, 광택과 더불어 그를 괴롭히고 왜소하게 만들고 비웃는 것 같았다. 게다가 그의 자연스러운 본능은 예배 순서에 구속당하는 느낌이었다. 숨소리가 너무 섞인 탄원과 아멘, 수없이 이어지는 찬송가, 그리고 예배가 끝난 후 다른 신자들과 악수를 교환하고 근엄하게 인사를 하며 사교적인 잡담을 나눠야 하는 부담감…… 이 모든 일이 그의 비위에 거슬렸다.

그러는 대신 그는 지속적인 명상에 잠겨드는 쪽을 선택했는데, 그것은 우연히도 수백 년 동안 인도에서 수행되고 금세기에 이르러 저 멍청한 1960년대와 1970년대에 우리의 문화권에서도 유행한, 마음을 집중하는 몰아경과도 그렇게 동떨어진 것이 아니었다.

그의 경우 그 의식은 무아지경의 성찬식이라 할 만한 것이었다. 일요일이면 그는 몇 가지 의식으로 구분된 단계를 밟아 창조주에게 다가갔다. 새벽같이 일어나 차와 빵으로 아침을 때운 다음 산책을 나가는데, 날씨에 상관없이 쿼리 거리에서 멀지 않은 묘지까지 갔다 오곤 했다. 그는 걸으면서 마음속으로 성경의 한 구절을 암송했다. 그것은 대개 한 구절로 된 것으로, 그는 그 구절을 수없이 되뇌곤 했던 것이다.

여호와와 같이 거룩하신 이가 없으시니
이는 주밖에 다른 이가 없고

외고 또 외웠다. 그 말들은 마치 제2의 맥박이라도 된 듯 그의 관자놀이에서 약동했다. 그는 그에 맞춰 신발로 길바닥을 두드리면서 일상적 의식의 두터운 막 뒤편으로 들어갔다. 길에는 아무도 오가지 않았는데, 사람이든 짐승이든 나다니기에는 너무 이른 시각이었던 것이다. 그는 이것저것 잡동사니로 직접 만든 작은 손수레로 탑에 쓸 돌을 날랐다. 그리고 대지에서 파낸 자연 그대로의 광석이 영혼의 표징이며, 따라서 그것들을 모아 찬미와 다짐을 위한 형상을 만들 수 있는 것이라고 굳게 믿기에 이르렀다. 또 그는 손수레에 나무망치와 몇 개의 작은 끌을 매단 허리띠 고리도 넣어갔다. 그의 연장과 그의 음악, 그가 바칠 제물…… 그는 자신이 필요로 하는 모든 것을 갖고 간 것이다.

예전에 어머니의 묘비만 있던 곳에는 이제 속이 빈 탑이 9미터 정도의 높이로 솟아 있었으며, 높이는 시간이 흐를수록 점점 더 올라갔다. 그 탑을 이루고 있는 돌들은 강도와 외관, 그리고 전체 디자인에 맞도록 고른 것들이었다. 외팔보 역할을 맡은 돌들이 나선 모양으로 돌출돼 있어서, 그는 벽을 기어오르는 곤충이나 도마뱀처럼 쉽사리 가파른 벽을 타고 오를 수 있었다.

시간이 흐르면서 아버지는, 비록 틴들에서 나는 돌은 그 반점 때문에 섬세한 조각을 하기 어려운 것으로 알려져 있었음에도 돌 표면을 장식할 정교한 암호를 선택했다. 이 광석 탑에 새긴 무늬들은 쉽게 눈에 띄지 않을 것 같았다. 무늬를 알아보려면 일정한 거리에 서는 것은 물론 특별한 조명을 받아야 할 것이다. 쉽게 보지 못한다는 바로 이 사실도 그의 마음을 매혹시키는 요인이 되었다. 자신이 조각하는 것은 거의 절반쯤 감춰지고 남의 눈에 띄지 않은 채 남게 될 것이며, 따라서 훤히 드러나 있는 이 세상에 대한 변덕스러운 장난을 반영하는 것이 될 수 있었던 것이다. 그는 성경 말씀 몇 구절을 새겨놓는가 하면 새와 꽃, 물고기, 사람 얼굴, 해나 달을 새겨놓기도 했다, 손바닥 절반만 한 천사가 석회암의 하늘에 새겨지기도 했다. 돌로 된 작은 말이 돌로 된 풀밭에서 풀을 뜯고 있기도 했다. 큐피드가 있는가 하면 인어, 뱀, 나뭇잎, 깃털, 덩굴, 벌, 가축, 활처럼 휘어진 무지개, 가죽 같은 결을 가진 것도 있었다. 이 탑은 꿈틀거리는 온갖 형상들을 모아놓은 박물관이었다. 그가 〈캐나다 농사력〉이나 〈이튼 편람〉, 그림 성경에서 찾아낸 것들도 있었다.

조각은 겨울밤 동안 불을 지펴 따뜻하기는 하지만 지저분하고 어두운 홀아비의 부엌에서 이루어졌는데, 그곳에는 작업대와 바이스, 성능이 좋은 가스등이 설치돼 있었다. 그는 채석장에서의 하루 일이 끝나면 달걀 프라이와 통조림 콩으로 저녁을 먹은 후 돌가루를 날릴 준비를 했다. 그가 쓰는 도구는 단순한 것들이었고, 그의 기교는 어느 정도 비정통적인 것이었다. 아무튼 그는 독학으로 기술을 익힌 조각가였다. 그의 기술은 양각과 그림자를 얻으려고 애쓰면서 돌에서 얻을 수 있는 예비적인 특성을 찾아내기 위한 장기간의 실험으로 익힌 것이었다. 천천히 작업을 해나가면서 그는 주위의 온 세상이 마치 푸딩 그릇만큼 작게 줄어든 것 같은 기분이 들었다. 긁는 단계에서 홈을 파는 단계로 옮겨가고, 직선과 곡선을 합치면서 그는 점점 더 주의력을 집중해나갔다. 그러면서 처음엔 머릿속에 번뜩 떠오른 작은 원자에 불과하던 이미지를 공들여 만들고 그것에 모든 가능성을 부여하는 한편으로, 그 순수한 속성, 그것의 핵심을 유지해나가면서 (언제나 이것이 가장 어려운 부분이었다) 세공이 완성되는 순간에 대비하는 것이다. (나는 사람들이 어떻게든 이 조각의 표면을 보게 되길 바란다. 서글픈 노고와 서투름으로 가득 차 있지만, 값진 광채를 교묘하게 포착해낸 이 조각들이 아버지가 받은 계시의 떨림을 어떻게 구현해내고 있는지 보길 바란다.)

재능이 있었음에도 조각 행위는 힘겨운 노동일 수밖에 없었다. 그는 힘을 기울이느라 온몸을 잔뜩 구부리고 얼굴에는 진정한 화가나 음악가의 얼굴에서 볼 수 있는 일그러진 원숭이의 표정이 드러나 있다. (물론 그는 한 번도 자신을 예술가라고 생각한 적이 없었다. 그의 천진함은 공기나 물처럼 어떠한 제한도 없는 것이었다.) 작품 하나를 끝내어 탑에 앉힐 때에야 비로소 그는 초월성의 열기를 맛보는 것이다. (그렇지만 초월성은 예술이나 마찬가지로 그가 말하거나 의식한 적도 없는 말이다.) 세공이 끝난 돌 조각이 마침내 주어진 공간에 들어갈 때, 그가 느끼는 감정은 하느님의 손이 자신의 머리 위에 닿는 것과 같았다. 성령이 환호성과 더불어 그의 몸속에 스며들었다.

누구나 알고 있듯이 종교적 충동이라는 것은 억누르기 어렵다. 아버지처럼 황홀경에 잘 빠지는 사람이 있는데, 그런 사람들은 영적 교감이라는 고상한 분위기에 곧잘 중독된다. 물론 종교란 우리 자신의 부조리성에 대한 느낌에서 벗어나기 위해 있는 것이라고 주장하는 냉담한 사람들도 있다.

전통적 신학에 물들지 않은 카일러 굿윌에게 있어서 인간과 신성은 현란한 하나의 등식으로써 균형을 잡게 돼 있는데, 그 등식이란 인간이 하느님을 창조한 일과, 하느님이 인간을 창조한 일은 정확히 일치한다는 것이다. 그것을 지구와 천상을 휘감고 있는 한 마리 뱀처럼 서로 결합된 하나의 통일된 정신이라고 했다. (아버지가 이 모든 생각을 하는 데는 여러 해가 걸렸다.)

1916년 위니펙 시의 감리교 교직에서 축출된 일곱 명의 평화주의자들에게 있어서 종교란 개인적 양심이라는 단단한 지반과, 역시 그만큼 단단한 정치적 받침대 사이에서 그 순수한 가치를 갖는 것이라고 본다.

6월 현재인 지금 이른바 애국자라고 하는 사람들에 의해서 완전히 불에 타버린 체인 레이크 교회당•을 재건 중인 농부들과 그

• 이 경우 비국교도나 퀘이커 교도가 다니는 교회를 뜻함

들의 가족들에게 있어서, 종교란 세계를 향한 자신들의 문을 굳게 봉인하는 시멘트와 같은 것이다.

포티지와 메인 가가 엇갈리는 모퉁이에서 자전거에 치인 뒤 혼수상태에 빠진 클래런틴 플렛에게 있어서 종교란 인생의 황혼기에 평화로이 떠다니다 내려앉는 부드러운 꽃잎들과도 같은 것이다. 그리고 자전거를 타고 가다 사고를 낸(법정 제한 속도인 시속 12킬로미터를 초과한 속도로), 열일곱 살 난 푸줏간 집 아들 발디 굿맨슨에게 있어서 종교란 굶주린 갓난애가 한밤중에 빨고 있는 수프 병과도 같은 것이다. (용서를 구하라, 그러면 얻으리니.) 그 소년에게(25달러에) 자전거를 판 아브람 스쿠타리에게 있어서 종교란 열린 창과도 같은 것이다. 물론 거기에는 그 창을 가릴 커튼도 달려 있지만.

석공장이며 클래런틴 플렛에게서 버림받은 남편인 틴들 마을의 매그너스 플렛에게 있어서 종교란 추억의 물병인 동시에 그 물과도 같았다. 거기에는 베들레헴의 별이라는 이름을 가진, 아내가 거실에서 키우던 특별한 꽃에서 떨어져 시든 이파리가 성스럽게(다시 말해서 손을 대지 않은 채) 떠 있는 것이다. 또한 그의 고향 오크니에 있던 무른 암석층에 대한, 손으로 만지는 것처럼 생생한 추억도 있다. 그리고 그의 양친이 해 질 녘에 건초를 헛간에 넣고 있을 때, 그의 아버지가 하던 일을 멈추더니 상체를 숙이고 혀끝으로 아내의 눈 속에 들어간 이물질을 꺼내주던 장면도 들어 있다.

웨슬리 대학의 매킨토시 학장에게 있어서 종교는 올바르게 생각하고 올바르게 살고 열심히 기도하는 약과도 같은 것이다.

《프리 프레스》지에 보낸 편지에서 그는 이렇게 쓴 적이 있다.

'이번 전쟁이 한 일 가운데 한 가지는 우리 자신의 자립성을 뒤흔들어 우리로 하여금 창조주에게 한 걸음 더 다가서게 해준 것이다.'

웨슬리 대학 학생이며, 식물학 교수인 바커 플렛을 연모하는 베시 퍼펙트에게 있어서 종교는 베갯머리에서 그의 이름을 속삭일 때, 그리고 "집 안에 불을 지펴라, 우리의 심장이 갈망하는 동안……" 하고 노래할 때면 그녀의 목을 꽉 잠기게 하는 어떤 것이다.

그 자신의 경우, 교수이며 학자이고 레이디스 슬리퍼의 열일곱 가지 변종의 수집가인 바커 플렛은 종교를 영혼의 갈망에 대한 멋진 비유라고 믿고 있다. 하느님도, 하느님의 아들도, 성가족도, 부활도 없다. 있는 것은 오직 갈망뿐이라는 것이다. 좀더 많은 것을 원하는 갈망. 완벽에 대한 갈망. 자신에 대한 지식의 갈망. 레이디스 슬리퍼의 오십 가지 변종을 모조리 수집하고 싶은 갈망. 수면과 망각에 대한 갈망. 선과 악에 대한 갈망. 환희에 찬 결합에 대한 갈망. 거기에는 종종 사기가 끼어들 여지가 있다는 것을 그는 알고 있었다. 최근에 그는 수분受粉 작용에 관한 글을 읽은 적이 있는데, 그 글 가운데는 암컷의 성기와 비슷한 입술 모양의 꽃잎이 있는 작은 난초가 곤충의 수컷을 유혹하는 얘기가 나온다. 과학도로서 플렛은 그 현상이 모호하고 혼란스럽다고 여겼다. 특히 흥분한 수컷이 말없는 꽃잎 가장자리에서 교미하는 몸짓을 한다는 부분에서는 더욱 그랬다. 또한, 비록 사실임을 인정할 수밖에 없는 일이기는 해도, 그는 자기 집에 살고 있는 열한 살 난 데이지 굿윌의 존재로 인해 혼란을 겪고 있었다. 그 애가 무의식적으로 취하는 대담한 몸짓이라든가 여름옷 사이로 드러난 팔뚝, 그리고 최근에 어둡게 만들어놓은 그 애의 방으로 들어섰을 때 시트 밑으로 드러난 아름다운 몸매의 굴곡을 보고 자신이 느꼈던 비정상적인 갈망이 그랬다.

1916년의 위니펙은 쾌적한 곳이었다. 지리적으로 고립돼 있고 바다 저편에서는 전쟁이 벌어지고 있었지만, 그래도 이 도시에서는 어느 정도 품위 있는 삶을 영위할 수 있었다. 기분 좋은, 그리고 대체로 법을 준수하는 주민들은 길고 혹독한 겨울까지도 유쾌하게 보냈으며, 실제로 겨울은 별로 세련되지 못한 목조 건물의 외관과 자유방임적인 도시 계획에도 부드럽고 정갈한 느낌을 부여해주게 마련이었다.

그러나 시간이 흐르면서 이 도시는 점차 일정한 방식을 구하기 시작했다. 폭이 넓은 새 도로가 구상되고, 신고전 양식의 거대한 입법 청사가 새로 건설되는 중이었다. 1913년이 되자 곳곳이 파헤쳐졌다. 이 야심적인 사업 덕분에 어마어마한 양의 석재가 필요하게 되었다. 그 결과 틴들 채석장은 전력으로 가동되었고 석공도 꾸준히 채용되었으며, 카이저 군대의 위협으로부터도 멀리 떨어져 있었다. 이제 교회는 시내 구석구석에 건립되었는데, 종종 두세 가지의 종파가 한 교차로에 밀집되는 경우도 생겼다. (“하느님께서 유머 감각이라도 갖고 계신 모양이오.” 이것은 최근에 열린 한 시민 모임에서 침례교의 저명한 성직자가 빈정거린 말이다.) 이들 교회 역시, 세련된 대부분의 은행이나 보험회사 건물들처럼 석재로 건축되었다. 저 유명한 웨슬리 대학이나 새로 지은 법원의 경우도 마찬가지였다. 이 도시의 지평선을 훑어보면 정말 놀랍다고 생각할 수밖에 없을 정도이다. 대초원의 부드러운 흙 위에 돌로 만든 도시가 치솟고 있는 것이다! (한 저명한 시카고 건축가는 광택이 나는 틴들의 석재를 보고는, 미국 건설업자들이 그 아름다움을 보기만 하면 한바탕 법석을 떨 것이라고 단언하기까지 했다.)

겨울철이 되면 위니펙에서는 연극 공연과 스케이트 연회, 무도회, 만찬 등 갖가지 행사가 열린다. 여름이 되면 부유한 사람들은 더위를 피해 우드 호*로 피서를 가고, 그보다 여유가 덜한 사람들은 빅토리아 해변이나 국내의 여러 가지 흥미로운 볼거리를 찾아 당일 여행을 나서곤 한다. 대략 열여덟 살에서 스물다섯 살 사이의 젊은이들에게, 최근 들어 틴들 마을까지의 기차 유람 여행이 급속한 인기를 끌기 시작했다. 기차 요금은 저렴했으며, 젊은이들은 샌드위치와 차가운 홍차가 담긴 병을 들고 가는 소풍을 무척 좋아했던 것이다. 전시여서 여자가 남자보다 압도적으로 많기는 했지만, 이러한 성의 불균형이 기분을 저하시키기는커녕 이상할 정도로 들뜨게 만드는 효과를 가져다주었다. 그들은 대부분 수영복도 지참했는데, 오래전에 폐쇄된 채석장의 일부에 맑고 차가운 물이 가득 차 있어서 수영하기에 꼭 알맞았기 때문이다. 그러나 그들이 정말로 보려는 것은 굿윌의 탑이었다.

* 캐나다 온타리오 주 남서부에서 미국에 걸쳐 있는 호수

탑까지 가려면 반시간 정도 도보로 시골길을 강행군해야 하며 그다음에는 동쪽으로 좀더 나아가서 흙먼지가 나는 오솔길을 따라 내려가야 했다. 그러나 이런 여정도 활기찬 젊은이들에게는 그날 누리는 즐거움의 일부가 되었다. 그들은 신선한 공기와, 몇 시간 정도 바다 저편에서 벌어지는 전쟁의 공포감은 말할 것도 없고, 도시의 무거운 책임을 벗어던지고 빠져나왔다는 안도감으로 기운을 얻어 더할 나위 없이 생기발랄한 모습이었다.

탑은 나지막하게 펼쳐진 들판 저편으로 쉽게 눈에 띄었다. "바로 저거야" 하고 누군가가 외쳤다. (그들 중 몇몇은 이번이 두 번째나 세번째 방문길일 터였다.)

해가 바로 머리 위에 있을 때 탑은 흰색처럼 보인다. 그러다 오후가 되면 회청색의 부드러운 색조를 띠었다.

언제나, 이 젊은이들 가운데 한두 명은 달음박질을 치기 시작한다. '먼저 가는 사람은 굶주린 곰이야.' 그들은 야트막한 공동묘지의 담장을 타넘은 다음(녹슨 고리가 달린 입구가 있는 것도 개의치 않고) 묘비와 엉겅퀴를 이리저리 피하며 달려간다. 저기 있다! 드디어 다 왔어! 그들은 햇살로 놀랄 만큼 따뜻한 탑의 울퉁불퉁한 옆구리를 두드려본다. 그러고는 계단처럼 튀어나온 돌을 밟고 오르내리는 것이다. 종종 부추김을 받거나 도움을 받아서, 높이에 겁을 먹거나 속옷이 보일까 봐 두려워하면서도 맨 꼭대기까지 오르는 젊은 여자들도 있다. 그렇지만 결국은 목적을 달성하는데, 그것은 정상에서 보이는 주변 경관이 훌륭하다고 전해지고 있는 데다가, 그들은 비어 있는 탑의 안쪽을 들여다보고 싶어했기 때문이다. 그 속에는 둥글게 잡초가 나 있는데, 그 밑에 조그만 묘비가 하나 있었다. 혹은 그렇다고들 했다.

이 짧은 여행에는 비명과 웃음소리가 끊이지 않게 마련이다. 누군가 인어를 새긴 돌을 발견한다. 또 누군가는 조각된 고양이를, 그리고 밑바닥에 가까운 곳에서는 '슬픔'이라는 한마디가 새겨진 돌을 발견한다. 이들 무리 중에는 이곳 사정에 가장 밝은 사람이 이 탑의 역사를 설명한다. 아이를 낳다가 죽은 아름다운 젊은 아내, 슬픔으로 마비된 잘생긴 젊은 남편, 그 남편은 지금도 이따금 사람들의 눈에 띈다. 물론 지금은 그렇게 젊지도 않고 요즘 사람의 기준으로 보면 그다지 미남이라고는 할 수 없는 데다, 이제는 전처럼 열정에 타올라서 탑을 짓고 있지는 않지만, 새벽 시간이면 탑을 손질하기도 한다. 오히려 그는 일을 중단하고 방문객과 시간 보내는 일을 더 즐거워한다. 그런데 아기는, 그 아기는 어떻게 된 걸까? 그것에 대해서는 아는 사람이 없는 것 같았다. 감동적이다. 정말 감동적인 얘기다.

그러다 문득 시계를 본다. 당일치기 여행객들이 마을로 돌아가 기차를 탈 시각이 된 것이다. 이제 해가 떨어지고 있었다. 그들은 이번에는 천천히 걸어간다. 그중 몇몇 남녀는 서로 손을 잡거나 팔짱을 끼기도 한다. 그러다 한두 사람이 충동적으로 고개를 돌려 탑을 돌아보는 경우도 있다. 그 탑의 구조가 중세적인 형태에 가깝다고 말하는 소리가 들린다. 대평원 한가운데 저런 탑이 불쑥 솟아 있다니 정말 이상한 광경이라고 말하는 소리도 들린다. 어쩌면 석회암의 아름다움에 대한 얘기도 나올지 모르겠다. 이탈리아 대리석과 아주 흡사하다고. 젊은이 가운데 한 사람은 주머니에 작은 조각돌 하나를 슬쩍 집어넣고는 길을 걸어가면서 손끝으로 어루만진다. 또 누군가, 아마도 책을 좋아하는 젊은 여성 하나가 저 멀리 인도에 있는 타지마할에 대한 얘기를 한다. 그것 역시 잃어버린 사랑에 대한 기념비라고.

시인은 시가 끝나는 때를 어떻게 아는 것일까? 더는 더할 것도 뺄 것도 없을 만큼 단정하게 호흡을 멈추는 순간이 오기 때문일까.

여자는 결혼 생활이 끝장날 때를 어떻게 아는 것일까? 삶이 어느 날 갑자기 과거와 미래 두 조각으로 잘려나갈 때일까. 클래런틴 플렛에게 물어볼 일이다.

흔히 전쟁은 항복이나 휴전이나 협정으로 종결된다고들 한다. 그러나 실제로 전쟁은 그 자체로 소진되고 더는 아무런 보상도 기대할 수 없는 때, 그리고 문득 천박한 짓으로, 커다란 세계가 저지르는 무례한 짓으로 비치기 시작할 때 끝나는 것이다.

일은 시작되고 끝나게 마련이다. 어떤 고요한 장소에 이르는 순간, 우리는 갑자기 육체가 매끄럽게 기능하는 예측 가능성과 파멸의 욕구 사이의 기로에 놓이게 된다. 그때 우리는 불합리하고 터무니없는 일을 저지른다. 그렇지 않으면 상상도 못 했던 어떤 적이 나타나 훼방을 놓게 될 것이다. 오랜 세월 동안 매니토바의 시골을 집집마다 돌아다니며 행상을 한 에이브 스쿠타리는 이튼 우편 판매에 의해 사업을 잃게 되고 말았다. 누가 이런 일이 일어나리라고 상상이나 했을까? 그래서 그는 로열 은행에서 돈을 빌려(그것은 이스라엘의 자손에게 내준 최초의 대출이었는데), 위니펙의 셀커크 가에 주로 남성용 작업복과 신발, 채소, 자전거 등을 취급하는 소매점을 여는 것 외에는 다른 도리가 없었다. 문은 닫히면 다시 열리게 돼 있다. 이것은 스쿠타리 씨가 직접 한 말이다.

1916년 바커 플렛 교수는 위니펙 시대의 종말을 고하게 되었다. 그의 어머니가 세상을 떠난 것이다. 그리고 그 순간 그의 믿음도 소진되고 말았다. 서른 살 난 자신의 육체가 보여준 도착 행위에 겁에 질렸다. 비록 밝은 얼굴로 손짓을 보내며 그가 원하는 것은 무엇이든 주기는 했어도(거의 그렇다고 할 수 있다) 이 세상 역시 그를 겁주었다. 이제 그는 새로운 시대를 열어야 했다. 좀더 정확히 말해서 자치령의 수도인 오타와가 있는 동쪽으로 향해 나아가야 했다.

그리고 매니토바 주 턴들 마을에 있던 나의 아버지 카일러 굿윌도 탑을 완성했다. 어떻게 탑이 완성된 줄 알았느냐고? 비율을 보면 알 수 있는 일이었다. 높이와 폭과 둘레가 전체적으로 만족스러운 조화를 보이는 것으로 알 수 있는 일이었다. 이제 탑 위에 한 줄만 더 쌓아도 균형을 잃고 말리라. 탑을 바라보자 그의 마음은 나른하다고 할 만큼 편안해졌다. 그리고 최근 들어서 너무도 많은 구경꾼들, 너무도 많은 신문기자들이 찾아왔다. (그는 이 구경꾼들이 조각돌을 슬쩍 가져가고 있다고 생각했는데, 그런 얘기를 들어도 그가 할 수 있는 일은 어깨를 으쓱해 보이는 것뿐이었다.) 구경꾼들이 그의 정신을 산란하게 만들었고, 최근에는 탑을 만들도록 했던 추진력까지 잊게 만들고 말았다. 그는 찾아오는 사람들과 자발적으로, 열의까지 보이면서 얘기를 했지만 그 집념의 근원에 대해서는 말을 하려 하지 않았다. 정확히 말해서 탑을 만든 이유가 뭐죠, 굿윌 씨? 일단 어떤 사람이 작업을 시작하면 나중에는 그 작업이 사람보다 우세하게 되는 법이다. 하느님은 그림자에 불과한 존재로 줄어들고 머시의 경우도(이제 그녀의 무덤은 깊이 가라앉은 데다 잡초까지 무성하게 됐는데), 얼굴이라든가 몸매 따위가 전혀 생각나지 않았다. 짧았던 결혼 생활과 개종 같은 문제는 이제 한낱 흥미로운 인생의 교차점에 불과할 뿐이다. 인생은 계속 전진하게 돼 있는 것이다.

위니펙의 바커 플렛 교수로부터 후견 약속이 파기되었으며, 앞으로 데이지의 보호 문제를 어떻게 할 것인지를 묻는 편지가 왔다.

그리고 바로 어제 미국 인디애나 주 블루밍턴에 있는 인디애나 석회암 회사 사장으로부터 온 편지도 있었다. 노련한 석공이 화급히 필요하다면서 어마어마한 봉급을 제안했다. 그가 쓸 편안한 아파트도 제공될 것이다. 어떤 것인지는 몰라도 그 아파트는 비니거 힐의 크로스 가에 위치하고 있다고 했다. 그 자신과 가족, 가재도구를 옮기기 위한 모든 준비도 해주겠다고 했다.

굿윌 씨에게 가족이 있습니까? 즉시 답장을 보내주시기 바랍니다. 반드시 전보를 이용해주세요.

데이지 굿윌이 홍역에 걸린 것은 베시 퍼펙트 탓이었다. 열이 나고 목이 쑤시던 베시는 플렛 가의 현관에서 데이지에게 뒤늦은 식물학 리포트를 건네줄 것이 아니라, 마땅히 자기 집 침대에 누워 있어야 했다. 베시는 여학생답게 자기가 찾아온 일에 대해 이것저것 변명을 늘어놓다 말고, 감염되기 쉬운 열한 살 난 아이의 얼굴에 대고 냅다 재채기를 해댔던 것이다.

병은 데이지의 기관지로 날아 들어갔고 이내 온갖 증상을 보이게 되었다. 클래런틴 아주머니는(데이지는 늘 그녀를 이렇게 불렀는데) 아이의 입속을 들여다보고는 기절할 듯이 놀라고 말았다. 사방이 반점으로 얼룩져 있었다. 가엾은 어린애는 컴컴한 어떤 한 방에 눕혀졌다. 방문은 굳게 닫혔으며, 클래런틴 아주머니만이 유일한 방문객이었다. 그녀처럼 헌신적인 간호사도 없을 것이다. 그녀는 병든 아이를 시원하게 해주고, 젖은 천으로 열을 가라앉히며 밤낮으로 붕산 화장수를 써서 눈을 세척해주었을 뿐 아니라, 자신이 만든 약초 크림을 발라 가려움증을 누그러뜨려주었다. 그러곤 조금씩 먹을 수 있도록 수란이라든가 과일 죽 같은 부드러운 음식물을 쟁반에 담아 날라왔는데, 데이지는 음식을 먹기 전에 반드시 집게손가락을 탈지면에 감아 입안을 세척하도록 엄명을 받았다. 덕분에 데이지는 조금씩 나아졌으며 그와 동시에 지루해지기 시작했다. 그런데 다음 순간 갑작스럽게 상태가 몹시 나빠져버렸다.

의사는(그의 이름은 알 수도 없을뿐더러 설혹 알고 있다고 해도 여기서 밝힐 생각도 없지만) 기관지 폐렴이라고 진단하고는, 클래런틴 아주머니를 가르칠 셈으로 기관지를 그림으로 그려 보여주었다. 요즘엔 설포노미드•나 항생제를 투약하여 신속하게 치료할 수 있지만, 그 당시만 해도 침대에 눕혀 안정시키고 몇 가지 용액을 먹이고 몸을 따뜻하게 해주는 것이 유일한 치료였다. 이 일은 몇 주나 끌었는데, 어느 누구도 커튼을 젖히거나 불 켜줄

• 세균 감염 치료제

생각을 못 했기 때문에, 데이지 굿윌은 두번째 병상 역시 어둠 속에서 보내게 되었다. 게다가 먼지와 깃털 베개가 유발하는 폐쇄된 공간 특유의 냄새 때문에 공기는 질식할 것 같았는데, 바로 이것이 평생 동안 지니고 다닌 알레르기의 시발점이 되었다.

그녀는 엄청나게 많은 시간을 수면으로 보낼 수밖에 없었다. 활동적인 아이가 이런 멍한 시간을 달리 어떻게 견뎌낼 수 있었겠는가? 그리고 잠에서 깰 때마다 데이지의 몸은 경직되고 머리는 이름 모를 불안감으로 젖어 있었다. 이 일은 그녀가 삶의 한가운데에서 갑작스럽게 감지하게 된 진공 상태와도 관계가 있었다. 그녀의 삶에서 뭔가가 빠져 있었던 것이다. 그녀는 몇 주 동안을 어둠침침한 방에서 무거운 담요와, 자신의 가슴속에 들어 있다는 그 거꾸로 된 나무처럼 생긴 기관지 영상에 둘러싸여 살고 있었다. 그녀에게 결여된 것은 확실성의 핵, 주위의 모든 사람이 갖고 있는 것처럼 보인 저 내면의 값진 보석이었다. 클래런틴 아주머니는 위층 복도를 토닥거리는 발걸음으로 분주히 돌아다니며 아무것도 아닌 일에도 쾌활하게 웃음을 터뜨리고, '하느님은 이 세상을 너무도 사랑하셔서' 자신이 멋대로 하도록 내버려두니 얼마나 고마운 일이냐고 농담기 섞인 어조로 떠들어대곤 했다. 그리고 바커 아저씨는(그 무렵 데이지는 그를 그런 호칭으로 불렀는데) 대학으로 출근할 때마다 예의 버드나무로 만든 지팡이를 들고 다 닳아빠진 구두를 신은 채, 비록 내키지 않은 한숨을 짓곤 하면서도 청년다운 단호한 태도로 길을 나서곤 했다. 다른 사람들은 이 세상에 뭔가를 남기는 나름대로의 능력을 가지고 당당하게 살아가고 있는 반면, 어떤 이유에서인지 데이지 굿윌은 그렇지 못했다.

그녀는 고작 한 번에 몇 분 정도씩 자기에게 없는 것을 응시할 능력밖에 없었다. 그것은 마치 해를 쳐다보는 일과도 같았다.

글쎄, 어쩌면 그것은 열병 때문에 그녀가 방향을 잃게 된 것이라고도 할 수 있으리라. 그 어두운 방에서 이상한 망상에 사로잡히고, 부어오른 눈으로 어슴푸레한 방 안에서 무시무시한 허깨비를 어린 데이지가 보고 있었다는 건 사실이다.

고독과 침묵, 고문과도 같은 권태로 지낸 오랜 나날…… 이 모든 것이 나를, 어린 데이지 굿윌을 짓누르고 그녀를 텅 비게 만들었다. 그녀의 자서전은(그런 일을 상상이나 할 수 있다면 말이지만) 아마도 어두운 진공과 입을 딱 벌린 골짜기를 모아놓은 것과도 같을 것이다. (그런 일을 표현할 수나 있다면 말이다.)

침대에 누운 채 그녀는 주변에서 돌아가는 삶을 이해했다. 그리고 그것은 그녀의 슬픔만 가중시켜주었을 뿐이다. 그녀는 이웃집에서 개가 짖어대는 소리, 솟아오르듯 노래하는 새소리, 우유 배달부가 심코 가를 순회하고, 그의 말이 모퉁이를 돌 때마다 힝힝거리며 무거운 발소리를 내고 오줌이며 똥덩어리를 떨구는 소리도 들을 수 있었다. 문들이 열렸다가 닫히고, 편지가 오고 집 안에 사람들이 들락거리고, 여러 사람의 목소리가 웅성거리고, 주전자가 끓고, 홀에 있는 시계가 끝없이 째깍거렸다.

아이들 특유의 유아론唯我論적인 생각에 사로잡혀 있던 그 소녀는, 이 모든 일이 자기가 빠져도 빈틈없이 진행되고 있다는 것을 알고 깜짝 놀랐다. 애버딘 학교는 그녀가 병에 걸렸다고 해서 휴교를 하지는 않았다. (결코 그런 일은 없을 것이다.) 학교 운동장은 전처럼 생기가 넘치고, 수업 시간을 알리는 종소리도 잔인할 정도로 정확하게 울리고 있을 것이다. 또한 클래런틴 아주머니의 정원도 한여름이 되어 금어초가 가득 피어 있을 터였다. 자신이 정원에 나가 꽃송이를 꺾다가 그 작은 꽃에 손가락을 찔리지도 않는데 말이다. 그 무덥고 어두운 방에 누워 있으면서 언제나 돌이켜보게 되는 생각은 이런 것이었다. 여기, 이 장소에서 가려지고 질식되어 자신에 대한 기록에서 말소된 채 지금까지 살아왔으며, 앞으로도 평생을 그렇게 살게 되리라는 생각.

그녀는, 살고 싶다면 상상력을 발휘하여 그것을 지켜야만 한다는 사실을 알았다. 그것으로써 필요한 부분을 보충하고 가감하며 환기시켜야 한다. 목가적인 것이든 영웅적인 것이든 아무튼 무엇이든 간에 환기해야 한다. 심지어는 석회암 탑을 실재처럼 머릿속에 그려야 한다. 때로는, 어떤 부분에 있어서는 틀리게 만들고, 과장하거나 철저한 거짓말도 해야 한다. 불가능하리만큼 고상한 편지라든가 우아한 대화를 짜내야 한다. 억측이라도 멋있게 보이도록 만들어야 한다. (사랑하는 클래런틴 아주머니가 꼬박 일주일 동안을 혼수상태로 누워 있다가 지난 6월에 돌아가셨을 때 데이지는 아주머니를 팬지 꽃 침대에 띄워 하늘나라로 보내드렸다. 그리고 아저씨의 골똘히 생각에 잠긴 듯한, 왠지 성적인 느낌의 응시를 그녀는 사실은 소화불량에 걸렸기 때문이라고 해석했다.)

데이지는 강해지기로 마음먹었다. 그래서 마침내 생부 카일러 굿윌을 만나게 됐을 때, 그녀는 용기를 내어 그의 키스를 받았다. (아버지는 이마에 땀을 뻘뻘 흘리며 심코 가에 있는 집에 도착했는데, 맞지 않는 옷을 입은 데다 실망스러울 만큼 키가 작고 얼굴이

까맸다.) 그 첫 만남은 잘되지 않았다. 아버지는 그녀의 손을 잡으려고도 하지 않았다. 그의 얼굴은 가난에 찌든 듯해 보였으나, 입만은 단정해 보였다. 두 사람은 아래층 거실에 앉았다. 아버지는 가죽으로 된 안락의자에, 그녀는 소파에. 낯선 두 사람은 서로를 말없이 응시하기만 했다. 데이지는 이집트산 목화로 만든 노란 줄무늬 드레스를 입고 있었다. 아버지는 예의 바르게 목청을 가다듬었다. 그것만으로 그의 혀는 풀어졌다. 그때부터 아버지는 쉬지 않고, 이제 그들이 하게 될 기차 여행과, 인디애나 주의 블루밍턴에 도착하게 되면 살게 될 집에 대해 설명하기 시작했다. 그 집은 아파트라는 것이란다. 아버지는 그 말을 아주 소중한 듯이 발음했다. 그녀에게 그것이 얼마나 가치 있는 것인지 이해라도 시키려는 것처럼.

두 사람은 큰 컵에 담긴 레모네이드를 마시고 있었다.

그런데 누가 레모네이드를 만들었을까? 누군가 레몬을 짜고 설탕을 넣어 젓고 얼음조각을 집어넣었을 테지만, 데이지는 그것이 누구였는지 도무지 알 수 없었다. 그럼에도 그녀의 손가락에는 그 컵의 감촉이 언제까지나 남아 있었다. 연한 핑크색 유리 위에 돋을새김한 띠 장식의 감촉이. 그러나 주로 기억에 남는 것은 햇살이었다. 올이 가는 여름용 커튼을 뚫고 들어와 온 방을 가득 채웠던 햇살은 옥수수 가루처럼 노란 빛이었다. 적어도 그 햇살의 자국이 자신의 팔뚝 맨살에 그대로 박혀버렸다고 믿을 수 있을 것 같았다. 차갑고 달콤한 음료가 목을 타고 흘러내려갔다. 아버지의 셔츠에 있는 단추가 마치 눈물방울처럼 반짝이고 있었다.

그녀의 무릎은 노란 천 위로 불룩 올라와 작은 언덕처럼 보였다. 아버지의 말은 마치 무수한 점들처럼 그녀를 향하여 쇄도해왔다.

바로 그날 데이지는 이 세상을 좋아하게 되었다.

THE STONE DIARIES

제3장

1927년

결혼

조지프 프란츠먼 부인은 어제 블루밍턴의 데이지 굿윌 양을 위한 오찬을 열었다. 식기는 열 사람분이 마련되었다.

오티스 클라인 부인은 오늘 오후 6월의 약혼녀 데이지 굿윌을 위한 다과회를 열었다. 굿윌 양은 튜더 홀 고등학교와 롱 여자대학을 졸업했다.

앨프레드 와일리 부인은 목요일 오후 6월의 예비 신부인 데이지 굿윌을 위한 키친 샤워*를 마련했다. 방들은 등나무, 종, 색테이프로 예쁘게 장식되었다. 손님 중에는 아서 호드 부인, 스탠튼 메릴 부인, A. 캐푸토 부인, B. 그린들 부인, 프레드 앤서니 부인, 라비나 앤서니 양, 엘프레다 호이트 양, 그리고 메리 앤 및 수잔 콜체스터

* 결혼 전 신부를 위해 부엌 용품을 선물로 들고 와 축하해주는 파티

양이 포함돼 있었다.

그날 오후, 그레이스 힐리 양은 몇 곡의 만족스러운 성악곡과 피아노곡을 들려주었다.

어제저녁 채석장 클럽에서는 블루밍턴의 예비 신부인 데이지 굿윌과 예비 신랑 해럴드 A. 호드를 위한 '화이트' 만찬이 열렸다. 메뉴에는 베이 조개 요리와 도버 솔** 저밈 요리, 크림 양파를 곁들인 치킨 쉬프렘***, 그리고 후식으로 한 쌍의 비둘기 모양으로 빚은 바닐라 샹티 아이스크림이 나왔다. 손님으로는 아서 호드 부인, 그리고 부인의 자제인 론스 호드와 해럴드 A. 호드, 호튼 그래프 부인, 헥터 매킬레이스 부부, 라비나 앤서니 및 엘프레다 호이트 양, 딕 그린 씨, 스탠튼 메릴 부부, 오티스 클라인 부부 등이 참석했다. 식탁 중앙에 한 아름의 여름 꽃을 놓고 상아색 양초를 밝힌 예술적인 분위기에서 주인 역을 맡은 사람은, 그날 저녁의 주빈이며 예비 신부의 아버지인 카일러 굿윌 씨였다. 래피스칸 주식회사의 공동경영자이며 언변이 좋은 굿윌 씨는 시간과 우연의 일치라는 은총에 관한 웅변적이고도 시사하는 바가 많은 연설로 그날 저녁의 축제에 흥겨움을 더해주었다.

"시간은……." 카일러 굿윌은 열다섯 명의 청중 앞에서 입을 열었다.

** 식용 가자미

*** 닭고기 육수와 크림으로 만든 소스를 얹은 닭가슴살 요리

유쾌한 식후의 청중들은 이제 식탁에서 의자를 약간 떼어놓고 편안히 앉아 있었다. 촛불 빛이 그들의 모습을 한결 부드럽게 만들어주고 있었다.

"시간은 우연이라는 저 재미난 친구와 힘을 합해 엄청난 기적을 탄생시키고 있습니다." 여기서 굿윌 씨는 설명조로 한 손가락을 세워 보였다. "친구분들, 한번 생각해보십시오. 약 삼천만 년 전 다행히도 따뜻하고 맑고 얕은 바다가 있어서, 그 조합으로 저 유명한 인디애나 석회암을 만들어냈습니다. 바로 그것이 지금 이 자리에 있는 우리 모두에게 훌륭한 기여를 하고 있고 말입니다."

사방에서 이 말을 인정한다는 박수갈채가 터져나왔다. 굿윌 씨는 말을 이었다.

"그런데 만약 그 바닷물이 약간만 더 차가웠더라면, 수십억 수조에 이르는 작은 해양 생물들이 태어나지 못했을 것이며, 그 껍질이 지금처럼 바다 밑바닥에 퇴적되지도 못했을 것입니다. 그리고 만약 그 바닷물이 약간만 덜 맑았더라도 진흙이라든가 다른 침전물 때문에 퇴적에 영향을 미쳤을 것입니다. 친구분들, 마지막으로 만약 그 고대의 바닷물이 몇 센티미터만 더 깊었더라도 조개껍질들을 일정한 크기로 분쇄하여 사방 수제곱미터에 걸쳐 바다 밑바닥에 분산시키는 저 파도의 운동도 없었을 것입니다. 신사 숙녀 여러분, 간단히 말해서, 우리의 아름다운 세일럼석, 대지에서 나오는 우리의 이 위대한 선물은 아예 존재할 수 없었을 것입니다. 그건 기적입니다. 그리고 여러분께서도 동의해주시리라고 생각합니다만, 지금까지 말씀드린 이 모든 다양한 요인이 동시에 결합하여 우리에게 승리의 삼위일체를 안겨주게 된 것입니다. 그 세 가지는 도전과…….” 여기서 그는 극적으로 말을 끊었다. “번영과…….” 다시 한 번 말을 끊었다. “행복인 것입니다.”

이제 와인은 거의 비워졌으며, 밤공기가 들어오도록 열어놓은 창문 때문에 아름다운 촛불 빛이 펄럭이고 있었다. 굿윌 씨는 작은 어깨를 뒤로 젖히고 자신의 주제에 열중했다.

“여러분, 바로 그와 똑같은 행운에 의하여, 제 딸 데이지와 제가 블루밍턴에 도착한 지 이번 달로 정확히 십일 년이 되었습니다. 저는 종종 우리가 이곳에 도착한 타이밍이 얼마나 시기적절한 것인지 생각할 때가 있습니다. 그것은 우리 모두가 알고 있듯이 지난 십 년간은 석회 산업이 전례 없는 확장을 맞이한 시기였기 때문입니다. 그렇지만 제 경우에는, 딸과 제가 환영을 받았다는 사실이 더욱 중요했습니다.” 여기서 그는 두 팔을 크게 벌려 포옹을 암시하는 몸짓을 해보였다. “우정과 기회로부터 환영을 받았던 것입니다. 뿐만 아니라 저는 몇 년 전, 그래프 씨와 매킬레이스 씨 두 분이 (두 분 모두 아름다운 부인과 함께 오늘 저녁 이 자리에 참석해 계십니다만) 새로운 사업에 함께하도록 저를 초대해주시는 영광을 입었던 것입니다. 저는 이 자리에 계신 여러분 모두가 우리 사업에 미소를 보낸 저 행운의 여신을 입증해주시리라고 믿습니다. 그것은 우리가 우리의 성공으로 칭찬을 받을 수 있다는 말이 아닙니다. 우리는 시간 그 자체에 감사해야 할 것입니다.” 여기서 그는 말을 끊고 한 사람 한 사람의 시선을 붙잡으면서 천천히 좌중을 둘러보았다. “시간, 그리고 우연에 말입니다. 운명의 두 쌍둥이, 우리 운명의 경이로운 전개가 바로 그것입니다."

웨이터들은 어서 저녁 일이 끝나 집에 돌아가 잠을 잘 수 있게 되기를 바라며 그늘 속에서 배회하고 있었지만, 굿윌 씨는 아직 끝난 게 아니었다.

"그리고 오늘 저녁 이 자리에 있는 우리의 젊은 한 쌍을, 데이지와 해럴드를 보십시오. 어떻게 이 커플이 시간과 우연의 호의를 입지 않았다고 말할 수 있겠습니까? 우리는 현재 1927년이라는 놀라운 시간 속에 살고 있습니다. 진정한 의미에서의 현대가 이제 막 시작되었으며, 설혹 우리 중에서 앞날에 의혹을 품은 사람이 있다고 해도 불과 한 달 전 찰스 A. 린드버그•를 통해 그렇지 않다는 사실을 확인했습니다."

이런 적시의 언급이 좌중의 맥을 짚은 셈이 되었다. 굿윌 자신이 앞장서서 박수를 치자 곧이어 열광적인 박수갈채가 한바탕 터져나왔다. 숙녀들은 희고 고운 손을 들어올린 채 뜨거운 박수를 보냈으며, 신사들은 식탁을 쾅쾅 두드려댔다.

"뿐만 아닙니다, 여러분."

그의 어조는 이제 서서히 가라앉았다. 처음으로 돌아간 이 억양은 절묘하게 계산된 것이었다.

"바로 역사의 이 시점에서 우리나라의 뉴욕에서는 거대한 건물의 웅장한 자태가 이제 막 솟아오르기 시작했습니다. 그것은 세일럼석의 위력과 우리 모두가 꿈꾸어왔던 인간의 독창성에 대한 고귀한 증거인 것입니다. 지금 이 순간부터 우린 오로지 전

• 1927년 사상 최초로 대서양 단독 무착륙 횡단 비행에 성공한 미국의 비행사

진할 따름입니다."

옳소, 옳소!

"그리고 이제, 여러분 모두 자리에서 기립하셔서 우리의 젊은 한 쌍을 위해 건배할 것을 부탁드리는 바입니다. 우연이 이 두 사람을 만나게 해주었고, 시간이 이 두 사람에게 따뜻한 미소를 던지고 있으니 말입니다."

어떻게 해서 나의 아버지 카일러 굿윌이 달변가가 된 것일까? 쉰 살의 그는 민첩하고 원기 왕성하며 머리끝부터 발끝까지 세련된 사람이었다. 그는 영국제 모직으로 만든 고급 셔츠를 입었는데, 눈부실 만큼 하얗게 전문가의 솜씨로 세탁되었으며, 일주일 내내 하루도 빼지 않고 갈아입었다. 양복은 인디애나폴리스나 시카고에서 주문한 것으로 그의 몸에 딱 들어맞았다. 기성복은 그에게 맞는 것이 없었던 것이다. 그는 마치 뱀이 허물을 벗듯이 곤혹스러운 이 일에서 벗어났는데, 그렇다 해도 굿윌의 개방적이고 정력에 넘치는 사업가 용모에는 뱀처럼 교활한 요소라고는 찾아볼 수 없었다. 물론 그의 외형에는 거의 아무런 변화도 없었다. 그는 앞으로도 언제나 다리가 짧고 어깨가 좁은 남자일 뿐이다. 그렇지만 사람들은 그의 왜소한 체구에는 신경 쓰지 않았다. 사람들은 카일러 굿윌의 작고 까만 오종종한 얼굴, 태엽이 잔뜩 감긴 시계와도 같은 얼굴, 집요함과 힘으로 가득한 얼굴을 보면서 이렇게 생각하는 것이다. 보라, 여기 생생하게 살아 있는 한 인간이 있다.

활력은 바로 그의 두 눈에서 쏘듯이 나오는 것이었다. 그의 눈에는 젊은 시절의 순수성과 강렬함이 고스란히 남아 있었다. 그는 사회에서 존경받고 찬미를 받는 인상적인 인물이었다. 그러나 그가 입을 열어 말하기 시작하면 바로 그 순간 그는 초인적인 인물이 되는 것이다. 그 달변은 어떻게 획득한 것일까? 그 의문은 좀 부적절한 것일 수도 있다. 왜냐하면 인간은 누구나 나면서부터 언어를 익히는 것이 아니기 때문이다. (이 점에 이견이 있을 사람이 있을까?) 다만, 몇몇 소수의 행운아만이 남보다 좀더 유창하게 말을 하는 것이며, 이들 유창한 사람들의 집단에서 놀라운 재능을 가진 사람들이 나오는 것뿐이다. 그것을 자연의 섭리라고 해두자. 목에 현악기를, 혀에 금테를 둘러주는 유전자의 분출이라고. 부진한 어린 시절을 보냈다고 해서 타고난 언변이 없다고는 할 수 없는 것이다. 그렇게 생각하는 것은 오만이리라. 부진한 어린 시절을 보낸 사람이야말로 목마른 지성을 저 언어의 우물로 가져가서 흠씬 마시도록 할 수 있을 테니까.

카일러 굿윌 자신은 머시 굿윌와 함께 보낸 이 년간의 짧은 결혼 생활에서 자신의 언변이 나오게 된 것이라고 믿고 있었다. (비록 그는 이 사실을 여기저기 떠들고 다니거나 자기 자신에게도 털어놓은 적이 없지만.) 깃털 침상의 널따란 시트 속에서, 자신의 거친 살갗으로 풍성하고 부드러운 아내의 몸을 더듬고 껴안고 그 안으로 들어갈 때…… 바로 그때 그의 목구멍 속에 들어 있던 돌이 제거되었던 것이다. 어떤 폭발적인 자기 망각에서 혀가 풀린 것이다. 그렇지 않으면 계절의 운동이 일련의 폭발을 점화시킨 것일 수도 있다. 매니토바의 틴들이라는 조그만 마을에서 맞은 가을의 일요일, 그 상쾌한 대기. 또는 며칠씩 이어진 추운

1월의 밤들. 그리고 눅눅한 산들바람이 불고 태양이 아직 서산에 걸려 있을 때 창으로 비껴들어온 햇살이 엷은 색실로 수를 놓은 베갯머리와 아내의 둥근 몸을 비추는 봄날 저녁이라든가. 사랑스럽고 자발적인 머시. 그때 말은 그의 입안에 모여들었다. 그의 것이라고는 한 번도 생각해본 적이 없는 말들이. 그 말들이 입 밖으로 튀어나왔다. 고마운 마음과 열정, 가장 은밀한 소원을 담은 말들이. 그는 그 말들을 사랑하는 이의 귓가에 속삭였으며, 그녀는 무감각하고 무감동한 채로 무언의 격려를 해주었던 것이다. 적어도 그녀는 반대하지도 놀라지도 않았고, 바보 같은 소리를 한다든지 표현이 부자연스럽다든지 하는 내색을 하지는 않았다.

내 생각엔, 나의 아버지는 바로 저 흠정欽定영역성서•의 음악적인 표현 속에서 자신의 목소리를, 그것도 진정으로 영원토록 찾은 것 같다. 개종에 이어 어머니의 무덤가에서 보낸 몇 년이라는 세월 동안 (그리고 그때 갑자기 저 무지개가 나타났는데, 그것은 10월의 기름 붓는 의식이나 다름없었다.) 그는 낮이고 밤이고 오로지 성경에 전념했다. 사실 솔직히 말하자면 성경에 나오는 내용은 아버지를 당황하게 만들었다. 수많은 수염 달린 왕과 예언자들, 그리고 이상스러운 그들의 노호. 성경에 나오는 경고와 저주는 상식적인 아버지의 머리를 건너뛰는 것이었다. 그러나 성경의 리듬은, 그 구문과 색채와 암시적인 어조는 그의 몸속으로

• 간결한 표현, 장엄한 리듬 등이 특징이며, 개역성서가 나올 때까지 영국에서 널리 쓰인 성서

곧장 파고들었다. 그렇지 않고는 그의 고풍스럽고 형식적인 어투와 균형 잡힌 농담, 이국적인 도치법, 과장된 은유를 설명할 도리가 없었다. 언어가 그의 입을 빌려서 말하고 있는 것이며, 흔히 그렇듯 그 반대가 아니었다.

또 다른 설명도 가능하다. 아버지는 자신이 아내를 기리기 위해 그 자신의 손으로 직접 만든 탑을 구경하러 북쪽에서부터 온 수많은 사람과 만나면서 언변이 유창해졌다는 것이다. 구경꾼의 상당수는 기자들이었는데, 그들은 노트와 펜을 든 채 카일러 굿윌의 옆에 서 있곤 했다. 괜찮으시다면 잠시 몇 가지 질문 좀 드리겠습니다, 굿윌 씨. 젊고 명석하며 감탄할 태세를 갖춘 기자들이 대륙 곳곳에서 찾아왔으며 심지어는 멀리 영국 런던에서 온 사람들도 있었다. 그들은 기자답게 어떻게, 언제, 왜라는 질문 보따리를 들고 왔다. 카일러 굿윌은 유명 인사가 되었다. 아마 좀 괴짜에다 순진한 석공일지는 몰라도 결코 접근할 수 없는 인물은 아니었다. 오히려 쉽게 의견을 청취할 수 있고, 접근할 여지가 충분한 사람이었다. 지금이 바로 그의 기회였고, 그는 분명 그 사실을 깨달았을 것이다. 다음 순간 그의 혀는 춤추는 법을 배웠다. 둘러대고 극적으로 만들고 꾸미고 전환시키는 복잡한 기교를 다루는 법을 익힌 것이다. 그의 음성은 마치 다른 사람들이 가구라든가 몸짓에 에워싸여 사는 것과 마찬가지로 그가 사는 곳이라고도 할 수 있으리라. 그와 동시에 그는 웅변가의 지구력, 지치지 않고 끊임없이 얘기하는 비결을 익혀나갔다. (고백하건대 언제나 알찬 내용으로만 이루어진 것은 아니었다.)

최근 들어서 연단에서의 그의 정력은, 풀무 노릇을 하는 폐,

말을 토해내는 기관인 그 가슴속에 점점 더 많은 산소를 갈구하게 되었다. 두 손은 반주 삼아 힘차게 춤춘다. 지난겨울에 있었던 로렌스 카운티의 사업가 오찬회에서 그는 메모도 없이 무려 한 시간 동안 연설했는데, 테너 음을 내는 그 놀라운 악기는 전혀 피로한 기색을 보이지 않았다. 그리고 베드퍼드에서 있었던 상공회의소 흡연 사교 클럽의 연례 모임에서도 그는 무려 한 시간 십오 분 동안 연설을 했다. (《스타 피닉스》지에 따르면 그것도 아주 즐겁게 연설했다는 것이다.) 그리고 불과 일 년 전, 화창한 어느 6월 아침에도 그는 딸 데이지가 문학사 학위를 받기로 한 오하이오 강 기슭에 위치한 롱 여자대학 졸업생들 앞에서 감동적인 연설을 했다. '돌의 유산'이라는 제목의 그 연설은 상업과 지질학의 신화적 결합을 다룬 것이었는데, 전대미문의 두 시간짜리 연설이 되고 말았다. 그런데 나중에 나온 얘기에 의하면 그동안 졸았던 젊은 숙녀는 대여섯 명도 되지 않았다.

"그 양반, 정말 대단한 성대를 갖고 있더군." 뒤이어 열린 딸기케이크를 곁들인 축하연회에서 학장이 이렇게 말했다. "정말 열정적인 사람이야."

그러나 카일러 굿윌이 지금껏 가장 길게 한 연설은 1916년 매니토바 위니펙에서 인디애나 블루밍턴까지 약 2000킬로미터를 기차로 여행하는 동안에 한 것이었다. 그의 청중은 당시 겨우 열한 살밖에 안 된 어린 딸 데이지뿐이었다. 낮 동안 그들은 카일러 굿윌의 새 고용주가 된 인디애나 석회암 회사의 배려로 일등 특별 객차를 이용했다. 녹색 플러시천을 씌운 좌석은 널찍하고 호화로웠고, 편안하게 앞이나 뒤로 젖힐 수 있게 되어 있었다. 기발하게도 마호가니 판을 끌어내면 테이블이 되었는데, 이곳으로 잔받침 가장자리에 레몬 한 조각을 얹은 차를 주문할 수도 있었다. 아버지와 딸은 나란히 앉아 있었는데, 둘 사이에는 작은 나무 팔걸이 하나밖에 없었다. 그들은 사실상 서로에게 낯선 사람이었기에 누구도 각기 반들반들 윤이 나는 나무 울타리에 팔을 얹으려고 하지 않았다. 여행은 꼬박 사흘이 걸렸는데(파고에서 시카고, 그런 다음 인디애나폴리스로 바뀌는 혼란스럽고도 흥분되는 여행이었다), 그동안 아버지는 끝도 없이 얘기를 늘어놓았다.

적어도 처음에는 순전히 신경과민 때문에 머릿속에 있던 스위치가 켜진 것 같았다. 그는 전에는 한 번도 '여행'이라는 것을 해본 적이 없었다. 차창 밖으로 보이는 세상의 풍경은 그가 상상했던 것보다 훨씬 크고 훨씬 더 오밀조밀했다. 그 광경이 그를 놀라움과 흥분으로 몰아넣었다. 노스다코타와 미네소타, 위스콘신의 푸른 숲과 들판은 눈부신 안개 속에서 점점 더 부풀어 오르는 것처럼 보였다. 지면은 심하게 오르락내리락했다. 그는 벌써 건초를 만드는 광경을 보고 몹시 놀랐다. 마을이 잇달아 나타났는데, 마을과 마을 사이의 간격은 놀랄 만큼 가까웠고 이름도 낯설었다. 그는 남자들이(여자들도 물론이지만) 기차에서 플랫폼으로, 플랫폼에서 기차로 쉽게 오르내리는 것을 보고는 당황했다. 그들은 너무 쉽고 변덕스럽게 옮겨다니면서 웃고 떠들고 서로 인사를 나누곤 했다. 그들은 갑작스러운 지리적 변화에도 무심하고, 멀고 낯선 타지방에 왔다는 사실도 전혀 개의치 않는 것 같았다. 사람들은 대부분 모자를 쓰지 않았고, 밝은 색채의 옷을 입고 있었다. 그들이 갖고 다니는 가방은 들고 다니는 모양으로 보아 깃털처럼 가벼워 보였다. 그것들은 실제로 짚과 천으로 만든 것들로, 불과 며칠 전에 구입해서 아직 닳지도 않은 아버지의 암갈색 글래드스톤 가방을 조롱하는 듯했다.

기차는 마치 무심한 풍경 속을 뚫고 지나가는 은빛 화살처럼 계속해서 남쪽으로 달려갔다. 태양은 눈부시게 빛나고 있었다. 철커덕거리는 소리와 함께 순식간에 몇 킬로미터씩 달리는 기차를 보면서 굿윌은 세상의 모든 진지함이 후퇴하는 것 같은 기분을 맛보았다. 전용 휴식 칸에서는 노랫소리가 들려왔는데, 일리노이 주 경계선을 넘어 인디애나로 들어설 때에도 여전히 '그녀는 예쁘잖아요'라는 곡이 되풀이되고 있었다. 강물, 둥그스름한 언덕, 포장도로, 울타리를 친 들판, 헛간 옆구리에는 씹는담배 광고판이 붙어 있었다. 마을은 갈수록 규모가 커지고 그만큼 더 지저분해졌다. 전선이 면도날처럼 눈부신 허공을 가르고 있었다.

첫날은 최악이었다. 그는 되는대로 얘기를 하다가 이내 두번째 식사를 위해 식당 칸으로 가야 한다는 사실을 알게 되었다. 그는 이 새로운 자극이 몹시 두려웠다. 얼마 후 태양이 사라지자 그는 괴상하기 짝이 없는 풀맨* 침대와 대면하게 되었다. 커튼을 친 칸막이 침실에 자신의 몸을 눕혀야만 했던 것이다. 마치 시간과 공간을 무수한 입자로 바꿔놓기라도 하는 기분이었다.

바로 이런 모든 공포감을 이기기 위해 아버지는 얘기를 했다.

* 침대 설비가 있는 특별 기차

그는 아이에게 스톤월에서 보낸 자신의 어린 시절을 들려주었다. 그 마을에 길이 지나가는 모양을 설명해주고, 석회 가마 곁에 있던 양친의 집, 겨울철 아침이면 맡곤 했던 불에 탄 석회 냄새, 그리고 자신의 불행과 기쁨에 대해서. 그는 아이에게 자신의 단순한 오락거리와 일, 채석공이라는 직업에 얼마나 잘 적응했는지, 또한 땅과 굳게 결합돼 있던 바위에 대해 호기심을 느꼈던 일 등등을 털어놓았다.

얘기는 끝없이 이어졌다. 저녁식사를 할 때도, 하고 나서도 마찬가지였다. 어린 소녀는 기차가 이리저리 흔들리는 바람에 속이 살짝 메슥거렸다. 게다가 그녀의 배 속에는 닭고기와 육수가 소화도 되지 않은 채 남아 있었던 것이다. 식당 칸에서 그녀는 하얀 식탁보에 노란 육수를 약간 엎질렀는데, 그러자 그녀의 아버지는 셔츠 앞섶에 끼워두었던 냅킨을 뽑아 엎지른 부분을 덮었다. 그러는 동안에도 그는 단 한순간도 말을 멈추지 않았다. 그는 이제 죽은 아내에 대해서, 아이의 어머니에 대해서 얘기하고 있었다. 그녀의 이름은 머시, 머시 굿윌이며, 파이와 절임을 만들고 살림하는 솜씨가 아주 뛰어난 젊은 여자였다고 했다. 어린 데이지는 어떤 얘기는 듣고 어떤 얘기는 듣지 않았다. 늦은 시각이었다. 그녀는 언뜻언뜻 잠에 빠져들곤 했지만, 잠을 자지 않고 있을 때에도 자신이 거의 평생 동안 살았던 위니펙 심코가의 집을 생각했다. 꼭 들어맞았던 창문과 문들, 나무 계단이 달린 층계참, 지하실로 내려가거나 아니면 바로 옆에서 클래런틴 아주머니가 키우는 꽃들이 있는 화원으로 나 있는 계단들…… 클래런틴 아주머니의 미소 짓는 얼굴이 눈앞에 떠올랐다. (이 얼굴은 이젠 분명 흙으로 돌아갔으리라. 그건 마음의 위안이 되었다. 흙은 친숙하고 사방에 있는 낯익은 것이며 전혀 무섭지 않았으니까.) 바커 아저씨는 오타와로 떠나기 위해 실험도구와 표본들을 챙기고 있으리라. 아저씨도 기차 여행을 할 테지만 그건 남쪽이 아니라 동쪽으로 가는 여행이 될 터였다. 바커 아저씨는 지도에서 오타와의 위치를 가르쳐주었다. 그것은 물길이 교차하는 지점에 자리한 작고 까만 점이었다.

그 시절로 되돌아가는 꿈을 꾸면서 되살아나는 영상들을 보다가 어린 소녀는 문득, 뭔가 자기에게 결여된 그 상태가 언제나 함께 붙어다닌다는 사실을 깨닫고는 놀라고 말았다. 그것은 그저 기차를 타고 어느 곳으로 훌쩍 떠난다고 해서 없어지는 것이 아니었다. 이러한 생각은 자신이 알지 못했던, 태어난 지 채 두 달도 안 된 아이를 남의 손에 맡긴 아버지와 함께 보낼 미래에 대해 희망을 품게 해주었다.

그녀의 눈은 연신 닫혔지만 아버지는 여전히 얘기를 하고 있었다. 그의 목소리는 밤새도록 계속되는 것 같았다. 하지만 그건 있을 수 없는 일이었다. 한두 번 잠을 깬 그녀는 자신이 어둠 속에서 매끄럽고 시원한 면직 시트를 덮고 기분 좋을 정도로 두툼하게 깔린 매트리스에 혼자 누워 있다는 사실을 알았던 것이다.

아침이 되면 얘기가 다시 시작되었다. 두 사람이 식당 칸에서 아침식사를 하고 있는 동안에도(부드러운 수란과 버터 바른 토스트 몇 조각으로), 그녀의 아버지는 끝없이 얘기를 이어나갔다. 그의 불안감은 이제 도저히 가라앉힐 수 없을 만큼 잔뜩 고조되어 있었다. 아이는 귀를 막아야 했다. 그녀에게는 이런 뒤죽박죽된 회상이 아니라 고요함이 필요했다. 아이는 귀를 닫은 채로 머릿속으로 위니펙에 있는 애버딘 학교 뒤편에 있던 풀밭이며 자갈밭을, 그리고 운동장의 울타리에 몸을 비비고 있는 관목들을 떠올렸다. 그녀의 아버지는 돌을 쪼는 복잡한 일을 설명해주고 있었다. 어떻게 알맞은 끌을 어떻게 골라야 하는지, 그것을 어떻게 잡아야 하는지, 그리고 엉뚱한 곳에 너무 큰 힘을 주었다가는 그만 쓸 만한 돌을 망쳐버리고 만다는 것, 이 세상에 있는 모든 돌 하나하나에는 그것만의 중심이 있다는 것 등등에 대해서.

지나치는 들판에는 푸른 옥수수가 가득했는데, 시야를 스쳐가는 모든 줄이 너무나 완벽했다. 마치 긴 잎이 달린 신사나 숙녀가 산들바람에 몸을 구부리고 이웃과 잡담을 나누고 있는 것처럼 보였다. 그만큼 키가 크고 단정해 보였다. 그녀의 아버지는 사암과 석회암, 화강암과 대리석 사이의 차이점을 설명하고 있었다. 그녀는 아버지의 목소리가 자신의 동맥과 정맥으로 흘러들어 기억 속까지 스며들어가는 기분이었다. 아버지는 점점 더 자기 삶의 우물 속 깊이 파고들어갔다. 무지개와 묘비, 아침 햇살의 경사 등등.

그는 두려운 침묵의 순간을 채우기 위해서, 미래의 불확실성을 물리치기 위해서, 그러나 무엇보다도 자신의 자식을 되찾아오기 위해서 얘기를 하고 있었다. 그는 당연히, 아이에게 자기가 없는 세월을 완벽하게 설명해줘야 할 빚을 지고 있다고 느꼈다. 자신의 모든 이야기, 화석의 밭에서 이제 드디어 빛을 보게 된 자신의 인생을 들려줘야 할 빚이 있다고 생각한 것이다. 모든 순간순간, 감각의 움직임 하나하나를 빚지고 있었다. 빚이 엄청났다. 결코 그 빚을 다 갚을 수 없을 것이다.

과거에 대해 생각할 때면 흔히, 그 당시 사람들은 기능이 단순했고 원초적이고 고정적인 어떤 힘에 좌우됐다고 생각하기 쉽다. 조상들은 오늘날 우리보다 더 순진한 의도를 갖고 있었고 단일한 정신의 소유자로서, 예컨대 초기의 과학자들은 중단 없는 '헌신'으로써 목적을 추구했고, 예술가들은 쉼 없는 '영감'을 받아가며 작업하기라도 했던 것처럼 인정해버리고 만다. 그렇지만 이건 전적으로 틀린 얘기다. 우리보다 앞서 살았던 사람들 역시 오늘날 사람들이 그렇듯이 어느 모로 보나 변덕스럽고 불가사의하며 불안정한 갈망을 품고 있었다. 성적인 것이든 심리적인 것이든 아니면 실제 신선한 공기에 에너지를 실어오는 진짜 바람이든, 약간의 미풍만 불어도 우리로 하여금 가던 길을 벗어나게 만들고 마는 것이다. 예를 들어서, 카일러 굿월도 그 오랜 인생 역정 동안 하나의 화신에서 또 하나의 화신으로 옮겨갔다. 이십대의 그는 사랑의 포로였으며, 삼십대에는 하느님의 종이었고, 그 후에는 미의 노예가 되었다. 이제 오십대에 들어선 그는 사업의 지지자가 되었다. 물론 이렇게 열중한 시기들을 구분한 것은 대략적인 것으로 상당 부분에서 서로 겹치곤 했는데, 이를테면 사업 활동을 하는 중에도 영적인 잔재가 남아 있었고, 성애적인 사랑의 추억이 그의 예술을 자애롭게 만들어주었던 것이다. 그렇지만 대체적으로 볼 때 똑같이 일그러진 전기적 뿌리에서 성장해나온 그의 이러한 집념들은 가지를 치고 증식하면서 절제를 수반하게 된다. 한 번에 하나씩, 이것이 카일러 굿월의 철칙이었다. 그는 이런 점에서 어린애나 다름없었다.

그리고 그는 이상하게도 몇 차례에 걸친 자신의 이런 탈바꿈에 대해 변명하려 하지 않았고 회고하는 법도 없었으며, 그리움 같은 낭비적이고 바보 같은 일에는 단 일 분도 쓰려고 하지 않았다.

"사람은 변하게 돼 있어." 그는 말했다. "이러저러한 일은 내 인생의 한 페이지였을 뿐이지."

그는 작고 단단한 몸을 통째로 움직이고 어깨를 으쓱하면서 가죽지갑 같은 작은 입으로 미소를 지어 보였다. 어쨌든 그는 평생을 채석장에서 보내면서, 끝이 별 모양으로 생긴 천공기가 증기 천공기에, 수동 가로톱이 기계톱에 자리를 내주는 것을 봐왔다. 1916년 그는 인디애나 석회암 회사에 석공으로 고용되었는데, 이제는 자사 하청회사의 제1공동경영자가 되어 있었다. 그는 석회암이 국가가 선호하는 건축 자재로서 연질의 사암을 따라잡는 것을 보았다. (지난해인 1926년만 해도 37만 세제곱미터의 인디애나 석회암이 채굴되어 팔려나갔는데, 그중 상당 부분은 뉴욕 시와 워싱턴 D.C.의 눈부시게 기념비적인 건물 자재로 쓰였다.) 하나가 다른 하나를 앞지른다. 그것이 인생인 것이다.

최근 카일러 굿윌이 연설을 하면서 종종 '진취적 국가에 산다는 것은……'이라거나 '자랑스럽고 자유로운 국가의 시민이 된다는 것은……' 하는 표현을 쓸 때에는 그가 태어나고 자란 캐나다 자치령이 아니라 미합중국을 의미하는 것임을 알아야 한다. 삼림과 호수, 광대무변의 평원을 가진 캐나다는 그 짧고 썰렁하며 빈약한 역사와 더불어 이제는 달나라 저편의 문제가 된 것이다. 그는 교육받은 블루밍턴 사람들과 매일같이 만났는데, 그들은 매니토바라는 지방은 들어본 적도 없었고 설혹 들은 적이 있다 해도 정확한 철자나 지도상의 위치에 대해서는 아는 바가 없었다. 그들은 오타와가, 일리노이 주 중앙 아래쪽에 있는 마을쯤 되려니 생각하고, 토론토는 오하이오 주의 북쪽에 있는 카운티 어디쯤 있는 마을이려니 생각했다. 마치 하늘에서 거대한 지우개가 내려와 북미 대륙의 북쪽 절반을 지워 없애기라도 한 것 같았다. 그리고 계약과 투자와 대중 연설 스케줄로 분주한 나의 아버지는 잃어버린 모국을 애도할 짬이 전혀 없었다.

그곳에 관한 뉴스는 시카고나 인디애나폴리스의 일간지 정도에 간혹가다 실릴 뿐이지만 그 나라가 완전히 없어진 것은 아니다. 활기차고 흥분하기 쉬운 기질을 가진 미국의 신문 구독자들은, 비록 거대한 땅이라고는 하나 변덕스러운 노왕(이번 주에 예순둘을 맞는)이 있고, 여러 인종이 섞여 있음에도 어딘지 냉담한 느낌을 주며, 달팽이처럼 느릿느릿 성장해가고 있는 점잖은 북방의 이웃에 신경쓸 겨를이 없었다. 캐나다는 아무 일도 일어나지 않을 것 같은 나라였다. 언제나 휴일 나들이옷 같은 옷을 입고 지내는 나라. 두번째 왈츠를 추자고 하지 않을 것 같은 나라. 정결하고 기독교적이며 활기가 없고 정지한 것같이 보이는 나라. 그러면서도 성장하고 있는 나라. 그렇다, 캐나다 자치령은 성장하고 있었다. 그 사실은 인정해야 했다.

지난주 몬트리올에는 유럽의 거의 모든 나라에서 온 듯한 칠백 명의 이민자가 모여들어, 잡동사니를 모아놓은 것처럼 보이는 네 척의 증기선, 즉 르티샤 호와 아티아우냐 호, 펜란드 호,

베르겐표르드 호에 올랐다. 그 광대한 땅에 칠백 명밖에 안 되는 주민이 무슨 대단한 변화를 가져올 수 있겠는가? 사막에 모래 한 알을 더한 것이나 마찬가지이리라. 바닷속에 물 한 숟가락 떨군 것이나 마찬가지이리라. 더욱이 역이민은 충분히 고려의 대상이 되어야 하는데, 이 이민자들은 적응에 실패하여 한두 해 만에, 때로는 이삼십 년 만에 자신들이 태어난 나라로 되돌아갔기 때문이다.

그들 가운데 매니토바 주의 틴들에 살았던 매그너스 플렛이 있었다. 은퇴한 채석공인 그는 오크니 제도로 '귀향길'에 올랐다. 그는 비참한 사람이었다. 이 정확한 표현은 바로 그를 알고 있는 십여 명의 사람들이 쓴 것이다. 그에겐 친구라고 부를 만한 사람이 하나도 없었다. 가엾은 사람, 불행한 영혼이며 그가 누린 것은 비극적이고 고독한 삶이었다. 그것은 비현실적인 냉기에 휩싸인 삶이었다. 적어도 몇몇은 그렇게 생각했다.

1862년에 태어난 그는 이제 예순다섯 살이었다. 그의 정신은 괴로움에 시달리고 있고 이는 모두 빠졌으며 관절염에다 왼쪽 귀가 멀었다. 또한 십이지장궤양을 앓고 있으며 거대한 체구는 앞으로 휘었고 머리는 희끗희끗한 데다, 피부에는 상처가 나 있고 근육은 위축됐으며, 고환은 쭈그러들고 발은 황달에 걸려 있었다. 그는 젊었을 때부터 쭉 자치령에서 삶을 영위해왔다. 이 땅은 그가 갖고 있던 모든 것, 즉 튼튼하고 젊은 육체와 돌을 다루는 솜씨를 키워온 곳이었다. 그는 이곳에서 출세를 꾀했다. 여기서 그는 라크 드 보넷 타운십의 농부의 딸 클래런틴 바커와 만나 결혼했다. 그는 세 아들을 낳았는데, 바커는 현재 오타와에서 품종 개량 문제를 다루는 공무원이고, 사이먼은 에드먼턴에 사는 기계 기술자로 술꾼이며, 앤드루는 침례교 목사로 서스캐처원 주의 클라이맥스에 살고 있는데 딸 하나가 있다. 누구나 매그너스 플렛 노인이 이 새 나라에 뿌리를 박을 거라고, 가족과 직업의 유대가 그를 이 나라에 단단히 묶어두리라고, 그리하여 때가 되면 얼룩덜룩한 틴들의 큼직한 석판 아래, 염분기가 있는 매니토바의 흙 속에 묻히고 싶어할 거라고 여길 것이다. 그런데 그러는 대신 그는 고향 오크니로 돌아가는 적지 않은 뱃삯을 저금에서 치렀던 것이다. 그곳에는 그가 아는 혈연이라고는 단 한 사람도 남아 있지 않았으며, 추억거리조차 없었다.

그는 고향에 도착하면 뭘 어떻게 해야 할 것인지 알지 못했다. 캐나다를 떠나겠다는 용기는 쥐어짜냈지만, 황량한 오크니의 풍경이 그가 해야 할 일을 알려주리라고 기대할 뿐이었다. 과거로부터 뭔가가 나타나리라고 확신했다. 자신의 여생을 구원할 어떤 지혜가. 이러한 믿음은 아무것도 없는 진공 상태에서, 추억도 없는 곳에서 나오고 있었다. 그렇지만 그는 고향의 헐벗은 산과 골짜기, 갑작스럽게 완만해지는 경사면이라든가 쏟아지듯 불어닥치는 신선한 바람을 희미하게나마 기억하고 있었다. 그밖에도 다른 감각의 부스러기들이 있었다. 연기에 그을리고 공기가 통하지 않는 양친의 집 부엌과, 시커먼 천장, 숨이 탁탁 막혔던 기억(그건 안전을 보장해주는 것인 동시에 위협적이기도 했다) 정도의 것들이지만. 그 나지막한 지붕 아래에서는 수없이 큰 소리로 싸움이 벌어졌음을 그는 잘 알고 있었는데, 너무 오래전의 일이라 무엇 때문에 그렇게 싸우곤 했는지 기억나지 않았다. 양친과 큰

형은 샌드위크의 교회 묘지에 묻혀 있었고, 자신도 조만간 그들 곁에 눕게 되리라고 그는 생각했다. 흙에서 흙으로, 영혼과 영혼의 만남, 어쨌든 무슨 일인가가 있으리라.

그는 우선 나흘간 기차를 타고 몬트리올로 간 다음 배에 올라 리버풀까지 여드레 동안 여행을 했다. 그에겐 적지 않은 저금이 있었다. 그는 따뜻한 옷가지가 든 트렁크를 갖고 있었는데, 그것이면 남은 생애를 충분히 버틸 수 있을 터였다. 그리고 캐나다에서 보낸 사십육 년의 세월을 기념하는 몇 가지 물건도 있었다. 암석 표본 몇 종류, 그건 틴들에서 나는 아름다운 백운석으로 모직 내의에 조심스레 싸두었다. 그리고 연장들, 파이프, 그가 좋아하는 담배 2킬로그램, 신문지로 세 겹 싸놓은 네 권의 책, 그는 이 책들을 몸에서 떼어놓은 적이 없었다. 가족에 관한 몇 가지 서류도 있었다. 이민증명서와 출생 서류들(그의 자손이며 이 넓은 세상에서 그의 유일한 흔적이라 할 수 있는 세 아들), 그리고 1905년 아내가 떠나면서 손수건 서랍 속에 남겼던 메모지. 거기에는 '잘 있어요'라는 말이 적혀 있었다. 그것이 전부였다. 이십오 년간 결혼 생활을 했는데 '잘 있어요'라는 말 한마디뿐이었다. 연필로 긁적거린 한마디.

그리고 몇 장의 사진도 있었다. 결혼식 사진, 그건 1880년에 촬영한 틀에 박힌 사진이었다. 젊은 아내는 사진관 스튜디오의 조각을 새긴 의자 위에 앉아 있다. 두 손을 뻣뻣하게 무릎에 얹고, 머리는 뒤로 납작하게 넘겼으며, 멍한 표정을 하고 있다. 그리고 그녀 곁에 서 있는 190센티미터 키의 멋진 남자(그건 부인할 수 없는 사실이다)가 그였다. 그의 왼손은 자신의 귓불 근처까지 올라와 잡아당기거나 긁기라도 할 것 같았다. 어째서 사진사는 이런 바보 같은 포즈를 취하라고 했던 걸까? 그렇다고 해서 그 말에 고분고분 따른 이유는 무엇일까?

또 한 장의 사진, 세 아들의 사진이다. 여섯 살인 바커는 시무룩한 얼굴로 렌즈를 쳐다보고 있고, 네 살인 사이먼은 (벨벳 천으로 된 반바지를 입고 있는데, 그건 정말 상상도 할 수 없는 일이다. 대체 그 바지가 어디서 난 거지?) 책상다리를 한 채 푹신한 긴 의자에 앉아 있다. 두 살인 앤드루는 사이먼의 발치에서 바둥대고 있었다. 그건 영락없이 바둥대고 있는 모양이다. 자신의 아들들, 그의 귀여운 아들들, 이제는 잃어버리고 만 자식들.

또 한 장의 사진이 있다.

단체 사진으로 날짜는 적혀 있지 않지만, 그는 1901년이 아니면 1902년에 찍힌 거라고 생각했다. 아내가 '이상하게' 굴기 전의 일이니까. 모든 일이 달라지기 전의 일이다. 사진 면에는 누군가가 '여성 율동 클럽'이라고 적어놓았는데, 그에겐 낯선 필적이었다. 사진에는 여섯 명의 여자가 있다. 그는 의사의 아내인 스피어스 부인을 알아보았다. 뒤쪽에 서 있는 맨드 리틀과 메이미 헤프너도 알아보았다. 앞을 빤히 바라보고 있는 여자들을 하나하나 알아보았다. 이런, 그들은 별로 기쁜 기색이 아니다. 한데 모인 그들을 보고 있으면 웃음이 터진다. 모두 똑같은 스커트와 블라우스, 뭔가 가장자리 장식을 붙인 칼라, 허리에 두른 넓은 장식 띠까지 똑같다. 어딘지 멍한 표정들을 하고 있으면서도, 이와 입, 어깨를 들어올린 모양을 보면 이상하게도 딱딱하게 굳어 있다. 그래도 우리 근사하지 않아요? 뭔가 좀 다른 것 같지 않느냐고요. 그의 아내 클래런틴 바커 플렛은 앞줄에 있는데, 다른 여자들보다 약간 작고 호리호리하며 귀엽고 장난기가 있어 보인다. 약간 건방져 보이기도 했다. 사십대 초반이며 세 아이를 낳았다는 사실이 믿기 어려울 정도다. 팔팔한 젊은 여자같이 보이는 것이다. 그녀는 마치 인생이 아주 놀라운 한판의 장난이라는 듯 아랫입술을 깨물고 있다. 행복, 그렇다. 그녀는 무례하리만큼 행복해 보였다.

매그너스 플렛은 이 여성 율동 클럽 사진을 수도 없이 들여다보곤 했다. 이 얼굴 저 얼굴 뜯어보며, 왼쪽에서 오른쪽으로 위에서 아래로 시선을 옮기며. 그러곤 언제나 이런 결론을 내리는 것이다. 그의 아내는 확실히 행복했다.

그는, 그림은 거짓말을 하지만 카메라는 진실만을 말한다는 말을 들은 적이 있었다. 속을 썩인 아내, 작은 골격과 부드러운 살집의 그녀는 그 무렵 이 세상에 분명 존재하고 있었다. 제정신을 가진 사람이라면 이 사진을 보고 그렇지 않다고 말하지는 못할 것이다. 이 증거물은, 그녀가 행복한 순간이든가 아니면 어리석은 순간을 향해(그 두 가지는 똑같은 것이다) 솟아올랐다는 사실을 말해주고 있었다. 그의 아내. 오만한 미소, 굽힌 무릎, 빛을 받고 있는 장식 띠. 그녀는 결코 야만스러운 남편의 아내처럼 보이지 않았다. 이십오 년이라는 긴 세월 동안 하루 스물네 시간씩 억압과 학대를 받아가며 살 수는 없는 일이었다. 그건 생각도 할 수 없는 일이었다.

그는 이 생각으로 위안을 삼았다.

또 그는 아내가 자존심이라고 할 만한 것을 갖고 있었던 일,

자기 일에 자부심을 갖고 있었던 일을 상기했다. 예를 들어서 그녀는 자두 푸딩에 넣을 자두에서는 씨를 빼지 않으려 했고, 자신이 만든 찐 음식을 먹는 사람들이 입속에 든 돌과 씨름하도록 내버려두기도 했다. 그는 자신을 소모하지 않으려는 그 묘한 성향 때문에 아내에게 감탄하곤 했다. 그리고 그는 1905년 초가을 아내가 농양기가 있는 이를 치료하러 스피어스 박사를 찾아가려 했을 때, 자신이 가지 못하게 했다는 사실을 수도 없이 부인했다. (하지만 그의 말을 들어줄 이는 아무도 없었다.) 그건 사실이 아니었다. 그렇지 않았다. 그는 기꺼이 2달러 50센트를 지불했을 것이다. 다만 그는 그녀에게 지난봄 그의 귀가 곪았을 때 비싼 진찰비를 지불하지 않고도 저절로 나았다고 말하면서, 그 치통이 갑작스레 생긴 것이 아니냐는 점을 상기시켰을 뿐이다. (그건 사실이다. 하지만 결국 그가 한쪽 귀의 청력을 절반이나 잃게 됐다는 것 또한 사실이다.)

오랜 결혼 생활 동안 그는 아내에게 남부끄럽지 않은 집을 마련해주고, 매일 아침 채석장으로 가기 전에 장작이 충분히 쌓여 있는지, 마른 불쏘시개가 마련됐는지 신경을 썼다. 그리고 대부분의 다른 남자와는 달리, 그는 아내에게 일주일 치 생활비를 매주 건네주었다. 그리고 아내가 편안한지, 여자로서 원하는 것이 있는지 늘 배려해왔다. 한번은 위니펙에서 리본 장식이 달린 머리핀을 사다주었다. 그런데 아내는 그것을 이웃에 사는 뚱보 머시 굿윌에게 덥석 줘버리고 말았다. 어떻게 된 아내가 그럴 수 있단 말인가? 그는 최신형 모델의 멋진 아이스박스로 아내를 깜짝 놀라게도 해주었다. 그런데 그녀는 격분하면서 아깝게 큰돈을 써버렸다고 그를 나무라지 않았던가.

그는 두 번이나 아내를 다시 집안으로 받아들이겠노라고 제안했다. 이웃들이 뭐라고 하든, 자기 꼴이 뭐가 되든 상관하지 않겠다고 하면서. 그는 아내가 집을 나간 후 몇 해 동안 여러 번이나 기차를 타고 위니펙으로 갔다. 그는 마치 범죄자처럼 심코가와 애버딘 거리가 마주치는 모퉁이에 숨어서 그녀가 들락거리는 것, 저 갈리시아 여자들처럼 허리를 잔뜩 구부린 채 화원에서 일하는 모습을 지켜보곤 했다. 한번은 그녀가 그 집 현관을 나오더니(여전히 날씬한 그녀는 하얀 앞치마를 두르고 있었다), "데이지 어서 와라, 저녁이 다 차려졌으니 냉큼 뛰어오는 게 좋을 거야" 하고 외치는 소리도 들은 적이 있었다. 그녀의 음성은 높고 쾌활하고 애정에 넘쳐 있었다. 그건 전과는 완전히 다른 음성이었다. 더구나 그 아이는 자신의 혈육도 아니고, 죽은 이웃집 여자의 애였던 것이다.

남편을 버린 여자라면 이유가 있어야 마땅했다. 그 이유를 밝혀야 마땅한 일이었다. 그런데 아내가 말한 것은 그가 돈에 인색하게 굴었다는 것뿐이었다. 좀더 부드러운 말과 태도를 원했다고도 했다. 그렇다. 그와 결혼한 여자라면, 그가 여자처럼 실없는 소리나 늘어놓고 추태를 부리는 그런 남자가 아니라는 것쯤은 잘 알 텐데 말이다.

아내가 나간 지 일 년이 지났을 때, 그는 양탄자와 의자를 모두 들어내어 털고 바람을 쐬면서 거실을 청소했다. 그러다가 아내의 바느질 바구니 밑바닥에서 작은 책 네 권을 발견했다. 아마 사람들이 연애소설이라고 하는 그런 책인 것 같았다. 여자들이 읽는, 표지가 말랑말랑한 책 말이다. 한 권에 9센트짜리였다. 책 뒤에 값이 찍혀 있었다. 아홉 푼짜리 문고. 아내가 이런 책들을 어떻게 입수했는지는 알 수 없었지만, 아마 유태인 행상에게서 샀으리라 짐작했다. 그러곤 마치 남편인 그가, 자기 아내가 사소한 즐거움조차 누리지 못하게 한다는 듯이 남몰래 숨겨놓고 읽었던 것이다.

그는 긴 겨울밤에 이 책들을 읽기 시작했다. 시계나 쳐다보고 있는 것보다는 나을 테니까. 아니면 시계가 째깍거리는 소리를 듣는 것보다, 또는 지붕 위로 늘어진 나뭇가지에서 얼음조각이 떨어지는 소리에 귀를 기울이는 것보다 나을 테니까. 이제 그는 한기를 없애기 위해 거실에 장작을 지피는 작고 단단한 난로를 들여놓았다. 그건 아내가 늘 잔소리를 하던 일이었다. 그는 솔직히 말해서 평생 동안 책 한 권을, 처음부터 끝까지 다 읽은 적이 없었기 때문에 천천히 읽어나갔다. 책장을 하나씩 넘겨가면서 주의를 집중하면 모르는 단어도 대부분은 뜻을 풀어낼 수 있다는 것을 알고 그는 기쁨을 느꼈다. 그 책들은 로라 진 리비의 《마음을 얻기 위한 투쟁》, 알렉산더 부인이라는 사람의 《황금으로도 살 수 없는 것》, 플로렌스 워던의 《세상 뜻대로》, 그리고 샬럿 브론테의 《제인 에어》였다. 이 마지막 책이 제일 마음에 들었다. 그 소설에는 목구멍 안쪽이 따끔거리는 달콤한 통증을 느끼게 만드는 구절이 많았는데, 그런 때면 그는 아내가 바로 옆에 있는 것처럼, 아주 가까이에 있어서 손을 내밀어 허벅지 안쪽의 비단결처럼 매끄러운 살을 어루만지기라도 한 것처럼 느껴졌다. 이런 책 속에 그처럼 많은 사람이 나온다는 데 그는 놀랐다. 그 하나하나는 주민들이 있고, 온갖 설비가 갖춰진 작은 세계였다. 그리고 소설에 나오는 사람들이 쓰는 말투라니! 끊임 없는 말들. 그들은 혀로 사는 것 같았다. 그들이 하는 말 대부분은 바보 같은 얘기였지만, 동시에 이치에 닿았다. 말은 그들로 하여금 화를 내지 않도록 해주었다. 마치 장사꾼이 현금을 주고받는 것처럼 그들은 말을 주고받았다. 그중 어떤 구절은 시와도 같아서 실제 사람들이 하는 말과는 조금도 비슷하지 않았지만, 그럼에도 그는 그런 표현들을 중얼거리며 외워보려고 했다. 그래서 만에 하나 아내가 집으로 다시 돌아와 예전의 자리를 차지하기로 마음먹을 경우 써먹을 수 있도록 말이다. 만약 그녀가 그토록 원하는 것이 이런 바보 같은 말들이라면 기꺼이 그 요구에 응해줄 터였다. 펌프에 마중물을 붓듯이, 부드럽고 다정한 표현들을 쏟아부을 터였다. 오, 아름다운 눈이여. 오, 소중한 이 얼굴이여. 오, 너무도 보드라운 살결이여. 그렇지 않으면 흘러넘치는 감정이나 가슴속에 격해 오르는 욕망을 담은 표현들, 한 사람의 육체가 다른 사람을 맞아들일 때 쓰는 당돌하고도 명확한 표현들, 그렇지 않으면 단순히 사랑을 표현하는 말들까지. 당신을 사랑하오. 그는 기다리고 있는 그녀의 귀에 이렇게 속삭였다. 당신만을 숭배하오. 아니면, 이런 표현들이 그가 쓰기엔 좀 난감할 경우(그는 아무래도 그런 표현을 쓰기는 어려울 것 같았다), 그저 그녀의 눈을 응시하며 이름을 부를 것이다. 클래런틴. 그는 나무 타는 냄새가 풍기는 거실의 포근한 허공에 대고 그 이름을 불러보았다. 클래런틴. 그 순간 그는 머리끝부터 발끝까지 온통 새빨갛게 달아오르는 느낌이었다. 처음엔 화가 난 사람을 달래듯 부드럽게 말하고, 계속 그 어조를 유지하면서, 그 얼굴을 향해, 그가 아니라 여성 율동 클럽에 영원토록 속한, 앞을 바라보고 있는 그 귀여운 얼굴을 향해 말하리라. 클래런틴. 클래런틴.

그리고 훗날, 그녀가 위니펙 시에서 경솔하게 자전거를 몬 아이에 치여 로열 은행 건물의 돌벽에 머리를 부딪히면서 쓰러졌을 때 그 이름은 비탄에 젖은 울부짖음이 되고 말았다. 클래런틴, 돌아와, 돌아오라고. 내 사랑, 하나밖에 없는 나의 사랑.

데이지 굿윌이 인디애나 블루밍턴에서 결혼식을 올리기 일주일 전, 시어머니인 아서 호드 부인은 한 가지 자상한 생각을 해냈다. 그녀는 예비 신부를 초청해서, 측면 베란다에 카드놀이용 탁자를 놓고 단둘이 오찬을 할 생각을 했던 것이다. 보통 쓰는 자기 그릇을 내놓고, 연회색 식탁보와 냅킨을 쓰고, 작은 물잔에 핑크색 모란 한 송이를 띄워서. 수요일마다 청소와 빵을 구워주는 로벨리아 메이가 특기인 참치 샐러드와 얼음을 넣은 홍차 한 주전자를 내놓도록 하리라. 그런 다음 그 착한 사람이 알아서 자리를 비켜주면, 며느리와 시어머니 단둘이서 여자들끼리 정해놓아야 할 일들에 대해 얘기할 것이다.

며느리가 될 아이에게 부담을 주고 싶지 않았던 호드 부인은 실내용 꽃무늬 드레스에 구두는 순록 가죽으로 만든 하얀 펌프스로 편안한 옷차림을 했다.

"내가 너무 두서없이 얘기한다고 생각하지 말기 바란다, 데이지. 너에 대한 내 감정은 애정뿐이란다. 그렇지만 네가 어머니도 안 계신 가정에서 자랐다는 사실은 인정해야 할 것 같구나. 알다시피 그 점은 앞으로 인생을 살아가는 데 장애가 될 수도 있단다. 네 아버지는 훌륭한 신사이시고 자식으로서 받들 만한 분이며 네게는 더할 나위 없겠지만, 그래도 세상에는 여자들이 다잡고 나가야 할 일도 있지. 우선, 넌 대학 교육의 혜택을 누렸으니 교양 과목에 대해 어느 정도 소양을 익혔을 테지만, 이러한 이점이 있다고 해서 정상적인 부부 생활의 조화를 깨뜨리지 않았으면 좋겠구나. 다시 말해서, 너와 같은 길을 걷지 않은 사람들 앞에서 네 지식을 과시하고 싶은 충동을 느끼지 않았으면 한다는 말이다. 나 개인적으로는 해럴드가 공학을 일 년 공부하다 말고 그만두기로 했을 때 실망이 이만저만 아니었지만, 그 애는 늘 실제적인 일에 관심을 갖고 있었던 데다가 집안에서의 자기 위치를 명확히 알고 있었던 거야. 해럴드의 아버지가 일찍 돌아가셨기 때문에 더욱 그렇다고 할 수 있지. 말이 나온 김에 말인데, 데이지, 되도록이면 '죽었다'든가 '사망했다'는 말보다는 '돌아가셨다'는 말을 써주었으면 좋겠구나. 같은 말이긴 하지만 (이 말을 아무래도 해야 할 것 같아서 말인데) 사람들을 저녁식사에 초대할 경우에도 저녁식사 때문에 초대하는 건 아니잖니. 식탁을 차릴 때는 아침이든 점심이든 저녁이든 나이프의 날이 안쪽을 향하도록 해야 한다. 안쪽이야, 바깥쪽이 아니고. 물론 샐러드용 포크는 식사용 포크 바깥쪽에 놓아야 한다. 해럴드는 아침에 언제나 시리얼을 먹는단다. 소화와 전반적인 건강을 위해서지. 아무래도 이 점을 명백히 해야겠구나. 난 배변을 얘기하고 있는 거란다. 해럴드는 아주 어렸을 때부터 그 점에 문제가 있었지. 그래서 시리얼은 필수적이란다. 게다가 값도 저렴하고 말이다. 절약한다고 해서 부끄러워해선 안 된다, 데이지. 이왕 말하는 김에 말하자면, 토마토 주스는 절대로 아침식사 때 내놓아서는 안 된다. 점심이나 저녁식사 직전에만 내놓아야 해. 아침에는 오렌지 주스가 괜찮지. 신선한 오렌지를 구하지 못했거나 시간이 없을 때에는 통에 든 것도 괜찮아. 또 해럴드는 자기의 솔과 빗에 대해선 아주 까다롭단다. 정기적으로 깨끗이 씻어야 해, 그 애는 딱딱한 고무로 된 화장 빗을 좋아하지. 난 그 애가 자기 것을 찾지 못할 경우를 대비해서 언제나 한두 개쯤 여분을 마련해두고 있어. 네 피부에 베네치아 벨바 화장수가 맞는다는 걸 알고 있는지 모르겠구나. 지금 네 나이에는 얼굴에 큰 신경을 쓰지 않아도 될 것 같다만, 얼굴 피부는 이십대와 삼십대 때 빨리 손상되게 마련이란다. 그러니 잠자리에 들기 전에 그걸 발라보렴. 안쪽을 향해 동그랗게 원을 그리면서 살살 문질러 봐. 그리고 비누는 절대로 쓰지 말거라. 왜 그런지 알고 싶을 테지? 비누는 피부를 지나치게 건조하게 만들기 때문이란다. 목욕 파우더로는 푸드르 드 릴라를 권하고 싶구나. 어떤 파우더는 향기가 너무 독하단다. 남자들은 독한 향기를 불쾌해하지. 넌 올리브를 먹지 않더구나, 데이지. 언제라도 접시에 놓인 음식이 마음에 들지 않을 때는 눈에 거슬리지 않도록 다른 것 밑으로 살짝 숨겨놓도록 해라. 아마 이 경우 상추 이파리를 쓰면 좋을 거다. 시트를 야드 단위로 주문할 수 있다는 건 알고 있니? 그럴 때 보통 단을 박는 일은 무료로 해준단다. 흰 구두는 전몰장병 기념일*에서 노동절** 사이에만 신게 돼 있지. '앙트레entrée'라는 말은 조심해서 쓰도록 해라. 그건 흔히 사람들이 생각하는 것처럼 주요리가 아니라, 주요리에 앞서 나오는 것이란다. 그리고 해럴드는 특히 자기 아버지에 관한 얘기에 아주 민감하지. 내 말은 그 애의 아버지가 너무 일찍 돌아가셨기 때문이라는 의미다. 아마 그 일에 관해 알아야 할 내용은 이미 들었을 줄로 안다. 해럴드는 이 슬픈 사건을 연상시키는 일에 몹시 예민하단다. 내 생각엔 그 애 아버지 얘기는 아예 입 밖에 꺼내지 않는 것이 상책일 것 같구나. 우리는 그렇게 하고 있지. 또 우리는 일요일 저녁때는 언제나 집에 있기로 하고 있다. 이것은 아주 엄격한 가문의 전통이지. 무슨 일이 있더라도 그때만큼은 절대로 외출해서는 안 된다. 결혼 선물에 대한 감사 편지는 두 달 안에 보내거라. 어떤 사람들은 석 달까지는 괜찮다고 생각하지만, 나는 구식이어서 그런지 두 달이면 충분하다고 본다. 평범한 카드면 제격일 거야. 거기에 가장자리를 리본으로 장식할 수도 있을 테고 말이지. 언젠가 해럴드는 팝콘을 한 줌 먹다가 목에 걸려 숨이 막힌 적이 있어. 그래서 난 팝콘 파티라도 열 때면 그 애에게서 눈을 떼지 않는단다. 마지막으로 신혼여행에 대해 한마디 하지. 너는 전에 유럽에 간 적이 없어서 호텔 방에 있는 이상한 장치를 보고 놀랄지도 모르겠구나. 난 프랑스와 이탈리아의 경우를 말하는 거란다. 당연히 영국에서는 그런 일이 없지. 자기

* 5월 마지막 월요일

** 9월 첫째 월요일

로 된 작은 변기처럼 생긴 이 장치는 그 모양으로 짐작할 만한 그런 용도에 쓰이는 것이 아니라, 저쪽 대륙 사람들이 개인위생을 목적으로 쓰는 거란다. 이런 건 절대로 건드리지 않도록 주의해라. 거기엔 병균이 잔뜩 묻어 있으니까. 아주 질 나쁜 병균이지. 그런 병균 때문에 자칫하면 평생을 고생하게 될 수도 있어. 게다가 그 병은 한 사람에게서 다른 사람에게로 전염되고, 심지어는 자손에게까지도 옮기게 되지. 여자가 결혼하게 되면 이런 해악의 가능성에 대해 항상 경계해야 하는 거야. 결혼한 여자는 자기만 생각해서는 안 되는 거니까. 제단 앞에서 결혼 서약을 주고받은 그 순간부터 여자는 남편을 성스럽게 떠맡을 책임을 지는 거란다."

*

"네 시어머니는 비데를 말한 거야." 엘프레다 호이트가 데이지에게 말했다. "엉덩이 세척기 말이야. 거기에 물을 가득 채우고 그 위에 쪼그리고 앉아서는 너의 넬리 아주머니를 깨끗이 닦는 거지."

그녀와 데이지, 그리고 라비나 앤서니는 결혼식 며칠 전 마지막 가봉을 위해 마셜 여성복 상점의 커튼을 친 뒷방에 모여 있었다. 가봉을 맡은 사람은 새 핀을 가지러 매장으로 나가 있었다. 무더운 오후였지만, 작은 선풍기가 젊은 여성들의 스커트를 부풀리면서 더위를 식혀주었다. 신부 들러리를 설 엘프레다(프레이디)와 라비나(빈스) 두 사람은 똑같이 소매와 목선을 아이보리 레이스로 장식한 담청색 실크 크레이프 드레스를 입을 예정이었다. 데이지가 입을 드레스는 크레이프로 안을 댄 공단으로 진주와 각종 보석으로 수놓은 '앙트렌느'•였다. 면사포는 시폰과 레이스로 돼 있었다. 부케는 은방울꽃과 난초, 그리고 양치식물로 만들 예정이었다.

프레이디는 지난해 여름 유럽으로 여행을 다녀왔다. 그녀는 선상에서 두 차례 로맨스가 있었는데, 한 번은 그쪽으로 건너갈 때이고 한 번은 귀국하는 배에서였다. 그사이에 그녀는 플로렌스에서 오 주 동안 미술사를 공부했는데, 한 번은 젊은 남자가 알몸으로 팔다리를 모두 편 채 받침대 위에 서 있는 실물 사생반에 간 적도 있었다. 그밖에도 그녀는 파리로 가서 에펠탑 꼭대기에도 올라가 보고, 개선문의 꺼지지 않는 불꽃 옆에도 서보았으며, 어느 프랑스 술집에서는 잎사귀를 하나하나 떼어 작은 식초 접시에 찍어서 맨 안쪽 이에 힘껏 문질러가며 아티초크 꽃을 먹어보기도 했다.

"프랑스에 대해서 알아야 할 건……." 그녀가 데이지와 빈스에게 말했다. "그들은 어떤 문제에 있어서는 지독할 정도로 지저분하다는 거야. 다른 점에 있어선 깨끗한 편이지. 그 사람들에게는 비데가 필수용품이라고. 하기 전과 하고 나서 말이야."

"뭘 하기 전이라는 거야?" 빈스가 물었다. "그리고 뭘 하고 나서란 말이야?"

"삽입하기 전과 삽입하고 나서."

• 질질 땅에 끌리는 롱드레스

"맙소사."

"그 사람들은 미국 여자들에 비하면(이 점에 있어선 영국 여자들도 그렇다고 할 수 있지만) 어마어마할 정도로 삽입을 자주 해."

"왜지?" 데이지가 물었다. "왜 그러는 거야?"

"성적으로 발달됐기 때문이지. 그들은 섹스를 여자가 되기 위한 아주 중요한 요소라고 생각하거든. 정말 굉장할 정도로 섹스에 열중한다니까. 게다가 아주 창의적이기까지 하지."

"창의적이라니, 무슨 말이니?"

"다른 방식으로 한다는 거야."

"뭐라고?"

"내 말은 정상적인 방법이 아닌 다른 방법을 쓴단 말이야. 지난여름 우리가 묵었던 어느 호텔의 옷장 서랍에서 책자를 하나 찾아냈는데, 거기엔 사진들이 있었어. 물론 두 남녀가 사랑하는 사진이지. 다른 방식으로 말이야."

"전에는 우리한테 이런 얘기를 하지 않았잖니."

"물어보지도 않았잖아."

"정확히 뭘 하고 있었는데?"

"누가?"

"그 사진 속의 남녀가 말이야."

"그래, 뭐야?"

"글쎄……." 프레이디는 새로 매니큐어를 바른 손톱을 내려다보며 말했다. "그 책자에 실린 사진을 보면, 그건 마치……." 그러곤 잠시 말을 끊었다. "그들이 서로 키스를 하고 있는 것 같았어. 아래를 말이야."

"어디를?"

"여기." 그러면서 자신의 허벅지 안쪽을 가리켜 보였다.

"오, 맙소사."

"남자가 여자의 거기를 키스한다는 거야, 여자가 남자의 거기를 키스한다는 거야?"

"둘 다."

"오, 맙소사."

"난 그럴 수 없어."

"나라면 속이 메슥거릴 것 같은데. 포기하고 말지."

"난 지금 그걸 생각만 해도 메슥거리는걸."

"그 사람들에겐 아주 자연스러운 행위라니까. 프랑스인들은 우리 미국인들의 절반만큼도 엄격하지 않아. 그런 일에 익숙하다고. 그리고 물론 그건 너도 알다시피 한 가지 수단이기도 해. 그렇게 하면 확실히 임신은 하지 않으니까."

"딕이 이런 일을 몰라야 하는데." 빈스가 말했다.

그녀는 7월 첫번째 토요일에 딕 그린과 결혼할 예정이었던 것이다.

"맙소사, 설마 해럴드가 그걸……."

데이지는 프레이디를, 다음에는 빈스를 쳐다보았다. 한순간 공모자의 침묵이 흐르는가 했더니 다음 순간 세 여자는 폭소를 터뜨렸다. 어느 누구도 이렇게 갑작스럽게 유쾌한 이유를 알지 못했다. 그건 돌풍처럼 이따금씩 그들을 엄습하는 일이었던 것이다.

"날 웃기지 말아줘." 빈스가 헐떡이며 말했다. "이러다가 거들단이 뜯어지겠어."

"난 거들 팬티를 적실 것 같은데." 프레이디가 새된 소리로 외쳤다.

이 세 사람은 언제나 웃어댔다. 프레이디의 어머니가 말한 대로, 그녀들을 능가할 사람이 없을 정도였다. 이따금 데이지는 자기와 프레이디와 빈스가 같은 몸속에 들어 있는 한 사람인 것 같다고 생각했다. 똑같은 공기를 호흡하고 똑같이 재미있는 생각들을 얘기했던 것이다. 이런 일은 그들이 인디애나폴리스의 튜더 홀에 다닐 때, 그러고 나서 함께 롱 대학에 들어갔을 때, 똑같은 클럽에 들어가고 똑같이 6월 아침에 학위를 받을 때에도 내내 이어져왔다. 하던 일을 멈추고 자신의 신혼여행에 대해서, 에펠탑이나 로마의 콜로세움 앞에 서 있을 일을 생각할 때면, 데이지는 언제나 프레이디와 빈스도 그곳에, 바로 자기 옆에서 미친 사람들처럼 환호성을 지르고 웃어대고 법석을 피우고 있을 것 같다는 상상을 했다.

하지만 오늘 오후, 선풍기가 실크 속치마를 날리는 지금 이 순간 그녀는 문득, 당연한 일이지만 그건 현실이 아니라는 것을 새삼스럽게 깨달았다. 그녀는 낯선 이국땅에 혼자 있게 될 것이다. 자신과 남편인 해럴드 A. 호드, 단둘이서.

해럴드 A. 호드의 이름 가운데에 있는 A.는 그의 아버지의 이름인 아서를 딴 것이다. 바로 그 아버지는 해럴드가 일곱 살 되던 해 이스트 1번가에 있는 돌로 지은 성채 같은 저택의 지하실에서 자살했다.

이곳은 저명한 채석장 소유주들이 사는 거리로, 냉정하고 정연하면서도 차분해 보이는 거리였다. 가로수들은 머리 위로 아치를 그리고, 저택들은 안쪽으로 들어가 있었다. 킨제이 저택의 맞은편에 자리 잡은 호드 저택은 영국의 복고풍 양식으로 지어졌는데, 가파른 지붕과 위로 갈수록 끝이 뾰족한 굴뚝이 솟아 있었다. 건물은 단순히 마름돌로 전면을 입힌 것이 아니라 진짜 석재를 사용한 것이었다. 창에는 납 창살이 달려 있었다. 육중한 현관문은 떡갈나무로 만든 것인데, 문을 에워싸고 있는 섬세한 조각은 바로 블루밍턴의 저명한 조각가이자 나중에 헥터 매킬레이스, 카일러 굿윌과 함께 라피스칸 회사의 공동경영자가 된 호튼 그래프의 솜씨였다. (그래프는 아주 젊었을 때 이 작업을 했는데, 서로 얽힌 나뭇잎과 덩굴, 포도송이들은 아르누보•의 아름다운 본보기로 간주되고 있었다.)

어느 일요일 밤 지하실에서 자살 사건이 있은 후, 호드 부인은 두 아들 론스와 어린 해럴드를 불러 사건의 전말을 알려주었다. "너희의 가엾은 아버지께서는 최근에 눈 때문에 전문의에게 진찰을 받고 계셨는데, 얼마 안 가서 시력을 완전히 잃을 거라는 진단을 받았단다. 아버지께서는 내게 짐이 되는 일을 견디실 수 없었단다. 그래서 이런 길을 선택하신 거란다."

어머니는 어떻게 이제 곧 시력을 잃을 거라는 사실을 알았을까? 그 전문의가 자신이 내린 진단을 확인해주었나? 고인이 가족을 위해 사실을 해명하는 유서를 남겼던가? (그 사건이 일어나고 몇 년이 지나 해럴드에게는 이런 의문들이 떠올랐다.) 하지만 그

• 19세기 말에서 20세기 초에 걸쳐 유행한, 곡선미에 중점을 둔 장식미술의 형식

렇지 않다. '보험금' 때문일 수도 있겠지만, 아서 호드는 자신의 죽음에 어느 정도 의문의 여지를 남겨놓았다. 그러나 호드 부인은 언제나 자신이 알고 있는 것이 진실이라고 맹신했다. 그리고 자신이 그 일을 이해하고 용서했으니, 고인의 두 아들인 그들 역시 마땅히 그래야 한다고 말했다.

나중에 블루밍턴의 이 똑같은 저택에서 성장하면서(가족의 채석장은 공황이 오기 전까지 날로 번창했다), 해럴드는 아버지의 불규칙한 재정 상황과 베드퍼드에 살고 있다는 '여자친구'에 대한 소문을 듣게 됐는데, 이런 씁쓸한 정보의 어느 하나도 그를 놀라게 하지는 못했다. 타고난 냉소주의가 그의 가슴속 깊이 뿌리를 내리고 있었던 것이다. 그것은 앞으로도 결코 사라지지 않으리라. 그는 자신의 인생이 어떤 끔찍한 진실이 폭로되기만 기다리는 긴 도정이 되리라고 확신했다. 한편으로 환영하면서도 한편으로는 두려운 진실을.

그동안 그는 좀더 자세한 내막을 알아내려 했지만 어느 것 하나 알아낼 수 없었다. 아니면, 자기에게 그 내막을 요구할 권리가 없는 듯한 느낌마저 들었다. 예를 들어서, 그는 아버지가 그 일요일 저녁때 무슨 구실을 대고 지하실로 내려갔는지를 알고 싶었다. 아버지가 쏜 총이 정확히 어떤 것이며, 아버지가 바로 이 자멸의 행위에 쓸 목적으로 총을 구입한 것인지도 알고 싶었다. 총알이 낸 구멍은 얼마만 한 것이며 정확히 그 부위는 어디인지. 머리인가, 아니면 가슴인가? 피는 어떻게 된 걸까? 얼마나 많은 피가 흘렀는가? 그리고 그 피를 깨끗이 닦는 일은 누가 맡았을까? 목숨을 앗아간 방아쇠를 당긴 곳은 화덕 뒤편에 있는 어둡고 비좁은 공간에서인가, 아니면 과일 저장실인가, 그렇지 않으면 커튼을 친 작은 창 아래쪽 세탁용 보일러 옆인가? 아버지는 즉사했을까, 아니면 자신이 내린 결정을 후회하고는 꺼져가는 목소리로 도움을 청하면서 한두 시간을 꾸물거렸을까?

정확히 그날 밤에 일어난 사건은 어떻게 된 것일까? 그는 알고 싶었지만, 그와 동시에 이런 욕구가 그를 부끄럽게 만들기도 했다. 정말 자신은 얼마나 소름끼치는 인간인가? 증거를 찾기 위해 군침을 흘리며 돌아다니다니, 그야말로 부당하고 불건전하며 기괴하고 부자연스러운 일이 아닐까? 이 일은 혹시 사내답지 못한 짓은 아닐까? 사내답지 못하다는 것…… 결국 모든 의문은 언제나 그것으로 귀결되었다. 아버지의 자살 행위는 어머니에 의해 희생적인 행동으로 순식간에 윤색되었다. 사랑하는 아버지이자 남편으로서 가족을 위해 인정을 베풀었다는 식으로, 그것과 똑같은 방식으로 그녀는, 론스가 지진아가 아니라 '예술적인 기질'을 갖고 있다고 둘러댔으며, 기술학교에서 퇴학당한 해럴드는(커닝을 했다고 해서) 신경질적인 교수 한 사람의 악의 탓으로 표현했던 것이다. 어머니의 이런 창조적인 해명을 들을 때마다 해럴드는 끊임없이 술에 취하고 싶은 기분이 들었다. 그는 어머니의 비현실적인 공상에 걸려 비틀거렸다. 그의 머리는 거의 언제나 무지근했다. 명료하게 생각하는 것은 어른이 되어갈수록 점점 더 어려워져갔다. 그는 이십대 초반부터 본격적으로 술을 마시기 시작했는데, 오후에는 위스키소다를, 저녁에는 와인을 한 병이나 두 병쯤, 그런 다음 다시 브랜디를 마셔댔다. 1927년 6월 데이지 굿윌과의 결혼식 때에도 그는 만취된 상태에서 교회로 갔는데(2번가에 있는 성 누가 감독교회) 놀랍게도 입장이 허락되었다. 예식이 진행되는 내내 그의 들러리인 딕 그린이 그를 부축해주었다. 불규칙한 핑크빛 얼룩들로 보이는 결혼식 하객들은 신도석에 앉은 채 그를 보고 하품을 해댔으며, 그중 몇몇은 감상에 젖어 멍청한 눈에 눈물을 흘리고 있었다.

정말 멋진 젊은이, 인디애나 주에서 가장 잘생긴 청년. 미국 젊은이의 훌륭한 본보기, 번영과 장래의 보장, 사랑과 가족, 하느님과 의무, 축복, 축복이 있을지어다.

모든 인생에는 거의 읽히지 않는, 분명코 큰 소리로 읽히지 않는 그런 페이지가 있게 마련이다.

데이지 굿윌에게서 이제 곧 해럴드 A. 호드라는 청년과 결혼하게 되었다는 편지를 받은 오타와의 바커 플렛은 가슴에 경미하면서도 쉽게 없어지지 않는 통증을 느꼈는데, 그는 그것을 초조함 때문이 아니라 죄의식에서 오는 고통이라고 여겼다. 그는 마지막으로 그녀를 보았을 때를 생생하게 기억하고 있었다. 밀짚모자를 쓴 열한 살 난 아이가 기차에 오르는 장면을. 그러나 그는 그 어린 소녀를, 섬세한 어깨와 이제 막 솟아오르기 시작한 가슴을 가진 그녀를 으스러질 듯 끌어안고 싶은 자신의 그릇되고 순간적인 욕망을 되풀이하고 싶지 않았다. (어째서 그래야 하는 걸까?) 그는 머릿속에 그 부끄러운 욕망을 가둬버린 다음 작은 문을 찰칵 잠갔다. 닫힌 것이다.

사람들은 신임 농업 연구소 소장인 바커 플렛의 정신이며 근성이 라틴 민족과 흡사하다는 말을 했다. 이제 마흔세 살이 된 그는 성이라든가 친교, 사생활에 관련된 문제에 있어서는 냉담하리만큼 드러내지 않는 독신 남성이었다. 이따금 직원 소풍이나 만찬 때면 잠시 쾌활함을 보이는 적이 있는데, 그럴 경우에도 언제나 어떤 억압적인 충동에 의해 중단되곤 했다. 그는 좀 과장된 어조로 일기장에 이렇게 기록했다.

'난 쓴맛을 보았는데, 그쪽에 일가견이 있다는 사실을 알게 되었다.'

그의 사교 태도는 서툴렀지만 이상하게도 사람들에게 좋은 인상을 주었다. 늘 덜 진지하려고 애쓰는 진지한 사람이라는 것이다. 게다가 그의 굶은 듯한 창백한 안색 때문에 지금도 여자들은 그를 미남이라고 여기고 있었다. 그는 레이디스 슬리퍼 수집품에 대해 끝없이 얘기할 수 있었다. 지금까지 스물일곱 가지 변종을 수집했는데, 그 하나하나가 훌륭하게 보존되어 있다는 것이다. 하지만 폭스트롯이라는 사교댄스가 미국에서 얼마나 중요한지에 대해서는 전혀 아는 바가 없었다. 그리고 뭔가 다른 일을 생각하기에는 너무나 자기 생각에 골몰해 있어서 최근에 찰스 린드버그가 이룬 영웅적인 행위에 대해서도 거의 아무런 인상을 받지 못한 상태였다. 적어도 주말마다 시골길을 오랫동안 혼자서 산책하며 돌아다닌 일 덕분에 그의 몸은 원기 왕성해졌다. 사십대의 나이였음에도 그의 머리는 여전히 숱이 많고 새까맸다. (모직 바지와 속옷 속에는 은밀한 정원이나 되듯 거친 음모가 자라고 있었다.) 오랫동안 그 도시에서는 그가 동성애자라는 소문이 번지고 있었는데, 다행스럽게도 그 소문이 그의 귀에는 들어가지 않았다. 그가 이런 말을 들었다면 몹시 당황했을 것이다.

그는 남자의 육체에 대해서는 아무런 감정도 느끼지 않았다. 여자에 대해서는 깊은 외경심과 불안정한 조바심을 느끼곤 했다. 이 문제를 다룬 글을 이것저것 읽은 결과, 그는 자신이 느끼는 그 조바심이 벌을 주고 제지하고 약하게 만드는 어머니를 향한 분노에서 갈라져나오는 것으로 알고 있었다. 어머니는 젖을 주었다가는 떼어버리는 것이다.

그러나 부지런하고 가슴팍이 좁으며 키가 작은 자신의 어머니를 떠올릴 때면, 생활비와 어떻게 살아가야 할지에 대해 신경을 쓰던 어머니를 생각할 때면 포근한 기분만 들 뿐이다. 클래런틴 플렛은 성실하다는 면에서는 적당하지 않은 사람이었다. 그렇다, 그녀는 남편을 버리고 아내로서의 의무를 포기함으로써 자신의 인생을 일그러뜨리고 개조했다. 그녀의 영적 성장은 어린 시절에 끝났던 것이다. 창세기에 나오는 하느님, 걸핏하면 화를 내는 아버지로서의 하느님, 화원에서 허둥거리며 그녀가 애지중지하는 꽃들을 짓밟곤 했던 하느님에 대한 어렴풋한 혐오감과 함께 말이다. 그렇다고 하더라도…….

그랬다. 그는 종종 어머니에 대한 생각을 하며, 그럴 때마다 언제나 애정을 느끼곤 했다. 어린 데이지와, 자신과 어머니가 그녀를 돌봐주던 그 행복하고 몽롱했던 시절을 생각할 때와 마찬가지로.

오늘, 그는 책상 앞에 앉아서 데이지에게 결혼 축하 편지를 쓰면서, 1만 달러짜리 은행 환어음을 동봉했다. 그는 그 돈이, 지난 1916년 어머니의 화훼 사업을 매각한 돈을 신중하게 투자하여 네 배로 불린 금액이라고 설명했다. 그는 이렇게 썼다.

'이건 네 돈이야, 데이지. 어머니가 살아 계셨다면 이렇게 하고 싶어하셨을 거야. 어머니는 여자들은 누구나 결혼하든, 하지 않든 다만 얼마간이라도 자기 돈을 갖고 있어야 한다고 말씀하셨으니까. 어머니라면 아마 그저 주머닛돈이라고 하셨을 테지만.'

그리고 자신이 주는 결혼 선물로 캐서린 파 트레일이 직접 채색한 《캐나다 야생화》 한 권을 보냈다. 그로서는 이제 막 아내로서의 길을 시작하려는 젊은 여성에게 이보다 더 훌륭하고 잘 어울리는 선물은 없을 거라고 굳게 믿었다.

결혼 선물들이 호손 드라이브에 있는 카일러 굿윌의 집 식당에 전시되었다. 요리 보온용 기구 네 벌, 십이인용의 고급 유리그릇, 자기 그릇 두 벌, 은도금 및 순은제 은그릇, 와플 굽는 틀, 주방용 리넨, 올이 굵은 모포, 중국제 화분, 사탕 그릇, 견과류 그릇, 전채 그릇, 나뭇가지 모양의 촛대, 커피 용구, 차 용구, 신랑이 신부에게 주는 백금 손목시계, 카일러 굿윌이 딸에게 주는 선물로, 석회암으로 제작한 90센티미터 높이의 정원 장식용 요정.

그는 이 꼬마 요정을 직접 만들었다. 오랜만에 시도해본 첫번째 조각품이었다. 그는 그것이 당황스러울 만큼 평범하고 조악하다는 생각은 못 하는 것 같았다. 매니토바에 세운 탑에 끼워놓은 저 생동감 넘치는 인어상을 조각한 솜씨는 서글플 정도로 마모돼버렸다. 아이오와 주 의사당의 중앙 돌기둥을 떠받치고 있는 세일럼석의 천사를 만들던 솜씨도 아니었다. 이제 조각에 대한 재능은 사라지고 없었다. 그의 감수성은 조잡해졌다. 그는 분명 성공한 사업가가 되었지만, 예전의 솜씨는 잃고 말았다. 그는 당시에 크게 유행하고 있던 아르누보의 저 늘어진 동굴도 만들 수 없었으며, 기계화된 새 공구도 쓰지 못했다. 일 년 전 롱 여자대학 졸업식 연설에서는 이렇게 말한 바 있다.

"돌이 만들어내는 기적은, 단단하고 무감각한 물체를 땅속에서 꺼내어 날개를 달아줄 수 있다는 데 있는 것입니다."

맞는 말이었다. 그렇지만 그러기에는 조각가의 상상력이 만들어내는 기적도 필요했다. 그리고 신선한 시각도 요구되었다.

이 익살스러운 정원용 요정에는 상상력도 신선감도 찾아볼 수 없었다. 그것은 장난스럽게 미소 짓고 있었고(입을 동그랗게 오므리고 불룩한 뺨 위로는 장난스럽게 눈을 깜박거리고 있었다), 너무 큰 데다 남자도 여자도 아닌 머리가 몸체 꼭대기에 얹혀 거의 기형처럼 보였다. 게다가 이 물체는 겉 표면이 너무 매끄럽고 아무런 개성도 없어서 시멘트로 떠내기라도 한 것 같았다. 이 '예술 작품'은 이제 바야흐로, 세라믹으로 만든 바닷가재 접시나 조잡한 벽걸이 장식처럼 희극적이고 아무런 맛도 없는 다른 결혼 선물이나 다름없는 것이 될 위기에 처해 있었다. 그런 선물들은 재빨리 지하실이나 차고로 옮겨졌다가 결국 집안의 은밀한 조롱거리나 얘깃거리가 되고 마는 것이다.

그런 건 아무래도 좋았다. 그 작품은 사랑과 애정 어린 천진함으로 만들어졌던 것이다. 이 보기 흉한 난쟁이를 사랑하는 딸에게 선물하면서 카일러 굿윌의 눈에는 눈물이 그득하게 고였다.

데이지의 눈도 마찬가지로 눈물로 가득 찼지만, 그와 동시에 이제 곧 아버지가 예의 고상하고도 공허한 연설을 시작할 것이라는 사실 때문에 한숨을 지었다.

그가 깨닫지 못하고 있는 사실은, 그 연설의 재능이 청중들을 지나칠 정도로 지치게 만든다는 것이었다. 그는 바로크시대로 접어들었다. 얼마나 유창한 웅변을 토로하든 이제 모두가 그에게서 등을 돌렸다. 훗날 만년에 이르러 그의 몸속을 지나는 동맥이 그랬듯이. 그의 혀가 창조해내는 것은 일종의 속임수가 되고 말았다. 일 년 전 롱 여자대학에서 행한 연설조차 데이지를 당황하게 만들었다. 그래서 그때 그녀는 연회색 학사모와 가운을 입은 채 몸을 비비 꼬거나 공연히 이곳저곳을 긁적거리곤 했다. 목사 같은 억양과 지루하고 짜증을 자아내는 문장, 진부한 내용이 그랬다. 그는 심미가로서 돌을 말한 것이 아니라(만약 그랬다면 참을 만했으리라), 도덕가로서 돌을 말했다. 수천수만의 낱말들이 너무나 기름지고 너무나 매끄러운 크림처럼 흘러나왔다. 아버지는 눈앞에서 하품하는 사람들의 얼굴이 보이지 않는단 말인가? 지겨워하는 한숨 소리를 듣지 못한단 말인가? 아니, 자신의 딸이 얼굴을 화끈거리며 부끄러워하고 있다는 것도 모른단 말인가? 두 팔로 허공을 휘젓는 그를 보라. 그러면 당장이라도 그가 암팡진 벼락부자에다 허풍쟁이에 실속도 없다는 사실을 알 수 있다. 어떻게 아버지가 이렇게 망가졌을까? 그녀는 답을 알고 있었다. 잘못된 연결. 잘못된 견해.

그 6월의 아침에 그는 강단 너머로 청중들을 보기 위해 발끝으로 서서 자신의 장기인 은유를 도입하고 부연해나가면서 끝도 없이 연설을 이어갔다. 그는 포로가 된 청중들에게 말했다.

세일럼석은 아주 희귀한 연석軟石인데, 그것은 어느 방향으로든 쪼개질 수 있다는 의미다. 요컨대 세일럼석에는 자연석이 갖는 편향선이 없는 것이다.

"그래서 저는 젊은 여성인 여러분께, 여러분이 세상에 나갈 때에는 인생을 이 신비로운 연석과 같은 것으로 생각하라고 말씀드리는 바입니다. 여러분은 석공인 것입니다. 여러분의 손에는 지성이라는 도구가 들려 있습니다. 그것으로 여러분은 이런 모양 또는 저런 모양으로 인생을 빚을 수 있을 겁니다. 그 인생은 감미로울 수도 쓰디쓸 수도 있고, 밝을 수도 어두울 수도 있습니다. 활기 넘칠 수도 있고 나태할 수도 있습니다. 투사가 될 수도 있고 굼벵이가 될 수도 있습니다. 여러분은 비참하게 실패할 수도 있고 눈부시게 솟아오를 수도 있습니다. 이 세상의 젊은 시민들이여, 선택은 바로 여러분의 손에 달려 있는 것입니다."

"하지 마요."

그녀는 그에게 이렇게 말했던 일이 기억났다.

"뭘 하지 말란 말이오?"

"그러지 말라고요."

데이지 굿윌과 해럴드 A. 호드는 결혼식을 불과 며칠 앞두고 블루밍턴의 공원 안을 산책하는 중이었다.

"지팡이로 그러지 마요."

그는 아까부터 쓸데없이 버드나무 지팡이로 허공을 휘두르며 미나리아재비꽃과 패랭이꽃, 수레국화, 아이리스의 꽃송이를 잘라내고 있었다.

"누가 상관하겠소?" 그는 낙천적인 커다란 얼굴을 실룩거리며 곁눈으로 그녀를 쳐다보았다.

"내가요." 그녀가 말했다.

그는 이번엔 지팡이를 더 크게 휘둘러 꽃송이 세 개를 단번에 꺾어버렸다. 개양귀비꽃이었다. 꽃잎들이 아스팔트 위로 흩어졌다.

"그만하라니까요." 그녀가 말했다.

그는 그만두었다.

그는 자신이 얼마나 절실하게 그녀를 필요로 하는지 잘 알고 있었다. 그는 잘못을 바로잡고 싶었다. 자신의 난폭한 충동과 병적인 우울증을 억눌러줄 외과용 메스나 채찍 같은 사랑이 필요했다.

그녀는 진심으로 자신이 그를 바꿔놓을 수 있다고 믿었다. 그를 붙잡아 난폭한 천성을 고귀한 것으로 바꿀 수 있다고 믿었다. 그가 억제력을 갈망하고 있다는 사실도 알았다. 부드러운 입, 절망에 사로잡혀 눈물을 글썽이고 있는 듯한 눈이 그 사실을 말해주고 있었다. 실제로 바로 이것이 그녀가 그와 결혼하는 이유의 전부였다. 이것과, '혼기'가 됐다는 것. 아무튼 그녀는 스물두 살이나 됐으니 말이다. 그녀는 자신의 인생이 이제 막 떠오른 어떤 충동으로 한데 결집되면서 구체적인 형태를 띠는 듯한 기분이었다. 그녀는 무엇인가 원하고 싶었지만, 자기에게 어떤 일이 허용되어 있는지 알지 못했다. 그녀는 닥쳐올 그 일을 각오하고 강해지고 싶었다.

그렇지만 결혼식 날 밤에 남편이 술을 마시지 못하도록 할 수는 없었다. 그는 기차를 타고 몬트리올로 가는 동안 밤새도록 진을 병째로 마셔댔다. 마시고 자고 코를 고는가 하면 일등칸 침대차의 작은 세면기에 대고 토했다. 대서양을 건너는 여드레 동안에는 술을 마시지 않았는데, 그것은 오직 내내 뱃멀미에 시달렸기 때문이다. 그것은 그녀도 마찬가지였다. 6월 하순이었지만, 연중 이맘때면 북대서양의 날씨는 아주 험악했다. 심한 파도로 배가 흔들린 데다 줄곧 비가 쏟아져내렸다. 그들은 녹초가 된 상태로 파리에 도착했다. 그녀가 대학 시절에 배운 프랑스어가 아무 쓸모가 없다는 사실이 드러났지만, 어떻게 해서 겨우 빅토르 휴고 가에 있는 호텔을 찾아갈 수 있었다. 두 사람은 그곳의 넓고 딱딱한 침대에서 서른여섯 시간 동안 내처 잠만 잤다. 온몸이 욱신거리고 입안이 잔뜩 마른 상태로 잠에서 깨자, 남편은 망할 놈의 파리와 프랑스어를 지껄여대며 길거리에 오줌 싸는 외국 놈들이 싫다고 했다.

그는 한 시간 동안 알아보더니 커다란 들라주 토피도를 렌트했는데, 그것은 놀란 눈알 같은 사각 뒤창이 달린 영구차처럼 보이는 까만 차였다. 핸들을 잡자 일순간 기운이 되살아난 그는 큰 위험은 이제 지나갔다는 듯이 큰 소리로 음정도 맞지 않는 노래를 불러댔지만 그의 숨결에서는 진 냄새가 풍겼다. 데이지, 데이지, 솔직히 말해보오. 난 당신을 사랑하느라 반쯤 미쳤다오. 그는 이렇게 악을 쓰며 파리 교외를 지나 시골로 접어들었다. 그러곤 길을 지나는 사람과 소와 닭들, 그리고 프랑스의 희뿌연 하늘을 향해서 마구 경적을 울렸다. 그들은 끝도 없이 이어지는 시골의 가로수 길을 질주하고 매혹적인 양귀비꽃과 금빛 가시금작

화가 피어 있는 들판을 지나 몇 시간 만에 마침내 산악 지대로 들어서게 되었다.

그녀는 처음엔 울 듯한 어조로 차를 세우라고 애원하다가 나중엔, 이렇게 술을 마시면서 함부로 차를 몰면 안 된다고, 우리 둘 다 위험하게 만드는 짓이라고 소리를 질렀다. 그는 그녀의 말에 너무나 즐거운 나머지 신음 소리가 나올 정도였다. 그의 사랑스러운 신부가 실로 달콤한 잔소리를 퍼부으며 그를 바로잡으려고 애쓰고 있었던 것이다.

결국 그들은 알프스 산맥에 위치한 코르라는 조용한 마을의 자갈로 포장된 길에 차를 세우고, 호텔 드 라 포스트의 숙박 명부에 이름을 기재했다. 등이 굽어보이는 벨보이가 여행 가방을 들고 좁다란 층계를 두 차례나 올라, 천장이 경사지고 하나밖에 없는 창문에는 커튼을 무겁게 쳐놓은 수수한 방으로 안내했다.

기진맥진한 데이지는 약간 울퉁불퉁한 침대에 쓰러지듯 누웠다. 그 바람에 그녀가 입고 있던 얇은 크레이프 드레스가 더러워지고 구겨진 채 밑에 깔렸다. 그녀는 자신이 이 어둠침침하고 곰팡내나는 방에서 뭘 하고 있는 건지 알 수 없었다. 그럼에도 왠지 전에 한 번 와본 듯한 기분이 들었다. 이 방의 겉모습이며 갈라진 금은 눈에 익었다. 그것은 마치 쓴 사람이 누군지 알지 못하는 일기장에 스케치해놓은 그림의 한 부분 같았다. 잠이 밀려들었지만 그녀는 뭔가 희망적인 조짐이라도 찾듯이 벽을 둘러보면서 잠과 싸웠다. 벽지에는 꽃무늬가 있었는데, 이것이 그 방에 낡은 듯하면서 낙천적인 매력을 띠게 해주었다. 그것 역시 낯익어 보였다. 저녁 7시였다. 그녀는 지금 프랑스 한복판에 있는 어느 호텔 방에 누워 있었다. 세상은 지금 그녀를 이리저리 굴려대고 있었다. 그녀의 젊은 남편이자 낯설기만 한 그가 창문을 활짝 열고 덧문까지 젖혀놓아 햇살이 방 안으로 눈부시게 비쳐들었다.

그리고 그는 창턱에 올라서서 균형을 잡고 있었다. 그 커다란 몸으로 햇살을 막으면서. 그는 한 손에 술병을 들고 시시때때로 들이켜고 있었으며, 다른 한 손으로는 상팀• 동전을 한 움큼 쥐고 창밑으로 뿌려댔는데, 그 아래 자갈 광장에는 아이들이 모여 있었다. 그는 미친 사람처럼 단음조로 킬킬대며 웃고 있었다.

그녀는 돌바닥에 부딪히는 동전들이 내는 음악 같은 소리, 노래하는 듯한 아이들의 날카로운 환호성을 들을 수 있었다. 그녀의 의식 한 부분이 잠 속으로 서서히 옮아가고 있었지만(그곳은 안전할 터였다), 뭔가 어떤 힘이, 마치 비극의 한 장면이 필연적으로 전개되듯, 그녀를 힘껏 끌어당기고 있었다. (이건 나중에 생각해보고 그랬다는 것을 알게 된 것이다.) 그녀는 단호하게 천장을, 그 얼룩진 벽지를 바라보면서, 뭔가 일어나기를 기다리고 있었다.

그 순간 그녀는 곧 재채기가 터질 것 같은 기분을 느꼈다. 깃털 베개 때문에 생긴 알레르기 반응이었다. 그 재채기는 크고 힘차고 급작스럽게 터져나와서 한순간 그녀는 목이 막히고 저도 모르게 눈을 감았다. 그녀가 다시 눈을 떴을 때 해럴드는 창턱에 있지 않았다. 그녀의 눈에는 눈부시고 텅 빈 사각형의 빛만이 들어왔다. 아주 짧은 순간이 흘렀다. 그건 너무나 짧고 고요한 순간이어서 알아채지도 못할 정도였다. 그녀는 믿을 수 없다는 듯

• 프랑스의 옛 화폐로, 100상팀이 1프랑

눈을 깜박였다. 다음 순간 멜론이 쪼개질 때 나는 것 같은, 불길하고 축축한 쿵 하는 소리, 곧이어 아이들이 지르는 비명 소리, 길거리를 달려오는 사람들의 소리가 들려왔다.

그녀는 대체 무슨 일이 벌어진 건지 알아보기 위해 일어나기 전까지, 자신이 적어도 일 분간 침대에 누운 채 꼼짝도 하지 않았던 일을 선명하게 기억하고 있었다.

제4장

1936년

사랑

이 세상의 진정한 문제는 남녀 차별에서 기인한다. 이것이 오래전 터득한 내 소박한 견해이다.

그렇지만 사람들은 곧잘 이와 관련한 부당한 일들을 그냥 간과해버린다. 우리는 습관적으로 남자는 이런 식으로 행동하고, 여자는 저런 식으로 행동한다는 생각으로 넘어가고 마는 것이다. 어쩌면 그것은 우리 스스로가 꾸미는 하나의 촌극, 인간의 행동에 대한 어설픈 암시, 일종의 공모라고 할 수 있을지도 모른다. 우리가 얼마나 자주, 체념한 듯 미소와 윙크를 보내고 고개를 끄덕이는지, 또는 정말 모르겠다는 듯 어깨를 으쓱해 보이며 다니는지 한번 생각해보라! 우리는 너무나 잘 안다는 듯 이렇게 말한다. 그 남자는 너한테 꼭 맞아. 또는, 그게 여자인 걸 어떡하니. 우리는 남자와 여자 간의 이질적인 태도와 각기 다른 양쪽의 어리석은 행위들을 웃기는 농담쯤으로 받아들이고 있다. 적어도 내가 서른한 살이 되던 1936년 그해 여름에는 그랬다.

그 무렵의 내게, 남자들은 자기 인생에서 돌발적으로 일어나는 사건들 덕에 독자적인 영예를 누리는 반면, 여자들은 똑같은 경우에 툭하면 무시당하고 마는 듯이 보였다. 어째서 그럴까? 어째서 이렇게 되어야 할까? 어째서 남자들은 인생사의 갖가지 모험들을 훈장처럼 가슴에 잔뜩 붙인 채 으스대며 다녀도 좋고, 여자들은 그 무게에 짓눌린 채 침울한 얼굴로 침묵해야 한단 말인가? 여자들에게 일어나는 일들은 풍선처럼 크게 부풀려져 그들 인생에서 하루하루라는 단위를 뒤덮어버린다. 너무 부풀고 너무 격렬하게 짓눌리는 바람에 시각과 주일과 개월 같은 명백한 시간의 단위들까지 사라져버리고 마는 것이다. 아무튼 바로 이런 아이러니가 블루밍턴의 젊은 과부이며, 이제 서른한번째의 생일을 맞이하는 데이지 굿윌 호드에게도 붙어다녔다. 여전히 자신의 인생에서 첫번째 사건이 안겨준 상처(자신을 낳다 엄마가 죽었다는)에 싸여 있던 그녀에게, 이번에는 신혼여행 도중에 남편이 죽었다는 무시무시한 두번째 사건까지 겹쳤던 것이다. 아무튼 그건 두 사람의 신혼여행이었다. 사람들은 가엾게도 얼마나 가슴이 아프냐고 말했지만, 그건 사실이 아니었다. 그녀의 가슴은 꼭 쥐어짠 낡은 행주처럼 줄에 널린 채 이내 말라버렸다.

그렇지만 어디를 가든 그녀가 겪은 사건이 늘 붙어다녔다. 그 사건이 그녀를 대변하고, 그것이 바로 그녀의 모습이라고 단언하고, 그녀의 진정한 자아를 묻어버렸다. 아, 그녀는 정말 행복해지고 싶었다. 그런데 자신의 넝마자루 같은 삶을 두드리는 것 말고 달리 어떤 선택지가 있을까?

물론, 불과 이 년 전 캐나다의 평범한 농가에서 태어난 저 유명한 디온의 다섯 쌍둥이에 대해서도 똑같은 말을 할 수 있을 것이다. 우선 그 아이들의 비천한 출생을 참작해야 한다. 거기에 그들이 기적적으로 살아났다는 사실을 더해보라. 그러면 그 사건이 너무도 강력하고 압도적이어서, 정작 다섯 명의 여자애들은 사건의 소용돌이 속에 파묻혀버리고 만다. 앞으로도 언제까지나 그럴 것이다. (그것이 내 생각이다.)

그보다는 덜 극적이지만 좀더 정곡을 찌르는 또 하나의 예가 있다. 어젯밤 자정에 베시 퍼펙트 트럼블(1896-1936)이라는 여자가 죽었다. 그 사건은 조간신문에 실렸는데, 어떤 이유에선지 《블루밍턴 피닉스》지에도 게재되었다. 여름인 데다 뉴스다운 뉴스거리가 없었으니까. 그 여자는 매니토바 주 트랜스코나로부터 1.6킬로미터 떨어진 지점에 이르러, 캐나다 퍼시픽 가축 운송차에서 뛰어내렸거나 떨어진 것 같았다. 그녀는 인적도 없는 철도 조차장에서 대체 뭘 하고 있었던 걸까? 그녀의 왼팔과 왼쪽 다리는 완전히 잘려나갔다. 그녀는 사고가 일어난 지 불과 몇 분 만에 사망했는데, 그녀가 한 마지막 말은 "내 몸이 피투성이야"였다. 그녀의 미모, 지성, 트랜스코나 학교에서의 교직 생활, 트랜스코나의 소방수 바니 트럼블과 보낸 결혼 생활…… 이 모든 사실은 사건 속에 묻혀버리고 말았다. 그녀는 앞으로도 언제나 '열차에서 뛰어내렸거나 떨어진 여인'(정말 감질날 정도로 모호한 결론이 아닌가), 한밤중이라는 그야말로 말도 안 되는 시각에 한쪽 팔다리가 잘려나간(상상해보라!) 여인, 그리고 겁에 질린 채 수수께끼 같은 마지막 말("내 몸이 피투성이야")을 내뱉은 여인으로 남을 것이다. 나머지 것들은 침묵에 싸인 채. 우리는 그쪽으로도 고개를 기웃거려보지만, 우리의 눈은 그 눈부신 한 점에 박혀 있을 뿐이다.

단 하나의 극적인 사건 때문에 한 여자의 인생에 무성했던 엉겅퀴 덤불이 깨끗이 사라질 수 있다니, 실로 부당하기 짝이 없다. 그러나 세상은 그보다 갑작스러운 반전이라든가 스릴, 사건을 단순하게 정리하려는 절박함에 가능성을 두고 매달리게 되는 것이다. 데이지 굿윌 호드의 신혼여행에서 생긴 비극은, 그 반전이 너무나도 괴이하고 예측할 수 없는 것이어서, 한창 뻗어나가는 인생의 평범한 겉모습을 흐리게 만들어놓았다. 솔직히 말해서 원래 그녀의 인생은 다른 사람과 별로 다를 바 없는 조용하고 온화한 것이었다. 프랑스에서 생긴 비극적인 사건 이후, 그녀는 자기와 마찬가지로 짝을 잃은 아버지와 함께 구불구불한 진입로 안쪽 돌기둥이 있는, 널찍하고 어둑한 비니거 힐의 저택에서 살았다. 싱긋 웃는 그 꼴사나운 요정은 앞뜰의 잔디밭 위, 백당나무 관목 바로 옆에 서 있었다.

어쩌면 데이지에게서 명랑함이 모두 사라졌다고 여길지도 모르겠지만, 그건 사실이 아니다. 왜냐하면 그녀는 사건의 굴레 안쪽은 물론 바깥쪽에서도 삶을 영위하고 있었기 때문이다. 계절이 바뀌면서 골프와 테니스를 치고, 친구들을 만나고, 정원 일을 챙겼다. 그리고 그와 더불어 저도 모르는 사이 자기 몸에 대한 은밀한 애정이 생겨났다. 사실 그녀가 괴로움을 호소하고 그것을 잊기 위해 익힌 방법에는 감동적인 일면이 있었다. 모든 일이 동시에 일어났다. 그리하여 그녀는 자신의 인생으로부터 사라질 수도 있었을 것이다. 그녀에게는 자기 망각의 재능이 있었다.

'그 일'이 일어난 지 이제 구 년이 지났다. 그녀는 시간이 흐를수록 사건이 야기한 파문과 반향, 변화에서 벗어나게 되었다. 그렇다 해도 아주 사그라진 것은 아니었다.

"저 여자가 그 여자 아냐?"

"프랑스의 어느 조그만 호텔에서. 아니, 스위스던가? 아무튼 그 이층에서……."

"1927년 여름이었지. 그 결혼식이 어제 일처럼 생생하게 기억난다고."

"굉장했지."

"멋진 남자였어. 원기가 왕성하고 영화배우처럼 잘생긴 남자였어."

"크로이소스 왕처럼 부자였고 말이야. 두 사람 모두 그랬어. 물론 추락 사고가 있기 전에 말이야. 그런데 일이 그렇게 됐는데 돈이 다 무슨 소용이람?"

"저 여잔 그 소리를 들었대. 남자의 머리가…… 깨졌다지. 저 여자 말이, 잘 익은 멜론 같다고 했어. 아니, 으스러지는 것 같다고 했던가? 물론 조사 같은 걸 했겠지."

"맙소사, 겨우 이십대 초반에 그런 일을 겪다니……."

"그것도 낯선 나라에서……."

"아는 사람도 하나 없었잖아. 더구나 프랑스어는 한마디도 못 했고."

"그 남자는 길거리의 가엾은 애들에게 돈을 주고 있었다는 거야. 창밖으로 동전을 뿌렸다고 하던데."

"그 일이 일어났을 때……."

"짐도 풀지 않았다더라고. 여행 가방은 아직……."

"여자는 침대에서 쉬고 있었대. 그런데 갑자기 그 소리를 들은 거지."

"지금 저기 간다."

"저 여자가 그 여잔가?"

"저 여자는 분명 악몽을 꿀 거야."

"이렇게 오래 지났는데?"

"그런 일에서는 아무도 벗어나지 못하는 법이야."

"가엾기도 해라."

데이지 자신 말고, 해럴드 호드와의 결혼이 완성되지 못했다는 사실을 아는 사람은, 이 세상에서 단 두 사람밖에 없었다. 그들은 프레이디 호이트와 빈스 앤서니 그린이었다.

"그는 늘 취해 있었어." 데이지는 유럽에서 돌아온 지 얼마 되지 않았을 때 두 사람에게 분명하게 말했다. "그렇지 않을 때엔 멀미를 하고 있었고, 그렇지 않을 때도 그 일에는 별로 관심이 없었어."

그녀는 프레이디의 침대 가장자리에 걸터앉은 채, 코바늘로 수놓은 파인애플 장식이 든 침대보를 손가락으로 비틀면서 신혼여행 때의 일을 자세히 설명했다. (가엾게도 프레이디는 여름 감기로 누워 있었다.) 데이지는 믿음직한 동창에게 모든 것을 다 털어놓았다. 해럴드가 창문에서 추락하기 직전에 재채기를 했다는 것과, 그 일이 있고 나서 자신이 적어도 일 분 동안 꼼짝도 하지 않은 채, 침대에 누워 천장만 바라보고 있었다는 사실만 빼놓고.

그때 그녀는 이미 이 참사의 맨 끝을 느끼고 있었다.

프레이디 호이트의 침대에 앉아서 주고받은 비밀 때문에 예전의 폭발적인 웃음이 다시금 살아나게 되었다. 그 일은 천천히 이루어졌는데, 처음엔 약간 불안한 코웃음으로 시작되다가 이윽고 폭소로 바뀌었다. 프레이디와 빈스 사이에 걱정스러운 시선이 오갔으나 이윽고 자유롭게 풀어지면서 그들은 여학생처럼 고함을 치며 웃어대기 시작했다. 그 웃음 덕분에 데이지의 가슴과 배를 무겁게 짓누르고 있던 것이 사라졌다. (왜냐하면 바로 이 복부 한가운데 충격과 슬픔을 쌓아놓고 있었으니까.)

슬프냐고? 무엇 때문에? 해럴드 때문에? 글쎄, 그건 아냐. 슬프다면 그건 꼴사나워진 처지 때문이지. 엄청난 사건이 자신을 집어삼켰으니까.

"오, 이런. 넌 숫처녀란 얘기네."

이제 처녀가 아닌 빈스 그린이 말했다. 그녀는 놀란 눈을 하고 웃음을 터뜨렸다.

"우리 가운데 유일한 처녀지." 프레이디가 말했다.

프레이디는 최근 블루밍턴의 저명한 미술 교수와 섹스를 '시도'한 적이 있었다. 그 교수는 그녀의 아버지뻘은 될 것 같은 사람으로 기혼자였다.

그녀의 손상되지 않은 처녀막에 대해 블루밍턴의 다른 사람들도 알고 있다는 사실을 데이지가 몰랐던 것은 축복이었다. 아주 극소수이기는 했지만 말이다. 그중에는 맬다이브 박사가 있었다. 그는 데이지가 블루밍턴으로 돌아온 후 그녀를 진찰한 적이 있었다. 그런 직후 고결한 양심의 소유자인 맬다이브 박사는 데이지의 아버지 카일러 굿윌에게 이 묘한 사실을 알려주었다. (그에겐 그러는 것이 의무로 여겨졌다. 남자 대 남자로서 말이다.) 또한 그 훌륭한 의사는 이번에는 약간 양심에 어긋나는 짓을 했는데, 그 사실을 자기 아내인 글래디스에게 얘기했던 것이다. 그리고 의사의 아내는 그 사실을 브리지 클럽 친구들에게 슬쩍 흘렸다. (물론 눈썹을 치뜨면서 추리의 형식을 취했지만.) 그런데 브리지 클럽 친구 중에는 아서 호드 부인도 있었다. 그녀는 젊은 데이지 굿윌이 성적 불감증을 가진 비정상적인 여자라고 결론짓고, 그 사실을 블루밍턴의 사교 모임에서 기회가 있을 때마다 떠들어댔다. 데이지가 젊고 건강한 남자, 다시 말해서 자기 아들의 열정을 방관하고 감퇴시켰다는 것이다. 그래서 자기 아들은 아마도 이제 영원토록 밝힐 수 없는 어떤 행동을 취할 수밖에 없었을 거라는 이야기다.

데이지가 아는 것은, 시어머니가 자신을 냉담하게 대한다는 사실뿐이었다. 두 사람은 거의 만나지 않았다. 사실상 데이지는 호드 가의 재산을 포기하도록 종용받았으며, 그녀는 기꺼이 그렇게 해주었다. 데이지는 돈이 필요 없었다. 그녀는 현재로도 충분히 편안했다. 그녀는 여전히 비교적 젊었으며, 특별히 불행하지 않았던 것이다.

세계대전이 일어났던 저 옛날, 클래런틴 플렛 아주머니는 화훼 도매업에서 뜻밖에도 성공을 거둔 바 있다. 그런데 이제 1936년, 석회 산업이 침체에 빠지고 대부분의 오래된 채석장이 문을 닫은 가운데 돌 조각술만은 번성했다. 그것은 아마도 어려운 시기일수록 사람들이 삶의 무거움을 덜기 위하여 뭔가 장식적이고 예쁜 것을 필요로 하기 때문일 것이다. 전세계적으로 불황이 닥친 가운데 나의 아버지 카일러 굿윌과, 그의 라피스칸 주식회사 동업자들이 전보다 더 바빠졌다는 것은 실로 모순이 아닐 수 없었다. 매일처럼 최상급 일거리가 쏟아져 들어왔다. 오하이오 주립대학 도서관 신축, 아칸소 주의 리틀록에 건립될 거대한 전쟁 기념관, 시카고 곡물 거래소의 벽면 장식 등 일은 끝도 없었다.

굿윌 씨는 쓸 만한 조각가가 없다고 늘 투덜거렸다. 늙은 친구들은 죽어가고 젊은 치들은 너무 성급하다는 것이다. 최근에 굿윌은 새로운 재능을 가진 조각가를 찾기 위하여 이탈리아를 한 바퀴 돌고 왔는데, 라피스칸을 위해서는 세 명의 새로운 장인을, 그리고 자신을 위해서는 새 신부를 데리고 왔다.

그녀의 이름은 마리아였다. 나폴리 출신의 젊은 신부치고 그런 이름을 갖지 않은 사람이 있을까? 그런데 정확히 그녀는 몇 살일까? 아무도 정확히 알지 못했지만, 딱히 이런 질문을 적당히 던질 방법을 아는 사람도 없었다. 그녀의 이민 서류에는 스물여덟이라고 기록돼 있었지만, 관청 서류를 믿는 사람은 아무도 없었다. 그것이 위조한 듯보이는 경우에는 더욱 그랬다. 요컨대 인장이라든가 서명이 지나치게 선명하고 너무도 힘주어 찍혀 있었다. 그녀는 아마 서른다섯에서 마흔 사이일 것이며, 마흔다섯은 분명 넘지 않았을 것이다. 그렇지만 어느 경우든 예순이 가까운 그녀의 남편에 비하면 엄청나게 젊었다.

그는 그녀를 숭배하다시피 했는데, 누가 보더라도 그 사실은 불 보듯 확연하게 드러났다.

1905년 첫 아내가 아이를 낳다가 죽은 이후 그는 성性의 위안 없이 살아왔다. 그 자신도 어떻게 그리 오랫동안 여자 없이 살아오게 되었는지, 또 그 이유는 무엇인지 설명할 수 없었다. 그런 질문을 받으면 바빴기 때문이라고 대답할 것이다. 다른 일들로 정신이 없었다. 사업과, 유명인사라는 지위, 그리고 어린 딸을 부양해야 한다는 사실로. 이런 질문을 받으면 아마도 그는 상대를 매료시키는 예의 몸짓으로 어깨를 으쓱하며 미소를 짓고는 위쪽으로 시선을 옮기리라. 사랑에서 따돌림 받은 사람들 대부분은 거짓말을 하거나 그렇지 않은 척 가장하거나 의기소침하게 마련이지만, 카일러 굿윌은 바람이 부는 대로 나아가는 것만으로도 충분히 행복할 수 있는 희귀한 타입의 인물이었다. 그리고 이제 그 행운의 바람은 그에게 마리아를 안겨주었다.

복잡하기 그지없고 수수께끼로 가득한 육체를 가진 여자. 가슴이 크고 발목은 가늘었으며 허리는 날씬하고 엉덩이는 묵직했다. 사실 나무가 우거진 인디애나 주 블루밍턴의 길을 우아하게 걷고 있는 그녀는 돌연변이처럼 보였다. 그녀는 늘 빠른 걸음으로 단호하게 걸었는데, 그것은 산책이 아닌(결코 그런 것과는 거리가 멀었다), 뭔가 진기한 물건이나 값싼 물건을 사게 될까 하는 희망을 안고서 시장으로 가는 길이었다. 그런 다음 그녀는 천으로 된 자루를 어깨에 메고 집으로 걸어가는데, 그 안에는 온갖 보물들, 붉은 양파라든가 신선한 파슬리, 꽃양배추, 토마토 등이 잔뜩 들어 있었다. 그녀는 이 모든 것이 든 자루를 마치 깃털을 한아름 안고 가듯 가볍게 옮겼다. 근육질로 된 그녀의 장딴지는 거친 시골길에 익숙한 것 같았다. 반면 얼굴은 맑은 두 눈과 크면서도 오뚝한 코, 균형 잡힌 입매로 귀염성 있게 보였다. 얼굴 왼쪽으로 난, 눈살이 찌푸려지는 흉터는 미소를 지을 때면 거의 보이지 않았다. 그녀는 립스틱을 경멸했다. 립스틱은 매춘부들이나 바르는 물건이라는 것이다. 그러나 적갈색이 강조된 풍성하고 까만 머리는 분명 염색한 것이었다. 카일러 굿윌은 자신과 마리아가 어떻게 만났는지 묻는 사람들에게, 그녀가 종업원으로 일하던 나폴리의 한 씨푸드 레스토랑에서 만났다고 대답했다. 그러곤 블루밍턴의 친구들에게 순진한 어조로 이렇게 말하는 것이다.

"한 번 보는 순간 일이 그렇게 된 거지."

그녀는 쉴 새 없이 뭔가를 떠들어댔다. 그녀가 하는 말을 조금이라도 알아들을 수 있는 사람은, 그녀의 남편을 제외하면 한 사람도 없었다. 그는 대개 그 말의 '골자'를 이해할 수 있다고 했다. 그리고 그 '골자'면 그에겐 충분했던 것이다. 그에 반해 그 자신의 혀는 갑자기 조용해졌다. 그는 자신의 신부를 쳐다보면서 놀랍다는 듯이 고개를 가로젓고는, 예의 행복한 남자만이 지을 수 있는 미소를 짓곤 했다. 특히 그녀가 허리를 숙여(그녀가 그보다 7센티미터는 족히 더 컸기 때문에) 벗어진 그의 머리끝에 쪽 소리를 내며 키스할 때에는 더욱 그랬다. 그녀는 공공장소에서도 이렇게 허리를 숙여 쪽 소리가 나도록 키스를 했다. 채석장 클럽 만찬에서나 블루밍턴 재단이 주최한 시민 축하연회 때도 마찬가지였다. 그리고 이런 당황스러운 사태에 직면해서도 그는 미소를 잃지 않았다. 마치 그것이 남편과 아내 사이의 지극히 당연한 행동이라는 듯이.

오랜 세월 굿윌 저택과 굿윌 부녀를 보살펴온 코라메이 밀타운은 이 새로운 국면에 긴장했다. 그녀가 마리아를 싫어했기 때문이 아니었다. 그녀의 말에 따르면, 자칫하면 자신이 이곳에서 무용지물이 될 거라고 느꼈기 때문이었다. 마치 아이처럼 상대방을 지치게 만들 만큼 활기찬 마리아는 6시 30분에 자리에서 일어났다. 그녀는 다른 식구가 아침식사를 하러 내려오기 전에 부엌 바닥을 자루걸레로 깨끗이 닦아놓고 싶어했다. 그다음 갈색의 긴 줄무늬가 있는, 가슴 계곡이 고스란히 드러나 보이는 실크로 된 빨간 겉옷을 걸친 채, 한 시간 정도 진공청소기를 밀며 돌아다녔다. 하루가 저물 무렵이면 집에서 입는 헐렁한 면직 드레스로 갈아입고 앞치마를 두른다. 그녀는 벨소리가 나면 종종이 앞치마를 두른 채 현관으로 달려나가는데, 어떤 때에는 작은 칼이나 쓰레받기, 화장실 청소용 솔 등, 아무튼 그 순간 그녀가 손에 쥐고 일하고 있던 물건을 그냥 든 채로 나타나는 것이다. 그러곤 이가 다 드러나도록 웃으면서 찾아온 사람이 누구든 환영할 만반의 준비를 갖추는 것이다. 그렇다고 그녀가 영어를 흔히 쓰는 한마디라도 할 줄 아는 것은 아니다.

"알로(안녕)."

그녀는 예의 흥분한 몸짓으로 두 팔을 흔들면서 소리치는 것이다. 그녀는 하루 종일 스토브 뒤편에서 끓고 있는 진한 블랙커피를 마신다. 그러다 저녁이 되면 남편과 새로 생긴 의붓딸에게 뜨겁고 걸쭉한 갖가지 음식을 만들어주었다. 식사는 식당이 아니라 부엌에서 하게 됐는데, 그것은 식당의 식탁에는 언제나 그녀가 만들고 있는 드레스를 위한 옷감이라든가(그것도 야드 단위로 끊어서), 종이 옷본 따위가 널려 있기 때문이다. 그녀는 뭐라고 쉴 새 없이 떠들어대면서, 두 손을 흔들며 손짓을 한다. 두 그릇째 드시겠어요? 세 그릇째 드시겠어요? 그러다 상대방이 그만 먹겠다고 하면 시무룩해진다. 반면, 상대가 더 먹겠다고 하면 천사 같은 환한 미소를 지어 보인다. 전형적인 이탈리아 여편네로군, 하고 굿윌의 동료 한 사람이 채석장 클럽에서 말한 적이 있다. 세련되지 못하고 심술궂다고.

데이지와 마리아 사이에는 일종의 복잡한 경쟁 관계가 점차 형성되기 시작했다. 그것은 결코 겉으로 드러낼 수 있는 일이 아니었다.

"너희는 그녀가 외롭다고 생각할 테지." 데이지가 프레이디와 빈스에게 말했다. "우리 말도 할 줄 모르고, 단 한 사람의 친구도 없이 낯선 나라에 있으니 난감할 거라고 말이야."

그러자 프레이디가 이렇게 말했다. "그 여잔 네 아버지를 가졌잖아. 아마 그게 그녀에게 필요한 전부일 거야."

"오, 맙소사."

데이지는 눈을 굴리면서, 밤마다 들리는 거친 사랑의 울부짖음을 떠올렸다. 그 여자는 물론 아버지까지 소리를 질러댔던 것이다.

"사람마다 필요한 게 다르지." 이 말은 빈스가 한 말이었다. 딕 그린 부인이 되어 있는 그녀가.

데이지가 친구들에게 말했다. "그녀는 가만히 있는 법이 없어. 요리하고 청소하고 바느질을 하지. 그리고 끝없이 내게 옷을 만들어주고 싶어해, 내 스커트를 잡아당긴다고. 그저 잡아당기는 거야, 그러곤 뭐라고 떠들어대며 콧등에 주름을 잡지. 그런 다음 자기 옷본을 가져와서는 내 몸에 대보는 거야."

"그렇게 해서 행복하다면 하고 싶은 대로 하게 내버려둬."

이제 두 아이와 함께 결혼 생활이 안정돼가고 있는 빈스의 말이었다. 그녀는 언제나 다른 사람을 행복하게 만들 태세가 돼 있었다.

"이젠 네가 살 곳을 생각해봐야 할 때가 된 것 같구나." 프레이디가 말했다. "나라면 매일 그런 오페라 같은 장면이 벌어지는 한가운데서는 도저히 살 수 없을 거야."

"그녀는 언제나 내게 키스를 해. 아침이고 낮이고 저녁이고 키스를 한다고."

"입에다 말이니?"

"응."

"저런." 빈스가 가볍게 몸서리를 쳤다.

프레이디가 빤히 쳐다보면서 말했다. "그럼, 그녀에게 아침이고 낮이고 저녁이고 키스를 받고 싶지 않다고 말하지 그러니."

"물론 육체적 애정 표현은 어떤 민족에겐 자연스러운 일이지."

빈스가 친절하게도 설명조의 새로운 말투를 쓰는 바람에 프레이디는 토할 것 같았다.

"집에서 나와. 이제 그럴 때가 됐어. 넌 서른이 넘었잖아. 그러니 그 일이 절실하다고."

"그러면, 두 사람 모두 상처를 입을 거야."

"그래도 결국 극복하게 될 거야. 엄마는 내가 아파트로 옮기고 나서 한 달 동안 울었어. 그런데 이제는 내가 돌아간다면 마치 다 쓴 이쑤시개라도 되는 듯이 싫어할걸."

"그런데 사실은……."

"뭔데?"

"사실은 말이야……." 데이지는 두 친구의 얼굴을 번갈아 보았다. 그녀는 그들의 찬성과 격려를 원했다. 그러면서 한편으로는 놀라게 만들고 싶기도 했다. "나 여행을 할까 해."

"혼자서 말이니?"

"응."

"넌 행운아야."

"어디로 가는데?"

"캐나다." 데이지가 대답했다.

그녀는 스스로에게 놀랐다. 그녀는 한 뭉치의 열차 운행표와 여행사 안내 책자를 앞에 놓고 앉아서 이 주간의 여행 계획을 짜고 있었다. 그녀가 짠 여행 계획은 별난 것으로, 중복된 부분이 상당히 많았다. 먼저 나이아가라 폭포에 간 다음 다섯 쌍둥이를 보기 위해 온타리오 주 칼란더에 들르고, 그다음에 토론토로 가 아버지에 의해 새로 신축되고 있는 대형 은행 건물을 찾아보고, 마지막으로 오타와에 가서 어린 시절 이후로 만난 적이 없는 바커 아저씨를 만날 예정이었다. 그녀의 계획은 수수한 것으로 관광이라고 볼 수도 있었지만, 그럼에도 그녀는 자신이 짜놓은 일정표를 경이롭다고 여겼다. 마치 이 조그만 모험이 어떤 불가사의한 여행이라도 된다는 듯이. 아마 그럴 것이다. 그녀는 지금껏 한 번도 혼자서 여행해본 적이 없었다. 그리고 신혼여행 때 배를 타기 위해 몇 시간 정도 몬트리올에 들렀던 일을 제외하면 캐나다에 간 적도 없었다. 자신이 태어나서 어린 시절을 보낸 그 나라를 말이다.

'나는 고향으로 돌아가는 기분이다.'

그녀는 여행 일지에 그렇게 적고는 그 감상적인 문장을 지운 뒤 대신 이렇게 적었다.

'캐나다에서 무슨 일이 일어날 듯한 기분이다.'

여름이었다. 그녀가 탄 열차는 미시간 동부의 활기에 찬 작은 마을들을 지나 북쪽으로 올라갔다. 마을 사이에는 경작된 구릉지와 과수원 들이 있었다. 저 언덕 너머에, 바로 저 나무와 구름 저편에 캐나다 자치령이 있다. 자치령. 그녀는 그 말을 혀끝으로 굴리며 엄숙하게 반복해보았다. 자, 치, 령.

부디, 제발, 어떤 일이 일어나기를.

캐나다를 생각할 때면 차분하고 깨끗한 곳이라는 느낌이 들었다. 왕과 여왕, 빨간 상의를 입은 기마경찰대가 있는 곳. 차를 마시며 점잖게 대화를 주고받는 나라. 이러한 이미지는 그녀가 실제로 기억하고 있는 위니펙 교정의 소동과, 심코 거리의 먼지와 말똥 같은 것과는 어느 모로든 일치하지 않겠지만, 6월 어느 날, 기차가 마침내 미시간 주 경계선을 넘어 캐나다로 들어설 때, 그녀는 마치 치유력을 가진 왕국에 들어서는 듯한 느낌을 받았다.

이곳에서는 아무도 그녀가 처한 상황을 짐작도 하지 못하리

라. 어느 한 사람 그녀에 관한 얘기를 알지 못하리라. 여기서 그녀는 단지 리넨 옷을 입고 그것에 맞는 재킷을 걸친 채, 나이아가라 폭포 난간에 서서 두 뺨에 고운 물보라를 받고 있는 한 사람의 젊은 여인일 뿐이다.

자연이 이룩한 이 불가사의에서 나오는 천둥소리와 장엄함을 그대로 견디려 하자 그녀에게는 고통스러울 정도의 긴장감이 엄습했다. 하지만 이 매혹적이고 아름다운 광경 앞에서 왜 슬픔을 느끼게 되는 걸까? 좋은 질문이었다. 그것은 폭포가 충분할 정도로 아름답지도, 또 상상했던 것만큼 그렇게 크지도 않아서였다. 더욱이 폭포 아래 흩어져 있는 바위들은 지저분하다는 인상마저 주었다. 이 전체 구성에는 뭔가가 빠져 있었다. 어쨌든 그녀는 여행안내서가 장담한 대로 '황홀경'에 사로잡히지는 않았다. 다음 순간 그녀는 명랑한 기분이 되었는데, 그것은 바로 곁에, 윗저고리 천이 닿을 만큼 가까이에 한 남자가 서 있다는 것을 알았기 때문이었다.

"이런." 그가 뉴욕 악센트로 쾌활하게 말했다. "저걸 보면 목이 탈 것 같은데요, 안 그래요? 저 지저분한 물 좀 보세요."

그녀는 즐거운 눈길로 그의 소매 상단과 어깨를 쳐다보았다. 그 너머로 구름과 깨끗이 닦아낸 듯한 푸른 하늘이 있었다. 그녀는 문득 이 남자의 가슴에 몸을 기대고 그곳에 숨은 채, 뜻밖에 자신을 엄습한 친밀감에 환호성이라도 지르고 싶은 충동을 가까스로 억눌렀다. 그러는 대신 자신도 그처럼 경쾌하고 싶었다. 마음먹기에 따라서 이 세상은 한순간에 즐거워질 수도 있는 일이라고 생각하면서. 이 만남, 그 은밀한 표정과 미소와 두 사람이 서로 같은 생각을 하고 있었다는 사실이 가져다준 경쾌함은 비극으로 끝났던 그녀의 신혼여행보다 훨씬 더 깊은 자국을 남겼다. 나이아가라에서는 뭔가 할 말이 있었던 것이다. 신선한 바람이 있었고, 실망과 환희가 교차했으며, 한 남자의 개버딘 양복 소매가 그녀의 피부를 스치던 저 웅변과도 같은 일이 있었다.

이틀 후 그녀는 온타리오의 칼란더에서 수백 명의 다른 관광객들 틈에 끼여 뜨거운 햇살을 받으며 줄을 섰다. 관람 지역에 이르자 울타리 안 정원에서 놀고 있는 어린 다섯 쌍둥이들이 놀라지 않도록 조용히 하라는 지시를 받았다. 그녀는 생기 있는 초록색 풀밭을 배경으로 한 조그만 흰 옷과 여름 모자를 힐끗 보았을 뿐이다. 아이들 가운데 최소한 하나가 울고 있었다. 뒤에서 사람들이 미는 바람에 그녀는 움직일 수밖에 없었다. 마치 자신이 다른 동물을 구경하고 있는 바보 같은 동물 무리 속의 일부가 된 듯한 기분이었다. 그녀의 마음속에는 명랑하게 떠들고 있는 이 모든 사람에게서 멀어지고 싶은 욕구가 자리 잡았다. 여름옷 차림의 여자들은 카디건을 어깨 위에 걸쳤으며, 단정하게 정장을 한 남자들은 즐기기로 작정한 사람들 같았다. 여기에는 뭔가 희극적인 것, 아주 천박한 느낌이 감돌고 있었지만, 그렇다고 새삼스럽게 놀랄 필요는 없지 않을까? 그녀는 자신이 적지 않은 분노를 느끼며 이곳을 떠나게 될 줄 알면서도 이 광경을 보러 왔던 것이다. 그리고 실제로 그렇게 했다.

토론토에서, 마치 교회당처럼 엄숙한 분위기에 잠긴 회의실에서 그녀는 아버지네 회사가 보내는 한 뭉치의 청사진을 전달했다.

"이렇게 먼 길을 와주시다니 정말 친절한 아가씨로군요."

은행장이 생색을 냈다. 그다음에는 부행장이 그녀를 유혹했다.

"이렇게 아름다운 여름날 오후에 두 명의 고독한 사람이 여기 있군요."

"하지만 전 가야 해요." 그녀가 말했다. "4시 기차를 타야 하거든요."

"방금 오셨잖아요."

"오타와로 가는 길에 들른 것뿐이에요. 옛 친구를 만나러 가는 길이죠."

"남자 친군가요, 여자 친군가요?"

그녀는 그를 노려보았다. 바보처럼 번들거리는 그 중년 남자의 얼굴을 후려쳐서 미소를 지워버리고 싶었다. 그와 동시에 그녀는 이 대화가 계속 이어져서, 그래서 어디까지 가는지를 알고 싶기도 했다.

"남자 친구예요." 그녀가 도전적인 어투로 말했다.

"그럴 줄 알았습니다."

"어떻게 그럴 줄 알았다는 거죠?"

대화를 이렇게 이끌어가다니 역겨운 일이었다. 한편으로는 겁나기도 했다.

"당신 얼굴, 향수 냄새, 그리고 '친구'라고 말하는 방식에서 알게 되었죠, 난 그런 쪽에는 예민하거든요."

"그런 쪽이라니 어떤 것 말인가요?"

"제 말뜻을 아실 텐데요."

"글쎄요, 전 모르겠는걸요." 그녀는 몸을 돌리며 말했다.

"전 아실 거라고 생각합니다."

물론 바커 플렛은 데이지가 탄 기차를 마중 나갔다. 사실을 말하자면 그는 이 일 때문에 새로 산 허드슨 자동차를 정성껏 닦고 왁스칠까지 해두었다. 그는 마치 차가 폭발하기라도 할 듯, 마치 지금 성서적 조화를 깨뜨린 벌을 받을 장소로 가고 있기라도 하듯, 천천히 차를 몰고 역으로 향했다.

그날 밤은 무더웠지만, 수로 쪽에서 기운이 날 만큼 상쾌한 산들바람이 차창으로 들어왔다. 대체로 그는 운전을 싫어했지만, 나중에 데이지에게 말한 대로, 두 손으로 반들거리는 운전대를 잡는 느낌이 좋았고, 이 크고 말없는 기계가 짙은 자줏빛 위에 연보라 색조가 서린 여름날의 어스름을 뚫고 나아가는 느낌도 마음에 들었다. 그것은 어린 시절 매니토바에서 보았던 무뚝뚝한 하늘색과는 전혀 딴판이었다.

데이지를 어떻게 맞이할 것인지 생각하면서 그는 용기가 났다 사라졌다(아마도 추억이 밀착됐다 떨어졌다 하는 것에 따라서) 했다. 그는 그녀가 갓난애였을 때 몇 달 동안 이불솜으로 안을 댄 낡은 화장대 서랍 안에서 잠을 잤던 일, 그리고 어떤 이유에서인지 갓난애를 급조한 숙소에서 키웠던 일 등이 일종의 농담거리로써 종종 얘깃거리가 됐던 일을 선명하게 기억하고 있었다. 그 이후 무미건조하고 밋밋한 그의 회상에는 커다란 공백이 있었다. 그리고 갑자기 열한 살 난 데이지가 중병을 앓으면서(홍역이었던가, 무엇이었지?) 빛을 가린 방 안에 누워, 이제는 어린애가 아닌 눈으로 자신을 바라보고 있는 장면이 떠올랐다. 도저히 마음속에서 지울 수 없는, 떠올리고 싶지 않은 기억이 안겨준 깊은 상처로 인해서 너무도 잘 알고 있었기에, 마음만 먹으면 그 장면 전체를 쉽게 떠올릴 수도 있었다. 그러나 그는 이 기억이 그런 종류의 것이라고는 도저히 믿을 수 없었다. 시트 밑에 아마도 벌거벗은 채 누워 있던 데이지의 젊은 몸을 떨쳐내기란 불가능했다. 그는 그 순간을 몇 번이고 되뇌어보았다. 그것은 음탕한 생각에서가 아니라 자신이 틀렸기를 바라는 마음에서였다. 그는 이제 쉰세 살이었다. 그리고 그 아이를 본 지도 십구 년이나 되었다. 아니, 이젠 아이가 아니었다. 서른한 살의 여자인 것이다. 그리고 과부였다.

채 한 달도 안 된 얼마 전 그는 그녀에게 이런 편지를 보냈다.

'데이지에게. 지난번 이후로 오랜 시간이 흘렀구나. 네가 오타와에 올 계획이라니 얼마나 기쁜지 모르겠다.'

그리고 또 뭐라고 썼던가?

기억이 나지 않았다. 그는 사신私信을 복사해놓는 그런 타입이 아니었다. (그는 그 점에선 명확한 자의식을 갖고 있었다.) 아마도 늘 그렇듯이 예의 바른 내용들이었을 것이다. 예의 바른 의견들, 그녀의 건강과 활동에 대한 질문, 자신의 주변에서 일어나는 일들에 대한 단조로운 요약과 오타와의 날씨(아주 뜨겁거나 견딜 수 없을 만큼 추운), 관공서직 특유의 짜증스러움, 그런가 하면 간혹 자연과 인생, 20세기의 진보에 관한 좀더 고상한 내용들이 섞였고, 그리고 근년에 들어서는 아저씨로서(이건 위선이었다) 해줄 수 있는 충고들이 점점 더 늘어가고 있었다. 나이도 많고 언제나 조카를 옹호해주는 나이 많은 아저씨. 한 달에 한 번씩 몬트리올로 가서 성적 긴장감을 해소하고, 지금도 이따금 한밤중에 베개에 머리를 파묻고 울기도 하는 쉰세 살의 남자. 하루 종일 서류와 회의, 행정상의 사소한 문젯거리들과 씨름하다 돌아와서는 맑은 정신의 유리 끝으로 스스로를 찔러서 자신이 살아 있다는 사실을 확인해야 하는 사람. 자신과 여자들 사이에 외경심으로(존경하는 시늉을 하면서도 그들로부터 자기를 방어할) 보호벽을 쌓아놓고 있는 남자인 그가 충고를 하는 것이다. 그는 자신이 이 세상에서 유일하게 가깝다고 여기는 데이지 굿윌에게, 혈연관계가 없으면서도 기묘한 사건(그녀의 어머니가 죽고 자신의 어머니가 개입한 사건)으로 자신의 인생에 들어온 데이지 굿윌에게 기를 쓰고 편지를 보냈다. 그의 시야 한편에서는 언제나 그녀의 모습이 어른거리면서 위안을 주었던 것이다.

사실 데이지를 제외하면 그에겐 아무도 남아 있지 않은 셈이었다. 그는 일 년에 한 번씩 크리스마스 때마다 동생들에게 편지를 보냈다. 에드먼턴에 살고 있는 사이먼은 거의 답장을 보내지 않았으며, 앤드루는 꼬박꼬박 편지를 보내기는 했지만 내용은 주로 돈을 달라는 것이었다. 바커 플렛의 아버지 매그너스는 어떻게 됐는가? 그는 쥐도 새도 모르게 사라져버렸다. 만에 하나 그 늙은 염소가 살아 있더라도 이제는 일흔 살이 됐을 것이다. 캐나다를 떠나 오크니로 간 지 벌써 여러 해가 지났건만, 그의 소식을 아는 사람은 거의 없었다. 어느 누구도 매그너스 소식을 듣지 못했으며 주소를 아는 사람도 없었다. 탁 터놓고 솔직히 말하자면, 매그너스 플렛의 근황이라든가 심정, 그 불만투성이 노인이 살았는지 죽었는지에 관심을 가진 사람은 하나도 없었던 것이다.

사람들은 늘 매그너스 플렛이 불행한 삶을 영위했다고들 했다. 결혼과 자식들과의 관계에서도 불운이 따라다녔다. 그리고 그 불운은 1927년 여름 몬트리올에서 리버풀까지 그를 실어나른 루이자 호에까지 따라붙었다.

초여름의 대서양이 그런 대로 잠잠하다는 사실은 누구나 알고 있는 일이며 상당히 신빙성 있는 말이었지만, 매그너스 플렛이 떠 있던 그 여드레 동안은 폭풍이 변덕스레 괴롭혀댔다. 노인은 음식을 먹을 수도 잠을 잘 수도 없었다. 그는 가능한 한 갑판 위로 올라가 에나멜 대야에 토하면서 시간을 보내야 했다. 그 팔일간의 낮과 밤은 고통 속으로 한데 녹아들었다. 만약 그때 누군가가 그에게 지금 원하는 것이 무엇이냐고 물었다면, 그는 죽고 싶을 뿐이라고 대답했을 것이다. 어느 날 아침 뱃전에서 난간 너머로 토하던 그의 눈앞에 문득 틴들 채석장이 떠올랐다. 햇살의 온기로 따뜻해진 얼룩 바위의 표면, 그를 기다리고 있던 그날의 일거리. 그 순간 그는 그곳을 떠난 자신이 얼마나 바보였는지를 깨달았다. 그는 추억을 토해서 모두 없애버렸다. 고통과 실망만 안겨준 세 아들과 불성실했던 아내에 대한 기억도 모두 토했다. 자신이 받은 모든 모욕감을 모조리 토해버린 것이다. 그래서 마침내 루이자 호가 리버풀에 도착했을 때, 그는 마치 소년이라도 된 듯 단단한 대지 위에 경쾌하게 발을 내디뎠다. 지독한 악취가 풍기는 선창가를 빠르게 지난 그는 삶은 고기와 걸쭉한 죽으로 배를 채운 다음 깨끗한 이부자리에서 하룻밤을 푹 자고 난 뒤, 몇 해 만에 처음으로 원기 왕성하게 삶에 대한 의욕을 느끼며 잠에서 깨어났다.

그는 기차 편으로 짐을 서소에 보내고 갈아입을 옷가지와 몇 가지 잡동사니, 《제인 에어》만 남겨두었다. 그러곤 잉글랜드 북부와 스코틀랜드 황야를 걸어서 가로지를 작정을 하고, 리버풀의 한 여행용품점에서 실팍한 부츠 한 켤레와 알코올버너를 샀다. 이 생각은 처음엔 하나의 도전으로 여겨졌으나 다음 순간 강박감처럼 되었다. 그런 다음에는 공기처럼 단순하고 자연스러운 일이 되었다. 그럼에도 이제부터 하려는 일을 생각하자 몸의 모든 근육은 팽팽히 긴장되었다.

이제 날씨는 그의 편이었다. 길고 온화한 낮과 저녁이 이어졌고 마른 땅은 탄력 있게 밟혔다. 그는 태양만 가지고 방위를 잡았다. 고향. 북쪽을 향해 시골길을 걸어가는 그의 귀에 그 말이 콧노래처럼 울려왔다. 그 말은 허공에 흩어지는 어느 새의 노랫소리보다도 감미롭게, 마치 버터를 듬뿍 바른 빵으로 식사를 하기라도 하듯 그에게 포만감을 안겨주었다. 어느 도랑에서 그는 매끄럽게 다듬은 나무 막대기를 발견했는데, 손에 딱 맞았다. 그는 이 막대기를 가지고 먼지가 이는 길을 걸어가는 동안 박자를 맞춰 땅을 두드렸다. 그의 얼굴에서는 하얀 구레나룻이 곱고 부드럽게 자랐다.

잉글랜드 지방의 둥글둥글하고 단정해 보이던 구릉들은 칼라일을 뒤로하면서 갑작스레 가팔라졌다. 그러나 그는 다리가 지친 것 같을 때마다 나무 밑에 한 시간쯤 다리를 뻗고 앉아서 통증과 물집을 가라앉힐 겸 책을 읽었다. 여기가 정말 섬이란 말인가? 그는 하늘을 보면서, 양떼와 소떼가 있는 울타리 친 초원 저편을 바라보면서 이렇게 중얼거렸다. 이렇게 넓고 푸르며 돌로 뒤덮인 땅이, 빛과 어둠이 이토록 풍성한 이곳이 정말 섬일까? 그는 행복한 심정으로, 이 들판 위를 스쳐갔을 그 모든 겨울과 눈, 그리고 서서히 무르익어가던 봄을 생각해보았다. 얼마 후 인버네스를 지나 나무라곤 찾아볼 수 없는 황무지에 이른 그는, 자신이 마치 여기저기 홈이 파인 널따란 하느님의 이마 위를 걸어가고 있는 듯한 기분이 들었다. 그다음에는 다시 기복이 줄어들면서 아래로 내려가는 경쾌한 감각으로 그의 마음은 황홀하리만큼 텅 비고 차분하게 가라앉았다.

길가에 있는 시골 호텔들은 상대가 누구든 간에 무뚝뚝하게 손님을 맞았는데, 술을 마시는 버릇이 없었음에도 그는 하루 종일 걷고 난 다음에는 그런 곳에 들러 약 반 리터 정도의 에일을 마시기도 했다. 그는 술잔 위로 고개를 숙여 킁킁 대며 냄새를 맡고는 술을 마셨다. 그런 술집에서는 부담 없는 대화가 오가기도 했다. "그런데 캐나다는 어떤 곳이오?" 붉고 거친 얼굴을 한 농부들은 그런 질문을 던지곤 했다. 그리고 한 번은, 제드버러 마을에서 여인숙 주인 여자가 몇 시간 동안 잠자리를 같이 해주기도 했다. 피부는 거칠고 주름투성이기는 했지만 그녀에게서는 상큼한 비누냄새가 났다. 이따금씩 아이들이 마을 밖을 벗어나 얼마 동안 시끄럽게 떠들어대며 호기심에 그를 따라오기도 했다. 귀에 거슬리는 기침을 해대는 젊은 여자 하나가, 하루인가 이틀 동안 예수에 대해서 앞뒤가 맞지 않는 말을 하며 길동무가 된 적도 있었다. 그는 그 여자가 안됐다는 생각이 들어서 헤어지기 전에 몇 실링을 내주었다.

마침내 하늘이 지평선 위로 답답하게 내려와 있는 거칠고 축축한 서소에 도착한 그는, 역 보관 창고 한쪽 구석에 그가 앞서 보냈던 짐이 도착해 있는 것을 보았다. 그는 충동적으로 그 짐을 찾지 않기로 마음먹었다. 그 짐에는 없어도 상관없을 잡동사니밖에는 들어 있지 않았던 것이다. 아무튼 지금까지 그 정도는 입증한 셈이지 않은가? 그는 스트롬니스로 가기 위해 세인트 올라 호를 탔는데, 그 짧은 여행에서는 다행히도 잔잔한 바다를 건너게 되었다. 이제 그는 고향 땅에 와 있었다. 깊게 한 번 숨을 들이마신 순간 한 가지 생각이 머릿속에 자리하기 시작했다. 인생이란 결국 감미로운 것일지도 모른다는 생각이었다. 그는 어린 시절을 보낸 이스트 비깅의 탁 트인 들판 가까이에 소박한 집을 한 채 구할 것이다. 그리고 가능하다면 석탄 보일러와 포근한 침대, 전등을 설비하여 그 집을 안락하게 꾸밀 것이다. 갖고 있는 돈을 숨겨둘 만한 장소도 하나 만들리라. 그러곤 이 아늑한 보금자리에서 왕처럼 살리라. 앞으로 영원토록 살아갈 것이다.

그 오랜 세월 동안 바커 플렛은 데이지 굿윌에게 두 달에 한 번씩 꼬박꼬박 편지를 써왔다.

일 년에 여섯 통씩 이십이 년 동안 보냈으니 그 편지는 대략 일백삼십이 통쯤 될 터였다. 그는 자기 자신에게, 그리고 어떤 때에는 다른 사람에게, 자기는 그 아이한테 책임감을 느끼기 때문이라고 말해왔다. 그는 의무감이라는 표현을 쓰지는 않았는데, 만약 한 세대 먼저 태어났더라면 의무감이라는 말을 썼을지도 모르겠다. 그래도 그는 의무에 충실한 사람이었다. 또한 침착하고 사색적이며 자기비판적인 사람이기도 했다. 그는 자기 본성의 강박적인 측면을 이루고 있는 것이 무엇인지 잘 알고 있었다. 그것은 자신이 이해할 수 없는 것을 피하여 편안한 거리감 속에서 안전을 구하고자 하는 바람이었다. 그는 저 고대의 은자들이 동굴 속에서 어떻게 삶을 영위했는지, 수도사들이 아무것도 없는 암자에서 어떻게 살았는지 완벽하게 이해하고 있었으며, 자신이 이러한 지식을 갖고 있다는 데 자부심을 느끼기까지 했다. 몬트리올을 찾아 조금 전 자신의 열정을 풀어버린 여인의 품속에 누워 있을 때조차, 그는 비좁은 침대와 고통스러운 고독이 가져다주는 단순한 생활을 갈망했던 것이다. 그가 맞서 싸워야 할 것은 바로 이러한 방탕과 혼란이었다. 이런 것과 싸우지 않을 때는 값싼 세계에 대한 혐오감으로 어지러울 정도였다. 언제나 그런 것은 아니지만 간혹 오타와에서 열리는 만찬에 참석하고 돌아온 때면, 그는 입안이 바싹 마른 채 죽은 듯이 침대에 누워 이렇게 생각하곤 했다. 그런 행사에 참석하여 늙은 연극배우처럼 짐짓 즐거운 듯한 어조로 장황하게 떠들어대다니 얼마나 어리석은 짓이란 말인가. 그러고 돌아와서는 따뜻한 위스키를 마시며 그 세상을 쫓아내려고 하다니. 그 일에서 벗어나려고 말이다.

스스로도 알다시피 그는 너무 진지하고 고집스러워서, 잘못 결합된 부부나 부적당한 육욕이 만들어내는 희극을 믿지도 않았고 귀를 기울이지도 않았다. 마음의 위안을 얻기 위하여 그는 자기 두뇌의 층 하나하나가 떨어져 있다고, 그래서 성욕과 일하는 힘 사이에는 간격이 있다고 생각했다. 이 움직이지 않는 간격을 어떻게 하면 좋을까? 다른 사람들은 알고 있었지만, 그로서는 도저히 알 수 없는 일이었다.

엄격하고 냉담하며 정식 교육을 받은 바 없는 그의 아버지는, 매일 저녁 아들들로 하여금 각자의 신발을 닦아놓도록 시켰다. 플렛은 어린 시절에 받은 이 훈련에 고마움을 느꼈다. 그 일은 그로 하여금 방대하고 불가해한 세상사에 일정한 맥박과 질서를 부여할 수 있도록 함으로써 소년처럼 가뿐하게 숨을 쉬도록 해주었다. 나중에 가서 그는 다른 방법을 찾아내기는 했지만.

그는 정확히 언제부터 어머니가 가꾸던 정원의 식물 이름들을 익히게 된 것인지는 기억나지 않았지만, 그 용어의 정확성이 그를 안심시켜주었던 일은 기억하고 있었다. 일찍부터 그는 자신이 도덕적으로 오갈 데 없는 사람이지만, 식물과 동물, 성좌에 대한 특별한 표기법을 원하고 있다는 사실을 알고 있었다. 얼마 안 가서 그는 어머니가 집에서 키우던 꽃들 이외에 들이나 숲에서 자라는 식물에 대해서도 훤히 알게 되었다. 그는 그 모든 것의 속명뿐 아니라 라틴어 학명까지 순식간에 암기했다. 어느 품종을《스포턴의 식물학노트》에 나오는 삽화에 맞출 수 있게 될 때면 그는 힘찬 전율을 느꼈다. 다양한 형태를 가진 이 녹색의 세계는 유별난 인내력을 요하는 것이어서 그의 마음을 침착하게 만들어주었다. 열두 살인가 열세 살 때, 자연계 전체가 분류되어 있다는 것, 그가 아닌 다른 어떤 사람도 이러한 질서를 부여할 필요를 느꼈다는 것을 알게 되자 그는 짜릿한 행복을 느꼈다. 그는 특히 주머니 속에 들어 있는 무수한 주머니와도 같은,

가장 작은 가지 끝에 이르기까지 낱낱이 분류된 거대한 식물 계통도가 마음에 들었다. 그 잔가지 끝에 위치한 가장 작은 생명체는 진화의 외진 한구석에서 뭉툭한 끝을 이룬 채 용감하게도 끈덕진 삶을 영위하고 있었던 것이다. 이 축소된 세계, 변형균류, 바닷말들이 그가 좋아하는 화젯거리가 되었다. 식물의 유전이라든가 그 기묘하고 설득력 있는 아름다움에 대한 것들이. 레이디스 슬리퍼 수집품 가운데에서(이 세상에서 가장 완벽한 수집품이라고 자부하는데) 그는 가장 희귀한 품종을 제일 아꼈다. 그리고 그 특별한 꽃에서 다른 어느 것보다도 그것의 작은 꽃잎을 높이 평가했다. 그는 존경심을 품고 현미경으로 꽃잎들을 관찰했으며, 그중 제일 작은 세포의 모양을 기억해두었고, 그 위치와 기능에 찬사를 바쳤으며, 그것에 품격 있는 라틴어 학명을 달아주었다.

벽에 걸린 도표와 마찬가지로 그의 의식 속에는 식물계의 완벽한 조직도가 떠올라 있었다. 다른 사람들의 머릿속이 철학이나 역사, 로그표, 원전들로 가득 차 있는 것과 마찬가지로, 요컨대 그들로 하여금 앞으로 나아가게 해주는 신념의 지침이라든가 지도화된 열망과 같은 체계로 채워져 있는 것과 마찬가지로, 자신의 머릿속은 생물의 아종亞種, 종, 과, 목, 강 등의 분류로 채워져 있는 것이라고 생각했다. 그리고 한때 그가 믿었던 것만큼 적절하거나 논리적이지 못한 이 체계 속에 데이지라는 사실이 끼어든 것이다. 그녀는 이 가지들 가운데 하나의 맨 끝에 자리 잡은 채 웃으면서 그를 불렀다. 그는 이따금 눈을 감고 그녀가 사라져주기를 바랐지만, 자연의 일부가 된 그녀는 요지부동이었다. 그리고 성적인 추억의 그 미묘한 덩굴손으로 그를 혼란에 빠뜨렸다. 그는 난초라든가 사초莎草 같은 아종을 없앨 수 없는 것처럼 그녀의 존재를 무시할 수도 없었다. 그래서 그는 멀리서, 그녀에게 정기적으로 편지를 쓰고 답장을 기다리면서 그들의 관계를 키워 나갔던 것이다. 지지와 혼란이라는 리듬이 이제는 그의 삶에 고정되고 말았다. 그리고 그는 바로 여기에서 자신의 가장 인간적인 감정들을 확인할 수 있었다.

편지 쓰기는 그에게 의식이나 다름없는 것이 되었다. 그는 일요일 오후, 다시 말해서 2월, 4월, 6월 같은 짝수 달의 첫번째 일요일 오후가 되면 자신의 암적색 워터맨 만년필을 집어 들었다. 누가 그 장면을 보았다면, 등과 어깨를 구부린 그의 자세를 보고 태아의 자세라고 말했을지도 모르겠다. 높다란 창이 있는 그의 서재는 고요했다. 그의 팔꿈치 곁에는 식어버린 연한 커피 한 잔이 놓여 있다. 그의 마음은 남모르는 낭패감과 괴로운 악몽으로 가득 차 있지만, 얼마간 이 모든 것을 한옆으로 치워놓는다. 그는 이제 의무를 이행하기 위해 편지를 쓰는 사람이 되는 것이다. 그리고 입술을 꾹 다문 채 편지지의 오른쪽 구석에 단정하게 날짜를 쓰고, 아저씨만이 할 수 있는 일종의 농담으로써 언제나 날짜 옆 둥근 괄호 안에 '기원 후'라고 적는다.

그런 다음 한숨을 쉬고는 편지를 써나간다. 나의 데이지에게, '나의'라는 표현이 마음에 걸렸지만, 지금에 와서 고친다면 오히려 이상하게 생각할 것이다. 그다음으로 그는 예의 단조롭고 자세한 문장들을 적어나간다. 이 단조로움과 자세함은 그가 지금 느끼는 갈망을 보기 좋게 은폐해줄 터였다. 그는 한 페이지를 다 쓰고 다음 페이지를 쓰기 시작한다. 이런 꾸준한 작업은 오히려 신중함의 징표로 여겨져서 마음이 놓인다. 다시 말해서 워터맨 만년필이라든가 자기로 된 잔받침 따위의 물건들 속에 잠재된 고독감은 결코 겉으로 드러나서는 안 되는 것이다. 그렇지만 편지지 위로 향한 그의 얼굴은 그것과 반대되는 감정으로 상기되고 있다. 그는 편지지 위에 입맞춤을 하고 싶다. 그리고 그 끝에는 '너를 사랑하는 바커가' '너의 영원한 바커가' 아니면 '너의 하나뿐인 바커가'라고 쓰고 싶다. 실제로는 평범한 표현을 고른다.

'진심을 담아, 바커 플렛.'

적어도 그는 '바커 아저씨'라고 서명하는 어리석은 일을 저지른 적은 없다. 그렇지만 데이지가 그에게 보내는 답장에는 '바커 아저씨'라는 표현이 사용되고 있었다.

데이지는 편지를 받는 즉시 답장을 보냈다. 아마도 그녀 역시 그와 마찬가지로 어떤 책임감이나 의무감을 느끼는 모양이었다.

파란색의 사각 봉투를 열 때면 그는 맥박이 거칠어지며 가슴에 통증이 일곤 했다. 편지지 역시 파란색이었는데, 가장자리에는 식물학 교과서에는 결코 나오지 않을 멋없는 꽃무늬 장식이 있었다. 바커 아저씨에게. 그러곤 몇 장에 걸쳐 끝도 없이 여학생처럼 시시한 얘기를 잔뜩 늘어놓곤 한다. 줄잡아서 그녀가 쓴 문장의 절반은 완성되지 않은 것으로, 엄청난 대시와 줄임표로 범벅이 되어 있어서, 그는 늘 혼란과 흥분과 짜증을 느끼곤 한다. 구문은 무기음투성이었고, 용어 선택은 불규칙했다. 비극적인 신혼여행이 있은 후 보낸 편지에서조차 그녀는 지금 자신의 기분이 '개떡 같지만' 오래지 않아 다시 '날아갈 것'이라고 쓴 바 있다. 그는 늘 그녀가 보낸 유치하고 진부한 편지를 읽고 나면 의기소침해지곤 했다. 며칠 동안 실망감에 사로잡혀 보내다가, 몇 주가 지나고 한 달이 지나고 두 달이 지나서 다시금 펜을 잡을 때가 되면 그녀에 대한 애정이 되살아났다. 서로간의 오해는 불가피한 일이다. 아마도 이것이 20세기를 살아가는 지혜가 될 모양이다.

미리 얘기하자면, 데이지 굿윌은 바커 플렛의 편지를 모조리 모아두었다. 그녀는 그 편지들을 아직도 갖고 있었다. 비록 어디에 두었는지는 알지 못했지만. 화장대 서랍 어딘가에, 아니면 상자 안에 들어 있을 터였다. 그런데 그녀가 그에게 보낸 편지는 남아 있는 것이 없었다.

또한 이 무렵 이후로 그녀를 찍은 사진도 남아 있는 것이 없었다. 그렇다고 하더라도 오타와로 향하는 기차 여행이 막바지에 이른 그녀의 모습이 어떨지는 충분히 짐작할 수 있는 일이다. 비록 자신이 만든 드라마에 사로잡히기는 했어도, 그녀는 다음과 같은 이미지를 환기하고 싶었을 것이다. 예컨대 그녀는 이미 모자를 쓰지 않고 있는 자기 자신의 모습을 그린다. (여자들은 여행할 때 항상 모자를 쓴다는 것을 잘 알면서도 말이다.) 다음으로 그녀는 금빛이 도드라져 보이는 적갈색 머리를 흔들어 펼친다. 하루의 마지막 햇살이 차창으로 들어와 그녀의 리넨 드레스를 주름져 보이게 한다. (그 드레스는 비스듬히 재단된 것으로서, 인디애나 주 블루밍턴의 기준으로 볼 때 세련된 것이다.) 그녀는 〈우먼 인

레드〉에 나오는 바버라 스탠윅처럼 두 손을 깍지 낀 채 무릎 위에 놓고 있다. 그것은 여성의 단호한 결의를 암시하고 있다. 그녀는 가르보를 닮은 자신의 턱 선에도 그러한 결의가 나타났으면 하고 바란다.

그에게 무슨 말을 할 것인가? 첫마디를 뭐라고 할까?

한 장면이 눈앞에 떠오른다. 그녀는 그의 손을 잡고 엄숙하게 악수를 나눈다. 그러곤 그가 놀라지 않도록 약간 냉담한 태도를 보인다. 다음으로 여행에 대해 조용한 목소리로 솔직하게 얘기한다. 아뇨, 그렇게 지치진 않았어요. 아주 즐거웠는걸요. 매력적인 풍경이었어요. 순식간에 여기까지 왔지요. 그녀는 자신의 호의를 내보이고 싶다. 그러는 동안 솔직한 마음이 저절로 나타나기를 인내심을 가지고 기다리리라.

만약 얘기할 것이 없으면 어떻게 할까? 공통된 화젯거리가 없다면? 좋아, 그러면 그녀가 얘깃거리를 찾아내리라. 그렇게 노력하리라.

그녀는 다시금 두 손을 꽉 잡는다. 장갑도 반지도 없는 손. 모르는 사람이라면 그녀가 속으로 기도를 올리고 있는 거라고 여길지도 모르겠다. 어떤 면에서는 맞는 말이기도 하다. 지금 그녀는 경건하리만큼 강렬하게 정신을 집중하고 있기 때문이다. 그녀는 바커 플렛을 일종의 도피처 삼아 찾아왔던 것이다. 결국 얘기는 그렇게 결론지어진다. 그녀는 카일러 굿윌의 딸이며 마리아의 의붓딸로서 비니거 힐에 있는 저택으로 돌아갈 수는 없었다. 그 집도, 블루밍턴도 안 된다. 그녀의 나이에는 생각할 수도 없는 일이다. 이 마지막 일 년간 그녀는 괴짜가 될 위기에 놓여 있었다. 그렇지 않으면 잔 받침도 없이 커피를 마시는 사람이 될 수도 있었다. 아버지가 지겹게 사용한 저 연석의 비유가 그 복음주의적인 무게로써 그녀를 엄습해온다. 그는 말하기를, 인디애나 석회암 한 덩어리를 가지고 이쪽으로도 저쪽으로도 인생의 방향을 쪼갤 수 있다, 선택은 자유다, 라고 했던 것이다.

그렇지만 그녀의 인생에서 지금 이 시점에는 그와 같은 선택의 여지가 없었다. 그녀는 이제 바야흐로 중년으로 접어드는 나이였다(또는 그렇다고 생각하고 있었다). 제멋대로 이름이 붙여진 사람. 우발적인 사건으로 엉뚱한 곳에 놓이게 된 사람. 어떻게 이런 일이 일어난 것일까? 그녀는 자신의 인생이 그런 식으로 정해졌다고 여겼다.

한 가지 생각이 떠올랐다. 최근 들어서 그녀는 어떤 일이 가능하냐고 묻는 게 아니라, 어떤 가능성이 남아 있느냐고 자문하게 되었던 것이다. 비록 가죽 지갑 속에는 돌아갈 기차표가 안전하게 들어 있기는 했지만, 지금 이 순간만큼은 분명 편도 여행을 하고 있는 셈이었다. 그런데도 이상하리만큼 두려움이 일지 않았다. 사실 사랑이라는 것이 대체로 상처를 피하는 일이라는 것을 알고 있었기 때문이다. 게다가 그녀는 장애물에도 익숙해 있었다. 그리고 시선을 옮기거나 어두운 구석으로 관심을 돌림으로써 그런 장애물을 극복할 수 있다는 것도 알았다.

그녀는 잠시 눈을 감는다. (그건 가르보의 눈은 아니었다. 그처럼 대담하고 냉담한 눈은 결코 아니었다.) 그리고 최근 며칠간의 여행에 대해 생각해본다. 그녀가 보거나 한 모든 일들은 뾰족뾰족한 모서리들을 갖고 있었다. 낯선 사람들과 나눈 많은 대화는(그것들은 겉돌기만 했다) 즐겁기는 해도 지치게 만드는 것이었다. 나이아가라 폭포에서 만난 그 남자, 그가 한계가 아니었을까? 그들 모두가 똑같았다.

풍요에서 상실은 순식간이다. 그녀는 돌아갈 수 없었다. 새로운 계획을 짜야만 했다. 이 계획들은 정제되지 않은 그대로 그녀의 머릿속에서 뻗어나갔다. 전체 장면과 대화가 떠올랐다.

바커 아저씨를 다시 뵙게 되니 반갑군요.

그녀는 차창 쪽을 향해 소리 없이 입술을 움직여본다. 허공에서 길쭉한 팔이 나오며 악수를 한다. 정말 반가워요. 대체 몇 년 만이죠?

아마도 이제, 데이지 굿윌이 사태를 있는 그대로, 다시 말해서 솔직하게 대하는 데 약간 어려움을 겪고 있다는 사실을 말할 때가 된 것 같다.

그녀 자신도 즐겁게 그렇다고 인정할 테지만, 그녀는 눈부신 어린 시절을 보냈다. 그녀의 양모인 클래런틴 '아주머니', 그녀가 숭배해 마지않는 바커 '아저씨', 따스함과 안전함, 강변으로의 소풍, 꽃이 만발한 정원, 그러고 나서 열한 살 때 생부와 만나게 된 것이다. 사람들 말로 자수성가한 훌륭한 아버지는 그녀에게 진심에서 우러나온 사랑은 물론 물질적 풍요도 제공해 주었다.

그렇다, 어린 시절은 누구나가 기억하고 싶어하는 부분인 것이다. 거기에는 아무런 화석도 남지 않는다. 가공으로 꾸미기 전에는 말이다. 바로 그 이유에서, 사람들은 데이지의 일을 타산지

석으로 삼고 싶어하는 것이다.

자기 인생의 세밀한 부분에 관한 한, 그녀의 말은 언제나 믿을 만한 것이라고는 할 수 없다. 그녀가 말할 수 있는 내용의 대부분은 사변적이고 과장되고 전혀 있을 법하지 않은 것들이다. (여러분도 이미 깨달았을 테지만, 데이지의 시어머니인 아서 호드 부인만큼 무정하고 잔인하게 표현한 사람도 다시없을 것이다.) 데이지 굿윌의 관점은 틀린 것이다. 더구나 그녀는 과거에 일어난 사건에 미래의 시선을 보탬으로써 모든 일을 왜곡시켜놓고 있다. 그녀는 정작 중요한 문제들(예를 들면 튜더 홀이라든가, 롱 여자대학처럼 돈이 많이 들어간 사교육이 그렇다)은 내버려둔 채 시간을 훌쩍 뛰어넘어버렸다. 자신이 한 행동들이 모여 인생의 한 장면 한 장면을 구성한다. 이것이 그녀가 스스로에게 하는 말이다. 바커 아저씨에게 편지를 쓰면서 그녀는 일부러 어린 시절의 말투, 순진하고 뭔가 말하고 싶어하며, 여학생처럼 무책임한 용어를 선택했다. 그것이 안전했던 것이다. 때로는 가까이 다가섰다가 때로는 거리를 두기도 하면서, 그녀는 사람이면 누구나가 겪는 저 어두운 흔적을 내보이는 법 없이 계속해서 자신의 밝은 모습만을 드러내려고 했다. 그리고 가엾게도, 그녀는 저 고독한 여자들 특유의 낭만적인 상상력으로 해피엔딩 이외에는 그릴 수가 없었던 것이다.

그래도 그녀가 쓴 내용에서 단 한 가지 해명이 가능한 부분은, 그것이 허공에 쓰인 것이라는 사실, 상상력이라는 눈에 보이지 않는 잉크로 쓰인 것이라는 사실이다.

버트런드 러셀의 저서를 읽은 바 있는 바커 플렛은 이미 오래

전에 관습적인 의미의 도덕에 대한 신념을 벗어버렸지만, 국왕 폐하의 정부에서 상급 공무원의 신분인(농업 연구소의 소장이라는) 그로서는 어느 정도의 예의범절은 무시할 수 없었다. 한 지붕 아래 젊은 여인을 데려온다? 사람들 눈에 이 일이 어떻게 비칠 것인가?

물론 조카딸이라고 해명은 하겠지만, 데이지는 사실 그의 조카는 아닌 것이다. 자신의 피후견인이라고 하면 어떨까? 그것도 안 된다. 그의 후견인 자격이 공식적으로 표명된 적이 한 번도 없었던 것이다. 그렇다면 어떻게 해야 할까? 그녀의 존재를 어떻게 설명할 것인가?

매일같이 청소와 맛없는 저녁식사를 차려주러 오는 가정부 도널드슨 부인에게, 데이지가 이곳에 있는 동안 여기서 잠을 자도록 설득해볼 수 있으리라는 생각이 떠올랐다. 그래서 그는 조심스럽게 이 부분에 대해 설명하면서 부탁해보았다. 부인은 가족이 기다리는 집으로 돌아가야 한다며 퉁명스럽게 거절했다. 따라서 그가 부탁한 일은 들어줄 수 없다는 것이다.

그는 자신도 모르게 안도의 숨을 내쉬었다. 다음 순간 그는 또다시 같은 문제를 놓고 걱정하기 시작했다. 데이지와 함께하는 삶은 미처 시작도 되지 않았지만 벌써 난처한 문제가 생기기 시작한 것이다.

*

'한 시간이면 그곳에 도착할 것이다.'

데이지는 여행 일지에 이렇게 쓰면서 '그곳에'라는 단어 밑에 세 번이나 밑줄을 그었다.

기차 안은 몹시 무더웠지만 그녀는 차장의 도움을 받아 창문을 열어놓을 수 있었다. 그래서 지금 그녀의 머리는 사납게 나부끼고 있었다. 그리고 사그라지는 햇살이 머리카락 사이로 비쳐서 그녀는 마치 후광이나 불붙은 털모자를 쓰고 있는 것처럼 보였다.

심하게 고동치는 심장을 진정시키기 위해 그녀는 일지를 안전하게 챙겨놓고(또는 챙겨 넣었다고 생각하고) 장갑을 다시 꼈다. 그러곤 등을 똑바로 폈다. 마음을 순화시키는 정지 상태로, 황갈색 머리를 한 바버라 스탠윅이 되어.

그녀는 이따금 용서를 구하고 싶은 마음이 들곤 했는데, 지금도 바로 그런 때였다.

이제 서서히 땅거미가 내려오면서 온타리오 주의 하늘에는 다이아몬드빛 황혼이 내려앉았다. 저 무수한 입자들은 자신과는 아무 상관도 없다고 그녀는 생각했다. 스쳐가는 마을들도 낯설고 완고해 보이기만 했다. 모두 그녀 쪽으로 등을 돌리고 있는 것처럼 보였다. 통로 맞은편에서는 네 사람의 남자가 카드 게임을 하고 있었는데(십중팔구 루미• 같았다), 모두 너무나 흥을 내며 놀고 있어서 그녀가 갑자기 누군가에게 납치를 당하더라도 돌아보지 않을 것 같았다. 기차가 오타와에 도착하면 이들은 모두 실생활의 차분한 관계 속으로 바삐 사라질 터였다. 반면 그

• 특정한 조합의 카드를 모으는 단순한 형태의 카드놀이

녀는 장차 어떤 일이 벌어질지 모르는 채 그 속으로 뛰어들 참이었다. 그녀는 '그 일'을 아무 저항 없이, 아무 질문도 하지 않고 고스란히 받아들이리라. 그녀에게 달리 선택의 여지가 있을까?

그녀는 무력하고 의지할 데 없는 연약한 여자였다. 어쩌면 그녀가 여자라는 것, 그 사실이 대단한 일인지도 모를 일이다. 아, 그래. 그렇고말고.

문득 이 섬광 같은 통찰을 일지에 기록해둬야 할 것 같았다. 그렇지 않으면 분명 잊고 말 테니까. 그녀는 언제나 배우고 잊고 또다시 배워야 하는 그런 사람이었던 것이다. 그러나 기록하기 위해서는 장갑을 벗고 가방을 뒤져 필기구와 노트를 찾아야 했다. 지금 그녀로서는 그런 일들을 도저히 해낼 수 없을 것 같았다. 그래서 그녀는 심장이 고동치는 대로 내버려둔 채 잠자코 앉아 있기로 했다. 그 순간 기차가 캐나다 자치령(자, 치, 령)의 수도인 오타와의 평화롭고 어둑어둑한 교외 지역으로 들어섰다.

그는 그녀가 도착하기까지 꼬박 십 분간을 역에서 기다렸다. 그는 굳이 이렇게 했는데, 그것은 생각을 정리하며(몸도 마찬가지이지만) 마음을 가라앉히기 위한 일종의 완충장치가 필요했기 때문이다. 그는 일부러 이 애정 어린 순간에서 극적인 부분을 제거하기 위하여 이렇게 말할 작정이었다. '이런, 이런. 여행을 단번에 해치웠구나, 안 그러니?'

또는 더위에 관한 얘기를. 그렇지 않으면…… 그는 어떤 말이 좋을지 몰랐다. 갑자기 어떤 말이든 위험하게 여겨졌던 것이다. 자신의 긴 다리까지도 불안정해 보이기만 했다.

그래도 그는 니스를 칠한 긴 의자에 앉을 생각은 꿈도 꾸지 않았다. 아니, 그는 어깨와 등을 똑바로 펴고 양손은 뒷짐 진 채로 역의 중앙 홀 대리석 바닥 위를 왔다 갔다 했다. 이번에는 걸음을 멈추고 천장의 돔을 바라보았다. 잘 지은 건물이야. 그래, 정말 그런걸. 그는 역사의 장식 프리즈와 세로 홈이 파인 화강암 돌기둥과 고전적인 삼각 박공벽을 유심히 살펴보았다. 그는 마치 다시는 이 건물을 이렇게 자세히 볼 기회가 없기라도 한 것처럼, 이 석조 건물의 표면을 뚫어져라 쳐다보면서 기억에 새겼다.

그의 인생은 지금 전환점에 서 있었다. 예술과 자연, 언어 그 자체가 일순 한데 녹아들며 사랑이 이제 그의 모든 감각을 휘어잡으려는 찰나였다. 그는 깊이 숨을 들이쉬며 역에 있는 시계를 힐끗 쳐다보았다. 그래, 기차는 정시에 도착할 거야. 일 분도 틀리지 않고. 정확히. 그 사실이 아주 만족스럽게, 그와 동시에 걱정스럽게 느껴졌다.

이제 그녀가 저기 있다. 그를 향해 다가오고 있는 것이다.

어떤 이들은 미래를 내다보는 눈이 있다고들 한다. 바커 플렛의 경우는 그렇지 못했다. 그는 아무것도 예상하지 못했다. 어떤 일이 기다리고 있는지, 또는 자신이 어떤 일을 원하고 있는 건지도 몰랐다. 이 순간, 이 만남은 몇 해 전에 계획된 것이었는데도.

이제 그녀가 오고 있다. 앞으로 걸어오면서 벌써 장갑을 낀 손을 내민 채. 한순간 그는 자신이 정말로 저 손을 잡고 악수를 할 것이라고 여겼다. 사교적인 제스처로서 말이다. 그러곤 이렇게 말하면서. 이렇게 만나다니 정말 반갑구나. 기차에 사람이 많았어? 창가에 자리를 잡았니? 지치지는 않았고?

하지만 그는 그렇게 하는 대신 그녀를 포옹했다. 아니, 그건 포옹이라고는 할 수 없었다. 두 사람의 몸이 완전히 밀착된 것은 아니었으니까. 결코 그런 것은 아니었다. 그는 양손을 내밀어 그녀의 어깨를 스치듯 가볍게 어루만졌다. 그런 다음 팔의 위쪽으로 더듬어 내려갔다가(팔꿈치 아래쪽은 맨살이었고 땀으로 약간 젖어 있었는데), 다시 얼굴로 올라가 손으로 감싸 쥐듯 가볍게 어루만졌다. 그는 자신이 했던 결심은 모두 잊어버렸다. 그의 격정에 불이 붙은 것이다.

그녀의 무릎은 오랜 시간 기차를 타고 온 뒤라 떨리고 있었다. 역사의 갑작스러운 불빛 때문에 어지럽기도 했다. 그녀는 아무 할 말도 생각나지 않았다.

"데이지?"

그는 빗질한 그녀의 정수리에 대고 질문처럼 속삭였다. 거의 흐느낌처럼. 그러곤 다음에 무슨 말을 했는지 전혀 기억할 수 없었다.

*

이 나이의 그로서는 안달과 소동으로 가득하고, 안절부절못할 게 뻔한 정식 결혼식을 감당할 수 없었다. 그래서 두 사람은 판사실에서 신속하고 조용하게 결혼했다. 1936년 8월 17일이었다. 그 결혼식이 과거형이 되기 직전에 카일러와 마리아 굿윌 앞으로 전보가 긴급으로 배달되었다.

'우린 방금 결혼했습니다. 나중에 편지를 드리겠습니다.'

데이지와 바커 플렛 두 사람은 부모에게 결혼 사실을 공표하는 데 겁을 냈으며, 약간 초조한 기분으로 답신을 기다렸다.

성적인 영역은 흔히 우리 본성의 광기 어린 절반을 이해하는 첩경이게 마련이다. 그렇게 바커 플렛은 생각했다. 그것은 인간의 자아에서 어떻게 분류해볼 수 없는 부분인 것이다. 바로 이 부분이 그가 있는 그대로 인정하고 받아들이는 법을 배워야 할 부분이라고. 창문마다 기웃거리는 사람들에게 남부끄럽다는 생각 없이 격정이 나아가는 대로 따라야 할 부분이라고. 어째서 만사가 선악이라는 다리미로 반듯해질 수 없는 것일까? 왜 그럴까?

그는 데이지에게, 자신이 과거에 돈을 주고 여자를 산 적이 있음을 털어놓았다. 이번에는 그녀가 손끝을 그의 머리에 가볍게 얹고는, 자신은 아직 아무도 손대지 않은 상태이며(그녀의 표현이다), 해럴드 A. 호드와의 짧은 결혼 기간 동안에도 일이 제대로 되지 않았음을 고백했다. 그러면서 자신은 뭐가 잘못된 건지 정확히는 모르지만 아마 그 문제에 있어서는 그녀도 책임이 있을 거라고 말했다. 그는 이런 얘기를 듣고 싶지 않았다. 지금 이 순간만큼은 자기 자신에 대한 그녀의 강한 감정만을 원했던 것이다.

순결에 관한 이런 종류의 고백은 언제나 너무 가까이 다가서면(그리고 너무 멀리 떨어질 경우에도) 희극적으로 보이게 마련이다. 그것은 불필요한 수치심과 가장된 정직함일 뿐이다. 그리고 그뒤로는 후회가 따른다. 그런 일이 정말 필요할까? 물론 아니다.

한 가지 바커 플렛에게 알 수 없는 점이 있었다. 그는 데이지가 과부가 되고 나서 구 년이라는 세월을 어떻게 보냈는지 알 수 없었던 것이다. (마찬가지로 데이지 역시 자신의 아버지가 스톤월에서 청년기를, 그 많은 세월을 어떻게 보냈는지 상상할 수 없었다.) 그는 세련된 옷차림을 하고, 멋진 구두를 신고, 예쁜 장갑을 낀 데이지가 블루밍턴의 거리를 활보하는 광경을 머릿속에 그릴 수 있었다. 수영도 하고 산책하고 춤을 추고 골프도 치는 건강하고 활발한 미국 여자들처럼 말이다. 그런데 그녀는 무엇을 했을까?

"아마도 당신은 공부를 계속했겠군. 강의에도 참석하면서 말이오."

그녀는 고개를 저었다.

"책을 읽었소?"

이번에도 고개를 저었다.

"그렇다면 물론 당신 아버지의 집을 돌봤을 거야."

"글쎄요." 그녀는 잠시 말을 끊었다. "아시다시피 코라메이 밀타운이 있었잖아요. 그동안 내내 말이에요. 그런 다음 마리아가 왔고요."

"아무튼 그동안 뭔가를 했을 게 아니겠소." 그가 다그치듯 물었다. "자선 활동이라든가? 적십자 활동을 했소?"

그녀는 잠시 멍한 얼굴이 되더니 곧이어 밝은 표정을 지었다.

"정원을 돌봤지요."

"정원이라고?"

"그래요."

"아, 그렇군."

일주일 후 그는 다우스 호숫가에 인접한 드라이브웨이에 있는 큰 집을 사겠다고 했다.

견고한 석재와 벽돌로 지은 그 집은 건축 면적의 세 배나 되는 부지를 갖고 있었으며, 한때는 훌륭했을 정원도 갖고 있었다.

*

플렛과 굿윌의 결합에 대해서 사람들은 뭐라고 했는가.

자치령의 수상은(그는 독신이었는데) 바커 플렛과 데이지 굿윌의 결혼 소식을 듣고 이렇게 말했다. "결혼이란 가장 숭고한 소명이지. 그다음이 부모가 되는 것이고, 그다음이 국가 경영이야."

농림부 장관은 신문에 난 결혼 발표를 보고는 아내에게 이렇게 말했다. "이런, 플렛이 결혼하다니, 난 그 친구가 혹시 동성애자가 아닌가 하고 생각했었는데."

바커 플렛의 가정부 도널드슨 부인은 이렇게 말했다. "프라이팬에서 뛰쳐나와 불 속으로 뛰어든 격이지 뭐야."

에드먼턴에 사는 사이먼 플렛은 형에게 꾸깃꾸깃한 5달러짜리 지폐를 보내면서 한마디 말을 덧붙였다. '브라보.' 서스캐처원의 클라이맥스에 살고 있는 앤드루 플렛은 이렇게 써 보냈다. '두 분에게 그리스도의 가호가 있기를.'

인디애나 주 블루밍턴에 사는 딕 그린 부인은 데이지에게 따스한 축하의 말을 보내주었다. "행복한 결혼 생활을 위한 내 비결 한마디만 해줄게. '참고 또 참을지어다.'"

프레이디 호이트는 (마음속으로) 이렇게 말했다. '심장만 잃은 줄 알았더니 정신까지 나갔어. 좀더 분별 있는 애인 줄 알았는데. 젊은 아내에 늙은 남편이라…… 재난의 특효약이지. 속담대로라면 말이야.'

아서 호드 부인은 이렇게 말했다. "역겨워. 근친상간이야. 더러워. 그 작자가 돈푼깨나 있는 모양이지?"

카일러 굿윌 부부가 보낸 전보문은 다음과 같았다. '축하한다. 행복한 인생의 고속도로를 달리도록 빌어주마.'

그리고 카일러 굿윌은 속으로 이렇게 중얼거렸다. '그 친구 나만큼 늙은 작자잖아. 집에 없는 날이 많을 거야. 표정이나 말로 찬물이나 끼얹을 테고 말이야. 가엾은 데이지.'

"밤비니, 밤비니." 마리아는 이렇게 외치면서 두 팔로 아이를 안고 흔드는 시늉을 해보였는데, 이번만은 사람들도 그녀의 말이 무슨 뜻인지 알았다.

데이지 굿윌이 이번 결혼에 대해 어떤 생각을 했는지는 기록으로 남아 있지 않다. 그녀는 비밀 일기를 쓰던 일을 중단했기 때문이다. 그녀는 최근에 여행 일지를 잃어버리고는(어디에서도 발견되지 않았다) 남몰래 큰 슬픔에 잠겼다. 그녀는 그 일기장이 누구의 손에 들어갔을지 애써 생각지 않으려 했다. 소녀 시절에나 걸맞은, 멋대로 끄적거린 일기가 아닌가. 하지만 그녀는 이제 소녀가 아니었다.

THE STONE DIARIES

제5장

1947년

어머니가 되다

저녁식사 시간

세상 사람들은 캐나다가 얼음과 눈으로 덮인 나라라고 생각하곤 한다. 캐나다에 대해 좀더 알게 됐을 때도 사람들은 이 이미지를 고수하고 싶어한다.

그렇지만 실제로 7월의 오타와는 저승만큼이나 무더울 수 있다. 바로 그 때문에 플렛 집안에서는 오늘 저녁 식탁을 발을 친 현관에 차리는 것이다. 저녁으로는 젤리를 얹은 송아지 고기 로프•, 얇게 썬 토마토, 감자 샐러드, 그리고 후식으로 작은 유리그릇에 설탕을 넣은 라즈베리가 마련될 것이다.

그 라즈베리는 바로 플렛 가의 정원에서 나온 것으로, 한 시간 전 그 집 아이들이 따온 것임을 알아야 한다. 이 집안의 세 아

• 다진 고기를 빵 모양으로 구운 것

이 가운데 일곱 살 워런은 면 셔츠 앞자락을 온통 딸기 얼룩으로 더럽혀놓았다. 워런은 방금 깨끗한 옷으로 갈아입으라는 엄마의 지시에 따라 위층으로 올라갔다.

"서두르렴." 엄마가 워런에게 말했다. "아빠가 이제 눈 깜짝할 사이에 들어오실 테니 말이다."

아홉 살 앨리스와 다섯 살 조앤, 이 두 딸에게는 금이 간 크림 단지를 꽃병으로 삼아 식탁에 작은 꽃다발을 마련해놓으라고 지시했다. 두 아이가 한 꽃꽂이는 좀 불균형해 보였다. 줄기가 길고 짧은 것이 한데 섞인 데다가 그중 몇 송이는 싱싱하지 않았다.

"아주 예쁘구나."

플렛 부인은 이렇게 말했지만, 그녀는 송아지 고기가 팬에 눌어붙는 바람에 커다란 유리 접시에 보기 좋게 올려놓을 수 없어서 정신이 없었다.

"젠장."

그녀는 아이들이 듣지 못하도록 입속으로 중얼거렸으나, 아이들은 물론 그 말을 듣고 말았다.

"젠장, 젠장."

이 요리는 지난달 《가정주부》라는 잡지에 '무더운 날에 마련하는 시원한 음식'이라는 특집 기사를 스크랩해둔 것으로 마련한 것이다. 그녀는 곁들여서 내놓을 피망 조각에서 속을 채운 올리브 조각에 이르기까지 복잡한 지시를 꼼꼼하게 따랐다.

"그런데 어째서 냉동 햄을 사오지 않았을까?" 그녀가 입 밖으로 중얼거렸다.

“난 햄이 좋아.”

워런이 꿈꾸는 듯한 어조로 말했는데, 그건 사실이었다. 그 애가 특히 좋아하는 것은 익힌 햄 한 조각을 손으로 둘둘 말아서 입속에 넣는 것이다. 그러면 그 부드럽고 맛있는 고기가 자신의 혀나 입안처럼 느껴졌던 것이다.

식탁보는 파란색과 하얀색의 체크무늬가 있는 면직물이었다. 엄마와 아빠의 자리는 식탁 끝에 서로 마주 보게 배치돼 있었다. 이들은 전통적인 관례에 따르기를 좋아하는 가족이었다. 각각의 자리에는 딸기용 스푼 바로 위쪽에, 굽이 높은 잔에 차가운 차가 담겨 있었다. 오늘 저녁에는 아이들도 하루 종일 착하게 군 보상으로 차가운 차를 먹게 할 것이다.

착하게 군다는 것…… 플렛 집안에서 그 말은 정확히 어떤 의미를 갖고 있을까? 앨리스와 워런은 오늘 아침 시키지 않았는데도 각자의 침대를 정리했으니 착한 것이다. 게다가 앨리스는 앞뒤 층계와 카펫이 덮이지 않은 양쪽 나무 바닥 부분을 청소하는 엄마를 거들었다. 전쟁 전에는 일주일에 두 번씩 청소해줄 아주머니를 둔 적이 있었지만(그녀는 도널드슨 부인으로 게으름과 빈정거림으로 유명했는데, 희극적인 것에 집착하는 사람이었다), 요즘은 이런 시중이 사랑을 위해서든 돈 때문이든 별로 바람직하지 못했다. (정원 일을 거들어주러 오는 매널리 씨를 제외하면.) 적어도 워런은 엄마가 그렇게 말하는 소리를 들은 적이 있었다.

꼬마 조앤이 착한 이유는 점심때 달걀 골든로드를 먹은 데다가(조금뿐이긴 해도), 그 이후로는 우는소리도 하지 않고 낮잠을 잤기 때문에, 그리고 대체로 ‘부탁합니다’라든가 ‘고맙습니다’

같은 말을 잘 기억해서 썼기 때문이다. 그리고 오늘은 다투는 일도 거의 없었다. 아이들의 엄마인 플렛 부인은 오늘은 앨리스에게 단 한 번밖에 야단을 치지 않았다. 앨리스는 엄마가 자기를 좋아한다고 생각하는 날이 있는 반면 그렇지 못하다고 생각하는 날도 있었다. 앨리스는 언제나 윗사람을 기쁘게 해주고 싶었지만, 최선을 다하려고 할 때마다 왠지 비열하고 힘든 느낌이 들곤 했다.

됐다. 송아지 고기 요리의 위쪽 절반이 떨어져나와 뭔가 빨아들이는 듯한 매끄러운 소리를 내며 접시 위에 얹힌 것이다. 나머지 부분은 집게를 써서 빨리 꺼내야 했다.

"젠장, 젠장."

그녀는 피망 조각과 양상추 주름으로 얼른 빈자리를 메웠다. 그런 다음 접시에 왁스를 입힌 종이를 살짝 덮어서 로프 요리가 저녁식사 때까지 굳도록 냉장고에 집어넣었다. 플렛 부인은 미소 짓고 있는 주전자 모양을 한 부엌 시계를 흘낏 쳐다보고는 5시 15분임을 알았다. 그녀는 숨을 삼켰다.

"얘들아, 자전거를 헛간에 넣어라." 그녀는 세 아이들에게 말했다. "곧 아빠가 오실 시간이야."

이젠 저녁식사에 맞춰 '준비'하기 위해 잠시 들어갔다 나와야 했다. 워런은 늘 엄마가 이 무렵이면 감쪽같이 사라지곤 하는 바람에 놀라워했다. 그건 하루의 시간에서 삼켜져버린 시간 같았으며, 너무도 순식간에 벌어져서 도둑맞는 듯한 기분이 들기도 했다. 조금 전만 해도 얼굴에 온통 땀을 흘리면서 실내복 차림으로 그곳에 있던 엄마가, 다음 순간에는 빨갛고 하얀 여름용

던들•과 목에 끈이 달린 산뜻한 흰색 블라우스 차림으로 나타나는 것이다. 머리에는 빗질을 하고 입술에는 캔디처럼 반들거리는 어두운 산호색 립스틱을 발랐다. 그런 때의 엄마는 마치 옥시돌• 광고에서 방금 튀어나온 사람 같다고 워런은 생각했다. 온몸에 팔팔한 기운이 넘치고 눈은 반짝였으며, 빨간 입술을 오므린 채 매끄럽고 부드러운 목소리로 바뀌었던 것이다. 때로는 귓불에 은색 귀고리가 단단히 매달려 있기도 했다. 워런은 완전히 '준비'를 마친 엄마가 카펫이 깔린 층계를 내려오는 모습을 볼 때마다 자랑스러운 느낌이 들었다.

아빠의 말에 의하면, '준비한다'는 엄마가 잘 쓰는 소녀 시절의 표현 가운데 하나로, 인디애나 사람들이 쓰는 말이라고 했다. 엄마는 그밖에도 여러 가지 재미있는 표현을 썼는데, '낮잠 잔다'는 말 대신 '잠깐 눈을 붙인다'는 표현을 쓰는 것 등이 그랬다. 그녀의 음성은 약간 쉰 듯하고 느렸지만, 다른 엄마의 음성에 비하면 아주 밝은 편이었다.

"오늘 저녁은 바깥에다 차렸어요." 그러면서 그녀는 마치 너무 큰 기대를 갖지 않게 하려는 듯 남편에게 미리 이렇게 말했다. "뭐 그냥 대충 차린 거예요."

그는 그녀의 소녀다운 표현을 있는 그대로 받아들일 때도 있고 그렇지 않을 때도 있었다. 그는 그녀의 뺨에 키스하면서 그 상큼한 피부를 느꼈다. 그런 다음엔 허리를 굽혀 아이들의 머리

• 허리나 상의는 꽉 조이고 치마폭은 헐렁한 스커트
• 세제업체

에 차례차례 돌아가면서 키스를 해주었다. 이 밝고 귀여운 아이들이 정말 그와 관계가 있을까? 자신의 늙은 피가 저 젊은 혈관 속을 흐르고 있을까? 자신의 골수가 저 아이들의 골수와 일치하는 것일까? 빗질한 아이들의 머리에서는 햇빛과 먼지 냄새가 났다. 미소 때문에 아이들은 훨씬 눈부시게 보였지만 그럼에도 어딘가 주저하는 빛이 어려 있었다. 그는 아침식사 때와는 달리 어딘가 수줍어하는 듯한 아이들의 표정을 보고는 이번에도 어김없이 감동을 받는다. 그러곤 저녁식사를 생각하고 넥타이를 풀려고 손을 매듭으로 가져가다가 마음을 고쳐먹는다.

수십 년 동안의 메마른 독신 생활로 자신의 삶을 엿보는 버릇이 생긴 그는 지금도 여전히 자신을 비판적인 눈길로 들여다보고 있었다. 하루의 일을 마치고 나서 가족들과 만나, 아이들의 얼굴을 쳐다보고 그 너머로 발을 친 현관에 저녁이 차려진 식탁을 바라보고 있는 가장. 뒤로 젖혀놓은 현관 문틀 한쪽 모서리에 햇살 한 줄기가 비쳤다. 그는 거의 영주領主다운 눈길로 '자신의' 현관문을, '자신의 것'이 된 직사각형 햇살을 바라보았다.

"손은 깨끗이 씻었니?"

막내에게 묻고 있는 자신의 목소리가 귓가에 들렸다. 그러자 아이는 즉시 손바닥을 위로 해서 양손을 앞으로 내밀며 검사받을 준비를 했다. 다섯 살 조앤은 손목을 꼬며 폭발 순간을 기다리기라도 하듯 숨을 죽였다.

"좋아." 그가 만족스러운 듯 막내딸에게 말했다.

자신의 감정을 드러내면서, 동시에 안으로 감추면서. 그러자 딸아이는 한 발로 껑충껑충 뛰면서 중심을 잃은 듯 빙빙 도는 동작을 해보였는데, 그것은 전쟁 전에 유행하던 일제 태엽 장난감을 연상시켰다.

"가만 있거라, 얘야." 그 애에게 말한 그 목소리가 정말 그의 것인가? "그러다가 문틀에 머리를 부딪히겠다."

"아뇨, 안 부딪혀요."

물론 부딪히지 않을 것이다.

플렛 집안의 저녁 식탁에서 나누는 대화에는 엄격한 조건이 붙어 있지 않았다. 아이들이 그날 일을 보고해야 한다거나 '시사 문제'를 의논해야 한다거나 아니면, 토링턴 크레센트에 사는 어느 집안에서처럼 프랑스어로만 얘기해야 한다는 조건은 없었다. 미리 정해놓은 일정한 틀 없이 나오는 대로 이야기하면 그뿐이었다. 정오에는 기온이 얼마나 올라갔다든가, 장미꽃에 있는 진디를 어떻게 처치해야 한다든가, 오늘 식탁을 치울 당번이 누구라든가 등등. 플렛 부인(데이지)의 입에서 가느다란 한숨이 새어 나왔다. 그녀는 문득 지친 느낌이 들었다. 게다가 오늘 저녁에는 아무도 젤리를 얹은 송아지 로프를 더 먹겠다고 하지 않았다. 아직 잔뜩 남았는데도 말이다.

"피곤하오?" 그녀의 남편(바커)이 즉각 물어보았다.

"더위 때문인가 봐요." 그녀는 한 손으로 부채질하면서 말했다.

마치 그러면 좀 낫다는 듯이. 그러자 바커가 내일은 더위가 좀 누그러질 거라고, 석간신문에 의하면 서쪽에서 시원한 바람이 불어오고 있다고 하더라고 알려주었다. 그러면서 그는 이렇게 덧붙였다.

"아무래도 잔디 깎는 일은 내일 저녁으로 미뤄두는 게 좋을 것 같소."

그러자 그녀는 남편에게 무슨 표정인지 알 수 없는 표정을 지어 보였다. 그 표정은 애정이 담긴 건가? 아니면 화를 내는 건가? 그는 문득 자신이 생각만큼 젊지 않다는 사실을 깨닫는다. 이제 몇 달만 있으면 예순다섯이 될 터였다. 그러면 원치 않더라도 농업 연구소 소장 직에서 은퇴해야 하리라. 송별회 준비가 진행되고 있었다. 연설과 선물, 그리고 온갖 소동이 (그의 아내라면 필시 그렇게 표현할 것이지만) 따를 것이다. 그런 다음엔 뭐가 있지? 그는 그 생각이 두려웠다. 그의 아버지는 예순다섯이 되자 머리가 이상해졌는지 다른 사람들에게는 한마디도 없이 짐을 꾸려 자신이 태어난 오크니 제도로 돌아가버렸다. 가족과의 모든 관계를 끊고서. (그렇다고 대단한 관계가 있었던 것은 아니었지만.) 그 심술궂은 노인네는 살아 있다면 이제 여든다섯이리라. 살아 있을 가능성은 희박했지만 말이다. 지금쯤은 북풍이 그를 데려가 버렸을 것이다. 아니면 그 노인의 마음속에 있던 독소가. 분노 때문에 산다는 옛말이 있긴 하지만. 그런데 그의 모습은 어떻게 변했을까? 바커 플렛은 그 생각을 할 수밖에 없었다. 두 사람은 스물한 살밖에 차이가 나지 않았다. 겨우 이십일 년 차이였다. 한때는 그토록 어마어마하게 보였던 그 간격이 이제는 사소해 보였다. 그 자신과 그의 아버지, 두 사람의 유전적 구조는 분명 거의 동일할 것이다. 길쭉길쭉한 팔다리와 검고 굵은 머리, 슬퍼 보이는 입매. 이제는 지리적인 것 말고는 두 사람을 갈라놓는 것이 아무것도 없었다. 만약 그것이 대서양 정도의 폭만 아니라면 노년기에 접어든 두 사람이 나란히 서면 아버지와 아들이라기보다는 형제처럼 보일 수도 있을 것이다. 두 사람 모두 피가 물처럼 묽어지고 사지는 게으름으로 위축된 채 말이다.

게으름, 그건 생각만 해도 두려웠다. 그의 몸에 배어 있는 저 오랜 기질, 고독과 침묵도 두렵기는 마찬가지였다.

일을 빼앗긴 남자들은 어떻게 될까? 바커 플렛은 장인인 카일러 굿윌을 생각해보았다. 그는 여전히 완벽한 건강을 유지하고 있었으며, 여행이라든가 뒤뜰에 사업을 벌이겠다는 헛된 열망 같은 하찮은 일에 매달려 있었다. 아니, 그는 결코 그런 식으로 망령을 부리지는 않을 것이다. 가까운 친구 몇몇이 그에게 자서전을 써보라고 권했지만, 그의 인생의 표면은 거의 파악할 수 없을 정도로 오랜 세월 동안 매끄럽고 반들거리도록 다듬어져 있었다. 그러니 그 얘기를 어디서부터 시작한단 말인가? 그보다는 레이디스 슬리퍼 채집 작업에 나서리라. 수집 목록에 새 품종을 더한 지도 벌써 오래 되었던 것이다. 또 쓰고 싶은 논문도 몇 편 있었다. 그리고 그렇게 학문적인 것이라고는 할 수 없지만, 오타와에서 발행되는《리코더》의 편집자가 오타와와 칼리튼 일대의 원예학에 관해 한두 편의 글을 써달라고 부탁한 적이 있었다. 그 편집자는 그런 내용으로 매주 칼럼을 게재해도 좋다고 했다. 그리고 오랫동안 해온 대로 주말마다 아이들을 산책에 데리고 나가는 일도 다시 시작하리라. 조용한 길을 걸으면서 아이들에게 길가에 있는 나무나 관목의 속명을 알아맞히게 해보리라. 그는 어째서 자기 자식들이 자연계에 대한 이런 간단한 지식조차 갖추지 못하고 있는 건지 도저히 이해가 가지 않았다.

사실 그 애들의 머릿속에 대체 뭐가 들어차 있는 건지 알 수 없었다. 그는 또 아이들이 혹시 자기처럼 늙은 아버지와 함께 있는 것을 부끄러워하지는 않는지도 궁금했다. 그는 그 애들의 할아버지뻘은 될 만큼 나이가 든 아버지였다. 그리고 두 번의 세계대전을 겪으면서도 참전한 적이 없는 아버지였다. 또 술래잡기 같은 놀이에는 거의 끼는 법이 없었다. 아이들을 공중으로 안아 올리지도 않았고, 잠자리에서 그 애들의 귀에 옛날이야기를 들려주지도 않았다. 하루 일을 마치면 너무 지친 나머지 잔디조차 깎을 수 없는 남자인 것이다.

플렛 집안의 하루는 11시에 끝난다. 물론 아이들은 그보다 훨씬 이른 시각에 잠자리에 든다. 아이들에게는 가벼운 시트만 덮어주었지만, 발치에는 모포를 한 장 접어놓아서 서늘한 아침 녘에 끌어당겨 덮도록 해놓았다. 창문에 달이 창백하고 둥근 복숭아처럼 떠 있으리라. 덧문 삼아 쳐놓은 스크린에는 느릅나무 가지의 그림자가 어리고, 나뭇가지가 내는 속삭임은 아이들의 꿈속으로 스며들 것이다. 대기는 달콤했다. 북방에 있는 이 도시의 한여름은 정말 천국과도 같았다. 플렛 집안사람들은 얼마나 행복할까. 서로 다른 나이, 감춰진 생각들, 그리고 거의 아무런 공통점도 갖고 있지 못하다는 사실만 아니라면.

바커 플렛 부부는 화려한 머리판이 붙은 큼직한 더블 침대에 누워 있다. 남편은 《식물학》지 최근호를 읽고 있고, 아내는 《보다 나은 집과 정원》이라는 잡지의 책장을 넘기고 있다. 평화롭고 단정한 느낌이 감돈다. 나방 한 마리가 남편 쪽 스탠드와 아내 쪽 스탠드 사이를 이리저리 날아다닌다. 반시간쯤 지나자 마치 누가 종을 치기라도 한 듯 두 사람은 몸을 돌려 진심 어린 포옹을 나눈 다음 각자의 스탠드 스위치로 손을 뻗는다. 더운 날씨였음에도 그들은 곧 잠 속으로 빠져 들어간다. 그들은 서로 상대방을 굳게 믿고 있지만, 과연 앞으로도 계속 그럴까?

그들의 수면은 다른 사람들의 경우보다 좀더 부드럽고 좀더 촘촘한 재질로 만든 것이라고, 바커 플렛은 그렇게 생각하기를 좋아한다. 거기에는 솔로 문질러낸 양털 같은 정결한 느낌이 있었던 것이다. 사랑은 이런 것일까? 두 사람 사이에 굳게 밀착되어 있는 이 실체감, 무색이면서도 너무나 분명해서 굳이 말할 필요도 없는 이것이 사랑일까? 또는 사랑은 그보다 덜한 것, 좀더 미끄럽고 냄새도 없는 어떤 것, 미풍을 타고 온 세상을 도는 투명한 가스 같은 것, 그리고 다른 낱말을 기억하기 위해 떠올리는 낱말 같은 것은 아닐까? (그는 시간이 흐를수록 점점 더 그렇다고 믿고 있다.)

그는 어느 호숫가에 엉켜 있는 잡초와, 젊은 여자애의 젖가슴과, 그 단단한 젖꼭지, 그리고 낯선 마을의 거리에서 자기를 쫓아오는 거대하고 털이 잔뜩 난 짐승을 꿈꾸었다.

앨리스

앨리스의 엄마는 딸에게 출산의 비밀에 대해 설명해주었다. 이것은 무시무시한 얘기였다. 어느 한 부분 놀랍지 않은 것이 없었다. 남자의 꼬꼬가 여자의 꼬꼬 속으로 들어가다니. 부엌 식탁에서 바짝 긴장한 채 들은 그 긴 설명은, 앨리스가 이웃 동네에 사는 빌리 라브에게서 들었던 것보다 훨씬 더 구역질나는 얘기였다. 빌리는, 남자들이 여자들의 몸속에다 오줌을 눈다고 했던 것이다.

"아냐." 앨리스의 엄마는 단호한 어투로 말했다.

그건…… (여기서 엄마는 잠깐 말을 멈추었다) 그 일은 오줌하고는 아무 상관도 없는 것이라고 했다. 엄마가 말하는 그 액체에는 엄마가 배 속에 아이를 가지려면 꼭 필요한 씨앗이 들어 있다고 했다. 그 과정이 앨리스에게는 도저히 이해되지 않았다.

"엄마와 아빠가 침대에 눕는 거야." 엄마가 한숨을 지으며 말했다. "서로를 껴안고 말이야."

"언제 그런다는 거예요?" 앨리스가 물었다. 그녀가 듣기에도 자신의 음성이 잔뜩 쉬어 있었다.

플렛 부인은 이 질문에 난감한 표정을 지었다. 눈가에는 작은 주름 세 개가 부채처럼 접혔다. 그러나 그녀는 목청을 가다듬고는 이렇게 대답해주었다.

"글쎄, 주로 밤에 그런단다."

"밤에요? 여기서요? 우리 집에서 말인가요?"

"사실은 말이다, 앨리스……."

이제 그녀의 엄마는 자신의 손톱 밑부분으로 시선을 떨구고 있었다. 스토브 위에 있는 작은 주전자 시계는 3시 30분을 가리키고 있었다. 차가운 코코넛 시폰 케이크 한 조각이 분홍색 유리 접시에 담겨 있었다.

"그래서요?" 앨리스는 대답을 기다리고 있었다.

그녀는 이 문제를 그냥 넘기지 않을 작정이었다.

"어떻게 말해야 할지 모르겠구나, 앨리스. 그리고 난 네가 말하는 투와 네 태도, 네 찡그린 얼굴이 마음에 들지 않아."

이제 사태는 점점 더 악화되고 있었다. 그렇지만 앨리스는 도저히 참을 수 없었다.

"정말 불쾌한 일이에요. 어째서 사람들은 이런 불쾌한 일을 해야 하나요?"

"사실은, 앨리스……."

"너무 끔찍해요."

"아니, 끔찍한 일이 아니야. 그건 남자와 여자 사이에서 일어나는 아름다운 일이란다."

"토할 것 같아요."

"아무튼 넌 내 말을 믿어야 해. 그건 아주 아름다운 일이야."

앨리스는 배 속이 부글부글 끓어오르는 것 같았지만, 그 소리가 밖으로 나오지는 않도록 했다. 구름 한 점 없던 여름날은 이제 엉망이 돼버렸다. 이제는 그 어느 것도 예전과 똑같지 않으리라. 그녀의 집은 불결해졌다. 특히 약간 퀴퀴하면서 파우더 향 같은 묘한 냄새가 나는, 술로 요란하게 장식된 그 크고 단단한 매트리스가 깔린 침대가 놓인 위층의 엄마와 아빠의 침실은 더욱 그랬다. 남자와 여자는 불결했다. 모두가 기괴하기 짝이 없었다. 엄마는 매일 아침이면 빛이 들어오도록 옷장 문을 약간 열어놓은 채 등을 돌리고 서서 팬티와 거들을 입고 나일론 스타킹 고리를 채우곤 했다. 그녀의 엄마는 실제로 밤마다 검은 털이 나 있는(앨리스는 이 검은 부분을 이따금씩 본 적이 있었다) 아빠의 그것에 몸을 열어주고는 그 고약한 짓을 하도록 허락하고 있었던 것이다. 그건 더러운 농담, 그녀가 지금껏 들어본 것 중에 가장 더러운 농담처럼 들렸다.

엄마는 그 일을 아름답다고 했지만, 화랑에 있는 누드 조각상을 보고도 아름답다고 했다. 그리고 다른 사람들도 그 짓을 하는 게 분명했다. 라브 부인과 하셀 부인, 그리고 담임선생님인 스트롱 부인도. 에스더 윌리엄스나 데보라 커, 영국의 왕과 여왕은 어떨까? 아마 인디애나에 사는 굿윌 할머니도 그럴 것이다. 할머니와 할아버지도.

앨리스는 조심스러운 어조로 엄마에게 질문을 던졌다. "그럼, 여자들은 더는 아기를 갖고 싶지 않을 때도 그 짓을 하나요?"

"글쎄……." 약간 긴 침묵이 이어졌다. "글쎄, 그러는 사람도 있고 그렇지 않은 사람도 있지."

앨리스는 방 안의 분위기가 달라졌음을 알았다. 처음에 그녀와 엄마는 흔쾌한 마음으로 식탁에 마주 앉았다. 두 사람은 빌리 라브가 이웃에 퍼뜨리고 있는 얘기의 진상을 밝힐 셈이었다. 그런데 이제 그 얘기는 끝장난 것 같았다. 엄마는 지금 엄지손톱 밑에 삐죽 튀어나온 작은 살을 잡아당기고 있었다. 그런 다음에는 바람에 커튼이 날리고 있는 창 쪽으로 시선을 옮겼다. 앨리스는 이제 기껏해야 한 번 정도의 질문이 허용될 것임을 알았다.

"그럼, 엄마하고 아빠도…… 아직 하고 있나요?"

"글쎄……." 앨리스는 숨을 죽이고 다음 대답을 기다렸다.

"음, 그렇단다."

그녀의 귀에 이 말이 들렸다. 그런 다음 엄마는 마치 끈을 당겨 가방 주둥이를 오므리듯 대담한 어조로 이렇게 덧붙였다.

"종종 그런다고 할 수 있지."

앨리스는 점심때 먹은 아스파라거스 수프가 올라올 것임을 분명히 느낄 수 있었다. 그리고 난장판을 만들지 않으려면 부엌 싱크대 옆에 가 있어야 하는 게 아닌가 생각하고 있었다.

"하지만, 앨리스. 워런과 조앤에게는 오늘 우리가 나눈 얘기를 절대로 해서는 안 돼. 약속해, 그 애들이 이해할 만큼 클 때까지는 말이다."

워런과 조앤은 뒷마당에서 왕과 여왕 놀이를 하고 있었다. 앨리스는 칸막이 문 사이로 워런이 조앤에게 왕관을 가져오라고 외치는 소리를 들을 수 있었다. 그러자 조앤이 이렇게 외쳤다.

"알겠습니다, 폐하. 여기 대령했나이다, 폐하."

원래는 오늘 앨리스가 여왕이 될 차례였다. 그렇지만 그녀는 오늘 오후에는 밖에 나가 놀고 싶은 기분이 아니었다. 애들끼리 놀라고 하지 뭐.

아, 그녀는 동생들을 너무나 사랑하고 있었다. 자신이 그 두 동생을 얼마나 사랑하는지 전에는 미처 알지 못했다. 그들은 건강하고 아름답고 완벽했다. 무엇보다 이런 끔찍한 일을 모르고 있었다. 그 애들은 앞으로도 계속해서 엄마 아빠의 얼굴을 쳐다볼 수 있을 것이다. 마치 아무 일도 일어나지 않은 듯 엄마 아빠의 얼굴을 보면서 미소를 짓고 얘기하며 지낼 수 있을 것이다.

워런

"엄마는 몇 살이야?" 워런이 엄마에게 물어보았다.

엄마는 식당의 테이블에서 시트와 베갯잇, 행주들을 개고 있었다.

"엄마는 엄마 나이를 알고 있으니까, 네가 한번 엄마 나이를 맞혀보렴."

"그럼 엄마는 언제 태어났어?"

그녀는 잠시 생각해본 다음 대답해주었다. "1905년에."

"그런데 지금은 1947년이잖아."

"그래."

워런은 한참 동안 생각해보았다. "난 언제 태어났는데?"

그 애는 전에도 종종 이런 질문을 했지만, 늘 답을 까먹었다.

"넌 1940년에 태어났지. 전쟁 초기에 말이다."

이제야 워런은 왜 자기가 똑같은 질문으로 엄마를 괴롭히고 있는지 생각났다. 그러면 그 무시무시한 말…… 전쟁 초기라는 말을 들을 수 있었던 것이다. 빌리 라브가 자기 침실 벽에 붙여 놓은 일장기처럼 핏빛으로 물든 떠오르는 태양의 이미지가 그의 눈 밑에서 어른거렸다. 그는 또한 귀를 찢는 듯이 타타타타 하는 총격 소리와 그 저편으로 좀더 깊숙하게 우르릉대는 대포 소리에 놀라 한밤중의 적막이 깨지는 광경도 상상했다. 전쟁. 제2차세계대전.

"그때가 진주만 공격이 일어난 때였어?"

워런은 진주만이라는 말을 좋아했다. 그 말을 기억하고 정확하게 발음하는 자신이 사랑스러울 정도였다.

"네가 태어난 건 진주만 공격이 있기 꼭 일 년 전이란다."

"그럼 난 왜 태어났어?" 워런이 물었다.

"네가 생겼기 때문이지."

"앨리스 누나는 전쟁 전에 태어났잖아."

"그래."

"그럼, 조앤은?"

오늘 엄마의 머리는 핀으로 말아서 머리에 납작하게 달라붙은 것처럼 보였다. 그 핀들이 내닫이창으로 들어온 빛에 윙크라도 하듯 반짝이고 있었다. 엄마는 베갯잇 수를 세고 있었다. 엄지손가락으로 깨끗하게 개켜놓은 더미를 하나씩 짚어가면서 수를 세느라 입안에서 움직이고 있는 엄마의 혀가 보였다. 하나, 둘, 셋, 넷, 다섯.

"조앤 말이니?" 그녀는 건성으로 말했다. "조앤은 전쟁이 한창일 때 태어났지."

전쟁은 온 세상이 그 속에 뛰어들어 헤엄치고 있는, 넓고 느릿느릿 흐르는 갈색의 강물 같았다. 그런데 일단 승리하고 나자 아무것도 없었다. 워런이 보기엔 평화 시에는 도통 달라지는 것이 없는 것 같았다. 그의 몸은 언제나 그가 늘 갖고 있던 그대로였다. 긁힌 자국이 있는 정강이며 무릎, 앙상한 다리도 그대로였고, 홀에 있는 거울에 비친 얼굴도 언제나처럼 놀란 듯한 둥근 얼굴이었다. 그런데 이따금 그는 밤에 복통으로 잠에서 깨어 엄마를 부르곤 했다. 엄마는 그에게 뭔가 거품이 부글부글 이는 약을 먹이면서, 소화가 안 돼서 그러는 거라고, 음식을 너무 빨리 먹지만 않는다면 괜찮아질 거라고 말했다. 그러나 워런은 그 복통이 전쟁 때문에 생긴 것임을 잘 알고 있었다. 전쟁이 끝나고 나니까 그를 받쳐줄 것이, 신나게 만들어줄 일이 아무것도 없었던 것이다.

그와 앨리스 누나와 조앤은 앨리스가 신문에서 오려낸 꼬마 인형 삼형제처럼 결합돼 있다고, 워런은 자기와 누나와 동생에 대해 그런 식으로 생각하고 있었다. 전쟁 초기에 태어난 그는 중앙에, 언제나 한가운데 있었다. 그것은 그가 단단히 붙잡고 매달려 있어야 할 생각이었다. 여기에는 어떤 전율 같은 것이 있었다. 그리고 의무감이라고 할 만한 것도 있었다. 그건 그를 위해, 전쟁의 핏빛 같은 새벽에 태어난 워런 매그너스 플렛을 위해 마련된 자리였다.

그는 거의 언제나 앞일에 대해서는 생각하지 않고 있었다. 자신이 결국은 자랄 것이며, 물을 바른 빗으로 머리를 뒤로 빗질하고는 다 큰 애들과 뒷골목에서 새끼 돼지 놀이를 하게 될 것이라는 막연한 생각 정도는 갖고 있었다. 그런데 문득, 자기 집에 또 하나의 아이가, 다시 말해서 전쟁 후의 아이가 태어날 수도 있다는 생각이 든 것이다. 그는 어째서 이런 가능성에 대해서 진작 생각하지 못했던 건지 알 수 없었다. 그러자 복통이 시작될 때처럼 약간 속이 메슥거려왔다. 워런은 엄마한테 새 아기에 대해 물어보려 했지만, 그건 왠지 바보스러운 질문 같았다. 어떻게 그 문제를 끄집어내야 할지, 어떤 표현을 써야 할지 알 수 없었다. 엄마는 그를 비웃을지도 몰랐다. 그렇지 않더라도 엄마는 개고 있던 수건을 내려놓으면서 이렇게 말할지도 몰랐다. '그래, 물론 새 아기가 태어날 거야. 그렇지 않은 줄 알았니?' 하고 말이다.

새 아기가 생기면 모든 일이 엉망이 될 것이다. 그 애는 어디서 잔단 말인가? 어떤 이름을 붙여준단 말인가? 보나마나 그 애는 아주 허약할 것이다. 근육도 없을 것이고 너무 약하고 병들어서 살아남지도 못할 것이다.

엄마는 그의 마음을 잘 읽을 수 있는 모양이다. 예전에도 그랬는데, 졸음이 쏟아지는 오늘 오후에도 역시 그의 마음을 읽고 이렇게 말했다.

"아빠와 엄만 너무 나이가 많아서 이제 더는 아기를 낳을 수 없단다."

이 말을 듣고 그는 행복감에 휩싸였다. 그것은 전쟁 후의 아기는 없을 거라고 엄마가 장담해서가 아니라, 엄마가 이 말을 아주 조용하고 심각한 어조로 말해주었기 때문이었다. 전에는 워런에게 그런 말투를 쓴 적이 없었다. 여느 때의 장난치는 듯한 목소리, 나무라거나 달래는 목소리, 노래하는 것 같고 소곤거리며 어르는 목소리가 아니었다. 이 새 목소리는 그런 음성들 사이에서 마치 돌연변이처럼 갑작스럽게 튀어나왔다. 그렇지만 워런은 즉각 자신이 지금(아마도 태어나서 처음으로) 엄마의 진짜 자아가 얘기하는 소리를 듣고 있다는 것을 알았다.

"뭐라고요?" 워런이 반문했다.

"'다시 한 번 말해주세요'라고 해야지."

"다시 한 번 말해주세요."

엄마는 주의 깊게 워런을 쳐다보고는 고개를 끄덕이면서 같은 말을 반복해주었다. 아빠와 엄만 너무 나이가 많아서 이제 더는 아기를 낳을 수 없단다.

조앤

조앤은 너무나 비밀이 많아서 이따금은 울음을 터뜨릴 것만 같았다. 엄마는 밤마다 그녀를 침대에 눕히고는 상체를 기울여 양쪽 뺨에 키스를 하면서 이렇게 말했다.

"나의 귀염둥이 같으니."

엄마는 이런 조그만 여자애의 머릿속에 그처럼 많은 비밀이 있으리라고는 상상도 못 하는 것이다. 다섯 살의 나이에 조앤은 이미 자기가 두 개의 삶을 살도록 운명이 정해져 있음을 알았다. 하나는 주위에 있는 사람들의 눈에 비치는 자기의 모습이고, 다른 하나는 아무도 모르게 자기의 머릿속에만 들어 있는 모습이었다.

그 애는 다른 사람은 상상도 못 할 일들을 너무나 많이 알고 있었다. 그중 하나가 라디오였다. 어느 날 그녀는 거실에 있는 노던 일렉트릭의 큼직한 라디오 뒤편으로 들어가보았다. (그 라디오는 아빠가 전쟁 전의 물건이라고 말한 것이었다.) 먼지투성이인 그 좁은 틈에서, 그녀는 구멍 뚫린 뒤판 사이로 마치 언덕에 있는 마을처럼 빨간 불빛들이 반짝거리는 것을 보았다. 물론 그녀는 이 일에 대해서 아무에게도 말하지 않았다. 엄마한테 한두 마디 슬쩍 내비친 정도는 있을지 모르지만.

조앤은 자기에게 빈 시간이 생긴다면 어떻게 때울 것인지 알아냈다. 달리 아무 할 일이 없을 때면 토링턴 크레센트와 드라이브웨이가 만나는 모퉁이까지 걸어가, 브레그먼 부인의 커다란 갈색 저택 앞뜰에 있는 둔덕진 풀밭 아래로 데굴데굴 구르며 내려오는 일을 할 수 있었다. 아직까지 그런 일을 하면 안 된다고 말한 사람이 없었는데, 아마 사람들은 그런 일을 할 수 있으리라고 생각한 적이 없는 모양이었다. 사실을 말하자면 조앤은 아직 그 모퉁이까지 걸어가서 둔덕 밑으로 몸을 굴려본 적이 없었지만, 마음속으로 언제든 그럴 수 있다고 생각하는 것은 기분 좋은 일이었다. 또, 집 앞에 있는 인도를 깡충거리며 뛰어다닐 수도 있었다. 깡충거리며 뛰는 법을 배우게 되자 한결 쉽게 삶을 다스릴 수 있었다. 조금이라도 울적해지기만 하면 그녀는 미끄럼 타다 팔짝거리고, 다시 미끄럼 타는 이 즐거운 놀이로 기분 전환을 하는 것이다. 이렇게 깡충거리다 보면 머리와 몸이 따로따로 떨어지기라도 한 것처럼 어질어질해지면서 기분 나쁜 생각이 없어지는 것 같았다. 이런 묘기를 다른 사람도 알고 있을지 궁금했다. 아마 아는 사람이 없으리라. 엄마는 간혹 창문으로 그런 그녀를 보면서 손을 흔들며 미소 짓곤 했지만.

또, 욕실 빨래통 뚜껑에 붙은 판박이 그림(녹색 갈대숲 사이를 헤엄치고 있는 까만 백조)도 있었다. 조앤은 엄마가 이 판박이 그림을 붙일 때의 일을 잘 기억하고 있었다. 엄마는 처음에 대야의 물에다 판박이를 적신 다음 투명한 뒤판을 깨끗하게 떼어내고 나서 빨래통 뚜껑 한가운데 백조를 놓고는 젖은 천으로 박박 문질렀다. 그걸 조앤은 정말 기막힌 장면이라고 생각했다. 그렇지만 혼자 욕실에 있는 기회만 생기면 그녀는 엄지손톱으로 백조를 긁어대곤 했다. 지금까지 모서리를 모두 떼어놓아서 언제 야단을 맞을지 모르지만, 그와 동시에 조앤은 재주꾼인 자신은 어떤 위험에서도 빠져나올 수 있다고 생각하고 있었다.

플렛 부인의 조카

플렛 부인의 삼남매는 늘 싸우고 있는 것 같았다. 적어도 아이들 엄마인 그녀는 그렇게 생각하고 있었다. 아이들이 싸우는 일은 함께 놀 형제자매도 없이 자란 부인 자신에게는 가슴 아픈 일이라고 생각했다.

그렇지만 실제로 앨리스와 워런과 조앤은 사이좋게 지내는 때가 훨씬 더 많았다. 여름이 되어 동네 아이들이 휴가를 떠나기라도 하면 더욱 그랬다. 그럴 때 삼남매는 복잡한 놀이를 하거나 뭔가를 만들곤 했는데, 지난주만 해도 포도나무에 모포를 커튼처럼 늘어뜨려 생긴 공간을 마분지 상자와 오렌지 상자, 그리고 엄마의 바느질 장에서 꺼낸 낡은 천으로 꾸몄던 것이다. 흐릿한 빛이 흘러들어오는 이 안에서 삼남매는 오렌지 상자 주위에 무릎을 꿇고 앉아, 그레이엄 비스킷과 잔에 담긴 냉수를 마시며 사이좋게 옛일에 대한 그리움에 잠겨들었다.

그들 삼남매의 과거에 대한 그리움은 독특한 것으로서, 그들은 각기 지난 일에 대한 얘깃거리를 잔뜩 안고 있었다. 얘기는 끝이 없었다. 자신들이 따로따로 혹은 함께 기억하고 있는 추억들을 차례차례 이야기하고, 과거의 한 단편이 신선한 모습으로 드러날 때마다 기쁨으로 전율하며 보내는 데는 오후 한나절도 아쉬울 정도였다. 그들은, 이처럼 옛날의 흥미진진한 얘깃거리를 나누며 산다는 건 아름다운 일이라고 여기고 있었다. 버펄로 호수에서 수영했을 때, 호수 밑바닥에 모래가 많았으며, 호수 물은 마치 욕조의 물처럼 따뜻했던 일, 그리고 수영을 마치고 나서

탄산수를 마시려고 매점으로 갔던 일, 만국 박람회 때 공중그네를 타자 조앤이 질겁했던 일. ("내가 정말 그랬어?" 조앤이 그때 생각을 하며, 즐거운 듯 놀라며 말했다.) 호흡 보조 장치를 달고 있는 라이트맨 씨를 방문했을 때, 아저씨의 입에서 침이 줄줄 흐르고 있는데도 정작 본인은 그 사실을 모르고 있던 일, 빌리 라브가 뒷길에서 자전거를 타다가 떨어져 앞니가 부러졌을 때 그 애 엄마가 그를 차에 싣고 병원으로 갔던 일. 그때 빌리가 자동차 뒷좌석에 피를 잔뜩 흘렸는데 그 얼룩은 절대로 지워지지 않을 거라는 얘기. 잭슨네 아이들과 우엉 가시를 가지고 다퉜을 때, 지니 잭슨의 엄마는 우엉 가시를 빼다 못해 결국 그 애의 공주처럼 길고 아름다운 금발 머리를 잘라내야 했던 일.

경험했던 일 하나하나가 기울어진 거울에 비친 장면처럼 회상의 굴절된 빛을 받아 반짝였다. 신이 난 앨리스가 나서서 재연을 시작하면, 워런과 조앤도 맞장구를 치거나 덧붙이거나 새로운 얘깃거리를 만들면서 빈자리를 메워주곤 했다. 아이들은 전화 줄이나 아기 예수의 머리 위에 떠 있는 후광처럼 신비롭게 드리워져 있는 추억과, 그것의 이중적인 의미에 놀라면서, 자기들이 겪은 극적인 사건의 열기에 전율하곤 했다. 추억이라는 것은 막대기로 쑤석거릴 수도 있고 아이스캔디처럼 입안에서 살살 녹을 수도 있는 것으로서, 결코 싫증나는 법이 없었다.

또 베벌리 사촌이 찾아왔던 일이 기억나니? 결국 얘기는 언제나 베벌리 사촌의 등장으로 돌아오게 마련이었다. 그 일은 벌써 일 년이나 된, 아니 이 년이나 된 일이었다.

그녀가 올 줄은 아무도 몰랐다. 어느 가을날 오후 베벌리 사촌은 갑자기 해군 제복을 입고 나타나 현관 벨을 울리고는 이렇게 말했다.

"잘 있었니. 난 서스캐처원에서 온 너희 사촌 베벌리란다."

물론 베벌리가 누군지는 들어서 알고 있었다. 그녀는 주아니타, 로잘리, 알린, 릴리언, 대프니와 더불어 여섯 명의 여자 사촌 가운데 하나였던 것이다. 그들은 서스캐처원의 클라이맥스라는 마을에서 살고 있었다. 아빠의 동생이며 침례교 목사인 앤드루 삼촌과 결혼한 팬 숙모가 그들의 엄마였다. 엄마(플렛 부인)는 해마다 서스캐처원에 있는 이 사촌들에게 보낼 커다란 크리스마스 꾸러미를 싸곤 했다. 보드게임판, 플란넬로 된 잠옷, 양털장갑, 크고 둥근 과일 케이크 등을. 그리고 엄마는 선물에 작은 이름표를 붙일 때마다 고개를 저으며 이렇게 말하곤 했다.

"굉장한 가족이야. 이래 가지고는 도저히 빚더미에서 헤어날 수 없겠어."

그런데 이제 눈앞에 깔끔하게 차려입은 베벌리가 나타난 것이다. 플렛 가의 아이들은 이런 일이 생기리라고는 상상도 못 했다. 그녀는 큰 소파 한가운데 걸터앉아 차를 마셨다.

"아주 맛있는 차예요." 그녀는 붙임성 있는 쾌활한 목소리로 숙모(플렛 부인)에게 말했다.

마치 두 사람이 잘 알고 있는 사이이며, 이따금씩 만나서 이렇게 함께 차를 마신 적이 있다는 듯이 말이다. 앨리스와 워런은 베벌리의 양옆에 자리 잡았다. (그날 오후 아빠는 어디 계셨더라? 아마 토론토 아니면 몬트리올일 거야. 늘 그러셨으니까. 언제나 기차를 타고 며칠씩 어디론가 가곤 하셨거든.)

베벌리 사촌은 군모를 단정하게 쓰고 있었지만, 짧고 곱슬곱슬한 머리가 보였다. 파마를 한 것이거나 아니면 셜리 템플처럼 타고난 곱슬이었을 것이다. 그녀는 영국에서 온 지 얼마 되지 않았는데, 그곳은 '대단했다'고 했다. 그녀는 큰 소리로 웃으면서 그 대단하다는 게 뭔지 얘기해주었다.

"오……." 베벌리는 여전히 웃으면서 말했다. "한마디로 그건 눈을 크게 뜨고 다녀야 한다는 거야."

그녀는 앨리스에게 군모를 써보게 해주었다. 원래 그 모자는 핀으로 고정시키게 돼 있는 것인데 베벌리는 그런 일에는 전혀 신경쓰지 않는 것 같았다.

"이야, 너 아주 예뻐 보이는데." 베벌리가 앨리스를 보고 말했다. "마치 살아 있는 인형 같구나."

"죽을 뻔한 적이 있어?" 워런이 그녀에게 물었다.

그는 처음엔 속삭이듯 말했지만, 좀더 크게 다시 한 번 얘기해야만 했다.

그 말을 듣자 베벌리가 깔깔거리며 웃었다. "글쎄, 아마 한 두어 번쯤은 겨우 살아났을걸."

이건 농담일까? 앨리스는 알 수 없었다.

그러나 베벌리 사촌의 얼굴에서는 일순 장난기가 사라졌다. 그녀는 잠시 슬픈 표정을 짓더니 상륙 작전 때 임무를 수행하기 위해 어둠 속을 비행하며 적군에게 폭탄을 떨어뜨리는 군인들에 대한 얘기를 들려주었다. 그런 다음에는 격추를 당해 영국 해협으로 떨어진 비행사 얘기를 했다.

"그 가엾은 군인은 어떻게 된 건지 낙하산을 펼 끈을 찾을 수 없었단다. 나중에 시신을 찾아보니, 가죽 재킷에 구멍이 뻥 뚫려 있었어. 그 비행사는 열심히 주머니를 뒤지며 끈을 찾으려고 했던 거야."

손으로 가죽 재킷에 구멍을 뚫을 정도였다고! 하늘에서 떨어지면서 겨우 일 분이나 이 분 정도의 시간에 얼마나 필사적이었으면! 너희는 이런 일을 어떻게 생각하니? 글쎄, 그건 일종의 기적 같은 게 아닐까? 다른 기적들처럼 행복하게 끝난 건 아니었지만 말이야. 또 어떤 사람은 두 다리를 날렸는데, 그래도 그 사람은 적어도 목숨은 건진 셈이지. 적어도 그는 머리가 곤죽이 되도록 으스러지지 않았거든, 나는 그렇게 죽은 사람도 알고 있어.

그들은 베벌리 사촌에게서 하루 온종일이라도 전쟁 얘기를 들을 수 있었다. 그런데 엄마가 끼어들었다.

"부모님께서는 안녕하시니?" 엄마가 물었다. "그리고 집에 있는 네 동생들도 잘 있을 테지? ……그런데 네가 탈 기차 시간은 언제니? 네가 역까지 늦지 않았으면 좋겠구나."

그런 일이 있고 나서 앨리스는 베벌리 사촌에 대한 생각을 떨칠 수 없었다. 베벌리 사촌의 등장은 영화처럼 그녀의 머릿속에서 끝없이 상영되었다. 그 예쁜 모습. 곱슬머리. 빨간 입술. 황갈색 스타킹과 반짝거리는 구두. 짧은 제복 치마. 짧고도 날카로운 웃음소리. 하늘에서 떨어지는 비행사와 가죽 재킷에 난 구멍 얘기를 할 때 그 작은 어깨를 보기 좋게 으쓱해 보이는 모습. 베벌리 사촌은 분명 무서운 얘기들을 잔뜩 알고 있을 것 같았다. 그러면서도 여전히 쾌활하고 세련된 모습으로 온 세상을 돌아다니고 있는 것이다. 그녀는 예고도 없이 그냥 그들이 사는 거리로 걸어와서는 현관 벨을 누르고 '나 왔어' 하고 얘기한 것이다. 그러고는 겨우 한두 시간쯤 있다가 가버렸다. ('안녕, 꼬마들. 영화에서 만나.') 대체 서스캐처원은 얼마나 먼 곳일까? 밤에 잠자리에 누운 앨리스의 귀에는 아득한 거리감, 그 텅 빈 공간에서 나오는 윙윙거리는 소리가 들리는 것 같았다. 서스캐처원의 굽이치는 바람, 그 바람에서 풍기는 향기와 싸늘함까지도 냄새를 맡을 수 있을 것 같았다.

"베벌리 사촌이 또 올까요?"

언젠가 앨리스가 엄마에게 그렇게 물어본 적이 있었다. 왠지 모르지만 그녀는 이 얘기를 꺼내기 위해서 오랫동안 뜸을 들여야 했다.

"나라면 그렇게 돈을 낭비하진 않을 거야." 플렛 부인이 느릿느릿한 어조로 말했다.

"베벌리 사촌은 멋있잖아요?" 앨리스가 속삭이듯 말했다.

"글쎄다." 플렛 부인은 얼마 후 이렇게 말했다. "아무튼 매력이라고 할 만한 것은 있더구나."

엄마는 이렇게 말하면서 마치 옛날 얘기의 마지막 부분을 기억하려고 애쓰는 사람처럼 눈을 위쪽으로 굴렸다. 그런 다음 길게 한숨을 내쉬었다.

엄마의 한숨을 보면서 앨리스는 거기에 뭔가 억제된 것, 엄마가 뭔가 말을 하지 않은 것이 있음을 알았다. 그것은 자신이 '나이가 들 때까지'는 들을 수 없는 어떤 중요한 얘기일 것 같았다. 악몽, 수치, 폭로, 심판, 실패…… 이런 것들이 기다리고 있을 것 같았다. 미래에 대해 생각하다니, 앨리스는 그런 일을 도저히 견딜 수 없었다. 그건 마치 자기 자신의 호흡에 정신을 집중하는 것과도 같았다. 자기 몸 안으로 공기가 들어오고 나가는 일에 대해 생각하기 시작하면 숨이 목에 걸려서 쓰러지거나 죽기 십상인 것이다.

플렛 부인의 화장대 서랍에 들어 있는 편지

동서 데이지에게

어제 오후 우리 딸 베벌리가 오랜 기차 여행을 마치고 집에 도착했다는 사실을 알려주려고 편지를 쓰고 있어요. 기차는 귀환 중인 군인들로 만원이었고, 위니펙을 벗어나자마자 히터가 나가버려서 그 애는 지독한 감기에 걸렸더군요. 콧물이 줄줄 흐르고 목도 잔뜩 부었답니다. 난 여기서, 그 애가 그 집에서 받은 대접 때문에 얼마나 기분이 상했는지 말씀드리지 않을 수 없군요. 저녁을 먹고 가라는 말도, 하룻밤 있다 가라는 말도 없이 문자 그대로 쫓겨났으니 말이에요. 아무튼 그 앤 그렇게 생각하고 있어요. 아마 그 애의 삼촌이 집에 있었더라면 상황이 달라졌을지 누가 알겠어요? 만약 베벌리가 아침 기차를 탔더라면 이렇게 지독한 감기에 걸리지 않았을 거예요. 그 애는 도저히 이해할 수 없다고 하더군요. 그 애가, 동서는 한 번도 와본 적이 없는 먼 서쪽 지방에서 찾아온 조카딸을 만나면 반가워할 줄 알았다고 하면서요. 게다가 그 애는 나라를 위해 복무 중인 군인이기도 했고요. 그 애의 아빠와 난 이 일을 이해할 수 없어요. 아마 동부 지방은 우리가 사는 곳과 예의범절이 다른 모양이죠? 우린 누가 찾아오든 환영하는데 말이에요.

이만 줄입니다.

동서 팬 플렛

플렛 부인의 늙은 아버지

카일러 굿윌은 저 불가사의한 일흔이라는 노령에 접어들었다. 그리고 그의 아내(다시 말해서, 둘째 아내) 마리아도 이제 어느 정도 나이가 됐을 테지만…… 글쎄, 마리아가 몇 살인지 아는 사람은 없었다. 원래 직업이 석공이었다가 나중에 인디애나 주의 유명한 기업가가 된 굿윌 씨는 이제 은퇴한 상태다. 최근, 그와 아내는 오랫동안 살던 저 근사한 블루밍턴의 저택을 팔고, 시 경계에서 40킬로미터쯤 떨어진 레몬 호숫가에 있는 작은 집 한 채를 샀다. 어째서 안락한 저택 대신 호숫가의 오두막을 산 걸까? 그건 마리아가 이웃들이 기웃거리지 않는 시골에 살면서 앞마당에 채소를 키우고 싶어했기 때문이었다. 그리고 카일러 역시, 피라미드를 세울 만큼 널찍한 뒤뜰이 필요했기 때문이었다.

그가 피라미드를 세울 계획을 짜기 시작한 것은 일 년 전 마리아와 함께 나일 강 유람을 갔다 돌아온 뒤부터였다. 이집트에 있을 때에는 거의 매일같이 캐나다 오타와에 있는 손자, 손녀들에게 엽서를 보내곤 했다.

'앨리스에게(또는 워런이나 조앤에게). 너희도 이곳에 있는 피라미드를 봐야 하는데. 그중 가장 큰 것은 석회암으로 만든 벽돌 이백만 개로 쌓은 거란다. 그리고 그 돌 하나하나가 무려

2.5톤이나 된단다.'

그는 딸 데이지에게 보낸 편지에서, 가장 전형적인 피라미드의 형태는 햇살이 퍼지는 모양을 기초로 만든 것이라고 말했다.

"말도 안 되는 소리요." 데이지의 남편이 말했다. "햇살은 지면에 수직으로 떨어진다오. 각도를 이루지 않는단 말이오."

"뭐, 신경쓸 것 없어요." 데이지가 분명치 않은 어조로 말했다. "아버진 늘 그러시잖아요."

그 피라미드는 진짜 피라미드를 본뜬 것으로 1.6제곱미터짜리 모형이었다. 그는 대大피라미드를 모델로 삼아 비율을 계산했다. 이렇게 해서 축소된 돌덩어리는 손가락 끝마디보다 작은 것으로, 2.4제곱센티미터짜리였으며, 손바닥에 여섯 개 또는 일곱 개를 올려놓을 수 있을 정도였다. 외벽은 순수한 흰색의 인디애나 석회암을 쓸 생각이었지만, 안에는 사암이나 대리석, 화강암, 점판암 등 손에 들어오는 대로 쓸 작정이었다. 회반죽은 어떻게 할 것인가? 그는 회반죽도 쓰기로 했다. 거의 풀이나 다름없을 만큼 아주 묽은 것으로. 이집트인들은 회반죽 없이 피라미드를 쌓을 수 있었지만, 그가 쓸 돌은 너무 작고 따라서 너무 가벼웠던 것이다. 그는 전세계에서 모은 돌로 피라미드를 쌓는다는 목표를 정했다. 그래서 마리아와 함께 하와이에서 부활절을 지내고 돌아오면서 용암을 갖고 왔으며, 매니토바와 온타리오, 테네시, 미시간, 버몬트, 프랑스(부르고뉴), 이탈리아, 핀란드, 영국 등지로부터 암석 표본을 받아놓았던 것이다. 그는 남아프리카에 석회암 암석층이 있다는 말을 듣고, 마리아와 함께 그곳에서 휴가를 보내며 관광도 하고 새 채석장도 둘러보면서 다양한 종류의 암석을 구했다. 햇살을 받아 따스해진 암석층의 표면은 본연의 모습 그대로 그의 생각과 꿈을 고스란히 나타내며 눈부시게 빛나고 있었다. 이제 막 발견된 이 새로운 채석장에서 그는 직접 망치를 두드려 표본을 채취한 다음 신문지로 둘둘 말아 집으로 가져오고 싶었다. (그가 잘하는 농담 가운데 이런 것이 있다. 철도역에서 짐꾼이 그의 여행 가방을 들면서 정말 돌이라도 든 것처럼 무겁군요, 라고 했다는 것이다.)

"아버진 강박감에 사로잡혀 있어요."

딸 데이지는 이렇게 말했지만, 어조는 즐거웠다. 대체로 그녀는 나이 든 사람들이 아무것도 하지 않는 것보다는 강박감에라도 사로잡히는 편이 낫다고 믿고 있었다.

그런데 피라미드는 무엇에 쓰려고 만드는 것일까요? 많은 사람들이 데이지에게 이런 질문을 던졌는데, 그녀로서도 어떻게 말해야 할지 알지 못했다. 혹시 자신의 묘비로 쓰려는 것일까? 그건 아니었다. 그와 마리아는 이미 블루밍턴에 묘지 자리를 사두었다. 그렇다면 일종의 기념물이라고 할 수 있는 것일까? 글쎄, 아마 그럴지도 모른다. 그렇지만 아무도 나서서 그에게 직접 그런 질문을 하지는 않았다.

그는 남들이 자기가 하는 색다른 짓에 갈채를 보내줄 것으로 아는 자신만만한 타입의 사람이었다. 그는 마음을 느긋하게 먹었다. 아무튼 이 일은 이백만 개가 넘는 돌조각을 쌓아야 하는 대공사였던 것이다. 바로 그 정중앙 기단부 밑에는 타임캡슐을 묻을 작정이었다. 그는 오타와에 있는 세 명의 손자, 손녀에게 편지를 써서 타임캡슐에 넣을 물건을 보내라고 했다. 작은 물건이면서 우리 시대를 대표할 수 있는 것이어야 한다고 말했다. 꼬마 조앤은 아버지의 충고에 따라 왕의 그림이 들어 있는 2페니짜리 우표를 보냈다. 워런은 잘 말린 단풍잎 하나를 보냈다. 그리고 앨리스는 한참 궁리한 끝에 신문에 난 기사 표제문을 오려 보냈다. '엘리자베스 공주, 11월에 필립 공과 결혼.' 카일러 굿윌은 우표와 나뭇잎과 표제문이 실린 신문지 조각을 금속 상자에 넣고 봉했다. 두번째 아내 마리아는 회향나무 씨앗을 넣은 봉투를 주었다. 이 괴짜 노인 굿윌 자신은 마지막 순간에 첫번째 아내의 것이었던 결혼반지를 덧붙였다.

그것은 가장자리를 곱게 연마한 노란 금반지였다. 안쪽에 신랑 신부의 이름 첫 글자와 1903년 6월 15일이라는 결혼 날짜가 새겨져 있었다. 굿윌은 그 반지 값을 정확히 기억하고 있었다. 4달러 25센트였다. 그것은 금 18K짜리로 이튼 카탈로그를 보고 우편 주문한 것이었다. 그로부터 이 년 후 젊은 아내가 아이를 낳다가 죽었을 때, 묻기 전에 그 반지를 빼야 할 것인지 아닌지 하는 문제로 고민했던 일도 기억하고 있었다. 관습은 어떤가? 사람들은 이럴 때 일반적으로 어떻게 하나? 그는 전혀 알지 못했다.

반지를 유품으로 보관하라고 한 것은 의사의 아내였던 스피어스 부인이었다. 그녀는 반지를 빼도록 거들어주기도 했는데, 먼저 죽은 아내의 손가락에 라드를 문지른 다음 반지를 뺐던 것이다. 이 일을 하면서 스피어스 부인은 더할 나위 없이 다정한 어조로 이렇게 말했다.

"보관하세요, 굿윌 씨." 그녀는 이어서 뭔가를 생각하듯 멍한 표정으로 말했다. "따님이 크면 줄 수 있게 말이에요."

그리고 그는 언제나 그 반지를 딸에게 주려고 마음먹고 있었다. 자신의 인생을 이루고 있는 두 개의 줄기를 이번만큼은 하나로 결합시키고 자신이 받은 풍성한 행운을 밝히는 격식 갖춘 자리를 마련해서.

그러나 그는 최근 들어서, 인생의 항로를 잃어버린 듯한 느낌에 사로잡혀 있었다. 나이가 들자 육체적으로나 정신적으로 서툴러진 그는 결국 그 일을 행동으로 옮기지 못하게 되고 말았다. 게다가 요즘에는 그런 일은 상상도 할 수 없게 되었다. 대체 그 순간 어떤 의미 있는 말을 한단 말인가? 그리고 딸은 어떤 말로 답할 것인가? 아마 고맙다는 말은 아닐 것이다. 그 자체로 고마워할 일은 없는 것이다. 말이든 몸짓이든 지금 그가 살고 있는 이 희박한 세상에서는 만족스럽지 않으리라. 그보다는 이 보물을 돌 속에 묻어버리는 편이 마음이 편할 터였다. 촘촘하게 돌을 쌓은 묵직하고 복잡하며 비밀로 가득한 자신의 피라미드, 기계장치나 다름없는 이 피라미드 속에 말이다. 이것은 최후의 진술이었다. 그렇지 않으면 체념의 몸짓이거나.

플렛 부인의 학창 시절 친구

프레이디 호이트와 데이지 굿월 플렛은 나란히 인디애나에 있는 학교에 들어갔다. 그들은 블루밍턴에 있는 굿월 저택의 현관에 앉아서 포테이토칩을 나누어 먹었다. 두 사람은 대학도 함께 갔으며, 알파 제타라는 여학생 클럽에도 똑같이 들었다. 그때 이후로 두 사람은 연락을 끊지 않고 살아왔다. 다시 말해서 그들은 일 년에 서너 번씩 편지를 주고받았으며, 생일날이나 크리스마스 때에는 서로 재미난 선물을 보내곤 했다. 하지만 두 사람은 사실상 오랫동안 만난 적이 없었다. 그러다가 마침내 1947년 8월, 프레이디는 기차를 타고 일주일 예정으로 오타와 방문길에 올랐다.

그곳에 있는 동안 프레이디는 이런 생각을 했다. 자, 여기 데이지 굿윌이 있다. 그녀에게는 유명한 남편과 크고 잘 관리된 집, 세 명의 귀여운 아이가 있다. 데이지는 누구나 원하던 것을 모두 가졌다. 반면 내게는 아무것도 없다. 남편도 아이도 없고, 조그만 아파트를 제외하면 집이라고 할 것도 없고 정원조차 없다. 아, 데이지가 갖고 있는 정원은 얼마나 굉장한 것인가! 이건 뭔가 특별한 정원이었다. 그녀는 아침에 일어나서 원하기만 한다면 하루 종일이라도 가지를 잘라주고 잡초를 뽑고 나무를 옮겨 심으면서 이 세상에 아름다움을 더해줄 수 있었다. 그러는 동안 나는 직장에 앉아 있었다. 책상과 시간에 얽매인 채. 여자가 되기 위한 이런 일들을 빼앗긴 채로. 모두 다 빼앗긴 채 말이다.

또 프레이디 호이트는 이렇게 생각하기도 했다. 아, 가엾은 데이지. 뚱뚱해졌잖아. 점잖아지기도 하고. 점잖은 사람치고 저렇게 보기 흉한 스커트를 입고 돌아다닐 사람은 없지만. 내가 얘기를 좀 해줘야 하는 게 아닐까? 약간 암시를 해주면 어떨까? 손톱 손질도 필요해. 내 생각에 저 애는 최근 십 년 동안 책 한 권도 읽지 않은 것 같아. 그리고 맙소사, 이 손님용 침실이라는 것 좀 봐. 사방이 온통 끔찍한 핑크빛 물결무늬투성이네. 질식하겠군. 이제 나흘만 더 버티면 되긴 하지만. 그리고 이 코바늘로 뜬 침대보 좀 보라고. 데이지는 아주 자랑스럽게 여기고 있지만, 요즘엔 코바늘로 뜬 침대보를 쓰는 사람은 아무도 없거든, 여기에 스치기만 해도 악몽을 꿀 테니까 말이야. 슬쩍 잡아당기기만 해도 실이 모두 풀어져버릴 거야. 한번 해보고 싶군. 게다가 이 집 애들 때문에 미칠 것 같아. 하루 온종일 낑낑대며 살금살금 돌아다니니. 그리고 저녁때가 되면 집으로 돌아오는 그 대단한 아빠를 맞이하기 위해 모두 인형처럼 옷들을 갈아입는 꼴이라니. 매일같이 이렇게 하루도 빠짐없이 위선적인 연극을 꾸며대야 하다니.

그리고 데이지에게 무슨 말을 하지? 무슨 말을 남길까? 네게선 여전히 그 냄새가 나, 데이지. 넌 아직도 우드버리 파우더를 코에 바르고 다니는구나. 네 남편은 '회의' 때문에 늘 토론토나 몬트리올로 출장을 다니는데, 그런 곳에서 네 남편에게 무슨 일이 있는지 네가 조금이라도 알고 있을지 궁금하구나. 넌 아침이면 일어나고 밤이면 잠자리에 들지, 그러니 정말 재미있는 일이잖니? 네 인생은 여전히 잘돼가고 있어. 여전히 잘 돌아가고 있는 거야, 안 그래? 뭐, 좋아. 좋은 일이지.

플렛 부인과 남편과의 은밀한 관계

진심으로, 간절히 현모양처가 되고 싶은 생각에서 플렛 부인은《훌륭한 살림》잡지를 매호마다 빼놓지 않고 읽었다.

《매콜스》와《캐나다 가정의 벗》도 읽었다. 그리고 간혹 화장품 광고와 요리법 사이에서, 그녀는 침대에서 남편을 즐겁게 해주는 방법을 소개한 기사를 보곤 했다. 거기에는 또한, 특별한 성적 문제로 조언을 구하는 여자들이 보낸 편지도 실려 있었다. 최근 그런 편지 가운데 하나로 이런 것이 있었다.

'남편은 언제나 월요일 밤 볼링 시합을 끝내고 나서 섹스를 하려고 합니다. 그런데 불행히도 저는 월요일마다 빨래를 하기 때문에 밤이 되면 너무 녹초가 된 상태여서 몸이 단 남편을 상대해주기가 너무 힘들어요.'

그 문제에 대한 조언은 간단명료하면서도 핵심을 찔렀다. '빨래를 화요일에 하십시오.'

플렛 부인은 그 말에 미소를 지었다. 실제로 그녀는 크게 소리를 내어 웃기까지 했으며, 친구 프레이디가 곁에 있다가 자기 웃음소리를 들었다면 좋았을 걸 그랬다고 생각했다. 또 다른 여자는 이런 편지를 보냈다.

'제 남편은 굉장한 성적 충동의 소유자여서 거의 매일 밤 섹스를 하고 싶어합니다. 이런 일이 정상일까요?'

답변, '섹스 유형에는 정상적인 것도 비정상적인 것도 없습니다. 결혼한 부부의 침실에서 일어나는 일은 어느 것이나 신성한 것입니다.'

이 조언의 경우 플렛 부인에게는 결코 만족스러운 것이라고 할 수 없었다. 실제로 그 말이 무슨 뜻인지 알 수 없었던 것이다.

그렇지만 그녀는 '매일 밤'이라니 그건 너무 지나치다고 생각했다. 그래도 만일의 경우에 대비해서 언제나 준비를 갖추었다. 썩은 듯한 노리끼리한 색깔과 차가운 느낌, 가장자리에 바르는 역겨운 냄새가 나는 젤리가 싫긴 했지만 페미돔을 집어넣었다. 그건 성가신 일이었고 열에 아홉은 불필요하기는 했지만, 그래도 참아야 할 일인 것 같았다.

'남편으로 하여금 언제든 필요할 때 당신이 준비가 돼 있다는 생각을 갖도록 하십시오. 아무리 남편이 실제로는 산발적으로 전혀 예측할 수 없게 성행위를 한다고 하더라도 말입니다.'

예측할 수 없다는 것, 그건 맞는 말이다. 그러나 플렛 부인이 거의 확실하게 섹스를 하게 되리라고 확신할 수 있는 경우가 두 가지가 있다. 하나는 남편이 출장을 떠나기 전이고(그녀는 종종 출장 전의 이런 섹스를 일종의 예방접종이라고 생각했다), 또 하나는 출장에서 돌아왔을 때였다. 그리고 9월 중순 수요일인 오늘 남편은 위니펙에서 며칠을 보내고 난 뒤 늦은 기차 편으로 돌아올 예정이었다. 집 안은 깨끗하게 정돈되었고 아이들은 잠들었으며, 그녀도 목욕한 다음 파우더를 바르고 페미돔을 넣고 부드러운 잠옷으로 갈아입었다.

'파자마를 입는 일은 남자들로 하여금 다른 곳에서 사랑을 찾도록 만드는 것입니다.'

그녀는 오늘 남편의 기분이 어떨지 궁금했다.

최근에 남편은 울적해했다. 그가 특별히 그런 말을 비친 것은 아니었지만 느낌으로 알 수 있었다. 예순다섯번째 생일이 다가오고 있었던 것이다. 그녀는 남편이 은퇴하고 나서 텅 빈 시간을 보낼 일을, 그 일을 어떻게 대처할지를 걱정하고 있다는 것을 알고 있었다. 그렇지만 빈둥거리는 것보다 더욱 나쁜 것은 이 세상으로부터 완전히 절연된다는 느낌이었다. 요즘 들어서 남편은 빈번히 캐나다 서부에 살고 있는 두 동생에 관한 얘기를 했다. 그리고 동생들의 이름을 들먹일 때마다 거기에는 슬픔이 어려 있었다. 에드먼턴에 살고 있는 주정꾼 사이먼은 벌써 오랫동안 연락이 끊어진 상태였으며, 서스캐처원에 살고 있는 앤드루와의 사이는 냉담해져 있었다. 예전에는 확실히 앤드루도 종종 편지를 써서 돈을 달라고 부탁하곤 했지만, 최근 이 년 동안에는 무뚝뚝한 메모나 명절 때 보내는 인사말이 고작이었다.

또 플렛 부인은 남편이 오크니에 있을 부친에 대해 자주 생각하고 있다는 것도 알고 있었다. 그는 편지를 써서 알아봐야 한다고 생각하고 있으면서도 몇 달을 그냥 흘려보내면서 편지 쓰기를 늦추고 있었다. 마치 자기 아버지에게 일어났을 일을 알고 싶지 않다는 듯이. 그녀도 시아버지인 매그너스 플렛에 대해 이따금 생각해보았다. 그녀는 그를 한 번도 만난 적이 없었지만, 마음속에서 그는 비극적인 인물로 자리 잡고 있었다. 아내에게 버림받고 세 아들에게도 잊히고 업신여김을 받았으며 의지할 데 없는 사람이었던 것이다. 어떤 의미에서는 남편 바커보다 시아버지를 생각할 때 좀더 마음이 누그러지는 것 같았다. 매그너스 플렛이 이런 벌을 받을 만한 짓을 한 게 대체 뭐가 있단 말인가? 이런 의문이 그녀의 인정 많은 마음(결코 없어지지 않는)을 부추겼던 것이다.

그렇지만 아들 바커가 이제 와서 재결합을 생각하며 아쉬워한다는 것은 늦은 감이 있다.

최근에, 바커 플렛 집안에 있어서 또 하나의 관계가 새롭게 부각되기 시작했다. 그것은 인생의 결합 가운데 가장 중요한 것,

바로 아들과 어머니 사이의 관계였다. 이 며칠 동안 바커는 위니펙에 있었지만 그것은 여느 때처럼 농업에 관한 회의 순시가 아니라, 클래런틴 플렛 화훼 온실의 헌정식 때문이었다. 그 온실은 아시니보인 공원 가운데 자리 잡은 커다란 유리 돔 건물이었다. 그것을 지어 기부한 사람은 유명한 백만장자이며 정육업자이고 금융업자인 발디 굿맨슨이라는 사람이었다. (바커 플렛의 어머니 클래런틴 플렛은 저 옛날 1916년 과속으로 달리던 자전거에 치여 목숨을 잃었는데, 그때 자전거를 몰던 사람이 바로 당시 열일곱의 소년이었던 발디 굿맨슨이었다.)

"제가 그때 느꼈던 그 엄청난 죄의식은 한 번도 사라진 적이 없었습니다." 굿맨슨 씨는 매니토바 클럽 만찬석상에서 플렛 씨에게 이렇게 말했다. "한순간의 부주의로 한 사람이 목숨을 잃었기 때문입니다. 만약 제가 그때 자전거에서 내려 모퉁이를 돌아가기만 했다면, 아니 좀더 속도를 줄여서 달리기만 했다면……. 그때의 광경이 잠을 잘 때나 깨어 있을 때나 평생 동안 제 머리를 떠나지 않았습니다. 선생님의 가엾은 모친께서 쓰러지면서 로열 은행 건물에 부딪히던 광경, 머리를 모퉁이 돌 가장자리에 부딪히던 광경이 말입니다. 그 돌이 둥글기만 했더라도 좋았을 것을. 하지만 그 모서리는 칼처럼 날카로웠답니다. 그 결과 제 인생이 달라졌지요. 저는 주님께 기도했습니다. 그리고 나름대로 다른 사람들을 위한 삶을 살려고 노력해왔습니다. 그러면서 적절한 기념물을 세우는 문제에 대해 오랫동안 생각해왔던 것입니다." (여기서 그는 눈처럼 새하얀 손수건을 꺼내더니 빳빳하게 풀을 먹인 손수건에 대고 큰 소리로, 동시에 아주 거만한 태도로

코를 풀었다.) "저는 늘 선생님의 모친께서 꽃을 사랑하셨다는 사실에 생각이 미쳤습니다. 그분은 우리 도시에 꽃을 선사하신 분이라고까지 말할 수 있을 것입니다. 이처럼 쌀쌀한 기후 조건을 가진 이곳에서 우리가 자연의 아름다움에 대해 자각할 수 있도록 말입니다. 물론 저는 이 일로 충분한 보상이 될 수 있다고는 생각지 않습니다만, 이 조그만 의식으로 선생님의 모친이 세상을 떠나신 데 대해 제가 얼마나 마음속 깊이 뉘우치고 있는지 증명되기를 바라고 있습니다. 다만 선생님의 부인께서(부인의 성함이 데이지인 줄로 알고 있습니다만) 오늘 우리와 함께 이 자리에 참석하실 수 없는 점이 유감스러울 뿐입니다. 물론 저는 부인께서 어린 자녀를 남겨두고 대륙을 횡단하시기가 어려우리라는 점을 잘 알고 있습니다. 또한 이 일이 부인께 얼마나 감정적인 영향을 미치게 될 것인지에 대해서도 충분히 이해하고 있습니다. 누구나 어린 시절 자신을 보살펴주던 사람과는 영원토록 깊이 맺어져 있게 마련이니까요. 그런 분을 상실한 것은 어떻게도 보상될 수 없는 일이지요. 그런 분과의 결합은 그 어느 것으로도 깨뜨릴 수 없는 것입니다."

그러나 오타와에서 침대에 누워 남편이 돌아오기만 기다리고 있는 플렛 부인은 지금 자신의 양모인 클래런틴 아주머니가 아니라, 자신이 태어나고 몇 분 후 세상을 떠난 친어머니에 대해 생각하고 있었다. 지금에 이르러 그 관계는 얼마나 희미하며 부서지기 쉬워 보이는지, 얼마나 엉성해 보이는지 모른다. 플렛 부인이 어머니에 대해서 가지고 있는 것이라고는 흐릿한 결혼사진 한 장과, 너무 낡아서 알아볼 수도 없는 외국의 작은 동전 한

닢뿐이었다. 그녀의 아버지에 따르면 그 동전은 그녀가 태어났을 때, 그녀의 이마 위에 얹혀 있던 것이라고 했다. 누가 그것을 이마 위에 놓았는지, 또 어떤 의도에서 그런 것인지 그녀로서는 알 수 없었다. 그녀는 한 번도, 매일같이 자신의 어머니가 만졌던 물건을 만진다는 그 당연한 기쁨조차 누려본 적이 없었다. 일기장도, 면사포도, 아름답게 짠 세례식용 가운도, 그 어떤 유품도 없었던 것이다. 딱 한 번, 몇 년 전인가 그녀의 아버지가 결혼반지 얘기를 하면서 언젠가 그녀에게 주겠노라고 한 적이 있었지만, 그 이후로 그 얘기는 나오지 않았다. 어쩌면 아버지는 그 반지를 현재의 아내인 마리아에게 주었을지도 몰랐다. 또는, 그저 잊어버린 것인지도 모른다. 오늘 밤 가벼운 모포를 덮은 채 바커 플렛이라는 이름의 남편이 돌아오기를 기다리고 있는 그녀는 그 반지에 대한 상실감을, 다시 말해서 이 세상과의 모든 연결에 대한 상실감을 맛보고 있었다. 지금 이 순간만큼은 그녀의 자식들도, 나이 든 아버지도, 그 아버지의 흐릿한 이름까지도 잊고 있었다. 지금 그녀는 갑작스러운 감정의 엄습으로 온몸을 와들와들 떨고 있었다.

전에도 이런 돌발적인 슬픔을 맛본 적이 있었다. 이 병은 바로 고아라는 사실에서 온 것이었다. 그녀는 다가오는 슬픔을 마치 편두통이 다가오는 것처럼 확실히 의식하고 있었다. 그리고 지금 또다시(이번에도 또다시) 슬픔이 찾아온 것이다. 그녀는 이번에도 어찌할 바를 모른 채 자신이 여자라는 것도, 나이도 잊은 채 홀로 누워 있었다.

눈에 눈물이 고이자 그녀는 모포 가장자리로 찍어냈다. 방 안의 어둠은 한결 짙어졌다. 고독감이 그 온 힘으로 뼈저리게 밀려드는 이 순간들은 플렛 부인에게는 두렵기 그지없는 시간이었다. 이상하게도 자신이 젊었을 때 나이아가라 폭포를 바라보고 있던 순간이 떠올랐다. 그때 그녀의 소맷자락이 바로 옆에 서 있던 낯선 남자의 코트 소매를 스쳤었다. 그가 뭔가 말하자 그녀는 웃었는데, 그게 무슨 말이었더라? 무슨 말이었을까?

그 말이 기억나지 않자 그녀에게는 새로운 공포가 엄습했다.

이렇게 불안한 가운데서도 마치 보석처럼 냉정하면서도 이상한 힘으로 이 세상을 또렷하게 바라볼 수 있었다. 바로 지금도 이러한 명료함이 작은 별들을 흩뿌리기라도 한 듯 용솟음쳐 나왔다. 그녀는 이런 일을 의식이 부리는 일종의 속임수라고 여겼다. 여기에는 뭔가 거의 관능적이라고 할 만한 것이 있었던 것이다. 갑자기 이야기 속의 미로가 열리면서 그녀를 통과시킨다. 그녀는 자신의 인생 밖으로 밀려 나올지도 모르지만, (그녀는 그렇다는 것을 실제로 알고 있었다. 언제나 알고 있었다.) 그녀에게는 하나의 보상적인 재능으로서 다른 대안을 끌어댈 놀라운 능력이 있었다. 예를 들어서 그녀는 자기 아이들의 변덕스러운 침묵과, 자기 주위 세상과 어설프게 흥정하는 아버지, 프레이디 호이트의 경멸과 부러움이 한데 섞인 감정의 위력을 느낀다. (프레이디는 여름에 왔다 간 이후로 아직 환대에 감사하는 편지조차 보내지 않고 있었다.)

오늘 밤 플렛 부인은 자신과 죽은 어머니 머시 스톤 굿윌 사이를 연결 짓는 미세한 감각의 끈까지 느낀다. 아마도 이 순간은 분명 짧고 가볍게 스쳐가리라. 그것은 기억 속에 있지도 않은 숨결이나 몸짓, 빛의 색조 정도에 불과한 것이리라. 그러면서도, 그것은 기이하고도 놀랍도록 반전하여 전혀 엉뚱한 한 가지 생각을 마치 섬광처럼 또렷하게 드러내는 것이다. 어머니가 그녀(플렛 부인)를 낳은 것이 아니라, 그녀(플렛 부인)가 자기 어머니를 낳은 것이라는 생각이.

그리고 플렛 부인의 남편은, 그녀의 남편은 어떤가? 남편은 이제 한 시간 정도만 있으면, 여느 때처럼 역에서 택시를 잡아타고 집에 도착할 것이다. 그는 어두운 침실에서 바지를 벗어 의자 등받이에 단정하게 걸쳐놓을 것이다. 그 바지의 앞면을 가로지르며 대칭을 이루는 콧수염 같은 주름이 잡혀 있을 것이다. 거기에서는 어떤 성스러운 냄새까지 날 것이다. 그런 다음 그는 넥타이를, 다음에는 셔츠와 속옷을 벗으리라. 그러곤 그녀의 눈물이 이불깃을 적시고 있다는 사실도 모른 채, 이 9월의 밤 그녀가 얼마나 깊은 고독감에 사로잡혀 있는지 알지도 못한 채, 그녀의 몸을 너무 누르지 않도록 조심하면서 그녀의 몸 위로 올라오리라. ('신사는 언제나 팔꿈치로 몸을 지탱하는 법입니다.') 그는 눈을 감을 것이고 뜨거워진 그의 성기가 그녀의 몸속으로 들어와 얼마간 율동적으로 움직이리라.

플렛 부인이 《매콜스》지 최근호에서 충고한 내용을 정확히 상기하기 위하여 머릿속으로 글자와 오락물로 범벅이 된 기사들을 훑어가는 동안에도 그 일은 계속될 것이다. 거기에 아내는 고조된 흥분을 표현해야 할 의무가 있다는 내용이 있었던 것이다. 그래, 그것이다. 단 한 차례 미묘하게 몸을 움직임으로써 격정과 체념을 동시에 표현하는 일. 하지만 어떻게 그리 할 수 있단 말인가?

플렛 부인의 머리와 심장과 골반은 이 모순을 어떻게든 극복해보려고 시도한다.

문득 결혼 생활의 온갖 단편들이 떠오른다. 기념일들, 임신, 휴가, 식사, 병과 회복, 어린 시절 그녀의 신이었던 남편과의 결혼에 대한 극적인(어떤 이들은 근친상간이라고 할) 설명에서 벗어나는 일 등등. 그녀가 보기에 이러한 세월은 하나의 단호한 결의로 굳어진 것 같았다. 즉 이젠 두 번 다시 놀라지 않으리라는. 그건 거의 야망이라고 할 만한 것이 되었다. 바로 이것이 사랑의 수정된 대본이 그녀에게 약속한 일이 아니었던가? 갑작스러운 놀라움으로부터 보호해준다는 것, 이것이 바커에 대한 그녀의 사랑을 만들어내고 지탱하게 해주는 것이 아니던가? 미친 듯이 날뛰는 남편의 넓적다리와 그녀 자신의 엉덩이(그것은 단단한 매트리스 위에 마치 연한 과일처럼 짓눌려 있었는데), 이것들은 그것에 대한 어떤 징표가 아니던가? 어쨌든 집 안의 화초는 지질이라든가 기후와 상관없이 번성하는데, 그녀라고 해서 안 될 이유가 있을까?

바커 플렛이 여전히 위에서 몸을 앞뒤로 움직이고 있는 동안에도 그녀가 지난여름 프레이디 호이트가 찾아왔을 때 함께 보러 간 영화를 머릿속에 떠올린다는 건 충분히 있을 수 있는 일이다. 그 영화 제목은 '우리 생애 최고의 해'라는 것이었고, 한 병사가 전쟁터에서 손 대신 갈고리를 달고 돌아온다는 전후의 서사물이었다.

손가락이 있어야 할 자리에서 구부러진 차가운 금속이 만져진다면 기분이 어떨까? 자신을 이 세상에 단단히 못 박아버릴 만큼 몸 위로 무거운 남자의 체중을 받는다면 기분이 어떨까? 그녀는 가능성의 희미한 고리를 음미하면서 이런 생각을 할 것이다. 그러나 다음 순간 그녀의 생각은 정액의 분출로, 곧 이은 제2의 분출로(이번에는 고마워하면서) 끊어지고 말리라. 남편은 자신의 늙고 창백한 몸과 무심코 내뱉은 몇 마디 애정 어린 말에 당황하면서, 그와 동시에 고마움을 느끼면서 몸을 부르르 떨 것이다. 남자와 여자가 꼭 이런 식으로 결합해야 하다니! 현실이란 얼마나 조악한 것일까?

'잘 자요, 여보.' 그는 이렇게 말하리라. 그리고 그 말은 '나를 용서하오, 우리를 용서합시다'라는 의미일 것이다.

플렛 부인의 집과 정원

드라이브웨이 583번지에 있는 그 널찍한 주택은 어딘지 나른하게 퍼져 있었다. 가구와 커튼, 양탄자, 부엌의 마룻바닥, 이 모든 것은 전쟁을 거치면서 낡고 초라해졌다. 그리고 전후의 격동기를 맞은 지금 전세계에는 리놀륨이 부족하게 되었다. 그러나 이제 곧 그 문제는 해결될 전망이다. (플렛 부인은 이미 적색과 검은색, 흰색 장방형이 포개지는 암스트롱 무늬를 머릿속에 그리고 있었다.) 식당 커튼은 수도 없이 빨아댔지만, 이제는 그녀(플렛 부인)도 당기는 커튼을(또는 그녀가 새로 알게 된 저 '휘장'을) 주문하는 문제를 얘기하고 있었다. 그건 식당에 생기를 주고 '더 낫게' 보이도록 꽃무늬로 된 것이어야 한다는 것이다. 게다가 그녀는 이제 온통 파란색과 노란색, 분홍색으로 구획된 거실의 나팔꽃 벽지가 식상해졌다. 다음번에는 무늬 없는 색으로, 이를테면 윌리엄스버그 그린을 바탕색으로 쓴 다음, 대비색으로 하얀 에나멜을 입힌 가구를 쓸 생각이었다. 그리고 낡은 카펫도 싫어졌다. 솔기를 따라 해져서 마치 사람의 머리 가죽을 지나치게 근접해서 봤을 때처럼 보기 흉한 뒷면이 비쳐 보였던 것이다. 솔직히 말해서 그 방 전체가 영양실조에다 사랑에 굶주려 있는 것처럼 보였다. 그러나 최근에 호두나무 베니어 대신 유리판을 얹은 커피 탁자만큼은 약간의 자부심을 갖고 있었다. 그녀는 그 유리판 밑에 세 아이의 사진과 함께 그녀의 결혼을 알리는 고지문을(색이 약간 바래긴 했지만) 끼워넣었던 것이다.

바커 플렛 부부는
1936년 8월 17일 오타와에서
결혼했음을 알립니다.

그녀는 《캐나다의 집과 정원》에 실린 '장식에 자신만의 포인트를 주기'라는 기사에서 얻은 아이디어로 이 커피 탁자를 만들었다.

그 집의 모든 방들은 위층 욕실까지 포함하여 창가에 공작고사리, 버즈네스트, 도깨비쇠고비, 래비츠풋 같은 양치식물을 놓아두었다. (실내에 이런 양치식물을 키우는 것은 1947년만 해도 지나치게 꾸민 듯한 구식 인상을 주었다. 그렇지만 1960년대 중반에 이르러서는 다시 고도의 우아함과 편재성으로 유행을 타게 된다.) 실제로 이런 식물과 커피 탁자를 제외하면 플렛 부인은 집 안을 치장하는 데 별다른 관심을 보이지 않았다. 그 검소한 집 안이 바로 자신의 무능함을 나타내는 것이라고 그녀는 생각하고 있었다. 천장이 높은 여덟 개의 방은 위층과 아랫층에 각각 네 개씩인데 시골집답게 수수했으며, 지나치게 크고 휑뎅그렁한 창문들로 인해 딱딱하리만큼 네모난 모양이 고스란히 드러나 있었다. 이러한 창을 통해 쏟아지는 빛은 놀랄 만큼 거칠었으며, 겨울이 되면 벽들은 차가운 느낌을 주고 아래층에 있는 방구석마다 외풍이 들었다.

그녀는 여름을 위해서, 태양의 열기를 위해서 살았다. 좀더 솔직히 말하자면 정원을 위해서 살았던 것이다. 그리고 그 정원은 실로 대단했다!

크기만 할 뿐 약간 볼품없는 플렛 가의 벽돌집을 마치 받침대처럼 식물들이 에워싸고 있었다. 전면과 후면, 양쪽 측면을 합하여 집터의 세 배나 되는 부지는, 이 도시에서는 보기 드문 것으로서, 봄이면 사방에서 크로커스의 둥근 주둥이가 삐죽삐죽 솟아나온다. 이제는 담쟁이덩굴P. tricuspidata이 벽돌집의 사분의 삼 이상을 덮으며 자라고 있다. (담쟁이덩굴은 집의 북쪽 면에서는 잘 자라지 못했지만, 상관없는 일이다.) 그리고 창틀마다 활기찬 색채의 널찍한 화분이 놓여 있다. 플렛 부인은 재치 있게도 이 집의 보기 흉한 석회암 기초 부분을 주목과 향나무, 뮤고•, 작달막한 가문비나무 등 주로 일본에서 자라는 식물들을 심어서 가려놓

• 땅 표면을 따라서 자라는 관목성 소나무

았으며, 여기에 새로 한국산 관목들을 더해놓았다. 그리고 무엇보다 라일락이 있었다! 알다시피 사람들은 흔히 다 자란 라일락을 사와서는 땅을 파고 심곤 하지만, 플렛 부인은 나무의 크기와 꽃의 빛깔까지 고려했다. 그녀는 흰 꽃이 피는 '마담 르모인'을 연한 핑크빛 꽃이 피는 페르시아산 라일락과 짙은 청회색의 '링컨 대통령'과 섞어놓았다. 이들 다양한 품종은 그저 되는대로 생긴 것이 아니라 일부러 모은 것이었다. 집의 측면에 경계삼아 심어놓은 파란 패랭이꽃 사이사이에는 밝은 노랑을 띤 큰금계국이 자라고 있었는데, 이 조합은 진짜 예술가다운 솜씨라고 해도 결코 과장된 표현이 아니다. 금낭화 무리는 연청색 초롱꽃 가까이에 있었는데, 이러한 것 역시 우연이 아닌 완벽한 조화를 이루고 있었다. 뒤뜰의 사과나무들은 광대파리 유충을 막기 위해 철마다 약을 뿌려주었으며, 그 결과 여름 내내 나뭇잎들이 고운 잔디 위로 알록달록한 무늬를 그려내었다. 석양빛은 양귀비꽃 사이에서 조바심치듯 머뭇거린다. 그리고 달리아가 있었다! 플렛 부인의 남편은 아내가 키우는 달리아에 대해, 그 꽃송이를 옮기려면 뒷문을 통해야 할 거라고 우스갯소리를 하곤 했다. 가장자리에 불로화를 심은 돌길을 따라가다 보면, 포도나무를 거쳐 키 작은 다년생초와 유럽에서 특별 주문한 고산지 식물들이 있는 바위 정원으로 구부러지게 돼 있다. 플렛 부인의 정원은 풍부하고 보기 좋으면서도 친근감이 일었는데, 그 매력에 있어서는 영국 정원이라 할 수 있고, 단정한 면에서는 프랑스 정원, 경제성에서는 일본 정원을 연상케 했다. 그러나 꼬불꼬불한 길, 굽은 꽃밭에 다른 뭔가가 또 있었다.

바로 인디애나 석회암으로 조각한, 웃고 있는 난쟁이 요정상이었다. 그리고 거기에 느닷없이 개회나무(시링거 불가리스)가 새겨진 벽이 나타나는 것이다. 여기서는 근엄한 지성과 일종의 재치까지도 느껴진다. 또한 라즈베리들이 있다. 이 라즈베리에 대해서는 짚고 넘어가야 할 점이 있다. 플렛 부인은 과연, 자신이 북아메리카 대륙에 있는 이 오타와라는 도시에, 20세기 중반이라는 이 천박하고 유독하며 억제된 시기에 기적을 가져왔다는 사실을 알고나 있을까? 그렇다, 이번만은 그녀도 충분히 이해하고 있었다.

정말 경이로워, 하고 그녀의 가까운 친구들은 말한다. 하지만 플렛 부인의 가까운 친구들에 대해서는 지금껏 아무 얘기도 하지 않은 것 같다. 마치 그녀가 너무도 얼빠지고 가망 없는 사람이어서 그런 우정을 가질 만한 사람이 아니라는 듯이 말이다. (전기, 아니 심지어 자서전까지도 체계적인 오류투성이이다. 복잡하게 뒤엉킨 지하수처럼 난맥을 이룬 웅덩이나 다름없이 말이다.) 실제로 이 도시에서는 플렛 부인에게 진심으로 호감을 갖고 있는 사람이 많다. 그들은 그녀의 겸양을 좋아하고 그녀의 솜씨, 특히 원예 솜씨에 탄복해 마지않는다. 이들 친구들은, 그녀의 정원이 너무나 향기롭고 푸르며 평화롭다고 했다. 그 안정감 있는 모양과 어루만지는 듯한 빛과 그늘의 움직임이 너무도 매혹적이어서, 그 정원 안에 발을 들여놓는다는 것은 곧 이 세상의 번뇌에서 벗어나는 일이라고까지 말하는 것이다. 방문객은 이 정원에서서 한순간 자신들의 마음이 평화로움에 잠기는 것을 느끼면서, 희미하게나마 저 태초에 있었던 창조의 순간을(에덴동산의

낙원을) 경험하곤 한다.

그 정원은 그녀의 자식이라고, 그녀가 가장 애지중지하는 자식이며, 그녀의 자식들 중에서 가장 아름다운 걸작이라고까지 말할 수 있을지 모르겠다. 고분고분하면서도 식물 특유의 고집스러운 의지로 충만해 있는 자식이라고. 그녀는 자신의 정원에 대해 속속들이 알고 싶어하는 한편, 사실은 그 신비의 일부가 되는 쪽을 더욱 원하고 있을지도 모른다. 어쩌면 그녀는 그 푸른 비밀에서 사분의 일이나 겨우 알고 있을까. 반대로 정원은 그녀에 대해서 아무것도 모르고 있다. 그녀의 내력, 이름, 갈망, 그 어느 것도 알지 못하는 것이다.

아마도 이것이 그녀가 그토록 순수하게 정원을 사랑할 수 있었던 이유일 것이다. 바로 그 때문에 그녀는 그것을 향해 두 팔 벌려 있는 그대로, 잎사귀 하나하나, 줄기 하나하나, 뿌리와 모든 징후 하나하나까지 끌어안을 수 있었다.

THE STONE DIARIES

제6장

1955년-1964년

일

사무변호사 W. W. 클라인하트

1955년 4월 25일, 오타와

플렛 부인께

고인이 되신 부군의 유언장이 이제 완전히 정리되고 분산도 마쳤음을 알려드립니다. 이미 전화로 말씀드린 바대로 유언장의 내용이 아주 뚜렷한 데다 분쟁의 여지가 있을 만한 항목이 없었기 때문에 일이 신속하게 끝날 수 있었습니다. 부인께서는 만사가 깨끗이 정리됐음을 알게 되실 것입니다.

조금이라도 의문이 있으시면 언제든 제게 연락을 주십시오. 아울러 최종 보고서와 함께 부군께서 제게 부인께 전해드리라고 하신 봉함 편지 한 통을 동봉하는 바입니다.

존경을 바치며,

윌리 클라인하트

1955년 4월 6일, 오타와

사랑하는 이에게

시간이 얼마 남지 않았소. 쇼트클리프 박사 말이, 이제 며칠 남지 않았다고 했던가? 물론 박사가 그 말을 내게 직접 한 것은 아니오. 다만 내가 병원으로 이송되고 나서, 어젯밤 복도에서 박사가 당신한테 속삭이는 소리를 엿들었을 뿐이라오. 청력만큼은 이상할 정도로 예민한 상태였으니까.

비록 마음은 그보다 덜 예민하지만, 지금 내 마음은 당신과 아이들에게 남길 재산이 있다는 사실에 편안하오. 물론 집은 당신 앞으로 남겨둘 것이며(당신에게 친숙한 그곳을, 특히 당신이 가꾸던 정원을 떠나고 싶지 않을 것임을 잘 알고 있기 때문이오), 당신도 알다시피 아이들을 교육시킬 만큼의 돈도 남아 있소.

그래도 당신은 여행이라든가(어째서 우린 함께 여행을 하지 않았을까?), 약간의 물건들을 사는 데 쓸 돈이 필요할 것이오. 그래서 생각난 것인데, 어쩌면 나의 레이디스 슬리퍼 수집품을 팔 수도 있지 않을까? 난 그것이 꽤 많은 값을 받을 수 있으리라고 확신하고 있소. 보스턴 대학에 있는 레너드 르메이 박사에게 연락해보기를 바라오. 박사의 주소는 내 수첩에 있을 거요. 아마 내 제안을 읽고 당신은 마음이 놓일 것 같소. 이 시프리페디움은 당신이 좋아하는 종류가 아니라는 것을 난 잘 알고 있거든. '리자이나reginae'와 '아카울리acaule'의 경우는 더욱 그렇지. 레이디스 슬리퍼의 생긴 모양을 보면 혐오감이 일어난다고 한 당신 이야기에 우리가 말다툼을 벌였던 일을 당신도 기억하고 있을 것이오. (내가 기억하는 한 그것이 우리가 말다툼을 벌인 유일한 때였소.)

길쭉하고 침울해 보이는(당신 표현이오) 줄기와 주머니처럼 생긴 순판脣瓣이 너무 괴상하다고 하면서 말이오. 나는 꼭 그럴 필요까진 없었지만, 그 순판이 얼마나 교묘한 기능을 갖고 있는지를 당신한테 설명해주었소. 곤충이 그 속으로 들어오기는 쉬워도 빠져나가기는 어렵게 돼 있다고 하면서 말이오. 글쎄, 이런 식으로 우리는 오랜 세월을 토론해왔소. 학자 같은 태도로 가볍고 공상적인 생각들을 경멸하는 나 때문에 말이오. 나는 지금 내가 한 그 모든 말을 후회하고 있소. 우리 둘 사이에 오간 말의 낭비를 안타까워하고 있소. 우리가 좀더 솔직했더라면 어떤 얘기를 주고받았을 것인가를 생각하면서 말이오. 여보, 당신도 우리가 얼마나 적은 대화를 나누었는지를, 그러지 말았어야 했다는 것을 알고 있소?

우리가 레이디스 슬리퍼 때문에 말다툼을 벌인 기억으로 인해 나는 당연히, 혹시 당신이 우리의 결혼도 그와 유사한 것으로 보는 것은 아닌지 염려했다오. 빠져나갈 출구가 쉽게 보이지 않는 덫으로 말이오. 우리 사이에서는 사랑이라는 말이 거의 나온 적이 없었소. 나는 종종 그것이 우리의 나이 차 때문인지, 그래서 그 말이 어리석어 보였던 건지, 그렇지 않으면 우리의 본성에 있는 뭔가 딱딱하고 수줍은 면 때문에 그 말을 할 수 없었던 건지 궁금했다오. 난 지금 그 일을 후회하고 있소. 우리 아이들은 사랑이라는 말을 지나치리만큼 자주 쓰리라고, 나아가서 그 애들은 솔직하게 사랑의 힘을 받아들이리라고 생각하고 싶소. (그렇지만 감정이 격한 앨리스 때문에 사실이지 좀 걱정스럽기도 하다오.)

내가 처음으로 무서운 두통에 시달렸던 지난 10월의 그날을 기억하고 있소? 그때 당신은 부엌에서 새로 나온 그 끔찍한 비닐 앞치마를 두르고 있었지. 당신은 곧장 나를 끌어안으며 내 관자놀이를 문질러주었소. 난 그 순간 얼마나 당신을 사랑했는지 모르오. 앞치마가 내 몸에 닿아 요란한 소리를 냈을 때도, 내게는 마치 그 순간 내가 느끼고 있던 갈망에 응답하는 오페라 음악처럼 들렸다오. 그건 마치 우리에게, 서두르라고, 더는 시간을 낭비하지 말라고 속삭이는 것 같았소. 난 그 순간 당신과 함께 춤을 추며 뒷문을 통해 정원으로 나가고, 그런 다음 다시 길거리로, 저 지평선까지라도 가고 싶었소. 여보, 우리에게 시간이 좀더 있었더라면 얼마나 좋았을까?

당신을 사랑하는 바커

1955년 5월 20일, 오타와

플렛 부인께

부인의 슬픔 앞에 바치는 저의 심심한 조의를 받아주시기 바랍니다. 지난 몇 년 동안 저는 작고하신 부군을 알게 되는 영광을 입은 바 있습니다. 뿐만 아니라 저는 이내, 부군께서 《리코더》지에 매주 보내주시는 원고의 가치를 알아보았답니다. 아마 부인께서도 아실 테지만, 부군의 칼럼을 읽은 많은 독자들은(사실이지 아주 많은 사람들이 그 칼럼을 읽고 있습니다) 저 존경하는 '원예선생'을 몹시 그리워할 것입니다. 그분의 엄숙한 어조는 우리 신문 지면에서는 '보기 드문' 학문적인 면모를(그와 동시에 아무런 티도 내지 않고) 갖추게 해주었습니다.

부군의 기고에 답례하기 위하여 《리코더》에 근무하는 저희 직원들은 그분의 기사를 모아 두 권의 특별판을 만들었습니다. 그중 한 권은 물론 부인께서 허락해주신다면 국립 문서보관소에 예치될 것이고, 다른 한 권은 메트컬프 가에 위치한 저희 신문사에서 비공식 추념식을 겸하여 부인과 부인의 가족께 선사하고 싶습니다. 6월 1일 오후 4시 30분이 괜찮은지 알려주시겠습니까?

삼가 조의를 표하며,

편집자 제이 W. 더들리

추신 : 플렛 씨의 서거는, 해마다 이 도시가 튤립으로 타오르는 시기와 맞물려서 더욱 가슴 아프게 느껴집니다. 연례행사로 열리는 튤립 페스티벌에 대한 그분의 기사는, 그분이 쓰신 글 가운데 가장 서정적인 것이었답니다.

1955년 5월 24일, 서스캐처원 클라이맥스

숙모님께

바커 삼촌께서 돌아가셨다는 숙모님의 편지를 받고 저희는 몹시 놀랐습니다. 엄마와 아빠, 그리고 제 동생들은 깊은 조의를 표하면서, 숙모님 가족과 삼촌 모두를 위해 기도하겠노라는 말을 전해달라고 했습니다. 그러나 엄마 말씀이, 삼촌은 워낙 연세가 많으신 분이었으니 숙모님께서 그렇게까지 놀라시지는 않았으리라고 하십니다. 저는 요즘, 숙모님께서 아직 성인이 되지 않은 세 아이와 그 큰 집을 (저는 그곳을 딱 한 번 가봤을 뿐이지만,

제 기억이 맞는다면 규모를 갖춘 저택이니 말입니다. 사실 그때 일은 꿈속 같기만 하답니다.) 돌보는 일이 그리 쉽지 않으리라는 생각을 했습니다. 그래서 드리는 말씀인데 숙모님께서 집안일을 거들 사람을 두어야겠다는 생각이 드신다면, 제게 연락해주실 수 없을까요? 저와 남편은 흔히 말하는 끝장난 상태여서, 저는 지금 동부로 옮겨서 살아볼까 생각하고 있답니다. 파탄 난 원인은 주로 술 때문이었어요. 게다가 게으르다는 것도 적지 않은 원인이 되었지요. 저처럼 활기가 넘치는 사람은 다른 사람들이 얼쩡거리는 꼴을 보지 못하고 그냥 덤벼들고 마는 성미니까 말이에요. 제 방 하나와 식사, 그리고 매달 40달러 정도면 기꺼이 일할 생각입니다. 제가 제 말을 하기는 뭣하지만 전 아주 착실한 살림꾼이랍니다. 케이크나 파이, 롤빵 등 뭐든 잘 만듭니다. 빨래와 다림질도 잘하고요. 게다가 타자는 일 분에 삼십오 타를 칠 수도 있습니다. 그건 통신 교육으로 익힌 것이지만, 정식 교육만 받는다면 육십 타까지는 칠 수 있을 거예요.

사랑을 보내며,

조카 베벌리

추신 : 엄마는 제가 편지에다 이런 얘기까지 쓰는 줄 모르세요. 그러니 제게 답장을 주실 때에는 사서함 422호로 보내주세요. 그렇게 하면 편지가 집으로 가지 않을 테니까요.

1955년 5월 29일, 인디애나 블루밍턴

데이지에게

네가 기운만 낼 수 있다면 편지 봉투에다 술이라도 잔뜩 따라서 보내고 싶구나. 네가 지금 얼마나 비참한 심정일지 잘 알고 있어. 글쎄, 내가 네 심정을 정확히 안다고는 할 수 없겠지만(어떻게 그럴 수 있겠니?) 그렇게 오랫동안 두 사람이 함께 지내고 나서 이제 너 혼자 달랑 남게 되었으니 얼마나 비참한 기분일지는 충분히 상상할 수 있단다. 대체 얼마나 됐지? 벌써 이십 년이 됐구나. 맙소사, 정말 그렇게 됐어. 시간이란 건 비열한 도둑이지 뭐니? 게다가 앨리스가 이번 가을이면 대학에 들어간다니! 그리고 이 모든 일이 네 아빠가 돌아가시고 난 지 얼마 되지도 않아 일어나다니 말이야.

아무튼 나로서는 '기도해주겠다'라거나(맙소사!) '시간이야말로 특효약'이라는 식의 화려한 표현을 할 생각은 없다. 그런 말이라면 우리의 친애하는 벗 빈스가 잔뜩 해줄 테니까. 빈스는 세월이 갈수록 경건하고 진부한 애가 돼가고 있어. 엄마가 돌아가셨을 때도 빈스가 향기로운 말들을 얼마나 잔뜩 내게 부어주었던지, 한 달 동안 후각이 마비됐을 정도란다. 내가 이 편지를 쓰는 것은 네게, 아직 앞으로 남은 세월이 많다는 사실을 알려주려는 생각에서야. 개인적으로 볼 때 난 쉰 살이 된다는 사실이 그렇게 기가 꺾일 만큼 나쁜 것은 아니라는 걸 알게 됐어. 늙어서 살이 처지고 주름이 잡히기는 했지만, '중요한 모든 것'은 여전히 제대로 움직이니까 말이야. 결코 신경쓸 정도는 아니야. 그러니, 제발 상복을 끌어안고 폭삭 주저앉을 생각은 말라고! 이번 겨울 시카고에서 일주일쯤 신나게 보내는 게 어떻겠니? 팔머 하우스에 머물면서 쇼도 몇 가지 보고 돼지처럼 잔뜩 먹어대는 거야. 나는 1월이 좋아. 이곳 화랑들이 1월 마지막 주면 문을 닫을 예정이라 우리가 제 발로 꺼져주길 바라고 있거든. 삼 년 전(아니, 사 년 전이던가?) 뉴욕에서 보냈던 때가 생각나니? 수다스러운 웨이터가 그 엄청난 로브스터를 가져왔을 때 말이야! 난 네가 그 모든 일을 바커에게 낱낱이 얘기했는지 알고 싶어. 정말 그랬니? 굳이 대답할 건 없어. 짐작할 수 있으니까.

아무튼 시카고로 쳐들어가서 잠시 신나게 보내는 게 어때? 며칠 정도 워런과 조앤을 돌봐 줄 사람은 구할 수 있을 거야. 고민 좀 해보렴.

사랑을 보내며,

프레이디

1955년 5월 29일, 오타와

플렛 부인께

부인께서 저희가 부군을 위해 마련한 조촐한 자리에 참석하실 수 있다니 정말 기쁘군요. 또한 자녀분들도 함께 참석하게 돼서 얼마나 기쁜지 모릅니다.

또한 튤립 페스티벌에 관한 보도문을 써주시겠다는 부인의 제안에 대해 감사드립니다. 부인의 글을 받을 수 있다니 영광으로 여기고 있으니까요. 대략 오백 단어면 좋을 것 같습니다. 오히려 제 쪽에서 먼저 그런 제안을 하지 못한 것이 아쉽습니다. 부인께서도 유명한 원예가라는 소문이 파다하기 때문이지요.

그럼 행운을 빌며,

편집자 제이 W. 더들리

1955년 6월 1일, 인디애나 블루밍턴

나의 사랑하는 친구에게

요즘 네 생각에 얼마나 가슴이 아픈지 모르겠구나. 지난 4월 아버지를 여의고(주여, 그분의 영혼에 축복을 주소서), 이번에는 사랑하는 배우자를 여의다니 이만저만 힘들지 않겠구나. 두 사람이 함께 보낸 행복했던 시절의 추억이 앞으로 어둠 속을 헤쳐 나가는데 도움이 될 거야. 더욱이 네 귀여운 자식들과 가까운 친구들의 기도까지 있으니 말이야. 시간이 우리의 슬픔을 낫게 해 줄 거야. 이 말을 잊지 말기 바란다. 그렇다고 해서 우리의 삶에 그토록 큰 자리를 차지하고 있던 사람을 아주 잊는다는 건 아니야. 딕도 몇 마디 조의를 전해달라고 하는구나. (그이는 지금 클리블랜드 본사로 발령받은 뒤여서 스트레스가 굉장하단다. 그 덕분에 우린 정든 옛집을 팔 수밖에 없게 됐어. 불행히도 부동산 경기가 활기를 띠고 있지 못한 상황이기는 하지만. 이제 석회암 주택은 마치 레몬으로 지은 집이기라도 한 것처럼 헐값이란다.)

사랑을 보내며,

빈스

1955년 6월 5일, 오타와

플렛 부인께

어제 저희가 마련한 조촐한 행사에서 해주신 훌륭한 말씀에 간단하게나마 감사를 드립니다. 저희 모두는 부인의 말씀, 특히 고인이 되신 부군이 《리코더》에 보여주신 관심과 그 일이 우리 공동체에 의미하는 바에 대해 해주신 말씀에 깊은 감명을 받았다고 말씀드리고 싶습니다.

개인적으로 말해서, 부인과 부인의 귀여운 세 자녀분을 만나 아주 반가웠습니다. 그리고 부인의 따님 앨리스가 제 넥타이에 대해 한 말로 제가 조금이라도 기분이 언짢았으리라고는 생각지 마시기 바랍니다. 십대 아이들은 종종 속으로 생각했던 것을 불쑥 입 밖으로 꺼내고는 후회하게 마련이니까요. 튤립 페스티벌에 대한 부인의 기사를 '간절히' 고대하고 있습니다. 지난번에 오백 단어 정도로 말씀드렸지만, 부인께서 내키시는 대로 더 늘리거나 줄여도 상관없습니다. 아마 정원 가꾸기를 좋아하는 많은 열성적인 사람들이 부인의 생각을 반가워할 것입니다.

그럼, 이만 줄입니다.

편집자 J. W. D.

1955년 6월 9일, 오타와

플렛 부인께

부인께서 표현하신 대로 부인의 '처녀작'이 다음 주 토요일 스포츠/가정란에 게재되기로 예정이 잡혔다는 소식을 알려드립니다. 저희는 우편으로 보내주신 부인의 글이 아주 탁월한 기자의 감각으로 쓰였으며, 그와 동시에 '멋진 표현'들로 가득하다는 사실을 알게 됐습니다. 저 개인적으로는 듬성듬성 서 있는 튤립을 '소풍을 가는 바보들'이라고 하신 표현이 가장 마음에 듭니다. 그것 말고도 마음에 드는 표현이 많더군요.

부인께서 동의해주신다면, 필자란에 '원예부인'이라는 표현을 썼으면 합니다. 혹시 이런 제안이 좀 무분별한 것으로 여겨져 부인의 마음을 불편하게 만드는 건 아닐지 모르겠습니다만, 저는 결코 그런 의도로 말씀드린 것이 아닙니다. 그러니, 혹시 다른 필명을 정해놓은 것이 있다면 제게 알려주시기 바랍니다.

이만 줄입니다.

제이 더들리

1955년 6월 15일, 오타와

원예부인께

우선 우리 시에서 매년 개최되는 튤립 페스티벌에 대해 보도하시게 된 것을 축하드립니다. 그 기사는 공정하고 포괄적이며, 무엇보다 저에게는 기분 좋은 것이었답니다. 어째서 기분 좋았느냐고요? 그건 부인께서 특별히 칭찬할 만한 것으로 펜턴 가에 있는 어느 집 앞뜰을 예로 들었기 때문입니다. 부인께서는 '회색 얼룩이 있는 울타리를 배경으로 서 있는 근사한 렘브란트 품종'을 보았다고 말씀하셨지요. (넷째 문단.) 이 글을 읽고 아내와 저는 이것이 바로 우리의 렘브란트 튤립을 말하고 있는 것이 분명하다고 생각했습니다. 부인께서는 바로 우리가 최근에 세운 회색 얼룩 울타리에 관심을 갖고 그것을 영원한 기록으로 남겨주신 것입니다.

혹시 기회가 된다면 부란병이 발생한 후 대체할 만한 비료의 이용법에 대한 의견을 말씀해주시겠는지요?

감사를 전하며,

앨빈 A. 매킨토시

1955년 6월 18일, 오타와

원예부인께

이번에는 여성의 눈으로 튤립 페스티벌을 보게 되어 얼마나 기뻤는지 모르겠어요. 저는 부인께서 바이블롬에 대해 하신 말씀이 마음에 와 닿더군요. 아마 그 점에 대해 많은 사람들도 똑같은 얘기를 할 거예요. 저는 부인께서 《리코더》 칼럼을 계속 맡아주셨으면 합니다. 솔직히 말해서 지난번 필자인 '원예선생'께서는 제대로 자라지 못한 출품작에 대해서는 전혀 언급이 없으셨거든요. 비료에 대한 언급도 너무 부족했던 것 같아요.

그럼, 이만 줄입니다.

도리스 그리스월드

추신 : 순종의 색조에 파스텔 색조를 섞는 문제에 있어서는 전적으로 부인 의견에 동감이에요.

1955년 6월 25일, 서스캐처원 클라이맥스

숙모님께

그동안 숙모님께 연락이 오기만을 기다렸어요. 하지만 이렇게 시간이 흘렀는데, 아직까지 행운은 오지 않았습니다. 솔직히 말해서 제가 좀 신경과민인지도 모르겠어요. 그리고 그 이유는(아예 털어놓는 편이 좋을 것 같군요) 제가 지금 임신 중이며, 여기서는 그 사실을 아는 사람이 없기 때문이에요. 가족들은 더욱 그렇고요. 만약 가족들이 조금이라도 그 낌새를 알아채면 모든 일을 원래대로 돌려놓으려고 할 거예요. 제 말은 그동안 있었던 일을 다 설명하려면 얘기가 길어진다는 거예요. 하지만 전 모두가 뻔한 결론을 이끌어내기 전에 뭔가 실질적인 일을 보여줘야 해요. 제가 하고 싶은 일은 여기서 멀리 벗어나 새로운 출발을 하는 겁니다. 그런 다음 시간이 되면 아기를 입양 보내고, 타자 실력으로 직장을 구할 작정이에요. 저는 결국에는 만사가 다 잘될 것임을 알고 있어요. 하지만 문제는 어떻게 시작해야 할지를 전혀 모른다는 거예요. 숙모님께서는 제 말이 무슨 뜻인지 아실 거예요. 지금 눈앞에 제가 굴려야 할 커다란 바퀴가 있는데, 그걸 굴릴 만한 힘이 없다는 거죠. 바로 그것 때문에 전 숙모님께서 다만 몇 달 동안만이라도 저를 도와주시기를 바라고 있는 거랍니다. 지난번 편지에 방과 식사와 매달 40달러라고 말씀드렸지만, 제게 필요한 것은 방과 식사뿐이에요. 사실 그것으로도 과분하답니다.

사랑을 보내며,

조카 베벌리

1955년 6월 29일, 오타와

플렛 부인께

동봉해드린 편지로 아시겠지만 부인이 쓰신 튤립 페스티벌 기사는 대성공이었습니다. 저 자신을 포함한 모든 사람들이 좀 더 대담한 계획이 필요하며, 부인께서 마지막에 쓰신 바대로 '아름다움에는 용기가 필요하다, 용기 그 자체가 용기를 가져오는 것이다'라는 말에 공감하고 있습니다. 정말 좋은 말씀입니다!

저희는(신문사 직원 전부를 말씀드리는 것입니다만) 부인께서 이 일을 더 해주셨으면 하고 바라고 있습니다. 요컨대, 저희 신문을 위해 한 달이나 일주일에 한 번 정도 칼럼을 써주실 수 없겠는지요? 물론 부군이 돌아가신 지 얼마 안 됐는데 이런 부탁을 드리는 것도, 지금 당장 확실한 약속을 하실 수 없다는 것도 알고 있습니다. 그러나 제 경험에 비추어볼 때(제 아내 역시 불과 삼 년 전에 세상을 떠났습니다), 일이야말로 육친을 여읜 슬픔을 가누는 데 가장 큰 효과가 있을 것 같군요.

부인께서 고상한 마음씨로 돌려보내 주셨던 수표를 다시 보내드립니다. 물론 저희는 모든 필자분들께 반드시 원고료를 지불하는 것을 원칙으로 삼고 있답니다. 다만 그 액수가 좀더 많다면 하고 바랄 뿐이지요.

진심을 담아,

제이

1955년 7월 7일, 서스캐처원 클라이맥스

숙모님께

저는 지금 이 편지를 황급히 쓰고 있습니다. 조금이라도 빨리 숙모님과 사촌들을 만나고 싶기 때문입니다. 그리고 기차표를 보내주신 데 대해 뭐라고 감사를 드려야 할지 모르겠습니다.

무한한 사랑을 보냅니다. 왠지 제 인생이 다시 한 번 완전히 새롭게 시작될 듯한 느낌이 뼛속 깊숙이 느껴집니다. 다음 주 수요일이 너무도 멀게 느껴집니다.

베벌리

1955년 7월 12일, 보스턴 대학

플렛 부인께

부군께서 남기신 훌륭한 시프리페디움 수집품의 활용 여부에 대해 보내주신 편지를 잘 읽어보았습니다. 그건 감탄할 만한 수집품이더군요. 하지만 그 수집품은 저희가 구입을 고려할 만큼 완벽하게 갖춰져 있지 않은 데다가 저희 박물관의 보존 기준에도 미치지 못합니다. 특히 몬타눔montanum 같은 오래된 품종과 칼시올러스calceolus 같은 품종이 그렇습니다.

진심으로 위로를 드리며,

식물학과장 레너드 르메이

1955년 8월 17일, 오타와

원예부인께

지난주 신문에서 부인께서 말씀하신 대로, 하이브리드 티*와 하이브리드 퍼페추얼**을 재배해보았습니다. 또한 부인의 충고대로 골분을 비료로 써보았는데 지금까지는 아주 잘되었습니다. 그런데 좀 이르긴 해도 다년생 과꽃을 지금부터 말뚝으로 받쳐주는 문제에 대해서 어떻게 생각하시는지요?

진심을 담아,

S. J. 프로보스트

* 꽃잎이 큰 사철 장미의 한 품종

** 장미의 교배 품종 중 하나

1955년 8월 18일, 오타와

F 부인께

또다시 훌륭한 칼럼을 보내주신 데 대해 감사드립니다. 더구나 이번 원고는 전문적인 솜씨로 타자까지 되어 있더군요! 부인이 쓰신 글 가운데 '즙이 많고 팔팔한 사과 잎'이라는 표현은 아주 멋집니다. 정말 훌륭한 표현입니다.

이 무더위에 무사하시기를 기원합니다.

그럼 이만.

제이

1955년 9월 12일, 온타리오 퍼스

원예부인께

독자들을 위한 유용한 정보 한 가지를 부인께 말씀드리겠습니다. 삼잎국화를 잘라주면 두 번의 개화를 볼 수 있습니다. 실제로 저는 8월에 이런 시도를 했답니다. 그리고 흰나리 꽃의 지침에 대해서 감사드립니다. 저 역시 흰나리를 땅에 심고, 정식으로 비료까지 뿌려주었지요. 이젠 최선의 결과를 기다릴 뿐입니다.

성원을 보냅니다.

도널드 포티어 부인

1955년 9월 15일, 매사추세츠 노샘프턴, 스미스 대학

가족 모두에게

휴, 이제 드디어 입학등록을 마쳤어요. 덕분에 이제 뭐든 할 수 있다는 자신감이 생겼답니다. 저는 러시아 문학을 수강할 수 있게 됐어요. 그 과목 교수는(제우스라는 별명을 가진 분인데) 고등학교 시절 이 년간 러시아어를 배운 내가, 과연 이 단계를 무사히 마칠 수 있을지 의심스럽다고 했습니다.

네, 역시 소문대로였어요. 여기서는 모두가 내내 버뮤다쇼트*를 입고 다닌답니다. 강의실이든 어디든 할 것 없이 말이에요. 베벌리 언니가 재봉할 감을 구하기만 하면 저도 한두 벌쯤 입고 다닐 수 있겠지요. (안녕, 베벌리 언니. 기분은 어때요?) 갈색 트위드로 된 것(누르스름한 갈색)이면 제가 갖고 있는 양모 스웨터와 아주 잘 어울릴 것 같아요. 어쩌면 차분한 파란색과 흰색 체크로 된 것도 괜찮을 것 같군요. 체크무늬가 너무 크지만 않다면 말이에요.

'원예부인'은 시간이 흐를수록 더욱 유명해지고 있는 것 같아요. 그건 굉장한 일이에요. 정말이라고요. 그렇다고 해서 아빠를 대신한다거나 아빠의 추억을 잊는다는 의미로 드리는 말씀은 아니에요. 저는 여름 내내 집 안에서 감돌던 분위기와 더위, 그리고 집을 떠날 걱정 때문에 비참한 심정이었거든요. 솔직히 말씀드려서 이 칼럼은 엄마한테는 일종의 성취가 될 수도 있을 것 같아요. 제 말뜻 아시겠지요? 엄마는 전엔 아무 일도 하지 않으셨으니까 말이에요. 베티 크로커 일을 셈에 넣지 않으면 말이죠. 아마 엄마는 이번에야말로 잠재된 능력을 발휘하신 건지도 몰라요, 글을 쓰는 능력에서 말이에요.

* 무릎 위까지 오는 반바지

도서관 문을 닫기 전에 서둘러야겠어요. 저는 이제 드디어 진짜 체호프를 맛볼 수 있게 된 것 같아요. 그가 직접 쓴 그 언어로 말이에요. 사람들이 할 수 없이 읽어야 하는 그 말도 안 되는 졸렬한 번역문에서는 얼씬거리지도 않던 '문체'와 '깊이'로 삽시간에 내 눈앞에 나타날 테니 말이죠.

사랑을 보내며,

앨리스

1955년 10월 5일, 오타와

원예부인께

지난주 정원에 들끓는 해충에 대해 부인께서 쓰신 칼럼 때문에 전 얼마나 흥분했는지 몰라요. '사과나무를 괴롭히는 이웃집 악동들'에 관한 얘기 말이에요. 그리고 돌능금을 어떻게 처분해야 좋을지에 대한 내용도 유용했습니다. 전 그 마지막 제안이 가장 마음에 들었답니다. 그냥 버리세요라는 말 말이죠. 멋진 생각이에요.

부인의 진정한 팬,

베티 싱어

1955년 10월 6일, 인디애나 블루밍턴

플렛 부인께

작고하신 부인의 부친에 대한 일이 만족스러울 만큼 정리되기까지 너무 지체되는 것이 아닌가 걱정이 됩니다만, 아시다시피 부친의 투자 내역은 이루 말할 수 없을 정도로 복잡하답니다.

저는 며칠 동안 부친의 미망인에게 전화를 걸어보았지만 아무 응답이 없었습니다. 지금껏 저희는 재산의 분할 문제에 관하여 그분의 지시를 따라왔습니다. 부인의 부친께서 만들어놓으신 피라미드를 '영구적인 기념물'로서 철저히 보존하는 문제를 포함해서 말이죠. 저희는 유언장과 관련된 상당량의 서류에 미망인의 서명을 받기를 희망하고 있습니다. 혹시 부인께서는, 그분이 현재 여행 중이신지, 또 그렇다면 언제 블루밍턴으로 돌아오실지 알고 계신지요?

진심으로 인사를 전하며,

캘빈 K. 콥스(브래그넘앤콥스 사)

1955년 11월 1일, 인디애나 블루밍턴

데이지에게

짧게 말할게. 마리아의 행방을 알아보는 건은 운이 없었어. 조지오(내가 최근에 만나는 사람)와 나는 지난 일요일 레몬 호숫가로 가봤는데, 그곳은 마치 북처럼 철저히 폐쇄돼 있었어. 이웃 사람들은, 꼬박 한 달 정도는 마리아를 본 적이 없대. 이젠 어떻게 하면 좋을지 알려주렴.

난 시카고로 갈 만반의 준비를 갖추었단다. 그리고 우리가 쓸 방도 예약해놓았어. 아주 쾌적한 방으로 말이야. 안 될 것 없잖니? 그런데 넌 기차표를 마련했어?

사랑을 보내며,

프레이디

1955년 11월 4일, 오타와

F 부인께

시카고 화훼 온실에 관한 부인의 제안은 1월이라면 아주 완벽할 것 같군요. 모턴 수목원까지 포함해서 말이죠. 저 자신은 그 유명한 도시에 가본 적이 없으나, 갱단과 뇌물에 대한 악명에도, 그곳은 아주 아름다운 도시라고 알고 있습니다. 그리고 설혹 부인께서 칼럼을 쓰실 수 없는 상황이 발생하더라도(병환이나 다른 어떤 요인 때문에), 저희 직원인 핑키 풀럼이 부인의 자리를 채워드릴 수 있다는 사실을 알려드리고 싶군요. 그는 보통 시에서 일어나는 사건을 담당하지만 정원 일에 열성적인 사람이고, 말이 난 김에 말씀드리자면 부인이 쓰시는 칼럼의 열렬한 찬미자이기도 하답니다.

그럼, 이만 줄입니다.

제이

1955년 11월 8일, 매사추세츠 노샘프턴

엄마에게

결론부터 말씀드리자면 엄마는 이 아기 문제에 있어서는 완전히 분별을 잃고 계세요. 원래 베벌리 언니가 아기를 입양 보내고 새 인생을 출발하기로 한 거잖아요. 지금 워런은 곧 열여섯 살이 되고 조앤은 열네 살이 되죠. 그런 지금 엄마에게 가장 있어선 안 될 일은, 집 안에 울어대는 갓난애가 생긴다는 거예요. 얼마 안 있어 두 아이는 대학에 들어갈 테고, 그럼 엄마는 자유롭게 옛 친구분들과 함께 여행을 다니실 수도 있어요. 엄마는 늘 그렇게 되기를 바라셨잖아요. 솔직히 말씀드려서 전 베벌리 언니가 엄마의 착한 마음씨를 이용하고 있다고 생각해요. 언니가 도움이 된다는 건 저도 알고 있어요. 특히 엄마가 시카고로 가고 나면 더욱 그렇겠죠. 게다가 언니는 엄마의 타자와 그밖의 모든 일을 해주고 있고요. 하지만 그 대가로 언니가 뭘 얻는지 생각해 보세요. 방세도 식대도 들지 않잖아요. 팔자 편하게 얹혀살고 있는 거라고요. 그리고 전 어째서 그 아기가 내 방을 써야 한다는 건지 모르겠어요. 크리스마스 때 제가 집으로 돌아가면 어떻게 되는 거죠? 너무 버릇없는 질문이 아니라면 말인데, 대체 전 어디서 잠을 자야 하느냐고요? 그리고 제 의견을 물어보셨기에 드리는 말씀이지만, 그 빅토리아라는 이름은 거만하다는 느낌이 들어요. 제 기숙사에 빅토리아라는 애가 있는데, 그 앤 정말 건방지기 짝이 없는 애라고요. 그리고 제 빨간 카디건을 '곧' 보내주셨으면 해요.

사랑을 보내며,

앨리스

12월 14일, 오타와

원예부인께

크리스마스용 식물에 대한 기사는 아주 훌륭했습니다. 저는 줄기가 가는 포인세티아를 가지고 씨름했다는 부인의 얘기에 눈물을 흘릴 만큼 웃었답니다. 부인께서 부인의 독자들에게 전해주고 싶을 만한 한 가지 조언을 해드리지요. 그 몹쓸 물건을 가스나 난로의 통기구, 라디에이터에서 되도록 멀리 떼어놓으시라는 거예요. 그러면 겨울 내내 잘 자랄 테니까요. 사실이지 나중엔 지겨워질 만큼 번성하게 될 거예요. 하하. 그리고 부엌에서 쓰는 포크로 가끔씩 흙을 쑤석여주기만 하면 될 것 같군요.

즐거운 휴가를 보내시기를, 그리고 매주 지혜의 말씀을 전해주시는 데 감사드리며.

홀리스 샌더슨

1955년 12월 29일, 인디애나 블루밍턴

데이지…….

이제 곧 빈스가 보내는 편지를 받게 될 거야. 빈스도 우리와 함께 시카고로 가고 싶다고 했거든. 나로서는 도저히 안 된다고 말할 수 없었다는 것만 믿어주기를 바라. 빈스는 나를 그럴 수밖에 없도록 만들었단다. 하지만 너도 모든 얘기를 듣게 될 거야. 나로서는 그 애가 직접 너한테 말하도록 내버려두는 편이 나을 것 같구나.

또, 변호사로부터 레몬 호숫가에 있는 그 집의 열쇠를 얻어서 집 안을 샅샅이 조사해봤다는 것도 알려줘야겠구나. 마리아가 어떻게 된 건지 알 수 있을 만한 것은 아무것도 없었어. 메모나 그런 것도 없었고 말이야. 하지만 마리아의 옷가지가 몇 점 없어진 것 같았어. (옷장 안에 옷걸이 몇 개가 비어 있는 것 등등으로 봐서 말이야.) 변호사에 의하면 마리아가 상당한 돈을 갖고 있었을 거라고 해. 말이 난 김에 말인데, 네 아버지가 뒤뜰에 만든 피라미드는 얼마 전에 내린 눈으로 덮여 아주 멋있게 보였단다. 조지오는 어쩌면 그 안에 다람쥐가 살고 있을지도 모른다고 했어. 넌 어떻게 생각하니? 파라오가 된 조그만 다람쥐들에 대해서 말이야.

크리스마스 선물은 멋졌어. 아마 난 인디애나 주에서, 아니 어쩌면 서양 전체를 통틀어서, 기린 발로 만든 스탠드를 가진 유일한 사람일 거야. 그런데 대체 어디서 그런 걸 구했니? 넌 다시 예전의 데이지로 돌아온 것 같구나. 하지만 아기를 키우는 문제에 있어서는, 네가 지금 무슨 일을 하는 건지 알고 있기를 바란다.

그럼 며칠 후에 만나자.

프레이디

1956년 1월 10일, 인디애나 블루밍턴

프레이디가 분명 네게, 클리블랜드에 사는 딕의 '여자친구'에 관한 얘기를 했을 테지. 아무튼 엽서로는 그 이상 자세한 얘기는 하지 않을게. 그저 몇 주 정도 떠나 있을 생각이야. 이 모든 기억들로부터 말이야. 난 집을 내놓았단다. 어쨌든 그것도 한 가지 결정이라고 할 수 있지. 다음 주 화요일 팔머 하우스에서 만나자.

사랑을 보내며,

빈스

1956년 2월 2일, 오타와

원예부인께

시카고 정원에 관한 부인의 칼럼 덕분에 남편을 움직이게 만들었다는 사실을 알려드리려고 편지를 했어요. 그이는 집 밖으로 그렇게 멀리 떠나는 걸 싫어했는데, 모턴 수목원에 대한 기사를 읽고 나더니 직접 가보기로 마음먹었답니다. 그래서 우린 4월에 가보려고 해요. 부인이 다시 돌아와서 반갑군요. 핑키 뭔가 하는 그 사람은 해리슨 옐로와 페르시아 옐로의 열매를 구분하지도 못하더라고요.

진심을 담아,

부인의 충실한 독자

1956년 4월 6일, 매사추세츠 노샘프턴

가족들에게

최근에 편지를 드리지 못해서 죄송해요. 하지만 그동안 러시아 문학과 그 교수(따분한 작자) 때문에 기분이 울적했거든요. 그리고 룸메이트인 셜리 때문에도요. 그 애는 남자친구(역시 따분한 작자) 때문에 잔뜩 의기소침해 있답니다. 또 비도 많이 왔어요. 전 전공을 바꿔볼 생각이에요. 어쩌면 스페인 문학이나 사회학, 그렇지 않으면 교육학이 될지도 모르겠어요. 어느 것이든 마음에 들진 않아요.

사랑을 보내며,

앨리스

1956년 4월 20일, 매사추세츠 노샘프턴

엄마에게

이제 기분이 완전히 나아졌다는 말씀을 드리고 싶어요. 그리고 엄마가 와주셔서 얼마나 고마웠는지 모른다는 말씀도요. 비행기를 처음 타는 거라 몹시 겁이 나셨을 텐데 말이에요. 제가 아빠 때문에 기분이 울적하다는 엄마 말씀이 옳은 것 같아요. 이제 아빠가 돌아가신 지 꼭 일 년이 됐으니 말이에요. 전 이 문제를 러시아 문학 교수님과 오랫동안 얘기해보았어요. 그분은 제 감정을 충분히 이해한다고 하시더군요. 일주기라는 것 때문에 감정적으로 충격을 받을 수 있다는 거예요. 그러면서 학기 논문을 좀 늦게 내도 좋다고 하셨어요.

전 러시아 문학 전공을 계속 살려보기로 마음먹었어요. 우린 이제 고골을 다루고 있어요. 그 사람은 정말 대단한 영혼의 소유자예요. 러시아의 위대한 영혼의 전형인 셈이죠.

워런과 조앤, 베벌리 언니, 그리고 특히 빅토리아에게 안부를 전해주세요. 그들에게 곧 편지를 쓰겠다는 말씀도요.

앨리스

추신 : 엄마의 새로운 머리 모양에 대해 했던 말은 잊으세요. 그건 그냥 수수할 뿐이니까요. 그 때문에 엄마의 목이 더욱 가늘어 보였거든요. 혹시 염색할 생각은 안 해보셨나요?

1956년 9월 3일, 오타와

F 부인께

9월 20일 저녁 7시에 프레스 클럽에서 열리는《리코더》직원들의 연례 만찬에 함께 참석해주실 수 있을지 알고 싶군요. 핑키 풀럼은 언제나 최고급 요리와 흥미진진한 노래 및 여흥을 마련한답니다. 만일 그러실 생각이 있다면 제가 부인 댁을 방문하여 차로 모시고 갈까 합니다. 연락 주시기 바랍니다.

제이

1956년 11월 14일, 오타와

원예부인께

드디어 누군가가 뿌리가 썩는 병을 해결해준 셈이로군요. 해충에 대한 조언도 부탁드려요.

충실한 독자로부터

1956년 11월 20일, 매사추세츠 노샘프턴

모두 안녕. 중간고사 때문에 꼼짝도 못 해요. 그저 빅토리아의 첫돌을 축하한다는 말을 하려고요. 빨리 그 애를 다시 보고 싶어요.

앨리스

1956년 12월 20일, 인디애나 블루밍턴

이 편지가 크리스마스 때까지 도착해야 할 텐데. 모두에게 즐거운 크리스마스이기를. 빈스와 나는 2월에 뉴올리언스를 가볼까 고민하는 중이야. 어떻게 생각하니? 조지오와는 끝났어. 참는 것도 한두 번이지, 그의 여자인 체하는 데도 신물이 났거든.

평화, 기쁨 등등을 보내며,

프레이디

1957년 1월 15일, 오타와

D에게

《리코더》 직원들은 선인장 접붙이기에 대한 당신 기사에 대만족이에요. 겨울철 원예에 최고의 주제라 할 수 있죠. 핑키 풀럼이 좀더 까다로운 부분을 독자들이 알기 쉽도록 그림을 몇 장 그렸어요. (당신의 승인을 받기 위해 편지와 함께 동봉합니다.) 그가 말하기를 자기가 옛날부터 선인장 전문이라더군요. 또 수목에 대해서도 일가견이 있다고 합니다.

따뜻한 마음을 보내며,

제이

1957년 2월 7일, 오타와

플렛 부인께

선인장 그림에 대한 부인의 친절한 말씀에 감사드리는 바입니다. 자화자찬은 아닙니다만, 독자들은 그 그림들을 정말 좋아한 것 같아요. 아무튼 그것이 지면에 활기를 돋워주었으니까요. 그리고 부인께서 뉴올리언스에 계신 동안 칼럼을 메우는 문제는 기쁘게 받아들이겠습니다. 저는 늘 누군가를 돕는 일을 좋아하죠. 누구라도 지방 선거라든가, 학교 이사회에서 벌어진 언쟁에 관한 기사만 쓰다 보면 지겨워지게 마련이거든요.

진심을 담아,

핑키 풀럼

1957년 6월 30일, 오타와

원예부인께

'풀협죽도에는 인내심을 가질 것'이라는 칼럼이 마음에 들었습니다. 저는 그 기사를 오려서 파일에 철해두고, 캘거리에 살고 있는 동서에게 주려고 한 부를 더 구입했지요. 동서는 그걸 보면 뛸 듯이 좋아할 거예요.

진심을 담아,

로즈 헤닝(소심하지만 마음을 굳게 먹고 훈련 중인 정원사)

1957년 9월 19일, 하노버 대학

기숙사가 너무나 시끄러워서 도저히 생각을 할 수 없지만, 제가 무사히 자리 잡았다는 사실을 알려드리려고 편지를 씁니다. 이곳은 날씨가 아주 좋아요. 베벌리 누나가 무역 강좌를 듣기 시작했다니 잘됐군요. 누난 잘해낼 거예요.

모두에게, 특히 비키에게 사랑을 보내며,

워런

추신 : 엽서를 보내도 좋다고 하셨죠?

1957년 12월 2일, 오타와

오, 친애하는 원예부인이시여,

제가 얼마나 사랑하는지

부인의 훌륭하신 원예 솜씨를,

부인의 물뿌리개와 부인의 비료를

그리고 얼마나 사랑하는지

이 늘어지는 신문지를 들추면서 부인을 찾는 일을

언제나 우표와 브리지 사이에, 요리와 종교 사이에

영원히 자리 잡고 있는 원예와 당신의 자상한 마음씨,
지난주 부인은 물수건으로 푸른 잎들을 깨끗이 닦아주었죠.
빛나고 반짝거리게,
그토록 부드럽게 대기 속으로 푸른 숨구멍이 열리도록
부인은 말씀하셨죠,
그건 어린애의 손을 닦아주는 일과 같노라고.
친애하는 원예부인, 오 내가 부인의 아이만 될 수 있다면
깨끗이 닦여서 빛과 선함으로 나아갈 수 있다면
얼마나 행복할지,
그 이상 바랄 것은 없을 텐데.
부인을 사랑합니다, 필요로 합니다, 원예부인이시여.

익명의 독자가

1958년 1월 15일, 인디애나 블루밍턴

데이지…… 네가 죽이려고 들지도 모르지만 난 2월에 플로리다에 갈 수 없게 됐어. 이유가 뭔지 알겠니? 난 결혼한단다. 그래, 결혼한다니까. 아직 기절하거나 쓰러지지는 않았을 테지? 빈스는 내 머리가 어떻게 된 거라더구나. 하지만 넌 멜이 마음에 들 거야. 그는 연구소 전임강사인데 이혼 경력이 있고, 멋진 머리에다 남성 사중단의 바리톤처럼 노래를 부른단다. 그 정도면 알겠지? 그러니 플로리다의 햇살을 받는 대신 인디애나로 직접 내려와 결혼식에 참석하지 않겠니? 결혼식은 화려한 드레스 없이 그저 법원에서 하는 오 분짜리이지만, 그뒤에는 사상 최대의 피로연을 열 계획이란다. 샴페인을 짝으로 내올 거야. 아예 샴페

인 바다를 만들 거라고.

사랑을 보내며,

프레이디

1958년 1월 17일, 인디애나 블루밍턴

간단히 적을게. 넌 이제 그 '결혼식'에 참석하러 올 테지. 그런 다음 우리 두 숙녀께서는(그대와 나) 남쪽으로 내려가 플로리다에서 일주일을 보내는 거야. (프레이디 말이 넌 비행 공포증을 극복했다더구나.) 난 정말 햇빛이 필요해. 멜이 프레이디에게 쓸 만한 사람이기만 빌자꾸나. 멋진 사람이긴 하지만 벌써 두 번이나 이혼한 경력이 있단다!!!

빈스

1958년 3월 4일, 오타와

D에게

야자수에 관한 기사 '신비의 나무'는 아주 훌륭했어요. 게다가 핑키의 그림도 '엄청난' 호응을 얻었고요. 혹시 '차와 호감'이라는 공연을 보러 가실 의향은 없으신지? 3월 15일자 표 두 장을 입수했거든요.

제이

1958년 6월 2일, 오타와

원예부인께

제라늄에 대한 부인의 찬사는 제게 깊은 감동을 주었습니다.

이 억세고 튼튼한 녀석들은 지난 오십 년간의 결혼 생활에서 내 벗이 되어주었답니다. 그들은 창턱에 앉아서 저녁식사에 쓸 감자 껍질을 깎는 동안 나를 즐겁게 해주었지요. 남편은 감자가 없는 저녁 식탁은 생각도 못 하는 그런 사람이에요. 믿으실지 모르겠지만 지금 전 흔히 양로원이라고 하는 '황혼의 집'에 있답니다. 그래서 더는 감자 껍질을 깎거나 할 일은 없지만, 그래도 내 방 창턱에는 여전히 밝고 아름다운 그 귀염둥이들이 올라앉아 있지요. 부인과 마찬가지로 저 역시 죽은 꽃을 손가락으로 비벼서는 그 향내 맡기를 좋아한답니다. 그저 남들이 미쳤다고 할까 봐 다른 사람한테 얘기한 적은 없지만 말이에요.

진심을 담아,

앨리스 W. 키퍼 부인

1959년 4월 27일, 오타와

D에게

부활절 식사에 초대해줘서 얼마나 고마웠는지 몰라요. 정말 축복받은 훌륭한 가족이더군요. 구름 같은 빨간 머리를 한 앨리스, 수줍음 타는 워런, 귀여운 조앤, 그리고 당신의 조카 베벌리와 꼬마 빅토리아. 나는 진정한 가족이 함께 둘러앉아 명절 음식을 나눠먹는 즐거움을 까맣게 잊어버릴 뻔했어요. 그리고 그 음식은 또 얼마나 맛있었는지! 그리고 앨리스가 꼬치꼬치 질문을 던졌다고 해서 내가 당황했으리라고는 생각지 말기 바랍니다.

그럼 이만.

제이

추신 : 다음 주 화요일이 여전히 괜찮을지요.

1959년 11월 14일, 인디애나 블루밍턴

데이지…….

네 변호사가 그저께 레몬 호수의 부동산 건으로 전화를 했단다. 마침내 그곳을 살 만한 사람이 나타났다는 거야. 그런데 그들은 피라미드를 뭉개고 그 일대의 땅을 고르겠다지 뭐니. 이 문제를 어떻게 생각하는지 알려주겠어? 이 일을 계속 진행시켜야 할까? 그 부동산을 처분하는 문제에서 마리아의 서명은 필요치 않은 게 분명해. 나중에라도 그녀가 나타나면 어느 정도 보상해 주는 것으로 문제를 해결할 수 있을 거야.

사랑을 보내며,

프레이디(옆에서 멜이 안부를 전해달래.)

1959년 12월 13일, 인디애나 블루밍턴

데이지.

멜과 난 네가 즐거운 크리스마스를 맞기를 바란단다. 부동산 업자들에게 네 말을 전했어. 그래, 물론 난 네가 미쳤다고 생각하지 않아. 굳이 돈이 필요한 것도 아닌데 서두를 것도 없지. 다만 그 피라미드는 야만적인 파괴 행위라든가 아니면 혹한으로 손상될 수도 있다는 점을 미리 일러둬야겠구나. 앞으로 다시 십 년간 무사히 버티기만 기다리자꾸나. 내가 '기혼녀'가 되고, 네가 '직장 여성'이 될 줄 누가 상상이나 했겠니? 아무튼 그 일은 네게 잘 어울리는 것 같다. 빈스와 나는 그 점에 대해서만큼은 의견이 일치하고 있지. 네가 전공을 찾은 거라고 말이야!

사랑을 보내며,

프레이디

1960년 4월 3일, 오타와

원예부인께

부인께서는 정말 꼭 필요한 문제를 말씀하셨더군요. '양식거리를 심느냐 마느냐를 결정하라'는 기사에서 말입니다. 아내와 저는 바로 이 문제를 놓고 오랫동안 말다툼을 벌여왔지요. 따라서 감사의 표시로 부인께, 연못에서(연못이 있으시다면) 해조류를 제거하기 위한 저 자신의 처방(별도 첨부)을 보내드립니다. 부인의 독자들에게, 황산동은 양어장이나 철물점에서 구할 수 있다는 사실을 알려주십시오.

그럼 안녕히 계십시오.

감사의 인사를 보내며,

로먼 매트류스키

1960년 8월 12일, 오타와

원예부인께

개미떼와의 극적인 투쟁을 재미있게 읽었습니다. 또한 유럽잎벌레에 대한 계몽도 좋았습니다. 부인은 이야기를 만드는 진정한 재능을 갖고 계신 것 같군요.

감사를 드리며,

오타와 남부에서 잡초와 벌레에 시달리는 사람으로부터

1960년 11월 4일, 인디애나 블루밍턴

안녕. 방금 앨리스의 청첩장을 받았다. 신나게 달려갈게. 난 '손님'을 데려와도 좋다는 네 말을 곧이곧대로 받아들이기로 했어. 우린 기차를 타지 않고 비행기를 이용할 거야. 그 사람도 함께 말이야.

빈스

1960년 12월 15일, 오타와

D에게

방금 핑키와 얘기해보았는데, 앨리스의 결혼이 끝날 때까지 칼럼을 대신 맡아주기로 했어요. 그런 일에는 준비할 것이 상당히 많을 테죠? 핑키는 최근 들어 다시 유행하고 있는 양치류에 대해 재미있는 기삿거리가 있다고 하더군요. 내가 도울 수 있는 일이 있으면 뭐든 연락만 줘요.

그럼 이만.

제이

1961년 1월 22일, 오타와

D에게

나를 용서해요. 하지만 이 말만은 반드시 해야겠소. 고마워요, 정말 고맙소.

제이

1961년 4월 20일, 영국 햄스테드

엄마에게

이 조그만 집에서 저희는 얼마나 행복한지 몰라요. 이렇게 행복할 수 있다니, 전에는 상상도 못 한 일이에요. 브루어리 가 1번지라는 이 주소까지 시처럼 들려요. 어떻게 생각하세요? 전 지금껏 내내 괴상하게 굴어왔는데, 한순간 갑자기 그렇지 않게 된 것 같아요. 저는 영원토록 이곳에 살면서 아기를 낳고 체호프에 대한 글을 쓰고, 기분 좋고, 분별 있는 사람으로 살아갈 거예요. 빅토리아의 귀여운 사진들을 보내주셔서 감사해요, 그 애 생각만 해도 가슴이 막 부풀어오르는 기분이에요. 엄마와 빈스 이모, 프레이디 이모가 올해 버뮤다로 가시기로 했다니 잘됐어요. 벤이 안부를 전해달라고 하는군요.

앨리스

1962년 5월 25일, 인디애나 블루밍턴

데이지.

우리가 세례식에 참석할 수 있어서 얼마나 기뻤는지 몰라. 앨리스는 아주 멋있어 보이더구나. 맙소사, 그 앤 정말 부드러워졌어. 벤 2세도 아주 예쁘고 말이야. (그들 가족은 지금쯤 햄스테드로 돌아갔을 테지?) 게다가 드디어 제이를 만나게 돼서 좋았어. 그래, 네가 말한 대로 아주 재미있는 사람이더구나. 그리고 '이반 스카빈스키 스카바르'에 관해 정통한 사람이라면 누구나 그렇듯 사랑스러운 점도 있었어. 그 사람과 멜이 그렇게 공통된 부분이 많은 것을 보고 난 무척 기뻤단다. 그런데 우리가 이 나이에 모두 남자친구를 갖고 있다니 정말 이상한 일이잖니? 멜의 경우는 이제 남편이 됐으니까 정확히 말하자면 남자친구라고는 할 수 없지만 말이야. 말이 난 김에 말인데 빈스와 브릭은 결혼식 얘기를 하고 있지 뭐니? 난 브릭에게 되도록 상냥하게 대해주고 싶지만 왠지 잘 안 돼. 넌 어때? 어쩌면 그 사람 이름 때문일까, 아니면 그 끔찍한 넥타이 때문일까? 아마 그가 케네디 가를 빈정거리기 때문인지도 모르겠어. 아니면 시그마 X 단원 반지를 끼고 있기 때문인지도 모르지. 그 모든 것이 합쳐져서 그런 것일 수도 있고.

사랑을 보내며,

프레이디

1963년 6월 6일, 오타와

원예부인께

모란꽃이 예쁘기는 하지만 바보 같다는 데는 전적으로 동감이에요. 가장 멍청한 점은 자리를 옮겨주면 화를 낸다는 거죠. 바로 그 때문에 남편과 저는 지난주에 부인이 말씀하신 제안을 기꺼이 받아들이기로 했답니다. 정말 고마워요. 부인은 최고예요.

오드리 라로시 부인

1963년 8월 15일, 오타와

원예부인께

접시꽃에 관한 기사가 아주 좋았습니다. 특히 '풍성한 주름치마'라든가 '수줍은 듯 솜털이 난 줄기' 같은 표현이 마음에 들었어요. 전 오랫동안 마당에 접시꽃을 키우지 않았지만, 부인의 칼럼을 읽고는 곧장 뛰어가서 씨앗 한 봉지를 사왔지 뭐예요. 올해는 이미 너무 늦었다는 걸 알면서도 말이에요.

정말 고마워요.

리디아 뉘고르

1963년 11월 25일, 오타와

D에게

전화로 연락이 닿지 않아서 서둘러 연락합니다. 이번 주에는 케네디에 관한 보도 때문에 스포츠/가정란 지면이 거의 대부분이 취소됐어요. 따라서 당신의 바위 정원에 관한 칼럼은 다음 주에 쓸 예정입니다. 세상이 어떻게 돌아가는 건지. 모든 것이 와르르 무너지는 것 같군요.

당신의 제이

1964년 1월 25일, 오타와

D에게

이런 오해가 생기다니 정말 미안합니다. 물론 난 이제, 전화로 당신과 얘기한 것이 실수였다는 것을 깨닫고 있어요. 당신이 실망하리라는 건 알았지만 그렇게까지 격한 반응을 보이리라고는 미처 생각지 못했지요. 당신은 자신에게 좀더 많은 시간을 쓰고 싶어했잖아요. 여행을 갈 시간이라든가, 딸을 보러 영국으로 갈 시간 같은…… 여느 때처럼 우리가 화요일에 만나면 서로 '분별'을 가진 두 사람으로서 이 문제를 얘기했으면 합니다.

당신의 제이

1964년 2월 6일, 오타와

플렛 부인께

부인의 편지를 신중히 읽고 부인의 감정이 어떤지 충분히 이해했다고 생각합니다. 하지만 제이가 부인께 신문사의 정책에 관해 설명해드렸으리라고 압니다. 정규 직원이 칼럼을 맡는 데 있어서 우선권을 갖는다는 정책 말입니다. 아시다시피 전 그동안 부인께서 잠시 여행을 가실 때마다 이따금씩 원예 칼럼을 대신 맡곤 했지요. 그리고 솔직히 말씀드려서, 전 그동안 상당히 많은 독자에게 성원 편지를 받았답니다. 특히 제 칼럼에 삽화가 들어가고 또 남성의 입장을 취하고 있다는 점에서 말입니다. 제 개인적인 생각으로는 지방 신문은 살아 숨 쉬는 유기체가 되어야 경직된 틀 속에 갇히지 않고 살아남을 수 있을 것 같습니다. 그 문제를 이런 식으로 생각해보십시오. 우리 독자들은 언제나 변하고 있다. 그러니 우리도 변해야 한다, 고 말입니다. 지난 구 년간 원예부인의 역할을 맡으셨으니, 부인께서도 이제 변화를 환영하시리라고 믿습니다.

진심을 담아,

제임스 (핑키) 풀럼

1964년 2월 20일

D에게

이 모든 문제가 나로서는 정말 유감스럽기 그지없습니다. 나 역시 신문사의 그 정책이 우습기 짝이 없다는 데 동감이지만, 그것은 내 전임자 이후로 시행돼온 정책이라오. 그렇다고 해서 당신이 기고가로서 유능하지 않다는 말은 아닙니다. 그건 당신 자신이 더 잘 알고 있을 거예요. 문제는 핑키에게 있어요. 정규 직원은 해당 분야에 능력이 있다는 사실만 입증된다면 어떤 것이든 정규 칼럼을 집필하는 데 우선권이 있다는 겁니다. 이 일을 내가 얼마나 유감으로 여기는지 형언할 수 없을 정도로요. 그런데도 나로서는 속수무책이라니.

조만간 만나서 여러 가지 문제를 의논하기로 합시다. 이런 말을 해도 좋을지 모르지만 당신은 이 문제를 지나치게 개인적인 문제로 받아들이고 있는 것 같습니다.

당신의 제이

1964년 2월 28일

플렛 부인께

부인의 편지는 잘 받아보았습니다. 그렇지만 이번만큼은 저도 마음을 바꿀 생각이 없습니다. 솔직히 말씀드려서 전 지난 십 년 동안 시의 정책에 관한 문제를 다뤄왔기 때문에 변화를 필요로 하고 있습니다. 제 주치의조차도 변화를 가져보라고 권하는 실정입니다. 부인께서도 그렇게 오랜 세월 동안 같은 일을 하셨으니 변화를 바라리라고 생각되는군요. 변화야말로 인간을 젊게 만들어주는 것이니까 말입니다.

진심을 담아,

핑키 풀럼

추신 : 지난번에도 말씀드렸다시피, 전 이번 일로 우리의 우정

에 금이 가지 않기를 바라고 있습니다.

1964년 3월 28일, 인디애나 블루밍턴

데이지.

빈스와 난 네가 손목이라도 삐지 않은 건지 의아해하고 있단다. 우리는 오랫동안 네 소식을 듣지 못했구나. 한두어 줄쯤 소식을 전하는 게 어떻겠니?

프레이디

1964년 4월 10일, 영국 햄스테드

엄마의 편지를 받은 지 몇 주가 지났어요. 별일 없으시길 바라요. 영국엔 봄이 되어 모든 것이 눈부시답니다. 주디는 벌써 5.5킬로그램이 됐고요. 정말 별일 없으신 거죠? 전 좀 걱정이 돼요. 지난 몇 주 동안 편지 한 통 받지 못했으니 말이에요. 혹시 무슨 안 좋은 일이 생겼나요?

사랑을 전하며,

앨리스, 벤, 그리고 벤지와 꼬마 주디

THE STONE DIARIES

제7장

1965년

슬픔

1965년은 플렛 부인이 심각한 우울증에 사로잡힌 해였다.

그 일은 사실이지 갑작스럽게 일어났다. 그녀의 가족과 친구들은 무력하게 서서 그녀가 여느 때의 평정을 잃고 혼란으로, 단절로, 그런 다음에는 마음의 상처에서 온 분노의 폭발로 무너져내리는 것을 물끄러미 지켜볼 수밖에 없었다. 그러는 동안 그녀는 매력을 잃었다. 좌절감은 그녀의 외모와 어울리지 않았던 것이다. 선은 악을 이길 수 없었다. 그 얼굴은 선하게, 어리석을 만큼 선하게 보였던 것이다. 한 번에 한두 시간밖에 잠을 못 자고 식사가 불규칙해지면, 이런 사람은 얼마 안 가 육체적으로도 침체되고 만다. 이런 사람은 늘 주위에 있게 마련인데, 플렛 부인도 그런 사람을 본 적이 있었다. 공원 가장자리를 어슬렁거리거나 헤어드라이어를 쓰고 있는 사람들을. 그들의 얼굴 피부는 늘어져 있다. 옷차림은 균형을 잃고 있어서 언제나 말끔하게 손질을 받을 필요가 있어 보이는 것이다. 그러면 사람들은 이 길

잃은 영혼에게 달려가 위로해주고 싶은 마음이 들지만, 그들에게서는 패배감의 분위기가 너무 짙게 풍겨나와 망설이게 된다. 그건 흡사 냄새와도 같은 것이었다.

1965년 봄과 여름…… 플렛 부인에게는 그 몇 달이 너무나 괴로웠다. 그녀는 체념으로 시작되어 침묵으로 굳어지고 나중에는 주위 사람들과도 멀어지고 마는 그 시기를 하루하루 넘기고 있었다. 자식들과 손자들, 친구와 친지들에게서 쓰라린 책망을 받아가며.

무엇 때문에 플렛 부인이 이토록 변해버린 것일까?

아마 갱년기 현상일지 모른다는 생각이 들 수도 있지만, 그런 것은 아니었다. 1965년 데이지 플렛은 쉰아홉으로 거의 예순 살이었으며, 그녀의 호르몬계는 마흔아홉 살의 생일을 넘긴 이후로 특별한 변덕 없이 시계처럼 안정돼 있었다. 또는 가족 중 누구처럼 '뒤늦게' 가족을 여읜 슬픔에 빠졌던 것 같아 보이지도 않았다.

물론 그녀는 자신의 사랑이었던 바커를 다정한 마음으로 회상하고 어떤 의미로든 그에 대한 추억을 소중히 여기고 있었다. 그녀는 손바닥에 저겐스 로션을 바를 때면 언제나 미소를 지으며 과거의 한순간, 아주 은밀한 순간을 회상하곤 했다. 그 일을 남들에게 말할 생각은 없지만, 여기에 적어보자면 그때 바커는 그녀의 매끄러운 손가락을 아주 유연하고 매끈매끈한 물고기에 비유하며 칭송했다.

물고기라고? 그건 깜짝 놀랄 만한 생각이었다. 그 생각이 불시에 엄습했다. 그때만 해도 그녀는 그 유사성에 별로 신경을 쓰지 않았다. 그런데 이제는 적어도 그것이 시에 대한 남편의 성향을 대담하게 표출한 것이라는 생각이 들었다. 그렇지만 지금 그녀가 정말 잃어버린 이 배우자를 그리워하고 있는 걸까? 그들 두 사람 사이의 희박한 사랑에 냉담했다는 이유로? 그녀는 얼마나 많은 시간을 그들이 결합한 저 이십 년간의 결혼 생활을 돌이키는 데 보내는 걸까?

솔직히 말해서 그런 시간은 거의 없다. 정말 그랬다.

현재의 정신적 침체, 심신이 겪고 있는 조울증, 이성의 마비, 육체적 건강의 쇠퇴…… 이 모든 것은 그녀의 주변에 있는 사람들이 겨우 알아보고 짐작하고 이것저것 생각해볼 수 있을 정도로 막연한 질병에서 나온 것이었다.

앨리스의 추측

무슨 일인가 내게 일어났다. 열아홉 살 때 나는 어떤 종류의 사람으로 변하려고 했으며, 그렇게 변했고, 전과는 다른 방향으로 나아갔다.

인간의 자아라는 것은 돌에 새긴 조각처럼 고정된 것이 아니다. 얼마 전 나는(아마 일요 신문에서) 한 미국 여자에 관한 글을 읽었다. 그녀는 어느 날 아침 잠자리에서 일어나 새로운 필적을 연습하기 시작했다. 글자들을 뒤쪽으로 눕히는 대신, 좀더 작고 촘촘하게 고리를 만들며 앞쪽으로 기울이면서. 그건 꼭 그림이라도 그리는 것 같았다. 그녀는 이런 식으로 자기 이름을 십여 차례 써보았다. 그러곤 헌법 전문前文과 게티즈버그 연설문을 써보았다. 정오쯤 그녀는 전혀 다른 사람이 되어 있었다.

내게 일어난 변화는 필적보다 깊은 것이었고, 새로운 머리 모양이라든가 식단 같은 피상적인 일을 훨씬 넘어서는 것이었다. 비록 나는 열아홉 살 때 머리를 기르기로 마음먹고(그건 1950년대 중반에 유행하던 것과는 다른 것이었다) 고기와 백설탕과 흡연을 포기했지만 말이다.

그때는 여름철이었다. 나는 대학에서 1학년을 마치고 집에 막 돌아온 참이었다. 실제로 집에 돌아온 첫날 아침 일이었다. 나는 큼직하고 조용하며 낡은 오타와의 집에서 일찍 잠을 깼다. 그러곤 천장에 나 있는, 쭈그렁 할멈의 굽은 등처럼 길쭉하고 둥근 금을 바라보았다. 그 금은 꼭대기 부분이 높고 둥글다가 점점 가늘어지면서 아래로 내려왔다. 아주 어린 시절 이후로 내가 기억하는 한, 그 금은 똑같은 모습으로 그 자리에 있었다. 아침에 눈을 뜨면서, 그리고 밤에 잠자리에 들면서 늘 보던 금이었다. 회반죽 위에 그려진 그 위협적인 금이 나를 두려움으로 감쌌다. 그건 그 마녀처럼 생긴 모양이 두려웠기 때문이 아니었다. 맙소사, 그런 것은 아니었다. 나는 이러한 의인화가 나만의 공상에서 나온 것이라는 사실을 아주 잘 알고 있었다. 동시에, 다른 사람들, 나보다 좀더 행복한 사람들이라면 그 금을 보면서 병으로 흉하게 일그러진 척추가 아니라, 강물이라든가 가라앉은 대륙의 지도를 볼 수 있다는 사실도 잘 알고 있었다. 조금만 상상을 보태면 산 위에 중국식 탑이 얹혀 있고, 그 위에 다시 거품을 일게 만든 아이스크림이 혹처럼 얹혀 있다고 볼 수도 있었다. 사람은 자기가 보고 싶어하는 대로 사물을 보게 마련이었다. 우리가 인식하는 것은 바로 우리 자신의 가장 절실한 욕구를 표출하는 것이다. 이것은 대학에서 필수 과목인 심리학 입문만 들어도 쉽게 알 수 있는 일이다. 아니, 그런 게 아니었다. 천장에 생긴 금에서 내가 두려워한 것은 그 지속성이었다. 그 금이 언제나 그 자리에 있다는 사실 때문이었다. 마치 나와 함께 붙어다니겠다는 것처럼, 내 일부가 되기로 작정이라도 한 것처럼.

나는 천장까지 닿기를 바라면서 지하실에서 접사다리를 끌어내왔다. (그 오래된 주택의 천장은 터무니없을 만큼 높았다.) 그리고 정원의 헛간 선반에서 미장이들이 쓰는 석회가루 통을 찾아낸 뒤 한 통 분량의 끈적거리는 반죽을 만들어냈다. 나는 부엌에서 가져온 주걱을 이용하여 접사다리를 조금씩 움직여가며 천장의 금을 때웠다. 전에 이런 일을 해본 적이 한 번도 없었지만, 석회통에 붙은 지시 사항을 꼼꼼히 읽고는 보기 좋게 해냈던 것이다. 나는 유난히 손재주가 있었다. 내가 제출한 기말 리포트 밑에 교수들은 '아주 능숙함'이라든가 '초점이 정확함' 또는 '활기가 있음' 등등의 평가를 적어놓곤 했던 것이다.

반시간쯤 지나 반죽이 마르자 나는 그 부분을 사포로 매끄럽게 다듬었다. 그 바람에 머리와 얼굴로 고운 가루가 떨어졌고 코와 입으로는 횟가루의 냄새와 맛을 느낄 수 있었다. 그 맛이 기분 나쁘지 않았다. 아니, 오히려 정반대였다. 오후 4시까지 기다란 자루 끝에 달린 롤러로 천장 전체를 한 차례 칠했으며, 그날 밤 잠자리에 들기 전에 전체를 한 번 더 칠했다.

그런 다음 어둠 속에, 아마도 소용돌이치며 아래로 내려오는 자욱한 라텍스 냄새에 약간 취한 채로 누워서 행복한 예감에 사로잡혀 허공을 바라보고 있었다. 그리고 곧 잠들었다. 나는 그 잠을 기꺼이 받아들였다. 어서 빨리 아침이 오기를 간절히 바라면서 이른 새벽의 빛 속에서 눈을 뜨고 내가 만든 신선한 변화를 바라보고 싶었다.

그리고 정말로 그 일이 일어났다. 하나의 사건, 새로운 계시가! 가족 중 어느 누구도 내가 침실 천장을 고치고 새로 칠하기로 한 데 이의를 제기하지 않았다. 어느 누구도 나에게, 왜 사다리를 가져가느냐, 무엇 때문에 헛간에서 롤러를 찾느냐, 혹시 그것이 일시적 변덕이나 공연히 심란해서 그러는 것이 아니냐는 질문을 던지지도 않았다. 이 일이, 이런 허용의 분위기에 나는 깜짝 놀랐다. 물론 어머니는 지방 신문에 매주 기고하고 있는 칼럼을 쓰느라 정신이 없었다. ('원예부인'이라는 필명으로.) 동생들은 흥미롭다는 눈길로, 어쩌면 약간 시기심이 섞인 눈길로 바라보았으며(어째서 자신들은 천장을 고칠 생각을 하지 못했던가?) 벌써 일 년 전부터 우리 집에서 살기 시작한 베벌리 사촌은 양탄자에 신문지 까는 일을 거들어주고 까다롭게 각도를 이룬 구석을 칠하는 문제에 쓸 만한 조언을 해주었다. 아마도 그때 아버지가 살아 계셨더라면, 이런 바보 같은 소동을 부리지 못하도록 말렸을 것이다. 게다가 그날은 내가 집에 온 첫날이니 더욱 그랬으리라. 그렇기는 해도 아버지라면 어째서 내가 이런 충동을 느꼈는지 이해해주었을 것 같은 기분이 들었다.

하루 사이에 나는 내 인생을 바꿔버렸다. 따라서 내 인생이란 것은 얼마든지 바꿀 수 있는 일인 것이다. 이런 간단한 이치에 해석은 필요 없었다. 그랬다. 그것은 마치 마약처럼 강력하게 나의 핏속으로 곧장 스며들어왔다. 펌프질하며 쇄도하는 그 힘을 느낄 수 있었으며, 혈관은 마치 유리처럼 투명해진 것 같았다. 전날 아침만 해도 결핍과 운명을 느끼며 잠을 깼지만, 이제 나는 나 자신의 의지라는 폭풍에 휩싸여 잠이 드는 것이다. 아침이 되면 내 눈은 무한한 가능성을 지닌 희고 매끄러운 들판을 향해 뜨리라. 나를 괴롭혀왔던 그 천장은 이제 한낱 추억 속의 추억으로 전락해버린 것이다. 나는 그저 그것을 덮어버리기만 한 것이 아니었다. 완전히 지워버린 것이다. 마치 한 번도 존재하지 않았던 것처럼.

그다음으로 나는 친절해지기로 결심했다. 나는 친절한 사람이 아니었지만 배우면 된다고 믿었다.

먼저 나는 벽난로에 옛날 일기장과 대학에서 집으로 보냈던 편지들, 격한 감정과 술책으로 가득 찬 편지들을 집어넣고 태워버렸다. 어머니는 내가 이러는 것을 보더니 걱정이 된 모양이었다. 후회할지도 모를 텐데. 열 살 때나 열두 살, 열여섯 살 때의 네 모습을 되돌아보고 싶어질 텐데, 하면서.

그러나 이젠 내 기억을 자극할 일기장이나 편지가 필요 없다는 사실을 알고 있었다. 나는 천박하고 거만한 계집애로 자랐다. 이기적이었다. 나는 남들의 감정에 상처 입히기를 좋아했다. 여동생 조앤을 살살이라고, 남동생 워런을 여드름코라고 놀려댔다. 마치 고용살이 하녀라도 되는 것처럼 사촌언니 베벌리를 이것저것 부려먹었다. 그리고 그녀가 낳은 갓난애가 시끄럽게 울어댄다고 투덜거렸다. 갓난애는 급경련통을 앓고 있었는데, 그것을 마치 그녀가 애를 잘 돌보지 못했기 때문이거나 애의 뇌에 문제가 있기라도 한 것처럼 굴었다. 그리고 식단에 관한 기사를 닥치는 대로 오려내서 어머니 앞에서 쌀쌀맞고도 음흉한 음성으로 읽어댔으며, 어머니가 기사를 쓰고 있는 신문을 언급할 때는 늘 '편협한 쓰레기'라고 말했다. 나는 내가 어떤 인간이었는지 선명하게 기억하고 있다. 사람들은 추억을 마치 강의 어귀라도 되는 양 말하곤 한다. 그러나 나 자신에 대한 나의 추억은 거친 물결이 일고 있는 호수와도 같은 것이어서 내가 되고자 하는 그 사람을 파도로 후려치곤 했다. 상냥하고 사려 깊은 그 사람을 말이다.

나는 주의를 기울였다. 머릿속에 있는 모터의 작동에 귀를 기울였다. 그건 마치 묵주를 굴리며 기도라도 하는 것 같았다. 정말 복잡한 일이었다. 1965년 여름, 나는 계집애 티를 벗고 여자가 되었다. 그때 나는, 여자는 결점투성이일지는 몰라도 천박할 필요는 없다는 사실을 알게 되었다. 내가 가족에게 일으킨 반향은 놀랄 만큼 작은 것이었다. 그건 마치 먼 곳에서 울리는 종소리 같았다. 비록 오랜 세월 동안 나는 늘 유리한 해석의 덕을 보기는 했지만 말이다. 요컨대 가족들은 이렇게 말했다. 앨리스가 철들었어. 이제 어엿한 숙녀가 되었네. 다 컸어. 앨리스가 침착해졌는걸. 걸핏하면 싸우려 드는 성질도 없어졌어. 거만한 투도 없고. 앨리스도 이젠 세련됐는걸. 그래도 앨리스는 늘 시치미를 떼고 있지, 안 그래? 아니, 이번엔 귀엽게 굴기로 한 모양이군. 앨리스는 믿을 수 있지, 언제나 말이야.

그럼, 이렇게 해보자!

여기에 아버지의 죽음을 전후로 해서 우리 가족의 구조가 어떻게 달라졌는지를 도표로 제시해보겠다.

아버지가 세상을 떠나기 전까지(악성 뇌종양으로) 우리는 아주 유쾌한 소가족을 이루고 있었다. 서로 사랑하는 부모와 세 명의 건강한 아이들. 아버지는 농업 연구소 소장이었는데, 그의 종자 교배연구는 널리 인정받고 있었다. (아버지는 그 연구로 궬프 대학 및 아이오와 대학에서 명예학위를 받았다.) 그리고 은퇴한 뒤에도 결코 무위도식하는 일 없이 오타와의 《리코더》지에 매주 원예에 관한 칼럼을 썼다. 어머니는 아버지보다 무려 스물세 살이나 젊었다. 그 나이 차도 그녀에게는 취미이자 직업이 되었다. 그녀는 늙은 남편의 젊은 아내 역할을 착실히 해냈던 것이다. 그것이 그녀의 젊음을 유지시켜주었다. 그녀는 소녀 시절이라는 탑 속에서 살았던 것이다. 그 안에서 그녀는 안전하게 보살핌을 받았다. 그녀는 사람을 쓸 만한 여유가 있었을 때에도, 집 안에서 아이들을 돌보며 바느질과 청소를 하고 정원을 가꾸었다. 어머니가 가꾸는 정원은 그녀의 일상생활에서, 그리고 우리 모두의 일상생활에서 일종의 수사적인 기능을 했다. 또 어머니는 저녁식사를 만들었다. 구운 고기나 삶은 채소, 파이, 푸딩, 그리고 후식으로 내놓을 젤리 등을. 이런 음식들은 미리 계획된 것이며 그저 되는대로 나오는 것이 아니었다. 가족은 차려진 식탁 앞에 앉는다. 어머니는 식탁 장식을 빠뜨리는 법이 없었는데, 그건 그녀가 식탁 장식을 필수로 여겼던 구식 여성에 속했기 때문이다. 우리 아이들은 훌륭한 식탁 예절을 갖추었다. 우리는 낮은 음성으로 얘기를 주고받았다. 식사가 끝나면 조앤과 워런과 나는 누가 뭐라고 하지 않아도 숙제를 하러 갔다. 수요일 저녁이면 머나라스무센이라는 여자에게서 피아노 레슨을 받았다. 우리는 등 뒤에서는 그녀를 왕딸기라고 불렀는데, 이렇게 얌전한 별명을 붙인 것을 보면 우리가 어떤 아이들인지, 그리고 우리가 뭘 할 수 있는지 알 수 있으리라. 토요일이면 가족끼리 산책을 나갔다. 우리 말고 이렇게 가족 단위로 산책하는 사람을 본 적이 없었다. 거기서 부모는 우리에게 이웃이나 시험 농장의 숲에서 자라는 여러 가지 관목과 나무, 풀, 꽃들의 이름에 대해(그리고 이런 지식을 뽐내지 않는 법도) 가르쳐주었다.

아버지가 세상을 떠나고 나자 아니, 병의 진단을 받고 나서부터 상황은 급속히 달라졌다. 저녁식사는 늦거나 일렀으며 종종 식탁이 아니라 부엌에서 식사를 하게 되었다. 우리는 통조림에서 꺼낸 콘비프나 치즈 샌드위치를 먹었다. 어머니는 아예 앞치마를 벗는 일이 없어서 앞치마 차림으로 집 밖으로 나서지 않도록 우리가 상기시켜줘야 할 정도였다. 청소는 뒷전으로 밀려났다. 모든 일이 다 그랬다. 그녀가 소중히 가꾸던 아프리칸 바이올렛도, 양치식물들까지도 시들어버렸다. 이렇게 집안일을 돌보지 않는 이유 중 하나는 슬픔이나 혼란 때문으로 설명할 수 있었으며, 그건 당연해 보일 수도 있었다. 그러나 이 모든 일을 완전히 바꿔버린 일이 일어났다. 아버지의 장례식을 치른 지 겨우 두 달밖에 되지 않았을 때 어머니는《리코더》지의 원예 칼럼을 맡게 되었다. 이른바 원예부인이 됐던 것이다. 그녀는 갑자기 딴 사람이 되었다. 일하는 사람이 된 것이다. 그 예스럽던 시절, 사람들 말대로 '집 밖으로' 나돌았던 것이다. 하지만 사실상 어머니는 바로 우리 집 지붕 아래서 기사를 써서 신문사로 우송했다.

토요일자 신문에 실리도록 매주 수요일 오후가 되면 토링턴 크레센트 모퉁이까지 가서 우체통에 칼럼을 집어넣었다. 《리코더》지의 편집자가 어머니에게 칼럼을 넘겨받도록 부탁한 것인지, 아니면 어머니가 자진해서 그렇게 하겠다고 한 것인지 알지 못했지만, 아무튼 갑자기 어머니는 거실 한 구석에 있는 책상, 아버지가 쓰던 오래된 책상에 앉아 기사를 쓰게 됐던 것이다. 그녀는 볼펜으로 기사를 써나가다가는 간혹 고개를 들고 이마를 문지르곤 했다. 마치 독자의 감수성을 만족시켜줄 만한, 그러면서도 식물학의 진리에 충실한 채 해답을 구하는 사람처럼. 이따금 어머니는 자리에서 일어나 한동안 창가에 가 섰다가는 책상으로 돌아와 넓은 엉덩이를 의자에 편안하게 붙이고는 다시금 글을 써나갈 준비를 했다. 그녀에게는 이렇게 글을 쓰는 성향이 있었던 것처럼 보였다. 그 일이 모두를 놀라게 했다. 어머니는 마치 우연히 자신의 인생을 찾아낸 사람 같았다.

그런 다음 서스캐처원에 살던 베벌리 사촌이 임신 육 개월의 엄청난 몸을 이끌고 기차를 타고 와 삼층에 있는 다락방에 들었다. 원래 베벌리가 아기를 입양 보내는 계획이었는데 그렇게 되지는 않았다. 그 일은 거론되지 않았다. 달이 차서 귀엽게 생긴 빅토리아가 태어나자 그 애는 저절로 우리 가족과 함께 살게 되었다. 빅토리아는 처음엔 바구니에 담겨 내 방에서 잠을 잤는데, 얼마 후 베벌리는 아래층 일광욕실을 새끼 양과 젖 짜는 처녀 무늬가 있는 구식 벽지로 도배하고 육아실로 꾸몄다.

이 모든 일이 빠르게 일어났다. 1954년만 해도 우리는 바커플렛 부부와 온순한 세 아이로 구성된 평범하고도 보기 좋은 가족을 이루고 있었다. 그런데 다음 순간 마치 번갯불이 우리 집에 떨어지기라도 한 것처럼 부모 중에 남은 한쪽과(더구나 산만하며 다른 일에 정신을 쏟고 있는 한쪽), 미혼모와 급경련통을 앓는 갓난애와 십대의 세 아이들, 빗나간 조앤과 시무룩한 워런, 그리고 심술궂은 앨리스가 그 자리에 들어서게 된 것이다.

어머니가 이 모든 일로 엄청난 혼란을 느꼈을 거라고 여긴다면 그건 잘못된 생각이다. 어머니는 1955년 우리 집을 강타한 그 혼란이 어마어마한 파도가 되어 자신을 삼켜버리도록 내버려두었다. 파도 위로 떠올라서는 행복한 듯 그 둥근 얼굴을 햇살 속에 내놓았던 것이다.

그렇다고 해서 우리가 돌아가신 아버지 때문에 슬픔에 잠기지 않았다는 말은 아니다.

아버지는 키가 크고 어깨가 구부정하며 선해 보이는 얼굴을 한 사람으로 칠십대에 접어들어서도 머리가 빠지거나 하지 않았다. 그는 대서양 건너편 사람들이 그러하듯 머리를 이마에서 뒤쪽으로 똑바로 빗질해 넘겼다. 이마는 반들거리고 창백하며 고집스러우면서도 맑아 보였다. 목의 굵기는 옷깃과 넥타이에 잘 어울렸지만, 길쭉한 팔다리를 어색하게 움직이는 모습을 보면 누구라도 한눈에 그가 매니토바라는 시골에서 태어난 사람이라는 것을 알 수 있었다. 온화하고 근면한 사람이기는 해도 아버지라고 보기에는 당황스러웠다. 그러기에는 너무 점잖았고 너무나 자주 목청을 가다듬었으며, 그의 품에 안기는 것이 불편했고 지나칠 정도로 나이가 많았다. 그렇지만 그가 세상을 떠나자 그리웠다.

어머니 역시 아버지를 그리워했다. 장례식이 끝나고 나서 며칠 동안 어머니는 축 늘어졌는데, 마치 뚫고 들어갈 수 없는 어떤 막(자신의 개인사와 결혼, 그리고 결혼 생활이라는 미끄럼 장치를 타고 내려간 모든 일들)을 통해 공기를 호흡하려고 애쓰는 사람 같았다. 그러다가 얼마 후 그녀는 빠르게 원예부인이 되었다. 예전의 자아는 마치 너무 큰 웃옷처럼 그녀에게서 떨어져나갔다.

그리고 지금까지 오랜 세월 동안 어머니는 여전히 긴 겉옷과 슬리퍼 차림으로 아침마다 책상 앞에 앉아 있곤 했다. 그러고는 길쭉한 손으로 칼럼을 써나갔다. 초고를 세 차례나 다듬고, 그런 다음 베벌리 사촌이 타자로 친 원고를 다시 한 번 점검했다. 빛바랜 잿빛의 짧은 고수머리가 머리 위에 보풀처럼 일어나 있었다. 어머니는 일을 시작하기 전에 머리를 빗을 때도 있고 빗지 않을 때도 있었다. 자신이 하는 일에 완전히 몰두하여 전화벨 소리조차 듣지 못했다. 우리는 어머니가 이처럼 어떤 일에 몰두할 수 있다는 것을 짐작도 하지 못했다. 어느 주엔가는 로벨리아의 증식을 다루는가 하면, 그다음에는 고무나무의 휘묻잇법을 논하기도 했다. 글을 쓰지 않을 때에는 매주 평균 줄잡아 스무 통 정도 오는 독자 편지에 답장을 썼으며, 그렇지 않을 때에는 생각을 짜내거나 아버지가 쓰던 오래된 서류함에 원예에 관한 정보를 철해놓곤 했다. 그녀는 꼬박 구 년 동안 이 일을 했는데 하루아침에 끝나고 말았다.

어머니는 일을 잃었다. 핑키 풀럼이라는 사람이 칼럼을 대신 맡았으며, 쉰아홉 살인 어머니는 해고를 당한 것이다. 그녀에게 해고 통지서가 날아들었다. 해고된 그녀는 남편이 죽었을 때나 자식들이 버릇없게 굴었을 때보다 더 깊고 더 아프며 더 광범위한 절망 속에 빠져들고 말았다. 일 년 전만 해도 그녀는 마치 살아 있기라도 한 것처럼 웅성대는 머리를 하고 책상 앞에 앉아서 종이에 글을 쓰고 있었다. 어머니는 원예부인으로 명사가 되었는데, 이제 다시 전처럼 플렛 부인으로 돌아온 것이다. 그녀는 그동안 일을 한다는 것이 어떤 것인지를 알았다. 그것은 구체화된 충족감이었다. 봉투 속에 든 원고의 감촉이기도 했다. 그리고 우편으로 날아오는 지불 수표였다. 이제 그녀는 거절과 태만을 전시하고 있는 슬픔의 거대한 백화점, 침묵을 반사하는 커다란 진열장과 맹꽁이자물쇠가 달린 문이 있는 폐업한 백화점처럼 보였다.

나는 수천 킬로미터 떨어진 영국의 햄스테드에서 살고 있었다. 그러나 나는 사랑하는 남편과 두 꼬마인 벤지와 주디를 삼 주 동안 내버려둔 채 사태가 어떻게 된 것인지 알아보기 위해 멀리 있는 고향을 한달음에 달려왔다. 어머니는 버들세공 의자 팔걸이를 꽉 잡은 자세로 정원에 앉아 있었다. 턱은 이상하리만큼 합죽하고 늙어 보였다. 어머니는 절망에 빠져 우물거리듯 이렇게 말했다.

"난 이런 일에 도저히 익숙해지지 않아. 이 일을 극복할 수가 없다고."

프레이디 호이트의 추측

앨리스 플렛 다우닝이 자기 어머니의 모습을 보고 믿을 수 없다는 태도를 취할 것 같지 않은가?

그녀가 어머니를 사랑한다는 건 사실이다. 그리고 그녀가 착한 딸이라는 것 역시 사실이다. 앨리스는 어머니가 우울증에서 벗어나 유쾌해지도록 하기 위하여 대양을 건너 먼 길을 달려오지 않았던가? 문제는 앨리스가 어디서부터 손을 써야 할지 모른다는 데 있다. 좀 이상하고 아이러니한 얘기지만, 앨리스는 나만큼 오랫동안, 나만큼 잘 자기 어머니를 알지 못했다. 나는 그 애 엄마가 인디애나 주 블루밍턴의 말총머리를 한 열한 살 꼬마였던 시절부터 알고 있었던 것이다. 정확히 말해서 말총머리를 한 것은 나였고, 데이지는 타고난 곱슬머리였다. 그런데 데이지는 자기 머리를 싫어해서(맙소사!) 자신을 걸어다니는 털 뭉치라고 불렀다. 그래서 나중에 푸들컷*이 유행하게 되자 그녀는 고마워하는 지경에 이르렀다. 그러나 사십대 후반이었던 그녀는 캐나다에서 바커 플렛이라는 남자와 결혼하여 세 아이의 엄마가 되었고, 그 가운데 맏이가 앨리스였다.

앨리스는 어쩔 수 없이 일에 대해 일종의 고정관념을 갖고 있었다. 그녀는 우리 시대의 다른 젊은 여자애들과는 달리 인습과 발작적인 반항심 사이를 오가는 아이였다. 그 애는 자기만의 관심사를 갖고 있었고, 그 때문에 종종 독선적인 태도를 보이기도 했다. 앨리스가 스물여덟 살이라는 사실을 알게 되면, 아마 평화와 사랑을 입에 걸고 공공장소에 기운 없이 늘어져 앉아 기타를 퉁기고 대마초를 피우며 순식간에 인생을 망가뜨리고 마는 히

* 머리 전체를 짧게 깎아 컬을 한 머리 모양

피일지 모른다고 생각하는 사람도 있을 것이다. 하지만 그렇지 않다. 앨리스는 바람직하게도 작달막한 경제학 교수와 결혼해서는 동화 속에 나옴 직한 영국의 주택에 살면서 두 명의 귀여운 아기를 낳았다. 그리고《체호프의 상상력》이라는 제목의 비교적 성공을 거둔 책도 출간한 바 있으며, 현재는 체호프의 여성적인 측면을 밝히는 또 하나의 저서를 준비 중이다. 이 새로운 계획에 대해서 앨리스는 크리스마스카드 속에 끼워 넣은 편지로 내게 설명한 적이 있었다. 크리스마스카드를 보내는 것이 앨리스의 또 다른 특징이다. 그녀는 멀리 떨어져 있는 가족과 친구들과 굳게 결속되려는 강박감에 사로잡혀 있었다. 그리고 인정 많은 앨리스는 어머니의 동창인 나와 라비나 그린 듀크스도 그 범주에 포함시켜놓고 있었다. 라비나는 최근 플로리다로 이사했는데, 언젠가 내게 앨리스를 '자신의 성스러운 정의의 여신'이라고 표현한 적이 있다.

앨리스는 간단한 서신이나 카드를 보낼 때면, 나를 프레이디 '이모'라고 부르는데, 나는 그러한 호칭에서 일종의 소유욕을 감지한다. 또한 자상한 존경심이나 사랑도 감지할 수 있었다. 내가 앨리스를 마지막으로 본 것은 오타와에서 있었던 꼬마 주디의 세례식에서였다. 그것은 앨리스의 영혼에 깃든 또 하나의 기묘한 강박감이었다. 정작 자신은 불가지론자이면서 자기 아이들에게는 세례를 받게 하는 것이다. 실제로 그녀는 가족과(진짜 가족과 그렇지 않은 가족까지 포함해서) 친구들 앞에서 순수하고 성스러운 캐나다 물로 세례를 받게 하려고 아이들을 데리고 대서양을 건너왔다. 그녀는 의식은 곧 사회의 접합제라고 말한다.

의식은 우리의 스케치뿐인 충동에 색을 입힌다는 것이다. 또한 의식은 대뇌와 소뇌 사이를 이어준다고도 했다. 앨리스는 덤불이든 단추든 사람의 몸짓이든, 요컨대 어느 일이든 나름대로 지론을 펼 수 있었는데, 어떤 경우에는 그 의견이 몇 가지씩 되기도 했다.

그 훌륭한 오타와의 정원에서 주디에게 이른바 물 뿌리는 행사가 끝나고 난 뒤에, 앨리스와 나는 샴페인 잔을 들고 서서《여성의 신비》라는 책에 관해 꽤 많은 대화를 나누었다. 그녀는 내가 그 책을 읽었다는 사실에 적지 않게 놀란 듯했다. 젊은 사람들 대부분이 그렇듯이, 그녀도 우리처럼 나이가 많은 사람들은 아예 밸브를 닫아버리고 다가오는 미래 앞에 묵묵히 체념할 거라고 여기고 있었던 모양이다. 내가 일을 구원으로 보는 베티 프리단의 관점을 들먹이기 시작하자 앨리스는 눈을 동그랗게 떴다.

“우리는 곧 우리의 일이나 마찬가지죠!” 앨리스가 외쳤다. “일과 자아는 결코 분리할 수 없는 거예요.”

오, 이런. 난 뭐라고 항변할 생각으로 입을 열었다.

“제 어머니를 보세요.”

앨리스가 목소리를 낮추더니(그래도 그렇게 낮은 음성은 아니었다), 데이지가 친구들에 에워싸여 있는 라일락 꽃 아래쪽을 가리키며 내 말을 가로막았다. 이제 XXL 사이즈는 될 정도로 옆으로 벌어진 그녀의 팔에는 꼬마 주디가 안겨 있었다.

“신문 칼럼니스트가 되기 전에 어머니는 자신의 가치가 뭔지도 모르셨다고요. 그게 뭔지도 모르셨다니까요! 그 점을 한 번 생각해보세요. 어머니는 사회적으로 노예와도 같은 기능을 수행하셨던 거예요. 보수도 받지 않았어요. 제대로 평가받지도 못했지요. 요컨대 어머닌 아무것도 아니었던 거예요. 그런데 지금 어머니를 좀 보세요. 어머닌…….” 여기서 앨리스는 흔들거리는 라일락 쪽을 가리키면서 표현을 찾았다. “어머니는 뭐랄까, 진정한 사람이 된 거예요.”

일은 일이야, 내가 그걸 모르겠니? 나는 앨리스에게 말해주고 싶었다. 일이란 건 어둑한 도서관 구석에 앉아서 몇 년에 한 차례씩 조그맣고 예쁘장한 논문이나 써내는 게 아니라고. 일은 이런 거야. 아직 어둡고 추운 겨울날 아침에 자명종 시계가 울리지. 그런데 회색 슈트와 어울리는 연두색 블라우스를 다림질할 일을 깜박 잊고 있는 거야. 또 자동차는 움직이지 않고 말이야. 이번 달에는 차를 수리할 여유가 없거든. 그 이유는 먼로 카운티 화랑의 사무국에서 봉급을 인상시켜준 지 사 년이나 지났기 때문이지. 아니, 심지어 칭찬 한마디 던져준 지도 까마득하고 말이야. 게다가 아침 나절에는 한 사람도 화랑을 찾아오지 않거든. 설혹 들어온 사람이 있다 해도 그저 전시물 앞을 어정거리거나 추상 작품 앞에서 킬킬거리지 않으면 선웃음이나 짓고 말 뿐이지. 차라리 유치원 아이들이 손가락으로 그린 게 더 낫다고 생각하면서 말이야. 게다가 (흠, 흠) 사람들이 정말로 좋아하는 것은(다만 너무 소심해서 그렇다고 말하지는 못하지만), 들판과 하늘과 진짜 지평선과 똑같은 지평선이 있는 그럴듯한 풍경화라는 거야. 그리고 그런 사람들이야말로 바로 화랑을 버티게 해주는 납세자들이라 할 수 있지. 그리고 또 뭐가 있지? 그래, 사무국과의 회의, 결산할 장부, 왠지는 몰라도 언제나 불발로 끝나는 광고, 금고에서 빠져나가는 자금, 깜박 잊고 지나친 보조금 신청, 인쇄업자가 너무 늦게 가져온 카탈로그, 하루 온종일 전화해서 자신들의 작품을 한 번만 봐달라고 애걸하는 미치광이들…… 아무튼 영광스러운 서기로 그 자리에 앉아 있는 한 그 일을 해야 하는 것이다.

그런 다음에는(아무튼 멜이 떠난 최근에는) 집에 돌아와 버번 한 잔과 스크램블드에그로 저녁을 때운다. 어쩌면 도서관에 잠깐 들러서 새로 들어온 책이 있는지 살펴보기도 한다. 그러곤 머리가 쪼개지는 듯한 두통 때문에 일찍 잠자리에 든다. 때로는 눈을 감기 전에 잠시 캐나다에서 세 아이의 엄마가 되어 살고 있는 친구 데이지를 생각하기도 한다. 그녀는 나름대로 분주하게 움직이면서 '모범적인 살림살이'의 복음을 사방으로 전파하며 남들의 성취를 통해서 보상을 받는다. 사람들은 분명 그녀에게 월계관을 씌워주면서 고맙다고 하리라. 돌이켜보건대 그녀는 진정한 의미에서 어머니라고 할 수 있으며, 인디애나 블루밍턴에 살고 있는 그녀의 옛 친구 프레이디 호이트처럼 거룩한 돈을 벌기 위해 꼬리를 내린 채 일을 하지는 않았던 것이다.

가족이라는 것도 간혹 외부인의 시각으로 설명할 필요가 있는 법이다. 그렇지 않을 경우 가족은 자신들의 요정 같은 먼지 속에 그대로 묻혀버릴 수 있기 때문이다. 내 생각이지만 외부인의 시각으로 볼 경우 가족사의 무수한 단편들 속에서 거짓과 허구를 추려내게 된다. 한 가지 예를 들면, 플렛 집안에 있어서는 언제나 직업윤리가 강조되어왔다. 바커와 종자 교배, 앨리스와 러시아 문학, 워런과 음악, 그리고 조앤과…… 그 애가 뉴멕시코에서 무슨 짓을 하는지는 몰라도 아무튼 그 어떤 것, 그래서 그들 가족이 데이지의 좌절을, 신문 칼럼 일을 하지 못하게 된 데 따른 좌절에 기인하는 것으로 생각하는 것도 당연한 일이다. 나 역시 처음 한 달 정도는 그렇게 생각했지만, 시간이 흐르면서 그녀가 '직장'을 잃었다는 것은 단지 평생 동안 억눌려왔던 그녀의 갈망이 터져나오기 위한 방아쇠 역할을 한 것에 지나지 않는다고 생각하게 되었다.

나는 섹스를 말하고 있는 것이다. 그밖에 달리 뭐가 있겠는가?

그렇다고 해서 데이지와 내가 섹스 문제를 화제로 올린 적이 있다는 얘기는 아니다. 그런 적이 있다 해도 그것은 아주 오래전, 우리가 여학생이었을 때 성교라는 행위의 수수께끼를 풀어보기 위해 시도했던 것뿐이다. 얼마 동안이나 하는 것일까? 얼마나 아플까? 그 행위를 하는 동안 얘기를 해도 될까? 애정 어린 말을 속삭여도 괜찮을까? 대체 '절정'이란 어떤 느낌일까? 절정에 도달했는지를 어떻게 알 수 있을까? 그것이 중요한 이유는? 그리고 절정을 느끼지 못했는데, 그런 시늉을 한다는 것은 상대방을 속이는 일일까? 등등의 얘기였다.

그런 다음 문득 자신의 성생활에 대해 얘기한다는 것이 불경스럽게 여겨졌다.

나는 우리 둘 다 그 얘기를 하고 싶어했다고 생각한다, 함께 있을 때 어색한 몸짓으로 그쪽을 가리키면서. 그러나 아무리 해도 공통된 지반을 찾을 수 없었다. 우리 두 사람 사이에는 너무 큰 간극이 있었다. 요컨대 우리 둘은 지나칠 정도로 서로 균형이 맞지 않았던 것이다. 데이지에게는 열심히 일하는, 어딘지 여성적인 느낌을 주는 바커가 있었고, 그다음에는(이건 순전히 추측일 뿐이지만) 제이 더들리라는 신문사 편집자 때문에 잠시 마음의 동요를 겪었다. 그 작자 역시 결국에는 형편없는 놈이었던 것으로 본색이 드러나고 말았다. 마치 영주를 임명하는 왕이라도 되는 것처럼, 그녀의 일을 다른 사람에게 넘겨버렸던 것이다. 아무튼 데이지의 성적 경험을 종합해보면 이런 것이다. 내 계산법에 의하면 콩 한 알의 절반밖에 안 되는 수준이다. 그리고 그 담장 저편에 쉰세 명의 연인을, 아니 쉰네 명의 연인을 가졌던 내가 앉아 있는 것이다. 내가 있는 이쪽은 소동과 흥분과 운동이 있는 방향이었다. 나는 내 행운의 별에 감사하며 쉰네 명의 중대원들에게 건배하는 바이다: 그것이 내가 그들을 보는 관점이다. 태양 아래 잘생긴 머리와 어깨를 번쩍이며 멋지게 행진하고 있는 대원들.

나는 기록을 남겼다. 아마도 이것은 약간 뒤틀린 심정에서 나온 행동이었을 것이다. 나는 작은 수첩에 날짜, 상대방의 이름 첫 글자, 지리적인 장소, 암호화한 특징들, 이를테면 지속 정도라든가 체위, 반복 횟수, 반응의 정도 등등을 기록해왔다. 그 기록은 1927년까지 거슬러 올라간다.

익명의 쉰네번째 연인은 불과 몇 주 전 오타와로 가는 기차 안에서 만난 사람이었다. 우린 통성명조차 하지 않았다. 그저 되는대로 감상적인 이력을 주고받았을 뿐이다. 우린 늦은 시각에 식당 칸에서 버번을 잔뜩 마시고 취해 있었다. 정신을 잃기 전에 우리가 성행위를 했을지도 모르고, 하지 않았을지도 모른다. 우리 두 사람은 아래 칸에 있는 내 침대의 거친 모포 속에 벌거벗은 몸으로 누워 있었다. 불그스레하고 주름진 남자의 배가 내 몸에 닿았던 기억이 난다. 그리고 마치 흑백영화의 한 장면처럼 소동을 피우며 웃음거리가 될 짓을 했던 일도 기억이 났다. 아침에 눈을 떠보니 그는 가버리고 없었다. (정말 고맙게도.) 그리고 예순 살이나 된(하느님 맙소사!) 내 몸으로는 무슨 일이 일어났는지를 알 수 없었다. 그저 '아래쪽'이 욱신거리는 것으로 봐서 무슨 일이 있기는 했던 모양인데, 종잡을 수 없는 일은 거기에 아무런 물기도 있지 않았다는 것이다. 나는 수첩에다 여느 때처럼 상세한 자료를 써넣는 대신 의문부호를 그려넣었다. 그 의문부호에서 나는 내 성생활의 종언을 보는 것 같았다. 비록 아직 인정하고 싶지는 않지만 뭔가 수치스러운 일을 한 것이다.

여자가 뭘 원하느냐고 프로이트는 반문했다. 그 늙은 사기꾼이 말이다. 그는 여자가 원하는 것을 알았다. 여자는 아무것도 원하지 않았다. 아무것도. 그것으로 족한 것이다. 그리고 그건 모두가 아는 사실이었다. 나만 제외하고 말이다.

내가 오타와로 간 이유는 절망에 빠진 옛 친구를 위로하기 위해서였다. 그녀는 내게 오지 말라는 편지를 보냈다. 조카 베벌리가 자기를 돌봐주고 있으며, 지금으로선 말벗이 될 상황도 아니라고 하면서. 하지만 물론 나는 그곳으로 갔다. 결국 잘못된 생각이라는 것을 알게 되었지만, 나는 그녀를 행복하게 만들어줄 수 있다고 생각했다. 어리석거나 감상적인 옛날 얘기를 이것저것 들추거나, 우리 두 사람 사이의 애정에 호소한다면 말이다. 나는 아마도 며칠쯤 지나면, 우리는 마음을 풀고 섹스라는 이 금기시된 화제도 입에 올릴 수 있게 되리라고 여겼다.

여자들이 종종 마음을 여는 걸 나는 본 적이 있다. 앨리스의 빈틈없는 보살핌을 모두 합한다고 해도 옛 친구들끼리 서로 마음을 터놓는 한순간과는 비교할 수 없는 일이다. 나는 어린 시절의 친구에게 이렇게 말하려 했다. 인간의 자아란 공간처럼 굽어 있는 것이어서, 언제나 젊었을 때의 그 짜릿한 흥분으로 되돌아오게 돼 있다고. 비록 소름이 끼칠 만큼 당황스럽고 불편하기는 해도, 성행위에서 맛보게 되는 그 전율은 바로 황홀경으로 가는 길이라고, 그것도 하나뿐인 길이라고. 그것은 우리가 여학생이었을 때, '절정'이나 찝찔한 질 세척액에 대해 얘기하며 몽상하던 것보다 훨씬 더 음침하고 강한 힘이라고. 나는 나의 첫번째 유혹 상대였던 포코프 교수에 대해, 스포츠적인 무한한 열정을 가지고 다양한 방법을 시도한 조지오에 대해(나는 그를 섹스의 대가라고 불렀다), 그리고 겨우 사 년 만에 맥을 잃고 만 가엾은 멜에 대해 그녀에게 얘기해주고 싶었다. 나는 그 어떤 것도 비밀에 부치지 않을 작정이었다. 기차에서의 비참한 만남에 대해서도. 이런 솔직한 대면만이 데이지의 행복을 중단시키고, 그녀로 하여금 이성을 잃게 만든 그것을 몰아내주리라고 여겼던 것이다.

하지만 내가 있던 그 일주일은 완전한 실패로 끝나고 말았다. 데이지는 아무리 달래도 어두운 침실 밖으로 나오려들지 않았다. 그녀는 목과 어깨에 근육통을 호소하고 경련을 일으키면서 똑바로 누워 있었다. 위엄 있던 체중도 조금씩 줄어들고 있었다.

한번은 점심식사를 쟁반에 담아 가지고 간 내게 데이지가 말했다. "내가 꼭 생기 있는 척해야 하는 건 아니지? 그러기도 너무 힘들어."

나는 블루밍턴으로 돌아와 그녀에게 기운을 돋울 만한 편지를 써 보냈다. 미래에 대해서, 쏟아지는 햇살, 다음 세대들의 환희 등등…… 일주일 후 그녀의 필적이 적힌 봉투가 배달되었다. 편지는 들어 있지 않았다. 비밀스러운 내용이 적힌 내 수첩만 달랑 들어 있을 뿐이었다. 아마 여행 가방을 챙기던 중에 그곳 양탄자에 수첩을 떨구고 왔던 모양이었다.

베벌리 사촌의 추측

십 년 전 서스캐처원에서 나는 곤경에 처했다. 그건 내가 이혼녀라는 사실 정도가 아니었다. 그때 그곳에서 엄청난 죄악이 저질러졌던 것이다. 하지만 사태는 훨씬 더 나빴을 수도 있었다. 남편 제리를 내쫓은 지 채 이 년도 되지 않았을 때(그는 결혼 첫날부터 주정꾼이었다), 나는 절임 공장에서 일하는 레너드 마주르키에비치에게(그는 물론 기혼자였다) 강간을 당했다. 그자의 성행위는 생각만 해도 등골이 오싹해지지만, 성행위라고도 할 수 없는 것이었다. 끙끙거리고 입 냄새를 풍기는 삼 분이라는 시간에 불과했다. 그리고 그 일로 나는 임신을 하고 말았다.

이후 바로 캘거리로 가려고 했지만, 너무 겁에 질려 있었다. 생각해보라. 여자 해군으로 참전하여 영국에서 폭격 등 온갖 일을 다 겪은 내가 겁에 질리다니. 그런 곳에서도 살아남았던 내가. 젊었을 때 나는 대담한 여자였다. 그런데 전쟁이 끝나고 서스캐처원으로 돌아오자, 풍선에서 바람이 빠지듯 내게서 용기가 사라져버렸다. 나는 끈덕지게 쫓아다니던 제리와 결혼했다. 그리고 부모와 여동생, 모든 사람들이 어떻게 된 건지 삽시간에 내게서 멀어져갔다. 제리와 결혼해서 재미있었던 건 갖은 묘기를 다 부려도 임신이 되지 않았다는 사실이다. 그런데 레너드 마주르키에비치와 하룻밤 뒹굴었던 그 한 번의 일로 나는 곤경에 처해버린 것이다. 어떤 여자애들은 이런 곤경에 처하면 자살할 생각도 한다지만, 나는 한순간도 자살을 생각한 적이 없었다. 그 이유는 언제든 원하기만 하면, 눈을 감고 영국에서의 내 모습을 떠올릴 수 있었기 때문이었다. 그 당시의 내가 얼마나 용감하고 활기에 넘쳤는지를. 이 영상은 마치 달력이나 영화의 한 장면처럼 내 마음을 밝게 비추어주었다. 나는 어쩌면 그때의 나로 되돌아갈 수 있을지 모른다고 생각했다. 그런데 자살해버린다면 그때로 되돌아갈 기회 또한 없어지는 셈이었다. 그건 너무나 분명한 사실이었다.

오타와에 있는 데이지 숙모가 나를 받아주었다. 나는 가족의 일원이 되었다. 그녀는 내게 다락방을 쓰게 해주었다. 나는 핑크색과 흰색으로 다락방을 칠하고 커튼을 달았다. 어느 누구도 어지럽히지 않을 나만의 침실이 생긴 것이다. 나중에 빅토리아가 태어나자, 숙모는 "아래층 일광욕실을 고쳐서 아기 방으로 쓰렴" 하고 말했다. 나는 숙모의 말씀대로 했다. 빅토리아 루이스는 태어났을 당시 체중이 3.8킬로그램이나 되었는데, 그 당시 내가 45킬로그램밖에 나가지 않았던 것을 생각하면 놀랄 일이었다. 나는 아버지 쪽인 플렛 집안의 피를 이어받아 마른 몸매였고, 어머니 쪽의 피를 받아 키가 작았다. 급경련통을 한바탕 앓고 난 빅토리아는 정말 착한 아기가 되었다. 그 애는 놀랄 만큼 아름다운 노란 머리로 태어났다. 빅토리아는 이제 아홉 살이 됐지만 여전히 인형처럼 예뻤다! 고맙게도 나는 애초 계획과 달리 그녀를 입양 보내지 않았던 것이다. 나는 빅토리아를 돌보고 그 애의 옷을 만들고 학부모 회의에도 참석하고 담임선생님과도 만나는 등 온갖 일을 했다. 그리고 집 안에서는 데이지 숙모의 신경을 거스르지 않도록 빅토리아의 입을 다물게 했다. 나는 또한 이곳 집안일도 돌보았으며, 식구들이 먹을 음식의 대부분을 요리하는 한편, 보험 증서 타이핑 일을 하면서 약간의 돈을 벌었다. 최근에는 신경쇠약에 걸린 데이지 숙모를 간호하는 일도 맡았다.

나는 숙모가 신경쇠약에 시달리고 있는 것은 생활이 바뀌어서도, 알레르기 때문도 아니라고 보았다. 내 생각에는 자식들 때문인 것 같았다. 남편을 여의고 나서 숙모는 좀더 많은 책임감을 느끼고 있었다. 난 그런 일을 이해할 수 있다. 게다가 나면서부터 근심 걱정이 많은 사람이 있는 법이다. 숙모는 맏딸 앨리스 때문에 걱정했는데, 그 애는 강한 아이로 자랐다. 와, 그건 정말 놀라운 일이었다! 다음에는 한동안 워런 때문에 근심이 떠나지 않았다. 워런은 착하면서도 좀 따분한 면이 있는 애였다. 얼굴은 온통 여드름투성이였으며, 그 때문인지 수줍음을 많이 타고 감상적인 성격이었다. 하지만 일정한 나이에 이르게 되면, 누구나 따분했던 성격을 버리고 유쾌한 성격이 되거나 그렇지 않으면 '개성이 강한 사람'으로 변하게 마련이다. 그건 오랫동안 지켜본

결과 내가 내린 나름의 결론이다. 워런은 이제 정상적인 청년이 되었다. 여드름도 거의 없어졌으며, 지금은 뉴욕 주의 로체스터에서 음악 이론 전공으로 석사 학위를 받을 예정이었다. 그는 졸업생 전체 수석으로 금메달을 받게 돼 있었다. 데이지 숙모는 졸업식에 참석할 생각으로 밝은 황록색의 필복스•까지 사들였지만, 이제는 소용없게 되고 말았다. 그녀는 도저히 침대 밖으로 나올 수 없었던 것이다. 숙모는 그저 어두운 침실에 누운 채, 오랜 시간 울면서 두 손아귀에 시트 자락을 꽉 쥐고는 마치 누군가의 목을 비틀기라도 하듯 쥐어짜고 있었다. 아마도 숙모가 지금 걱정하고 있는 것은 조앤 때문이리라. 막내 조앤은 가족의 귀염둥이이자 버릇없는 응석받이로 자랐지만 채찍처럼 팔팔한 아이였다. 그런 아이가 지금은 대마초를 피우며 히피들이 열중하는 일들에 빠져 있었다. 나는 그게 어떤 일인지 모르겠지만. 그 애는 자기가 뉴멕시코에서 장신구를 팔고 있다고 말했는데, 그 이상의 것을 파는 게 틀림없다고 장담한다. 아무튼 그 애 때문에 그 애의 어머니는 속이 상할 대로 상해 있었다. 그런 모습을 보는 것은 몹시 가슴이 아팠다. 데이지 숙모는 내 목숨을 구해주었다. 그건 조금도 과장이 아니다. 그리고 빅토리아와 내게 가정이라는 것을 주었다. 이제는 내가 그녀의 목숨을 구해주고 싶다. 하지만 그 일을 할 수 있는 이는 숙모뿐이다. 자신을 병들게 한 사람만이 자신을 낫게 할 수 있는 법이니까. 그것이 내가 가진 생각이다.

• 테 없이 둥글고 납작한 모자

워런의 추측

어머니는 교육받은 분이지만, 겉만 보고는 알 수 없을 것이다. 그녀는 롱 여자대학의 1926년도 졸업생으로 문학사 학위를 갖고 있다. 하지만 학위 증서를 어디다 두었느냐는 질문을 받으면 어깨를 으쓱하고 말 것이다. 언젠가 나는 다락방에서(베벌리 누나가 오게 되어 그곳을 치우기 전의 일이다) 마분지 상자 하나를 찾아냈는데, 그 안에는 어머니가 대학에 다닐 때 썼던 두툼한 논문 뭉치가 들어 있었다. 그 가운데에는 '정치가이며 몽상가인 카밀로 카부르'라는 제목의 논문도 있었다. 어머니가 카밀로 카부르에 대해 잘 알았다니, 생각도 못 한 일이었다. (나는 그 사람이 누군지 몰랐다.) 또는 그녀가 이탈리아의 모호했던 19세기 역사에 관해 정성과 열의를 가지고 논문을 썼다는 사실도 상상하기 어려웠다. 그렇게 오랜 세월이 지났는데도, 여전히 잉크빛 선명하게 어머니 특유의 필적으로 다음과 같은 고매한 결론을 이끌어내고 있었다. '이탈리아인이라면 누구나 자국민의 권리를 위해 투쟁한 이 통일 운동의 영웅에게 막대한 빚을 지고 있다.'

그렇다면 어머니의 지적 여유와 정열은 대체 어디로 갔단 말인가? 그녀는 우리가 기억하기에는 단 한 번도 가족 앞에서 이탈리아의 독립 운동에 대해 얘기한 적이 없었다. 19세기 역사라든가 1926년도 졸업 논문에서 그토록 선명하게 논했던 지중해의 도시국가에 관한 자신의 학설에 대해서 역시. 나는 어머니가 이탈리아 농부들이 처한 곤경에 대해 관심을 갖고 있을 줄은 몰랐다. 사실 나는 어머니가 책 읽는 광경을 거의 본 적이 없었다.

도서관에서 빌려온 연애 소설이나 달리아 재배를 다룬 소책자 정도가 고작이었다. 카밀로 카부르에 관한 어머니의 논문을 생각하면, 나로서는 기만당했다는 느낌을 버릴 수 없었다. 마치 교활한 파괴 행위가 남모르게 자행되어 현란한 재담이 상자 속이나 땅속 깊이 묻혀버리기라도 한 듯한 기분이었다. 그리고 다음 순간 나는 이렇게 생각했다. 내가 이런 기분일진대, 어머니는 그 이상으로 기만당한 느낌일 거라고. 어머니는 분명 자신을 이렇게 낭비하고 있는 데 대해 비탄에 잠겨 있으리라. 뭔가가, 아니면 누군가가 그녀의 머리를 자르고 혀를 뽑아낸 것이다. 어머니는 중년이며 중산층에 속하고, 특별하지 않은 지능과 평범한 자아, 평균적인 운이 따르는 정도의 여자였다. 그렇다면 그녀는 마땅히 세상 한복판 어딘가에 서 있어야 했다. 그런데 지금 어머니는 아슬아슬하게 그 가장자리에 놓여 있었다. 조그만 진동만으로도 쉽게 쓰러지고 말 위치에 말이다.

조앤의 추측

올해 어머니는 병을 앓았다. 사람들은 그 병이 신경쇠약증이라고 했다. 앨리스 언니가 돈을 보내줘서 나는 귀향길에 오를 수 있었다. 언니는 아주 긴 편지를 써 보냈는데, 오랫동안 생각해본 결과, 내가 어머니의 기분을 낫게 해줄 가장 적합한 인물이라는 결론을 얻었다고 말했다. 내가 나타나기만 해도 '약'을 먹은 것 같은 효과가 있으리라는 것이다. 앨리스 언니다운 말이었다. 언니는 늘 사람들에게 이것저것 잘 시키니까.

나는 어머니가 힘없이 축 늘어져 있을 줄 알았는데, 정작 가보니 어머닌 분노에 휩싸여 있었다. 핑키 풀럼이라는 작자가 어머니의 신문 칼럼 일을 가로챘기 때문인 것 같았다. 한때 오랜 세월 동안 화단이라든가 묘목에 관한 글을 썼던 어머니는 이제 핑키 풀럼을 증오하는 데에 모든 감정을 쏟아붓고 있었다. 그밖에 다른 일은 말할 수도 생각할 수도 없었다. 어머니는 이 사소한 부정 한 가지에만 매달린 채, 주먹을 치면서 그와의 마지막 만남을 끝도 없이 되새기고 있었다. 그는 도저히 용서할 수 없는 짓을 저질렀는데, 특히 그가 마지막으로 한 '전 이번 일로 우리의 우정에 금이 가지 않기를 바라고 있습니다'라는 말은 치명적이었다. 그는 사람들이 흔히 그렇듯, 그 말을 아무렇지 않게 별로 신경쓰지 않고 말했다. 그 한마디가 어머니의 가슴에 얼마나 사무치게 될지, 그 분별없는 추측과 무신경한 한마디로 어머니가 얼마나 충격을 받을지 알지 못한 채.

어머니는 그 일을 도저히 간과할 수 없었다. 그녀는 침대에 누워 두 사람이 마지막으로 주고받았던 대화, 자신이 《리코더》 신문사에 있는 그의 사무실로 찾아가 간청했던 일이며, 그가 그녀를 향해 절대 해서는 안 되는 그 말, '전 이번 일로 우리의 우정에 금이 가지 않기를 바라고 있습니다'라고 말했던 일을 수없이 되새겼다. 어머니는 내 앞에서 쉰 음성으로 울면서, 너무 격앙되어 머리를 앞뒤로 흔들면서, 그리고 내가 자신의 고통스러운 드라마에 끼어들기를 호소하면서 그 일에 대해 끝없이 설명했다.

집에 있은 지 며칠되지 않았을 때, 나는 어머니가 이 모든 일을 즐기고 있다는 사실을 깨달았다. 핑키 풀럼에 대한 순수하고 아름다운 증오심, 부당한 취급을 당했다는 황홀감에 잠긴 것이었다. 거기에는 어떤 장엄미마저 있었다. 지금까지 살아오면서 그 어떤 것도 이토록 강렬한 감정을 안겨준 적이 없었던 것이다. 그러니 어떻게 그 일을 사랑하지 않을 수 있겠는가? 이 짜릿한 상처, 고통이라는 이 짜릿한 소금 맛을.

나는 어머니의 손을 잡고서 분노가 날뛰는 대로 내버려두었다.

제이 더들리의 추측

물론 나는 그동안 있었던 일에 대해 양심의 가책을 느끼고 있다. 어떻게 그렇지 않을 수 있겠는가? 하지만 사람들이 수군거리는 것처럼 먼저 꼬드긴 쪽은 내가 아니었다. (고백하건대 나는 한 번의 결혼도 지긋지긋했다.) 그래도 나는 그녀를 무척이나 좋아했다. 우리는 몇 차례 사랑을 나누었고, 그중 한번은 그녀의 집에 있는 우스꽝스러운 구식 침대에서였다. 머리맡 나무판이 올록볼록한 침대였는데 1930년대 영화에서 튀어나온 듯한 물건이었다. 그런 건 아무래도 좋았다. 아니, 전혀 상관없다고 해도 좋았다. 그렇지만 그녀는 이 관계를 좀더 영구적으로 끌고 가고 싶어하는 것 같았다. 그녀가 직접적으로 얘기한 것은 아니지만. 어쨌든 우리 둘 사이에 약간 거리를 두는 것이 최선으로 보였다. 그런데 내 예상과 달리 그녀는 꽤 심각해졌다. 우리의 '우정(사실이지 그게 다였다)'은 그녀에게는 뭔가 다른 의미였던 모양이다.

라비나 앤서니 그린 듀크스의 추측

1927년 딕 그린과 결혼했을 때 나는 강한 남편을 얻었다고 생각했다. 그는 등이 곧고 셔츠 자락을 바지 속에 깔끔하게 집어넣었으며 구두는 반들거렸다. 테니스를 치고, 인디애나 주 대표 수영 선수이기도 했다. 햇볕에 그을린 얼굴이 아름다웠다. 특히 남의 얘기를 경청할 때 입을 약간 벌린 모습이 멋있었다. 그 모습 때문에 나는 아주 오랫동안 순진하게 열중했다. 또 그는 아주 미묘하게 넓은 어깨를 으쓱해 보이곤 했다. 마치 빌려온 물건을 다루듯, 아니면 부서지기 쉬운 물건을 대하듯.

부서지기 쉬운 쪽은 나였다. 여자들은 늘 부서지기 쉬운 법이다. 그 말은 어느 한 가지 커다란 문제로 낙담하는 것이라기보다 머리 위로 수없이 작은 낙담들이 비처럼 쏟아져내리는 것에 가깝다. 그리고 얼마간의 시간이 지나면 그 비는 홍수가 되는데, 거기서 가장 중요한 일은 자신이 그 홍수에 익사한다는 것이다.

코라메이 밀타운의 추측

엄마도 없는 가엾은 것. 아, 난 지금까지도 그녀와 처음으로 만난 날을 생생하게 기억하고 있다. 열한 살 난 그녀와 그녀의 아버지가 택시를 타고 비니거 힐 저택에 도착했을 때, 나는 팔꿈치까지 비눗물에 적신 상태였고 부엌일은 시작하지도 않았다. 요컨대 두 사람을 맞을 준비가 절반도 돼 있지 않았던 것이다. 사모님은 어디 계시죠? 나는 그렇게 물어볼 생각이었지만 천만 다행히도 입을 다물었다. 사모님은 아예 없었던 것이다. 그녀는 몇 해 전, 이 행주 같은 여자애를 낳느라고 목숨을 잃고 말았던 것이다. 그 얘기는 굿윌 씨 자신이 내게 들려주었다. (내가 그를 좀더 잘 알게 되고 났을 때 말이다.) 비극적인 일이었다.

캐나다 출신인 그는 유색인종에 익숙지 않은 것 같았다. 그는 내게 이러저러한 일들을 직접적으로 얘기했다.

"코라메이." 그가 말했다. "내 딸 때문에 집 안에 여자가 있어야겠소. 그 애는 이것저것 배워야 하고, 내가 여기 없는 동안 말벗을 해줄 사람도 필요할 것 같소. 알다시피 처음엔 그 애의 엄마가 죽었고, 그런 다음엔 나이 든 부인이 캐나다에서 그 애를 돌봐주었소. 그리고 이젠 이 세상에 나 하나뿐이오."

그런 식으로 해서 나는 회사 측에서 말한 대로 매주 수요일만 일하는 대신 일주일 내내 굿윌 씨를 위해 일하게 되었다. 회사란 인디애나 석회암 회사를 말하는 것이다. 회사가 굿윌 씨를 위해 나를 고용하고, 그를 블루밍턴까지 데려왔던 것이다. 홀아비와 어린 딸. 1916년의 일이었다. 그때 오린은 총격으로 한쪽 다리가 박살난 채 해외에 있었지만, 그 당시 나는 그 사실을 모르고 있었다. 그해 가을 루실은 여섯 살에 학교에 들어갔으므로, 나는 굿윌 씨에게 이렇게 말했다. 좋아요, 아침 일찍 와서 아침식사를 준비하고, 따님이 깨끗한 옷차림으로 학교에 가도록 돌봐드리겠어요. 그런 다음 집안일과 빨래 등의 일을 모두 해드리죠. 그는 매일 2달러를 지불했으며, 좀더 큰 집으로 이사하고 나서는 3달러를 주었는데, 그 당시 유색인 가정부가 받는 돈으로는 큰 액수였다. 그들은 내게 잘 대해주었다. 굿윌 씨는 장난기가 있었다. 이따금 그는 부엌 식탁에 갓 구운 도넛 한 봉지를 놔두곤 했다. "이게 뭐죠?" 하고 내가 물으면, 그는 이렇게 대꾸했다.

"글쎄, 누군가 당신이 먹으라고 놔둔 모양이군, 코라메이. 커피와 함께 먹으라고 말이오."

나는 우선 먼지를 털고 침대를 정리한 다음 필요할 경우 가구들에 광택을 냈다. 그런 다음 자리에 앉아 느긋하게 쉬면서 도넛을 곁들여 커피를 마셨다. 학교에서 돌아오면 그 애는 어째서인지 내 곁에 앉아서 도넛과 함께 우유를 마시곤 했다. 한 번은 내게 고개를 돌리더니 이렇게 말했다.

"코라메이 아주머니, 아주머니는 왜 도넛을 포크로 찍어서 먹죠?"

"글쎄, 나도 모르겠구나." 나는 그렇게 대답했다. 정말 몰랐다.

"도넛을 그렇게 먹는 사람은 처음 봤어요." 그 애는 정말 영문을 모르겠다는 듯한 얼굴로 말했다.

나는 그 애가 그렇게 물은 이유를 알 수 없었다. 내가 무식하다고 여긴 것인지, 아니면 너무 어려서 내 딸 루실이 그랬듯 그저 호기심이 난 것인지. 나는 말을 삼갔으며, 그 애가 하는 일에 대해 되도록 나무라거나 잔소리를 하지 않으려고 했다. 그리고 속으로 이렇게 말했다. 이 가엾은 애한테 엄마가 없다는 걸 명심해. 이 세상에서 엄마가 없는 것보다 더 나쁜 일도 없으니까.

나는 아직도 그런 식으로 생각한다. 내 딸 루실은 이제 캘리포니아에서 살고 있으며, 자기 가족과 농원 스타일로 지은 멋진 집도 있다. 루실을 본 지도 벌써 육칠 년이나 되었다. 그 애는 가족을 돌보느라 정신이 없어서 차분히 자리에 앉아 집으로 편지 한 통 쓸 여유가 없다. 난 그런 그 애를 조금도 나무랄 생각이 없다. 이제 그 애의 삶에서 엄마가 차지하는 부분은 아주 사소해서 예전과는 달랐다. 내 어머니가 내게 차지하는 부분도 그 정도밖에 되지 않았으니까. 누구라도 옛날 얘기를 하는 데는 오 분밖에 걸리지 않는다. 못 본 체하고 무시해버릴 수도 있다. 하지만 아주 지워버릴 수는 없는 것이다. 어머니라는 존재는 항상 마음속에 자리하고 있는 법이니까. 어머니가 가슴속에서 움직이고 숨쉬는 것을 느낄 수 있다. 이따금 어머니가 말하는 소리도 들을 수 있다. 늘 똑같은 얘기를. 조심해라, 착하게 굴어라, 화를 내지 마라.

바로 그 때문에 나는 굿윌 씨의 어린 딸을 그런 식으로 대했던 것이다. 나는 그 애의 옷을 다리면서, 또는 그 애의 머리를 빗겨주면서 생각했다. 이 애한테는 내가 전부다. 절반만 엄마 노릇을 하는 게 아니라 온전한 엄마 노릇을 할 것이다. 이 애가 어떻게 살게 될까? 어떻게 하면 행복하게 살게 될까? 나는 그녀의 앞날에 대해 몇 번이고 생각해보았지만, 내가 볼 수 있는 것은 칠흑처럼 캄캄한 어둠뿐이었다.

스쿠트 스쿠타리의 추측

할아버지는 알바니아 북부에 있는 한 촌락에서 가난한 시골 유태인의 아들로 태어났다. 할아버지는 열여덟 살이 됐을 때, 부모님에게 예루살렘까지 걸어가겠다고 말한 다음 집을 나섰다.

그런데 예루살렘으로 가지 않고, 서쪽으로 여행하다가 스쿠타리라는 도시에 이르렀다. (그리고 그 도시의 이름을 자기 이름 속에 집어넣었다.) 거기에서 할아버지는 몰타로 가는 배를 탔다. 몰타에서 다시 리스본으로 갔으며, 리스본에서 배를 타고 몬트리올로 갔다. 1897년이 됐을 때 할아버지는 매니토바 주의 시골에 살면서, 이 마을 저 마을 돌아다니는 가정용품 행상으로 생계를 꾸려 나갔다. 아브람 고즈데 스쿠타리가 할아버지의 정식 이름이었다. 그분은 자수성가한 사람으로 백만장자가 되었으며, 전국 규모의 소매점 체인의 설립자이자 소유주였다.

그러나 초기에는 지독하게 가난했고, 오지를 돌아다니는 행상의 생활이란 고통스럽기 그지없었다. 그는 자신에게 필수품을 의지하는 농부들과 마을 사람들에게 곧잘 욕을 먹었다. 유태인 놈이라고. 예의 바르게 그의 이름이라든가 사는 곳, 결혼은 했는지, 가족은 있는지 물어보는 사람은 아무도 없었다. 사람들은 그가 이라도 옮길까봐 악수를 거절했다. 그 일로 할아버지는 큰 상처를 입었으며 그때 받은 모욕감을 잊은 적이 없었다.

그런 얼마 후 이튼 우편 판매 제도가 생겨나자, 사람들은 이제 행상과 거래할 필요가 없어졌다. 구두약이며 머리 장식은 위니펙에 있는 상점으로 주문하는 편이 값도 훨씬 싸고 편리했다. 그런 상태에서 아브람 스쿠타리는 어떻게 아내 엘리나(리나 할머니)와 어린 아들(제이컵 삼촌)을 부양했을까?

그때 할아버지는 은행에서 돈을 꿔 사업할 생각을 하게 되었다. 작업복이며 안전장치, 소방도구, 파종기 등 사실상 1905년 당시 이튼 카탈로그에서 빠져 있는 물건이면 무엇이든 팔았다.

자전거도 팔았다. 할아버지는 자전거에 미래가 걸려 있다고 생각했다. 물론 세상에는 자동차도 나와 있었지만, 그는 이곳저곳을 돌아다니면서 위니펙의 모든 젊은이들이 다들 시장에 나와 있는 대량생산된 신형 자전거를 이제 곧 한 대씩 갖고 싶어하리라는 사실을 눈치챘다.

하지만 할아버지는 대출금을 신청하기 겁났다. 그는 한 번도 은행에 들어가본 적이 없었다. 포티지와 메인 가 모퉁이 위니펙의 중심부에 자리 잡고 있는 으리으리한 석조 건축물인 로열 은행은 말할 나위도 없었다. 할아버지는 원래 넥타이라는 것이 없었다. 게다가 엉터리 영어를 구사했다. 그 시절 많은 사람들이 그렇듯이 할아버지에게 정말 이가 있을 수도 있었다. 하지만 그런 할아버지에게 용기를 준 어떤 일이 생겨났다. 그건 그가 목격한 일로서, 그의 인생을 바꿔버릴 만한 사건이었던 것이다.

1905년 여름, 할아버지가 말이 끄는 수레에 물건을 잔뜩 실은 채 한창 행상을 하고 있던 중이었다. 정오 무렵이었다. 그는 동유럽의 작은 유태인 마을처럼 황량하고, 당시에는 고급 석회암이 나던 채석장 회사의 단지 마을이기도 한 매니토바의 한 조그만 마을로 들어섰다. 이날 할아버지가 어느 석공의 집 앞을 막 지나고 있을 때, 누군가 몹시 고통스럽게 신음하는 소리가 들려왔다. 그는 망설임도 노크도 없이 뒷문을 통해 곧장 그 집 안으로 들어갔다.

그곳에서 할아버지는 곁에 아무도 없이 부엌 바닥에 누워서 다리를 벌린 채 막 아기를 낳으려 하고 있는 여자를 보았다. 이제 막 나오기 시작하고 있는 아기의 머리가 보였다. 그는 어떻게 해야 좋을지 알 수 없었다. 아기 낳는 일은 여자의 일이라고, 당시만 해도 그렇게들 생각했다. 더구나 할아버지는 유럽에서 그것도 유태인 남자로 자란 사람이었다.

이웃에는 어느 부인이 빨래를 널고 있었다. 할아버지는 허겁지겁 달려가 그 부인에게 도움을 청했다. 그런 다음 의사가 살고 있던 그 마을 한쪽 끝으로 내달렸다. 무더운 날이었다. 그는 그 때의 더위와 먼지를 평생토록 기억했다. 할아버지가 다시 그 집으로 돌아와보니 여자는 죽어가고 있었다. 그리고 그녀의 마지막 시선이 멈춘 곳은, 바로 나의 할아버지이자 유태인 놈이었던 아브람 스쿠타리였다. 방에는 사람들이 잔뜩 있었지만, 그녀는 시선을 할아버지에게 고정시켰다. 훗날 할아버지는 자신의 얼굴에 떠올라 있던 공포가 그녀의 얼굴로 옮아가는 것을 두 눈으로 똑똑히 보았다고 주장했다. 그녀가 그것을 들이마시고는 다음 순간 숨이 끊어졌다는 것이다.

아이는 살아 있었다. 그 사실을 할아버지가 알기까지는 꼬박 일 분이 걸렸다. 방 안이 무척 소란스럽고 혼란스러웠던 데다 지독하게 더웠고, 사람들은 모두 죽은 여자 곁에서 얼쩡거리고 있었다. 하지만 부엌 식탁 위에는 시트에 싸인 갓난애가 있었다. 아기의 입술이 떨면서 움직였기 때문에 할아버지는 아기가 살았다는 사실을 알았던 것이다. 그런데 아무도 갓난애를 신경쓰지 않았다. 마치 갓난애가 방 안에 없는 것 같았다. 마치 실수로 잘못 갖다둔 밀가루 반죽이나 되는 것처럼.

할아버지는 손을 내밀어 갓난애의 뺨을 더듬어보았다. 그는 문득 아기에게 뭔가 축복 같은 것을 내려주고 싶은 강한 욕망에 휩싸였다. 대체 어디에서 비롯된 욕망인지는 알 수 없었노라고, 할아버지는 언젠가 아버지에게 털어놓은 적이 있었다. 할아버지는 그 얘기를 몇 번이고 되풀이해 들려주기를 좋아했다. 자신은 그때 그 갓난애의 외로움을 완벽하게 이해했다면서. 그건 극단적이고 어떻게 고칠 도리가 없는 종류의 고독, 자신이 열여덟 살에 집을 나온 이래 느껴왔던 종류의 고독이었던 것이다.

그때 할아버지의 주머니 속에는 유럽에서부터 가지고 온 옛날 동전 하나가 있었다. 그는 시트 밑으로 갓난애의 숨이 오르내리는 것을 바라보면서 동전을 그 애의 이마에 올려놓았다.

"행복할지어다."

할아버지는 알바니아어나 터키어, 이디시어, 어쩌면 영어로 그렇게 말했다. 그러고는 다시 한 번 행복할지어다, 라고 말했다. 그런데 그 순간 마치 돌덩이에게 축복을 내리고 있기라도 한 것처럼 좋은 말이 입 밖으로 나오지 않았다. 할아버지는 기운을 잃었다. 자신이 마치 종이와 지푸라기로 만들어진 것 같았으며, 인간이 아닌 것 같았다. 차라리 죽는 편이 더 나을 것 같은 기분이었다.

할아버지는 자신이 울고 있는 줄도 모르고 있었는데, 그때 누군가의 팔이 어깨에 느껴졌다. 의사였다. 그리고 그 의사 역시 울고 있었다. 두 사람은 그런 자세로 서 있었다. 두 사람의 눈물이 한데 섞였다.

한데 섞였다, 할아버지는 이 얘기를 할 때면 이 표현을 썼다. 우리의 눈물이 한데 섞였다고. 자신의 어깨에 얹혀 있던 그 노인의 팔은 마치 친형제의 팔 같았다는 것이다. 그래서 할아버지는 더욱 큰 소리로 엉엉 울었다.

얼마 후 그들은 모두 사망증명서에, 그런 다음에는 출생증명서에 서명을 했다. 할아버지까지도 말이다. 그곳에 있던 사람들은 모두 할아버지가 자기 이름을 쓸 줄 아는 걸 보고 깜짝 놀랐다. 할아버지는 아브람 고즈데 스쿠타리라고 서명했다. 그 이름을 쓰는 순간 할아버지는 문득 어떤 강력한 힘이 자신의 몸속으로 들어오는 기분이었다. 자신의 심장이 고동치는 것도 느껴졌다. 그는 이제 무슨 일이라도 할 수 있을 것 같은 기분이 들었다. 포티지와 메인 가의 모퉁이에 있는 로열 은행으로 걸어들어가 대출을 요청하는 일이라도 말이다.

그러나 그 아이의 슬픔은 할아버지의 머릿속을 떠난 적이 없었다. 할아버지는 그처럼 외로운 존재를 두 번 다시 보지 못했다고 했다. 할아버지는 오랫동안 살면서 백만장자가 되었고, 아내를 사랑했으며, 자식들에게는 자상한 아버지 노릇을 했다. 하지만 할아버지는 평생 동안 그 아기 때문에, 그 아기의 머리 위를 떠돌던 저주, 그 무시무시한 고뇌 때문에 슬퍼했다.

플렛 부인의 추측

플렛 부인 스스로가 자신이 앓고 있는 병에 대해 나름대로 이론을 세우리라고는 아무도 예상하지 못했을 것이다. 가엾게도 마음속이 텅 비고 갈피를 잃은 그녀로서는, 이론을 세우기는커녕 머리를 빗을 힘조차 없었던 것이다. 이론을 세운다는 것은 차분한 머리로 하는 일이었는데, 플렛 부인의 머리는 분노와 낙담으로 가득 차 있었다. 그녀는 무너져버렸다. 엉망인 데다 제정신이 아니었다. 아침결에는 자신이 안고 있는 상처가 일시적이고, 어떻게 해볼 수 있을 것 같았다가도 밤이 되면 음성을, 아마도 자신의 영혼이 뒤척이는 소리를 들었던 듯하다. 그 소리는 다른 상처의 흉터에서도, 특히 버림받은 데 대한 해묵은 공포심에서도 들려왔다. 그런 어느 한 시기에 그녀는 사건들로부터 벗어나서 살기로 마음먹었다. 아니면 다른 누군가가 그런 결심을 하도록 해주었을지도 모른다. 원예에 관한 책을 써보라고 앨리스가 권했다. 세계 여행이라도 해보라고 프레이디 호이트가 말했다. 대학에서 강좌를 맡아보라는 말도 있었다. 매듭을 배워보라고도 했다. 알레르기 주사를 맞거나 비타민B 복합제를 복용해보라고. 마음을 달래줄 음악을 듣거나 버지니아 울프처럼 일기를 써보라고. 산책을 하고, 따뜻한 물로 목욕을 해보라고. 가정하고 있는 일에 의문시해보라고, 자기 자신에게 친절을 베풀라고, 현재 이 순간을 위해 살라고, 마음을 느슨하게 먹거나 기도하거나 소리를 지르거나 세상을 저주하거나 축복받은 일들을 손꼽아보라고, 아니면 그냥 되는대로 내버려두라고.

이 모든 충고가 플렛 부인을 향해 쏟아졌지만, 그녀의 마음은 너무 혼란스러워 아무것도 들리지 않았다.

아마 그녀가 자신이 처한 상황 때문에 죽을 수 있다고 겁먹고 있으리라고 여길지 모르지만, 실제로는 그렇지 않았다. 머리가 헝클어지고 손톱이 부러지고 집 안에서 키우던 식물들이 시들고 일상생활은 엉망이 돼버렸지만, 마치 겨울잠을 자고 있는 작은 동물처럼 그녀의 마음속에는 자신이 쾌유되리라는 확신이 있었다. 다만, 한편으로 그녀는 자신이 흘리는 짭짤한 눈물이 진지하다는 사실을 믿지 않았고, 다른 한편으로 오래전 자신과 프레이디가 저 가엾은 윌리엄 블레이크 노인의 '울어라, 울어라, 비탄 조로 울어라'라는 시 구절을 애송하면서 '비탄'이라는 말, 눈이 먼 작은 벌레처럼 왠지 어울리지 않아 보이는 표현 때문에 자지러지게 웃었다는 사실을 생생하게 기억하고 있었던 것이다.

그런데 이제 쉰아홉 살의 나이로 몸의 구석구석에서 슬픔이 흘러나오고 있었지만, 이상스럽게도 그녀 자신은 무감각했다. 그녀는 시간이 흐르면 추억이란 매끄럽게 다듬어지고, 수용과 거절의 다림질로 모든 것이 평평해진다는 사실을 알고 있었다. 그래서 결국은 똑같은 것이 되어버리는 거라고 생각했다. 이 슬픔이란 것도 한계가 있는 것이다. 아무리 머리가 헝클어지도록 내버려두고 화장대 위에 먼지가 쌓이도록 내버려두더라도 한계가 있는 것과 마찬가지로. 그것이 바로 데이지였다. 데이지의 체념은 피로라는 강綱에, 어떻게 이 많은 일상적인 나날을 지낼 것인가 하는 문제 속에 분류되어 있었다. 또는 좀더 정확히 말해서, 일만이라는 날을. 어떤 면에서(내 눈에 비친) 그녀는 행운으로 점철된 인생을 살도록 되어 있는 사람, 비극적인 기미가 없는 음성을 가지고 태어난 여자였다. 자신이 살아온 끈기에 구멍을 내는 법을 배운 사람이었다.

그러나 그녀는 슬퍼하기에도 진력이 났다. 슬픔을 모른 척하기에도, 어떤 면에서는 이해하지도 못한 채 무작정 슬퍼하는 데도 싫증이 났다. 그리고 얇은 뼈로 에워싸인 머릿속으로 자신의 이 엄청난 불행이 필연적으로 엉뚱한 행동이 되고 말 거라는 사실을 이해하고 또 받아들이고 있었다. 벌써 바로 지금 이 순간만 해도 나는 그녀가 자신이 평소 좋아하던 일들로 돌아가고 싶어 한다는 것을 느끼고 있다. 이를테면 잇몸에 닿는 새 칫솔의 감촉 같은 사소한 일 말이다. 그녀는 다시 한 번 바삭바삭하고 깨끗한 앞치마를 허리에 두르고 싶었다. 정확히 삼 분 안에 감자 500그램의 껍질을 벗겨 차가운 물에 담가놓고 싶었다. 젤리 병을 깨끗이 닦아서 선반 맨 위에 다른 것들과 함께 나란히 놓고 싶었다. 봉투에 침을 바르고 구석에 우표를 붙인 다음 우체통에 넣고 싶었다. 한바탕 폭소를 터뜨려서 몸을 깨끗이 비우고 싶었고 중력의 힘을 느끼고 싶었다. 그렇게 될 것이다. 이 모든 고통은 씻은 듯이 사라질 것이다. 이제 곧 그렇게 될 것이다.

제8장

1977년

평온

빅토리아 루이스 플렛은 스물두 살밖에 안 된 토론토 대학 학생이며, 키가 호리호리하고 손과 발이 큼직큼직한 여자였다. 그녀는 뻣뻣한 금발 머리를 아무렇게나 귀 뒤쪽으로 넘겨 묶고 다녔다. 미용사는 그 머리 때문에 애를 먹곤 했다. 그녀는 청바지와 스웨터에 낡은 데님 재킷 차림을 좋아했는데, 실제로 그것 말고 다른 옷이 없었다. 이 옷들은 마치 현대 생활의 악몽을 몰아내려는 것처럼 모두 어두운 색에 올이 촘촘했다. 근시를 교정하기 위해서 금속 테로 된 둥근 안경을 끼고 다녔는데, 약간 지저분한 렌즈 뒤편에 있는 그 눈은 차갑고 진지해 보였다. 지금은 1977년이었다. 그녀는 이제 더는 커다란 집에서 보호를 받던 어린애가 아니었다. 당황한 듯한 그녀의 음성은 어른 특유의 비판과 십대 소녀의 당혹감 사이를 오갔다. 짐작할 수 있듯이 그녀의 감정은 종종 고르지 못했지만, 풍부한 통찰력이 있었다.

예를 들어서 빅토리아는 종조모인 데이지에게 자신은 주위에서 벌어지고 있는 계보 유행 현상을 이해할 수 있다고 말한 적이 있었다. 남자와 여자들이 묘지를 걷고 있거나(이상하게도 대부분은 여자들이었지만), 대학 도서관 자료실에 웅크리고 앉아 카운터의 편람을 펼친 뒤 작은 노트에 이름과 날짜들을 옮겨 적으면서 자신들의 사심 없는 노고가 실체와 예의범절을 갖춘 하나의 구조를 열어 보이게 되리라고 상상하거나 희망하는 사람들을 볼 때면 감동을 받는다고 했다. 빅토리아는 이 열성적인 아마추어들이 왕족이라든가 창조적 천재와의 관계를 찾고 있는 거라고는 믿지 않았다. 그 사람들이 원하는 모든 것은 자신의 조상들이 소박하고 정직하며 법을 준수하는 사람들이라는 것, 평범한 업적을 이루고 서약을 지키며 유쾌하고 마음을 누그러뜨려주며 선한 의도를 가진 사람들이라는 것으로 확인하는 일이었다. 요컨대 그 사람들은 조상들의 확고하고 원만한 삶(그러면서도 심각할 정도로 닫혀 있는 삶)이 오늘날 만연돼 있는 소외와 불신을 몰아내주기를, 그리고 아마도 너그러이 용서해주기를 원하고 있는 것이다. 상식이라는 훌륭한 덕목은 세상에서 사라져버린 것 같았다. 빅토리아조차 그 사실을 깨닫고 있었다.

이제 은퇴하여 플로리다에 살고 있는 빅토리아의 종조모 데이지는 만년에 이르러 이미 사망한 두 분의 아버지, 즉 친아버지인 카일러 굿윌과 시아버지인 매그너스 플렛의 생애에 몰두하고 있었다. 그러나 빅토리아의 종조모는 이 두 아버지의 삶을 저 일요 계보학자들과는 전혀 다른 생각으로 추적하고 있었다. 한 가지 이유는 종조모의 경우 그들보다 훨씬 더 집중하고 있으면서도, 동시에 좀더 몽상적이고 비효과적이라는 사실이다. 빅토리아가 보기에, 아마도 종조모는 이미 사장돼버린 언어의 자루 속으로 들어가 그 언어가 되고, 그래서 입 밖에 낼 수 없는 '아버지'라는 그 말을 할 수 있게 되기를 바라고 있는 것 같았다. 데이지 종조모가 사회사라든가 회고록, 전기 같은 책들을 읽은 것은 사실이었지만(최근 들어서 그녀가 짐작하는 것보다 좀더 자주 읽었는데), 종조모는 지역 도서관이라든가 묘지를 탐사하러 돌아다니지도 않았고, 자신이 태어난 매니토바 주의 틴들 마을을 찾아간다거나 자기 어머니를 기념하기 위해 세운 저 유명한 굿윌 탑을 보러 가지도 않았다. 어쨌든 그 탑은 기념품 수집가들이 돌을 하나씩 빼가는 바람에 비참할 정도로 훼손됐을 것이며, 따라서 이제는 지면 위에 도넛 모양으로 내려앉은 잔해밖에 남지 않았으리라. 그녀는 솔트레이크시티에 있는 모르몬 기록보관소에 연락을 취한 적도 없고, 그럴 계획도 없었다. 정보를 얻기 위한 편지를 보내지도 않았다. 그녀는 플로리다에 있는 자신의 방(삼면이 유리벽으로 돼 있는) 꽃무늬 소파에 편안하게, 아주 편안하게 앉아서 세상을 떠난 이 두 아버지에 대해 생각했던 것이다. 그것이 그녀가 하는 일이었다. 그들에 대해 생각하고 집중하고 추억거리를 생각하는 것이다. 그녀의 종조카인 빅토리아는 그 두 사람에 대해 듣기는 했지만 결코 생생하지 않았고, 그들의 능력에 대해 듣기는 했어도 본 적은 없었다. 종조모 데이지는 그들의 생애를 곰곰이 생각했다. 그녀는 그들의 삶이 무엇으로 이루어졌으며, 또 어떻게 종말을 맞이했는지 알고 싶었다. 영화에서처럼 요란했던가, 아니면 쌀쌀맞을 만큼 냉담한 것이었던가? 물론 내내 그런 생각만 하고 지낸 것은 아니었다. 어쩌다 간혹, 이를테면 단조로운 날 오후 늦은 시간이라든가 불안할 때, 자신에 대한 섬뜩한 불확실성이 심장의 얇은 판막을 물어뜯는 것 같을 때, 또는 TV에서 탬파*의 지역 뉴스라든가, 기상 예보 같은 것 말고 달리 재미있는 프로그램이 없을 때.

일흔두 살을 맞은 그녀의 삶은 평온한 것이었다. 그녀는 일 년에 세 차례 멋진 파마를 했는데, 그건 평범한 파마와는 달리 머리가 마치 부활절에 바구니에 담긴 상추처럼 탄력을 얻게 되는 파마였다. 그리고 고통스러운 안면 마사지를 받았으며(한 번), 새로운 립스틱을 바르기도 했고(두세 번쯤), 자신의 확장된 정맥류증을 끝장내는 문제를 생각했다(매일같이). 그런 생각 끝에는 언제나 몇 해 전 자신을 엄습했던 우울증에 대한 생각으로 되돌아오곤 했다. 그녀의 건강 상태는 지극히 양호했다. 은행에는 꽤 많은 돈이 있었지만 검소한 생활을 꾸려나갔다. 십 년 전 그녀는 오타와의 큰 집을 처분하고, 플로리다의 서부 해안으로 이사를 왔다. 옛 친구 프레이디 호이트가 살고 있는 곳과 인접해 있고, 또 한 친구인 라비나 그린 듀크스 캐배노가 세번째 남편 버드와 함께 살고 있는 버즈 키로부터 그리 멀지 않은 새러소타 주택지의 방 세 칸짜리 콘도를 구입한 것이다.

플로리다로 이사한 이후 데이지 종조모는 원반 넣기 놀이와 접착제를 입힌 바닷조개로 플라스틱 머리띠와 팔찌를 장식하는 법을 배웠다. 종조모는 이것들을 영국과 미국에 흩어져 있는 여섯이나 되는 자신의 손녀딸들에게 생일 선물로 보내주었다. 손자

* 플로리다 주에 있는 도시

인 벤지와 텔러에게는 자신이 직접 베이사이드 여성 공예 클럽에 앉아 수놓은 가죽 지갑을 보내주었다. 그 애들이 이런 수공예품을 좋아하거나 고마워하리라고는 생각하지 않았지만, 1965년 한 차례 좌절을 겪은 이후로 언제나 손을 바쁘게 만들면서, 되도록 자신에 대해 생각지 않고 세상 살아가는 법을 터득했던 것이다. 손님들은 발코니 가득 잘 가꾸어진 선인장과 열대 식물들이 싱싱한 푸름을 자랑하며 놓여 있는 것을 보게 된다. 그녀의 유명한 원예 솜씨는 여전히 유감없이 발휘되고 있었던 것이다. 원예에 관한 한 그녀는 감각주의자였다. 그러면서도 별 악의 없이 플로리다의 흐늘흐늘한 풍경에 대해 불평하고, 껍질에 털이 잔뜩 나고 푸들처럼 생긴 야자수만은 도저히 용납할 수 없다고 투덜거리곤 했다. 그건 자연에 대한 장난이라고밖에 볼 수 없다는 것이다.

그러면 그녀의 종조카인 빅토리아가 야자수를 옹호하는데, 그것은 야자수를 좋아해서라기보다, 종조모를 자극하여 언쟁을 벌이고 싶은 충동 때문이었다. 그녀는 이것이, 젊은 사람이 나이 든 사람에게 해줄 수 있는 최소한의 일처럼 여겨졌다. 빅토리아는 어디선가 노인들은 좀더 잘 보기 위해 뒤로 물러서는 법을 알고 있으며, 그래서 눈을 가늘게 뜨고 새로운 가능성을 찾고 있는 것이라는 글을 읽은 적이 있었다.

겨울이 되면 토론토로 돌아가 강의에 참석하고 리포트를 준비하고 시험을 보며, 연애 사건이 없는 것을 걱정하면서도 빅토리아는 새러소타에 멋지게 자리 잡은 종조모 생각을 했다. 발코니에 있는 식물들에서 죽은 잎사귀를 핀셋으로 떼어내고, 오후에는 링글링 미술관에서 봉사 활동을 하며 세인트 아르망스 키 일대의 의상실에서 프레이디와 라비나와 함께 '수다를 떠는' 종조모를 생각했다. 그녀는 약간의 질투심을 섞어서, 종조모 데이지의 삶이 얼마나 안정된 것인지, 또한 이제 얼마나 종말에 가까웠는지를 생각하면서, 그런 삶을 누리면서 어째서 그녀가 무덤 속에서 썩어가고 있는 두 사람의 노인, 즉 괴짜였던 카일러 굿윌과 실종된 매그너스 플렛에 대해 생각하고 싶어하는지 도저히 이해할 수 없었다. 빅토리아는, 아마도 종조모는 실제로 자신의 어머니를 찾고 있는 것이리라고, 두 사람의 아버지에 열중하는 일은 일종의 책략이 아니면 교활한 등가물에 불과할 뿐이라고 생각했다.

정말 아버지를 찾아 나설 사람이 있다면, 그것은 빅토리아 자신일 거라고 이따금 생각했다. 실제로 그녀는 자기 아버지에 대한 생각은 조금도 하지 않았다. 데이지는 언젠가 빅토리아가 이렇게 얘기하는 소리를 얼핏 들은 적이 있었다. 빅토리아 루이스는 아버지 쪽 혈통에 대해서 이따금 어머니가 무심코 흘린 말 이외에는 거의 아는 것이 없었다. 그녀의 아버지는 서스캐처원의 어떤 얼간이로, 기혼자이고 배불뚝이에다 지금쯤은 죽었을 것이고 필시 주정뱅이였을 거라고 했다. 너무나 멍청해서 그는 어머니가 임신한 사실조차 알지 못했다. (제발!) 그리고 베벌리 플렛은 그에게 사실을 알릴 생각도 않고, 무작정 기차에 올라타고 동부로 와서는 오타와에 있는 데이지 숙모의 집에 들어가 살았다. 여덟 달이나 아홉 달쯤 됐을 때 "아기를 입양 보내지 않을 건가요?" 하고 사람들이 물으면, 그녀는 고개를 저으며 "아뇨"

하고 대답했다.

그때가 1955년이었다. 그 당시만 해도 남의 아이를 들이는 사람은 거의 없었다.

베벌리는 사 년 전 췌장암으로 세상을 떠났으며, 그래서 빅토리아는 방학 때가 되면 플로리다로 내려가 종조모 데이지와 함께 지냈다. 종조모는 그녀에게 비행기 표를 보내주고 탬파 공항에서(에어컨이 설비된 택시 안에서) 그녀를 맞았으며, 손님용 침실에는 파삭파삭한 면직 시트를 깔아주었고, 침대 곁 보조 탁자 위에는 꽃이 활짝 핀 아프리칸 바이올렛을 놓아두었다. 그리고 두 사람이 함께 멋지게 차려입고 링글링 호텔에서 부활절 오찬을 먹을 계획을 짜는 것이다. 그곳에서 그들은 샐러드를 곁들여서 훈제 연어 키시•를 먹는다. 그리고 만약 웨이트리스가 사근사근한 사람이어서 "두 분이 신나게 즐기러 나오셨군요"하고 말하기라도 하면, 데이지 종조모는 공모자답게 표현을 가다듬어서 이렇게 대꾸했다.

"이 아이는 내 종조카인데 멀리 토론토에서 왔지. 이제 막 고식물학 석사 과정을 마치고, 오는 9월에는 박사 과정을 시작할지를 심각하게 고려하고 있는 중이라우."

그럴 때면, 그렇지 않아도 불편한 빅토리아는 청바지에 찢어진 티셔츠 차림으로(팽팽하게 잡아 늘인 그 옷의 목선을 몇 번이고 매만지는 그녀를 보는 것은 매혹적이었다) 앉은자리에서 안절부절못하면서, 종조모가 여느 때엔 이런 말투를 쓰지 않는다는 생각

• 치즈, 베이컨 등으로 맛을 낸 파이의 일종

을 했다. 덕분에 빅토리아는 갑자기 전형적인 플로리다의 인텔리로 돌변하게 된다. 구슬 목걸이를 하고 코르크 창을 댄 샌들에 하얀 비닐 지갑을 든 채로. 하지만 그와 동시에 자기에 대한 종조모의 따스한 긍지를 맛본 빅토리아는 웨이트리스가 주방으로 미끄러지듯 돌아가고 나면, 식탁 건너편으로 손을 뻗어서 파우더를 바른 늙은 손을 두드리는 것이다. 거의 자신의 손만큼이나 잘 알고 있는 그 손을.

*

카일러 굿윌은 빅토리아 플렛이 태어난 해인 1955년 봄에 세상을 떠났다. 일흔여덟 살의 노인인 그는 그때 레몬 호숫가에 있는 자기 집 뒤뜰에서 작업을 하고 있었다. 그 순간 문득 현기증이 일었다. 모자도 쓰지 않은 채 햇볕 속에 그렇게 나와 있으면 안 되는 일이었으리라. 그의 아내 마리아가 늘 하는 말도 그것이었다.

이 이상한 현기증은 처음엔 그리 심하지 않았다. 그저 귀가 계속 울리고 눈 가장자리에 더껑이가 앉아서, 마치 아무것도 보이지 않는데 희미하게 무슨 소리가 나는 것 같은 느낌이 들었다. 그는 구두코를 위로 한 채, 부드러운 풀밭에 똑바른 자세로 누웠다. 서늘한 산들바람이 이마 위로 불어와 성긴 머리 한 올을 흐트러뜨렸다. 그 순간 현기증이 한결 심해졌다. 그래도 그는 일어나지 않았다.

서두를 것 없어. 그는 속으로 중얼거렸다. 원하기만 한다면 아침 나절 내내 이렇게 누워 있을 수도 있다고.

마리아는 밀짚으로 엮은 커다란 쇼핑백을 가지고 갑岬 저편에 있는 브리지포트 식료품점으로 걸어갔다. 버터가 떨어졌던 것이다. 아침식사를 하면서 그렇게 말했다. 마리아는 물건을 대량으로 사들이는 이곳 북미인들의 습관을 몸에 익히지 못하여 늘 이것저것 떨어지게 만들었다. 남편은 그녀가 돌아오려면 적어도 한 시간이 걸린다는 사실을 알고 있었다. 마리아는 산책이라도 하듯 레이크 거리를 느릿느릿 걸어올 터였다. 게다가 지금은 미국 박태기나무가 막 꽃 피는 시기였다. 그리고 이웃의 젊은 맥그리거 부부(리디아와 빌)가 새로 만든 삼목 테라스에 나와 작업을 하고 있을 것이다. 그러면 마리아는 틀림없이 그 이웃집에 들러 잠시 대화를 나누려 할 것이다. 그녀는 자기가 방해가 되고 있다는 것, 그 두 젊은이가 서로 눈짓을 하면서 어이가 없다는 듯 눈을 굴리고 짜증스럽게 어깨를 으쓱해 보이고 있다는 것을 단 한순간도 알아채지 못하는 것이다. 마리아는 나무숲과 물결치는 호수, 구름 한 점 없는 하늘을 가리키면서, 또 테라스를 지지하는 받침대에 관해, 집 뒤편의 자갈길과 그곳에서 자라고 있는 장군풀에 관해, 그 풀이 충분한 햇볕을 받는지 그렇지 않은지에 관해 끝도 없이 수다를 늘어놓으리라. 그리고 빌과 리디아는 그녀가 하는 말을 한마디도 알아듣지 못할 것이다.

끝도 없는 수다, 그동안 노인인 그는 여기에 큰대자로 누워 있는 것이다. 처음에는 누운 자세가 주는 신기한 느낌에 즐거운 기분이 들었다. 그는 흙의 따스한 온기가 등 밑에 눌려 있는 풀을 지나 체크무늬 셔츠의 매끄러운 천을 뚫고 서서히 올라오는 것을 느꼈다. 이 일이 그에겐 놀라웠다. 자신은 지금 일흔여덟 살이 된 등으로 지구에 엄청나게 축적된 열기를 느낄 수 있었다. 그가 마지막으로 이렇게 울퉁불퉁한 외형과 근육, 뼈대, 연골을 얼마 전 깎은 풀밭에 탁 내맡기다시피 하고 맨땅에 누워보았던 것이 언제던가? 이처럼, 듬직한 대지로 하여금 온몸의 체중을 떠받치도록 한 채, 마음 놓고 맨땅에 눕는 것은 젊은 사람들뿐이다.

몇 분인가가 흘렀다. 별로 생각할 것이 없었던 그는 거의 수직으로 내리꽂히는 햇살의 각도에 대해서, 그리고 지난 세기에 이제는 지상에서 완전히 사라진 양친에 의해 캐나다 북부에서 태어나 젊은 시절을 그곳에서 보내고, 이제는 마치 마법의 양탄자라도 탄 듯 이곳으로 옮겨와서는, 마치 정원용 호스로 깨끗하게 헹구어지기를 기다리고 있는 창문과도 같은 인디애나 땅 풀밭에 똑바로 누워 있는 자신의 육신에 대해서 생각했다.

그는 지금 호숫가에 있는 작은 별장(그러나 그와 마리아는 이 집을 영구 거주용으로 삼았다)의 뒤뜰에 누워 있었다. 두 사람은 그가 사업에서 은퇴한 이후 몇 년 동안 이곳에서 살았다. 큼직한 파이 모양을 한 부지에는 라일락과 개나리, 고광나무 따위가 자라고 있어서, 누워 있는 그는 그곳을 지나는 자동차 운전자들의 눈에 띄지 않았다. 하기는 이런 한낮에 그곳을 지나는 자동차가 많지는 않았다. 레이크 거리를 이용하는 사람은 그 지역 주민들뿐이었으며, 여름철 관광객이 몰려들기에는 철이 너무 일렀던 것이다.

그는 연중 이맘때인 4월이 좋았다. 격자 모양으로 늘어선 나무들에서 눈부신 생기가 느껴졌던 것이다. 그 눈부신 생기는 어디에나 가득 차 있었다.

주위에서는 굴뚝새가 풀밭에서 지저귀고 있었다. 그는 흐릿해진 눈으로 새들을 바라보았다. 그 순간 갑자기, 골프공 같은 머리를 까닥이며 바삐 움직이는 이 굴뚝새들이 아주 중요한 의미를 가진 것처럼 여겨졌다. 머리 위의 하늘은 눈부실 정도로 푸르렀다. 이제 곧 마리아가 돌아오리라. 그녀는 부엌 식탁 위에 식료품을 내려놓으며 시골 상점의 식품 값에 혀를 차면서 블루밍턴의 슈퍼마켓에서는 얼마나 싼값이었는지를 중얼거릴 것이다. 하지만 일만 금을 준다고 해도 도시로 돌아가 살 생각은 추호도 없었다. 그녀는 이탈리아어와 영어를 되는대로 섞어서 중얼거릴 것이다. 그런 그녀의 말을 알아들을 수 있는 사람은 이 세상에서 그녀의 남편밖에 없었다.

그는 일어나보려고 했지만, 뭔가 허벅지를 꽉 죄는 바람에 좀 더 누워 있을 수밖에 없었다. 가만히 누워서 좀 쉬는 거야. 그는 이렇게 중얼거렸다. 불안한 생각을 쫓기 위해서 어린 시절을 보낸 매니토바 스톤월의 눈부신 길거리를 떠올려보려고 했지만, 언제나 그렇듯이 꽉 막혀버린 것처럼 흐릿한 기억 때문에 포기했다. 아버지 집의 벽들과 그 안에 있는 비밀스러운 방들, 침대며 자기 그릇, 집안의 돈을 모아두는 찬장 선반 위의 잼 단지, 그 속에서 썩어가고 있는 부드러운 지폐들이 유리된 채 떠올랐다. (공기…… 그럴 리 없는데도 그는 숨 쉴 공기가 필요했다.) 그는 어머니가 가꾸던 채소밭을 지나(거기에는 축 늘어진 양배추 몇 포기와 말라비틀어진 강낭콩이 있었다) 햇살이 쏟아지고 있는 육십 년 전의 혼란스러운 잭슨 가로 나선 다음, 농부들의 수레와 밧줄에 묶인 말들의 악취, 모퉁이의 철물점, 초등학교, 법원, 시에서 관리하는 황량한 화단을 지나, 사다리꼴로 퍼져내리고 있는 햇살 속에서 시의 중심부로 나섰다. 거기에는 견고한 석회암으로 장식된 장로교회가 있었다. 그 순간 갑자기 모든 기억이 잿빛 속으로 녹아버리고 말았다.

아마 잠깐 졸았던 모양이다. 그러다 문득 어린 시절을 뚫고 나온 듯한 공포감 속에서 잠을 깼다. 대체 이게 뭐지? 그동안 그의 등은 뻣뻣해져 있었다.

그의 등은 이제 나이와 더불어 반점으로 얼룩져 있으리라. 피부는 얼룩지고 주름투성이에다 화장지처럼 야위었을 것이다. 하지만 누가 자기 등을 들여다보겠는가? 그렇게 하려면 이중 거울 앞에 앉아 몸을 비틀며 버둥거려야 하고, 그럴 경우에도 겨우 일부분밖에는 볼 수 없는 것이다. 사람들은 평생 동안 몸을 끌고 다니지만 진정으로 그 몸을 소유했다고는 할 수 없다.

머릿속에 떠오른 이 생각, 이 알 수 없는 수수께끼에 그는 미소를 지었다. 그러자 문득 옛날에 대한 그리움이 솟아올랐다. 매니토바의 젊은 석공이었던 그는 여름철이면 웃통을 벗고 일을 했다. (채석장 일꾼들은 모두 웃통을 벗고 일을 했다.) 그리고 젊은 아내를 위한 섬세한 마음에서 셔츠를 입기 전에 등의 땀을 말리곤 했다. 사랑하는 아내가 있는 집으로 저녁식사를 하기 위해 걸어가는 동안.

아니, 마리아는 아니었다. 그때는 마리아가 아니었다. 그는 채석장에서 하루 일을 마치고 첫번째 아내, 젊은 시절에 함께 살았던 아내에게로 돌아가곤 했던 것이다.

이렇게 나이를 먹었음에도 그는 적어도 하루에 한 번씩은 첫번째 아내 생각을 했다. 어떤 일인가가 불쑥 그 짧았던 결혼 생활을 상기시켰던 것이다. 그 결혼은 지금에 와서 보면 정식으로 들어갈 수 있는 어떤 합법적인 건물 같은 것이 아니라, 우연히 마주치게 되는, 사방이 담장으로 에워싸인 밀폐된 장소 같았다. 그의 회상 속에서 그녀는 언제나 문간에서 자기를 기다리고 있는 슬픔이고 고통인 어떤 존재였다. 사실 그녀는 그가 도착할 무렵이면 저녁 준비에 정신이 없는 통에 문간에서 그를 기다린 적이 한 번도 없었다. 좀 어설퍼 보이더라도 그 부분을, 아내가 자기를 기다리고 있지 않다는 부분을 바로잡아야 했다.

그런데 그녀의 이름이 뭐였지? 이름이 뭐였더라? 첫번째 아내의 이름이 무엇이었나? 기쁨이 갑자기 사라져버렸다. 이것을 잊다니 경솔하고 용서할 수 없는 일이다. 그가 사랑했던 그 여자의 이름을. 그녀의 얼굴은 흐릿한 사진처럼 떠올랐지만, 몸은 구석구석 선명하게 기억하고 있었다. 어느 날 밤인가 요란한 빗소리에 잠에서 깬 그는 자기 팔이 그녀의 젖가슴 위에 얹혀 있다는 것을 알았다. 대단히 기막히고 푸근한 젖가슴 위에.

바보가 된 기분을 느끼며 그는 알파벳순으로 이름을 기억해보려고 했다. 아밀리아, 베시, 샬럿, 뭔가 구식 이름이었는데…… 도러시아…… 에마, 패니.

그는 누운 채로 자기 몸을 내려다보았다. 단정하게 단추를 채운 스포츠 셔츠, 구깃구깃한 카키색 바지. 그는 두 다리를 V자처럼 벌리고 누워 있었다. 그리고 그 다리 사이로 현기증이 엄습하기 전 작업하고 있던 석조 피라미드가 눈에 들어왔다.

그는 이제 그 일이 지겨웠다.

전쟁이 끝난 직후 대피라미드를 모델로 해서 처음 이 구조물을 만들기 시작했을 때 그는 십 년 안에 끝낼 작정이었는데, 지금까지 사분의 일 정도밖에 완성하지 못했다. 다른 사람들은 은퇴 후에는 보트나 수영장, 정원 장식물들을 만든다. 또는 실톱으로 회양목을 잘라서 백설공주와 일곱 난쟁이를 만들어 피튜니아 꽃 사이에 세우는 것이다. 또 하나를 끝내고 나서 새로운 일을 시작하는 사람들도 있었다. 그런데 그는 왠지 모르지만, 이런 바보 같은 작업을 시작했다가 빼도 박도 못하게 되어버렸다. ('한 번에 하나씩.' 그는 이 말 속에 든 지혜를 확신하면서 수도 없이 되뇌었던 것이다.) 그러나 이 피라미드는 이제 눈에 거슬리는 존재가 되고 말았다. 적어도 그의 눈에는 그랬다. 멍청이 같으니. 어둠 속에서 자신을 나무라는 목소리가 들려왔다.

"넌 맨 처음 만든 그 기념비와 같은 것을 절대로 만들지 못할 거야. 넌 이제 맛이 갔다고."

게다가 불과 일주일 전에 측정한 결과, 이 구조물이 삐뚤어져 있다는 사실을 알게 되었다. 그러니 작업을 진행할수록 사태는 점점 더 악화되리라. 어쨌든 이 작업을 계속한다면 말이다.

패니, 글래디스…….

대부분의 사람들은 생각을 집중하기 위해서는 깔때기를 필요로 한다. 카일러 굿윌은 피라미드에 관한 한 원근법을 깔때기로 삼는 자기만의 집중법을 만들어냈다. 오밀조밀한 노구老軀로, 얼마 전에 깎은 자기 집 잔디밭에 누워 있는 지금은 보는 각도가 축소되고, 따라서 완전히 다른 시각을 갖게 되었다. 그 순간 어떤 행운이 일어났다. 인식이 곡예를 한 것이다.

그는 문득 확실한 결정을 내렸다. 이제 뒤뜰에서 해오던 이 보기 흉한 작업을 더는 계속하지 않으리라. 이것은 오래전 첫번째 아내를 기념하기 위해(대체 그녀의 이름이 무엇인가?) 세운 탑에 비하면 희미한 그림자밖에 되지 않는 것이다. 지금 이 순간부터 저 작업을 중단하리라. 지금 당장. 그리고 내일 블루밍턴의 건축 청부업자에게 전화를 걸어 불도저를 보내달라고 해야겠다. 그러곤 돌 부스러기들은 트럭으로 실어내버리리라. 기껏해야 하루 이틀이면 끝날 일이다. 굉장한 생각이다. 물론 뒷마당 한복판에 흉측한 자국이 남을 테지만, 가을이 오면 그 자리에 속성으로 자라는 벚나무를 심으면 된다. 아주 아름다운 것으로 말이야. 좋았어. 게다가 가을까지 기다릴 이유가 있는가? 당장에 벚나무를 심으리라. 그는 어째서 나무를 꼭 가을철에 심어야 한다는 건지, 이해할 수 없었다. 앞뒤가 맞지 않아. 말이 되지 않는 얘기야.

저걸 없애버리고 말 거야. 그는 몹시 기뻐하며 그렇게 중얼거렸다. 내일이면 다시 소심해져서 재고할지도 모르니 아예 그 여지를 없애야지. 그는 자신이 인생의 중심으로 다가가고 있는 건지, 아니면 자신의 중요한 한 부분을 팔아치우고 있는 건 아닌지 알 수 없었다. 그러나 곧 새로이 엄습하는 환희에 몸을 떨었다. 그는 무슨 일이 일어날지 무엇을 해야 하는지 알고 있었던 것이다. 그 순간 행복감이 결심의 편안한 흐름을 타고 그의 몸속을 거침없이 흘러갔다.

땅바닥에 누워서 한 선택이라도 그것은 선택이다. 그 선택의 힘이 급작스러운 활기를 방출하고, 이 활기가 카일러 굿윌의 가슴 한복판을 강타하면서 이 화창한 4월의 날씨에 한겨울의 싸늘함을 안겨주었다. 그는 손과 발이 갑자기 얼음장처럼 차가워지면서 감각으로부터 분리되었음을 깨달았다. 그것들은 고통의 질긴 섬유로 몸에 매달려 있는 것 같았다. 지금 어디 있는 거지? 뭘 생각하고 있었던가? 패니, 글래디스, 해리엇, 이자벨…….

그는 고통이 휩싸도록 내버려두었다. 그렇게밖에 달리 어떻게 하겠는가. 고통은 텅 빈 그의 마음 한 부분을 제외한 나머지 부분을 완전히 휩싸고 있었다. 그 마음속에 한 가지 의문이 떠올랐다. 아니, 그건 의문이 아니었다. 뭔가가 상기되기를 요구하고 있었다. 불도저가 풀밭을 긁으며 그의 피라미드를(그의 부끄러움을) 깔아뭉개는 그 일과 관계된 어떤 것이었다. 결심의 환희 속에서 그가 깜박 잊고 있던 것. 대체 그게 뭘까? 그게 뭐지? 발작적인 생각에 제동이 걸리자, 그는 입 주위의 근육을 오므리고 눈을 꽉 감았다. 그러자 그의 우둔함을 비웃는 듯 구름 같은 것이 마음속으로 흘러 들어왔다. 그가 기억해야 할 건 단순하고 구체적인 것이었다. 사실은 어떤 물건이었다. 시간과 관계가 있는 어떤 소중한 물건. 손을 내밀면 그 물건을 만질 수 있을 것 같았다. 그게 뭔지 알아볼 것 같았다. 하지만 그의 손은 얼음덩어리처럼 묵직한 채 죽어 있었다.

다음 순간, 경련이 일 것 같은 집중을 한 끝에 마침내 기억해냈다. 피라미드 아래에 묻힌 상자…… 바로 타임캡슐이었다. 그는 자기 손으로 직접 그것을 묻었던 것이다. 사방 30센티미터에 아마 깊이가 10센티미터 정도 될 강철 궤였다. 그렇고말고. 지방의 어느 철물점에서 그 상자를 샀던 일도 기억이 났다. 그건 원래 낚시 도구를 넣는 상자였지만, 여느 상자보다 훨씬 더 튼튼한 구조로 돼 있었다. 게다가 뚜껑이 잘 맞았고 작은 자물쇠와 열쇠까지 붙어 있었다. 그 상자 값으로 두말없이 15달러를 지불했었는데.

이자벨, 저넷, 캐시, 릴리언…….

자신이 상자 속에 넣을 물건이 뭐가 좋겠는지에 대해 꽤나 고민했던 일도 기억이 났다. 벌써 오래전 일이었다. 그때 이래로 많은 것들이 기억 속에서 사라져갔다. 이십 년이라는 세월은 분해 과정이나 다름없었던 것이다. 이제야 그렇다는 것을 알았다. 그는 자신을 뭔가를 만드는 일에 열중하는 사람으로 상상하고 있었다. 그런데 사실은 서글프게도 자신의 정력을 파괴하고 위축시키는 일에 가담한 셈이 되고 말았다. 그렇다 해도 그 상자를 열어 자신이 은닉해둔 물건이 어떤 것인지 본다면 놀랄 것이다. 우선 그것이 손상되지 않도록 해야 할 필요가 있다. 불도저 기사에게 아래에 묻힌 작은 상자에 관해 신중히 설명해줘야 하리라. 그것을 설명하는 일은 부담스러운 일이 될 테지만, 그래도 그 보물이 무사하려면 반드시 해야 할 일이다.

그런데 그 보물이 어떤 것이었던가?

뭔가가 생각의 솔기를 잡아당기고 있었다. 그 상자에는 가치 있는 어떤 물건이, 젊은 시절의 아내 것이었던 뭔가가 은닉돼 있었다. (대체 그녀의 이름이 뭐람?) 그건 그가 땅속에 그 상자를 묻기 훨씬 이전의 일이었다. 그때 그는 어깨에 셔츠를 걸친 채, 등의 땀을 말리면서 채석장에서 집으로 돌아가고 있던 젊은이였다. 그사이에 너무도 많은 일이 일어났고, 너무 많은 말을 했고, 너무나 많은 시간이 사라져갔다. 그러면서 그의 인생의 방들은 가득 채워졌다가 비워졌지만, 그 방의 바깥쪽이 어떤 모양일지, 그것을 지탱하는 대들보라든가 결이 거친 외벽 널빤지 등에 대해서는 짐작도 해본 적이 없었다.

이제 그는 태양의 위치로 지금이 늦은 오후라는 것을 알았다. 사실 저녁이었다. 하늘을 가로지르며 별들이 흐르고 있었다. 지구를 찾아오는 광휘. 그리고 그와 더불어 결혼반지의 완벽한 모양이 떠올랐다. 그의 결혼반지. 그리고 죽은 그녀의 손가락에서 반지를 빼내던 순간도 떠올랐다. (이 장면은 감각의 형태를 띠지도, 생각으로 구체화된 것도 아니었다. 그것은 사실상 풀 길 없는 고뇌였다. 그는 아주 평범한 인생이라도 한 번도 들어가본 적이 없는 방들이 있게 마련이라는 것을 알고 있었다. 그런 것이 있다는 것조차 알 수 없는 방들. 그러면서도 그 방들은 마치 오래된 책에 껴 있는 잎사귀처럼 우리의 의식에 눌린 채 남아 있는 것이었다.) 아내의 결혼반지. 그의 아내 머시의…… 아, 그녀의 이름은 머시였다. 머시, 나를 그대의 포근한 품으로 안아주오. 그대의 몸으로 나를 덮어주오. 따뜻하게 해주오.

외동딸에 대한 생각이 그의 마지막 순간에 머릿속에 떠올랐는지, 그렇지 않았는지는 알 수 없다. 그 딸은 지금 일흔두 살이 되어 태양의 축복을 받는 플로리다 주의 어느 고급 콘도에서 살고 있었다.

빅토리아의 종조모는 이제 청록색 팬츠 슈트• 차림으로 지내게끔 되었다. 그런 차림이 편안하고 실용적이기도 했다. 게다가 그런 차림을 하면 한때 보기 좋았다가 이제는 여기저기 갈라진 장딴지를 감출 수 있었다. 립스틱을 칠한 그녀의 입(주름진 꽃)이 딱 벌어졌다가 떨리면서 다시 닫혔다. 두 눈은 매끄러운 공단의 접힌 주름과도 같았다. 그녀는 욕실 거울을 들여다보면서 분홍빛을 띤 보풀이 자신의 머리일 리 없다고 생각했다. (그렇지만 그녀가 이따금씩 흡족한 듯 그 머리를 토닥이는 것도 사실이다.) 소름끼치는 턱밑 살이며, 초저녁 때 갈매기들에게 빵부스러기를 던져주며 해변가를 걸어갈 때면 흔들리는 팔뚝의 군살. 비록 늙기는 했지만 그동안 얼마나 오래 살았느냐고 말하는 사람은 아무도 없었다. 좀 역설적인 말로 들리겠지만, 그렇다고 플로리다에서 그렇게 오랜 세월을 보냈는데도 전보다 더 늙어 보인다고 말하는 사람도 없었다.

그녀가 마주치는 모든 것에 무게가 없는 것 같았다. 콘도의 속이 빈 문짝들. 약해 보이는 전등 스위치, 실망스러울 정도로 가벼워 보이는 발코니 설비. 이따금 라비나 부부를 만나러 버즈 키에 갈 때 이용하는 덜컹거리는 택시. 심지어 기침약 드롭스라든가 휴대용 화장지, 현금을 대체한 얇은 신용카드가 들어 있는 하얀 비닐 숄더백까지도 그랬다.

베이사이드 타워의 휴게실에는 크라술라 조화造花가 한 그루 있었는데, 그녀는 이 혐오스러운 물건을 지나칠 때면 손을 내밀

• 바지에 상의로 슈트를 걸친 여성복

어 잎사귀를 만져보곤 했다. 때로는 좀 거칠게 만져서 그 비닐 표면에 손톱자국을 남기는 경우도 있었다. 그러면서 남모르게 자신의 경멸감을 표현한 데에 흡족해했다. 간밤에는 TV에서 하는 〈자니 카슨 쇼〉를 보았다. 그녀는 마치 펜으로 그려넣은 것 같은 그의 천박한 입매를 보면 기분이 상했다. 그래도 쇼가 시작되고 그가 늘어놓는 장광설은 마음에 들었다. 예의 골프채를 휘두르는 듯한 동작과 함께 재담을 늘어놓으면서 언제나 "자, 쉬지 말고 움직이세요"라는 말을 반복하는 것이다.

"쉬지 말고 움직이세요."

이 말은 요즘 그녀가 입속으로 웅얼대는 말이 되었다. 일주일에 한 번 머리를 감고 매만지기 위해 헤어워크스로 가면서, 우체국이나 의사와의 약속, 또는 매일같이 하는 브리지 게임을 위해 아래층 클럽 룸으로 들어갈 때에도 이 말을 웅얼댔다. 쉬지 말고 움직여라, 계속해서 움직여라. 바로 평생 동안 그녀가 해온 대로, 마비라도 된 듯이. 아무 생각도 말고.

나는 앞에서 플렛 부인이 몇 해 전에 앓던 신경병에서 회복됐다고 얘기했다. 그렇지만 일종의 원한이라고 할 만한 것이 아직도 남아 있었다. 다시 말해서 자신이 어느 누구에게도 속해 있지 않다는 인식 말이다. 꿈속에서조차 그런 부재不在 의식이 냄새를 풍겼다. 그녀에게는 다 큰 자식이 셋이나 있었다. 누가 뭐래도 그건 사실이다. 그러나 이 세 자식들이 연민 어린 인내심으로 자기를 회상하는 건 아닌지 의심스러웠다. 게다가 여덟이나 되는 손자와 손녀들은 그녀와 너무나 멀리 떨어져 있고, 나이로 보나 거리상으로 보나 너무 희미했으며, 몽롱한 미래에만 매달려 있었다. 어쩌면 바로 그 때문에 그녀가 끊임없이 자신의 과거를, 이미 잃고 만 두 명의 아버지를 '되새김질'하고, 또 태어나면서 자신에게 주어진 공허함에 매달리고 있는 것인지도 몰랐다. 그 비어 있는 공간에서 그녀는 연결고리를 찾았으며, 그 연결 속에서는 또 다른 공허를 찾았다. 그것은 생각만 해도 가슴 아픈 끝없는 퇴행의 과정일지는 몰라도, 그와 동시에 그 과거가 그녀를 앞으로 나아가도록, 살아 있도록 해주고 있는 것이다. 그녀는 갈매기에게 먹이를 주고 있지 않은가? 그녀는 매주 일요일이 되면 어김없이 자식들에게 전화를 걸었다. 앨리스는 런던에 있었으며, 조앤은 오리건의 황무지에, 워런은 피츠버그에(얼마 후면 뉴욕으로 옮길 예정이지만) 있었다. 그리고 종종 전화선을 통해 나누는 이 대화가 갑작스럽고 반복적인 것처럼 보이기는 해도, 그녀는 어떻게 해서든 변함없는 활기를 가장하고 좌절감은 최소한도로 억제시켰다. 그녀는 두껍게 썬 고기나 닭 가슴살, 채소 등으로 쓸 만한 식사를 직접 만들어 먹지 않는가? 그녀는 약도 먹지 않았고, 귀가 울리는 현상도 없었다.

그러나 그녀는 이른 아침마다 창 쪽으로 시선을 돌리고 블라인드 틈새로 스며드는 눈부신 플로리다의 아침 햇살을 보면서(가차 없을 만큼 눈부신 빛을 느끼면서) 침대에 누워 있곤 했다. 어떤 때는 주먹을 쥐기도 했고, 어떤 때는 눈에 눈물이 글썽한 채 이런 생각을 했다. 또 하루가 시작되었군, 또 하루가. 그러고는 거듭돼가는 자신의 인생에 어떻게든 자리매김을 해보려고 하는 것이다. 아마도 여기서는 지금껏 살아온 인생이라고 말해야 할 것 같다. 왜냐하면 그녀 앞에는 앞으로도 혼자서 살아가야 할 수많은 세월이 있기에. '지금껏 살아온' 인생이라는 말은, 그녀가 입수한 맥 빠지게 만드는 소식으로 된 정제를 물에 타서 갈망이라는 스푼으로 저어서 마신다는 것을 의미했다. 그녀는 이 일을 너무나 오랜 세월 동안 계속해와서 이제는 거의 제2의 천성이 돼버렸다. 그녀의 침실에서는 실제와 가공이 왈츠의 매끄러운 가락으로 선회한다. 하나, 둘, 셋. 하나, 둘, 셋. 그녀는 이 일을 계속한다.

연결 부분이 끊어진다. 그럼 끊어지는 대로 내버려두자. 그녀는 손에 닿는 재료를 부연해서 설명하고, 늘이거나 줄이고, 손에 들어오는 것을 다듬는다. 이 혼합물을 삼키는 것이 바로 그녀의 삶인 것이다. 그녀는 욕망을, 또는 필요성을 지렛대 삼아(사실 그게 뭔지 누가 알겠는가?) 그것을 이리저리 휘젓는다. 때로는 도서관에서 빌려와 읽고 있는 책이나, 연속극이나 꿈속에서 얻은 잘 익은 자두를 그 속에 집어넣을 수도 있다. 자주는 아니지만 이따금, 그녀는 대담하게 재료를 빼버리는 일도 있다. 언젠가 프레이디 호이트가 카일러 굿윌의 미망인인 마리아 굿윌을 자기 눈으로 본 게 거의 확실하다고 했을 때처럼. 프레이디는 마리아가 인디애나폴리스의 오하이오 거리를 나이 지긋한 어느 신사의 팔에 매달려 걸어가는 모습을 보았다고 했다. 그러나 그런 일은 있을 수 없었다. 터무니없는 일이었다. 마리아는 오래전 고향인 이탈리아 시골로 돌아가 검은 상복 차림으로 무릎 위에 뜨개질 바구니를 얹고 살았기 때문이다.

만일 누군가가 빅토리아의 종조모인 데이지에게 살아온 얘기를 들려달라고 청한다면, 그녀는 잠시 입을 오므리고는(선홍색 꽃잎 같은) 이리저리 짜 맞춘 얘기를 더듬더듬 들려줄 것이다. 약간 수줍은 듯이, 그러나 변명은 하지 않고, 얼버무리지도 않고서. 일은 이렇게 되었지요. 그녀는 일흔두 살이라는, 아무도 쉽게 다가설 수 없는 깊은 벽장 속에서 말하리라. 그다음에는 이렇게 되었지요.

이렇게 고의적으로 왜곡과 생략을 뒤섞어 얘기하면서 그녀가 마음이 편했을지 그렇지 않았을지는 단언하기 어렵지만, 그녀는 그 일에 익숙해 있었다. 그리고 이 세상의 수많은 남녀가 매일 아침 각자의 침대에서 눈을 뜨면서 자신의 삶에서 어떤 실체를 갈망하지만, 결국은 매일매일 자신을 다시 만들어내는 것에 그치고 만다고 생각하고 있었다.

1977년 7월, 링글링 호텔에서 부활절 오찬을 한 지 불과 두 달밖에 되지 않았을 때, 종조카 빅토리아 플렛이 토론토에서 전화를 걸어왔다.

"할머니, 무슨 일인지 맞혀보시겠어요? 실은 제가 오크니 제도로 현장 답사를 가게 됐거든요. 바로 다음 주인데 저와 함께 가세요. 멋진 휴가가 될 거예요. 게다가……." 무슨 이유에선지 빅토리아의 음성에는 웃음기가 어려 있었다. "게다가 매그너스 플렛 할아버지의 무덤에 꽃이라도 놓을 수 있지 않겠어요?"

"오크니 제도라고요?" 여느 때처럼 일요일에 통화하면서 그녀의 딸 조앤이 말했다. "하지만 올해는 포틀랜드로 간다고 하셨잖아요. 어머니가 아이들과 함께 있는 동안 로스와 나는 잠시 며칠간 돌아다니기로 말이에요. 애들이 할머니와 만날 날을 얼마나 고대하고 있었는데요. 애들은 늘 할머니 얘기를 입에 달고 다녀요. 그런데 이제 와서 오크니 얘기를 하시다뇨?"

"지도에서 그곳을 찾아보셨어요?" 아들 워런이 말했다. "오크니 제도가 어디 붙어 있는지 아시냐고요?"

"잘됐어요." 앨리스가 이젠 영국 억양으로 말했다. "바다를 건너오실 때도 됐죠. 그동안 나와 애들과 함께 있으면서 며칠 왔다 갔다 하시면 되겠군요."

"당연히 가야지." 프레이디가 말했다. "내가 네 대신 오후 봉사 일을 맡아줄게. 그리고 이번엔 브리지를 취소하자고."

"나한테 여권을 주세요." 라비나의 남편 버드가 말했다. "사진을 찍고 서류를 작성하기만 해요. 그러면 내가 탬파에 있는 연방 건물에 갖다줄 테니까요. 마침 아는 친구도 몇몇 있고. 그중 한 친구는 내게 신세를 진 적도 있고 말이죠. 십 분이면 깨끗이 끝날 겁니다. 내가 장담하죠."

"네게 필요한 건……." 라비나(빈스)가 말했다. "적당한 양모 슈트야. 이곳 플로리다 합성물은 그곳의 거친 날씨에 맞지 않아. 그건 절대 안 돼. 난 스코틀랜드에 갔을 때 엉덩이가 거의 얼어붙을 뻔했다니까. 겨우 에든버러였는데도 그랬다고. 네가 가려는 북쪽에는 가지도 않았어. 모직 슈트 한 벌하고 퍼마프레스 블라우스 한 벌, 그리고 갈아입을 것으로 아주 고운 스웨터 두어 벌 가져가. 그러면 충분할 거야."

"운동화를 준비하세요." 빅토리아가 전화로 말했다. "모양은 아무래도 좋아요."

"그리고 우산도 가져가." 프레이디가 말했다. "접을 수 있는 걸로 말이야."

"우산은 관두세요." 빅토리아가 말했다. "모자가 달린 판초를 구할 수 있는지 알아보세요."

"안됐지만 패키지 요금으로는 해드릴 수 없군요." 브래덴턴에 있는 여행사 직원이 말했다. "그러려면 최소한 삼 주 정도 전에 해야 하거든요. 게다가 저희에겐 오크니 제도에 대한 정보가 별로 없답니다."

"솔직히 말씀드리는 건데 말이에요." 콘도에서 복도 맞은편에 살고 있는 메리앤 매켄리가 말했다. "나라면 그렇게 멀리까지 가서 걸어다니느니, 우리나라나 돌아다니겠어요. 워싱턴 D.C.는 가보셨나요? 내 말은 눈으로 직접 본 적이 있느냐고요."

"이젠 유럽을 가는 데 예방 접종은 필요 없습니다." 니얼리 박사가 말했다. "하지만 설사에 관한 처방은 하나 적어드리죠. 변비에 대한 것도요. 그리고 부인이 드시던 항알레르기 정제는 갖고 가고 싶으실 테죠? 저쪽에서는 베개에 아직도 닭 깃털이나 짚을 쓸지도 모르니까요."

"그쪽 호텔 예약이 믿을 만한 건지 모르겠구나."

"개인적으로 말하자면, 우리라면 사전 예약은 꿈도 꾸지 못해요. 그렇게 하려면 한바탕 난리를 치러야 하거든요. 우린 직접 귀에 대고 말하는 쪽을 더 좋아하죠. 제 말뜻 아시겠죠? 도깨비불처럼 동에 번쩍 서에 번쩍, 바로 그렇게 하는 거예요."

"솔직히 말해서 1927년 이후로는 유럽에 간 적이 없다고요? 솔직히 말해서라고요? 이런, 그렇다면 굉장한 경험을 하겠군요."

"전 어머니께서 유럽을 가신 적이 있는 줄 몰랐어요." (조앤의 말, 화요일 저녁 포틀랜드에서 전화로.) "한 번도 그런 말씀을 하신 적이 없잖아요."

"제발 그곳에선 호텔에 묵지 마세요. 침대는 형편없는 데다가 그곳에서 나오는 아침식사라는 건 또 어떤데요. 호텔이라기보다는 주택이라고 해야 할 거예요. 하루하루 산다는 게 어떤 건지 진짜로 느끼게 될 거라고요. 정말 살기 위해서 사는 기분이 든다니까요."

"내 충고대로 두 가지를 피해야 해. 첫째, 침대와 아침식사 제공. 어떤 곳에서는 정말 끔찍한 나일론 시트를 쓴다니까, 그리고 아침으로는 토마토를 쑨 죽을 내놓는다고. 농담이 아냐. 둘째, 수도꼭지에서 물을 받아먹지 말 것. 어째서 그곳 사람들이 늘 차를 마시고 사는지 이상하다는 생각 안 해봤니? 그건 차를 마시려면 물을 끓여야 하기 때문이지. 끓인 물을 마실 것, 알겠어?"

"여행자수표를 준비해야 해요."

"전대를 차라고."

"작은 가방 두 개가 큰 가방 하나보다 낫다, 내가 들은 말 중에 제일 현명한 말이지."

"우리가 캔터베리에 갔을 때 말인데……."

"디스트릭트 호수에 갔을 때……."

"……피시 앤 칩스를 신문지에 둘둘 말아서는……."

"따로 쓸 작은 비눗갑을 가져가야 해. 왜냐하면……."

"내 고조할머니는 와이트 섬 출신이셨지요. 혹시 그 근처는 아닌지……."

"만일 내게 웨지우드 도자기로 된 작은 재떨이를 선물하고 싶다면 말인데, 파란색이 아니라 녹색이었으면 해."

"……귀중품은 언제나 몸에 지니고 다녀야……."

"윈 딕시에 가면 아주 멋진 귀고리를 살 수 있을 거야."

"오크니 제도라고요? 처음 들어보는데요."

몬트리올 미러벨 공항에서 종조모와 만난 빅토리아는 신경이 곤두서 있었다.

"할머니께 루이스를 소개해드리고 싶어요. 루이스 로이라고 해요. 루, 이분은 데이지 할머니셔." 그녀는 한마디 한마디를 끊듯이 말했다.

"안녕하세요, 플렛 부인."

"루도 오크니에 같이 가기로 했어요."

빅토리아의 음성은 고조되어 있었다. 말을 하고 있는 그녀의 표정은 심란해 보였으며, 뻣뻣한 머리는 들쭉날쭉하게 다듬어져 있었다.

"오, 그래."

"이를테면 루는 이번 답사를 맡고 있죠. 사실 루는……." 빅토리아는 보기 흉하게 어깨를 흔들며 으쓱해 보였다. "이를테면 저의 지도교수라고 할 수 있어요."

"박사 과정을 마친 연구자일 뿐이죠, 플렛 부인. 빅토리아와 제가 함께 이번 답사 계획을 제출했답니다. 주로 빅토리아의 아이디어이지만요." 그의 얼굴은 강해 보였고, 열의를 띤 입은 금방이라도 웃을 것처럼 보였다.

세 사람은 비행기에서 나란히 앉았는데, 루이스 로이는 통로 쪽에, 빅토리아가 가운데, 그녀의 종조모는 창가에 자리를 잡았다. 그들은 샴페인을 약간 마시고 저녁으로 치킨과 당근 조각을 먹었다. 비행의 멍한 상태와 웅웅거리는 소리 속에서 그들은 서로에 대해 좀더 편안한 기분이 되었다. 얼마 후 루이스는 지난번 유럽으로 갔을 때의 일을 장황하고도 복잡하게 설명하기 시작했는데, 어이없게도 얘기가 본격적으로 진행되면서 어느 순간 현재 시제를 쓰기 시작했다.

"조종사가 사실을 알려주는 거예요. 이봐요, 모터 하나가 나간 것 같은데. 좋아, 그럼, 돌아가는 거야. 우린 모두 동요하죠. 그렇지만 마치 정말 즐거운 시간을 보내고 있기라도 하듯 모두 잠자코 자리에 앉아서 음식을 떠먹는 거예요. 다음에 보니 래브라도 반도의 무슨 공군 기지 같은 활주로 위에 있잖아요. 우린 거기서 꼼짝도 못 하고 꼬박 열두 시간을 묶여 있었어요. 화장실이 고장 나고, 또……."

"데이지 할머니께서 피곤해하시는 것 같아." 빅토리아가 입속말로 말했다.

그는 즉각 입을 다물었다. 그러곤 손가락 관절 부분을 깨물었으며, 입을 크게 벌리고 하품을 했고, 주위를 두리번거렸다.

빅토리아는 부끄러운 나머지 얼굴을 붉혔다. 그녀는 종조모가 이 청년에 대해 어떻게 생각할지 잘 알고 있었다. 머리는 털목도리라도 두른 양 어깨까지 치렁치렁 늘어졌고, 유치한 얘기 때문에 명석함은 가려졌으며, 유난스러운 상냥함은 남자들 특유의 태평스러움으로 비쳤을 것이다. 이윽고 스튜어디스가 모포와 베개를 갖다주고 불빛을 어둡게 해주자, 그들 세 사람은 잠든 시늉을 했다. 빅토리아의 귀에는 종조모의 고르지 못한 숨소리가 들렸다. 그건 거의 흐느낌과도 같았다. 그녀는 자기 옆에 있는 이 노인이 지금, 작은 야간등이 창틀과 자신의 눈꺼풀을 비추고 있는 이 한밤중에 대서양 위를 날아가면서 플로리다에 있는 자신의 콘도에 있기를, 아니 어디든 좋으니 여기가 아닌 다른 장소에 있기를 얼마나 간절하게 바라고 있는지 잘 알고 있었다.

레이더 장치를 있는 대로 가동시키고 있던 빅토리아는 루이스 로이의 경직된 몸에서 발산되는 슬픔과 좌절의 파동도 감지했다. 양모 담요 밑에서 그녀는 그가 있는 쪽으로 손을 뻗었다. 그러고는 그의 떨리는 손을 꽉 잡아주었다. 빅토리아는 지금껏 한 번도 그의 손을 잡아본 적이 없었다. 그는 정말 그녀의 지도교수였고, 그녀는 그의 학생이었던 것이다. 두 사람 사이에는 아직 친밀한 관계가 이루어질 만한 발판이 형성돼 있지 않았다.

얼마 후 그녀는 다른 한쪽 손을 뻗어 잔뜩 긴장된 할머니의 손목 위에 얹고는 손끝에 힘을 주어 이렇게 말했다. 모든 게 다 잘될 거예요. 저를 믿으세요.

이런 식으로 빅토리아 플렛의 애절한 팔에 의해 한데 연결된 채 세 사람은 이쪽 대륙에서 저쪽 대륙으로 건너갔다. 그들은 모두 밤 동안에 기껏해야 두어 번 눈을 붙였을 뿐이다. 그들은 각자 자신이 연약한 행성에 살고 있는 기분이 들었다. 그들은 지금 자신들에게 다가오고 있는 세계가 어떤 것인지 아무도 모르고 있었다.

오크니 제도는 낮게 깔려 있는 푸른 섬들로 경작지 사이로 구불구불한 길이 나 있으며, 경사진 초원에서는 양떼가 그림처럼 풀을 뜯고 있었다. 그것은 이삼백 년 전 어느 화가가 그렸음 직한 인상적인 수채화와도 같았다. 그러나 이 목가적인 풍경의 이면에는 선사시대의 유적이 놓여 있었다. 마을과 요새, 돌무더기, 묘지, 어쩌면 천문대로 쓰였을지도 모르는 입석立石 등등. 철기시대의 유적도 또 다른 층을 이루고 있었다. 그리고 9세기의 고대 노르웨이 유적도 있었다. 중세와 봉건시대, 수도원시대의 유적도 남아 있었다. 여기에 현대의 유적이 더해졌다. 이들 고대의 전원지 위에 웅웅대는 현대식 공장들이 세워져, 오크니 케이크(맛있는) 또는 오크니 치즈 따위를 만들어내고 있었던 것이다. 또 공예 회사들도 있었는데 대부분은 편물업이었다. (그러나 이 업종은 아쉽게도 사양길에 접어들었다.) 그리고 어디에서나 그렇듯이 일반적인 상점과 필수적인 직업들이 배경을 이루고 있었다. 식료품상, 문구상, 변호사, 성직자 등등 그밖에도 여러 가지가 있었다.

빅토리아의 종조모 데이지는 이런 것을 전혀 예상도 하지 못했다. 황야, 늪, 히스 꽃…… 이것들이 그녀가 기껏 생각했던 것이었다. 오크니의 주택들은 여기저기 산재한 마을로 흩어져 있었는데, 가장 큰 곳은 커크월과 스트롬니스였다. 빅토리아도 너무도 견고하고 수수하게 지어진 수백 채의 주택들을 보고는 깜짝 놀랐다. 그녀는 비밀에 감싸인 이들 주택들의 겉모습을 보면서, 거울 앞에 서서 자기 모습을 들여다보고 있는 여자 혹은 머리 위로 스웨터를 벗고 있는 남자가 그 안에 있는 광경을 상상했다. 나와 있거나 돌아다니고 있는 사람들은 거의 보이지 않았다. 물론 그러기에는 너무 이른 시각이었다. 게다가 바다에서는 사나운 바람이 몰아치고 있었다. 비가 쏟아지고 있기도 했다. 그럼에도 빅토리아와 데이지, 루이스 로이는 스트롬니스 공동묘지에서 비문을 읽고 있었다. 빅토리아가 찾았다고 큰 소리로 외쳤다.

거룩한 삶이 행복하게 종말을 맞았도다
영혼은 그리스도에게 보내졌나니
그곳은 안식하기에 가장 좋은 곳이다
매그너스 플렛, 1584년에 태어나 1616년에 사망하다

어떤 이유에서인지는 몰라도 이 묘비명을 본 세 사람은 일시에 폭소를 터뜨렸다. 플렛은 아마도 이곳 오크니에서는 흔한 성인 모양이었다. 플렛이라는 성은 도처에 있었다. 매그너스 플렛뿐 아니라 토머스 플렛, 세실 플렛, 제임시나 플렛, 도널디나 플렛…… 플렛 가문은 이 공동묘지에서 명백히 왕이요, 왕비로 군림하고 있었다.

빗줄기가 잦아들 기미가 없자, 얼마 후 루는 두 여자를 데리고 길 건너편의 찻집으로 들어갔다. 그곳에서 폭풍우가 지나가기를 기다리며 그들은 서로 상대방에 대해 탐색의 시간을 가졌다.

"시아버님은 어떤 분이셨나요, 플렛 부인?" 루이스가 빵에 버터를 바르면서 상냥한 음성으로 질문을 던졌다.

"글쎄, 나도 잘 몰라요."

"그래도 조금은 인상이 남아 있지 않나요?"

"불행한 분이었지. 고통받았고. 아내에게 버림받았다오."

"아!" 개구쟁이 같은 말투. "그 옛날의 행복한 가정에서 흔히 있을 수 있는 일이죠."

"그분의 세 아들은 모두 어머니 편에 섰다오. 아들들은 아버지를 보지 않으려 했지. 관계를 완전히 끊어버렸다니까."

"그분은 괴로우셨겠어요."

"그래서 그분이 여기에 오게 된 거라오."

그녀는 한 손으로 창밖을 가리켰다. 비가 억수로 쏟아지는 길거리와 검은 비구름을.

"예순다섯 살 되는 해의 일이었지. 그분이 괴로울 수밖에 없을 거라는 생각이 드는군."

"그렇지만 확신은 하지 못하신다는 거군요."

"사실은……."

"네?"

"사실은, 난 시아버님을 뵌 적이 없다오."

"그렇군요." 이번에는 그도 분명 당황한 것 같았다.

"우린 단 한 번도 만난 적이 없었지. 난 언제나 그 점을 아쉬워해왔다오. 그분이 살아 계실 때 우리가 만나지 못했다는 사실을 말이지. 글쎄, 난 언제나 이런 생각을 했어."

"무슨 생각요?"

"우린 뭔가……." 여기서 그녀는 잠시 말을 멈췄다. "서로 할 얘기가 있을 것 같았다오."

"일반적으로 며느리들이 시아버지에 대해서 가진 생각과는 다르군요."

"그래, 그런 것 같네."

"매그너스 플렛은 제게는 증조할아버지가 되는 셈이네요." 빅토리아가 끼어들었다.

그녀는 어쩌면 가족이 이렇게 흩어지게 된 것에 대한 책임감을 공유하고 싶었는지도 모른다.

그들은 말없이 차를 마셨다. 이윽고 루이스가 결의에 찬 듯한 밝은 얼굴로 찻잔을 들더니 말했다.

"여기 진짜 매그너스 플렛의 유골이 있도다! 드디어 그를 찾았도다."

"각운이 맞는군요." 빅토리아가 말했다.

그녀는 다른 사람들에게서 진지함을 보는 것이 좋았다.

"오, 그렇구나." 빅토리아의 종조모가 말했다.

데이지의 입은 미소를 지었으며 가슴은 두근거리고 있었다.

다음 날은 바람이 잠잠해졌다. 태양이 놀랄 만큼 강렬한 빛을 띠며 떠올랐다. 반바지와 티셔츠와 여름용 드레스 차림을 한 관광객들이 연락선에서 쏟아져나와 아이스크림을 먹고 그림엽서를 사면서 스트롬니스의 좁다란 길로 몰려들었다.

저녁이었는데도 아직 밝은 편이었다. 루이스와 빅토리아는 그레이 스톤스 호텔 식당에서 느릿느릿 셰퍼드파이•를 먹으면서 빅토리아의 종조모 데이지에게 자신들이 오크니로 오게 된 이

• 다진 고기와 양파 등을 매시트포테이토로 싸서 구운 파이

유를 설명했다. 루는 연필을 꺼내더니 종이 냅킨 위에 간단한 그림을 그려 보였는데, 서툴러 그린 것이었지만 아름다웠다. 적어도 빅토리아의 눈에는 그렇게 보였다. 그녀는 나중에 그 냅킨을 조심스레 두 번 접어서 자신의 여행 가방 안쪽에 넣어두었다. 이 섬들에는 작은 해양 동물의 화석이 풍부하게 남아 있다고 루는 말했다. 그렇지만 역사 초기 식물들의 생명에 대한 증거는 파괴되었다고 했다. 지구의 온도에 이상이 왔는데, 그것을 견디기에는 식물의 구조가 너무 약했다. 하지만 토론토에서는 가장 최근 작업으로 컴퓨터를 이용한 보강 지도를 작성하고 있으며, 그것으로 자신과 빅토리아는 스코틀랜드 북부에서 발견된 화석의 패턴을 연구하고 있다고 했다. 그것은 스코틀랜드 서부를 거쳐 스칸디나비아까지 올라가는 커다란 호弧를 추적하는 것인데, 이 호는 살짝 휘어지면서 메인랜드•의 가장자리 한쪽 끝을 지난다는 것이다. 그것을 볼 때 필시, 스트롬니스에서 북쪽으로 몇 킬로미터 떨어진 예샌비의 어떤 암석층이 유망할 것 같단다. 그곳 암석은 이곳과 달리 훨씬 단단하며, 그래서 이곳 섬 주민들은 옛날부터 맷돌에 쓸 돌을 구하러 멀리 떨어진 섬의 끝까지 가곤 했다는 것이다. 오크니의 다른 지역에서 나는 돌들은 너무 물러서 맷돌로 쓸 수 없는 탓이었다. 루이스는 라이니 처트••와 중기의 붉은 사암에 대해서도 언급했다. 이어서 그는 여행 지원금을 타내기 위해서 캐나다 과학위원회에 신청했던 일과, 장비를 조

• 오크니 제도에서 가장 큰 섬
•• 석영으로 된 단단한 암석

달하고 자기와 빅토리아 플렛으로 구성된 답사 팀을 구성한 일에 대해서도 설명했다. 두 사람은 이십일 일간 조사를 한 다음, 자금이 바닥나기 전에 보고서를 작성해야 했다. 두 사람 모두 지나칠 정도로 낙관적이었다. 생물학은 언제나 체계화하고 정형화하려는 전문가의 시도를 좌절시켜왔다고 루이스는 말했다. 변종이 너무나도 많았다. 대지는 종종 그들의 앞을 가로막지만(그건 분명한 사실이다), 그러나 그보다 훨씬 자주 관대함을 보여주곤 한다는 것이다.

빅토리아는 식탁 너머로 종조모를 유심히 바라보았다. 종조모는 만족스럽고 평온해 보였으며, 낮의 긴 열기로 홍조를 띠고 있었다. 날씨가 좋았기에 그녀는 둘이 함께 쓰고 있는 위층 방에 슈트 상의를 두고 내려왔는데, 내일쯤 이곳 상점에서 사이즈가 맞는 가벼운 드레스를 구할까 생각하는 중이었다. 그녀는 간밤에 잠을 푹 잤으며 그건 정말 잘된 일이었다.

종조모를 바라보고 있던 빅토리아의 마음속에는 문득 갑작스레 애정이 솟아올랐으며, 종조모가 누리고 있는 현재의 흡족하고 평온한 상태 속에 자신도 끼어들고 싶은 기분이 들었다. 자신이 그녀를 구해낼 수 있도록 종조모가 고난에 처했으면 하고 바라고 싶을 정도였다. 뭐든 선물이라도 주고 싶은 심정이었다. 지금 당장만 해도, 루이스와 종조모가 나누고 있는 짤막하고도 호의 어린 대화가 아름답게 보였다. 마치 어떤 일이 시작되려는 것 같았다.

루이스는 종조모에게 지금, 자기와 빅토리아가 내일 아침 예샌비로 가서 탐사를 시작할 수 있도록 자전거와 배낭을 빌려왔다는 말을 하고 있었다.

"저희는 기적을 파낼 테니까, 할머니께선 매그너스 플렛을 찾으러 가보세요."

루이스의 말에 식탁 곁에서 커피를 따르고 있던 호텔 주인이 물었다.

"지금 매그너스 플렛이라고 말씀하셨나요?"

호텔 주인의 이름은 싱클레어였다. 그는 체구가 크고 위엄 있어 보이는 사람으로, 영리해 보이는 얼굴에 머리는 숱이 많고 잿빛이었으며(그는 쉴 새 없이 이 머리를 이마 뒤로 쓸어올렸다), 평생 동안 독신으로 살아온 남자였다. 대체 어떻게 해서 이런 사람이 호텔업에 종사하게 된 걸까, 빅토리아는 궁금해졌다. 접시들을 식탁에 매끄럽게 올려놓는 우아한 자태하며 듣기 좋고 근사하게 구사하는 사투리. 그는 오히려 영화배우가 됐어야 어울릴 사람 같았다. 방이 여섯 개밖에 없는 그의 호텔 광고판에는 '첨단시설 완비'라고 적혀 있었는데, 그것은 방 가운데 몇 개는 전기 히터가 들어온다는 의미였다. 싱클레어 씨는 회색 스웨터를 단정하게 입고 양탄자를 깐 층계를 오르내리며 접수와 객실 담당, 요리사, 식당의 웨이터 역할을 모두 맡고 있었다.

"혹시 매그너스 플렛을 찾는다고 말씀하셨나요?" 그는 예의 우아한 태도로 식탁 위로 허리를 굽히며 공손하게 물었다. "말씀 중에 끼어들어 죄송합니다만, 매그너스 플렛 노인에 관한 말을 듣고 그냥 모른 체할 수가 없군요. 매그너스 플렛이라면, 바로 이웃에 있는걸요."

"이웃이라고요?"

"네, 플라타너스 집 말입니다. 분명 그 앞을 지나시기도 했을 겁니다. 거긴 돌봐줄 가족이 없는 노인들이 사는 곳이죠. 물론 지금은 없어졌지만, 제가 젊었을 때만 해도 그 뒤뜰에 플라타너스 나무들이 있었죠. 원래는 개인 소유의 장원이었는데, 지방 의회에서 인수했답니다. 거기에 플렛 노인이 살고 있죠. 그 유명한 플렛 씨가 말입니다."

빅토리아가 고개를 저었다. 오늘 저녁은 유난히 아름다워 보였다. 그녀 자신도 짐작할 수 없을 만큼.

"저희가 얘기하는 매그너스 플렛은 돌아가신 분이에요." 빅토리아가 엄숙한 어조로 얘기했다. "1862년생이시거든요. 그분이 언제 돌아가셨는지는 모르지만, 태어나신 연도만큼은 확실해요. 저희 종조모께서 갖고 계신 출생증명서에 날짜가 적혀 있으니까요."

"바로 그것 때문에 그분이 유명 인사가 된 거랍니다." 싱클레어 씨가 미소를 지으며 고개를 끄덕였다. "제 이야기를 믿으신다면 말인데, 바로 그 출생 연도가 그분이 자기 나이라고 말한 것과 일치하는군요. 저는 그분의 말을 곧이곧대로 믿는 사람이랍니다. 매년 그분의 생일이 되면《오크니 제도》신문에 그의 사진이 실리죠. 올해에는 런던 신문에까지 실렸지요. 그 가엾은 양반은 백열다섯 살이나 된 거예요. 한번 생각해보세요. 한 달 정도밖에 안 됐을 건데 굉장한 생일잔치를 벌였답니다. 이 식탁만큼 커다란 케이크를 갖다놓았지요. 촛불을 밝히고 생일 축하를 위해 화롯불까지 피웠답니다. 물론 그 양반은 그동안 내내 잠만 자고 있었지만 말이에요. 그래요, 플렛 씨야말로 이 영국을 통틀어서 가장 나이가 많은 분일 겁니다."

매그너스 플렛 노인을 유명하게 만든 것은 나이 때문만은 아니었다. 비상한 기억력 때문이기도 했다.

1977년 여름, 빅토리아와 그녀의 동료 루이스 로이, 그리고 그녀의 종조모 데이지가 각기 다른 계획을 가지고 전설적인 오크니 제도를 찾아왔을 때, 매그너스 플렛의 명성은 사실상 백십오 세라는 그의 나이에 의지하고 있었다. 그건 정말 굉장한 나이였다. 우크라이나에는 백이십일 세가 됐다는 여자가 있고, 아르메니아에는 각기 백십팔 세와 백십육 세인 형제가 살고 있었다. (그들의 주장을 뒷받침할 서류도 있다.) 랜킨 해협의 영국성공회 요양원에 살고 있는 한 이누이트 여자는 자신이 백십이 세라고 성경 앞에서 맹세했다. (그녀는 팔십오 세에 담배를, 구십 세에 술을 끊었다.) 그밖에도 고령에 관한 한 명백한 챔피언이라 할 수 있는 싱가포르의 기 씨가 있는데, 백이십삼 세의 나이에도 여전히 보행이 가능하다고 한다. (비록 최근에 그를 본 사람은 구십육 세인 그의 아내뿐이지만) 증명이 됐든 안 됐든, 고령에 접어든 사람이면 주목의 대상이 되게 마련이다. 그리고 매그너스 플렛 정도의 나이라면 당연히 유명 인사가 될 수 있었다. 그의 프로필은 영국 주간지에도 소개된 바 있었다. ('매그너스 플렛의 생애', 선데이타임스, 1962년 3월 16일자, 54면.) 그리고 십 년 전에 한 번, BBC 방송국 카메라 앞에 모습을 나타낸 적도 있었다. 그때 그는 관중 쪽을 똑바로 쳐다보면서 '자신의 장기'를 선보였다.

그런 고령에 '장기'까지 있다니, 그것이 그를 유명 인사로 만들어준 셈이었다. 그의 장기란《제인 에어》를 통째로 암송하는 것이었다. 모든 문장 하나하나, 낱말 하나하나 빼놓지 않고 말이다. 싱클레어 씨는 그렇지 않아도 부드러운 목소리를(경외심에서) 한층 더 부드럽게 하여 이 위대한 업적을 손님들에게 얘기해주었다.

두뇌의 기억 능력에 대해 잘 모르는 사람이라면, 있을 수 없는 일이라고 말할 만큼 그것은 불가능에 가까운 업적이었다. 아마 그들은 저 옛날 신약을 송두리째 암송한 경건한 신자에 관한 얘기도 들어본 적이 없으리라. 금세기 초만 해도 극히 평범한 사람들이 복음서를 암기하는 것은 그다지 드문 일도 아니었다. 그러다가 나중에 주일 학교에서는 산상수훈이라든가, 시편 101편을 외는 따위의 하찮은 일에도 상을 주게 되었지만. 오랫동안 학자들은 잔치가 열리는 곳에서 이렇다 할 텍스트도 없이 한 사람이 나와서 고대 영어로 쓰인 '베어울프'*를 낭송한 일이 있다고 주장해왔다. 데이지 굿윌도 롱 여자대학 재학 시절인 1920년대에 그 놀라운 일에 대해 들은 적이 있었다. 바로 그 시절에 그녀 자신도 '틴턴 수도원'을 통째로 암기한 적이 있었다. 교수가 시켰기 때문이 아니라, 신탁과도 같은 장중하고 율동적인 윌리엄 워즈워스의 시를 몸속으로 받아들이고 싶었기 때문이었다.

당연한 일이지만 백열다섯 살이 된 지금 매그너스 플렛의 기억력은 퇴화일로를 걷고 있다는 사실을 싱클레어 씨도 인정했다. 십 년 전 TV 인터뷰 때에는《제인 에어》의 제1장을 암송할

* 8세기 초에 쓰인 영문학 최초의 서사시

수 있었다. 그는 단 한 번도 막히거나 더듬거리지 않고 암송했다. 일 년 전에는 겨우 첫 페이지만을 암송했다. 그리고 이제 그 가엾은 노인은 겨우 첫 문단의 처음 몇 줄만을 외울 뿐이라고, 싱클레어 씨는 북미에서 온 손님들에게 알려주었다.

우리 인생에서 보다 큰 외로움은 흥분과 동요를 억제하고자 하는 태도에서 비롯되는 것이다. 우리는 언제나 마음속의 기상氣象을 억누르고, 유예와 예행연습이 주는 안락함에 몸을 내맡긴다. 빅토리아는 어째서 굳이 매그너스 플렛을 생각 밖으로 몰아내려 하는 걸까? 그리고 그녀의 종조모 데이지는 어째서 플라타너스 장원에 가는 걸 하루하루 늦추고 있는 걸까? 그녀는 저녁마다 종조카에게 변명을 늘어놓는다. 오늘은 이곳 경치를 보러 다녔다느니, 여름옷을 사러 다니느라 바빴다느니 하면서 푸근한 날씨가 계속되기 때문에(오크니의 6월 마지막 주 날씨로는 신기록이었다), 이 전례 없는 날씨를 최대한 활용하고 싶었다는 말도 했다. 새로 산 면 스커트와 블라우스(짙은 홍색)와 운동화 차림으로 그녀는 용감하게 스트롬니스 일대의 들판을 돌아다니면서 히스와 시로미, 사초 속屬의 각종 식물들, 사방에 피어난 작고 예쁜 분홍빛 스코틀랜드 프림로즈(프리뮬라 스코티카)들을 찾아냈다. 그러곤 왜 그런지 이유도 모르는 채 비탈진 풍경을 보면서 "사랑! 다정함! 용기!"라고 중얼거렸다. 전원의 감식가이기도 한 싱클레어 씨가 이따금 그녀와 함께 나서기도 했다. 호텔에서 점심을 먹고 설거지까지 마친 후, 이들 두 사람은 그의 귀여운 포드 피에스타에 올라타고 이웃 마을의 교회나 묘지를 찾아다니는 것이다. 그러다 한 번은, 이름은 지워졌지만 1675년이라는 연도와 짤막한 묘비명이 선명하게 남아 있는 어느 묘비를 보게 되었다. 거기에는 '인생의 종말을 보라!'라는 힘찬 선언 한마디만 새겨져 있었다. (이 죽은 자의 땅에서 들려온 외침에 플렛 부인이 불안을 느꼈을지 모르겠다고 여길 테지만, 그녀는 오히려 그 주문 같은 문구에 홀렸다. 마치 그 짤막한 감탄문을 통해, 인생의 표면에 잠시 포착된 광휘의 샘을 보거나 듣기라도 한 것처럼.)

"매그너스 플렛을 찾아가보셨나요?" 빅토리아는 매일 저녁 예샌비의 암석층에서 그을리고 먼지투성이가 된 채 돌아올 때마다 그렇게 묻곤 했다.

그러면 그녀의 종조모는 이렇게 약속하는 것이다. "내일…… 내일 만나보겠어."

그들 두 사람 모두, 말없이 끈기 있게 찻잔을 들어올리는 그녀를 지켜보던 루이스 로이까지도, 그녀가 실망감에 대비하기 위한 마음의 준비를 갖추고 있는 것임을 알고 있었다.

플렛 부인은 오크니의 푸름이 사실은 기만이라는 것을 알기 시작했다. 비옥한 흑토로 보이는 것도 사실은 층을 이룬 암석 위를 살짝 덮고 있는 표피에 지나지 않았다. 이 섬을 이루고 있는 암석은 가벼운 석회암으로 쉽게 쪼개져서 다루기 쉬운 것이었다. 그런 암석이 도처에 있었다. 농장마다 각기 조그만 채석장이라고 할 만한 시설이 있었으며, 망치와 끌 같은 채석 도구들이 농가마다 필수품으로 구비돼 있었다. 쓸 만한 목재는 거의 없었기 때문에 지붕이나 담장, 야외용 테이블과 의자, 이정표나 지표

등에 판석들이 사용되고 있었다. 그것을 본 플렛 부인의 얼굴에 미소가 떠올랐다. 손자들이 좋아하는 '고인돌 가족' 프로그램이 생각났기 때문이었다. 그녀는 지금 싱클레어 씨와 함께 차를 타고 지나치는 농가들에는 돌로 만든 의자와 식탁, 심지어는 돌로 만든 침대와 화장대가 있을 거라고 상상하곤 했다. 그녀는 시아버지 매그너스 플렛이 열여덟인가 열아홉의 나이에 캐나다로 왔을 때, 이미 석공이라는 직업의 대가가 돼 있었다는 사실을 상기했다.

그는 예순다섯 살이 될 때까지 틴들 채석장에서 일했다. 힘을 쓸 줄 알고 기계 조작 기술을 갖춘 일꾼으로서. 어떤 것으로도 그가 자기 자신을 부드럽게 다루었으리라고는 할 수 없을 것 같다. 자식들에 의하면, 그는 말도 거의 하지 않았다고 한다. 그가 뒤에 남긴 명성은 바로 완고함이었다. 편협함, 돌 같은 사람.

그는 읽고 쓸 줄 아는 사람이었다. 성경을 읽을 수 있었고, 필요할 경우엔 우편 주문용 카탈로그도 읽을 수 있었다. 그렇지만 결코 자리에 앉아 책을 읽거나 할 그런 사람은 아니었다. 듣지 않았어도 플렛 부인은 그렇다는 것을 알고 있었다. 그랬다. 그의 머릿속에는 책을 읽는다는 행위는 아예 입력되어 있지 않았다. 게다가 소설책이라니. 더더군다나 샬럿 브론테라는 영국 여자가 쓴 소설이라니. 영문학의 보석이라 할 수 있는《제인 에어》라니.

말도 안 되는 얘기였다.

"매그너스 플렛을 찾아갈 때 함께 가드릴까요?"

종조카가 마지못한 빛이 섞인 말투로 제안하자 싱클레어 씨도 말했다.

"원하신다면 매그너스 플렛을 만나러 가실 때 함께 가드릴 수도 있는데요."

"내일." 그럴 때마다 플렛 부인은 이렇게 말했다. "내일이면……."

그러나 그다음 날에도 그녀와 싱클레어 씨는 루이스와 빅토리아가 일하고 있는 예샌비까지 차를 몰고 갔다.

길의 끝은 부서진 채 무너져 있었다. 그들은 할 수 없이 자동차를 이스트 비깅 교차로에 세워놓고 1킬로미터가량 황무지를 지나 바위로 된 절벽에 이르렀다. 두 사람이 오는 것을 본 빅토리아가 두 팔을 흔들며 열광적으로 환호성을 질렀는데, 그 외침은 바닷새들의 울음소리와 절벽 밑으로 밀려드는 요란한 파도소리에 묻혔다.

바위 위로 몰아치는 햇빛이 눈부셨다. 빅토리아의 설명에 따르면, 그 눈부신 빛을 받으며 솟아오른 매끄러운 암반이 저 유명한 '천국의 문'이었다. 그것은 자연적으로 만들어진 거대한 아치로, 그사이로 일곱번째나 여덟번째의 파도마다 요란한 소리를 내며 부서졌다. (오십 년 전, 두 명의 아마추어 사진가가 그 구멍 속으로 기어오르다 처자식이 보는 앞에서 바다에 휩쓸려갔다고 한다.)

늦은 오후의 햇살에 눈을 깜박이고 있는 플렛 부인은, 주위의 거대함에 둘러싸여 자신이 갑자기 난쟁이라도 된 것 같은 기분이 들었다. 바위층의 어마어마한 높이, 발밑에서 노호하는 거대한 바다, 그리고 넓게 전개된 쓸쓸한 황야. 시야의 한구석, 요란하게 몰아치는 바닷바람이 닿지 않는 곳에 싱클레어 씨가 세워놓은 자동차가 있었는데, 그것은 지평선에 찍힌 점으로밖에 보이지 않았다. 싱클레어 씨 자신은 큼직한 팔뚝을 마치 날개처럼 널찍한 가슴 앞에 팔짱을 낀 채 위엄 있는 편안한 자세로 몇 발짝 떨어진 곳에 서 있었다. 그런데 이 가벼운 느낌은 무엇일까? 그녀의 몸은 마치 이 세상의 소음과 광대한 넓이 사이에 떠 있기라도 한 것 같았다. 그녀는 얼마 동안 자기에게 불어닥치고 있는 이 돌풍을 이름 짓지 못한 채 그저 미소만 짓고 있었다. 다음 순간 그 이름이 떠올랐다. 행복이었다. 그녀는 행복했던 것이다.

플렛 부인의 귀여운 종조카 빅토리아와, 알게 된 지 겨우 이 주밖에 안 되는 루이스 로이가 드러난 암반 위를 곤충처럼 기어오르며 작은 연장으로 감춰진 세계의 표면을 긁고 있었다. 뭘 찾는 걸까? 매장된 미세한 생명체의 흔적을 찾아서. 돌로 변한 생명체, 딱딱한 광석이 되고 만 생명체를 찾아서. 이런 것을 발견한다는 것에는 엄청난 의미가 있다고 그들은 그녀에게 말한 적이 있었다. 그것이 얼마나 엄청난 일인지 생각하는 것만으로도 그들은 흥분하는 것 같았다. 그런데 그런 어마어마한 발견의 증거를, 요컨대 나뭇잎 윤곽이 새겨진 작은 돌조각 하나를 아주 쉽게 손에 넣을 수도 있다는 것이다. 그것은 원시시대의 꽃일 수도 있고, 아니면 곱게 뜬 편물처럼 생명의 암호가 점으로 찍혀 있는 박테리아의 흔적이라도 좋았다.

그러나 이제 일주일도 채 남지 않은 지금까지 그들은 아무것도 찾아내지 못한 상태였다.

그레이 스톤스 호텔의 어두운 밤 내내 빅토리아는 루이스 로이의 품에 안겨 있었다.

그녀는 종조모가 깊이 잠들기를 기다렸다가 발끝으로 슬리퍼를 더듬어 신고서는 소리 없이 좁은 복도를 지나 루이스가 누워서 기다리는 5호실로 들어갔다. 밤마다 이루어지는 이 짤막한 여행에는 어쩐지 프랑스 광대극 같은 면이 있었다. 빅토리아는 이 연극적인 전율을 높이 평가하고는, 지금 맛보고 있는 이 행복의 둑 위에 그 요소도 첨가했다. 희미한 빛과 그늘, 고풍스러운 서랍장이며 거울, 할아버지 시계*와 더불어 어둑한 복도에는 부드러운 양탄자가 깔려 있었다. 복도는 완전히 어둡지는 않았는데, 그것은 싱클레어 씨가 손님들의 편의를 고려하여 장밋빛의 작은 야간등을 밝혀놓았기 때문이다. 사실 그 정도의 빛만 있어도 빅토리아가 욕실 바로 옆 벽면에 기대놓은 빅토리아시대의 예쁜 접시에 적힌 글자를 읽는 데 충분했다.

행복은
우리의 난롯가에서
자라는 것이지,
남의 집 정원에서
주울 수 있는 것이
아니다

난롯가라니! 정원이라니! 새벽 2시의 복도에서 발끝을 세우고 선 채, 이 글을 읽던 그녀는 코웃음을 치고 싶은 기분이었다.

그녀와 루이스 둘 다 이 구절을, 자신들이 최근 며칠 사이에 발견하게 된 황홀감에 대한 경고라고 여겼다. 두 사람은 매일 밤마다 싱클레어 씨가 마련해놓은 우아한 침대의 뽀송뽀송하고 흰 시트 속에서 자다 깨다를 반복하면서, 한때 자신들이 발육 부진이거나 그럴 자격이 없다고 여겼던 몸의 일부분에 생기를 불어넣으면서 그 신비로움 속으로 점점 더 깊이 빠져들고 있었다. 일 년 전, 아니 한 달 전만 해도 그들은 섬의 대기와 부드러운 햇살, 길게 보내는 낮 시간, 그리고 여기에 과학적 계산 착오 또는 실패의 가능성까지 한데 모여, 성애性愛라는 이 사례가 일시적인 보상이며 영적으로 가난한 자들에 대한 위안에 불과하다고 믿도록 만든 우연성을 경멸했을 것이다.

빅토리아는 자신이 새롭게 발견한 사실에 대해, 또는 자신의 장래 계획에 대해 데이지 종조모에게는 아무 말도 하지 않았다. 그렇게 할 경우 종조모로 하여금, 두 번이나 이혼한 아들 워런과 이제 남편 벤과 완전히 갈라서고 만 맏이 앨리스에 대한 염려만 증폭시키게 할 뿐임을 알고 있었던 것이다. 빅토리아는 데이지 종조모가 혹시 빅토리아시대의 이 접시에 적힌 감상적인 문구를 격찬하는 쪽일지도 모른다고(하지만 정말 그런지 아닌지 어떻게 확인할 수 있겠는가?), 그래서 모든 면을 고려해볼 때 남의 집 정원은 행복을 안겨다주기보다는 해악을 가져오기 십상이라고 믿고 있을지 모른다고 생각했다.

*

"미리 말씀드리는데요." 베티 홀러웨이 부인이 말했다. "그분은 이제 누워만 지내신답니다. 당연히 대소변을 가리지도 못하고요."

"그렇군요, 잘 알겠어요."

"또 한 가지, 플렛 씨는 거의 앞을 보지 못하는 상태예요. 백내장 때문이죠. 그 정도의 고령에서는 수술이 불가능하거든요."

"당연히 그럴 테죠."

"놀랍게도 한쪽 귀는 어느 정도 들을 수 있답니다."

"오."

"하지만 다른 한쪽은 청력을 완전히 상실했어요. 아주 오래전부터 말이죠."

"알겠어요."

"그리고 쉽게 지칩니다."

"오래 있지는 않을 겁니다."

"친척이신가요?"

"지금으로선 잘 모르겠군요. 그럴지도 몰라요. 남편 쪽으로 말이죠."

"그분에겐 가족이 없어요. 아무튼 가까이에는 말이죠. 서글픈 일이에요."

"그렇군요."

"그리고 물론 그분 정도의 나이가 되면(그런 사람이 많다는 건 아니지만), 찾아오는 친구도 사실상 거의 없다고 볼 수 있죠."

"혹시 플렛 씨가 전에 캐나다에서 사신 적이 있는지 알고 계시나요?"

"캐나다라고요? 글쎄요, 그건 잘 모르겠군요. 예전에는 이곳 청년들 상당수가 몇 해 동안 캐나다에 있다 오곤 했죠. 돈을 벌려고 말이에요. 그 당시만 해도 여기서는 일거리가 별로 없었으니까요."

"그렇지만 플렛 씨에 관한 무슨 기록 같은 게 있지 않겠어요? 문서로 된 것 말이죠."

"우리가 아는 거라곤 그분이 여기 들어오기 전에 샌드위크에 사셨다는 것뿐이에요. 혼자서 말이죠, 생계도 스스로 꾸리고요. 채소도 몇 가지 기르고 잔디밭도 직접 깎으면서 말이에요. 그 당시 그분을 알고 있던 사람들 말이, 일종의 은둔자였다는 거예요. 입을 꽉 다물고 살았답니다. 책 읽기를 좋아했다는군요."

"《제인 에어》 말씀이로군요."

"그래요. 바로 그 책이죠."

"하지만 이곳으로 올 때 뭔가 서류나 옛날 편지 같은 걸 갖고 있지는 않았나요?"

"제가 아는 한 편지도, 신분을 증명할 서류도 없었어요. 아시고 싶은 게 그런 거라면 말씀인데, 출생증명서도 없었죠. 그런 건 하나도 갖고 있지 않았지요."

"혹시 결혼반지를 끼고 있진 않았나요?"

"그런 것 같진 않았어요. 그래요. 물론 당시엔 남자들이 결혼반지를 끼는 관습이 없었으니까요. 물론 지금은 많이 달라졌지만."

"맞는 말씀이에요."

"그분은 오래된 사진 한 장을 갖고 있었어요. 잔뜩 구겨진 채

옷 속에 들어 있었죠. 그걸 보관해두었어요."

"혹시 그 사진을 볼 수 있을까요?"

"글쎄요, 부인께서 가족이시라면……."

"그건 장담할 수는 없지만……."

"그 사진을 그분의 홀더 어딘가에 끼워놓았지요. 여자분들 사진이었어요. 제 기억으로는 무슨 인물 사진 같았는데…… 아, 여기 있군요."

"너무 구겨졌군요. 얼굴에 모두 금이 잔뜩 나 있고 말이죠. 하지만 잘생긴 여자들이었던 것 같아요. 제가 보기에는 말이죠."

"그래요…… 원래 그분이 왔을 때부터 그렇게 구겨져 있었죠. 아마 그분이 그랬던 것 같아요. 저희는 환자의 개인 물품을 챙기는 데 최선을 다하고 있습니다만."

"저는 그런 뜻으로 드린 말씀이 아니었는데요."

"사진 뒤에 뭐라고 쓰여 있군요."

"그렇군요. '여성 율동 클럽'이라고 적혀 있는데요. 하지만 날짜는 없어요."

"금세기 초에 찍은 걸 거예요. 여자들이 입은 옷 모양을 보면 말이죠."

"정말 옛날이로군요."

"그렇답니다. 자, 이제 플렛 씨의 방으로 안내해드릴까요?"

"좋습니다."

처음 그녀의 눈에 띈 것은 홍채를 덮고 있는 우윳빛 막이었다. 하얀 침대보와 하얀 시트 때문에 그는 마치 붕대에 감긴 것처럼 보였다.

방랑자 매그너스, 고통받는 사람…… 이것이 그녀가 지금껏 그에 대해서 품고 있었던 생각이었다. 낭만적으로 생각했던 것이다. 그리고 그녀 자신도 그와 같은 방랑자라고 생각했다. 고아의 길 잃은 심정에다 자신의 문패가 달린 은신처를 갈망한다는 점에서. 그런데 이제 눈앞에 숨도 거의 쉬지 않는 것처럼 보이는 시신이, 그토록 오랜 세월을 살아오는 동안 소진되고 만 시신이 놓여 있는 것이다. 얇은 피부, 앙상한 뼈대, 그건 뼈라기보다는 사기沙器에 더 가까웠다.

"데이지예요." 그녀가 그의 귀에 대고 그렇게 말했다. 달리 할 말이 생각나지 않았다. "바커의 처 데이지라고요."

시트로 만든 누에고치에서 바스락거리는 소리가 들렸다.

"아드님 바커의 처예요."

아무 반응도 없었다.

"부인이 있으셨죠, 플렛 씨? 클래런틴, 클래런틴 바커 플렛이라는 이름의 부인 말이에요, 맞으면 고개를 끄덕여보세요."

아무 반응도 없었다.

"제발 대답해보세요." 그녀는 대답을 기다렸다.

자신이 바보가 된 것 같은 기분이 들었다. 혹시 이러다가 자기 때문에 그의 심장이 멎어버리는 게 아닐지 걱정이 되기도 했다.

"눈을 깜박여보세요, 플렛 씨. 클래런틴 바커가 부인이었다면 눈을 깜박여보시라고요."

몇 초쯤 지났다. 그녀는 시간이 흐르도록 내버려두었다. 이윽고 그가 입을 열었다. 입술도 치아도 없는 그것은 입이라기보다는 주름진 구멍이었다. 그가 하는 말을 알아듣기 위해 그녀는 상체를 기울였다.

"그럴 리 없다." 그는 잠시 말을 끊었다. "이런 날 산책을 하다니." 다시 멈춤. "사실 우리는 잎이 진 덤불 속을 헤매고 있었던 것이다." 여기서 그는 말을 멈췄다.

"정말 잘하시는군요, 플렛 씨." 그녀는 마치 어린애를 칭찬하듯 말했다. "그런데 예전에 캐나다에 살았던 적이 있는지 기억나세요? 클래런틴이라는 아내가 있었는데 말이에요." 그녀가 다시 한 번 그 이름을 좀더 큰 소리로 되풀이했다. "클래런틴."

그의 눈꺼풀이 점점 내려왔다. "그럴 리 없다. 이런 날 산책을 하다니."

"부인 말이에요, 플렛 씨. 클래런틴이라는 부인요."

"클래런틴." 그가 말했다.

이 말, 이 이름은 내쉬는 숨결처럼, 가락이 맞지 않는 휘파람처럼 새어나왔다.

"그래요." 기운을 얻은 그녀가 말했다. "그리고 바커라는 아드님을 두셨죠."

입이라고 할 그 끔찍한 구멍이 다시금 움직였다. "바크." 그 말 역시 채 소리가 되지 못하고 새어나왔다.

"그리고 전 데이지예요."

그는 잠시 숨을 멈춘 것 같았다. 그 침묵은 무시무시한 느낌을 주었다.

"데이지 굿윌이에요." 그녀가 성한 쪽 귀에 대고 크게 말했다.

"데이……지." 그가 한숨짓듯 말했다.

자음의 맨 첫 음은 알아들을 수 있었으나 모음은 희미한 바람 소리였다. 그가 고분고분 기계적으로 귀에 들리는 대로 발음하고 있다는 것을 잘 알 수 있었다. 그건 메아리였다. (달리 뭐라고 할 수 있으랴?) 그렇지만 거기에 깃든 어떤 점 때문에 그녀는 만족감을 느꼈다. 그리고 문득 시트 밑을 더듬어 그의 손을 잡아보고 싶은 충동이 일었지만, 거기서 뭔가 상상도 할 수 없는 소멸의 흔적을 만지게 될까 봐 겁났다. 그래서 그러는 대신 침대보를 가볍게 눌렀는데, 그러자 서로 이어진 뼈와 사그라진 살로 된 실체감이 느껴졌다. 그가 희미하게 떨고 있다는 것도 알 수 있었다. 코로 올라오는 부패의 냄새.

"당신을 찾아온 거예요." 자신의 경쾌하고 상냥한 어투에 염증을 느끼면서 그녀가 말했다. "드디어 당신을 찾았군요."

그녀는 '아버님'이라는 호칭을 써보고 싶었지만, 경직된 자의식이 가로막았다.

그러나 그녀는 눈앞에 보이는 것에 믿음이 갔다. 그녀는 자신의 눈과, 귀와, 저 신비한 여성의 기관이라 할 직관이 보여주는 증거를 믿었다. 물론 이렇게 알아낸 사실들을 받아들이는 데는 다소 시간이 걸리리라. 의식적인 수정이 필요하게 되리라. 조정하고 순응하는 일이. 본성에 어긋나는 불합리한 점들에는 보석 세공인의 망치를 대야 하리라. 재작업. 어림짐작의 뒷받침도 받아야 하리라. 균형도 변명도 필요하리라. 하지만 그래도 그녀는 기꺼이 그 일을 하리라, 그리고 바로 그 점이 중요한 게 아니겠는가? 기꺼이 한다는 것, 그것은 오랜 세월 동안 쌓이며 데이지 굿윌 플렛을 형성한 것이었다.

노인이 잠들자 그녀는 맥이 풀린 기분으로 그 방을 빠져나왔다. 허한 것 같기도 하고 정령처럼 가벼워진 것 같기도 했다. 그리고 잠시 동안 그 무게 없음을, 그것의 향기를 끌어안고 있는 기분이었다. 바로 자기 인생의 의미인 그것을. 이제 그녀는 다시금 젊고 강해져 있었다. 그녀가 거리낌 없는 걸음으로 정문을 빠져나와 눈부신 햇빛 속에 머리를 흔들며, 스트롬니스의 좁다란 돌길을 걸어 내려오는 모습을 보라.

제9장

1985년

노쇠

플로리다 새러소타에 살고 있는 여든 살의 플렛 할머니가 병들었다. 마치 몸 안의 모든 세포들이 병에 걸린 것 같은 모습이었다.

한 달 전, 발코니 남쪽에 줄지어 있는 작은 제라늄 화분에 물을 주다가 심장 발작을 일으켜 쓰러졌을 때, 할머니는 콘크리트 바닥에 심하게 부딪히며 양쪽 무릎이 부러졌다. 다행히 발코니 사이를 얇은 격자로 막아놓았을 뿐인 바로 옆 콘도에 살고 있는 메리앤 매켄리가 할머니의 비명 소리를 듣고 앰뷸런스를 불러 주었다.

이틀 후 새러소타 메모리얼 병원에서는 심장에 이중으로 측관을 대는 수술이 행해졌다. (플렛 부인의 심장전문의는 일 년 전쯤 이 수술이 필요할지도 모른다는 얘기를 한 적이 있었지만, 여러 가지 이유에서 수술이 연기되어 왔던 것이다.) 수술 일주일 후, 이제 다시금 원기를 찾을 만하게 됐을 때, 플렛 할머니는 부분적인 신장

이상 증세를 보였다. 그래서 왼쪽 신장을 들어내고 보니 암에 걸려 있었다.

"하지만 적어도 그 몹쓸 것은 깨끗하게 떼어냈으니까요."

그녀의 비뇨기과 의사가 흐리멍덩한 남부 말투로 그렇게 말하는 바람에 플렛 부인의 가족들은 기겁을 했다.

갑자기 육체가 가장 중요한 것이 되면서 그녀는 얼마나 낙담했던가. 한 해 한 해를 육체 속에 숨다시피 하면서 앞만 생각하며 살아간다는 건 정말 외롭기 그지없는 일이다. 잠을 잘 때나, 타인의 육체와 결합하는 때조차 육체의 영향력 아래 놓인다는 것은.

왼쪽 무릎의 엑스레이를 본 그녀는 자신이 얼마나 부서지기 쉬운 존재인지를 새삼 깨달았다. 늘 그래왔다. 그녀는 글라신페이퍼* 같은 살에 에워싸여 살아온 셈이었다. 이제 그녀는 사방에 빽빽이 관객이 들어찬 탁 트인 고통의 무대에서 살고 있었다. 밤은 끝도 없는 것 같았고, 아침은 고통 그 자체였다. 병원에서 맞는 아침이라니! 입술 사이에는 체온계를 물고 있어야 했고 거친 혈압 측정을 받아야 했으며, 병실에는 육중하고 남성적인 심장감시장치가 설치되었다. 사람 얼굴처럼 생긴 그 계기판은 혈관질환을 앓고 있는 그녀를 나무라고 있는 것 같았다. 시트 옆으로 삐죽 나와 있는 늙은 발은 굴 같은 반투명체처럼 보였다. 그리고 왠지 모르지만 그녀의 발은 이상하리만큼 차가웠다. 그러나 그 일에 관심을 갖고 "어째서 이렇게 발이 차죠, 플렛 부인?"

* 얇고 질긴 반투명지

하고 물어봐주는 사람도 하나 없었다. 소변은 다리 사이에 연결된 도뇨관을 통해 다른 흐릿한 액체들과 함께 알지 못할 곳으로 사라졌다. 우주 속으로. 그녀는 아직 건강한 치아를 닦을 때마다 역겨울 정도로 목을 울리는 소리를 내면서 대야에 양칫물을 뱉어냈다. 그리고 그럴 때마다 자신의 육체가 은폐되고 비밀스러웠던 옛날을 기억해보려고 했다.

며칠 후 코에서 배농관이 제거되고 팔에 꽂혀 있던 정맥주사 바늘을 뽑아내고 나자, 이제 다시 음식을 먹을 수 있다는 말을 (축하 인사로) 듣게 되었다.

"할머니 레모네이드는 몸에 좋다고요." 음료를 나르는 여자애가 그녀의 귀에 대고 소리쳤다. "음료는 아무리 먹어도 좋다니까요."

사과 주스와 우유, 냉차, 미지근한 코코아를 수레에 싣고 다니는 이 여자애는 열여덟 살의 흑인이었으며 보라색 립스틱을 바른 데다, 높고 팽팽한 단음으로 웃곤 했다. 한마디로 고압적이었다.

이른 아침마다 플렛 부인은 악몽을 꾸었는데, 그건 이상하게도 가슴속으로 곧장 침입해 들어오곤 했다. 그녀는 그 꿈이 어떤 내용이었는지는 한 번도 기억하지 못했지만 폭력적이라는 것은 알고 있었다.

"약 때문이죠." 의사들은 말했다. "흔히 있는 증세예요."

낮 동안에는 그보다 훨씬 부드러운 꿈을 꾸었다. 그런 꿈속에서 그녀는 오래된 뒷마당 같은 황폐한 풍경 속으로 들어가곤 했다. 화단과 죽은 덤불 밑으로 여기저기 쓰레기가 굴러다니는 지저분한 뒷마당. 얼굴이 하얀 사람들이 질경이와 민들레, 수영으로 질식해가는 잔디밭에 물을 주고 있는 오래된 거리. 무지와 가난으로 인해 제대로 가꾸어질 수 없는 운명의 잔디밭들.

잠에서 깨어나는 사이사이면 바로 공상에 빠져들었다. 생생한 장면을 마음속에 그리기도 하고, 떠들썩한 대화를 만들어내기도 하면서. 이렇게 기억나거나 만들어낸 말들은 그 가락과 왜곡된 의미로 비웃기라도 하듯 그녀의 고통스러운 머릿속에서 덜그럭거리며 울려댔다.

"사제께서 오셨어요, 할머니."

"뭐라고?" 그녀는 어렴풋한 잠에서 벗어나면서 이렇게 대꾸했다.

"사제 말이에요, 플렛 부인. 사제와 얘기하고 싶으세요?"

"누구?"

그러자 이번엔 좀더 큰 소리가 들렸다. "사제요, 릭 목사 말이에요. 릭 목사님을 아시잖아요."

"아니."

"할머니, 알면서 그러세요. 어제만 해도 두 분이 함께 오랫동안 기도를 하셨잖아요. 성경도 몇 구절 읽고요."

"아냐."

"플렛 부인, 그러지 마세요. 사제가 누군지 알면서 그러세요."

"아냐."

"뭐가 아니라는 거죠?"

"그를 만나고 싶지 않다고. 오늘은 싫어."

그녀는 널찍하고 커튼이 없는 유리창이 난, 복도 끝의 개인 병실을 쓰고 있었다. 수술을 받은 후 며칠 동안 그녀는 비참한 상태로 침대에 누워 있었다. 깨어 있는 동안이면 창밖으로 분홍색과 녹색, 연보라색을 띤 플로리다의 콘크리트 건물들을 내다보았다. 그것들은 말랑말랑한 손으로 만들었다가 딱딱하게 굳힌 프티푸르• 같았다. 햇살은 움푹 팬 스테이션왜건과 아이들에게 뭐라고 속삭이며 자동차 문짝을 닫는 어머니들의 머리에서 반짝이며 빛나고, 주차장의 금간 시멘트 담장에서도 하얗게 작열했다. 의사들은 메르세데스나 링컨을 몰고 와 병원 정문 가까이에 있는 지정 구역에 주차시켰는데, 이 자동차들의 지붕이 마치 다채로운 색상을 한 싸구려 사탕처럼 눈부시게 빛났다.

"아니, 오늘은 사제를 만나고 싶지 않아." 그녀는 되도록 위엄이 느껴지는 어투로 말했다.

"정 그러시다면 할 수 없죠." 그리고 어깨를 으쓱하는 몸짓.

"그게 내가 원하는 거야."

"부인한테 달린 거니까요."

"알고 있어."

"하지만 예수님 말씀은 이 세상을 선하게 해주는 거예요. 이런 정신 나간 세상에서는 가장 향기로운 말씀이죠."

"오늘은 너무 피곤해."

"그럼, 기운을 되찾으실 거예요. 보세요, 전 매일같이 그런 일이 일어나는 걸 본다고요. 정말이라니까요. '주는 나의 목자시

• 커피, 차와 함께 내는 아주 작은 케이크 또는 쿠키

니, 내게 부족함이 없으리로다.' 최고의 약이죠. 게다가 공짜고 말이에요."

"아냐, 정말……."

"이런, 여기 릭 목사님이 오셨군요. 어떻게 지내세요, 목사님? 왜 이렇게 늦으셨어요? 자, 여기 이 환자분을 기운 좀 나게 해주세요. 지금 굉장히 우울하시거든요."

"제발, 나는……."

"잠시 얘기 좀 나누실까요, 플렛 부인?"

"글쎄, 나는……."

"전 내일 다시 올 수도 있어요."

"글쎄요."

"그럼 잠깐만 있기로 할게요. 부인을 피곤하게 만들고 싶진 않으니까요."

"오, 그만둬요."

"뭐라고 하셨죠? 지금 무슨 말씀을 하셨나요, 플렛 부인?"

"앉으세요. 그러니까……."

"무슨 말씀이신지……."

"그러니까, 그러니까……." 플렛 할머니는 여기서 말을 끊은 채 당황하여 아랫니의 융기 부분에 혀를 갖다대고 있었다. 다음 순간 다행스럽게도 알맞은 말이 떠올랐다. "편히 앉으시라고요."

"의자를 가져다 앉겠습니다, 플렛 부인. 괜찮으시다면요."

"와줘서 고마워요."

성부와 성자와 성령. 갑자기 그들이 이곳 플렛 할머니의 병실에 나타나 벽을 따라 늘어섰다. 가장자리를 금으로 장식한 까만 빛깔의 우단 위에 그려진 삼 인의 그림들. 부드러운 입에는 미소가 없었지만 영원불변의 사랑을 얘기할 만반의 태세를 갖추고 있었다. 그런다고 참새 한 마리 떨어지지 않겠지만. 이 세 사람이 뭘 하려는 걸까? 실제로 어떤 일을 할까? 전에는 알았지만 나이가 여든이 되고 보니 기억이 나지 않았다. 어쨌든 뭘 할 건지 묻기엔 때가 늦었다. 묻는다고 젊은 릭 목사가 설명해줄 것 같지는 않다. 죄의 정화, 구원. 그리고 그 옛날 어딘가에서 새끼 양을 죽여 피를 냈으리라. 야만적인 행위. 수목이 우거진 산기슭. 이젠 망가지고 만.

"제가 말씀을 제대로 알아듣지 못했군요, 플렛 부인."

"와줘서 고맙다니까요."

플렛 부인은 고함을 지르고 있는 걸까?

아니다. 그저 그렇게 보일 뿐이다. 그녀는 사실 가엾게도 속삭이고 있었다. 시트가 깔린 통 속에서. 고통과 낭패감에 사로잡힌 채. 몸에 연결된 갖가지 도관이며 전선들. 여든 살의 위축된 목. 약. 악몽. 차갑고 눅눅한 두 발, 잊힌 채 밖으로 나와 있는 발, 필연적으로 파멸하고 말 값비싼 창문 밖으로 보이는 파스텔 색조의 풍경, 주차장에서 자동차 문이 닫히는 소리, 그리고 지금 성부와 성자와 성령이 그림 속에서 자신을 내려다보고 있다. 모든 것을 다 알고, 다 보고 있다는 남자의 눈길로. 그러면서도(탁 터놓고 말해서) 정작 인생의 이 시점에서 병들고 공포에 사로잡힌 그녀에 대해서는 아랑곳하지 않은 채. 지금 이 순간에도. 가세요, 제발 가달라고요.

"와줘서 고마워요."

이 노인이 보여주는 이 우아하고 예의 바른 말을 들었는가? 오늘날에는 이런 구식 예절을 볼 기회가 많지 않으리라. 더구나 지금은 심장 수술을 받은 지 이 주밖에 되지 않았고, 한쪽 신장을 들어낸 지 엿새밖에 되지 않은 것이다. 그리고 무릎은 또 어떤가? 그것들은 가엾게도 완전히 깨져버렸다. 이런 상태라는 점을 염두에 두면 그녀가 그렇게 적절한 표현을 기억하고 있다는 것은 놀라운 일이라 할 수 있다. 사교적인 대화법이 그토록 끈질기게 인간을 구속하고 있다니 실로 놀랍고 섬뜩할 정도이다.

아무튼 신경쓸 것 없는 일이다. 아무 의미도 없는 말이니까. 그건 단지 플렛 부인이 마지못해 플렛 부인의 흉내를 내고 있는 것뿐이니까.

*

플렛 할머니의 병실은 카드와 꽃으로 가득 차 있었다. 음료수를 갖다주는 아가씨(이름이 주빌리였던 것 같다)는 이 엄청난 물건들에 대해서, 정말 믿어지지 않는다고 소리를 지르고 겁이 난다는 시늉을 해보이면서 요란스럽게 농담을 해댔다.

"이젠 정말 꽃다발 하나라도 더 들어오면 안 돼요! 정말이에요, 플렛 부인! 제가 이 정글 속에 꽃다발을 더 들여놓을 자리를 어떻게 마련할 수 있겠어요?"

플렛 부인의 아들 워런과 그의 새 아내 페기는 풍선처럼 공기를 넣게 돼 있는 기린을 보내주었다. 키가 150센티미터에 곱슬

곱슬한 비닐 눈썹, 말랑말랑한 이빨까지 잔뜩 나 있는 것이었다. 기린 풍선은 창가에서 조금만 바람이 불어도 까닥대며 흔들리곤 했다. 이 괴상한 장식품에 약간 어리둥절한 채 플렛 부인은, 기린이 노인이나 환자에게 무슨 특별한 의미가 있는 것인지, 아니면 그저 한때의 가족적인 장난기가 발동하여 보낸 것인지 알 수 없었다. 오리건에 있는 손녀인 레인, 베스, 리사, 질리는 베이비시터로 돈을 모아 플렛 할머니에게 배터리로 작동하는, 혼자서 할 수 있는 복잡하게 생긴 브리지 게임 도구를 사서 보내주었다. 그 애들의 후한 마음씨와 희생을 생각하면 목이 메었지만, 사실 그녀는 그 도구를 상자에서 꺼낸 적도 없을뿐더러 빽빽하게 적힌 안내문을 읽을 기력조차 없었다.

매일 오후 5시가 되면 플렛 할머니는 영국 햄스테드에 있는(그리니치 시간으로 그곳은 밤 10시였다) 맏딸 앨리스의 국제 전화를 받았다. 앨리스는 예전에 어머니에게, 언젠가 때가 되면 카퍼레이드를 벌이는 엘리자베스 여왕처럼 모자를 쓰고 장갑을 낀 채, 경쾌하게 한 손을 들어 모든 것에 작별 인사를 보내시라는 농담을 종종 한 적이 있었다. 모든 것에, 이 신비롭고 작은 모험이었던 인생에 대한 작별 인사를. 그런데 앨리스는 이제 그 영상에 수정을 가해야 하리라는 사실을 알고 있었다. 그녀의 어머니는 병들고 절망적이었다. 대서양을 가로지른 전화선에서 앨리스는 맑고 차분하며 서두르지 않는 음성으로 얘기했다. 마치 길 건너에서 전화하는 것처럼. 마치 TV 연속극에 나오는 사람처럼.

"의사와 얘기해봤어요, 엄마. 아주 잘하고 계시다더군요. 엄마는 놀라울 만큼 건강하대요. 다만 조금만 더 참으시면 될 거라고 하더라고요. 아무튼 몇 주만 지나면 집에 가실 수 있을 거래요. 하지만 지금도 훌륭하게 간호받고 있는데 굳이 그럴 필요가 있겠느냐는 거예요. 게다가 행운의 녹십자 마크가 사방에 있고 말이에요."

앨리스는 오리건 주 포틀랜드에 사는 동생 조앤에게도 전화를 걸어서 단도직입적으로 말했다.

"어머니는 퇴원하실 수 없을 거야. 의사 말이 그건 불가능하다더라고. 어떻게 혼자 사실 수 있겠느냐는 거야. 몸도 불편한데 말이야."

그리고 뉴욕에 있는 남동생 워런에게도 단호한 어조로 말했다.

"정형외과의와 얘기했는데, 의사 말이 어머니가 보행기 없이는 걷지 못하실 거래. 어쩌면 보행기를 쓰더라도 불가능할지도 모른다고. 내 말은 각오를 해야 한다는 거야. 이건 종말의 시작이라고."

플렛 부인의 세 자녀는 모두 자신들이 어머니의 병상을 지키지 못하는 데 가책을 느끼고 있었다. 교직에 있는 앨리스는 학기가 끝나면 어머니에게 날아갈 계획을 짜두었는데, 그건 다음 달이나 돼야 가능한 일이었다. 워런의 새 아내는 최근 아기를 낳았는데(그 애는 에마라고 이름 지었다) 다운증후군이었다. 이런 상황에서는 도저히 단 며칠간이라도 가족 곁을 떠날 수 없었던 것이다. 조앤은 실제로 잠깐 들러보고 돌아갔는데(포틀랜드에서 시카고를 거쳐 탬파까지 여행했다) 그녀에게도 돌봐야 할 십대의 딸이 넷이나 있었고, 남편은 혼외정사를 벌이기 쉬운 타입이었다. 플렛 부인의 종조카 빅토리아는 이틀에 한 번씩 재기발랄한 짤막한 편지를 보내고 있었으나, 지금 당장은 직장도 있었고, 남편 루이스와 쌍둥이 때문에 토론토를 떠날 수 없었다. 플렛 할머니는 이렇게 뿔뿔이 흩어져 있는 자식과 손자와 손녀들, 종조카의 얼굴들을 또렷하게 구분해서 떠올릴 수 없었다. 이제는 오히려 주빌리가 좀더 실체감이 있었다. 그리고 매일같이 회진을 오는 애런펠드 박사와 스콧 박사, 그들이 주고받는 농담과 나름대로 진심에서 우러나온 의사들 특유의 큰 웃음소리가 그랬다. 그리고 어떤 면에서는 릭 목사도 그랬다. 또한 하룻저녁도 거르지 않고 찾아오는 충실한 메리앤 매켄리도 있었다. 그녀가 할 수 있는 얘기라고는 클리블랜드에 사는 친척들에 관한 것뿐이었지만. 그리고 꽃의 자매들이 있었다! 그 꽃의 자매들이 없었다면 어떻게 됐을까? 그들은 이삼 일에 한 번씩 택시를 타고 와서는 정말 즐거운 시간을 보냈던 것이다!

플렛 부인이 아직 코에 배농관을 꽂고 베개에서 머리조차 들어올릴 수 없었을 때에도, 꽃의 자매들은 그녀의 침대 옆에서 브리지를 했다. 처음에는 그저 몇 판을 하는 정도더니 점점 시간이 길어졌다. 아무도 그런 상황에서 플렛 할머니가 하트와 스페이드, 점수, 패, 공방전 따위의 일에 정신을 집중할 수 있으리라고는 생각하지 못할 테지만, 실제로는 그런 일이 가능했다. 자매들도 마찬가지였다. 그들의 이름은 릴리와 머틀, 글래드였다. 글래드의 정식 이름은 글라디올러스가 아니라 글래디스였는데, 그녀는 그래도 자기야말로 진정한 의미에서의 꽃이라고 여기고 있었다. 그들 네 사람은 플렛 부인이 지난 몇 년 동안 콘도를 갖고 있던 베이사이드 타워의 각기 다른 층에서 살고 있었다. 그곳 지하실에 있는 카드 방에서 이들 사인조가 한자리에 모였던 것이다. (플렛 부인의 가장 가까운 친구들이 죽고 난 뒤인 1970년대 후반의 일이었다. 빈스는 갑작스레 세상을 떠났고, 노망이 들었던 프레이디 호이트는 끔찍한 말년을 보냈다.) 꽃의 자매는 활발하고 요란스러웠다. 베이사이드의 다른 사람들은 그들의 느긋하고 싹싹한 태도, 사소한 일은 무시해버리는 대범함을 부러워했다. 자매들은 자신들이 부러움을 사고 있다는 사실을 잘 알고 있었으며, 놀라는 한편 만족해했다. (그런 노령에도 말이다.) 요컨대 여학생들 사이에서 볼 수 있는 인기였던 것이다. 하지만 그런 식의 인기를 누리다니, 좀 과분한 것이 아닐까? 네 자매는 운 좋게도 서로에게 애정을 갖고 있었을 뿐 아니라, 그것이 행운이라는 것도 잘 알고 있었다. 릴리는 조지아, 글래드는 뉴햄프셔, 쾌활하게 얘기를 잘하는 머틀은 미시간 출신이었다. 서로 전혀 다른 세계에서 왔으면서도 그들의 삶은 똑같은 종에서 울리는 종소리 같았다. 그들, 이 네 명의 백인 노인들이 그렇게 지내는 모습을 한번 상상해보라, 데이지 플렛 부인처럼 모두 과부였다. 게다가 모두 안락한 생활을 할 만큼 부유하기도 했다. 모두 가정 이외의 다른 직장을 가질 생각을 한 적이 없었으며, 모두가 흥겹게 웃기를 좋아했다. 늘 웃음을 터뜨릴 것처럼 보이는 그들의 분위기에는 어딘지 섬세하면서도 우스꽝스러운 면이 느껴졌다. 일요일이면 제일 장로파의 교회에 나가 예배를 보았고, 예배를 마친 다음에는 무엇이든 먹을 수 있는 셀시커 식당에서 늦은 아침 겸 점심을 풍족하게 먹었다. (그곳 금전등록기 위에는 '집에서 요리하는 시간을 덜어드립니다'라는 문구가 있었다.) 그리고 월요일에서 토요일까지 매일 오후 2시에서 4시 30분까지 베이사이드 타워의 카드 방에서 브리지를 했다. 그럴 때면 그들은 반드시 소음과 에어컨의 냉기에서 멀찍이 떨어져 있는 한쪽 구석의 원탁을 차지했다. 이 테이블은 꽃의 자매들 것이었다.

"오늘은 꽃이 잘 피었나요?" 베이사이드의 다른 주민들은 그들에게 인사 삼아 이렇게 말하곤 했다.

"남편은 꽃 이름을 가진 여자는 빨리 시든다고 말하곤 했어."

언젠가 머틀이 느닷없이 그렇게 말했는데, 무슨 이유에서인지 그 말에 그들 모두는 배를 잡고 웃었다. 그래서 이제 꽃들은 안녕하시냐는 인사를 받으면, 자매 중의 하나가 활기찬 어조로 "빨리 시들고 있답니다"라고 대답하게끔 되어 있었다. 그러면 또 한 사람이 즉흥적으로 순발력을 발휘하여 "하지만 용케 버티고 있지요"라고 덧붙이는 것이다. 그것은 그들이 갖고 있는 수많은 의식들 중 일부가 되었다. 이를테면 글래드가 지난 십 년 동안 뜨고 있는 베이지색 카디건에 대한 농담도 있었다. 또, 아무도 보지 않는다고 생각될 때면 다리 사이를 움켜쥐곤 하는 육층의 젤리코 씨에 대한 농담도 있었다. 그리고 도서관 구석구석을 뒤지고 다니면서 큰 활자로 인쇄된 신간이 나오면 몰래 감춰두는 볼트 부인에 관한 것도 있었다. 클리블랜드에 사는 조카들에 관한 얘기를 끝없이 늘어놓는 메리앤 매켄리도 빠질 수 없었다. 또한 셀시커 식당에 가면 먹을 수밖에 없는 피칸 피자에 관한 농담까지 있었다. 그들은 케이크와 캘리포니아 와인 한 잔으로 서로의 생일을 축하해주었는데, 이런 행사 때면 자매들 중 하나가 이렇게 말하는 것이다.

"자, 이제 또 한 해가 다가왔군. 이 한 해도 지상에서 지낼 수 있도록 빌어보자고."

사실이지 이 농담은 그들이 가장 애호하는 것으로 방문한 가족들은 기겁하게 마련이지만, 그들의 입에서 나올 때는(일부러 목소리를 심하게 떨면서) 전혀 다른 활기를 띠는 것이었다. 아무튼 자신의 죽음에 대한 농담인 것이다. 이런 때의 웃음소리는 여느 때의 폭소가 아니라 킬킬거리는 소리로 줄어들게 마련이다. 만일 그들 중 한 사람이 '모자를 걸거나' '물통을 걷어차거나' '담을 넘거나' '웃돈을 얹어 자신을 재와 맞바꾸거나' '나뭇가지에서 껑충 뛰거나' '눈에 보이지 않는 합창대에 들어가거나'* 할 때에는 한두 주일 정도 애도 기간을 거친 다음, 나머지 세 사람이 저 고약한 아이리스 잭맨(서관 삼층의 거주자)을 원탁의 일원으로 끼워주기로 이미 정해놓고 있었다. 비록 아이리스는 보충원으로는 최악이고 클럽의 패 한 번과 십삼 트릭 전체를 이기는 것도 구분하지 못할 만큼 멍청이이기는 하지만.

플렛 할머니의 몸에는 한 가지 비밀이 있었는데, 그것은 앙상한 손목을 감고 있는 흰 플라스틱으로 된 환자용 팔찌로 빛이 반사될 때마다 '데이지 굿윌'이라는 글자가 보인다는 것이었다.

그게 전부였다. 그냥 데이지 굿윌이었다. 사무를 담당한 누군가가 실수로 플렛이라는 성을 빠뜨렸는데, 덕분에 처녀 시절의 이름만 마치 튤립처럼 아무 장식 없이 덩그러니 적혀 있게 되었

* 모두 죽는다는 의미지만, 여기서는 뉘앙스를 살리기 위해 직역함

다. 다행히도 병원 차트에는 이런 실수를 저지르지 않아서 직원들이나 플렛 부인의 많은 문병객들도 지금껏 알지 못한 채 넘어가고 있었다. 이것은 그녀만이 알고 있는 비밀이 되었다.

그녀는 이 비밀을 소중히 여겼다. 시간이 지나면서 그녀는 이것을 자신의 영혼이 겉으로 드러난 표시라고 생각하게 되었다.

그렇다고 그녀가 자신의 영혼에 대단한 관심을 기울였던 것은 아니었다. 지금껏 살아오는 동안 남편과 자식들, 그밖에 여자들이 해야 할 다른 일들을 신경쓰느라 너무 정신이 없어서 그런 추상적인 문제에 관심을 둘 겨를이 없었다. 그래서 나사렛의 목수에 관해 생각할 때면 당황한 심정이 되었던 것이다. 그녀는 그를 똑바로 바라보거나 허물없이 그의 이름을 부르는 일이 내키지 않았다. 그것은, 그에게 흥미가 있을 만한 얘깃거리를 갖고 있지도 않을뿐더러, 그가 이 분도 되지 않아서 옹색하고 가난하기 그지없는 영혼이라는 것을 간파할까 두려운 생각도 있었던 것이다. 어린 시절에는 주일학교에, 좀 커서는 교회에 다녔던 플렛 부인은 이런 활동들이 진지하게 이루어진 것이 아니라, 일종의 건전하고 교훈적인 아동용 슬라이드 극과 같은 것이라는 걸 떨쳐버릴 수 없었다. 모자를 쓰고 심각한 얼굴로 주어진 시간만큼 시선을 고정시키기는 했어도, 저녁에 해시 요리를 만들 만큼 로스트비프가 남았는지, 지난가을에 만들어놓은 칠리소스를 쓰면 어떤지(적어도 마지막으로 들여다봤을 때를 생각하면 식기장 선반에는 아직도 두어 병이 남아 있을 것이다) 하는 생각에 매달려 있었던 것이다. 위원회 활동이나 바자회, 결혼식과 세례식에 꼬박꼬박 참석했던 건 사실이지만, 플렛 부인에게는 그런 일들이 죄의식과 구원이라는 저 힘든 고갯길을 넘나드는 것이라는 생각은 들지 않았다. 소박한 정신의 소유자인 플렛 부인은 그런 문제들에 대해 한 번도 깊이 생각해보지 않았다. 뭐 하러 그러겠는가? 크리스마스 때 만들어놓는 말구유의 아기 예수상은(체코슬로바키아제) 그녀에게는 성가족을 상징하는 것이 아니라, 그 자체가 성가족일 뿐이었다. 그 나무 모형은 민간전승의 방식으로 솜씨 있게 조각하여 밝은 색을 입혔지만, 구유 속에 있는 아기는 빨래집게에 불과했다. 예수, 인간의 기쁜 소망. 그것은 실로 당황스러운 얘기이기는 해도 그것 때문에 번민한 적은 없었다.

사람들은 정말 이런 얘기들을 하며 사는 걸까? 그녀는 알 수 없었다.

그런데 수술이 끝난 후 처음 며칠간 릭 목사가 그녀를 찾아와 처음에는 조심스럽게, 다음에는 감정을 섞어가며, 영혼의 존재라든가 영혼의 상태, 영혼의 광휘 등등에 대해 얘기하기 시작했다. 그리고 이제 여든한 살이 된 지금은, 우리의 구세주 예수 그리스도의 은총으로 그녀의 영혼이 갱생하게 되었다는 얘기도 했다. 지극히 당연한 일이지만, 플렛 부인은 릭 목사에게 자신의 영혼에서 가장 단단한 알맹이를 이루고 있는 것이 손목에 찬 환자용 팔찌에 적힌 데이지 굿윌이라는 두 마디라는 사실을 말하지 않았다.

그 이름 뒤에, 또한 그 이름에 밀접히 결합된 상태로 뭔가 다른 것이, 뭔가 표현할 수 없는 것이 있었다. 머리를 옆으로 홱 돌릴 때라든가 숨을 내쉬는 사이사이에서만 겨우 그 형태를 알아차릴 수 있는 어떤 것. 이 한순간의 인식은 대개 이른 아침 시간에 찾아와 그녀를 놀라게 만들었다. 그녀는 지금껏, 형체도 없이 나타나곤 하는 그것의 정체에 대해 어떤 생각도 해본 적이 없었으며 자기 자신의 작고 소중한 이 부분을 거의 잊고 지냈다. 사실, 겉으로 봐서는 아무 생각도 없었을 것이라는 게 맞았다.

그럼에도(이는 어쩔 수 없는 일인데) 우리는 그 이후에 생기는 일이 무엇이든, 그것이 설혹 우리의 경험 가운데 가장 풍요한 경험일지라도, 그것을 자아라는 이 조그맣고 요란한 원형질의 심판에 맡기는 것이다. 아니, 어쩌면 그런 건 상관없는 일일지도 모른다. 거기에는 뭔가 다른 것이 있다. 성스러운 어떤 것. 신의 위대한 이마에서 떨어져나온 어떤 것.

'난 아직 여기 있어.' 그녀는 에어컨 설비가 되어 있으며 쓸쓸하고 고무 냄새가 풍기는 불편한 병원에서 의식을 차릴 때마다 이렇게 생각했다. '아직 여기 있어.'

"그 할머니는 정말 멋진 분이라고요." 주빌리는 그 누구를 만나도 이렇게 말했다. "적어도 이 병동에 있는 다른 환자들과는 달라요."

"투사지요." 수간호사인 도르 부인이 말했다. "투사에다가 불평도 없는 분이에요. 정말 고마운 일이지요."

"귀여운 분이오." 스콧 박사는 그렇게 말했다.

"전통교육을 받으신 진짜 숙녀라고요." 물리 치료사인 러셀 래터비가 말했다.

바로 그 때문에 플렛 부인은 데이지 굿윌의 존재를, 그리고 데이지 굿윌이 있기 전의 식물인간과도 같은 상태를 이따금씩, 때로는 며칠씩 잊고 지냈다. 그녀는 병원에 있는 동안 멋진 노파로, 투사이며 진정한 숙녀, 불평을 하지 않는 사람으로 남아 있기에 너무 바빴던 것이다. 자신을 괴롭히는 비뇨기 감염에도 용감하게 대처하고, 자식들과의 전화 통화에서는 자제력을 발휘하고, 주빌리의 연애 얘기에도 관심을 가져주고, 래터비 씨에게는 사근사근하게 구느라고 말이다. 그리고 예민한 릭 목사 앞에서 끝없이, 용감하게 자신을 방어하느라고. 솔직히 그녀는 혼란스럽게도 목사에게 애증을 동시에 느끼고 있었다.

"어머닌 놀라운 분이세요." 마침 영국에서 와 어머니를 새러소타 메모리얼 병원에서 카나리아야자 요양원으로 옮기는 일을 거들게 된 맏딸 앨리스의 말이다. "우리에게 진정한 감화를 주는 분이시죠."

앨리스는 감화라는 표현을 썼지만 진심에서 그런 것은 아니었다. 오히려 그 말과 반대되는 의미로 그런 표현을 한 것이다.

앨리스는 얼마 전까지만 해도 삶을 축소시킨다는 생각을 거의 해본 적이 없는 사십대 중반의 강하고 멋진 여성이었다. 사실 그녀가 그런 생각을 하게 된 것은 우연히 카나리아야자에서, 어머니의 침대 곁에 있는 탁자 서랍 안을 들여다봤을 때였다. 거기에는 칫솔, 치약, 빗, 노트, 열쇠뭉치, 핸드크림, 화장지, 우단으로 된 작은 보석함들이 뒤범벅이 된 상태로 들어 있었다. 이것이 강철로 된 조그만 서랍에 들어 있는 바커 플렛 부인의 전 재산이었다. 오타와의 삼층 주택에서 다시 널찍한 플로리다의 콘도로 옮겼지만 그곳도 이젠 모두 짐이 옮겨진 상태였다. 어찌 이렇게까지 줄어들 수 있단 말인가? 앨리스는 그 생각을 하면 가슴을 쥐어짜는 듯한 느낌이 들면서 저도 모르게 울음이 터져나오곤 했다.

"왜 그러니, 앨리스?"

"아무것도 아네요, 엄마."

"무슨 소리가 난 것 같은데……."

"쉿, 이제 좀 쉬셔야 해요."

"내가 지금까지 하고 있는 일이 쉬는 것밖에 더 있었니?"

"그게 바로 회복기라는 거예요. 휴식 말이에요. 의사도 그렇게 말하지 않았나요?"

"아, 그 의사!"

"그분은 아주 명망 있는 의사예요. 스콧 박사 말이, 이 일대에서는 최고라는데요."

"간호사에게 사과 주스 얘기를 했니?"

"어머니께서 주스가 상한 것 같다고 말씀하시더란 얘기를 했죠. 그런데 간호사 말로는 상한 게 아니라는데요. 병원과는 배합이 달라서 그럴 거라면서요."

"농축한 맛이 났어."

"아마 농축한 걸 거예요."

"차갑지도 않았다고. 오래된 거야."

"제가 다시 얘기해보죠."

"그레이비 얘기도 하렴."

"그레이비가 어때서요?"

"전혀 나오지 않으니까 문제야. 그레이비소스• 없이 마른 고기만 나온다고."

"요즘엔 아무도 그레이비소스를 만들지 않아요, 엄마, 그건 1974년에 없어졌다고요."

"뭐라고?"

"아녜요. 그저 농담으로 해본 말이에요."

"너희는 늘 삐약삐약거리곤 했지. 너와 조앤 말이다. 병아리들처럼 말이야."

"그랬어요?"

"이 창으로는 볼 게 아무것도 없구나."

"저 나무들은 어때요? 아름다운 정원도 있는데요?"

"병원에서 보던 풍경이 더 나은 것 같아."

"그건 그래요."

"주빌리가 보고 싶구나."

"오, 그렇겠군요."

"꽃의 자매들도. 글래드, 릴리……."

"그분들이 오시기엔 너무 먼 거리예요."

"여기선 원래의 내 모습이 아닌 것 같아."

"이제 곧 회복하실 거예요. 며칠 적응하면 말이죠."

"난 내가 아냐."

"우리 둘 다 본래의 모습 그대로예요."

"저게 무슨 소리냐? 복도가 저렇게 시끄럽다니, 도저히 견딜

• 육수에 후추, 소금, 캐러멜 등을 넣어 만든 소스

수 없구나. 저 여자는 소리를 지르고 있잖아."
"저도 제정신이 아니에요."

앨리스는 어머니의 처녀 때 성을 정식으로 채택했다. 여권에도 지금 그 이름으로 올라 있다. 앨리스 굿윌. 전남편의 성인 다우닝은 몇 해 전 런던의 변호사 사무실에서 떼어냈다. 다 큰 세 아이들 벤저민, 주디, 레이철은 아직 그 성을 갖고 있지만. 그리고 앨리스에게 플렛이라는 성은, 이 년 전 그녀가 쓴 다섯번째 책이 도처에서 혹평을 받았을 때 상징적으로 떨어져나간 셈이었다.

'앨리스 플렛의 첫 소설은 창작을 열망하는 모든 학자들에게 하나의 경고가 될 것이다' '거만하다' '학자 티가 난다' '교사 티가 난다' '종이 접시에 담긴 식은 죽 같은 작품이다'

그녀가 어떻게 해야 할까? 뭘 할 수 있을까? 그녀는 법원으로 가서 이름을 바꿔버렸다. 어렸을 때도 앨리스는 플렛이라는 성에 대해 불만을 갖고 있었다. 너무 짧고 딱 끊어지는 느낌이 들었기 때문이다. 그것은 아무 의미도 없는 먼지 한 톨, 벽에 있는 작은 점 하나일 뿐이었다. 그에 반해서 굿윌은 듣기에도 좋고 은유적으로도 좋은 의미를 전달한다. 그녀의 어머니는 그 성이 뭔가를 암시한다고는 생각해본 적이 없다고 했지만 말이다. 앨리스는 한순간 기가 꺾였으나(그 망할 놈의 소설), 희망적인 앞날이 있으리라는 기대를 품고 있었다. 적어도 플로리다에 도착하여 어머니가 얼마나 달라졌는지를 알기 전까지는 그랬다. 야위고 창백한 모습. 으스러져버린 어머니의 모습을.

이곳으로 오는 비행기 안에서 앨리스는 두 사람이 나눌 풍성하고도 가슴 설레는 대화를 머릿속에 그리고 있었다.

'어머닌 살아오는 동안 행복하셨어요?'

그녀는 이렇게 어머니에게 물을 작정이었다. 마치 교회처럼 흐릿한 빛이 들어오는 방에서 시트를 단정하게 개켜놓은 침대 가에 걸터앉아 어머니의 손을 잡고 있는 자신의 모습을 그리면서.

'인생에서 만족하셨어요?' 대체 만족이란 것이 뭔지는 몰라도 그렇게 묻고 싶었다. '정말 황홀한 순간들이 있었나요? 살아볼 만한 인생이었나요? 이를테면 어떤 그림이나 커다란 건물을 바라보거나 책 속의 어느 한 구절을 읽으면서 세상이 갑자기 팽창하는 느낌, 그러면서 동시에 완벽하리만큼 순수한 어떤 핵으로 응축되는 그런 느낌을 맛보신 적이 있었나요? 제 말뜻을 아시겠어요? 모든 것이 갑자기 딱 들어맞는, 모든 것이 제자리에 놓인 것 같은 느낌 말이에요. 예컨대, 우리의 오타와 집 정원에서 느낄 수 있었던 그런 느낌 같은 것. 제 말은 어머니의 인생이 충분한 것이었느냐는 거예요. 어머닌 준비가 되셨나요? 아니면 겁이 나시나요? 듣고 계시죠? 제가 뭘 해드리면 좋죠?'

그러는 대신 두 사람은 사과 주스와 그레이비소스, 복도에서 들리는 비명 소리, 그리고 자메이카 출신인 의사 얘기를 하고 있었다. (그가 자메이카인이라는 것은 실제로 입 밖에 나온 얘기는 아니었지만.) 앨리스는 어머니의 손으로 팔을 뻗으면서 그것이 그토록 투명한 데 깜짝 놀랐다. 그녀는 그 손을 볼 수밖에 없었다. 이미 죽어 있는, 돌로 바뀌고 있는 진줏빛 관절. 앨리스는 대부분의 인생이 의무로 여기는 것으로 이루어져 있음을 상기했다.

착하게 되는 것, 착하다고 생각하는 일에 충실하는 것, 착한 딸. 좋은 엄마. 끝도 없는, 거의 영웅적인 인내심으로써. 자아가 이렇게 확대된다는 것은 끔찍한 일이 될 수도 있었다.

"제가 어떻게 살아야 하는지 말씀해주세요."

"뭐라고 했니, 앨리스?"

"아무것도 아녜요. 주무세요."

"아직 9시밖에 안 됐어."

"어두워졌잖아요."

"그건 커튼 때문이야. 네가 커튼을 쳐놓았잖니."

"아뇨, 보세요. 커튼은 열려 있다고요. 보세요."

플렛 할머니는 물론 행복한 삶을 누리고 있었다. 안경을 쓰고 신문을 읽는 나날. 직원들로부터 유난히 주의력이 있다는 칭찬을 받는 나날. 어느 간호사는 그녀가 듣는 앞에서 그녀가 '파이스티feisty하다'고 했는데, 플렛 부인은 그 말이 무슨 뜻인지 알 수 없었다.

"강하시다는 거예요." 앨리스가 어머니에게 설명해주었다. "적어도 전 그렇다고 생각해요."

"난 내가 강하다고 생각해본 적이 없어."

"그건 칭찬으로 한 말이에요."

"난 강하지 않다니까."

"어머닌 속이 부드러운 분이세요."

"그러지 마라."

"그러지 말라고요?"

"날 그렇게 부르지 마. 그 말을 들으면 네 아버지가 출장 갔다 올 때마다 사오던 크림 초콜릿 생각이 나니까 말이다. 난 그 크림 초콜릿을 도저히 먹을 수 없었단다."

"죄송해요."

앨리스는 전에도 크림 초콜릿 얘기를 들은 적이 있었다. 그것도 여러 번이나.

"누가 초콜릿, 버터크림, 그런 것들 말이야."

"그리고 터키과자• 도요."

"그런 것들은 느글거려. 생각만 해도 말이다."

"생각하지 마세요."

앨리스는 정작 자신의 속이 느글거려서 눈을 감았다. 사랑이란 영원한 날조와 같은 것이다.

"네 아버지는 자주 여행을 다녔지. 기억할지 모르겠구나. 넌 그때 어렸으니까. 늘 집을 떠나 있었어. 몬트리올, 토론토로 말이다."

"알아요. 기억나요."

"난 무엇 때문에 그렇게 출장을 다녀야 하는 건지 이해할 수 없었단다."

"회의 때문이죠."

"어째서 그런 회의가 필요했는지 알 수 없었던 거야. 물론 난 네 아버지에게 물어보았지. 관심을 가졌어. 아니면 적어도 관심을 가지려고 노력했지. 그 당시 여자들은 남편이 하는 일에 관심

• 설탕에 버무린 젤리 모양의 과자

을 가져야 한다고 했으니까. 그렇지만 내겐 선명하지 않았단다. 한 번도. 그런 회의가 대체 무엇 때문에 열리는 건지, 무슨 소용이 있는 건지 말이다."

"아마 행정에 필요한 얘기들을 했겠지요."

"난 그걸 걱정했단다. 아니, 신경이 쓰였다고 해야 할 것 같구나."

"이젠 그 일을 그만 생각하세요."

"네 아버진 종종 1킬로그램짜리 초콜릿을 가져오곤 했지. 맙소사. 그렇다고 마음에 들지 않는다는 말을 했다는 건 아니란다. 난 그것을 매널리 씨에게 갖다주곤 했지. 매널리 씨가 생각나니, 앨리스? 정원 일을 거들었지. 일하느라 애를 먹었지만."

"물론 매널리 씨를 기억해요."

앨리스는 이제 어머니가 매널리 씨의 부인이 당뇨병으로 죽었다는 얘기, 그리고 아들 앵거스가 정치에 입문했다는 얘기를 할 참이라는 것을 알고 있었다.

"그 사람의 부인은 가엾게도 일찍 세상을 떠났지. 당뇨병 때문이었어. 그 시절엔 별로 흔한 병이 아니었는데 말이다." 그러면서 어머니는 목소리를 낮췄다. "난 그 여자가 초콜릿을 먹고 그랬을 거라고는 생각하지 않는다. 적어도 그렇지는 않았기를 바라지. 아들 앵거스는 자기 어머니가 죽었을 때 기껏해야 열다섯 아니면 열여섯밖에 되지 않았단다. 아마 열여섯 살이었던 것 같구나. 정말 출세했지. 내 기억이 맞는다면 세 번씩이나 연임했어. 종종 그의 이름이 신문에 실렸는데…… 앵거스 매널리, 정치가에게 아주 잘 어울리는 이름이라고 늘 생각했단다."

"매력적인 이름이죠." 영국에서 오래 살았기 때문에 앨리스는 이제 마치 그럴 권리라도 가진 것처럼 '매력적이다lovely'는 표현을 자주 썼다.

"네가 여기 있어서 정말 기쁘구나, 앨리스, 얼마나 고마운지 모르겠다. 내 말을 언짢게 여기지 말아다오."

"그렇지 않아요. 어머니는……."

"괜찮다. 뭐라고 하지 않아도 괜찮아."

"전 그저……."

"정말이지 진심이란다. 아무 말 하지 않아도 좋아."

"좋아요."

"그런데 아까 그 말이 뭐였지? 그 간호사가 한 말 말이다."

"파이스티였어요."

"그건 속어처럼 들리는구나. 사전에 나오는 말일까?"

"그런 것 같진 않아요. 어쩌면 그럴지도 모르지만요."

"그건 아주…… 적당한 말이 생각나지 않는구나. 혀끝에서 뱅뱅 돌기만 하고 말이다. 그건……."

"역겹다고요?"

"아니, 그보다는 좀 고급스러운 말이다."

"건방지다고요?"

"그래, 바로 그거야. 건방지다."

"맞아요. 그건 좀 건방진 표현이죠. 상대방을 경멸하는 느낌도 있고요. 사실 무례하다고 할 수도 있어요."

"그래."

"사람들은 남들이 씩씩한 것을 보면 칭찬하는 척하죠. 하지만 사실 사람들은 정작 자기가 씩씩하다는 것은 좋아하지 않아요. 누군가 자기에게 그런 말을 하는 걸 말이에요."

"거기에선 나쁜 냄새가 나."

"어떤 나쁜 냄새가 나는데요?"

"너무 익은 냄새 말이다. 한창때가 지난 딸기에서 나는 냄새."

"맞아요."

"네 아빤 등이 너무 길었다. 아마 그 때문에 춤을 배우지 않았던 것 같구나."

"누구에게나 춤이 맞는 건 아니에요."

"네가 여기 있으니 정말 기쁘구나, 앨리스."

"저도 여기 있는 게 기뻐요."

"뭐라고 했니?"

"여기 있는 게 기쁘다고 했어요."

"내가 널 못 믿는 것 같다면 용서해다오, 앨리스."

(플렛 할머니는 정말로 이 마지막 말을 입 밖에 냈을까? 그건 그녀도 알 수 없었다. 그녀는 현실과 비현실을 나누는 경계를 잃고 말았다. 그리고 그건 이 나이가 된 나도 마찬가지다.)

*

어떤 것 또는 어떤 일에 대해서 진짜라고 말할 때에는(그것이 의심스러울 수 있다는 것과는 상관없이), 그것에 경의를 표한다. 하지만 어떤 일이 날조됐을 때는(그것이 얼마나 진실에 가깝고 또 그렇게 보이는지에 상관없이) 그것을 비웃는 것이다. 그것이 우리가 살고 있는 시대이다. 사실의 시대. 마치 아무리 많은 사실을 들이대도 만족할 수 없다는 듯이. TV를 켜고 우리는 새들의 라이프사이클에 대해 듣는다. 전쟁의 재연. 대량 학살자와의 인터뷰. 그리고 신문은 그밖의 것에 대해서는 아무것도 아는 바가 없다.

핑키 풀럼이라는 캐나다 언론인이 음료수 자판기가 넘어지는 바람에 깔려 죽고 말았다. 그는 분명히 고정된 부위에서 떼어내려고 자판기를 앞뒤로 흔들고 있었을 것이다. 몇 년 전 핑키 풀럼은 데이지 플렛 부인에게 적지 않은 상처를 입힌 적이 있었는데, 그래서 그가 죽었다는 소식을 알게 됐을 때도 그녀로서는 슬퍼하는 시늉을 하기가 어려웠다.

"맙소사." 그녀의 딸 앨리스가 말했다. "어떻게 그 사실을 아셨어요?"

"누군가 말해줬어." 플렛 할머니가 에둘러 말했다. "어쩌면 신문에서 읽었는지도 모르고."

"정말요? 믿어지지 않아요."

"사실 북아메리카에서는 매년 열한 명이 자판기에 깔려 죽는단다. 신문에 그렇게 나왔더구나. 얼마 전에 읽은 기억이 나. 어제였던가? 아니면 오늘 아침이었는지도 모르겠구나."

"그런데 핑키 풀럼도 그렇게 죽었다는 거군요."

"그런 것 같구나."

"믿을 수 없는 일이에요."

"나도 그렇단다."

심장 발작이 있고부터 그녀는 매사에 놀라곤 했지만, 그녀는 그저 그렇게 되도록 내버려두었다. 마치 공허함이라는 새로운 감각이 그녀로 하여금 자진해서 새로운 사람과 교대한 것 같았다. 원자와 분자, 그리고 여러 가지 물질로 이루어진 그녀의 몸이라는 이 죽은 행성에 갑자기 기사 표제어와 악몽, 위문 카드, 약의 쓴맛, 한밤중의 굉음, 복도의 발소리, 자신의 숨결과 혈액에서 풍기는 냄새, 자신도 알 것 같은 곡조를 흥얼거리는 문 가까이에 있는 누군가들로 인해 활짝 꽃이 피고 있었다.

플렛 할머니에게 소포가 도착했다. 그것은 영국에 있는 손녀 주디가 보낸 베드재킷•이었다.

오, 이런, 이런! 누군가 목욕용 파우더라든가 멋진 여행안내 책자가 아니라 베드재킷을 보내면 누구라도 화가 날 것이다. 베드재킷은 스커트 뒤를 불룩하게 만들기 위해 착용했던 허리받이나 겨드랑이 밑에 대는 땀받이만큼이나 오래된 저 옛날 고리짝 시절의 물건이었다. 베드재킷은 절망 그 자체였으며 그것이 뜻하는 바는 작별 인사인 것이다. 그럼에도 플렛 부인은 손녀딸이 이 물건을 구하느라고 적지 않은 고생을 했으리라는 사실을 잘 알고 있었다. 오늘날 베드재킷은 희귀 물품에 속했던 것이다. 큰 백화점에 가면 어쩌면 대여섯 벌쯤 재고가 있을지도 모른다. (있다면 말이지만.) 만약 누군가가 카운터 위로 상체를 기울이며 "여기 베드재킷이 있는지 모르겠군요" 하고 말하면 사십대나 오십대쯤 됐을 판매원은 당황한 시선으로 쳐다볼 것이다.

• 여자들이 나이트가운 위에 걸치는 넉넉한 침실용 옷

어디서 베드재킷을 만들고 있을까? 뉴욕? 샌프란시스코? 어쩌면 아이오와 주 중부에 있는 조그만 마을이 시장을 장악하고 있을지 모를 일이다. 베드재킷에 관한 한 우리나라의 수도는 이곳인 셈이다. 하지만 이런 진기한 의상을 누가 디자인할까? 레이스 장식, 누빈 소매, 턱밑에서 묶게 돼 있는 그로그랭• 끈을 누가 만들까? 아마 디자인하는 사람이 없을지도 모른다. 어쩌면 란제리 공장의 선반에 쌓여 있는 노란 면직물 속옷처럼 기계적으로 생산해낼지도 모를 일이다. 그리고 또, 무슨 이유로 어떤 때 베드재킷을 입는단 말인가? 이것은 남에게 감춰야 할 속옷인가, 아니면 겉옷인가? 이것을 입은 채 잠을 자는가, 아니면 자기 전에 벗어놓아야 하는가? 혹시 설명서라도 딸려 있는가?

"마치 먼 데 가 계신 것처럼 보여요, 어머니."

"그저 주디가 나를 기억해주다니 정말 기분 좋은 일이라고 생각하고 있었다."

"그 애는 어머니를 좋아해요. 아시잖아요."

"난 한 번도 베드재킷을 가져본 적이 없었다."

"그걸 입은 모습이 보기 좋은데요. 리치아 박사님이 보러 올 때까지 그냥 입고 계세요. 박사님이 온갖 찬사를 늘어놓을 테니까요."

"그는 지겨운 사람이야."

"그렇게 나쁘지는 않아요. 어서 말씀해보세요. 그의 속눈썹을 보지 못하셨다고는 하지 않으실 테죠? 그 사람 정말 매력적인

• 올이 조밀하고 뚜렷한 가로무늬가 있는 직물

남자예요. 어서 그렇다고 하세요."

"글쎄다."

"그게 무슨 말씀이세요. 솔직히 전 황홀할 지경이라고 생각해요. 어머니도 짐짓 같은 생각이실 거라는 거 알아요."

"흠……."

앨리스는 릭 목사에게서는 그런 황홀한 느낌을 받지 못했다. 그녀는 그런 타입을 잘 알고 있었다. 어느 날 목사가 카나리아야자에 나타났을 때 앨리스는 냉담하게, 거의 무례하다고 할 정도로 인사를 나누었다. 그러곤 자리를 떠야겠다고 하고는 목사가 어머니와 단둘이 얘기를 하도록 놔두었다.

아무 말이 없었어도 플렛 부인은 앨리스가 단지 복음의 강요로부터, 죄의식으로 포장된 상품을 팔러 이 집 저 집 돌아다니는 이 행상인으로부터 몸을 피하고 싶었던 것뿐임을 알고 있었다. 중년에 접어든 앨리스는 자기 어머니가 이미 흠 하나 없는 (아무튼 충분하리만큼 깨끗한) 영혼의 소유자라고 믿고 있었기 때문에, 이 죄악에 걸신들린 유령이 이렇게 늙고 병들고 허약한 사람을 찾아온 데 분노했던 것이다.

그렇지만 플렛 부인과 릭 목사가 오늘 나눈 대화는 나이 든 영혼과 구원이라는 꿈같은 얘기와는 완전히 다른 것이었다.

"전 게이예요." 릭 목사가 플렛 부인에게 말했다. "동성애자이지요. 신학을 공부할 때만 해도 그 사실을 몰랐답니다. 그러고 나서 제 실체를 알게 된 거랍니다. 한동안 저는 그 사실을 비밀에 부쳐두었습니다. 그러다가 한두 사람이 알게 되더니 다음엔 대여섯 사람, 그리고 이제는 모두가 다 알게 됐습니다. 제 어머니만 빼놓고 말입니다. 그게 제가 안고 있는 문제랍니다. 어머니께 그 사실을 말해야 할까요, 아니면 숨겨야 할까요? 저는 부인께서 제 어머니 연배이실 거라고 생각했습니다. 사실 제 어머니는 아직 예순 살밖에 되지 않았지만, 웬일인지 부인을 보면 어머니 생각이 나더군요. 전 어떻게 해야 좋을지 모르겠어요. 어머니는 계속 저보고 참한 아가씨를 만나 자리를 잡으라고 하십니다. 그래서 전 집에 가는 일이 내키지 않는답니다. 어머니가 저를 보면 또 그 얘기를 꺼내실 테니까요."

이 순간 플렛 부인의 일부는 눈을 감고 잠들어버리고만 싶었다. 그리고 얼마든지 이 일에서 피할 수도 있다는 것을 알고 있었다. 고령에 접어든 노인에게는 그럴 특권이 있는 법이다.

그건 너무나 성가시고 괴로운 일이었다.

눈 뒤에서 요란한 소리가 나는 느낌이었다. 그녀는 자신이 이러한 고백에 우쭐해지는 한편 분개하고 있다는 것을 알았다. 우선, 분명 자기가 좋아할 것 같지 않은 릭 목사의 어머니와 아무렇게나 한 덩어리로 취급당하고 있다는 데 기분이 상했다. 솔직히 말해서 그녀는 릭 목사를 별로 좋아하지 않았다. 아니, 지금까지 좋아한 적이 없었다. 그의 열의에는 어딘가 탐욕스러움이 느껴졌던 것이다. 게다가 어깨는 축 처지고 셔츠 깃은 이로 씹은 것 같았다. 다른 한편으로, 이 젊은이는 오직 그녀와 의논하기 위해서, 그녀의 지혜를 구하기 위해서 살인적인 더위에도 카나리아야자까지 그 먼 길을 달려왔다. 이런 일은 플렛 부인의 생애에 자주 있는 일이 아니었다. 사실이지 한 번도 없었다. 게다가 앞으로 이런 일이 다시는 일어나지 않으리라.

이윽고 그녀가 입을 열었다. "게이가 되지 않으려고 노력해봤나요?"

"뭐라고요?" 그는 눈앞을 가린 머리카락을 고개를 흔들어 치워내면서 말했다.

"무슨 얘긴지 아시잖아요. 여자친구를 만나서 자신이 그런 여자친구가 생긴 것을 정말 좋아한다는 사실을 알게 될지 알아보는 일 말이에요. 어쩌면 자기 자신에 대해 새삼 놀라운 면을 발견하게 될지도 모르죠. 내 말은, 목사님 자신의 태도를 바꿀 수도 있지 않겠느냐는 거예요."

"게이가 된다는 것은, 플렛 부인. 태도를 어떻게 취하느냐 하는 문제가 아닙니다."

그녀의 말이 그의 기분을 거스른 것이다. 고개를 돌려 똑바로 보지 않더라도 그의 온몸이 경직됐다는 것을 알 수 있었다. 이 일이 그녀로서는 참을 수 없었다. 상처를 입히는 쪽이 된다는 것. 그녀의 가장 큰 약점은(그녀는 언제나 이 점을 잘 알고 있었는데) 남에게 상처를 줄지도 모른다는 두려움이었다. 다시 말해서 자신이 이미 받았던 상처보다 더 큰 상처를 상대방에게 입힐까 하는 두려움이었다.

그래서 짜증이 났음에도, 또 신문에서 에이즈에 관한 기사를 읽어보았음에도 그녀는 손을 내밀어 그의 손을 잡았다. 그러자 그 역시 그녀의 손을 마주 잡았다.

플렛 부인은 얼마간 침묵하다 입을 열었다. "어머니에게는 말하지 마세요."

"하지만 계속 이런 식으로 거짓말을 하며 살 수는 없습니다."

"왜 안 된다는 거죠?" 그녀는 잠시 말을 멈췄다. "대부분은 그렇게 하는데요."

"기독교 신앙을 진지하게 받아들인다면 어림도 없는 얘기입니다."

"목사님의 어머니께서는 이미 알고 계실 거예요." 그녀가 어딘지 심술궂은 기미가 보이는 말투로 말했다.

문득 플렛 부인에게는, 지금 이 순간 릭 목사의 어머니가 그들과 함께 그 방에 있기라도 한 것처럼 느껴졌다. 그리고 실제로는 괜찮은 여인이라는 사실도. 활기에 넘치는 여인. 미소로 가득 찬 얼굴.

"이런 식으로 말해보죠. 목사님의 어머니는 반쯤은 알고 계세요. 얼마 안 가서 완전히 알게 되겠죠. 그렇게 될 거예요, 사람들은 알게 돼 있어요. 그러니 굳이 두 분이 이 일에 관해 의논할 필요가 없을 것 같군요. 목사님께서 조금이라도 원치 않는다면 말이죠."

(그녀는 자신이 방금 한 말에 약간의 긍지를 느꼈다.)

"하지만 계속 이런 장벽을 안고 살아야 하잖습니까!" 그가 바보처럼 들릴락 말락 한 음성으로 말했다.

그는 이제 울고 있었다. 코를 훌쩍이면서.

"갑자기 몹시 피곤해지는군요. 이 약들 때문이에요."

"부인이 사셨던 시대에는 달랐겠죠. 그 당시만 해도 사람들은 마음을 터놓고 살지 않았으니까요. 그때 사람들은 마치 동화 속 주인공이나 되는 것처럼 살았어요."

"정말 너무 졸리네요." 그녀는 목이 욱신거렸다. "아무래도 이만 실례해야 할 것 같아요."

"하느님의 축복을 빕니다, 플렛 부인."

하느님의 축복을 빈다는 말을 들으면 뭐라고 대답해야 하나?

"안녕히 가세요." 플렛 부인은 단호한 어조로 이렇게 말하고는 눈을 감고 머리를 베개 속에 묻었다. 다음 순간 그녀는 어머니다운, 할머니다운, 여성다운 축복의 은전을 베풀었다. "운전 조심하고요."

그녀는 수표를 쓰다가 달을 잊곤 했다. 얼마 후에는 몇 년도인지를 잊었다. 노망이 들어 기억력이 없어진 것이다. 새는 곳이 생긴 것이다. 뇌의 성분이 마치 부푼 우편 봉투 속에서 공기가 새듯 빠져나가고 있었다. 온몸 구석구석에서 그런 일이 벌어지고 있었다. 그녀는 딸에게, 이제 머리에도 개심수술 같은 심장수술이 필요하다고 말했다.

"설마." 앨리스가 다정스럽게 말했다.

이제 그녀는 툭 하면 화를 냈다. 꽃병에 꽃이 시들어 지저분해져도, 오줌 냄새만 맡아도. 그것이 자신의 오줌에서 나는 냄새인데도 말이다. 그녀는 심술궂은 노파로 변해 있었다. 하지만 정말로 그런 것은 아니었다. 마음속은 여전히 섬세하게 진동하는 젤리 그릇과도 같았다. 현명한 원예부인. (한때 그녀가 원예부인이었다는 사실을 기억하는가?) 언제든 찾아와 의지하고 급박할 때는 전화를 걸 수 있는 사람이었던 것이다.

*

이 지상의 틈바구니에 그렇게도 많은 유머가 들어 있다는 사실에 플렛 할머니는 놀랐다. 사실이지 그것은 수백 가지나 되는 이끼 종류처럼 도처에 있었던 것이다. 거의 매일같이 그녀는 신문 지상을 통해서 그런 것들을 한두 가지씩 보곤 했다. 또는 〈굿모닝 아메리카〉 같은 방송을 들을 때면 저절로 입가에 미소가 맴돌았다. 그렇지 않더라도 그녀가 있는 층에서는 어떤 재미난 일이 벌어졌다. 간호사들은 들락거리면서 한참 유행하고 있는 농담을 주고받았다. 이렇게 늙고 병든 사람에게까지 코미디가 손을 뻗치리라는 것을 누가 생각이나 했을까?

그 점에 있어선 허영심도 마찬가지였다. 허영심은 결코 사그라지지 않았다. 아무런 자극도 없는 일상생활에 짜릿한 사탕처럼 갖가지 크기의 자극을 선사했던 것이다. 그녀는 침대용 쟁반 뒤편에 교묘하게 숨겨놓은 거울에 얼굴을 비춰보며 이렇게 말하곤 했다.

"여기 내 인생의 동반자가 있군. 한때는 그녀의 가슴속에 있었는데, 그런데 이제는 눈 가장자리에 쪼그린 채 앉아 있구나."

그럼에도 그녀는 리치아 박사가 회진하는 아침이면 립스틱을 살짝 바르고 파우더로 콧등을 두드렸다(그녀가 가장 좋아했던 우드버리만큼은 포기할 수밖에 없었지만), 그런데 어떻게 그래야 할 줄 알고서 파우더 바를 기운을 낼 수 있었을까?

또한 손톱도 수시로 점검했다. 지난주에 손톱 미용사를 오도록 한 이는 앨리스였다. 당연한 일이지만 처음에 플렛 부인은 완강하게 저항했다. 그녀는 지금껏 전문가로부터 손톱 미용을 받아본 적이 없었던 것이다. (그건 말도 안 되는 사치였다!) 그래도 앨리스는 고집을 굽히지 않았다. 분명 기분 전환이 될 거라고 하면서. 그래서 플렛 부인은 두 손을 비눗물처럼 보이는 여러 가지 액체에 담갔다. 그런 다음 젊은 여자가 자기의 무릎 위에 플렛 부인의 손을 얹더니 타월로 부드럽게 물기를 닦아냈다. 큐티클은 깨끗이 다듬어지고 손톱은 완벽한 타원 모양을 갖추게 되었다.

"달 모양이 나오시겠어요, 아니면 평평한 모양으로 해드릴까요?" 손톱 미용사가 물었다.

"어느 쪽이 나을 것 같아요?" 플렛 부인이 물었다.

"글쎄요. 그럼, 이렇게 해보시죠." 그러면서 손톱 미용사는 설명을 시작했다.

그것을 결정하는 데는 진지한 논의가 필요한 게 분명했다. 결국 프렌치 스타일로 낙착을 보았다.

"그러면 우아하면서도 청결한 느낌을 주게 되죠. 여름철에 어울리는 거예요."

마치 플렛 부인이 이제 곧 몇 차례의 가든파티에 참석하거나 새러소타의 최고급 레스토랑에 갈 예정이라도 되는 것처럼 말이다.

그녀는 황갈색으로 칠한 열 개의 아름다운 손톱을 조심스럽게 시트 밑에 넣고 있었지만, 삼십 분도 채 되지 않아서 손을 꺼내 햇빛에 비추어 살펴보았다. 아침에 눈을 뜨면 맨 먼저 보는 것도 그것이었으며, 밤에 마지막으로 보는 것도 그것이었다. 사실상 거의 끊임없이 손톱을 의식하고 있었다. 손톱들은 옆구리에서 가볍게 펄럭였는데, 그 가벼움은 팔목을 타고 팔뚝으로, 이어서 전신으로 흘러 들어갔다. 손톱은 정말 우아해 보였다! 새것같이 보였다. 그녀의 육체가 겪은 손실과 파괴 정도를 염두에 둔다면, 최근 그녀가 보인 이런 바보 같은 행동을 쉽게 이해할 수 있을 것이다. 그러나 손톱에 대한 이런 관심의 집중은 거의 강박감에 가까운 것으로서, 파우더와 립스틱으로 나타난 정상적인 허영심의 왜곡이었다. 그 의미를 생각해본 그녀는 부끄러워졌다. 이런 작은 일에 이토록 즐거워하다니, 그동안 살아온 자신의 인생이 얼마나 초라하고 대가 없는 것이었던가. 주의하지 않으면 자칫 끊임없이 자신이 누린 축복이나 계산하고 있는 가련한 미치광이 신세로 전락하고 말 터였다.

"혹시 발톱에 매니큐어 바르는 것도 생각해보셨어요?" 앨리스가 물었다.

영상들이 머릿속으로 날아 들어왔다. 그 영상들은 환자 휴게실에 있는 대형 TV 화면보다 훨씬 더 선명했다. 섬광처럼 강렬한 혼란. 귓속의 웅얼거림. 그녀는 원하는 때면 언제든 그 음량을 조절할 수도 있었다.

일곱 살의 그녀가 클래런틴 아주머니의 정원에 서서 금어초 위로 몸을 굽히고 있다. 금어초의 주둥이가 열렸다 닫혔다 하도록 손가락으로 잡으면서. 금어초에는 이빨과 작은 혀도 있었다. 다른 사람들은 이 사실을 알고 있을까? 그녀는 산파 가지 하나를 꺾어서 빨아본다. "데이지" 하고 부르는 소리가 들린다. 저녁을 먹으라는 소리다. 클래런틴 아주머니는 오늘 저녁에 팬케이크를 해주기로 약속했다. 이 모든 것들, 팬케이크에 대한 생각, 산파의 따가운 감촉, 꽃 속에 숨어 있는 목구멍, 햇살, 자신의 이름을 부르는 소리…… 그녀는 갑자기 엄습해오는 흥분으로 현기증을 느낀다. 너무나 강렬해서 금방이라도 죽을 것 같았다.

눈이 내리자 단번에 이웃의 집들, 울타리를 친 작은 뜰은 희고 부드러운 모피로 덮인 듯 하얗게 변했다. 그 시절에는 그런 눈을 봄의 서벗이라고 부르곤 했다. 그녀는 침실 창턱에서 눈을 한 움큼 떠서는 견딜 수 없을 때까지 이마에 대고 있었다. 그건 일종의 시험이었다. 용기의 시험. 달빛은 차고 맑았다.

그녀는 아름다운 것을 보았다. 길 위에 아주 아름다운 무지개 빛깔로 반짝이는 것. 그것은 길에 아로새겨진 무지개 같았다. 그녀가 발견한 이 놀라운 것을 아는 사람은 아무도 없었다. 그러나 그녀는 이웃에 사는 나이 든 여자애한테 그 얘기를 하고 말았다. 그건 실수였다. 그 여자애는 냉정한 어조로 이렇게 말했던 것이다.

"이건 기름일 뿐이야. 길 위에 떨어진 기름이라고, 그렇게 소란 떨 건 없어."

또다시 여름이 왔다. 그녀는 풀잎 하나를 뜯어서 손톱으로 가른 다음 엄지손가락 두 개 사이에 끼고 불었다. 누군가 이렇게 하는 법을 가르쳐주었는데, 누구였는지는 기억나지 않았다. 아주 쉬워. 어때, 울음소리가 나지 않니? 미치광이가 비명을 지르는 것 같지? 하면 할수록 솜씨가 좋아진다고. 한 번 배우면 잊어버리는 법이 없지. 넌 다른 사람들과 똑같아. 남들이 하는 거라면 너도 할 수 있다니까.

갈색 낙엽을 태우려고 갈퀴로 긁어 한데 모아놓았다. 그녀는 잠깐만이라도 그 위에 누워보고 싶었다. 시선을 위로 하고 그 바삭거리는 낙엽 위에 똑바로 누워 있고 싶었다. 그녀는 두 팔을 펼친 채 뒤로 벌렁 누웠다. 그러자 순식간에 그처럼 빽빽하게 뒤엉켜 있던 나뭇가지며 울타리, 헛간, 집들이 만화처럼 펑 하며 터지고 그 자리에는 아무것도 없는 그저 끝없이 푸르기만 한 하늘이 나타났다. 그게 전부였다. 그녀는 유리로 된 천체 속에 떠 있는 것 같았다. 실제의 안정된 그림으로 몇 번이고 되돌아갈 수 있었다. 그 광경은 평생 동안 머릿속에 남을 테지만.

이름이 뭐지?

데이지.

성은?

데이지 굿윌이에요.

'데이지'라는 말이 무슨 뜻인지 아니? '낮의 눈Day's Eye'이란다.

그래요. 저도 알고 있었어요. 잠깐 잊은 거예요.

그러고 보니 데이지 꽃은 정말 눈처럼 생겼다. 둥글고 눈썹이 달려 있는, 위를 바라보는 눈.

떴다 감았다 하는 눈.

데이지 굿윌의 머릿속에 떠오르는 영상들에서 이상한 점은 그녀가 언제나 혼자라는 사실이었다. 멀리서 목소리가 들리기도 하고 사람 그림자라든가 말을 거는 사람도 있었지만, 그래도 그녀는 여전히 혼자였다. 사람은 누구나 그것이 용기 있는 순간이든 부끄러운 순간이든 적어도 한 사람의 증인을 필요로 하게 마련이다. 그런데 플렛 부인은 이런 특권을 누리지 못하고 말았다.

이 일이 그녀의 마음을 아프게 했다. 그녀는 그 일을 견딜 수 없었다. 여든 살이 된 지금 이 순간에도.

플렛 할머니는 자신이 두서없이 얘기하며 같은 소리를 되풀이하고 있다는 사실을 알고 있었다. 그런데 앨리스는 고맙게도, 말을 중단시키며 '전에도 그 얘기를 했다고요, 어머니' 하고 말하는 법이 없었다.

지금 플렛 할머니가 애쓰고 있는 유일한 일은 머릿속에 있는 사실들을 정돈하는 것이었다. 추억의 무게를 고르게 안배하는 일이었다. 인생의 한 막 한 막을 가지런히 정리하는 일이었다. 어떤 순간에 대해서는 새삼스럽게 애정이 솟아나기도 했다. 그것들은 한 줄에 꿰인 구슬 같았다. 그런데 그 줄이 점점 삭고 있었다. 그와 동시에 그녀는 자기 앞에 놓인 그 일이, 상상력의 노력으로 결말지어야 하는 일이라는 것을 알고 있었다. 그것은 억압되고 밝혀지지 않은 얘기를 무덤덤하게 회고한다고 해서 가능한 일이 아닌 것이다.

여기에는 수많은 말들이 동원되어야 했다. 그리고 한 가지 의문도 있었다. 대체 살아온 삶에 관해 이야기한다는 것이 무엇일까? 사실을 순서대로 늘어놓는 것인가, 아니면 솜씨 좋게 빚어낸 인상인가?

자신이 두려워하는 일들까지 한데 끌어모으는 것인가? 아니면 순간적으로 떠오른 사실들, 끝없이 늘어나는 자잘한 일들까지 더해야 하는 일인가? 이 끝도 없는 일에 대해 생각할 조용한 장소가 필요했다. 그리고 누군가(그것이 누구든) 들어줄 사람이 필요했다.

그렇지만 이미 음미되고 축적되어 기왕에 존재하게 된 일들로 자꾸만 돌아가고자 하는 욕망은 탐닉이나 다를 바 없다. 아마 지금처럼 앨리스의 귀에 대고 떠들거나, 가엾은 리치아 박사를 지겨워 죽도록 만들 필요는 없으리라. 그녀는 자신을 호되게 나무랐다. 그녀도, 끝없이 자기 관심사만 늘어놓는 저 메리앤 매켄리만큼이나 나쁜 것이다. 그보다는 다른 사람 생각을 하자. 다른 사람을 우위에 놓자.

꼬마 에마가 죽었다. 어쩌면 다운증후군을 앓는 다른 아이들과 함께 어떤 시설에 수용된 것인지도 몰랐다. 좀더 매정했던 시절에는 그 애들을 몽고증 환자라고 부른 적도 있었다.

건강을 걱정하여 플렛 할머니에게 에마에 관해 말한 사람은 아무도 없었다. 하지만 그녀는 어떻게 해서인지는 몰라도 그 사실을 알고 있었다. 지금 그녀의 침대 곁에는 워런과, 플렛 할머니가 이름을 기억할 수 없는 그의 새 아내가 그녀 쪽으로 시선을 둔 채 서 있었다. 방과 창문은 옆으로 비스듬히 누워 있었으며, 그녀의 혀는 말려 있었다. 그녀는 물을 한 잔 달라고 말하려 했지만 그 간단한 표현을 할 수 없었다. 그 대신 그녀는 "몽고증" 하고 말했다. 놀라운 빛이 워런의 얼굴에 떠오르더니 이윽고 탄력 있어 보이는 목덜미로 번져나갔다. 그녀는 표정이나 부드러운 말로 아들을 위로해주고 싶었지만, 혼란에 싸인 채 뭔가에 짓눌려 있는 몸이 말을 듣지 않았다. 그녀는 쌀쌀맞게 굴 작정이 아니었다. 눈을 감은 그녀는 정신을 집중하고 아들과 젊은 며느리를 생각 밖으로 몰아냈다. 뭔가 끝없이 복잡한 것이, 비밀이 아니면 꿈같은 것이 눈꺼풀의 얇은 피부에 아로새겨지는 느낌이었다. 어떤 영화의 한 토막이.

앨리스가 돌연 리치아 박사와 결혼했다. 그녀는 그를 따라 자메이카로 가서 바닷가에 있는 아름다운 방갈로에 살고 있었다. 그들에겐 아이가 있었는데, 속눈썹이 길고 태도가 공손한 귀여운 아이였다.

아니, 이건 사실이 아니야. 플렛 부인은 또다시 꿈을 꾸고 있었다.

어떻게 이런 헛된 영상이 떠오르는 거지?

생각해, 생각을 하라고. 그녀는 속으로 중얼거렸다. 정신 차려.

리치아 박사는 이미 결혼한 사람으로 두 아이의 아버지였다. 플렛 할머니는 켄징턴파크에 있는 식민지풍의 주택 앞에서 찍은 리치아 가족의 사진을 본 적이 있었다.

앨리스는 영국으로 돌아갔다. 여름 방학이 끝난 것이다. 다음 주면 다시 학기가 시작될 터였다. 그녀는 이미 주말에 파티를 열어 열두어 명쯤 친구들을 부를 계획을 짜고 있었다. 모로코 음악과, 커리 음식, 차가운 맥주를 준비하고 자신은 현대적인 귀고리로 섹시하고 풍자적인 차림을 하리라. 그녀는 베이사이드 타워의 콘도를 살 사람을 찾아냈으며, 어머니의 대리인 자격으로 몇 가지 서류를 처리했다. 서명도 하고 앞날을 위한 몇 가지 대비도 해놓았다. 앨리스는 플로리다를 다녀온 사람답게 멋지게 그을린 모습으로 비가 내리는 햄스테드로 돌아왔다. 모두가, 그녀의 어머니까지도 플로리다에서 그을려봤자 오래가지 않는다고들 말했지만 말이다. 신경쓸 것 없어. 크리스마스 때 다시 갈 거니까, 인생 패턴은 수정과 적응의 오랜 편력을 따라 끊임없이 변화하며 전개되고 있었다. 살아가면서 패턴을 결정할 것이다. 이것은 한창때 그녀가 생각했던 삶이 아니었지만, 결국은 이런 식으로 될 것이다.

그녀의 마음속에 어떤 생각이 떠올랐다. 뭔가 투명하리만큼 단순한 생각, 자신이 늘 알고 있었던 생각, 그러나 결코 명확하게 나타나지 않던 생각. 그것은 바로, 우리가 살아 있는 동안 죽음의 순간이 다가온다는 것이었다. 인생은 그 최후의 어둠을 향해 곧장 전진한다. 그러다가 누군가와 딱 부딪치는 극단적인 상황. 그 둘은 숨결로도, 한 번의 눈 깜박임으로도 구분할 수 없다. 인간은 오로지 그 최후의 순간까지 음식과 일과 날씨와 대화의 일상적인 음악에 맞춰 끊임없이 앞으로 나아갈 수 있다. 어느 것 하나 잃지 않기 위하여.

앨리스는 스스로도 놀랄 만큼 이 생각에 골몰한 나머지 어머니에게 자신의 느낌을 말할 수밖에 없었다.

그녀의 어머니 데이지 굿윌은 사그라지는 육체 안에서 여전히 살아 있었다. 좋은 날도, 궂은 날도 있는 기복 속에서. 그녀는 의외로 잘 버티고 있었다. 모두 그렇게 말했다. 앞으로도 이런 식으로 몇 년은 너끈히 살 수 있을 거라고.

TH E
ST O
N
E
DI A
R IE
S

제10장

죽음

데이지 (굿윌) 플렛은 199X년 X월 X일 플로리다 새러소타에 있는 카나리아야자 요양원에서, 오랜 병마를 참을성 있게 견디고 난 후 평화롭게 영면했다.

플렛 '할머니'보다 먼저 사망한 그녀의 남편 바커 플렛은 종자교배에 있어서 캐나다의 저명한 권위자였다. 유족으로는 영국 햄스테드에 살고 있는 딸 앨리스 굿윌 스패너와, 오리건 주 포틀랜드에 살고 있는 딸 조앤 및 사위 로스 테일러, 그리고 뉴욕 시에 살고 있는 아들 워런과 며느리 페기, 토론토에 살고 있는 종조카 빅토리아와 종질부 루이스 로이가 있다. 고인은 벤저민, 주디스, 레이철, 레인, 텔러, 베스, 리사, 질리, 그리고 에마(?)의 경애하는 조모였으며, 매들린, 앤드루, 모디카이, 그리고 쌍둥이 소피와 휴의 사랑하는 증조모였다.

추도 예배는 카나리아야자 교회에서 10시에 진행된다. 화환은 사절하며, 매장은 예배 이후에 롱 키 공동묘지에서 거행될 예정이다.

데이지 굿월 플렛을 기리기 위해
꽃다발은 고맙게 받아들여졌다
그녀는 정원과 아이들, 추억의 풍선 같은
자라나는 것들 모두를
흔쾌히 받아들였을 뿐 아니라
그 일에 유능하기도 했다
하지만 고독과 침묵의 그림자에
에워싸일까 두려워했는데
그녀는 그것을 곧
자신의 인생으로 삼았다

데이지, 데이지
답을 맞혀봐요

데이즈 아이, 데이즈 아이
거울 속의 얼굴이 바로 당신

"이게 어머니의 침대 서랍에 있었어. 이 작은 우단함 말이야."
"그런데 이게 뭐지? 이건 꼭……."
"바로 그거지 뭐야. 깎은 손톱이라고. 아마 어머니 것일 거야."
"맙소사."

데이지 플렛(처녀적 성은 굿윌), 그녀는 역사적 우연 때문에, 경솔함 때문에, 무지 때문에, 기회와 용기가 없었기 때문에, 오랜 생애에 단 한 번도 다음과 같은 스릴 넘치는 모험을 경험할 수 없었다. 유화, 스키, 항해, 알몸 수영, 에메랄드 보석, 담배, 오럴 섹스, 피어스, 물침대, SF, 포르노 영화, 종교의 무아경, 트러플, 키르슈•, 할라피뇨, 베이징 오리, 비엔나, 모스크바, 마드리드, 그룹 세러피, 전신 마사지, 굶주림, 훈장, 견책 등등. 그녀는 자동차를 몰아본 적도, 복권을 산 적도 없었다. 반면에 다른 사람에게 얼굴이나 몸을 얻어맞은 적도 없었으며, 독서용 안경을(한숨을 지으며) 머리 꼭대기에 걸친 적도 없었고, 성형 수술이나 요가를 해볼 가능성을 염두에 두고 알아본 적도 없었으며(놀림을 받을까 봐), 스스로에게 다정하게 대하고 스스로를 믿으며 스스로를 위해 일하라는 잡지 기사에 몰두해본 적도 없었다. 또한 자신이 사랑을 받은 적이 있다는 사실을 알고 있었음에도, 큰 소리로 '사랑해, 데이지'라고 말하는 소리를 단 한 번도 들어보지 못했다. (그렇게 간단한 표현인데도 말이다.) 죽기 얼마 전, 길고 희미하며 불규칙적인 잠 속에서라도 이 부당한 일에 대해 생각해볼 만큼 야무지지도 못했다. (그럴 여유도 없었지만.)

"하느님의 가호가 있으시기를." 어머니가 사망했다는 연락을 받았을 때 저명한 체호프 연구가인 앨리스 굿윌 스패너는 이렇게 외쳤다.

• 버찌를 증류한 과일 브랜디

"어머니의 인생은 한때 섭씨 0도를 밑돌았지." 로어맨해튼 공립학교의 음악 교사인 워런 플렛이 말했다.

"어머닌 녹초가 되셨어." 플렛 집안의 막내딸이자, 이제 쉰 살을 바라보는 무직자 조앤 테일러의 말이다. "그분의 인생이 그분을 녹초가 되게 했고, 그다음엔 죽음이 그분을 녹초가 되게 한 거야."

"할머닌 언제든 준비가 돼 있다고 하신 적이 있지." 수상 경력이 있는 고식물학자인 빅토리아 루이스 플렛 로이가 말했다. "하지만 그런 일에 누가 준비를 할 수 있겠어?"

"어머니의 머리는 일종의 조절 능력이라고 할 만한 능력을 갖췄지. 언제든 원할 때면 필요한 생각을 끌어내서 들여다볼 수 있었다고."

"어처구니없어라. 언젠가 어머니가 '어처구니없어라' 하고 말하는 소리를 들은 적이 있어. 그냥 입 밖으로 튀어나왔다고."

"'몽롱함은 신성한 거야'라는 표현도 곧잘 쓰셨지."

"정말?"

"종종 어머니는 마치 그곳에 없는 것 같았어. 똑똑, 여보세요, 집에 아무도 없나요?"

"그 옷차림은 또 어떻고! 어머니가 입는 옷은 돈을 너무 적게 들인 건지, 아니면 너무 많이 들인 건지 알 수 없을 정도였다고. 사 년 늦게 태어나셨더라면 유행하는 패션이 됐을 거야. 아니면 이십사 년쯤 늦던가 말이야."

"저런."

"어머니는 사람을 피했어."
"그래, 하지만 그건 일종의 적대감일 수도 있어."
"뭐라고?"
"들었으면서 뭘 그래."

파랑새, 소녀 봉사단, 미국 걸스카우트 연맹, 튜더 연구반, 역사 동아리, 기독교 연구반, 알파 제타, 채석장 클럽, 교회 여성 연합회, 어머니 연맹, 애로루트 요리 클럽, 머츠모 학부모회, 오타와 원예학회, 아름다운 교구위원회, 칼튼 카운티 심장 기금, 리도 오찬 경연회, 온타리오 종자 수집회, 베이 여성 공예 클럽, 꽃의 자매.

"절대 안 돼. 난 어머니의 육신 어느 한 부분이라도 기증되는 걸 원치 않아."
"그냥 생각일 뿐이야."
"어쨌든 모든 부분이 낡았을 텐데 뭘."
"난 그냥 생각만 했던 거라고."

데이지 굿윌 플렛을 추모하며
1905년-199X년

건전한 정신의 소유자이며
악의가 없었고
집안의 반대를 무릅쓰면서도
고통을 겪은 후

심사숙고한 끝에
염려와 난관과 사죄와 더불어
죽음 앞에 홀로 눕기로 결심한
데이지 굿윌을 추모하며

"어머니가 언니에게는 뭘 남기셨어?" 조앤이 전화기에다 대고 외쳤다.

(대서양 연결 회선이 불량했던 것이다.)

"바구니." 앨리스가 얼굴을 찡그리며 말했다.

"바구니라니, 대체 그게 뭐야?"

"예전에 정원에서 쓰던 바구니 있잖아. 커다란 링 손잡이가 달린 곰팡이 슨 물건 말이야."

"기억나는 것 같아. 희미하게 말이야. 하지만 왜지?"

"모르겠어. 네가 아스파라거스용 은그릇을 받은 것과 같은 이유일 테지."

"맙소사."

"그런데 워런은 뭘 받았는지 알아?"

"몰라. 뭔데?"

"어머니의 대학 시절 노트야. 논문도 있지. 모두 손으로 쓴 거란다. 모두 큰 상자로 하나 분량이야."

"마지막 순간에 결국 노망이 드신 게 아닐까?"

"어쩌면 그저 장난일지도 모르지."

"어머니는 절대로 장난하실 분이 아냐."

"글쎄, 그건 모르겠구나."

"빅토리아는 레이디스 슬리퍼를 받았대."

"저런, 그 오래된 걸 가지고 뭘 한대?"

"그 애가 그걸 원했다던데, 적어도 그렇게 말했어."

"이제 그밖에 모든 일은 깨끗이 정리된 셈이로구나. 재산 등등 모든 것이 말이야."

"그 점에 대해선 어머니의 회계사한테 고마워해야겠군."

"그리고 변호사한테도. 비록 돈에 꽤나 손을 댄 것 같지만 말이야."

"카나리아야자를 생각해봐!"

"정말 그렇구나."

"난 이런 문제에 대해 얘기하는 것조차 죄의식이 느껴져. 생각하는 것만으로도 말이야."

"그건 나도 그래."

"하지만 모두가 다 이런 식으로 생각할 것 같아."

"물론이지."

"그럼 이제 우리가 뭘 할 수 있지?"

"아무것도 없어."

올해 미국 가정의 74퍼센트가 주거지를 개선하거나 유지하는 데 1천 달러 이상을 썼다고 한다. 라디오 뉴스에서 나온 얘기다. 아니면 내가 그렇다고 상상하는 것인지도 모른다. 그런데 내가 이런 일을 왜 알아야 한다는 걸까? 이런 쓸모없는 지식 나부랭이가 마음을 달래주기라도 한다는 걸까? 그렇지 않다. 더구나 이미 온갖 일로 가득 찬 인생의 맨 끝에 이르렀을 때는 더욱 그렇다.

그것 외에 달리 어떤 할 말이 있겠는가?

1927년 데이지 굿윌 호드의 란제리 목록

손으로 놓은 수와 드론워크*로 장식된 실크 크레이프와 발랑시엔 레이스 예복 2벌(셸핑크**와 아이보리).
슬립 12벌.
슈미즈와 팬티로 된 프렌치 세트 12벌(복숭아색, 크림색, 파란색, 갈색).
잠옷 6벌.
얇은 견직과 샹티 레이스로 된 네글리제 6벌.
실내복 2벌(체크무늬 양모 1벌, 코르덴 면직 1벌).
'플레이밍 유스' 브래지어 6벌.
실크 저지와 광택 면직으로 된 '팬지' 브래지어 6벌.
핑크색 일제 실크로 된 캐미솔 3벌.
측면에 신축성 있는 삽화가 부착된 실크 저지의 고사드 댄슬릿 거들 2벌.
실크 스타킹 12켤레.
면 스타킹 12켤레.
비치 파자마 슈트 3벌(오렌지색 새틴, 쥐색을 띤 파란색, 황토색).
기모노 6벌(검은색, 파란색, 적회색, 장미색, 복숭아색, 옅은 자주색).

* 천의 씨실이나 날실을 뽑은 뒤 그 자리에 여러 가지 무늬를 넣는 서양 자수
** 흰색 또는 노란색이 섞인 분홍색

100퍼센트 양모로 된 켈러만 수영복 2벌(검은색, 쥐색을 띤 파란색).

편물 비치 케이프 1벌.

수영 모자 1개.

갖가지 양식의 앞치마 6벌.

"어머니가 수를 놓는 줄 몰랐어."

"이건 아름다운걸."

"정말 어머니가 수를 놓았을까?"

"이 오른쪽 구석에 있는 작은 데이지 꽃을 봐."

"정말 데이지 꽃이 있네."

"이건 일종의 서명일 거야."

"설마!"

"간호사들은 늘 어머니가 온순한 분이라고 얘기했지. 누구한테나 미소 띤 얼굴로 대했다고 말이야."

"라디오를 부서뜨렸을 때만 빼고. 어머니는 그것을 바닥에 내동댕이쳤어."

"그건 사고였는지도 모르잖아."

"아니라니까."

"정말 알 수 없는 것은 어째서 어머니가 우리한테 이 첫번째 결혼에 대해서 한 마디도 하지 않았느냐는 거야."

"돌아가시고 나서 우리가 알아내리라는 걸 아셨어야 했는데. 서류들이 고스란히 남아 있잖아. 결혼 증서, 신문 기사 등등."

"호드야! 그 사람 이름이 호드였어."

"해럴드 호드였군."

"두꺼비(토드)하고 운이 맞는걸. 말이 되는데."

"하지만 이 사진을 봐. 그 사람 꼭 영화배우같이 생겼어. 물론 무성영화 말이야. 멋지잖아."

"그런데 어째서 우리에게 아무 말씀도 없으셨던 걸까?"

"생각 좀 해봐. 어떻게 그렇게…… 그렇게 끔찍한 일을 얘기할 수 있었겠어."

"충격을 받으셨던 모양이야."

"난 잘 모르겠어. 어머닌 그 일로 당황하셨던 걸까? 아니면 대체 뭐지?"

"이렇게 잘생긴 남자가 창문에서 떨어진 거야. 어머니의 연인이 말이야. 이제 갓 신랑이 된 사람이. 그 일이 네게 일어났다고 생각해봐. 너라면 그 얘기를 하고 싶겠어?"

"어쩌면 어머닌 그 일로 비탄에 잠기셨을 거야. 그래서 그 일에 대해 말하는 것은 물론 생각하는 일도 견딜 수 없었을 테고. 만약 네가 신혼여행을 할 때……."

"그리고 그 나이에."

"억제야. 종종 억제가 좋은 수도 있거든. 그밖에 달리 어떻게 어머니가 계속……."

"그 사람 아버지보다 훨씬 잘생긴 것 같은데."

"게다가 더 젊고."

"그것도 엄청나게."

"아버지께서도 그 사람에 대해 분명 아셨을 거야."

"아마 그랬을 거야. 어머닌 비밀에 부쳐두려고 했을지 몰라도……."

"난……."

"뭐야?"

"소름이 끼쳐."

"왜? 호드 씨가 거꾸로 떨어졌기 때문에?"

"아니, 어머니 말이야. 그렇게 오랜 세월 동안……."

"그렇게 오랜 세월 동안 아무 말도 하지 않으셨기 때문이지."

"아마 어머닌 매년 그 일을 생각했을 거야. 그 사람 제삿날이 되면 말이야."

"어머니가 이따금 한낮에 그저 침대에 누워 있으시기만 했던 거 기억나? 낮잠을 주무신 게 아냐. 그냥 누운 채 멀뚱멀뚱 천장을 보고 계셨다고."

"모든 일을 머릿속에 담은 채 말이지? 그 일을 기억하면서?"

"그래."

"맙소사."

1951년 가든 클럽 오찬

햄말이 / 바람개비 모양 치즈

피클들

멜론 볼, 씨 없는 포도 샐러드

젤리 파이

각종 쿠키

커피 홍차

나는 아직 여기 있어. 무르고 부서진 뼈와 발목, 눈구멍, 어깨, 엉덩이, 이 속에…… 나는 아직 여기 있는 거야. 오, 이런.

"만약 다른 시대에 사셨다면 어머니는 원예부인으로 독자적인 TV 쇼 프로그램까지 구상했겠지."

"그것도 황금시간대에 말이지."

"왠지 난 그런 모습이 상상이 안 돼."

"그런데 그런 감상적인 구시대에 태어나시다니. 그것이 어머니를 질식시킨 거라고. 커튼처럼 말이야. 밖을 내다볼 수 없는 커튼처럼."

"어머닌 아버지와 이혼했을 수도 있었는데."

"그것이 시작이 됐을 거야."

"뭐? 무슨 말을 하는 거야?"

"어째서 그런 생각을 하지? 내 말은, 모든 점을 고려해볼 때 두 분은 비교적 행복하게 살았던 것 같은데."

"정말 그렇게 생각하니?"

"글쎄, 다른 사람들만큼은 행복하셨지."

"행복의 의미가 뭐든 간에."

"말해봐."

"내가 아는 건, 과거는 결코 지나가지 않는다는 거야."

"꼭 그렇게 심각할 필요가 있을까?"

"흠……."

데이지 아주머니의 레몬 푸딩

버터 4스푼
우유 1컵
백설탕 1/2컵
밀가루 2스푼
흰자와 노른자를 분리한 계란 2개
레몬 1개의 즙과 껍질

버터와 설탕을 섞어 휘젓는다. 걸쭉하고 레몬색이 나도록 휘저은 다음 달걀노른자를 더한다. 밀가루와 우유, 레몬 즙, 강판에 간 레몬 껍질을 섞어 젓는다. 흰자를 되게, 그러나 마르지는 않을 만큼 젓는다. 흰자로, 섞어놓은 음식 재료를 두른다. 버터를 두른 구이접시를 열탕 속에 놓고 이십오 분간 굽는다. 중간치 오븐에 350도 정도 가열한다.

"어머니가 남자였다면 어머니의 인생이 달라졌을 거라는 생각이 들지 않아?"
"농담하는 거지?"

"이 베드재킷 좀 봐."
"아주 새것인데. 한 번도 입지 않은 것 같군."

화요일에 할 일

농축 우유 1통
샐러리 1묶음
당근
양파
버터 500그램
라드 500그램
성냥
조각비누
콘비프 2통
돼지고기
M 씨에게 전화
믹서기의 날을 갈아놓을 것
워런의 치아
우체국
약국, 기침약(시럽, K 포장)
향나무

고기 완자를 형편없이 만들던 여자, 죽은 고무나무를 분갈이 할 줄 알던 여자, 멋지게 노트럼프*를 선언할 줄 알던 여자, 모자를 잘 쓰던 여자, 몸을 청결히 할 줄 알았던 여자, 즉각 감사 편

* 브리지에서 으뜸패가 없는 상태

지를 보내던 여자, 끝없이 파멸을 향해 나아간 여자, 점수를 모두 잃고 만 여자, 하지만 그럼에도 거의 언제나 남들에게 정중했던 여자, 그런 여자가 있었다.

"제이 더들리를 기억해?"

"누구지?"

"알잖아. 오타와의 《리코더》 신문사에서 일한 그 멍청이 말이야. 제이 더들리가 그 사람 이름이었어."

"아, 그래. 기억나. 뜨개질한 넥타이를 매고 다녔지? 세라믹 커프스를 달고 말이야."

"그런데 그들이, 두 사람이…… 함께 잔 적이 있다고 생각해?"

"아니."

"그것 참 안됐는데."

《블랙 뷰티》《빨강머리 앤》《주근깨》《트와이스 톨드 테일스》《아름다운 조》《플로스 강변의 물방앗간》《포카혼타스》《헬렌의 아이》《마음 맞는 친구》《넬리의 추억》《엘리자베스와 독일 정원》《제인 에어》《이탈리아의 통일》《베어울프》《낭만주의 시인들》《그를 본보기로》《기러기》《바람과 함께 사라지다》《클라우디아》《최초의 육 년》《분노의 포도》《영원한 엠버》《에그 앤 아이》《열두 명의 원수들》《열정의 랩소디》《거미줄과 바위》《스쿠타리 이야기》《오크니 제도의 짤막한 역사》《체호프의 딸》《매력적인 여인》《대지》(큰 활자판)《동시에 벌어진 살인》(큰 활자판, 반쯤 읽었음).

"그런 일에는 어느 누구도 준비돼 있지 않다는 말이 무슨 의미지?"

"맙소사, 지금은 나도 준비돼 있다고."

"그건 네가 직장이 없어서 의기소침해 있기 때문이야. 사실은 전혀 준비돼 있지 않아. 장담하지만 어머니도 마찬가지였을 거야."

"모르겠어."

"어머니와 그 얘기를 할 기회가 있었어?"

"죽음에 관한 얘기 말하는 거야? 그런 얘기를 어머니와 할 순 없잖아."

"그런 얘기가 나오면 어머닌 화제를 바꾸었지."

"여학생처럼 어리둥절한 표정도 지었어."

"눈을 깜박이면서."

"입을 동그랗게 오므리고."

"그리고 눈썹은 또 어떤데."

"솔직히 말해서 나도 죽는다고 생각하면 얼어붙고 말 거야."

"유전인 모양이군."

"우리 유전자는 순수한 화강암이라고."

"조그만 돌멩이지."

"우박이야."

"언젠가 어머니가, 장례식에는 팬지 꽃이 있었으면 좋겠다고 말한 적이 있어. 겉만 번드레한 멍청한 팬지 말고. 어머니가 좋아한 것은 아주 순수한 자주색 팬지였어. 깊은 색감을 띤 우단 같은 꽃잎이 있는 것 말이야. 내 기억으로는 어머니가 죽음에 관해 말한 건 그것뿐이었어."

"어머닌 되는대로 살아오셨어."

"그게 어떻다는 거지?"

"그건 마치……."

"마치?"

"마치 손에 바느질 도구를 든 채, 생각은 엉뚱한 데에 가 있었던 것과도 같아."

"그건 마음속을 들여다보기가 두려웠기 때문이야. 그 속에 아무것도 없으면 어떻게 할까, 하는 두려움 때문이라고."

"불교 신자들이 그토록 열심히 구하려는 게 그런 거 아냐?"

"불교 신자라니?"

"무無의 상태에 이르려는 것 말이야."

"그게 정말이야?"

"정말 끔찍한 생각인데."

"어째서?"

"모르겠어. 내 말은, 무라는 건 별게 아니잖느냐는 거야."

"무는 무일 뿐이야."

"아멘."

해야 할 일(장기 계획)

여름용 커튼

창고의 모피

뒤쪽 계단과 울타리 손질

겨울 모자의 본을 새로 뜰 것

라벤더를 보충할 것

현관 가구에 살충제를 칠 것

깔개는?

화덕 밑과 아이스박스 아래

M 씨에게 수표

가스

좀약

잡지는 헌책방으로

난로

피아노

술

램프 부품

~~급경련통~~產痛, ~~수두~~, 홍역, 급성 폐렴, 알레르기, 독감, 생리통, 습진, 방광염, 출산, 혈압, 폐경기, ~~우울증~~, 협심증, 동맥 폐색, 골절, 관상 동맥 측관 수술, 신장 기능 이상, 암, 방광 감염, 발작, 욕창, 다리 궤양, 실금失禁, 발작, 기억 상실, 시력 저하, 반응 이상, 언어 능력 결함, ~~우울증~~, 발작, 발작.

그동안 놀라운 인내심을 발휘하며 병마와 싸워온 데이지 굿윌도 이 최후의 병에서는 죽음만을 예상하고 있었다. 그녀는 쇠약해질 대로 쇠약해진 몸을 이끌고 죽음을 향해 다가갔다. 그러다 몽롱한 상태로 누워 있던 마지막 몇 주 어느 한순간 조류의 흐름이 바뀌었다. 그것은 잦은 혼수상태 사이에 갑자기 찾아왔다. 그녀는 여전히 과거를 더듬으며, 마치 하등동물이 산소를 들이마시듯 자신의 삶에서 실제 있었던 일과 상상으로 그려낸 일들을 호흡하며, 긴 터널로 들어서듯 잠에 빠져들었다. 다음 순간 일종의 탈진 상태가(또는 아마도 권태가) 엄습했는데, 그 순간 색채와 윤곽선이 급속히 흐릿해지면서 옛날 일을 환기시켜주던 작동이 멈춰버렸다. 그 대신 변화무쌍한 슬라이드 영상들이 눈꺼풀에 아로새겨졌는데, 그것은 지금까지처럼 과거의 모습이 아니라 미래의 모습을, 바로 자신의 죽음을 보여주었다. 그녀는 이 죽음을 몸으로 숨 쉬게 되고, 나중에는 사랑하기에 이르렀다고 할 수도 있었다.

처음 보이는 영상은 연극 장면과도 같았다. 흔히 볼 수 있는 파스텔 색조의 관, 단조롭게 읊조리는 성경 구절, 떨리는 파이프오르간 소리……. 사람이 살던 활기 넘치는 방 안에는 애도의 색종이 조각이 사방으로 펄펄 흩날리고, 산발적인 울음소리와 조문을 표하는 소리로 요란하다. 하지만 이건 터무니없는 영상이었다.

이윽고 밝았던 방 안이 스러지면서 견고한 어둠이 눈앞을 막아선다. 이제는 육신만 남아 있을 뿐이다. 그 육신을 가지고 뭘 어떻게 해야 한단 말인가. 자신의 육신은 먼지로 화하지 않았던 것이다. 사지와 오장육부가 성경에서 말하듯 흙먼지나 구슬픈 잿더미로 화한다는 생각을 하면 우스꽝스럽기까지 하다. 이것 역시 터무니없는 영상이었다.

마지막으로 보이는 자신의 모습은 돌이었다. 살아 있던 모든 세포는 무감각한 광물질로 바뀌고 말았다. 그녀는 이처럼 너무도 간단히 자신을 넘겨주고 만 것이다. 마지막 꿈속에서 보이는 그녀는 저 옛날 커크월의 대성당에서 보았던, 주교와 성인들의 것만큼이나 거대하고 으리으리한 두꺼운 석판 위에 똑바로 누워 있다. 그건 그들한테도 그렇고 그녀에게도 별로 좋을 것이 없었다. 아무튼 그런 영상이 떠올랐다. 사실이지 그녀는 그 영상이 마음에 들었다. 자신이 죽은 어머니의 시신과 융합되는 기분이었던 것이다.

그녀는 이제 자신의 쇄골, 지방 세포, 성기의 살점, 발톱과 발꿈치, 콧구멍과 눈썹, 이름도 없는 귀 뒤편의 말랑말랑한 뼈로부터 멀리 벗어나 있었다. 뇌는 순수한 운모雲母로 화했다. 창가로 가져가 비쳐보면 햇살이 비쳐 보일 정도이리라. 그렇지만 무엇보다도 텅 비었다는 것, 그것이 핵심이었다.

멍한 상태에서 그녀는 더하고 빼고 추리고 윤을 내면서 얼어붙은 자기 자신을 하나하나 더듬어보았다. 투박하고 뻣뻣한 옷의 주름은, 이따금 생일 케이크 같은 데서 볼 수 있듯이 바닷조개 가루로 가장자리를 장식하여 한결 부드럽게 보였다. 돌로 된 비명碑銘이 날짜는 지워지고 내용은 알아볼 수 없는 채로 슬리퍼를 신은 자신의 두 발을 가로질러 놓여 있다. 머리에는 돌베개가 받쳐져 있고, 뻣뻣한 고수머리는 마침내 반듯하게 빗질돼 있다. 손의 관절은 잘 구부려진 채로 옆구리에서 안쪽을 향하도록 놓여 있다. 나이가 드러나지 않은 손가락들은 반지도 없이 가지런히 놓여 있는데, 저 거대하고 조용하며 변함없는 아득한 세상을 (엄지손가락의 미세한 각도로써) 가리켜 보이고 있다. 아무 감정도 나타나 있지 않은 얼굴에서 대리석처럼 차갑게 뜨고 있는 두 눈은 아무것도 보고 있지 않았다. 남자와 여자 모두에게 공통된 번민, 서로 공유하고 있는 깊은 번민 이외의 아무것도. (그들이 최후로 할 수 있는 말은 거의 없을 테니까.)

그녀의 이 마지막 상태는 그리스도적이었다. 평정. 영원. 고전. 그녀는 자신이 이런 상태가 될 수 있을지를 언제나 의심해왔던 것이다.

돌로 된 그녀의 자아를 불러냈다가 제자리로 돌려놓는 데는 아주 작은 힘이면 충분하다. 아무도 들을 수 없는, 그러나 엄청나게 큰 메아리로 울리는 그 자아는 자기만의 쇠퇴 곡선을 그리며(그 침투할 수 없는 하얀 표면으로), 번성하면서 너무도 완벽하게 시야를 채워놓아서, 이전의 책략이나 계획 같은 것들은 모두 한옆으로 밀려나고 만다. 데이지 굿윌의 나무랄 데 없는 치아와 머리와 뼈는 이 최후의 형상을 끌어안는다(또는 그 형상이 그녀를 끌어안는다). 그러면서 마침내 불안정하게 흔들리는 심장과 산호색을 띤 허파를 고독의 무게로 짓누른다. 결국 이제 고독의 문 안에 발을 들여놓도록 허락받은 것이다. 그것은 점차 단단하고 차가워진다. 이제 곧 전체를 뒤덮으리라. 다음 주, 아니 내일, 아니면 오늘 밤.

매니토바 주 틴들, 그레인지 거리 14번지(1922년 철거됨).

매니토바 주 위니펙, 심코 가 166번지(1947년 철거됨).

인디애나 주 블루밍턴, 이스트 가 144번지 아파트 12호.

인디애나 주 블루밍턴, 비니거 힐 호돈 드라이브 6번지(1975년 상속 재산으로 지정됨).

인디애나 주 하노버, 롱 여자대학, 알파 제타 기숙사(1957년 동창회관으로 전환됨).

온타리오 주 오타와, 드라이브웨이 583번지(1981년 콘도미니엄으로 분양됨).

플로리다 주 새러소타, 타미애미 트레일, 베이사이드 동관 419호(1986년 화재 관리법을 위반하여 몰수됨).

플로리다 주 콜먼, 마린 드라이브, 카나리아야자 요양원(1990년 ICW 명상 및 인지 연구 센터에 매각됨).

플로리다 주 콜맨, 파우나 가 1267번지, 카나리아야자 진료소.

"난 평온하지가 못해."

데이지 굿윌의 (입 밖에 내지 않은) 마지막 말.

"데이지 굿윌 플렛은 우리 시대의 아내이며, 어머니, 시민이었습니다. 고인이 평온히 잠드시기를."

카나리아야자, 추모 예배에서 워런 M. 플렛의 기도.

"저 팬지 좀 봐. 저렇게 아름다운 팬지 꽃을 본 적 있어?"

"고인이 저 꽃을 좋아했던 모양이로군."

"여기서 데이지 꽃을 보게 될 줄 알았는데."

"데이지 꽃이라고? 아, 그것도 있던데."

"누군가가 데이지 꽃을 갖다놓을 생각을 한 모양이야."

"그래."

"잘됐지 뭐."

옮긴이의

글

보석, 또는 20세기의 전설

초여름 내내 시끄러운 공사장 옆 사무실과 책상을 놓은 아파트 베란다 사이를 오가면서 번역을 하는 동안 '이 작품을 뭐라고 해야 할까?' 하는, 번역과는 전혀 무관한 질문에 시달려야 했다. 단순히 한 여자의 일생이라고 얘기할 수 있는 작품이 아니었기 때문이다.

탄생에서 죽음에 이르는 오랜 여정을, 그 각각의 단계마다 별개의 글쓰기 방법을 동원한 듯이 보이는 흔치 않은 이 작품에는, '쓰는 일'의 모든 국면과 고투한 흔적이 고스란히 나타나 있다. 그것은 단숨에 써내려간 작품이 아니라, 하나하나의 문장을 다듬고 개개인의 인물을 끌어안는, 그러면서 작가 자신의 시간을 헤아리며 쓴 '장인匠人'의 작품인 것이다.

또한 아마도 그러한 이유 때문에 요컨대, 작업의 강도를 높이기 위하여 작가는 일부러 지극히 평범한 한 여자를, 별로 뛰어날 것도 없고 특별하게 역사에 기록할 것도 없는 한 사람을 선택하여, 그를 '보석'으로 가공하는 놀라운 일을 하기로 마음먹은 것 같다. 그래야만 삶이라는, 이 일회적이며 불가해한 만인 공통의 현상을 속속들이 보여줄 수 있을 것이기 때문이다.

이런 작품을 뭐라고 해야 할까? 수 헬펀은 〈데일리 뉴스〉 서평에서 '보석'이라고 단언했다. 평범한 여자의 수많은 일상으로 구성되고 탁월한 탐구 작업으로 다듬어놓은 보석이라고, 평범한 여자의 평범한 일생에 담겨 있는 운명의 비틀림을 모조리 해부해놓은 작품이라는 말도 가능할 것이다. '정교하게 구성된 개인사'인 이 작품이 극도의 구체성과 뛰어난 상상력으로 보편성이라는 빛을 뿜게 된 것이라는 말로 대답이 될 수 있을까?

아마, 반드시 그렇지는 않을 것이다. 그것은 적어도 작가가 독자에게 보여주려고 한 의도는 아닌 것 같다. 그러면 이제 퓰리처상 수상작이라는 편견을 갖고 소설 읽기를 좋아하는 독자의 눈으로 다시 한 번 들여다보자. 자신이 태어난 순간 사그라지고 있는 어머니의 숨결로 손을 뻗으려 하는 갓난애의 몸짓에서, 발작적인 혼수상태로 자신의 죽음을 환상으로 그리는 노파의 의식에 이르기까지, 작가가 보여주려고 한 것은 한 편의 드라마가 아니라 20세기와 21세기를 관통하는 하나의 '전설'이 아닐까? 운명이라는, 인생이라는 전설 말이다. 누구나 한 번은 마주쳐야 하는 잔혹한 신의 모습…….

이렇게 생각하면 조금 마음이 편안해진다. 타자기가 놓여 있는 네모난 책상을 마주한 채 독자와 비평가를 골탕 먹이기보다는, 우리 시대에 꼭 필요한 어떤 지혜를 구하려는 한 작가가 있다는 사실만으로 얼마든지 그럴 수 있으리라. 토론토의 앤 디논

과의 인터뷰에서도 밝힌 바 있다. 창밖에 캐나다의 선명한 햇살이 숲의 또렷한 윤곽을 그리고 있을 때, 그는 만 이 년 동안 또박또박 하루 두 페이지씩 20세기의 해답을 얻기 위한 작업을 해나갔다고…….

이 작품을 삶의 지혜를 탐구하는 자(작가)와 삶의 지혜를 갈구하는 자(독자)가 만나는 장소로 생각해야 할 이유가 여기에 있을 것 같다. 이 소설에서 데이지 굿윌과 많은 '단역들'이 그리고 있는 삶의 모습들은, 우리를 조금 더 그곳에 가까이 다가서게 해줄 것이다. 그래서 작가는 등장인물 한 사람 한 사람에게 애정을 쏟아부었으리라. 고향 오크니의 황량한 땅에 도착하여 쓸쓸한 여생을 혼자 살아가기로 마음먹는 매그너스 플렛에게, 하루의 일을 마치고 젊은 아내가 기다리고 있는 집으로 돌아가면서 휘파람을 부는 젊은 석공 카일러 굿윌에게, 클래런틴에게, 마리아에게, 프레이디 호이트에게, 베벌리에게, 빅토리아에게, 앨리스에게…… 그들에게 쏟고 있는 애정은 바로 현재를 살아가는 우리 개개인에 대한 애정이며 측은함에 다름 아닌 것이다.

모두가 운명의 사슬을 벗어날 수 없다는 사실을 확인한 작가가, 데이지 굿윌의 '난 평온하지가 못해'라는 마지막 말로써 우리를 위로해주려 했다고 보는 것이 어떨까? 어느 대담에선가 작가는 이 작품에서 '슬픔'을 느끼지 않았느냐고 묻는다. 어쩌면 그것이 그녀가 20세기를 뒤적여 찾아낸 해답이 될지도 모를 일이다.

이 감동적인 한 편의 아름다운 소설을 누리는 일은 고스란히 독자의 몫이다. 역자로서는 그 아름다움에 작은 손상만을 입혔기를 바랄 뿐이다.

한기찬

스톤 다이어리

1판 1쇄 발행 2015년 8월 10일 **1판 4쇄 발행** 2021년 2월 10일

지은이 캐럴 실즈 **옮긴이** 한기찬
펴낸이 고세규
편집 장선정 박정선 **디자인** 정지현

발행처 김영사
주소 경기도 파주시 문발로 197(문발동) 우편번호 10881
등록 1979년 5월 17일(제406-2003-036호)
주문 및 문의 전화 031)955-3100 **팩스** 031)955-3111
편집부 전화 02)3668-3295 **팩스** 02)745-4827 **전자우편** literature@gimmyoung.com
비채 카페 cafe.naver.com/vichebooks **인스타그램** @drviche **카카오톡** @비채책
트위터 @vichebook **페이스북** facebook.com/vichebook
ISBN 979-11-85014-99-9 04840 책값은 뒤표지에 있습니다.

비채는 김영사의 문학 브랜드입니다.
이 도서의 국립중앙도서관 출판예정도서목록(CIP)은 서지정보유통지원시스템 홈페이지(http://seoji.nl.go.kr)와 국가자료공동목록시스템(http://www.nl.go.kr/kolisnet)에서 이용하실 수 있습니다.
(CIP제어번호: CIP2015020653)